»Blühendes Leid«

Udo Bermbach

»Blühendes Leid«

Politik und Gesellschaft
in Richard Wagners Musikdramen

Verlag J. B. Metzler
Stuttgart / Weimar

Bibliografische Information Der Deutschen Bibliothek
Die Deutsche Bibliothek verzeichnet diese Publikation in der Deutschen Nationalbibliografie;
detaillierte bibliografische Daten sind im Internet über <http://dbn.ddb.de> abrufbar.

ISBN 3-476-01847-4

www.metzlerverlag.de
info@metzlerverlag.de

© 2003 J. B. Metzlersche Verlagsbuchhandlung und Carl Ernst Poeschel Verlag GmbH in Stuttgart

Einbandgestaltung: Willy Löffelhardt
Satz: DTP + TEXT Eva Burri, Stuttgart
Druck und Bindung: Ebner & Spiegel GmbH, Ulm

Printed in Germany
Juni/2003

Verlag J. B. Metzler Stuttgart · Weimar

Vorwort

Richard Wagners Satz in *Oper und Drama*, keiner könne dichten ohne zu politisieren, charakterisiert in prägnanter Weise sein gesamtes Werk. Seine Musikdramen sind vollgesogen mit den politischen, gesellschaftlichen und sozialen Problemen der Moderne, und wie nirgends sonst auf der Opernbühne des 19. Jahrhunderts spiegeln sich in ihnen die Schwierigkeiten des Subjektes, in einer entfremdeten und kalten Welt mit sich selbst und den eigenen Emotionen zurecht zu kommen. Wie kein anderer Künstler vor und nach ihm hat Wagner seine Bühnendramen mit seiner ›Weltanschauung‹ aufgeladen und zugleich versucht, in den zahlreichen mitgelieferten Selbstauslegungen die Wege und Inhalte ihrer Aneignung zu bestimmen. Der Entwurf einer umfassenden Ästhetik des Gesamtkunstwerks wie die Fülle der autobiographischen Äußerungen, der Briefe und Tagebucheintragungen, die das Entstehen der einzelnen Bühnenwerke begleiten und kommentieren, und nicht zuletzt die Gründung der Bayreuther Festspiele zeugen von dem bis ins hohe Alter starken Willen, mit den eigenen Absichten richtig verstanden zu werden und die Werke nicht einer beliebigen Auslegung und Rezeption zu überlassen.

In den politisch-ästhetischen Schriften der Dresdner und Züricher Jahre um 1850 hat Wagner das Programm eines neuen Musiktheaters entworfen, dem er in seinen Musikdramen weitgehend gefolgt ist. Der Zusammenhang ist evident und zwingend zugleich: die ästhetische Theorie verweist auf die zu entwickelnde Bühnenpraxis, und die komponierten Werke bedürfen der Theorie zu ihrem genaueren Verständnis. Deshalb suchen die hier vorgelegten Essays auf dem Hintergrund dieser von politischer, gesellschaftlicher und ästhetischer Revolutionsbegeisterung geprägten sogenannten ›Zürcher Kunstschriften‹ die Werke Wagners zu verstehen und den sie verbindenden Zusammenhang nachzuvollziehen. Dabei zeigt sich deren eminent politik- und gesellschaftskritischer Gehalt ebenso wie die ihnen eingeschriebene Utopie von einer Welt, in der die Kunst als Medium der Versöhnung von Mensch und Natur alles individuelle wie soziale Leben anleiten soll. Wie immer man eine solche Perspektive beurteilen mag, in diesem Spannungsverhältnis von Politik, Gesellschaft und Kunst ist Wagners Werkverständnis angesiedelt, und aus dieser Sicht soll es in diesem Buch interpretierend erschlossen werden.

Die Essays sind aus Vorstudien erwachsen, die an unterschiedlichen Orten publiziert worden sind. Manche Einsichten verdanken sich Gesprächen mit Freunden und Kollegen, gehen auf Anregungen von Tagungen zurück oder auch auf Erfahrungen, die ich während meiner konzeptionellen Mitarbeit zum Bayreuther Ring 2000 gemacht habe. Für all das habe ich vielen zu danken. Mein innigster Dank aber gilt Doris, meiner Frau; sie hat an meiner Beschäftigung mit Wagners Werken stets intensiv Anteil genommen, hat Fragen und Probleme meiner Arbeit engagiert mit mir besprochen, die Texte kritisch gelesen und in vielen Fällen Verbesserungen angeregt. Ihr ist dieses Buch mit Dank und in Liebe gewidmet.

Hamburg, Frühjahr 2003.

Inhalt

›Das absolute Kunstwerk ist ein vollständiges Unding‹

Zum biographischen und systematischen Kontext von Wagners Musikdramen

I

In der im Jahre 1851 erschienenen Schrift *Eine Mittheilung an meine Freunde* schreibt Wagner, er fühle die Notwendigkeit, den scheinbaren Widerspruch zwischen seinen bisherigen musikdramatischen Werken und seinen in *Oper und Drama* erläuterten ästhetischen Theorien aufzuklären und er richte sich dabei an seine Freunde, weil nur sie in ihm die Einheit des Menschen und Künstlers sehen könnten. Und dann heißt es: »Ist die Absonderung des Künstlers vom Menschen eine ebenso gedankenlose, wie die Scheidung der Seele vom Leibe, und steht es fest, daß nie ein Künstler geliebt, nie seine Kunst begriffen werden konnte, ohne daß er – mindestens unbewußt und unwillkürlich – auch als Mensch geliebt, und mit seiner Kunst auch sein Leben verstanden wurde, so kann weniger als je gerade gegenwärtig, und bei der heillosen Misbeschaffenheit unserer öffentlichen Kunstzustände, ein Künstler meines Strebens geliebt und seine Kunst somit verstanden werden, wenn dieses Verständnis und jene ermöglichende Liebe nicht vor Allem auch in der Sympathie, d. h. dem Mitleiden und Mitfühlen mit seinem allermenschlichsten Leben begründet ist«[1].

Was hier von Wagner beschworen wird, ist die Einheit von Leben und Werk, von Biographie und Werkintention, von ästhetischer Konzeption und musikdramatischer Ausführung. Es ist die Behauptung, nur wer das Leben eines Künstlers kenne, wer seine ästhetischen Vorstellungen zur Kenntnis genommen habe, werde auch die von ihm geschaffenen Werke angemessen verstehen können. Eine Behauptung, die sich wohl dem romantischen Geniekult verdankt, der Leben und Werk ineins denkt, die aber die Sache selbst nicht völlig trifft. Auch wer nicht der rigiden Auffassung zuneigt, jedes Kunstwerk sei ein autonomes Gebilde, sei unabhängig von den Intentionen seines Schöpfers und dementsprechend auch nur aus sich selbst heraus zu verstehen, bar aller Verweise auf außerästhetische Kontexte[2], wird doch einräumen müssen, daß es eine kausale Verbindung von Autor und Werk für die Auslegung und das Verständnis seiner Kunst in einem strikten Sinne nicht gibt. Kunst verdankt sich zwar den Erfahrungen des Lebens, aber sie geht so wenig darin auf, wie umgekehrt

---

1 Richard Wagner, Eine Mittheilung an meine Freunde (1851), in: GSD, Bd. 4, S. 231.
2 Vgl. zu dieser Position exemplarisch etwa Wolfgang Kayser, Das sprachliche Kunstwerk. Eine Einführung in die Literaturwissenschaft, Bern/München 1948 ff.

das Leben in Kunst aufgehen kann. Leben ist stets kontingent, ist dem Zufall, dem Unberechenbaren ausgesetzt, läßt sich kaum einem rationalen Kalkül unterwerfen und nur begrenzt planen. Kunst ist Produkt einer kalkulierenden Phantasie, ist Stilisierung von Alltagserfahrungen, ist das Überschaubarmachen von scheinbar Unüberschaubarem, das Herausheben von singulären Aspekten, die Verdichtung des Exemplarischen in einem Fluß vielfältiger, sich ergänzender wie widersprechender Ereignisse, sie ist, wie die Griechen meinten, stets ›poesis‹, also Herstellung eines Objektes, nicht ›praxis‹, also Lebenstätigkeit als aktives Reagieren auf die Vorfälle der Umwelt[3]. Gewiß, die Vorstellung davon, was Kunst sei, ist nicht ein für allemal zu bestimmen und hat bisher keine definitive Antwort gefunden; sie hat sich seit der Antike immer wieder verändert, hat Form und Inhalt immer wieder in ein neues Verhältnis zu einander gebracht, hat die Frage nach ihrem Wesen, dem Wesen des Schönen, je unterschiedlich beantwortet[4]. Aber stets blieb doch durch alle Veränderungen hindurch ein Bewußtsein davon, daß der Kunst eine eigene Sphäre zukomme, daß sie nicht nur das bloße Abbild des Gegebenen sei, nicht lediglich Spiegelung und Verdoppelung der Realität, sondern jenen Überschuß mit sich führe, in dem die Realität zwar aufgehoben ist, sich aber nicht erschöpft.

Aber andererseits ist Wagners Position, die auf der Einheit von Leben, ästhetischer Erfahrung und Kunst beharrt, nicht von vornherein antiquiert, gar obsolet. Bei allen philosophischen und sonstigen theoretischen Distinktionen, die hier vorgebracht werden könnten und in der Geschichte des ästhetischen Denkens auch vorgebracht worden sind, darf doch nicht vergessen werden, daß die Selbstwahrnehmung eines Künstlers, die von ihm formulierte Selbstauslegung seiner Werke ein wichtiges Indiz für deren Interpretation und Rezeption sein muß. Und dies deshalb, weil jedes künstlerische Werk sich einer auktorialen Ursprungsintention verdankt, die in ihm selbst aufbewahrt wird und die in der Interpretation jeweils wieder neu entschlüsselt werden muß. Was durchaus auch dessen Aktualisierung bedeuten kann. Denn der aus Lebenserfahrungen und Beobachtungen gewonnene Mitteilungswunsch eines Künstlers kristallisiert im Kunstwerk zu einer Aussage, die sich als ein quasi-stabiler, kommunikativer Kern über alle Zeiten hinweg stets wieder neu aneignen läßt.

Wagners ästhetisches Bekenntnis kulminiert in dem apodiktischen Satz: »Das absolute Kunstwerk, das ist: das Kunstwerk, das weder an Ort und Zeit gebunden, noch von bestimmten Menschen unter bestimmten Umständen an wiederum bestimmte Menschen dargestellt und von diesen verstanden werden soll, – ist ein

---

3   Zur politologischen Dimension dieser Begriffe vgl. Hannah Arendt, Vita activa oder vom tätigen Leben, München 1966.
4   Ein Überblick über den Wandel der Auffassung von Kunst findet sich in knapper Form anhand von 152 kurzen Einzeldarstellungen in: Julian Nida-Rümelin/Monika Betzler (Hg), Ästhetik und Kunstphilosophie. Von der Antike bis zur Gegenwart in Einzeldarstellungen, Stuttgart 1998; ebenso Götz Pochat, Geschichte der Ästhetik und Kunsttheorie. Von der Antike bis zum 19. Jahrhundert, Köln 1986.

vollständiges Unding, ein Schattenbild ästhetischer Gedankenphantasie«[5]. Das ist eine radikale Absage an alle Vorstellungen von der Autonomie der Kunst, sowohl hinsichtlich ihrer Entstehungsbedingungen wie auch bezüglich ihrer Interpretationen und Wirkungsmöglichkeiten, und Wagner selbst erläutert, wie er diesen Satz verstanden wissen will. Er möchte die Differenz zwischen der »Wirklichkeit der Kunstwerke verschiedener Zeiten« und dem »Begriff der Kunst« aufheben, weil er das Kunstwerk aus seiner Zeit heraus, als Ausdruck einer politisch-gesellschaftlichen Realität begreift. Mit großem Nachdruck expliziert er einen Kunstbegriff, der Politik und Gesellschaft mit der eigenen Kunstproduktion und Kunstrezeption zusammen denkt und damit die Verbindung von Gesellschaft und Kunst als konstitutiv für den Bereich der Ästhetik setzt. Zur Kunst gehöre – so argumentiert er – die »Wirklichkeit ihrer sinnlichen Erscheinung«, nicht im Sinne einer bloßen Abspiegelung von Realität, wohl aber im Sichtbarmachen des Wesentlichen, der Essenz des Lebens. Nicht um ästhetische Abstraktion geht es ihm, sondern sein Verständnis einer »lebensvollen Kunst« verlangt die Konkretion, die historische Verortung der Kunst so gut wie ihre Referenz auf menschliche, historisch zuweisbare Lebenserfahrungen. Wobei für ihn ›Leben‹ »nicht das im Denken willkürlich widergespiegelte des Philosophen und Historikers, sondern das allerrealste, sinnlichste Leben, den freien Quell der Unwillkürlichkeit« meint – Definitionsreflex der Vorstellungen des ›Jungen Deutschland‹ und der sensualistischen Philosphie eines Ludwig Feuerbach. Also ein ›Leben‹, wie es der Künstler aufgrund seiner Anschauung der Welt in seinen Werken gestaltet.

Als Gegensatz zu seiner Auffassung empfindet Wagner das »konservative Wahngebilde eines absoluten Kunstwerks«, das ihm in doppelter Weise ortlos erscheint: indem es beansprucht, gleichsam überhistorisch zu sein, verkennt es – so glaubt er – , daß »seine Verwirklichung in der Geschichte längst hinter uns liegt«, weshalb es daher auch nicht mehr unvermittelt für die eigene Zeit gültig sein kann. Diese ›historische‹ Qualität aber, die jedem Kunstwerk unvermeidlich anhaftet, macht es zugleich ungeeignet, die zeitgenössische Kunst und Kunstproduktion zu stimulieren. Denn Kunst ist stets – das ist der Kern von Wagners Überzeugung – in ihrem Entstehen wie ihrem Verständnis an die Bedingungen ihrer Zeit geknüpft, sie ist Ausdruck einer konkreten, erleb- und benennbaren Realität. So muß etwa zur attischen Tragödie, soll sie in der Moderne werkgerecht rezipiert werden, auch das damalige demokratische Publikum Athens hinzugedacht werden, weil erst dann, im Wechselspiel zwischen Theater und Publikum mit allen politischen, gesellschaftlichen und kulturellen Implikationen, die wahre Dimension dieser Tragödien deutlich wird und sich dem heute Lebenden erschließt, die Kontexteinbettungen der Stücke sich also als ein »unendlich vermehrter Quell der Erkenntnis« erweisen. Und Entsprechendes gilt naturgemäß auch für die Gegenwart und ihre Kunst – auch

---

5   Richard Wagner, Eine Mittheilung an meine Freunde, in: GSD, Bd. 4, S. 234. Die folgenden Zitate finden sich hier und auf den nächsten Seiten dieser Schrift und werden nicht gesondert nachgewiesen.

diese ist auf den lebendigen Dialog mit ihrer Zeit angewiesen und steht dazu in einem dialektischen Bezug. Wagner kommt deshalb zu dem Schluß, die Eigenschaft eines Kunstwerks bestehe darin, »daß es nach Ort, Zeit und Umständen auf das Schärfste bestimmt sich kundgibt; daß es daher in seiner lebendigsten Wirkungsfähigkeit gar nicht zur Erscheinung kommen kann, wenn es nicht an einem bestimmten Orte, zu einer bestimmten Zeit und unter bestimmten Umständen zur Erscheinung kommt.«

Wie immer man eine solche Kunstauffassung beurteilen mag und was immer sich von unterschiedlichen ästhetischen Positionen her dafür oder dagegen vorbringen läßt – Wagner bezieht damit eine sehr eigenständige Position und geht sowohl über die idealistische Ästhetik wie über die romantische Kunstauffassung entschieden hinaus. Kant etwa – als repräsentativer Vertreter des deutschen Idealismus – gründet seine ästhetische Theorie auf die Leistungen des einzelnen Subjektes[6]. Er meint, die Wahrnehmung des Schönen geschehe über dessen Form und sei von einem Gefühl der Lust begleitet, was zur Folge hat, daß Geschmacksurteile zwar von empirischen Vorstellungen abhängig sind, aber nicht a priori mit einem Begriff des Schönen verbunden werden können. Was das ›Schöne‹ sei, muß nach Kant am Ende dann doch durch eine interpersonale Verständigung ausgemacht werden, muß zwischen den Menschen auf der Grundlage vergleichbarer Erfahrungen ausgehandelt werden – Kant spricht »von der Reflexion und den allgemeinen, obwohl nur subjektiven Bedingungen der Übereinstimmung … zum Erkenntnis der Objekte überhaupt«[7]. Denn erst und ausschließlich durch eine von allen Subjekten geteilte Vorstellung des ›Schönen‹ und die darüber erfolgreich verlaufende Verständigung wird das Kunstwerk konstituiert und seine Rezeption in einem nichtbeliebigen Sinne möglich. Alle Kunst ist bei Kant auf die Verständigung von Subjekten bezogen, sie resultiert aus solcher Kommunikation, und sie ist wesentlich ein Prozeß auch der reflektierenden Vernunft. Sie ist insoweit ohne bestimmte historische Zuordnung, d. h. in ihrer Schöpfung und interpretierenden Aufnahme nicht an bestimmte Entstehungsbedingungen ihrer Zeit gebunden, weil die reflektierende Vernunft von Geschichte unberührt bleibt und stets a priori, d. h. unabhängig von der historischen Erfahrung vorausgesetzt werden muß. Darin liegt der wohl entscheidendste Unterschied zu Wagners Auffassung, der sich nur dann vermindern ließe, wenn diese Vernunft auch als eine historisch bedingte zu verstehen wäre, was heißt: daß sie sich in unterschiedlichen Geschichtsepochen unterschiedlich zeigt und konkretisiert – ein Gedanke, der die Position von Kant freilich entscheidend einschränkt. Doch nur in solcher Einschränkung käme die Geschichte als eine bestimmende

---

6   Immanuel Kant, Kritik der reinen Vernunft, Werke, hg. von Wilhelm Weischedel, Bd. V, Darmstadt 1957, hier die ›Analytik des Schönen‹, S. 279 ff, und die ›Analytik des Erhabenen‹, S. 328 ff. Eine sehr knappe, aber prägnante Zusammenfassung von Kants ästhetischer Auffassung findet sich bei Jens Kuhlenkampf, Immanuel Kant, in: Julian Nida-Rümelin/Monika Betzler (Hg), Ästhetik und Kunstphilosophie, S. 448 ff.
7   Ebenda, S. 266.

Kontextbedingung für Kunst ins Spiel – und rückte Kant an Wagners Auffassung ein wenig heran.

Unterschiede ergeben sich auch zwischen Wagner und den Romantikern. Auch die Kunstauffassung der Romantik wurzelt in einer subjektgegründeten Ästhetik, aber hier bleiben die Subjekte in ihren ästhetischen Erfahrungen jeweils für sich, sie suchen nicht den intersubjektiven Austausch, sie wollen nicht über gegenseitige Kommunikation ihre Vorstellungen von Kunst verallgemeinern. Sie glauben vielmehr, daß die Erfahrungen des Subjektes in der Natur, in der Geschichte, in der Offenbarung Gottes je singulär sind. Auch wenn sich die Vielfalt der ästhetischen Vorstellungen einzelner Vertreter der Romantik nicht auf eine kurze und für alle verbindliche Formel bringen läßt – um Wagners Position in Differenz zu den Romantikern zu bestimmen, mag der Hinweis genügen, daß die romantische Ästhetik, als eine Ästhetik des Gefühls, auch alle ästhetischen Erfahrungen, die mit Kunst und ihrer Rezeption verbunden sind, dem subjektiven und emphatischen Urteil des Einzelnen anheimgibt und so einer konkreten historischen Kontextzuweisung entzieht. So schreibt beispielsweise Wackenroder: »Alles, was vollendet, d. h. was Kunst ist, ist ewig und unvergänglich ...; ein vollendetes Kunstwerk trägt die Ewigkeit in sich selbst, die Zeit ist ein zu grober Stoff, als daß es aus ihr Nahrung und Leben ziehen könne«[8].

Wie auch immer: ob Kunst nun an die Verständigung von Menschen gebunden oder als emphatisches Gefühlserlebnis der Einsamkeit des Subjektes überantwortet wird – Wagners Auffassung einer durch Politik, Gesellschaft und Kultur bedingten Kunst steht zu solchen Thesen in scharfem Widerstreit. Sie schließt eher an Vorstellungen an, die sich in Hegels Ästhetik finden[9], insofern Hegel die Idee des Schönen als Ausdruck des sich in der Geschichte entfaltenden Weltgeistes versteht. Wenn Hegel meint, daß die Kunst als sinnlich wahrnehmbare Erscheinung des Geistes in der Geschichte dessen historische Manifestationen nicht nur mitmacht, sondern geradezu Funktion und Ausdruck der historischen Entwicklungsstufen der Menschheit ist, daß also alle Kunst strikt historisch aufgefaßt werden muß, dann kann Wagner eine solche Überzeugung sicherlich teilen. Nicht mehr teilen aber kann er Hegels Folgerung, wonach in der Kunst sich die historisch je unterschiedliche ›Idee des Schönen‹ jeweils konkretisiert, Kunst also stets Ausdruck und Niederschlag von Ideen ist. Daß die Idee vor der Wirklichkeit steht, daß Kunst somit nur das zum Ausdruck bringt, was durch die Idee in der konkreten historischen Realität zur Schönheit drängt – diesen ›idealistischen Gedanken‹ kehrt Wagner ins genaue Gegenteil um. Für ihn ist Kunst gerade nicht der Ausdruck einer Idee der Realität, sondern ästhetischer Niederschlag von praktischen Lebenserfahrungen, von Wirklichkeit, wie sie die Geschichte der Menschheit darstellt.

---

8 Wilhelm Heinrich Wackenroder, Werke und Briefe, Heidelberg, 1967, S. 194.
9 Vgl. dazu Hartmut Scheible, Wahrheit und Subjekt, Ästhetik im bürgerlichen Zeitalter, Reinbek bei Hamburg 1988, S. 312 ff. Vgl. auch Götz Pochat, Geschichte der Ästhetik und Kunsttheorie, S. 501 ff.

Man mag dies als die Vorstufe einer materialistischen Ästhetik verstehen, die Wagner hier in Ansätzen vertritt, wenn er Kunst als eine ästhetische Verstandes- und Gefühlsleistung begreift, die auf die politischen und gesellschaftlichen Verhältnisse reagiert, eine Vorstufe, die sich wiederfindet im ästhetischen Denken wie in den ausgearbeiteten Ästhetiken politisch linker Autoren, angefangen mit Marx und Engels über Mehring, Lukács, Benjamin bis hin zu Bloch, Adorno und anderen[10]. Vor allem aber ist diese Auffassung für die Interpretation der Musikdramen von entscheidender Bedeutung, wie sich noch zeigen wird. Aber zugleich geht Wagner doch auch über einen bloß die Sozialrealität reflektierenden Begriff von Kunst hinaus. In den großen ästhetischen Programmschriften *Die Kunst und die Revolution*, 1849; *Das Kunstwerk der Zukunft*, 1849; *Oper und Drama*, 1850/51 wird eine Kunstauffassung entfaltet, die aus dem kritischen Bezug auf die Gegenwart zugleich auch die Möglichkeiten von Veränderungen, die Hoffnungen der Zukunft thematisiert und mitbedenkt. Wenn Wagner einmal schreibt, es komme darauf an, »die Bedeutung der Kunst als Ergebnis des staatlichen Lebens zu ergründen, die Kunst als soziales Produkt zu erkennen«[11], dann verbindet sich diese Forderung auch mit der Überzeugung, daß aus der kritischen Analyse einer solchen Abhängigkeit von Kunst zugleich auch Aufschluß darüber gewonnen werden könne, wie zukünftig – und das heißt bei Wagner stets: nach einer geglückten Revolution der bestehenden Verhältnisse – diese Abhängigkeit aufgehoben werden kann. Das genau bezeichnet für ihn die Aufgabe des Künstlers, das versteht er als seine eigene Verpflichtung. »Von meinem Standpunkte als Künstler der Gegenwart aus entwerfe ich aber Grundzüge ›des Kunstwerks der Zukunft‹, und zwar in Beziehungen auf eine Form, die nur der künstlerische Trieb eben jenes Lebens der Zukunft sich selbst bilden dürfte«[12].

Wagner ist überzeugt, daß sich aus der genauen Beobachtung der Gegenwart die Konturen einer besseren Zukunft herauslesen lassen. »Wer nun von diesem Leben der Zukunft die fatalistische Ansicht hegt, daß wir rein gar nichts von ihm uns vorstellen könnten, der bekennt, daß er in seiner menschlichen Bildung nicht so weit gelangt ist, einen vernünftigen Willen zu haben: der vernünftige Wille ist aber das Wollen des erkannten Unwillkürlichen, Natürlichen, und diesen Willen kann allerdings nur Der als für das Leben der Zukunft gestaltend voraussetzen, der dazu gelangt ist, ihn selbst auch für sich zu fassen. Wer von der Gestaltung der Zukunft nicht den Begriff hat, daß sie eine nothwendige Konsequenz des vernünftigen Willens der Gegenwart sein müsse, der hat überhaupt auch keinen vernünftigen Begriff von der Gegenwart und der Vergangenheit: wer nicht in sich selbst Initiative des Charakters besitzt, der vermag auch in der Gegenwart keine Initiative für die Zukunft zu ersehen. Die Initiative für das Kunstwerk der Zukunft geht aber von dem Künstler der Gegenwart aus, der diese Gegenwart zu begreifen im Stande ist, ihr

---

10 Vgl. einführend Fritz J. Raddatz (Hg), Marxismus und Literatur. Eine Dokumentation in drei Bänden, Reinbek bei Hamburg 1969.

11 Richard Wagner, Die Kunst und die Revolution, in: GSD, Bd. 3, S. 9.

12 Richard Wagner, Eine Mittheilung an meine Freunde, in: GSD, Bd. 4, S. 239.

Vermögen und ihren nothwendigen Willen in sich aufnimmt, und mit diesen eben kein Sklave der Gegenwart mehr bleibt, sondern sich als ihr bewegendes, wollendes und gestaltendes Organ, als den bewußt wirkenden Trieb ihres aus sich heraus strebenden Lebensdranges kundgiebt«[13].

Kunst und Künstler werden hier Aufgaben gestellt, die das reflektierende Verhältnis zur Gegenwart und Vergangenheit übersteigen und gleichsam in einem utopisch überschießenden Potential die Konturen einer besseren Zukunft ausmalen sollen. Was in den oben genannten ›Zürcher Kunstschriften‹ detailliert untersucht, beschrieben und konzeptionell entfaltet wird, faßt Wagner in seiner *Mittheilung an meine Freunde* noch einmal griffig zusammen: das öffentliche Leben läßt den Künstler nur dann seine Aufgabe erkennen, wenn er den Zustand der politischen, gesellschaftlichen und kulturellen Korruption als solchen durchschaut hat und sich davon abzusetzen sucht. Wer sich als Künstler auf diesen Zustand selbst fraglos einläßt, ist – so Wagner – kein Künstler, weil er sich in eine schlechte Wirklichkeit einbeziehen läßt und unterschiedslos in ihr aufgeht. Erst der visionäre Blick in die Zukunft – als Negation des Status quo – und die daraus sich ergebenden, ästhetisch-konzeptionellen Überlegungen machen denjenigen, der Anspruch erhebt, Künstler zu sein, auch zu einem Künstler.

In diesem Zusammenhang ist noch ein Gesichtspunkt von Bedeutung, auf den hingewiesen werden muß: für Wagner ist die Vision einer im Kunstwerk zu erfassenden Zukunft eine ausschließlich ästhetische, und das heißt, daß zum Willen, »den Boden dieses ermöglichenden und verwirklichenden Lebens der Zukunft zu betreten«, nicht »Denker und Kritiker«, schon gar keine Politiker befähigt sind, weil diese alle im Denken der Gegenwart und dessen Bedingungen befangen bleiben, sondern ausschließlich der Künstler, der »wirkliche Künstler, dem auf seinem künstlerischen Standpunkte im Leben der Gegenwart Denken und Kritik selbst zu einer nothwendigen, wohlbedingten Eigenschaft seiner allgemeinen künstlerischen Thätigkeit werden mußte«[14]. Die Antizipation einer besseren gesellschaftlichen Zukunft der Menschen – Wagner nennt es das »öffentliche Leben der Zukunft« – ist also nicht Aufgabe der Politik, was normalerweise zu vermuten wäre, sondern die zentrale Aufgabe der Kunst.

Damit steht die Kunst und ihre Aufgabe bei Wagner in einem doppelten Spannungsverhältnis: sie ist notwendigerweise zum einen revolutionäre Kunst, denn sie soll die kritikwürdigen politischen, gesellschaftlichen und davon zwangsläufig abhängigen künstlerischen Zustände der Gegenwart aufzeigen und frontal angreifen, aber zugleich ist sie doch auch Vorschein einer Wahrheit, die erst nach der Abschaffung der gegebenen Verhältnisse als eine das Leben praktisch gestaltende Wahrheit erfahren werden kann. Um beide, nicht bruchlos miteinander verbundenen Aufgaben bewerkstelligen zu können, bedarf es nach Wagner eines Künstlers, der die zur Auflösung drängenden Widersprüche einer schlechten Realität in seinen Werken

---

13 Ebenda, S. 239 f.
14 Ebenda, S. 241.

aufnimmt und sie gleichsam dialektisch in eine das ›wahre Leben‹ organisierende Zukunft hinein gestaltet. Daß diese Doppelaufgabe wohl zuerst durch das Theater aufgenommen und gelöst werden kann, versteht sich eigentlich von selbst, denn Wagners Argumentation läuft natürlich darauf hinaus, den musikdramatischen Komponisten als den einzig dazu befähigten auszuzeichnen. Gleichwohl merkt er eigens noch einmal an: »Habe ich hier einzig den wirklichen dramatischen Dichter im Auge, so meine ich das Vorhandensein der theatralischen Kunst und der dramatischen Szene, die seine Absicht zu verwirklichen im Stande wären«[15].

II

Der von Wagner so emphatisch betonte und immer wiederholte Zusammenhang von Politik, Gesellschaft und Kunst als Ausgangspunkt eines umfassenden ästhetischen Programms wie auch die Rolle des Künstlers für das visionär geschaute und lebensgestaltende ›Kunstwerk der Zukunft‹ geben den Grund dafür ab, daß sowohl Wagners politische Biographie als auch sein ganz eigenes Verständnis der Beziehung von Politik und Kunst für die Interpretation seiner Musikdramen von entscheidender Bedeutung sind. In all seinen Werken, die – mit Ausnahme von *Tristan und Isolde* – noch vor den revolutionären Ereignissen von 1848/49 in ihren Grundzügen konzipiert worden sind, hinterlassen seine vor der Revolution allmählich herangereiften politischen Überzeugungen wie die sich daraus ergebenden ästhetischen Grundüberzeugungen ihre tiefen Spuren, und so ist es denn notwendig, sich beider Bereiche im folgenden noch einmal kurz zu vergewissern.

Richard Wagner war ein Kriegskind. Als er am 22. Mai 1813 in Leipzig geboren wurde, war die Stadt von französischen Truppen besetzt und in Dresden lagen preußische und russische Soldaten. Der Kampf Napoleons um die Vorherrschaft in Europa ging seinem Ende entgegen, im Oktober desselben Jahres verlor der französische Kaiser in der Völkerschlacht bei Leipzig die militärische und damit auch die politische Kontrolle über den Kontinent. Unruhige Zeiten, von denen auch die Familie Wagner schwer betroffen wurde, durch Tod des Vaters im August 1813, durch Umzüge und Fluchten in andere Städte. Den Stiefvater Geyer, den Richard verehrte und liebte, verlor er mit sieben Jahren, und danach mußte er zu Verwandten, kam später zurück nach Dresden, wo er 1822 in die berühmte Kreuzschule aufgenommen wurde. Wie immer man die psychologischen Auswirkungen solcher Erfahrungen auf eine Biographie beurteilen mag, daß Verluste und ständige Unsicherheit charakterbildend wirken, daß sie sich tief einprägen, liegt auf der Hand. Das Bedürfnis nach Sicherheit mag hierin ebenso wurzeln wie eine innere Unruhe, die stets aufs Neue Veränderung braucht, sie anstrebt, fast herbeisehnt. Wer den frühen Lebensweg Wagners überblickt, sieht diesen jungen Mann in ständig wech-

15 Ebenda.

selnden Situationen, an vielen unterschiedlichen Orten, in Leipzig an der Universität, schon wenig später in Würzburg als Chordirektor, danach in Teplitz, in Prag und Bad Lauchstädt, erneut in Leipzig, dann Magdeburg, Berlin, Königsberg und Riga. Sechs Jahre geht das so, innerhalb derer er heiratet, zahlreiche Reisen unternimmt, um sich vergeblich um gute und dauerhafte Anstellungen zu bewerben. Die Flucht aus Riga im August 1839 nach Paris bildet in einem ohnehin schon durch existentielle Bedrohungen gezeichneten Leben einen traurigen Höhepunkt: mit großen Plänen und allen Hoffnungen eines bisher relativ erfolglosen, von sich aber überzeugten Künstlers kam Wagner in die ›Hauptstadt des 19. Jahrhunderts‹, um erneut und diesmal vollständig zu scheitern. Die vier Jahre, die er in Paris zubringen sollte, waren die Jahre seines tiefsten Elends, der schlimmsten Erniedrigung, seines größten Geldmangels und seiner geringsten Erfolge – ein täglicher Überlebenskampf, der zweifellos die Bereitschaft erzeugte, sich radikalen politischen Ideen zu öffnen. In Paris lernte Wagner denn auch nicht zufällig durch Lektüre wie Gespräch die fundamentale Kritik der französischen Frühsozialisten an den bestehenden, bürgerlich-kapitalistischen Verhältnissen kennen, hier kamen eigene Lebenserfahrung und auf Umsturz bedachte, sozialistische wie anarchistische Theorien zur Deckung.

Das Interesse für Politik war freilich schon früher durch die französische Juli-Revolution von 1830 geweckt worden, deren Ideen sich rasch in andere europäische Länder auszubreiten begannen und Freiheitsbewegungen von Belgien bis Polen beflügelten[16]. In seiner *Autobiographischen Skizze* von 1843, veröffentlicht in Heinrich Laubes *Zeitung für die elegante Welt*, formulierte Wagner sein Politisierungserlebnis knapp und emphatisch: »Nun aber kam die Julirevolution: mit einem Schlag wurde ich Revolutionär und gelangte zu der Überzeugung, jeder halbwegs strebsame Mensch dürfe sich ausschließlich nur mit Politik beschäftigen«[17]. Zu dieser Zeit war er allerdings schon durch Heinrich Laube, dem wichtigsten Sprecher der progressiven literarisch-politischen Bewegung des ›Jungen Deutschland‹, mit den Forderungen der liberal-demokratischen Opposition bekannt gemacht worden, Forderungen, die auf Parlamentarisierung der existierenden Monarchien abzielten, auf die Abschaffung von Adelsprivilegien, auf Sicherung von individuellen Grundrechten und politische Mitsprache der Bürger durch Wahlrecht, Presse-, Meinungs- und Versammlungsfreiheit. Das alles verblieb zwar noch im Kontext einer auf Verfassungsreform zielenden Absicht, aber die Realisierung solcher Forderung hätte doch die Modernisierung und Parlamentarisierung von autokratisch strukturierten Sy-

---

16 Die folgenden Ausführungen zur politischen Biographie Wagners, zu seinen Revolutionspamphleten sowie zu den ›Zürcher Kunstschriften‹ und dem Verhältnis von Politik und Kunst fassen knapp zusammen, was ich in meinem Buch: Der Wahn des Gesamtkunstwerks. Richard Wagners politisch-ästhetische Utopie, Frankfurt/M. 1994 ausführlich vorgetragen habe. Eine zweite, in wesentlichen Teilen revidierte und inhaltlich erweiterte Fassung dieses Buches wird 2004 im Metzler-Verlag, Stuttgart/Weimar erscheinen. Darauf sei schon hier hingewiesen.

17 Richard Wagner, Autobiographische Skizze, in: GSD, Bd. 1, S. 7; ebenso in: SB, Bd. I, S. 98. Vgl. auch die etwas ausführlichere Passage in: Richard Wagner, M L, S. 52.

stemen bedeutet, wäre an deren Substanz gegangen. Es mag auch an der Erfolglosigkeit solcher Bemühungen in der Zeit des deutschen Vormärz gelegen haben, daß Wagner sich danach politisch zu radikaleren Positionen hingezogen fühlte, und dies während jener sieben Jahre von 1842 bis 1849 in Dresden, da er sich als wohlbestallter Königlich Sächsischer Hopfkapellmeister eigentlich seiner Karriere als Musiker hätte widmen können. Doch sowohl die Unzufriedenheit mit den Zuständen am Theater als auch die Einsicht, daß nur durch eine Änderung der politischen Verhältnisse sich Verbesserungen in Gesellschaft und Kultur erreichen lassen würden, stimulierten sein politisches Engagement. Sein engster Freund August Röckel, Musikdirektor in Dresden, vermittelte ihm Grundkenntnisse der sozialistischen und anarchistischen Politik- und Gesellschaftsauffassungen und brachte ihm Autoren wie Weitling, Stirner und Karl Marx nahe. Mit Röckel, der nach der gescheiterten Revolution von 1848/49 zwölf Jahre im Zuchthaus verbringen mußte, verband Wagner eine tiefe Freundschaft: mit ihm besprach er seine Opernpläne, ihm erläuterte er die Konzeption seines *Ring*, von ihm bezog er seine politische Orientierung. So sehr, daß er noch in seiner Autobiographie bestätigte, er habe von ihm jene sozialistisch geprägte, neue moralische Weltordnung übernommen, auf der er nun seinerseits »die Realisierung meines Kunstideals aufzubauen begann«[18]. Ein starkes und uneingeschränktes Zeugnis für die enge Verknüpfung von revolutionär-politischer Überzeugung, ästhetischer Konzeption und musikdramatischem Werk in späteren Aufzeichnungen, die, woran zu erinnern ist, ab 1865 für den bayrischen König diktiert wurden, als Wagner seine revolutionäre Begeisterung eher zurücknahm, und die erstmals als Privatdruck ab 1870 erschienen.

Daß Wagner in jenen Dresdner Jahren Ludwig Feuerbachs Ideologiekritik und dessen sensualistische Philosophie begierig aufnahm, daß er Proudhon und Hegel las, fügt sich ins allgemeine Bild: denn er nahm alles in sich auf, aus allen Bereichen des Wissens, von der Philosophie bis zur Religionskritik, von der Literatur bis zur Mythologie, was seiner Sehnsucht nach einer revolutionär veränderten Welt förderlich schien. Über Jahre hinweg radikalisierten sich seine Ansichten, und schon im September 1846 sprach er von der Notwendigkeit, durch Revolution Deutschland umzugestalten[19]. Zwei Jahre später notiert Eduard Hanslick nach einer Begegnung mit Wagner in Wien: »Wagner war ganz Politik; er erwartete von dem Siege der Revolution eine vollständige Wiedergeburt der Kunst, der Gesellschaft, der Religion, ein neues Theater, eine neue Musik«[20]. Kein Wunder, daß er, als die Revolution in Deutschland beginnt, mit ihr sympathisiert, kein Wunder auch, daß er sich in Dresden als aktiv Handelnder mit ihr solidarisch erklärt, sich beteiligt. Statt zu komponieren, schreibt er für das Frankfurter Parlament eine Eingabe, die demokratische

18 Ebenda, S. 438.
19 Über ein entsprechendes Gespräch mit Wagner berichtet Alfred Meißner, Ich traf auch Heine in Paris. Unter Künstlern und Revolutionären in den Metropolen Europas, hg. von Rolf Weber, Berlin-Ost 1973, S. 87.
20 Eduard Hanslick, Aus meinem Leben, hg. von Peter Wapnewski, Kassel/Basel 1987, S. 86.

Reformen fordert[21], entwirft er für Sachsen das demokratisch strukturierte Ograni-sationstableau eines »deutschen Nationaltheaters«[22].

Dann folgen die Revolutionspamphlete, zunächst seine Rede *Wie verhalten sich republikanische Bestrebungen dem Königtum gegenüber?*, die er im Dresdner Vaterlands-verein, einem republikanischen Klub, im Juni 1848 hält, und die wegen ihrer sy-stemsprengenden Forderungen sofort öffentliches Aufsehen erregt: Abschaffung des Adels, aller Hofämter, seiner politischen Vertretung in der Ersten Kammer, seiner militärischen Vorrechte; Volkswehr nach französischem Vorbild; Aufteilung des Bo-dens für alle; freie Vereinsbildung und am Ende die Vision einer ›republikanischen Monarchie‹, deren demokratische Gesellschaft ihre symbolisierte Einheit in einem Monarchen finden soll, der unmittelbar mit dem Volk – ohne parasitären Adel da-zwischen – verbunden ist[23].

Im darauf folgenden Jahr publiziert er den Essay *Der Mensch und die bestehende Gesellschaft*, und jetzt gilt die Kampfansage dem Staat und der Gesellschaft insge-samt. »Der Kampf des Menschen gegen die bestehende Gesellschaft hat begonnen« – so heißt es da – , und dieser Kampf »ist der heiligste, der erhabenste, der je ge-kämpft wurde, denn er ist der Kampf des Bewußtseins gegen den Zufall, des Geistes gegen die Geistlosigkeit, der Sittlichkeit gegen das Böse, der Kraft gegen unsere Schwäche: es ist der Kampf um unsre Bestimmung, unser Recht und unser Glück.« Ein Kampf, der abzielt, »durch immer höhere Vervollkommnung seiner geistigen, sittlichen und körperlichen Fähigkeiten zu immer höherem, reinerem Glück zu gelangen«[24]. Und kurz danach schreibt er einen »Gruß« an *Die Revolution*, in dem im Stile vormärzlicher Revolutionskatechismen der völlige Umsturz gepriesen wird: »Ich bin das ewig verjüngende, das ewig schaffende Leben! Wo ich nicht bin, da ist der Tod! Ich bin der Traum, der Trost, die Hoffnung der Leidenden! Ich vernichte, was besteht, und wohin ich wandle, da entquillt neues Leben dem Gestein!... Ich will zerstören von Grund aus die Ordnung der Dinge ... ich will zerstören jeden Wahn, der Gewalt hat über die Menschen. Ich will zerstören die Herrschaft des einen über den anderen, der Toten über die Lebendigen, des Stoffes über den Geist; ich will zerbrechen die Gewalt der Mächtigen, des Gesetzes und des Eigentums. Der eigene Wille sei der Herr des Menschen, die eigne Lust sein einziges Gesetz, die eigne Kraft sein ganzes Eigentum, denn das Heilige ist allein der freie Mensch und

---

21 Richard Wagner, Brief an Professor Wigard, in: DS, Bd. V, S. 262 ff.
22 Richard Wagner, Entwurf zur Organisation eines deutschen Nationaltheaters für das Königreich Sachsen (1849), in: GSD, Bd. 2, S. 233 ff.
23 Richard Wagner, Wie verhalten sich republikanische Bestrebungen dem Königthume gegenüber? In: DS, Bd. V, S. 211 ff. und GSD, Bd. 12, S. 218 ff.
24 Richard Wagner, Der Mensch und die bestehende Gesellschaft (1849), in: DS, Bd. V, S. 229 ff. und GSD, Bd. 12, S. 241 ff. Egon Voss hat darauf hingewiesen, es sei nicht zweifelsfrei belegt, daß dieser und der folgende Text von Richard Wagner stammten, da sie beide anonym erschienen sind. Aber es ist – so wäre anzufügen – auch nicht belegt, daß sie nicht von Wagner sind. Der emphatische Stil beider Pamphlete jedenfalls ist der von Wagner in jener Zeit. Vgl. dazu Egon Voss, Wagner und kein Ende, Zürich/Mainz 1996, S. 253.

nichts Höheres ist denn er. ... Das Gleiche darf nicht herrschen über das Gleiche, das Gleiche hat nicht höhere Kraft denn das Gleiche, und da ihr alle gleich, so will ich zerstören jede Herrschaft des Einen über den Anderen«[25].

Nie zuvor oder später hat Wagner radikaler formuliert, niemals hat er danach seine völlige Ablehnung von Staat und Gesellschaft kompromißloser ausgedrückt und nie wieder ist die Revolution von ihm als Zerstörung des Bestehenden und als Bedingung für eine gänzlich neue Gesellschaft so emphatisch gefeiert worden wie hier. Der nur wenige Seiten umfassende Text ist für Wagners politisches Selbstverständnis in jenen Monaten von zentraler Bedeutung: da wütet einer, der sich durch sein Vokabular und seine Sprache als anarchistischer Sozialist ausweist, einer, der die bestehende Welt, ihre sozialen wie politischen Institutionen verwirft, ein Rhetoriker der Gewalt, ein revolutionärer Bellizist, der die Revolution am Ende zur Gottheit stilisiert – die Revolution als der »einige Gott, den alle Wesen erkennen, der alles, was ist, umfaßt, belebt und beglückt«[26].

In Umrissen lassen die Revolutionspamphlete der Jahre 1848/49 Wagners damalige politische Vorstellungen erkennen: im wesentlichen reagiert er auf das materielle wie ideelle Elend der Menschen, sieht den Widerspruch von Arbeit und Kapital, die schlechten Lebensbedingungen einer Mehrheit, denen ein heruntergekommener Kulturbetrieb entspricht. Er hofft auf das Volk, d. h. auf »alle diejenigen, welche Not empfinden, und ihre eigene Not als die gemeinsame Not erkennen oder sich in ihr inbegriffen fühlen«[27]. Das Volk soll sich als revolutionärer Akteur organisieren, um seine Freiheit zu erlangen, denn er ist überzeugt, »daß eine wirkliche Revolution nie von oben, vom Standpunkte der erlernten Intelligenz, sondern nur von unten, aus dem Drange des rein menschlichen Bedürfnisses, zu Stande kommen kann«[28]. Das Volk wird dann auch die neue Ordnung schaffen, deren Grundstruktur Wagner sich als eine genossenschaftliche vorstellt, die er aber nicht vorwegnehmen will, denn: »Wir dürfen nur wissen, was wir nicht wollen, so erreichen wir aus unwillkürlicher Naturnotwendigkeit ganz sicher das, was wir wollen, das uns eben erst ganz deutlich und bewußt wird, wenn wir es erreicht haben; denn der Zustand, in dem wir das, was wir nicht wollen, beseitigt haben, ist eben derjenige, in welchem wir ankommen wollen. So handelt das Volk, und deshalb handelt es einzig richtig«[29].

Was sich in dieser typisch anarchistischen Denkfigur zu erkennen gibt, ist die Weigerung, das Problem der Organisation einer Gesellschaft, auch einer revolutionär veränderten, zu denken, sich dem Zwang auszusetzen, Institutionen für gesellschaftliches und politisches Handeln zu entwerfen. Wagner ist, liest man seine Schriften aus jener Zeit, zutiefst ein Anti-Institutionalist – und wenn es in seinem Denken auch nur eine einzige Kontinuität geben sollte, dann die einer scharfen Ablehnung

25　Richard Wagner, Die Revolution (1849), in: GSD, Bd. 12, S. 246 f.
26　Ebenda., S. 241.
27　Richard Wagner, Flüchtige Aufzeichnungen einzelner Gedanken, in: DS, Bd. V, S. 247.
28　Richard Wagner, Eine Mittheilung an meine Freunde, in: GSD, Bd. 4, S. 310.
29　Richard Wagner, Flüchtige Aufzeichnungen einzelner Gedanken, in: DS, Bd. V, S. 247.

aller gesellschaftlichen wie politischen Institutionen. Denn er begreift alle Institutionen primär als repressiv, sie sind ihm bloße Einengung und Freiheitsgefährdung, sie begrenzen seiner Meinung nach die individuellen Handlungsmöglichkeiten, sie leben aus vergangenen, meist abgestorbenen und falschen Traditionen und sie stehen damit gegen alles Neue und gegen alle Kreativität.

Dieser Anti-Institutionalismus tritt sehr viel deutlicher noch vor Augen in Wagners Religions-, Gesellschafts- und Staatskritik, die er in seinen drei sogenannten ›Zürcher Kunstschriften‹ nach seiner Flucht ins Schweizer Exil, in Zürich, formuliert hat. Diese Schriften stehen untereinander in einem sachlichen Zusammenhang: in der ersten, *Kunst und Revolution* vom Juli 1849, konfrontiert er die moderne Zivilisation mit der griechischen Antike, die für Wagner jenen historisch einmaligen Zustand erreicht hatte, in dem Politik und Kunst, Theater und politische Aufklärung noch als Zusammenhang von den Menschen erfahren werden konnten. Der Vergleich einer degenerierten Moderne mit der aus Einheitserfahrungen lebenden Antike skizziert den geschichtsphilosophischen Hintergrund, auf dem Wagner dann seine Gegenwartskritik formulieren kann. Im *Kunstwerk der Zukunft*, geschrieben im November 1849 und »Ludwig Feuerbach in dankbarer Verehrung gewidmet«, versucht Wagner auf der Grundlage anthropologischer Annahmen das Verhältnis von Natur, Mensch, Gesellschaft und Kunst neu zu bestimmen, daran eine Gegenwartsdiagnose anzuschließen, aus der sich dann das Konzept des Gesamtkunstwerks und – damit verbunden – die Perspektive einer anarchistisch inspirierten Zukunftsorganisation ergibt, in der politische und ästhetische Erfahrungen ineinander aufgehen. Schließlich beschreibt er in *Oper und Drama*, geschrieben um die Jahreswende 1850/51, die Geschichte der Oper wie die Geschichte der Gesellschaft in paralleler Darstellung als eine Verfallsgeschichte, aus deren Negation sich ihm das neue Konzept eines Musikdramas – anstelle der Oper – und die daraus resultierende Utopie einer politisch-gesellschaftlichen Assoziation – anstelle der überkommenen politischen Institutionen der bürgerlichen Gesellschaft – ergibt. Bei aller Differenz der einzelnen Schriften untereinander zeigt sich doch insgesamt ein beeindruckender, fast systematischer Zusammenhang: Wagner formuliert eine umfassende Kritik der Moderne in ihren politischen, gesellschaftlichen und künstlerischen Ausdifferenzierungen, und er entwickelt gegen das, was ihm Verfallsphänomene sind, die Vision der Wiederherstellung einer Einheit von Lebensmöglichkeiten, die sich aus seiner Sicht durch die Synthetisierung der Künste im Gesamtkunstwerk ergeben.

Dabei geht er in der Kritik einigermaßen systematisch vor. Freilich erschließt sich diese Systematik dem unbefangenen und unvorbereiteten Leser nicht unmittelbar und sofort, sondern sie muß, über die von Wagner vorgetragenen Argumente, rekonstruiert werden, d. h. die in den Texten verstreuten Überlegungen, Einwände, Thesen und ähnliches mehr müssen unter verbindenden Gesichtspunkten zusammengefaßt und dann systematisch dargestellt und beurteilt werden. In solcher Rekonstruktion zeigt sich aber sehr bald ein verblüffend stimmiger, innerer Verweisungszusammenhang dieser Teile, zu der auch die eher noch einmal alles zusammenfassende *Mittheilung an meine Freunde* gezählt werden kann. Das große Thema

Wagners in diesen Schriften ist die Neubestimmung des Verhältnisses von Politik und Kunst, das er – analog dem linkshegelianischen Diskurs der dreißiger und vierziger Jahre – in drei großen Schritten vorzunehmen versucht: er beginnt mit einer Kritik der Religion – »die Kritik der Religion ist die Voraussetzung aller Kritik«, hatte Karl Marx festgestellt[30] –, der die Kritik des Staates und der Gesellschaft folgt; damit ist die kritische Arbeit abgeschlossen, und Wagner kann nun aus der Negation der Gegenwart die Utopie einer zukünftigen Gesellschaft entwerfen, in seinem Falle die Utopie einer durch Kunst angeleiteten Lebensführung.

Die kritischen Argumente gegen Religion, Staat und Gesellschaft sollen im folgenden nur sehr kursorisch vorgetragen werden, soweit sie für die Interpretation der musikdramatischen Werke eben unverzichtbar sind. Was die Religion betrifft, so folgte Wagner hier im wesentlichen der Religionskritik Ludwig Feuerbachs, von dem er noch in seiner Autobiographie schreibt, er sei für ihn der »Repräsentant der rücksichtslos radikalen Befreiung des Individuums vom Drucke hemmender, dem Autoritätsglauben angehörender Vorstellungen«[31] gewesen. Feuerbach hatte die Religion im wesentlichen als eine Form der Selbstinterpretation des Menschen verstanden, sah in Gott eine Projektion des Menschen, und zwar eines vorgestellten Ideals von einem Menschen, dessen positive Eigenschaften alle Gott zugeschrieben wurden. Wagner übernimmt dieses Argument, historisiert es am Beispiel des Christentums und sieht in diesem gegenüber einer Antike, deren Religion nach seiner Meinung noch mit dem Leben der Menschen selbst in Einklang stand, einen verhängnisvollen Niedergang des religiösen Reichtums und der religiösen Einstellung. In einem wenig differenzierenden Rundumschlag fertigt er dann das Christentum ab als eine Religion, die dem Menschen eine »ehrlose, unnütze und jämmerliche Existenz auf Erden« einreden wolle, die auf das Jenseits vertröste und die – Höhepunkt der Anklage – für den seit den Griechen beobachtbaren Kulturverfall verantwortlich sei[32]. Vor allem die Institution der Kirche zieht seinen ganzen Haß auf sich; sie ist ihm für starre Dogmatisierung verantwortlich, für öffentliche Lüge und Heuchelei, weil sie – wie alle Institutionen – primär an ihrer eigenen Erhaltung und Erweiterung ihres Einflusses interessiert ist. Wagner beschreibt das institutionalisierte Christentum mit seinen für ihn offensichtlichen Folgen im Stile einer Phänomenologie der Destruktivität, er bestimmt die christliche Religion primär ideologiekritisch nach dem, was sie für die Gesellschaft bedeutet, und er setzt dagegen: Identität des Menschen mit sich selbst, Einheit von Leben und Natur, die Rückbesinnung auf das »Rein-Menschliche«. Erst sehr viel später wird er seine Meinung zur Religion ändern, aber hier, in seiner Züricher Zeit, liegt er noch ganz auf der Linie von Feuerbach, wenn er meint, »wahr und lebendig ist aber nur, was sinnlich ist und den Bedingungen der Sinnlichkeit gehorcht«[33]. Feuerbach hatte

---

30 Karl Marx, Kritik des Hegelschen Staatsrechts, in: Marx-Engels-Werke, Berlin-Ost 1956, Bd. I, S. 231.
31 Richard Wagner, ML, S. 501 f.
32 Dazu eingehend in Richard Wagner, Das Kunstwerk der Zukunft, in: GSD, Bd. 3, S. 14 ff.
33 Ebenda, S. 45.

geschrieben: »wahr und göttlich« sei, »was keines Beweises bedarf, was unmittelbar durch sich selbst gewiß ist, unmittelbar für sich spricht ... Das Geheimnis des unmittelbaren Wissens ist die Sinnlichkeit«[34]. Sinnlichkeit – das meint hier, bei Feuerbach wie bei Wagner, die Gesamtheit aller Eindrücke, die Vergewisserung über die Beschaffenheit der Welt durch das, was die Sinne aufnehmen, eine Position, die der Tradition der aufklärerischen Philosophie des Sensualismus verpflichtet ist, wie sie sich seit dem 17. Jahrhundert in Europa entwickelt hatte, und die hier, bei Feuerbach wie bei Wagner, als eine Vorstufe zu einer materialistischen Philosophie verstanden werden kann[35].

Der Kritik der Religion läßt Wagner die Kritik der Gesellschaft und des Staates folgen. Sie entspricht strukturell demselben ideologiekritischen Muster, das Feuerbach für die Kritik der Religion bereitgestellt hatte – und allein dies weist das Denken Wagners in jener Zeit als dem linkshegelianischen, radikal-demokratischen Diskurs zugehörig aus. In *Oper und Drama* setzt sich Wagner am Beispiel des antiken thebanischen Königs Kreon mit der Genese von Staat und Gesellschaft auseinander und sucht zu zeigen, daß beide in ihrer institutionalisierten Form aus dem Verfall der allgemeinen Moral resultieren. Um das zu verstehen, ist es nötig, kurz den Inhalt der Geschichte, die zur Ödipus-Sage gehört, zu referieren: nachdem Ödipus sich selbst geblendet und die Herrschaft über das Königreich Theben an seine beiden Söhne Polyneikes und Eteokles übergeben hatte, vereinbarten diese in einem Vertrag, sich jeweils nach einem Jahr als Herrscher abzuwechseln. Eteokles jedoch weigerte sich, nach einem Jahr abzutreten und konnte das Volk von Theben für sich gewinnen, seinen Bruder damit aus dem Kreislauf der Macht ausschließen. Dieser sammelte ein Vielvölker-Heer, belagerte die Stadt, vermochte sie aber nicht einzunehmen. Um die Unentschiedenheit der Lage zu beenden, beschlossen die beiden Brüder einen Zweikampf, in dem sie dann beide fielen – Kreon, der Schwager von Ödipus, übernahm daraufhin die Herrschaft und entwickelte sich in der Folge zu einem schlimmen Tyrannen, der mit allen Mitteln der Heuchelei, Lüge und Unterdrückung regierte.

Wagner glaubte aus dieser Geschichte herauslesen zu können, daß der Vertragsbruch der beiden Brüder die entscheidende Ursache für die Entstehung von politischer Herrschaft gewesen sei. Entgegen der vereinbarten Rotation der Brüder, die zwar eine Regierung gesichert, deren herrschaftstechnische Verselbständigung aber verhindert hätten, resultiert aus dem Bruch des Vertrags die dann dauerhaft eingerichtete Unterdrückung durch Kreon – und erst dies ist für Wagner der Beginn von politischer Herrschaft. Drei Motive sieht er, die für die Genese des Staates ausschlaggebend sind: den Wunsch des thebanischen Volkes, durch die Aufkündigung der Rotation der Regierenden – ein anarchistisches Organisationsprinzip, das bei-

34 Ludwig Feuerbach, Grundsätze der Philosophie der Zukunft. Gesammelte Werke, hg. von Werner Schuffenhauer, Berlin-Ost, Bd. V, § 39, S. 321.

35 Vgl. dazu auch Barry Millington (Hg), Das Wagner-Kompendium München, 1996, S. 54 ff; Bryan Magee, Wagner and Philosophy, London 2000.

spielsweise in moderne Rätetheorien übernommen worden ist – Ruhe und Ordnung über den jährlichen Wechsel hinaus garantiert zu sehen; damit verbunden die
Privatisierung der Macht durch Eteokles, was Wagner als Metapher für die Entstehung des Privateigentums wertet; schließlich den engen nationalen Geist der The-
baner, die sich offenbar als eine homogene Polis verstehen und die ›multinationale‹
Streitmacht des Polyneikes als eine Bedrohung ihrer Identität empfinden. Institutionalisierung von Macht, Sicherung des Eigentums und Bewahrung der Homoge-
nität des Volkes sind demzufolge die entscheidenden Motive dafür, daß sich politische Macht herausbilden und dauerhaft institutionalisieren kann.

Hinzu kommt, daß – so Wagner – dieser so fundierte politische Staat aus einem
Rechtsbruch hervorgeht. Die von beiden Brüdern vereinbarte Regierungsrotation
implizierte noch eine Gleichstellung der Herrschenden, sie verhinderte die Verfestigung personaler Machtstrukturen und sie begünstigte daher dynamische gesellschaftliche Veränderungsprozesse – alles Fundamentalprinzipien anarchistischen Denkens,
die Wagner gleichsam historisch rückprojiziert. Diese Rückprojektion erlaubt ihm
aber dann, den Staat schon von seiner Entstehung her als einen kriminellen Repres-
sionsapparat zu bewerten, und entsprechend qualifiziert er ihn auch für seine eigene
Zeit. Der Staat ist ihm »als Abstraktum eine fixe Idee wohlmeinender aber irrender
Denker – als Konkretum die Ausbeute für die Willkür gewaltsamer und ränkevoller
Individuen gewesen, die den Raum unserer Geschichte mit dem Inhalt ihrer Taten
erfüllen«[36], er ist durch die absolute Priorisierung von Ruhe und Ordnung, durch
die Bewahrung des Status quo »die Verneinung der freien Selbstbestimmung des
Individuums«, die »unnatürlichste Vereinigung der Menschen« und schließlich »der
Keim aller Verbrechen«.

Daß aus Vertragsbruch Herrschaft, Unterdrückung und letztlich der eigene Untergang resultiert – diese Überzeugung Wagners hat sich noch im *Ring* niedergeschlagen und bestimmt dort die Dramaturgie des Geschehens. Sie ist auch konstitutiv für Wagners Gesellschaftsverständnis, denn zwischen Staat und bürgerlicher Gesellschaft sieht er einen funktions- und strukturparallelen Zusammenhang. Beides
bestimmt sich als ein repressives Durchgriffsverhältnis von oben nach unten, legitimiert und abgesichert durch das institutionalisierte Christentum. In der bürgerlichen Gesellschaft glaubt Wagner bloß routinisierte Funktionsverläufe zu erkennen,
die den Einzelnen in seinen Handlungsmöglichkeiten »beschränken und hemmen«,
einpassen in einen Zusammenhang, über den er selbst nicht mehr zu bestimmen
vermag, dem er aber auch nicht entrinnen kann. »Die Physiognomie der bürgerlichen Gesellschaft« – so heißt es in *Oper und Drama* - »ist die abgestumpfte, bis zur
Ausdruckslosigkeit geschwächte Physiognomie der Geschichte: was diese durch le-
bendige Bewegung im Atem der Zeit ausdrückt, gibt jene durch träge Ausbreitung
im Raume. Diese Physiognomie ist aber die Larve der bürgerlichen Gesellschaft,

---

36 Richard Wagner, Oper und Drama, in: GSD, Bd. 4, S. 65. Auch die folgenden Zitate finden sich auf
    dieser Seite.

unter der sie dem menschensuchenden Blicke diesen Menschen eben noch verbirgt, ... ein Chaos von Unschönheit und Formlosigkeit«[37].

Diese – hier nur in groben Zügen skizzierte – Staats- und Gesellschaftsanalyse –
ergänzt Wagner dann mit einer Beschreibung der Befindlichkeit des modernen
Menschen, deren Grundzüge mit jenen Theorien der ›Entfremdung‹ übereinstimmen, wie sie spätestens seit Karl Marx das linke Denken ganz entscheidend mitbestimmen. Für Wagner hat der Mensch zwei Momente in sich, die sich nicht harmonisieren lassen: zum einen eine reine Natürlichkeit, den Hang, mit der Natur und
dem Leben eins sein zu wollen, zum anderen eine staatlich-gesellschaftliche Prä-
gung, die ihn zum Untertanen, zum Bürger macht. Ganz in Übereinstimmung mit
dem linksradikalen Denken seiner Zeit bestimmt Wagner diese Dualität als antagonistisch, weil sich der Gegensatz von Natur und Sozialität nicht versöhnen läßt. Der
Staat drückt »auf die Gesellschaft in dem Grade, daß sie ihre lasterhafte Seite auch
auf die Individualität hinkehrt«[38], und das heißt: »Der Staat hat sich zum Erzieher
der Individualität aufgeworfen, er bemächtigt sich ihrer im Mutterleibe durch Vor-
ausbestimmung eines ungleichen Antheiles an den Mitteln zu sozialer Selbständigkeit; er nimmt ihr durch Aufnöthigung seiner Moral ihre Unwillkürlichkeit der
Anschauung, und weist ihr, als seinem Eigenthume, die Stellung an, die sie zur
Umgebung einnehmen soll. Seine Individualität verdankt der Staatsbürger dem Staate;
sie heißt aber nichts Anderes als seine vorausbestimmte Stellung zu ihm, in welcher
seine rein menschliche Individualität für sein Handeln vernichtet und nur höch-
stens auf Das beschränkt ist, was er ganz still vor sich hindenkt«[39].

Diese Vorstellung von der menschlichen Natur ist für Wagners Denken zentral,
denn sie erlaubt es ihm, einen gleichsam unbeschädigten ›natürlichen‹ Kern des
Menschen anzunehmen, der durch die Sozialisation zwar unterdrückt und defor-
miert wird, der aber andererseits in seiner Potentialität aktualisiert und dann zum
Ausgangspunkt einer revolutionären Erneuerung werden kann. Und noch ein zweiter
Gesichtspunkt ist von Bedeutung. Wagner formuliert am Ende des eben vorgetragenen Zitats, fast nebenbei, eine These, die es ihm gestattet, den Menschen, die – wie
er glaubt – in einem Zustand der völligen Entfremdung durch staatliche und gesellschaftliche Repression leben, die revolutionäre Kehre zu eröffnen. ›Still vor sich
hindenken‹ – das kann nur heißen, daß Denken und Handeln nicht ineins gesetzt
werden darf. Daraus folgt, daß der Mensch zwar durch die Gesetze und die zu ihnen
gehörenden Sanktionsmittel zum Untertanengehorsam bis an sein Lebensende gezwungen werden kann, daß er aber zugleich doch über die Möglichkeit verfügt,
sein Denken und sich im Denken frei zu entwickeln und sich hier aller Kontrolle zu
entziehen. Wie wichtig diese Annahme für Wagner ist, belegt seine Aussage: »Aus
dem Denken erzeugt sich aber zuerst die Kraft des Widerstandes gegen den Staat«[40].

---

37 Ebenda, S. 51.
38 Ebenda, S. 66.
39 Ebenda, S. 68.
40 Ebenda.

Im Denken – nicht im Handeln – also kommt der Mensch zu sich selbst, ist er fähig, die natürlichen Bedingungen seiner Existenz gegen die künstlichen des Staates und der Gesellschaft zu erkennen; im Denken kann er dann – so muß man wohl folgern – auch die praktischen Schlüsse aus solcher Erkenntnis und Reflexion ziehen. Und das Denken befähigt ihn auch dazu, seine unmittelbare Umwelt und seine Lebensbedingungen analytisch zu durchschauen. Diese Analyse der Lebensbedingungen beginnt für Wagner mit der Erkenntnis der destruktiven Kraft der Religion, die vor allem in ihrer gesellschaftsstabilisierenden Funktion liegt, sie weitet sich dann aus auf die Erkenntnis des repressiven Charakters von Staat und Gesellschaft. Und weil solche Analyse prinzipiell von jedermann gemacht werden kann, hofft Wagner, daß der Einzelne, wenn er schon nicht selbst analysiert, doch zumindest in seinem Denken das nachvollziehen kann, was Wagner in seiner Kritik bereits formuliert hat – wodurch der Künstler dann zum revolutionären Vordenker wird und aus der Kunst die eigentliche Erneuerung der Gesellschaft erwachsen könnte. Das genau ist für Wagner die Bedingung der Möglichkeit einer neuen, den Status quo übersteigenden Welt.

Kommt als letztes für Wagner die Gewißheit hinzu, daß die historische Entwicklung als ein Verfallsprozeß an ihr Ende gelangt ist. Wagners historische wie systematische Orientierung an den alten Griechen bestimmt ihn auch hier, in der Antike das strukturelle Vorbild für die eigene Zukunft zu suchen. Für ihn steht fest, daß die Griechen die Einheit von Natur und Gesellschaft noch zu wahren wußten, daß aus solcher Einheit ihre Kunst entstand, die zugleich auch gesellschaftliche Aufgaben mit übernahm. So war ihm die griechische Polis in der Zeit ihrer Hochblüte, im 5. Jahrhundert v. Chr., das entscheidende historische Ideal, das er auch als Vorbild für die Zukunft betrachtete, weil er in dieser Polis die Einheit von Politik, Gesellschaft und Kultur mit den individuellen Lebensvollzügen der einzelnen Griechen noch gewahrt und gewährleistet sah. Mit der nachklassischen Demokratie in Griechenland beginnt dann allerdings ein Prozeß des allmählichen Zerfalls dieser Einheit, modern gesprochen: eine funktionale Ausdifferenzierung von Lebensbereichen, die zunehmend an Eigengewicht gewinnen und daher, um überhaupt miteinander kooperieren zu können, eines immer mächtiger werdenden Koordinierungsapparates – des Staates eben – bedürfen, der zugleich auch zum Repressionsinstrument wird. Aber diese Entwicklung einer Verfallslogik kann sich, das ist Wagners Überzeugung, nicht endlos perpetuieren: sie muß einmal an ihr Ende kommen, und Wagner zweifelt nicht daran, daß dieses Ende bevorsteht. Weder der Staat noch die bürgerliche Gesellschaft haben auf der Grundlage der Verlängerung ihrer bisherigen Entwicklung eine erfolgreiche Zukunft vor sich, ihre Geschichte hat sich erschöpft. Der Staat als »äußere Notwendigkeit für das Bestehen der Gesellschaft«[41] – Hegel spricht vom »Not- und Verstandesstaat«[42] – kann nach Wagners Überzeugung auf Dauer

---

41 Ebenda, S. 54.
42 Georg W.F. Hegel, Grundlinien der Philosophie des Rechts, hg. von Johannes Hoffmeister, Hamburg 1955, § 183.

durch eine Gesellschaft, die auf der Selbstentfremdung ihrer Bürger, auf deren Trennung von Denken und Handeln, auf materiellem Besitz und Eigennutz, auf Ausbeutung der Natur und naturwidriger Moral, auf einem funktional notwendigen ›Egoismus‹ sich gründet, nicht stabilisiert werden, geschweige denn, daß er eine Chance hat, fortzubestehen; er ist, wie die Gesellschaft selbst, dem Untergang geweiht. »Seit dem Bestehen des politischen Staates« − schreibt Wagner − »geschieht kein Schritt in der Geschichte, der, möge er selbst mit noch so entschiedener Absicht auf seine Befestigung gerichtet sein, nicht zu dem Untergang hinleitet.«[43]

III

Also ist die bisherige Geschichte an ihr Ende gekommen und mit ihr die Politik, von der für die Zukunft nichts mehr zu erhoffen ist. »So ist die Kunst des Dichters zur Politik geworden: keiner kann dichten, ohne zu politisieren. Nie aber wird der Politiker Dichter werden, als wenn er eben aufhört, Politiker zu sein: in einer rein politischen Welt nicht Politiker zu sein, heißt aber so viel, als gar nicht existieren: wer sich jetzt noch unter der Politik hinwegstiehlt, belügt sich nur um sein eigenes Dasein. Der Dichter kann nicht eher wieder vorhanden sein, als bis wir keine Politik mehr haben«[44]. Nach der vernichtenden Abrechnung mit Religion, Staat und Gesellschaft formuliert Wagner in *Oper und Drama* in diesen wenigen Sätzen sein Programm; es läßt sich auf die Formel bringen: wo Politik vorherrscht, kann es keine Kunst geben, und wo es Kunst gibt, bedarf es keiner Politik mehr.

Dazu freilich muß auch die Kunst erst revolutioniert werden, denn was für die Politik gilt, gilt auch für die Kunst: »Ihr wirkliches Wesen ist die Industrie, ihr moralischer Zweck der Gelderwerb, ihr ästhetisches Vorgeben die Unterhaltung der Gelangweilten«[45]. Das zeigt die Geschichte der Oper, die − nach Wagner − leider nicht aus den mittelalterlichen Volksschauspielen entstanden ist, sondern als aristokratische Kunst, und die so schon von Anfang an eine entfremdete Kunstform ist, das Resultat einer ständisch gegliederten und damit durch Herrschaft charakterisierten Gesellschaft. Dieser Geburtsfehler, den Wagner eingehend an der Entwicklung des Formenbestandes der Oper zu belegen sucht, verschärft sich noch in dem Augenblick, als das Bürgertum sie in ihren Besitz nimmt. Die Oper wandert gleichsam als Kunstform des parasitären Adels hinüber zu einem nicht minder parasitären Bürgertum, sie dient den ausschweifenden Bedürfnissen einer luxurierenden Klasse und entbehrt damit jeglicher künstlerischen Ernsthaftigkeit. Es würde zu weit führen, hier die einzelnen Schritte von Wagners Argumentationen zusammenzutragen[46]. Verkürzend aber soll darauf verwiesen werden, daß die Entwicklung der Oper von Wagner paral-

43 Richard Wagner, Oper und Drama, in: GSD, Bd. 4, S. 65.
44 Ebenda, S. 53.
45 Richard Wagner, Die Kunst und die Revolution, in: GSD, Bd. 3, S. 19.
46 Vgl. dazu ausführlich Udo Bermbach, Der Wahn des Gesamtkunstwerks, S. 167 ff. (›Kritik der Oper‹).

lel zur Entwicklung von Religion, Staat und Gesellschaft gedacht wird. Es sind dieselben evolutionären und verfallshistorischen Etappen, die er für alle diese Bereiche geltend macht, es ist stets dieselbe Argumentation, die nur auf unterschiedliche Gegenstandsbereiche angewandt wird. Für die Oper heißt das: eine ursprüngliche Musikbegabung des Volkes, die sich im Reichtum von Liedern und Tänzen niederschlug, eine ursprüngliche Einheit von Volk, Musik und Musikausübung wurde – parallel zur Herausbildung moderner Herrschaftsstrukturen – in eine natürliche und eine artifizielle Sphäre des Musikgebrauchs gespalten. Während das Volk sich die Erinnerung an seine Musik bewahrte, eigneten sich die Herrschenden die komplizierter werdenden Formen der Musik und der Musikpraxis an, entfremdeten die Musik dadurch dem Volk und funktionalisierten sie zu ihren Zwecken. Vor allem die Oper unterlag diesem Prozeß der Indienstnahme, und sie entbehrt deshalb auch einer eigenständigen ästhetischen Würde. Sie ist im Falle der französischen Grand opéra zum »Effekt« verkommen, »Wirkung ohne Ursache«[47], im Falle des italienischen Belcanto »reaktionär«, weil sie einem reaktionären politischen Publikum in die Ohren geschrieben ist. Im Falle der deutschen Entwicklung hat sie »in ihrer Bedeutung und Verirrung, endlich in ihrer immer klarer werdenden und ihren Irrthum kundgebenden Zersplitterung und Unfruchtbarkeit, zu viel mit den Irrthümern unserer politischen Entwickelung in den letzten vierzig Jahren, als daß die Beziehung hierauf übergangen werden könnte«[48]. Hier zeigt sich einmal mehr und überdies direkt formuliert, daß Wagner Politik und Kunst immer in einen gegenseitigen Bezug setzt, daß er ihre Entwicklung parallel denkt und zu beweisen sucht, daß das, was für das eine gilt, auch das andere mitentscheidet. Die Oper teilt deshalb auch die Verfallsgeschichte von Staat und Gesellschaft auf ihre eigene Weise, sie vollzieht deren funktionale Differenzierung im Niedergang ihrer Inhalte und Formen nach, sie korrespondiert dadurch strukturgenau mit ihrem politischen und gesellschaftlichen Umfeld – und darin liegt auch für Wagner ihr Ende als Gattung beschlossen.

In hegelianischer Manier denkt Wagner das Ende der bisherigen Politik und der bisherigen Oper als eine Bedingung des Übergangs zu etwas völlig Neuem: er will die Abschaffung des Bestehenden im Sinne seiner Überführung in eine neue quasipolitische wie ästhetische Qualität. Es geht ihm darum – und dies kann nicht oft und nachhaltig genug betont werden – , die überkommene Politik und den durch sie geformten Staat wie die bürgerliche Gesellschaft restlos abzuschaffen und an deren Stelle als neues Medium sozialer Integration die Kunst zu setzen, genauer: die musikdramatische Kunst, wie er sie versteht. Um diese Aufgabe bewerkstelligen zu können, bedarf es allerdings zuvor einer Revolution. In einem Brief an seinen Freund Theodor Uhlig vom 27. Dezember 1849 schreibt Wagner aus dem Exil: »Meine Sache ist: Revolution zu machen, wohin ich komme. ... Sind wir ganz aufrichtig, so müssen wir eigentlich auch zugestehen, daß es jetzt das einzige ist, was sinn und wirklichen zweck hat: das kunstwerk kann jetzt nicht geschaffen, sondern nur vor-

---

47 Richard Wagner, Oper und Drama, in: GSD, Bd. 3, S. 301.
48 Ebenda, S. 259.

bereitet werden, und zwar durch revolutioniren, durch zerstören und zerschlagen alles dessen, was zerstörens- und zerschlagenswerth ist. Das ist unser werk, und ganz andere leute als wir werden erst die wahren schaffenden künstler sein. Nur in diesem sinne fasse ich auch meine bevorstehende thätigkeit in Paris auf: selbst ein werk, das ich für dort schreibe und aufführe, wird nur ein moment der revolution, ein affirmationszeichen der zerstörung sein können. Nur zerstörung ist jetzt nothwendig, – aufbauen kann gegenwärtig nur willkürlich sein«[49].

Die Revolution gilt somit als Dreh- und Angelpunkt einer Zukunft, die nur durch die Negation der Gegenwart gewonnen werden kann, deren bestimmte, etwa institutionell festgefügte Konturen sich unter den gegenwärtigen Bedingungen noch nicht definitiv ausmachen lassen. Und doch versucht Wagner, aus der Negation der Gattungsentwicklung von französischer wie italienischer Oper sein Konzept des Musikdramas zu gewinnen, das er dann zu dem des Gesamtkunstwerks erweitert, und er geht damit konzeptionell über die selbst formulierten Einschränkungen der Erkenntnis von Zukunft hinaus. Denn beides, Musikdrama wie Gesamtkunstwerk[50], steht für eine visionäre Idee von Kunst, beides hat ein die Gegenwart überschießendes, utopisches Potential, beides zielt auf eine ›zweite Realität‹, die »wirklicher ist als die erste Realität der Politik«: das »offenbarende Kunstwerk, in dem die zweite Realität der Kunst als Natur die erste Realität der Politik als Wahn durchschaubar macht«[51]. So lassen denn auch Wagners strukturelle Vorstellungen vom Gesamtkunstwerk nicht nur die Umrisse des ›Kunstwerks der Zukunft‹ erkennen, sondern sie zeichnen auch in Analogie dazu den Grundriß der von ihm revolutionär angestrebten sozialen Gemeinschaft von Menschen.

Wagners Gesamtkunstwerk geht inhaltlich auf die Synthetisierung von bislang getrennten Einzelkünsten aus, also auf die Verschmelzung von Text, Musik, Tanz, Gebärde, Bühnendekorationen und Licht, es vereinigt unter formalen Gesichtspunkten seine eigenen Produktionsbedingungen, das Zusammenspiel von Sänger-Darsteller, Orchester, Theaterorganisation und Publikum. Das Gesamtkunstwerk ist also – so wie Wagner es im Unterschied zu den historisch vorausliegenden Vorstellungen etwa der Romantiker versteht – ein umfassender Organismus, in dem alle Teile zusammenspielen, um im Theater jene die Wirklichkeit transzendierende Erfahrung einer ›Einheit in der Vielfalt‹ erleben zu können, die Wagner als Gegenentwurf zu einer funktionalistisch ausdifferenzierten und deshalb auch entfremdeten Welt versteht. Einheit in der Vielfalt meint dagegen, daß die am Gesamtkunstwerk beteiligten Subjekte im harmonischen Zusammenklang aller Momente und durch die »Gefühlswerdung des Verstandes«[52] eine aus dieser ästhetischen Erfahrung resul-

49 Richard Wagner, SB, Bd. III, S. 196 f.
50 Zur begrifflichen Abgrenzung von Musikdrama und Gesamtkunstwerk vgl. Udo Bermbach, Der Wahn des Gesamtkunstwerks, S. 188 ff. (›Das Konzept des Musikdramas‹).
51 Lothar Kramm, Elemente deutschen Politikverständnisses bei Richard Wagner, in: Zeitschrift für Politik, Nr. 2/1988, S. 130 ff; die Zitate S. 138 f.
52 Richard Wagner, Oper und Drama, in: GSD, Bd. IV, S. 78. Vgl. dazu Udo Bermbach, Der Wahn des Gesamtkunstwerks, S. 202 ff. (›Gefühl und Verstand‹).

tierende Identität der Weltsicht gewinnen, deren Kern das »Rein-Menschliche« ist, das hinter allen historischen Verbiegungen liegende »wahre Wesen des Menschen«, die noch im Aufbegehren sich offenbarende »unverfälschte Natur« – das alles sind Metaphern für die Vorstellung Wagners, der Mensch könne mit sich selbst und mit der Natur in bruchloser Einheit leben. Zugleich formuliert sich hier aber auch eine identitätsphilosophische Position, die sich gegen die Moderne mit ihren Brechungen und ihren pluralistischen Entwicklungen richtet. Für Wagner ist es deshalb die Aufgabe des ›Kunstwerks der Zukunft‹, das Bewußtsein für eine einheitsstiftende Identität jenseits des Alltags zu vermitteln: »Eine Bevölkerung ihren gemeinen Tagesinteressen zu entreißen, um sie zur Andacht und zum Erfassen des Höchsten und Innigsten, was der menschliche Geist faßt, zu stimmen«[53] – das soll eine zukünftige Kunst leisten, und indem sie das leistet, soll sie ein neues sozio-kulturelles Klima schaffen, das auch das kollektive Selbstverständnis eines Volkes entscheidend bestimmen kann. Die Kunst der Zukunft, wie Wagner sie projektiert, ist eine Kunst, die durch Negation der Erfahrungen der Gegenwart die Optionen für die Zukunft offen hält.

Organisatorisch wird das ›Kunstwerk der Zukunft‹ von Wagner als ein genossenschaftliches gedacht – und auch darin folgt er anarchistischen Prinzipien. »Das Kunstwerk der Zukunft« – so schreibt er – »ist ein gemeinsames, und nur aus einem gemeinsamen Verlangen kann es hervorgehen. Dieses Verlangen ... ist praktisch nur in der Genossenschaft aller Künstler denkbar, und die Vereinigung aller Künstler nach Zeit und Ort und zu einem bestimmten Zwecke bildet diese Genossenschaft«[54]. In solchen Genossenschaften versammeln sich, so die Vorstellung, alle diejenigen, die am Zustandekommen des Kunstwerks beteiligt sind[55]. Dieses kollektiv produzierte und kollektiv aufgeführte, dann auch kollektiv erlebte und durchlebte Kunstwerk, das sich in einem öffentlichen Raum ereignen soll, gibt zugleich das strukturelle Muster ab, nach dem das gesamte Leben zukünftig organisiert werden kann. An mehreren Stellen der ›Zürcher Kunstschriften‹ wird dieser Gedanke, wonach die Kunstproduktion zum Modell der Reproduktion des Lebens insgesamt werden wird, nachhaltig formuliert. So heißt es am Ende von *Die Kunst und die Revolution*: »Die Kunst und ihre Institute ... können somit die Vorläufer und Muster aller künftigen Gemeindeinstitutionen werden; der Geist, der eine künstlerische Körperschaft zur Erreichung ihres wahren Zweckes verbindet, würde sich in jeder anderen gesellschaftlichen Vereinigung wiedergewinnen lassen, die sich einen bestimmten menschenwürdigen Zweck stellt; denn eben all unser zukünftiges Gebahren soll und kann, wenn wir das Richtige erreichen, nur rein künstlerischer Natur noch sein, wie es allein den edlen Fähigkeiten des Menschen angemessen ist«[56]. Das heißt nichts weniger, als daß dieselben Prinzipien, die für das Entstehen von Kunstwerken

53 Richard Wagner, Religion und Kunst, in: GSD, Bd. 10, S. 211.
54 Richard Wagner, Das Kunstwerk der Zukunft, in: GSD, Bd. 3, S. 162.
55 Ebenda, S. 166 ff.
56 Richard Wagner, Die Kunst und die Revolution, in: GSD, Bd. 3, S. 40 f.

in einer postrevolutionären Zeit gelten werden, dann auch umstandslos auf die Lösung nichtkünstlerischer Aufgaben und Probleme angewandt werden können, daß also, um es anders und prägnanter zu formulieren, nach einer gelungenen Revolution zwischen Kunst, Gesellschaft und Politik – die es eigentlich nicht mehr gibt – eine Äquivalenz der Strukturen bestehen wird, die in einer Prinzipiengleichheit der normativen Grundlagen aller Lebensbereiche ihre Letztbegründung findet.

Wagners Utopie schaltet also Kunst, Gesellschaft und Politik gleich und setzt für die nachrevolutionäre Entwicklung der Gesellschaft die Kunst als zentrales Medium der Gemeinschafts- oder auch Gesellschaftsbildung an die Stelle von Politik. Daß dieser Tausch von Politik und Kunst als soziale Integrationsmedien, diese Substitution von Politik durch ästhetische Erfahrung überhaupt möglich wird, verdankt sich dem identitätsphilosophischen Grundkonzept Wagners und einem damit verbundenen, sehr reduzierten Verständnis von menschlichen Bedürfnissen. Beides geht zusammen, das eine begründet das andere, und Wagner bringt seine Sicht im *Kunstwerk der Zukunft* auf die Kurzformel: »Alle Menschen haben nur ein gemeinschaftliches Bedürfnis, welches jedoch nur seinem allgemeinsten Inhalte nach ihnen gleichmäßig innewohnt: das ist das Bedürfnis zu leben und glücklich zu sein«[57]. Überzeugt, daß sich das Ziel des Gesamtkunstwerks inhaltlich so fassen lasse, kann Wagner dann auch – und hier folgt er wiederum anarchistischen Ideen – sich die soziale Organisation der zukünftigen Menschheit als eine »freie, natürliche und nicht gewaltsame Vereinigung«[58] vorstellen, deren Zweck ausschließlich auf die Befriedigung des Lebens- und Glücksverlangens ihrer Mitglieder gerichtet ist, »und dieser Zweck gibt denn auch ganz von selbst die Gesetze für das gemeinschaftliche Handeln ab.«

Das aber muß wohl so verstanden werden: wo der Zweck des Lebens in freier Entscheidung der Betroffenen im Konsens definiert und akzeptiert wird, ergeben sich – so die Unterstellung – die sozialen Formen der gesellschaftlichen Organisation von selbst und schlagen sich dann zwanglos und in selbstverständlicher Weise in den Gesetzen nieder. Diese Gesetze wiederum werden – dies eine weitere Unterstellung – , weil sie frei vereinbart sind, offensichtlich auch freiwillig eingehalten. Wagner glaubt daher, daß dort, wo Kunst und Leben ihre zentralen Inhalte und Ziele teilen, sich auch die Produktionsformen beider Bereiche in ihren zentralen Strukturen einander annähern, daß sie letztlich identisch werden. Diese Zwangsläufigkeit ist für ihn der ausschlaggebende Grund dafür, daß die Kunst Vorbildcharakter für alle anderen Lebensbereiche gewinnen und ihr deshalb auch die Sozialintegration aufgebürdet werden kann. Wie nachhaltig dieser, eine erfolgreiche Revolution voraussetzende Gedanke bei Wagner dessen Verständnis von Kunst und zukünftiger Sozialgemeinschaft bestimmt, soll ein letztes Zitat noch einmal belegen: »Die besonderen Bedürfnisse, wie sie nach Zeit, Ort und Individualität sich kundgeben und

---

57 Richard Wagner, Das Kunstwerk der Zukunft, in: GSD, Bd. 3, S. 168.
58 Ebenda, S. 167. Hier auch das folgende Zitat.

steigern, können in dem vernünftigen Zustande der zukünftigen Menschheit allein
die Grundlage der besonderen Vereinigungen abgeben, welche in ihrer Totalität die
Gemeinschaft aller Menschen ausmachen. Diese Vereinigungen werden gerade so
wechseln, neu sich gestalten, sich lösen und wiederum knüpfen, als die Bedürfnisse
wechseln und wiederkehren; sie werden von Dauer sein, wo sie materiellerer Art
sind, auf den gemeinschaftlichen Grund und Boden sich beziehen, und überhaupt
den Verkehr der Menschen in so weit betreffen, als dieser aus gewissen, sich gleichbleibenden, örtlichen Bestimmungen als nothwendig erwächst; sie werden sich aber
immer neu gestalten, in immer mannigfaltigerem und regerem Wechsel sich kundgeben, je mehr sie aus allgemeineren höheren, geistigen Bedürfnissen hervorgehen.
Der starren, nur durch äußeren Zwang erhaltenen, staatlichen Vereinigung unserer
Zeit gegenüber, werden die freien Vereinigungen der Zukunft in ihrem flüssigen
Wechsel bald in ungemeiner Ausdehnung, bald in feinster naher Gliederung das
zukünftige menschliche Leben selbst darstellen, dem der rastlose Wechsel mannigfaltigster Individualität unerschöpflich reichen Reiz gewährt ...«[59].

Es ist gewiß keine Übertreibung zu behaupten, daß diese Zeilen zu den erstaun-
lichsten und wichtigsten Stellen der Schriften jener Jahre zählen. Denn Wagner
entwirft hier mit großen Strichen die Perspektive von flexiblen Organisationsstrukturen, die je wechselnden Bedürfnissen folgen sollen und also auf feste Institutiona-
lisierungen grundsätzlich verzichten. Es gibt in diesem anarchistisch inspirierten
Organisationsmodell keinen Platz mehr für traditionelle Strukturen, keinen Platz
mehr für hierarchisch gefügte, aufeinander aufbauende Institutionen, keine feste
funktionale Ausdifferenzierung, wie sie die Moderne hervorgebracht hat – nichts,
was auf Dauer gedacht und eingerichtet wird. Wagners Vision einer zukünftigen
Organisation der Menschheit ist die Vision des Aufbaus flexibler und miteinander
kommunizierender Netzwerke, durch die kleine, überschaubare Lebensbereiche as-
soziativ miteinander verbunden werden, die sich aber permanent verändern können, voneinander wieder lösen und anders neu zusammenfügen – eine Struktur, die
im *Ring* in den Leitmotiven und der Technik ihrer Verarbeitung ihren kompositorischen Niederschlag gefunden hat. Nur dort, wo die Bedürfnisse – wie er schreibt –
»materieller Art« sind, wo der »Verkehr der Menschen« einen »gleichbleibenden«
Charakter gewinnt, wo also routinisierte Produktionsabläufe ins Spiel kommen, die
man sinnvoller Weise nicht durch improvisiertes Handeln ersetzen sollte, nur dort
gesteht er die Notwendigkeit von auf Dauer angelegten Institutionen zu. Ansonsten
glaubt er an Problem- und Situationsbewältigung durch eben jene Netzwerke, von
denen er annimmt, daß sie rascher reagieren können als die in der Tradition gegründeten, überkommen und damit schwerfälligen Institutionen.

In diesem Entwurf einer Selbstorganisation von Kunst, Gesellschaft und Politik
verdichten sich Prinzipien anarchistischer Organisationsideen, welche die Erfahrungen moderner Sozialbewegungen in ganz erstaunlicher Weise vorwegnehmen.

---

59 Ebenda, S. 168 f.

Wagners Konzept erinnert nicht zuletzt an moderne Bürgerinitiativen, die sich in aller Regel aus dem Gegensatz zu repräsentativen Institutionen des modernen Staates – wie etwa Parteien – bilden, strukturieren und legitimieren, die sich als ›Einzweck-Bewegungen‹ zur Lösung konkret gestellter Aufgaben verstehen, sich in direkter Anbindung an die ›Basis‹ der Betroffenen direkt-demokratisch organisieren und damit eine unmittelbare Mitwirkung an politisch-administrativen Entscheidungen garantieren wollen. Es sind Basisorganisationen, die sich dann wieder auflösen, wenn ihre Aufgabe erfüllt ist – ganz im Sinne von Wagners Vision vom »flüssigen Wechsel« der von ihm prognostizierten Vereinigungen.

Bedeutsam ist nun, daß sich solche Vereinigungen zunächst einmal, wie Wagner unterstellt, im Bereich der Kunst bilden, daß sie als künstlerische Genossenschaften entstehen werden, wo sie ebenfalls dem Prinzip der permanenten Veränderung und des ständigen Wechsels gehorchen, wo aus solchem Wechsel erst die neue dramatische Kunst hervorgehen wird. »Auf diese Weise kann nichts starr und stehend in dieser künstlerischen Vereinigung werden: sie findet nur zu diesem einen, heute erreichten Zweck der Feier dieses einen bestimmten Helden statt, um morgen unter ganz neuen Bedingungen, durch die begeisternde Absicht eines ganz verschiedenen anderen Individuums, zu einer neuen Vereinigung zu werden, die ebenso unterschieden von der vorigen ist, als sie nach ganz besonderen Gesetzen ihr Werk zu Tage fördert, die, als zweckdienlichste Mittel zur Verwirklichung der neu aufgenommenen Absicht, sich ebenfalls als neu und ganz so noch nie dagewesen ergeben«[60].

Durch alle sprachliche Umständlichkeit hindurch ist der emphatische Ton Wagners über diese von ihm für sich selbst neu entdeckte Organisationsidee unüberhörbar. So sehr ist er von dieser Idee überzeugt, daß er für die Zukunft den Vorbildcharakter der Kunst nicht nur für die soziale Integration von Menschen postuliert, sondern ihr auch die damit verbundene Organisationsleistung aufbürdet. »Die Kunst soll – um die bereits zitierte Formulierung noch einmal zu wiederholen – »Vorläufer und Muster aller Gemeindeinstitutionen werden«, weil alle menschlichen Fähigkeiten in Zukunft nur noch »rein künstlerischer Natur« sein sollen[61].

Damit hat Wagner sein politisch-ästhetisches Programm deutlich umrissen und grundsätzlich formuliert, wenngleich natürlich nicht mit jener Ausführlichkeit und Detailfreude, die von einem Theoretiker der Politik oder einem Philosophen für Ästhetik zu erwarten wäre. Doch insgesamt so, daß das ganze Gedankengebäude als systematisch angelegt zu erkennen ist. Diesem Programm ist Wagner – wie viele Äußerungen in Briefen, Schriften und den Tagebuchaufzeichnungen von Cosima belegen – bis an das Ende seiner Tage im wesentlichen treu geblieben. Ein Leben lang hat er an seiner Überzeugung festgehalten, daß nach der radikalen Kritik der Gegenwart, ihrer Politik wie des Kulturbetriebs und der ihm entsprechenden Kunst, eine neue Kunst – seine eigene natürlich – an die Stelle der abgewirtschafteten Politik zu treten habe, und daß in der Folge die Menschen dann auch in der Lage

60 Ebenda, S. 169.
61 Richard Wagner, Die Kunst und die Revolution, in: GSD, Bd. 3, S. 40 f.

sein würden, durch neue ästhetische Erfahrungen auch neue Formen der Verge-meinschaftung auszubilden. Noch 1881, zwei Jahre vor seinem Tod, hat er sich eine »ästhetische Weltordnung«[62] erträumt – eine Welt*ordnung*, keinen Welt*staat* –, einen Zustand also, in dem das Leben des Einzelnen wie das Zusammenleben aller nach ästhetischen, nicht nach politischen Kriterien organisiert werden sollte. Auch in diesen letzten Lebensjahren bezog sich seine Sehnsucht noch immer auf eine Ord-nung des gemeinschaftlichen Lebens, von der er meinte, er habe sie strukturell und modellhaft in dem von ihm konzipierten Gesamtkunstwerk vorweggenommen. Frei von allen zwanghaften staatlichen Institutionen, frei von allen starren Regelsyste-men, frei von hierarchischer Ordnung und von »trüber Verträge« Bindungskraft glaubte er, die neue dramatische Kunst werde jenes »Rein-Menschliche« zurückbringen, das im Prozeß der Zivilisation verloren gegangen sei. In der von ihm ersehnten »ästhetischen Weltordnung« würden, so war die Hoffnung, alle Formen der Ent-fremdung aufgehoben sein, die Übereinstimmung von individueller und kollektiver Moral gewährleistet werden, private und öffentliche Lebensführung sich harmo-nisch verbinden lassen. Solche neuen genossenschaftlichen Formen von Vergemein-schaftung sollten dann die funktionalen Ausdifferenzierungen der modernen Ge-sellschaften, ihre vielfältigen und gegeneinander abgeschotteten Arbeitsteilungen wieder zurücknehmen, so daß die Menschen ihr Leben und ihre Umwelt wieder als ein zusammengehörendes Ganzes erfahren könnten. Analog zur Einheit der Künste im Gesamtkunstwerk wollte Wagner die nachrevolutionäre Gemeinschaft der Men-schen als eine Einheit aller Lebensäußerungen und Lebenserfahrungen.

IV

Sowohl die politischen Einstellungen als auch die Erfahrungen Wagners, seine re-volutionäre Begeisterung wie sein radikales oppositionelles Handeln, nicht zuletzt die daraus gewonnenen theoretischen Einsichten und utopischen Visionen zum Ver-hältnis von Politik, Gesellschaft und Kunst sind auch in seine musikdramatischen Werke eingegangen. Es wäre auch verwunderlich, wenn dem nicht so wäre. Versu-che, die Werke Wagners von seiner Biographie zu trennen oder die Schriften als eher unverbindlich, weil vermeintlich widersprüchlich und für das Verständnis sei-ner Bühnendramen als unerheblich zu erklären, sind immer wieder gemacht wor-den und werden sicherlich auch zukünftig immer wieder gemacht werden, Nie-mand ist gehindert, sich seinen eigenen Wagner in dieser Weise zurechtzulegen, zumal Kunstwerke nie nur in einer einzigen Interpretation aufgehen, sondern ihr Rang sich gerade darin zeigt, daß sie eine Vielzahl von Verständnisperspektiven er-öffnen. Doch das heißt nicht, daß der interpretatorischen Beliebigkeit und Willkür alle Türen geöffnet sind. Denn unzweifelhaft gibt es ursprüngliche Intentionen, die

---

62 Richard Wagner, Heldenthum und Christenthum, in: GSD, Bd. 10, S. 284.

vom Autor seinen Werken gleichsam eingeschrieben sind. Wer mit Wagner meint, daß das »absolute Kunstwerk ein vollständiges Unding« sei, wer sich ernsthaft und mühevoll auf Wagner einlassen möchte, der wird nicht umhinkommen, sich den Lebensweg des Komponisten ebenso anzusehen wie die nicht immer leichte Arbeit der Lektüre seiner Schriften auf sich zu nehmen, um aus beidem Einsichten in solche Ursprungsintentionen zu gewinnen. Entschädigt wird er dadurch, daß sich plötzlich Perspektiven auftun, die einer nur ›werkimmanenten‹ Rezeption notwendigerweise verschlossen bleiben müssen.

Vor allem zwei Beobachtungen sollen notiert werden, die sich demjenigen aufdrängen, der die Biographie Wagners wie seine Schriften als Dokumente der Selbstauslegung zur Kenntnis nimmt. Zum einen ergeben sich unabweisbar assoziative Verbindungen zwischen den persönlichen Erfahrungen, den theoretischen Schriften und den Musikdramen. Schon die frühen Werke *Die Feen* und *Das Liebesverbot* enthalten viele gesellschaftspolitische Motive, und erst recht spiegelt sich in einer Oper wie dem *Rienzi* Wagners Verständnis von Politik und ihrer revolutionären Auflösung. Politische Konflikte werden da auf die Bühne gebracht, die sich unauflösbaren machtpolitischen Interessengegensätzen ebenso gut verdanken wie den persönlichen, aus Standesunterschieden erwachsenden, existentiellen Abneigungen der handelnden Akteure. Und zu lernen ist, was mit einer Revolution geschieht, der es nicht gelingt, sich selbst durch eine erfolgreiche Institutionalisierung dauerhaft abzusichern. Nicht sehr viel anders steht es um den *Fliegenden Holländer*, dessen Handlung sich nicht in der Psychologie zweier unglücklich Liebender erschöpft, sondern in der zentrale gesellschaftskritische Überlegungen Wagners bereits eine bestimmende Rolle spielen. Solche Assoziationen lassen sich ohne Schwierigkeiten fortführen: *Tannhäuser* läßt sich verstehen als ein Stück, in dem ein anarchischer Subjektivismus thematisiert wird, der mit den gesellschaftlichen wie politischen Institutionen nicht zurechtkommt, der aber zugleich auch mit sich selbst nicht im Reinen ist – Beispiel für die Schwierigkeit, ein ungebundenes Künstlerleben mit den Regeln einer geordneten Gesellschaft zu verbinden. Im *Lohengrin* läßt sich der Konflikt zwischen politischer Herrschaft und ästhetischer Lebensvision identifizieren, der zur Ursache des Scheitern der persönlichen Beziehungen zweier Liebender wird, Beziehungen, die an scheinbar unverrückbaren Machtverhältnissen zerbrechen. Wie auch in *Tristan und Isolde* die auf ihre radikale Einlösung drängende Liebe an den politischen Schranken einer ständischen Gesellschaft scheitert, an Regeln und Ritualen von Herrschaft, die am Ende die beiden Liebenden alternativlos in den Verrat ihrer Liebe und in den Tod treiben – erzwungene Transzendierung einer Beziehung durch die Kraft des Faktischen. Während Politik und Gesellschaft im *Tristan* nur indirekt den bestimmenden Hintergrund der Handlung abgeben, verhält es sich damit in den *Meistersingern* anders: mit und in ihnen hat Wagner seine postrevolutionäre Utopie einer Gemeinschaft auf die Bühne gebracht, die sich aus einem Netz von künstlerischen Genossenschaften konstituiert. Hier zeigt er, wie ästhetische Regeln sozial funktionieren können, wie Kunst und gemeinschaftliches Leben aus derselben Grundlage heraus entstehen. Daß der *Ring des Nibelungen* ein durch und durch politisches Stück ist, braucht wohl kaum mehr betont zu werden; denn dies ist so evident, daß nahezu keine Inszenierung der letzten dreißig Jahre den Aspekt des Politischen in der Tetralogie völlig ignorieren konnte. Aber selbst *Parsifal*, das Bühnenweihfestspiel und Wagners ›Weltabschiedswerk‹, entbehrt nicht aller politischen Implikationen – die durch Klingsor politisch bedrohte Gralsgemeinschaft benötigt einen Helden, der in einem langwierigen Lernprozeß erst begreifen lernt, daß die ›Erlösung‹ dieser Gemeinschaft nicht durch Macht und Herrschaft, sondern durch die Offenbarungen des Grals, das heißt: durch die Offenbarungen der Kunst bewirkt werden kann.

Zum anderen eröffnet die Verbindung von Biographie, politischer Einstellung, theoretischen Schriften und ästhetischem Konzept auch die Einsicht in den inneren Zusammenhang der einzelnen Musikdramen. Denn es läßt sich unschwer erkennen, daß man die musikdramatischen Werke Wagners auch als eine schrittweise Einlösung seines politisch-ästhetischen Programms verstehen kann. Das beginnt mit der tastenden Suche nach politischen und sozialen Topoi in den ersten Werken bis zum *Rienzi*, setzt sich im *Holländer*, *Tännhäuser* und *Lohengrin* dann fort mit der Thematisierung der Einbindung des einzelnen Menschen in vorgefundene gesellschaftliche und politische Lebens- und Rahmenbedingungen, deren Repressivität notwendig zum Scheitern der Protagonisten führen muß. *Tristan und Isolde* zeigt dann in der ›wahren Liebe‹ zweier Menschen den entscheidenden utopischen Impuls für einen Gegenentwurf zu einer politisch verfaßten Welt, der sich allerdings an den vorhandenen Strukturen noch bricht. Im *Ring des Nibelungen* schließlich wird die Politik zum alles beherrschenden Thema, wird der Politiker als weitgehend moralfreier und bloß strategisch denkender Akteur vorgeführt, der sich in seinen selbst gesetzten Widersprüchen schließlich heillos verfängt und konsequenterweise dann auch untergehen muß. Und mit ihm die politische Welt, für die es keine zweite Chance gibt. Erst in den *Meistersingern* und im *Parsifal* hat Wagner seine persönliche Anwort auf den Schluß der *Götterdämmerung* formuliert: in den *Meistersingern* das konkrete Modell einer »ästhetischen Weltordnung«, im *Parsifal* das Programm einer die politische Welt erlösenden Kunst, das Programm einer ›Kunstreligion‹, in der soziale und ästhetische Erfahrungen zusammengeführt werden und sich in einem erhofften authentischen Leben einlösen.

Solche Andeutungen mögen genügen um zu zeigen, aus welchen Perspektiven Wagners Werke gesehen werden können, wenn sie nicht isoliert, sondern im Kontext der Biographie wie der theoretischen Selbstauslegungen verstanden werden. Wagner ist dabei für den interpretierenden Politologen ein Glücksfall: denn es gibt keinen zweiten Komponisten, dessen für das Musiktheater geschriebene Werke so explizit gesellschafts- und politiktheoretisch aufgeladen sind und die zugleich den Anspruch erheben, nicht nur Bühnenwerke zu sein, sondern aufgrund ihrer gesellschafts- und politiktheoretischen Implikationen auch in eine als schlecht verstandene Wirklichkeit eingreifen zu wollen. Daß Wagner dies ausdrücklich gewollt und immer wieder betont hat, legitimiert den Versuch, Leben, Selbstreflexion und Werke in einen engen systematischen Zusammenhang zu bringen.

Die Feen – Das Liebesverbot – Die hohe Braut

Frühe Motive politisch-ästhetischer Kritik

Die frühen dreißiger Jahre des neunzehnten Jahrhunderts waren für Richard Wagner die Jahre einer dauerhaften, bis zur Revolution von 1848/49 sogar ständig sich radikalisierenden Politisierung, die mit der Juli-Revolution von 1830 in Paris ihren Anfang nahm. Im Rückblick schrieb er in der 1865 begonnenen Autobiographie *Mein Leben*: »Mit Bewußtsein plötzlich in einer Zeit zu leben, in welcher solche Dinge vorfielen, mußte natürlich auf den siebzehnjährigen Jüngling von außerordentlichem Eindruck sein. Die geschichtliche Welt begann für mich von diesem Tage an; und natürlich nahm ich volle Partei für die Revolution, die sich mir nun unter der Form eines mutigen und siegreichen Volkskampfes, frei von allen den Flecken der schrecklichen Auswüchse der ersten französischen Revolution, darstellte. Da revolutionäre Erschütterungen bald ganz Europa in mehr oder minder starken Schauern heimsuchten, und auch hier und da deutsche Länder von ihnen berührt wurden, blieb ich für längere Zeit in fieberhafter Spannung und wurde zum ersten Mal auf die Gründe jener Bewegungen aufmerksam, die mir als Kämpfe zwischen dem Alten, Überlebten und dem Neuen, Hoffnungsvollen für die Menschheit erschienen«[1].

Dieses mehr als dreißig Jahre nach den revolutionären Ereignissen formulierte sympathisierende Bekenntnis zur Revolution, das, was nicht vergessen werden sollte, immerhin für den bayrischen König Ludwig II., alles andere denn ein Revolutionär, bestimmt war, steht in der Autobiographie nicht vereinzelt da: in enger Nachbarschaft findet sich ein ähnlich begeistertes Bekenntnis zum polnischen Freiheitskampf von 1831, der in Sachsen, das ehedem mit Polen dynastisch verbunden gewesen war, außerordentliche Popularität genoß. Wagner, der voller identifikatorischem Enthusiasmus zur Unterstützung der aufständischen Polen eine *Polonia-Ouvertüre* komponiert hatte, pflegte über seinen Schwager Brockhaus, den ›sächsischen Lafayette‹ und Wortführer der oppositionellen ›Leipziger Kommunalgarde‹, persönliche Kontakte mit polnischen Flüchtlingen, die in Dresden freundlich willkommen, sogar herzlich aufgenommen worden waren. Er begann in jenen Tagen, wie er schrieb, »leidenschaftlich Zeitungen zu lesen und Politik zu treiben«[2], er suchte die Bekanntschaft mit freiheitlich Gesinnten und er fand in Heinrich Laube, einem der führenden Repräsentanten der liberal-demokratischen Opposition des deutschen Vormärz, einen wichtigen Freund und Anreger, der dem Hause Wagner eng verbunden war. Laube war der intellektuelle und in gewisser Weise auch der politisch

---

1   Richard Wagner, ML , S. 52.
2   Ebenda, S. 56.

führende Kopf der literarischen Bewegung des ›Jungen Deutschland‹[3], deren Mitglieder und Sympathisanten eine Neuordnung der politischen Systeme der deutschen Länder propagierten. Sie forderten eine Reform der bestehenden Monarchien, wollten neue, parlamentarisch-konstitutionelle Verfassungen, wollten die Vorrechte des Adels und alle ständischen Privilegien abschaffen, verachteten die als überlebt empfundene bürgerliche Moral des Biedermeier, traten gegen die Religion und jeglichen kirchlichen Machtanspruch auf, wollten die Befreiung der Frau und die ›Emanzipation des Fleisches‹. Sie erhofften sich eine neue Kultur der Sinnlichkeit und der ungebrochenen, bohèmehaften Lebensfreude, votierten für umfassende Rechte des Subjekts, für seine individuellen wie politischen Freiheiten – politische Forderungen, die sich später noch in Wagners Revolutionspamphleten der Jahre 1848/49 wiederfinden, hier allerdings dann durch die Lektüre frühsozialistischer Schriften wesentlich zugespitzt und verschärft. Für die Anhänger des ›Jungen Deutschland‹ sollten Literatur und soziale Realität in ein neues, enges Verhältnis treten, denn man glaubte, die Literatur müsse sich kritisch zur Wirklichkeit verhalten und die Möglichkeiten einer Änderung der gesellschaftlichen wie politischen Verhältnisse, das Ausmalen von Utopien wahrnehmen, sie müsse die gegebenen Zustände auf mögliche Alternativen hin durchdenken und dem Leser vorstellen. Das waren gewiß politisch nicht allzu präzise Vorstellungen, denn sie blieben weitgehend im Programmatischen stecken. Aber die Absicht, der Kunst eine soziale Aufgabe und Funktion zuzuweisen, kam Wagners eigenen Vorstellungen, die ebenfalls noch vage und unausgeprägt waren, intuitiv entgegen, und sie haben später dann die Intention der ›Zürcher Kunstschriften‹ sehr nachhaltig geprägt. Wagner selbst hat in seiner 1851 verfaßten *Mittheilung an meine Freunde* davon gesprochen, daß die in den dreißiger Jahren empfangenen politischen Eindrücke in Bezug auf seine künstlerischen Ambitionen noch »nicht von erkennbarer Gestaltungskraft« waren, wohl aber anregend wirkten und sein Interesse von der absoluten Musik auf die Oper lenkten[4].

Man muß freilich hinzufügen, daß sich auch schon in Wagners ersten literarisch-musikalischen Versuchen, also noch vor der Zeit seiner hier skizzierten ›Politisierung‹, Motive erkennen lassen, die auf spätere Entwicklungen hinweisen: so etwa in dem noch vom Schüler geschriebenen *Leubald – ein Trauerspiel*[5], das nach Vorbildern von Shakespeares *Hamlet* und Goethes *Götz von Berlichingen* sich zwar als ein bluttriefendes Schauerstück gibt, in dem sich aber schon, gemessen am Alter des Autors,

---

3   Vgl. dazu allgemein: Helmut Koopmann, Das Junge Deutschland. Analyse seines Selbstverständnisses, Stuttgart 1970; Udo Köster, Zeitbewußtsein und Geschichtsphilosophie in der Entwicklung vom Jungen Deutschland zur Hegelschen Linken, Frankfurt/M. 1972, S. 121.

4   Richard Wagner, Eine Mittheilung an meine Freunde, in: GSD, Bd. 4, S. 252.

5   WWV 1, S. 63. Die erste vollständige Veröffentlichung dieses Textes, aus der Handschrift übertragen von Isolde Vetter und Egon Voss, erschien im Programmheft VII der Bayreuther Festspiele 1988. Hier findet sich auch ein einführender Essay von Isolde Vetter, S. 1 ff., sowie Literaturhinweise. Vgl. auch Udo Bermbach, Der Wahn des Gesamtkunstwerks. Richard Wagners politisch-ästhetische Utopie, Frankfurt/M. 1994, S. 16 ff (›Frühe Motive‹).

beachtliche Reflexionen über Liebe und Verrat, über Leben und Tod finden, erste Andeutungen über die Selbstdestruktivität des Adels, über nicht lösbare Konflikte von sozialer Verpflichtung, ständischer Moral und subjektiven Neigungen der adligen Akteure, und das schließlich in einem Götterdämmerungs-Finale endet; so etwa auch im ersten Opernentwurf, *Die Hochzeit*[6], der die »exzentrischen Liebeskonstellationen seiner späteren Musikdramen vorwegnimmt«[7] und das Geschehen um eine Heirat, die zwei verfeindete Geschlechter verbinden soll, zum Stoff kritischer Reflexion über die Ehe macht: denn die Braut, die sich auf der Feier ihrer Hochzeit in einen anderen verliebt, den sie vom Balkon stürzt und über dessen Sarg sie am Ende tot zusammenbricht, soll heiraten, ohne daß Liebe das Motiv ihrer ehelichen Verbindung ist. Die Hochzeit wird gefeiert, nicht als Liebesheirat, sondern als ein Akt der Vernunft, als Versöhnungspakt verfeindeter Adelscliquen, als kühle Macht-Kalkulation und als Konsequenz politisch-strategischer Erwägungen, bei denen die Leidenschaften der unmittelbar Beteiligten und Betroffenen die geringste Rolle spielen. Wohl aber dann ins Spiel kommen, wenn der ›unbekannte Dritte‹ auftaucht – in der Oper der vom Vater der Braut eingeladene Sohn des Oberhauptes der Gegenpartei – und mit seinen Gefühlen der Braut gegenüber aufs Ganze geht. »Ein Nachtstück von schwärzester Farbe«[8], hat Wagner später dazu gemeint, ein Stück, dessen zentrales Thema die »Unvereinbarkeit der Institution Ehe mit der Geschlechtsliebe ist«[9] und in dem das Problem des *Fliegenden Holländer* bereits ebenso anklingt wie die Institutionenkritik des *Ring* und die erlösungssüchtige Liebe von *Tristan und Isolde*.

Die Feen

Wagners Denken hatte zu der Zeit, da er *Die Feen* zu entwerfen und auszuarbeiten begann, noch nicht den vollständigen intellektuellen Anschluß an die politischen wie literarischen Positionen der Bewegung des ›Neuen Deutschland‹ gefunden. Gleichwohl gewinnt dieses in den Jahren 1832/33 als ›große romantische Oper in drei Akten‹ nach einer Tragikomödie von Carlo Gozzi *La donna serpente* komponierte Werk[10] unter dem Eindruck der erst kurz zuvor erlebten revolutionären Aufbrüche in Europa jenen gesellschaftskritischen Impuls, durch den es zurecht als Vorstufe thematisch in die Reihe der nachfolgenden Wagnerschen Musikdramen

---

6 WWV 31, S. 102 ff.; vgl. auch Udo Bermbach, Der Wahn des Gesamtkunstwerks, S. 19 ff (›Frühe Motive‹).

7 Dieter Borchmeyer, Richard Wagner. Ahasvers Wandlungen, Frankfurt/M. 2002, S. 24 f.

8 Richard Wagner, ML, S. 85.

9 Bernd Zegowitz, Richard Wagners unvertonte Opern, Frankfurt/M. 2000, S. 32.

10 Richard Wagner, Die Feen, in: GSD, Bd. 11, S. 5 ff. Vgl. zur Entstehungs- und Wirkungsgeschichte WWV 32, S. 105 ff; Martin Gregor-Dellin/Michael von Soden, Richard Wagner. Leben, Werk, Wirkung, Düsseldorf 1983, S. 47 ff; Hans-Joachim Bauer, Richard Wagner, Stuttgart 1992, S. 45 ff. sowie Dieter Borchmeyer, Richard Wagner, S. 28 ff.

rückt. Und in dieser Hinsicht sind *Die Feen* in der neueren Wagnerliteratur auch zunehmend beachtet worden[11]. Denn Wagner hat mit diesem ersten vollständig überlieferten Werk alles andere als ein harmlos-romantisches Märchen komponiert, wie dies in älteren Betrachtungen und gelegentlich auch heute noch unterstellt wird, sondern ein Stück geschrieben, das »aus politischen, psychologisch-moralischen und individuell-emanzipatorischen Motiven geknüpft ist. Das Individuum als ohnmächtiges Opfer der undurchschauten bestehenden Machtverhältnisse«[12]. Weber, Marschner und Beethoven waren die musikalischen Vorbilder[13], aber hinsichtlich des Gehalts ist die Übereinstimmung mit den Inhalten und Zielen der oppositionellen Generation des ›Jungen Deutschland‹ unverkennbar. Deren Versuch, die gesellschaftlichen Konventionen aufzubrechen und nachhaltig zu verändern, gesellschaftliche Normen in Frage zu stellen und neue Freiheiten für den einzelnen zu erstreiten, findet sich auch als Facetten einer Grundintention in den *Feen* wieder.

Doch zunächst zum Inhalt, der hier kurz wiedergegeben werden soll, weil das Werk wenig bekannt ist. Vordergründig wird ein Märchen erzählt, die Geschichte von Ada und Arindal, einem ungleichen Paar, das sich gleichwohl liebt. Arindal, König von Tramond, verfolgt auf der Jagd eine besonders schöne Hirschkuh und gelangt dabei ins Feenreich, wo er Ada begegnet, einer Fee, in die er sich sogleich verliebt, die er aber nur heiraten darf, wenn er acht Jahre lang nicht fragt, wer sie sei. Zwei Kinder werden geboren, doch kurz vor Ablauf der Frist zerbricht die Selbstdisziplin, kommt die alles entscheidende Frage. Ada, Tochter eines Sterblichen und einer Fee, muß daraufhin zurück ins Feenreich, Arindal wird in eine öde Gegend versetzt, sucht seine Frau, findet sie aber nicht. Ada will auf Arindal nicht verzichten, will seinetwegen sterblich werden, doch soll dies nicht ohne Prüfungen gehen, die Arindal zu bestehen hat. In dessen Königreich sind mittlerweile die Feinde eingefallen, dort drohen Verlust der Herrschaft und Tod. Freunde tauchen auf, die den seit Jahren verschwundenen König nun drängen, nach Hause zurückzukehren, um Land und Leute zu verteidigen, und als Arindal sich endlich entschließt, diesen Bitten nachzugeben, wird er ins Feenreich versetzt, trifft dort die so sehr geliebte Ada, die freilich nur dann zurückkehren darf, wenn Arindal für sein gebrochenes Frageverbot die angedrohten und noch ausstehenden Prüfungen besteht. Prüfungen von einer Grausamkeit, daß sie den Verzicht von Arindal auf Ada verständlich machen würden: denn Ada wirft, auf Geheiß des Feenkönigs, vor den Augen des Vaters die eigenen Kinder ins Feuer und gibt den feindlichen Heeren unter ihrer Führung den Sieg über Arindals Heer. Das zuvor gegebene Versprechen Arindals, er werde, was auch immer komme, Ada niemals verfluchen, weil es ein Fluch auf die reine Liebe wäre, wird nicht gehalten: Arindal verflucht seine Frau, die zuvor ihrer Liebe wegen auf den Königstitel im Feenreich verzichtet hatte. So wird Ada für hundert

---

11 Vgl. Michael von Soden / Andreas Loesch, Richard Wagner, Die Feen, Frankfurt/M 1983, S. 263 ff, bes. S. 284 f.
12 Ebenda, S. 285.
13 Richard Wagner, Eine Mittheilung an meine Freunde, in: GSD, Bd. 4, S. 252.

Jahre zu Stein, weil Verrat an ihrer Liebe alles Leben aus ihr austreibt. Als Arindal schließlich merkt, daß die Prüfungen nur aus Sinnestäuschungen bestehen, die Kinder wiederkommen und die Feinde besiegt werden, verfällt er in eine wahnsinnsähnliche Verzweiflung. Er irrt umher, sucht erneut nach seiner Frau, kämpft mit dem Schild und Schwert gegen feindliche Geister. Aber er siegt erst, als er zur Leier greift. »... der holden Töne Macht« entsteinert Ada, läßt sie in Liebe zum Leben zurückkehren, bezwingt den Haß des Feenreiches: die ›Götterkraft‹ der Musik bewirkt, daß Arindal nun seinerseits als ein Unsterblicher ins Feenreich aufgenommen wird.

Die Motivverwandtschaften mit den späteren Musikdramen springen ins Auge: das Frageverbot von Lohengrin; der Tod des alten Königs von Tramond, des Vaters von Arindal, weil dieser die Pflicht zur Verteidigung der Heimat seiner Liebe zu Ada nachordnet – Analogie zum Verhältnis von Titurel und Amfortas im *Parsifal*; schließlich Verzicht der Fee Ada auf Unsterblichkeit für ein durch Liebe erfülltes menschliches Leben – Parallele zur erzwungenen Entgöttlichung von Brünnhilde in der *Walküre*, auch Umkehrung von Alberichs Fluch, durch den klar wird, daß Liebe wohl immer nur unter Verzicht auf anderes zu haben ist[14]. Gewiß, unscharfe Parallelen und Analogien, aber offenbar doch von solcher substantieller Beschaffenheit, daß sie den jungen Wagner emotional berührten und zur Komposition bestimmten.

Jenseits solcher auf die kommenden Werke bereits jetzt vorausweisenden Motive aber reflektieren sich soziale, gesellschaftliche und politische Momente schon deutlich in diesem Werk, das musikalisch nicht nur, wie schon erwähnt, Weber, Marschner und Beethoven verpflichtet ist, sondern auch Mozarts *Zauberflöte* – der Szene der Prüfungen –, das die musikalischen Einflüsse von Auber ebensowenig verleugnet wie die von Rossini und Cherubini; und von dem doch gesagt werden konnte, Wagners sei mit ihm und vor allem in den Wahnsinnsszenen »zum ersten Mal auf sein Begabungsfundament gestoßen«[15], habe die »Grenzzustände des Bewußtseins« mit »Ausdruckskraft und Originalität«[16] musikalisch charakterisiert.

Ganz ungewöhnlich für Wagner ist die unmittelbar ins Auge springende Verherrlichung der Ehe von Ada und Arindal, die ganz und gar eine Ehe aus Liebe ist. Nie zuvor und niemals mehr danach hat Wagner das Lob der Ehe, noch dazu einer mit Kindern, in dieser Weise ins Zentrum einer Oper gestellt, hat er extreme Schwierigkeiten und absonderliche Prüfungen ersonnen, um die Stärke ehelicher Liebe und Beziehungen zu zeigen, die allerdings am Ende nur durch den Rückgriff auf die Kunst gerettet werden kann. Denn bei Wagner gibt es in seinen nachfolgenden Werken keine glücklichen Ehen, auch keine stabilen und dauerhaften, wie es auch keine ehelichen Kinder gibt. Ehen in Wagners Musikdramen sind in aller Regel

---

14 Vgl. Joachim Kaiser, Leben mit Wagner, München 1990, S. 53. Zu weiteren Motivverwandtschaften vgl. Dieter Borchmeyer, Richard Wagner, S. 35 ff.

15 Paul Bekker, Richard Wagner. Sein Leben im Werke, Stuttgart 1924, S. 89.

16 Werner Breig, Die Feen, in: Peter Wapnewski/Ulrich Müller (Hg), Richard-Wagner-Handbuch, Stuttgart 1986, S. 363.

gestörte und zerstörte Verhältnisse, und Kinder werden entweder unehelich gezeugt und geboren oder tauchen erst spät nach mutterloser bzw. vaterloser Jugend auf. Daß dies in den *Feen* völlig anders ist, erklärt sich wohl wesentlich aus einem familiären Erlebnis Wagners. Denn Wagner hatte den vorangegangenen Entwurf seiner *Hochzeit* nach dem Einspruch seiner Schwester gegen das vermeintlich unmoralische Sujet vernichtet und wollte nun mit dem neuen Stück die Anerkennung, auch berufliche Förderung seiner Familie gewinnen. Deshalb sind die *Feen* »nichts anderes als die Umkehrung der *Hochzeit*, nämlich eine exemplarische Verherrlichung der Ehe«[17].

Aber so konventionell dieses Sujet, dieses Lob der Ehe auch erscheinen mag, so wenig füllt es die ganze Oper aus. Neben dem Kampf der Protagonisten um ihre Ehe und ihr Zusammenleben steht als ein weiteres wichtiges Thema Wagners Adelskritik. Nicht direkt erkennbar, aber doch eindeutig zu dechiffrieren. Denn die Bereiche, denen Ada und Arindal entstammen, symbolisieren unterschiedliche soziale Klassen: das Feenreich, aus dem Ada kommt, bezeichnet die Aristokratie, das menschliche Königreich des Arindal steht für das Bürgertum[18]. Beide Sphären aber, Aristokratie und Bürgertum, sind sich feindlich gesonnen, wollen keine dauerhafte Verbindung und bedienen sich deshalb der beiden Hauptakteure zu ihren eigenen Zwecken. Während das Feenreich, also die Aristokratie, das Eindringen des bürgerlichen Elements in seinen Machtbereich verhindern will, geschieht durch die Ehe Adas mit Arindal genau dies: der bürgerliche Held wird zum Mitregenten im aristokratischen Machtbereich. So »plädiert das Stück im Sinne der Ideale der Französischen Revolution für die Überwindung der durch die Aristokratie gesetzten Grenzen«[19], und man darf vermuten, daß die grausamen Prüfungen, denen Arindal durch Ada ausgesetzt wird, nicht von ihr stammen – denn sie hat an der Liebe ihres Mannes nie gezweifelt –, sondern von den Verteidigern des Feenreichs erdacht wurden, um die Eheleute endgültig von einander zu trennen.

Doch das gelingt nicht. Zwar versagt Arindal in diesen Prüfungen, weil er sich in seiner eigenen Verteidigung auf konventionelle, das heißt: auf politische Mittel verläßt. Erst als er zur Leier greift, als er ins Medium der Kunst als eine die konkrete Wirklichkeit transzendierende zweite Realität überwechselt, glückt ihm die Rückeroberung von Ada. Das erinnert an den Orpheus-Mythos, freilich mit einer ins Glückliche korrigierten Wendung, wie sie schon Monteverdis Oper, Archetypus aller Opern, charakterisierte[20]. Und vor allem ist es ein erster deutlicher Vorgriff auf den Kern von Wagners sich erst allmählich herauskristallisierender Überzeugung, die – in den ›Zürcher Kunstschriften‹ – dem Ästhetischen den Vorrang vor aller

---

17 Vgl. dazu Egon Voss, Die Feen. Eine Oper für Wagners Familie, in: derselbe, Wagner und kein Ende, Zürich/Mainz 1996, S. 15 f.
18 Ebenda.
19 Ebenda.
20 Vgl. Udo Bermbach, Die Geburt der Oper aus der Krise, in: derselbe, Wo Macht ganz auf Verbrechen ruht. Politik und Gesellschaft in der Oper, Hamburg 1997, S. 13 ff.

Politik einräumt und die Kunst zum Medium der Lösung aller gesellschaftlichen wie politischen Probleme machen will.

Das Finale der Oper ist allerdings insofern bemerkenswert – und auch in dieser Hinsicht untypisch für Wagners spätere Werke –, als der Konflikt zwischen den Repräsentanten der beiden Bereiche für den flüchtigen Blick durch die alles überwindende Kraft der Liebe gelöst wird. Arindal und Ada sind wieder vereint, doch darin liegt keineswegs eine Rückkehr zum Glück des Anfangs. Zwar wird Arindal Mitglied des Feenreiches, die Aristokratie nimmt ihn, der ihr soviel Verstörung brachte, zu sich auf, doch zugleich trennt diese Aufnahme den König von seinem Königreich und entfremdet ihn gleichsam den Menschen und seiner eigenen menschlichen Natur. Offen bleibt, was aus dem Reich des Arindal wird, unklar ist, ob er es weiter regiert oder ein anderer an seine Stelle tritt. Und ähnlich zwiespältig fällt die Versöhnung für Ada aus. Zwar lebt sie nun mit dem Geliebten wieder zusammen, doch ihre ursprüngliche Sehnsucht, Mensch zu werden, um die ganze Fülle sinnlicher Liebe genießen zu können, bleibt unerfüllt. Ein Schluß also mit offenen Fragen, den Wagner immerhin noch Jahre später nicht »unwichtig« fand, »lag doch hier schon im Keime ein wichtiges Moment meiner ganzen Entwicklung kundgegeben«[21], was wohl meint, daß in den unaufgelösten Widrigkeiten dieses Endes zugleich ein Moment der Schärfung des eigenen politischen Urteils beschlossen liegen mag. Dem historischen Blick ist dieses Bekenntnis Wagners noch in anderer Hinsicht aufschlußreich, weil es sich auf die deutschen Verhältnisse jener Zeit beziehen und mit ihnen analogisieren läßt: »Der anscheinend versöhnliche Ausklang erweist sich bei näherer Hinsicht als Trug, eine ebenso perfide wie effiziente Manipulation, die zum festen Repertoire der restaurativen Praxis nach den Karlsbader Beschlüssen gehörte: die Opposition gegen das Bestehende wurde, wenn nicht durch Bespitzelung, Zensur, Denunziation und Kerker gebrochen, in der Umarmung erstickt«[22].

Dem wäre freilich hinzuzufügen, daß die Herstellung von Gleichheit durch sozialen Aufstieg – wie es in der Oper Arindal passiert – ein altes und eingeschliffenes gesellschaftliches Verhaltensmuster ist, das wohl kaum je etwas von seiner Attraktivität verlieren wird. Nicht für gesellschaftliche Klassen und Gruppen, wohl aber für Einzelne, die den Aufstieg alleine wagen wollen, die so ihre Sozialbindung abstreifen, um einzig ihrer individuellen Kraft zu vertrauen. Vielleicht ist es die utopische Hoffnung des Aufbruchs, die im Mittel der Aussöhnung von sozialen Gegensätzen und der Integration zugleich auch ein Mittel zur allgemeinen Veränderung von Gesellschaft und Politik sieht. Denn auch im Feenreich – so ließe sich argumentieren – wird nicht alles so bleiben, wie es einmal war, nachdem es sich gezeigt hat, daß die Unbedingtheit der Liebe zweier Menschen zueinander, sofern sie sich denn beide für einander bestimmt glauben, durch nichts verhindert werden kann. Auch

---

21 Richard Wagner, Eine Mittheilung an meine Freunde, in: GSD, Bd. 4, S. 253.
22 Michael von Soden/Andreas Loesch, Richard Wagner, Die Feen, S. 285.

nicht durch festgezurrte soziale Konventionen einer mittlerweile erstarrten Gesellschaft. Zwar wird Arindal durch seinen Eintritt ins Feenreich unsterblich, aber er
bringt doch auch seine im bisherigen, menschlichen Leben gemachten Erfahrungen mit ein, und diese sind vermutlich nicht identisch mit denen, die im Reiche
Adas gelten.

Das Liebesverbot

I

Schon in den *Feen* rückt die Liebe der beiden Protagonisten als eigentliches Antriebsmoment der dramatischen Handlung ins Zentrum des Geschehens. Eine Liebe, die über die bestehenden sozialen Grenzen hinausgreift und damit für die beteiligten Akteure ein befreiendes Moment enthält. Liebe und Freiheit sind in dieser
ersten, voll auskomponierten Oper Wagners erstmals in Ansätzen zusammengedacht,
und man mag dies durchaus als einen thematischen Vorgriff auf die späteren großen
Werke sehen, in denen die Liebe politisch immer mit der Idee der Freiheit verbunden ist. Dieser Zusammenhang von Liebe und Freiheit wird von Wagner im folgenden Opernentwurf, dem *Liebesverbot*, explizit thematisiert und nach seiner sympathisierenden Wendung zu den gesellschaftlichen und politischen Forderungen des
›Neuen Deutschland‹ geradezu programmatisch ins Gesellschafstheoretische gewen-
det.

Wagner begann im Juni 1834 mit dem Entwurf des Textes, der sich zunächst in
einiger Freiheit Shakespeares *Maß für Maß* zum Vorbild nahm, »nur mit dem Unterschied, daß ich ihm den darin vorherrschenden Ernst benahm und ihn so recht im
Sinne des jungen Europa modelte: die freie, offene Sinnlichkeit erhielt den Sieg rein
durch sich selbst über puritanische Heuchelei« – schreibt Wagner in seiner *Autobiographischen Skizze*[23]. Im Dezember 1834 lag die Dichtung dann vor, im Januar 1835
begann Wagner mit der Vertonung. Erst im Frühjahr 1836 beendete er die Komposition[24]. Eine komische Oper in zwei Akten sollte entstehen, deren Komik freilich,
liest man den Text auf dem Hintergrund der biographischen und politischen Entwicklung Wagners, weit weniger komisch wirkt, als der Autor selbst es vielleicht
beabsichtigt haben mochte. Es ist auffallend und bezeichnend, daß in der Autobiographie das *Liebesverbot* fast immer zusammen mit Hinweisen auf die Romane von
Heinrich Laubes *Das Junge Europa* (1833–1837) und Wilhelm Heinses *Ardinghello*

---

23 Richard Wagner, Autobiographische Skizze, in: GSD, Bd. 1, S. 10.
24 Richard Wagner, Das Liebesverbot oder Die Novize von Palermo. Große komische Oper in 3
    Akten, in: GSD, Bd. 11, S. 59 ff. Zur Entstehung der Oper vgl. WWV 38, S. 131 ff; Peter Wapnewski,
    Anfänge – das Liebesverbot, in: Peter Wapnewski/Ulrich Müller (Hg), Richard-Wagner-Hand-
    buch, S. 226 ff. Vgl. Dorothea Rüland, Künstler und Gesellschaft. Die Libretti und Schriften des
    jungen Richard Wagner aus germanistischer Sicht, Frankfurt/M. 1989.

oder die glückseligen Inseln (1787) erwähnt wird, in einem Kontext also, der die vermeintliche Komik der Oper ganz nachhaltig in einen politisch aufklärerischen Zusammenhang rückt und damit das Werk von vornherein über absichtslose Opern-unterhaltung hinaushebt. »Das *Junge Europa* und *Ardinghello*, geschärft durch meine sonderbare Stimmung, in welche ich gegen die klassische Opernmusik geraten war, gaben mir den Grundton für meine Auffassung, welche besonders gegen die purita-nische Heuchelei gerichtet war und somit zur kühnen Verherrlichung der ›freien‹ Sinnlichkeit‹ führte«[25] – so Wagner bei der erstmaligen Erwähnung seines Opern-planes, und es ist dies alles andere als ein nur beiläufiger Hinweis. Denn Wilhelm Heinses romaneske Sozialutopie *Ardinghello*, nach einer Italienreise des Autors er-schienen, hatte Wagner so tief beeindruckt, daß er noch wenige Tage vor seinem Tod in Venedig beim Anblick unbewohnter Paläste bemerkte: »Das ist Eigentum! Der Grund alles Verderbens. ... Das hat mir gefallen von Heinse in seinen *Seligen Inseln*, daß er sagt: Sie hatten kein Eigentum, um den vielen Übelständen vorzubeugen, die damit verbunden sind«[26]. Im *Ardinghello* erzählt Heinse die Geschichte eines alle gesellschaftlichen Konventionen sprengenden Künstlers und Helden, der in oftmals nur locker verbundenen Episoden als ein rousseauistischer Naturmensch geschil-dert wird. Es ist ein Roman, in dem Liebeserfahrungen neben Mord und Totschlag, ästhetische Reflexionen neben Überlegungen zur Gesellschafts- und Staatstheorie stehen und in dem am Ende durch den Helden auf den ›glückseligen Inseln‹ ein utopischer Liebesstaat errichtet wird, gegründet auf das Prinzip der freien Liebe und dem individualanarchistischen Grundsatz, daß jeder seine Kraft genießen und nach seinen Bedürfnissen leben solle. Der Roman ist ein Plädoyer für das Recht auf individuelle Sinnlichkeit und Liebe, wie sie Wagner eben auch in seinem *Liebes-verbot* propagieren wollte.

Dessen Inhalt ist schnell erzählt. Schauplatz ist Palermo zur Zeit des Karnevals im 16. Jahrhundert. Friedrich, ein Deutscher, der offensichtlich Schwierigkeiten hat, die Mentalität der Sizilianer zu verstehen, ist für die Zeit der Abwesenheit des Königs als Statthalter eingesetzt und erläßt ein Gesetz, das die lockere Moral des Volkes wieder festigen soll. Er verbietet den Karneval, er schließt alle Bordelle und Kneipen. Schluß soll sein mit dem leichten Amüsement und der frei ausgelebten Sexualität. Auch das geringste Vergehen gegen dieses Gesetz, jeder Verstoß gegen Trinkverbot und Keuschheit, soll mit dem Tod bestraft werden. Um dieser Anord-nung Nachdruck zu verleihen, läßt der Polizeichef Brighella den jungen Edelmann Claudio verhaften, der ein außereheliches Verhältnis hat. Er wird am anderen Tag durch Friedrich zum Tod verurteilt. Als dessen Schwester Isabella, Novizin in einem Kloster, von diesem Urteil hört, geht sie zum Statthalter und bittet um Gnade. Die soll gewährt werden, wenn sie Friedrich, der sich sofort in sie verliebt hat, zu Willen ist. Isabella sieht keinen Ausweg, sagt zu, faßt zugleich aber einen Plan: von einer

25 Richard Wagner, M L, S. 103.
26 Zitiert nach Hans Mayer, Richard Wagner. Mitwelt und Nachwelt, Stuttgart/Zürich 1978, S. 13.

Mitschwester, Mariana, weiß sie, daß diese mit Friedrich verheiratet war, von ihm aber betrogen und um seiner politischen Karriere willen verlassen wurde. Sie bittet Mariana, statt ihrer zu Friedrich zu gehen, um dessen Heuchelei vor allem Volke aufzudecken. Während ein Teil des Volkes das Karnevalsverbot bewußt ignoriert und sich auf Straßen und Plätzen Palermos versammelt, trifft der Statthalter sich mit seiner verkleideten Frau, die er für Isabella hält; er läßt dieser ein Begnadigungsschreiben überreichen, aus dem allerdings hervorgeht, daß er sein Versprechen nicht halten will. Denn Claudio soll, trotz Isabellas Opfer, gerichtet werden – Vorwegnahme von Scarpias Verhalten in Puccinis *Tosca*, dessen Moral ebenfalls einzig im Verfolgen der eigenen Interessen besteht. Als Friedrichs Bruch des gegebenen Versprechens ruchbar wird, ruft Isabella empört das Volk zusammen, klärt über die Vorgänge auf und erreicht so, daß der Tyrann in flagranti ertappt und gefaßt wird. Friedrich will nun nach eigenem Gesetz verurteilt werden, doch das Volk will keine Rache, es läßt ihn frei, stürmt das Gefängnis, befreit auch Claudio und zieht in farbenprächtigem Maskenzug dem heimkehrenden König entgegen.

II

Das schon bekannte Motive der Adelskritik findet sich auch in dieser Oper wieder, wenngleich in völlig veränderter Perspektive. Die Libertinage der adligen *jeunesse dorée* gegen die autoritäre und überdies verlogene Askese der Herrschenden wird in Schutz genommen und offensiv verteidigt, auch wenn klar ist, daß damit zugleich die selbstgesetzten und auch vom aufsässigen Teil dieser adligen Jugend prinzipiell akzeptierten moralischen Ansprüche verletzt und zumindest auf Zeit suspendiert sind. Der Adel erscheint hier nicht mehr als geschlossene Klasse, sondern erweist sich in seinen Vertretern als gegeneinander auszuspielen und damit auch von seiner Interessenlage her als inhomogen – Ansatzpunkt zur möglichen Selbstdestruktion, wie sie in Wagners nachfolgenden Musikdramen immer wieder ablaufen wird. Wichtiger und für die späteren Werke freilich bedeutsamer aber ist, daß hier erstmals Liebe und Macht in eine unmittelbare, gleichwohl aber sich ausschließende Beziehung gebracht werden. Die Unterdrückung von Liebe und Sexualität wird zum gegenläufig korrespondierenden Pendant und zur Negativfolie einer tyrannischen Herrschaft. Liebe und Macht schließen sich grundsätzlich aus – thematischer Vorgriff nicht nur auf jenen Liebesverzicht von Alberich im *Rheingold*, der mit seiner Absicht einer omnipotenten Machtgewinnung die Untergangsdramaturgie des *Ring* in Gang setzt, sondern auch bereits deutliche Antizipation eines die gesamte Tetralogie, und nicht nur diese, strukturierenden Gegensatzes. In ihrer konkreten und ausgelebten Sinnlichkeit erweist sich die Liebe im *Liebesverbot* unvorhersehbar als eine ordnungsgefährdende Resource, als »Aufwieglerin«[27], an der das erlassene Ge-

---

27 Richard Wagner, Oper und Drama, in: GSD, Bd. 4, S. 56.

setz ganz machtlos abläuft. Liebe offenbart damit ihre revolutionäre Qualität: »Das ausgeschlossene Prinzip entschließt sich zur Revolution; das ausschließende Prinzip unterliegt«[28], und so steht die Liebe denn auch – ganz im Sinne der Schwärmereien des ›Jungen Deutschland‹ und in Vorahnung der noch ausstehenden Feuerbach-Lektüre Wagners – für die erwünschte und am Ende auch auf Zeit erreichte politische wie sittlich-moralische Freiheit. Die »Liebesrevolte«[29] wird zum Vorläufer und Motivpool einer weit umfassenderen gesellschaftlichen Revolution. Im individuell reklamierten Recht auf Liebe gegen eine verkrustete Moral, die von denen, die sie vertreten, selbst mißachtet wird, steckt bereits jenes Moment von individuellem Anarchismus, der viele Helden Wagners charakterisiert.

Und solcher Anarchismus beherrscht unbemerkt selbst die Herrschenden, wenn sie, und sei's vorübergehend, sich aus jeglicher Selbstkontrolle entlassen. Der Statthalter Friedrich, von seinen Gegnern als Schurke und Narr, als Heuchler und Schuft enttarnt, will die sexuelle Vereinigung mit Isabella, obwohl er weiß, daß nicht nur die Moral, sondern auch das Gesetz dies verbietet. Es ist ihm klar, daß er dafür sühnen muß, daß er das dafür vorgesehen Todesurteil des Gesetzes selbst erleiden wird – »Es harret Tod und Wollust mein«[30] und so will er denn auch die ›Herrschaft des Gesetzes‹ wiederhergestellt wissen: »Darf das Gesetz wohl unterliegen/der Leidenschaft, die mich durchtobt?/Eh'r bring ich selbst mich dem Gesetz/als Opfer dar, eh'r sterb ich selbst«[31]. Doch dieses Selbstopfer wird vom Volk nicht erlaubt, weil es eine Ordnung wieder ins Lot bringen würde, die blamiert ist und folglich abzudanken hat. Der Forderung des Statthalters: »So richtet mich nach meinem eigenen Gesetz!« begegnet das Volk mit einem kategorischen »Nein, das Gesetz ist aufgehoben!«[32], und eben darin, daß kein Gesetz mehr gilt, besteht das revolutionäre Moment.

Vieles in dieser Oper deutet auf Kommendes hin, auch wenn sich Wagner in seinen musikalischen Ausdrucksmitteln noch wesentlich an deutschen und italienischen Vorbildern orientiert. Aber im Chor der Nonnen und dem Duett zwischen Mariana und Isabella erklingt bereits jenes ›Dresdner Amen‹[33], das später im *Tannhäuser*, in der Rom-Erzählung, wiederkehrt, und auch sonst gibt es zahlreiche Stellen, in denen sich Wagners eigene musikalische Sprache ankündigt. Auf Kommendes verweist im Text vor allem die Kritik an den Herrschenden, am Statthalter und seinem Polizeichef, denen nicht nur der Gehorsam verweigert wird, sondern die, nachdem sie beim Bruch der selbstverkündeten Gesetze erwischt worden sind, dem allgemeinen Gespött anheimgegeben werden. Ein Ton der Aufsässigkeit und des oppositionellen Widerspruchs dominiert dieses Werk, eine heitere Ignoranz des Vol-

---

28 Dieter Borchmeyer, Die Götter tanzen Cancan. Richard Wagners Liebesrevolten, Heidelberg 1992, S. 8.
29 Ebenda.
30 Das Liebesverbot, Zweiter Akt.
31 Ebenda.
32 Ebenda.
33 Das Liebesverbot, Erster Akt. Vgl. auch Werner Breig, Das Liebesverbot, in: Peter Wapnewski/Ulrich Müller (Hg), Richard-Wagner-Handbuch, S. 364 ff.

kes, das wider alle Verbote feiert und Lebensfreude zeigt und eben dadurch Herrschaft ganz machtlos werden läßt, indem es diese lächerlich macht, sich einfach über
sie hinwegsetzt, wohl in der richtigen Überzeugung, daß nichts rascher und wir-
kungsvoller tötet als allgemeine Lächerlichkeit.

Kein Zweifel: das Volk ist der Hauptakteur, die großen Volks- und Chorszenen
stehen im Zentrum dieser Oper[34]. Nicht die Herrschenden herrschen, sondern das
Volk selbst bestimmt, und es stimmt hier für die uneingeschränkte Freiheit der
eigenen Lebensgestaltung. Auf eine begrenzte Zeit werden die geltenden Gesetze
außer Kraft gesetzt, moralische und gesellschaftliche Institutionen beiseite gescho-
ben, die Hierarchie zwischen oben und unten eingeebnet. Entgegen aller konkreten
Erfahrung, entgegen auch der zu Wagners Zeit dominanten liberalen politischen
Theorie, die Freiheit und Gleichheit stets als einen Gegensatz denkt, kommen Freiheit und Gleichheit in dieser Oper unmittelbar zusammen, wie das nur im Spiel
einer utopisch inspirierten Phantasie der Fall sein kann – und in sozialistischen und
anarchistischen Vorstellungen gedacht wurde. Und wiederum gibt ein Adliger, der
junge Edelmann Luzio, die entscheidende Parole aus, mit der er zugleich die eigene
Standesmoral verläßt:

> »Jetzt giebt's nicht Weib, noch Ehemann,
> Es giebt nicht Vater und nicht Sohn
> Und wer das Glück ergreifen kann,
> Der trägt es im Triumph davon!
> Das ist das Recht im Karneval
> dabei wird man sich sein bewußt!
> Ihr Leute all
> Jetzt giebt es Spaß, jetzt giebt es Lust!«[35]

»Wir halten dreifach Karneval und niemals ende seine Lust«[36] – mit diesen Worten
schließt die Oper. Es ist gewiß keine unangemessene Interpretation, diese Schluß-
zeile als das Bekenntnis Wagners zu einem politischen ›Programm‹ zu verstehen, in
dem die demokratische Selbstbestimmung des Volkes wie das Ausleben individueller Freiheiten zentrale Vorstellungen bezeichnen, beides übernommen von den oben
zitierten intellektuellen und literarischen Vorbildern des ›Jungen Deutschland‹, die
aber zugleich dem eigenen künstlerischen Schaffen anverwandelt und ernst genommen werden – in »Wagners keckster, frechster, anti-autoritärster und heiter-
anarchistischster Oper«[37].

»Verbrennt zu Asche die Gesetze«[38]: diese anarchistische Forderung ruft das Volk
kurz vor dem Ende der Oper, und Wagner selbst hat noch 1851 gemeint, er habe

---

34 Vgl. dazu Joachim Kaiser, Leben mit Wagner, S. 60 ff.
35 Das Liebesverbot, Zweiter Akt.
36 Ebenda, S. 124.
37 Joachim Kaiser, Leben mit Wagner, S. 60.
38 Das Liebesverbot, Zweiter Akt.

damit »den Knoten ohne den Fürsten durch eine Revolution«[39] gelöst. Einer Revolution freilich, so muß man hinzufügen, die zu allererst auf die moralische und sittliche Verhaltensebene der Akteure zielt, die indessen die politischen Institutionen – die ›Gesetze‹, wie das Libretto formuliert – nicht ausnimmt. Doch bleibt diese Revolution, weil sie sich eben primär am außerinstitutionellen Verhalten orientiert, eher eine Revolte, denn die bestehenden sozialen Ordnungsstrukturen und die durch sie etablierte Hierarchie des gesellschaftlichen Aufbaus, in denen die Gesetze kaum restlos aufgehen, werden eben nicht explizit gebrochen. Und so macht es dem Volk offensichtlich keine Probleme, den rückkehrenden König »in Freud und Jubel« willkommen zu heißen. Man mag das zunächst als einen der Widersprüche begreifen, an denen Wagners Werke reich sind: auf der einen Seite alle Gesetze abschaffen zu wollen und die soziale Hierarchie damit zur Disposition zu stellen, und andererseits, gleichsam im selben Atemzug, einem Monarchen zuzujubeln, der sein Amt doch nur jener Hierarchie verdankt. Und doch entschärft sich dieser Widerspruch in Wagners Denken. In seiner 1848 vor dem Dresdner Vaterlandsverein gehaltenen Rede *Wie verhalten sich republikanische Bestrebungen dem Königthume gegenüber* erhoffte er sich, mitten in der Revolution, einen König als den »ersten und allerechtesten Republikaner« und er bewertete ein direktes Bündnis zwischen Volk und Monarch deshalb als ein freiheitssicherndes und freiheitsverbürgendes, weil es den von ihm so gehaßten, parasitären Adel eliminieren sollte[40]. Eine Idee, die Wagner mit manchen liberalen und sogar sozialistischen Sympathisanten der Französischen Revolution und des deutschen Vormärz teilte, die von radikal-demokratischen Politikern vertreten wurde und die er ein Leben lang nicht aufgegeben hat[41].

Einen weiteren Widerspruch könnte man darin sehen, daß Isabella, Wagners Lieblingsfigur[42] in diesem Stück, die den Sturz der Tyrannei erfolgreich betreibt, privat einer Resignations-Philosophie anhängt: »Ich fliehe gern die falsche Welt, / da ich sie nicht vernichten kann«[43]. Wie kann sich, so drängt sich die Frage auf, die äußerste Lebens-Aktivität gleichzeitig mit Weltverneinung paaren? Flucht oder Vernichtung, Liebe oder Tod – schon Wagners frühe Stücke sind aus jenem unerbittlichen Dualismus heraus konstruiert, der seine spätere Weltanschauung wie seine großen Werke wesentlich charakterisiert und der häufig genug in alternativlosen Zuspitzungen zu enden scheint. Solche Zuspitzungen bestimmen auch die Musik: Übersteigerung der Ausdrucksmittel in den großen Chorszenen wie in den Arien der Protagonisten produzieren Klangmassierungen, denen sich der Zuhörer gelegentlich hilflos ausgeliefert fühlt. Und doch heißt das nicht, daß Wagners spätere Distan-

39 Richard Wagner, Eine Mittheilung an meine Freunde, in: GSD, Bd. 4, S. 254.
40 Richard Wagner, Wie verhalten sich republikanische Bestrebungen dem Königthume gegenüber (1848) in: GSD, Bd. 12, 218 ff; das Zitat S. 225.
41 Vgl. dazu ausführlich Udo Bermbach, Der Wahn des Gesamtkunstwerks, S. 74 ff (›Revolutionäre Traktate. Adelskritik und republikanische Monarchie‹).
42 »Isabella war es, die mich begeisterte«, in: Richard Wagner, ML, S. 137.
43 Das Liebesverbot, Erster Akt.

zierungen von diesem »Jugendwerk«[44] gerechtfertigt sind; weder thematisch noch musikalisch, denn in beiderlei Hinsicht besitzt *Das Liebesverbot* mehr Substanz als dies zumeist vermutet wird.

Die hohe Braut

Bleibt die politische Revolution im *Liebesverbot* gleichsam ambivalent im Hintergrund, verkapselt in ›Liebesrevolten‹, deren politische Stacheln und gesellschaftliche Konsequenzen allerdings schon deutlich spürbar sind, so wird die Revolution selbst thematisch in einem Libretto-Entwurf, den Wagner 1836 schrieb – und dies ist der Grund, hier auf diesen Text, den Wagner selbst nicht vertont hat, kurz einzugehen.

Die Idee zu diesem Opernplan faßte Wagner, nachdem er den 1833 erschienenen und überaus erfolgreichen Roman von Heinrich Koenig[45], einem Liberalen, gelesen hatte und Heinrich Laube das Werk in seiner *Zeitung für die elegante Welt* als eine beispielhafte historische Darstellung eines revolutionären Ereignisses ganz im Sinne des ›Jungen Deutschland‹ vorgestellt und gerühmt hatte[46]. Diese Anregung durch Laube ließ in Wagner die Hoffnung entstehen, er könne mit einem »Sujet zu einer großen fünfaktigen Oper nach reichlichstem französischen Zuschnitt«[47] einen Kompositionsauftrag der Pariser Oper erhalten, und zu diesem Zweck ließ er seinen 1836 geschriebenen Prosaentwurf ins Französische übersetzen und sandte ihn an Eugène Scribe mit der Bitte, er möge das Libretto ausarbeiten. Nach einigem Hin und Her scheiterte der Plan, so daß Wagner 1842 selbst ein Vers-Libretto verfaßte, das der Dresdner Kapellmeister und Komponist Carl Gottlieb Reißiger vertonen sollte. Nachdem Reißiger aufgegeben hatte, bot Wagner 1845 den Text Ferdinand Hiller an. Doch der ging ebenfalls auf Wagners Angebot nicht ein, so daß schließlich der mit Wagner befreundete Direktor des Prager Konservatoriums Johann Friedrich Kittl das Libretto in einer politisch entschärften Fassung, von der Wagner sich distanzierte, vertonte, und die Oper 1848 in Prag uraufgeführt wurde. Weshalb Wagner seinen Operntext nicht selbst komponiert hat, ist nicht bekannt.

Gleichwohl ist dieser Text[48] hinsichtlich der politischen und gesellschaftlichen Motiventwicklungen in Wagners Werken von einigem Interesse. *Die hohe Braut* ist der – wie danach *Rienzi* – am französischen Vorbild der Grand Opéra orientierte – Entwurf einer großen Oper, die 1793 in der Nähe von Nizza spielt, kurz vor der

---

44 Richard Wagner, ML, S. 138 ff.
45 Angaben zur Person Koenigs und Einzelheiten zu seinem Roman bei Bernd Zegowitz, Richard Wagners unvertonte Opern, S. 47 f.
46 Zur Entstehung des Librettos vgl. WWV 40, S. 149 f.; Bernd Zegowitz, Richard Wagners unvertonte Opern, S. 43 ff; Dieter Borchmeyer, Richard Wagner, S. 56 ff.
47 Richard Wagner, ML, S. 166.
48 Das (von Kittl entschärfte) Libretto in: GSD, Bd. 11, S. 137 ff. ; der Prosatext Wagners wurde vollständig erstmals in der Zeitschrift ›Wagner‹, Zeitschrift der englischen Wagner-Society, veröffentlicht, hier in: Wagner, London 1989, Vol. 10, Number 2, S. 50 ff.

Einnahme der Stadt durch französische Revolutionstruppen. Wagners Konzept verschränkt eine private Liebesbeziehung mit der politischen Situation der Zeit und macht – was entscheidend ist – jene von dieser abhängig. Und obgleich Wagner zur französischen Revolution von 1789 wegen »der schrecklichen Auswüchse«[49] vor allem nach 1791 eine eher distanzierte Haltung einnahm – die er mit nahezu allen bedeutenden Geistern seiner Zeit teilte, weil diese zumeist durch die Ereignisse des ›terreur‹ in ihrer aktuellen Revolutionsbegeisterung ernüchtert wurden, auch wenn sie an den ursprünglichen Revolutionsidealen festhielten –, gibt diese große französische Revolution doch den positiven Handlungshintergrund ab, ja sie wirkt bestimmend auf den Verlauf der Ereignisse ein.

Eine solche positive Konnotierung der Revolution ist auch bei einem Sympathisanten wie Wagner nicht selbstverständlich angesichts der Tatsache, daß im Jahr 1793 die entscheidende terroristische Wende der französischen Revolution stattfand. Die Hinrichtung Ludwigs XVI., die Konstituierung des Wohlfahrtsausschusses, zu dessen Vorsitzendem schon bald der unnachsichtige und skrupellose Robespierre aufsteigt[50], die Erklärung des Konvents, wonach Frankreich eine belagerte Festung sei, mit den Konsequenzen einer unerhörten Verschärfung der innenpolitischen Repression sowie dem Beginn der außenpolitischen Expansionsphase der Revolution – dies alles deutete darauf hin, daß die Revolution eine qualitativ neue Phase erreicht hatte, in der sich selbst die sympathisierenden Intellektuellen Europas von ihr abzuwenden begannen.

Anders Wagner. Sein Opern-Plan negiert solche Erfahrungen und Wagner stellt sich mit seinem Entwurf in gewisser Weise als später Nachfahre in die Tradition der Revolutionsopern der Grétry, Cherubini, Dalayrac oder Méhul[51]. Nichts spricht in Wagners Libretto gegen die Revolution und ihre Ideale, nichts gegen Freiheit, Gleichheit und Brüderlichkeit, keinerlei Vorbehalte werden gegen das revolutionäre Aufbegehren gemacht, nicht einmal gegen Verschwörung und subversive Intrige, sofern sie dem geplanten Umsturz dienen. Im Gegenteil: die revolutionäre Szene gibt den strukturierenden Handlungsrahmen der Oper ab, und sie bestimmt die moralischen Imperative, an denen die Handelnden gemessen werden.

Zu Beginn spielt die Handlung vor dem Schloß des Marchese Malvi. Dieser ist aus Turin mit dem Grafen Rivoli zurückgekehrt, wo er sich am Hofe des Königs über die in Nizza im Untergrund arbeitenden ›Neuerer‹, die Sympathisanten der Revolution, informiert hat. Ein Fest soll stattfinden, auf dem Giuseppe, der Sohn des Schulzen auf dem Gut des Marchese, mit dessen Tochter Bianka tanzen möchte.

---

49 Richard Wagner, ML, S. 52.
50 Zur Meinung Richard Wagners über Robespierre vgl. seinen Brief an August Röckel vom 25./26. Januar 1845 in: SB, Bd. VI, S. 66. Vgl. Der Ring des Nibelungen, S. 187.
51 Vgl. dazu Stefan Bodo Würffel, Französische Revolution im Spiegel der Oper, in: Udo Bermbach/ Wulf Konold, Der schöne Abglanz. Stationen der Operngeschichte, Berlin/Hamburg 1992, S. 83 ff.; Udo Bermbach, Wo Macht ganz auf Verbrechen ruht. Politik und Gesellschaft in der Oper, Hamburg 1967, S. 101 ff.

Beide lieben sich, aber beide trennt ihr Standesunterschied. In die Tröstungen des
Bürgermädchens Clara, die Giuseppe ebenfalls liebt, dringt der scharfe Spott des
Bettlers Cola über die verbreitete Untertanengesinnung: »Wenn die Franzosen erst
den Var überschritten hätten, würde wohl manches anders werden, und es würde
dann sehr die Frage sein, ob nicht die edlen Herren vor ihnen tanzen würden, um
sie bei guter Laune zu erhalten«. Doch der Hinweis auf kommende Gleichheit
nützt wenig, Bianka erklärt Giuseppe zwar ihre ewige Liebe, zugleich aber auch
ihre Bereitschaft, um ihres Vaters willen den Grafen Rivoli zu heiraten. »Giuseppe
schwört, alle Bande der Ordnung zu zertrümmern, und die Marchesetochter dem
Schulzensohn gleich zu machen«. Am Ende dieses ersten Aktes beschwört der Marchese noch einmal die Bedrohung durch die Revolution: »daß in Nizza und auf
dem Gebiete seiner Herrschaft ein böser Geist der Neuerungssucht und des Auf-
ruhrs herrsche; die am Grenzzfluße Var stehenden französischen Kriegshorden bedrohten Nizza mit einem Einfalle, dem der Umsturz alles Bestehenden folgen würde«. Das nun beginnende Fest soll als Zeichen des Vertrauens in die bestehende
Ordnung gefeiert werden. Doch es wird durch einen unvorhersehbaren Vorfall ge-
stört. Eine Frau tritt auf, Brigitta, die ein Lied über die Armut singt, und als sie
geendet, erkennt Rivoli in ihr seine Schwester, »die durch Liebe zu einem gemeinen Bürgerlichen ihre Abkunft entehrt habe und deshalb verstoßen sei«. Er geht auf
sie zu, »fährt wütend auf sie los und tritt sie mit Füßen nieder«. Die Brutalität des
Adligen führt Giuseppe die Aussichtslosigkeit seiner eigenen Hoffnung bezüglich
Biankas drastisch vor Augen: »Wortbruch und Meineid! Daran erkenn' ich euch!«
Seiner Gefangennahme entgeht er nur dadurch knapp, daß ihn ein plötzlich auftau-
chender Mann, Sormano, rettet.

Dieser Sormano ist die heimliche Hauptfigur des Librettos. Er ist jener bürgerliche Ehemann von Brigitta, der, vom Adel abgewiesen, von den Gütern des Grafen
Rivoli weggepeitscht, nur noch seiner Rache und dem Haß lebt und damit zum
revolutionären Antreiber des Geschehens wird. Seine bürgerliche Herkunft ver-
sperrt ihm den gesellschaftlichen Aufstieg, verwehrt ihm damit auch das private
Glück und macht ihn so zu einem sozialen Außenseiter. Konsequent sieht er sein
persönliches Scheitern als das Ergebnis einer ihn abweisenden und daher für ihn
nicht akzeptablen Gesellschaftsordnung. In Giuseppe gewinnt er einen Verbünde-
ten, und beide nehmen sich vor, gemeinsam den Umsturz der herrschenden Ordnung vorzubereiten. Das Motiv privater Rache wird bei beiden Akteuren zum
Antriebsmoment einer auf radikale Veränderung der bestehenden ständischen Ordnung zielenden politischen Aktivität, die Trennung von privater und öffentlicher
Sphäre ist hier aufgehoben. Denn ihre private Kränkung erfahren die Betroffenen
als eine Konsequenz der bestehenden Ordnung, als politisch verursacht, und deshalb wird das Private zur öffentlichen Angelegenheit. Nur die Revolution kann
ihrer Meinung nach die »neue Gleichheit« in Nizza, in Savoyen und Piemont ein-
führen, nur sie kann alle Privilegien vernichten und Adel und Bürgertum gleich-
stellen. Während in den *Feen* noch die Gleichheit der handelnden Personen durch
sozialen Aufstieg erreicht werden sollte, hat Wagner hier eine sehr viel radikalere

Lösung anvisiert: die Gleichheit aller durch die Abschaffung des Adels. »Blut und Leben für die Freiheit des Vaterlandes!« – und dies heißt, für die Freiheit von der Vorherrschaft des Adels. So wird der Angriff vorbereitet, in den Schluchten um Nizza sammeln sich die Verschwörer, im Angesicht der aufgehenden Sonne – dem Symbol der Französischen Revolution – hört man die Freiheitslieder der französischen Armee.

Doch der Angriff scheitert. Während auf dem Schloß des Marchese die Hochzeitsmusik geprobt wird, während der Adel, ohne es zu ahnen, seinen eigenen Totentanz vorbereitet und das vom Marchese ausgerichtete Fest zum Auftakt einer ständischen Leichenfeier wird, die als konventionelle Hochzeit drapiert ist, werden die Verschwörer militärisch besiegt und gefangen genommen. Nachdem Bianka die Verhaftung ihres Geliebten Giuseppe erfahren hat und sicher ist, daß er hingerichtet werden wird, überlegt sie, wie sie ihn retten kann, kommt aber zu keinem Entschluß. Ihrer Mutlosigkeit widerspricht Clara, die ihr eigenes Leben opfern will: »Ich, als ein Bürgermädchen, suche ihn zu retten!« Bianka will nun nicht mehr »hinter der unerhörten Liebe eines Bürgermädchens zurückbleiben« und faßt den Entschluß, Rivoli nur dann zu heiraten, wenn gleichzeitig Giuseppe begnadigt wird. Sollte der Marchese darauf eingehen, plant sie nach der Hochzeit Gift zu nehmen, um Giuseppe nicht untreu werden zu müssen. Ihre Bedingung wird vom Vater widerwillig akzeptiert, aber die Freilassung Giuseppes verzögert sich. Vor dem Palast, vor dem sich Soldaten und Volk versammelt haben, gelingt es wenig später Clara, von zwei Kapuzinermönchen, die den beiden Gefangenen die letzte Beichte abnehmen sollen, deren Kutten zu erhalten und diese in das Gefängnis zu schmuggeln. Giuseppe und Sormano können nun, als Mönche verkleidet, aus dem Schloß entkommen und tauchen vor der Kathedrale Nizzas in der dort versammelten Menge unter. Während das Volk den Einzug der französischen Revolutionstruppen erwartet, erfährt Giuseppe, daß in der Kathedrale gerade die Hochzeit Biankas mit dem Grafen Rivoli stattfindet. Ermutigt von Sormano wartet er, bis der Brautzug aus der Kirche kommt, stürzt sich dann auf Rivoli und ersticht ihn. Bianka, die ihr Gift inzwischen genommen hat, stirbt in seinen Armen. »Giuseppe sinkt mit einem gräßlichen Schrei der herbeigeeilten Clara in die Arme. In demselben Moment hört man von der Zitadelle einen Kanonschuß – es verbreitet sich schnell der Ruf: ›Die Franzosen! Die Franzosen!‹ – Die französische Armee zieht unter dem Gesang der Marseillaise und mit geschwenkten Fahnen ein, in der Ferne sieht man auf Saorgio (dem Schloß des Marchese) die dreifarbige Fahne wehen«.

Es ist ein eindeutiger Schluß, den Wagner hier schreibt, es ist der Sieg der Revolution über alle individuellen Schicksale hinweg. Kein Zweifel kann darüber aufkommen, daß Wagner die Schlußszene in einem zustimmenden Sinne entworfen hat: Marseillaise und Trikolore als finales Tableau, die Bühne erfüllt von den Massen der französischen Revolutionsarmee, ein grandioses Schlußbild, das Aufbruch in eine neue und bessere Zukunft signalisiert, Überwindung des Alten und Abgelebten, Ende einer historisch überholten Gesellschaftsepoche. Zwar sterben die beiden Protagonisten Giuseppe und Bianka, aber ihr Tod bleibt ein privates Ereignis, er berührt die Sphäre der Öffentlichkeit und den Gang der Ereignisse nicht. Bedeutungs-voller ist da, daß Sormano, der Revolutionär von Geburt wegen, der Bürgerliche, dem der adlige Schwager die Frau und die eigene Ehre, ja die Existenz genommen hat, überlebt und mit und in ihm die Idee der Revolution, die sich in seiner Figur gleichsam personalisiert. Im Schluß der Oper öffnet sich eine revolutionär-utopi-sche Perspektive, die schon in der scheinbar gefestigten Ordnung des Anfangs als Moment eines Prozesses der Selbstzerstörung zu erahnen war.

Zu diesem monumentalen Schluß der Revolutionsverherrlichung hat Wagner sich im Revolutionsjahr 1848 noch einmal nachdrücklich bekannt, in einem Brief an Kittl, mit dem er sich gegen dessen reaktionäre Verfälschung des Schlußbildes verwahrte: »Weißt Du, was der Schluß einer Oper ist?« – fragt er Kittl und antwortet selbst: – »Alles! Ich hatte auf das heftig Ergreifende, Sturmschnelle des Schlusses sehr gerechnet: die schreckliche Katastrophe beim Gange aus der Kirche darf mit nichts mehr versüßt werden, – das einzige furchtbar Erhebende ist das Daherschreiten des großen Weltgeschickes, hier personifiziert in der französischen Revolutions-Armee, welches in fürchterlicher Glorie über die zerstrümmerten alten Verhältnisse (der Familien) dahinzieht. Diese Beziehung darf nach meiner Ansicht in nichts geschwächt werden, wenn der Schluß, wie ich es mir dachte, der erhebendste Moment des Ganzen sein soll; wird er so festgehalten, wie ich mir ihn dachte, so liegt die große Versöhnung im Erscheinen der Franzosen darin, daß wir mit offenen Augen er-sichtlich eine neue Weltordnung eintreten sehen, deren Geburtswehen jene Schmer-zen waren, die bis dahin die Bewegung des Dramas bildeten«[52].

Eine »neue Weltordnung« – 1848, im Jahr der deutschen Revolution hat Wagner noch einmal zurückblickend benannt, worauf schon die frühen Werke thematisch hindeuten.

---

52 Richard Wagner, SB, Bd. II, S. 586 f. (Brief an Johann Kittl vom 4. Januar 1848).

Rienzi

Aufstieg und Fall eines Revolutionärs

I

Rienzi, nach einem vielgelesenen Roman von Edward Bulwer-Lytton[1], ist Wagners Oper im Übergang. In seiner Autobiographie berichtet Wagner, er habe im Sommer 1836 während eines Aufenthaltes in Berlin zusammen mit Heinrich Laube, einem der führenden Intellektuellen der literarischen und demokratisch-oppositionell eingestellten Bewegung des ›Jungen Deutschland‹, Spontinis Oper *Ferdinand Cortez* unter dessen eigener Leitung gesehen. Das »außerordentlich präzise, feurige und reichorganisierte Ensemble des Ganzen« habe dabei einen solchen Eindruck auf ihn gemacht, daß er »eine neue Ansicht von der eigentümlichen Würde großer theatralischer Vorstellungen, welche in allen ihren Teilen durch scharfe Rhythmik zu einem eigentümlichen, unvergleichlichen Kunstgenre sich steigern konnten«, gewonnen habe, und dieser Eindruck »lebte drastisch in mir fort und hat mich bei der Konzeption meines *Rienzi* namentlich geleitet«[2]. Man mag darüber streiten, ob neben Spontini auch einige weitere Komponisten der Grand Opéra wie Auber, Meyerbeer oder Halévy Wagners Oper zumindest in ihrer formalen Anlage beeinflußt haben[3]; Hans von Bülows spöttisches Wort, *Rienzi* sei Meyerbeers beste Oper, dürfte freilich in einem metaphorischen Sinne mehr Wahrheit besitzen, als es Wagner in seinen späten Jahren wahrhaben wollte. Dabei hat Wagner das Vorbild der Grand Opéra nicht geleugnet. »Die ›große Oper‹, mit all' ihrer szenischen und musikalischen Pracht, ihrer effektreichen, musikalisch-massenhaften Leidenschaftlichkeit, stand vor mir« – schreibt er in *Eine Mittheilung an meine Freunde* – »und sie nicht etwa bloß nachzuahmen, sondern, mit rückhaltloser Verschwendung, nach allen ihren bisherigen Erscheinungen sie zu überbieten, das wollte mein künstlerischer Ehrgeiz«[4]. Es war die »Vorstellung eines großen historisch-politischen Ereignisses«[5], die Wagner mit dieser den bisherigen Rahmen seiner Kompositionen sprengenden Oper verband, die Absicht, nach »einem so großen theatralischen Maßstabe« zu verfahren, »daß ich mit der Konzeption dieser Arbeit mir absichtlich jede Möglichkeit abschnitt, durch die Umstände mich verführen zu lassen, mein Werk anders als

---

1   Edward Bulwer-Lytton, Rienzi. The Last of the Roman Tribunes, London 1835.
2   Richard Wagner, ML, S. 150.
3   Solchen Einfluß verneint entschieden Egon Voss, Rienzi, der letzte der Tribunen, in: derselbe, ›Wagner und kein Ende‹, Zürich/Mainz 1996, S. 67 f; Dagegen Werner Breig, Rienzi, in: Peter Wapnewski/Ulrich Müller (Hg), Richard Wagner-Handbuch, Stuttgart 1986, S. 367 f.
4   Richard Wagner, Eine Mittheilung an meine Freunde, in: GSD, Bd. 4, S. 258.
5   Ebenda, S. 257.

auf einer der größten Bühnen Europas aufzuführen«[6]. Heraus kam die »einzige jung-
deutsche Revolutionsoper«[7] der Zeit, die einzige deutsche Oper zumindest, in welcher der Aufstieg, der Triumph, dann aber auch der Fall eines Revolutionärs und der
von ihm bewirkten Revolution auf der Opernbühne thematisch wurde.

Schon bevor Bulwer-Lyttons Roman erschienen war, hatte es Dramatisierungen
dieses Stoffes in Frankreich und England gegeben[8]. Nachdem der Roman vorlag,
faszinierte die Geschichte offensichtlich nicht nur Wagner, sondern auch andere,
politisch radikal denkende Intellektuelle. So vor allem Friedrich Engels, der sich als
Zwanzigjähriger 1840/41 an einem Dramenentwurf *Cola di Rienzi* versuchte, und
dies in der Absicht, damit einen Operntext für Gustav Heuser vorzubereiten[9]. Was
Engels an der Geschichte so anzog, daß er sich der Mühe eines eigenen dramatischen Entwurfs unterzog, den er allerdings dann im dritten Aufzug abbrach und nie
mehr zu Ende schrieb, war das Interesse für die Figur eines aus dem Volk aufsteigen-
den charismatischen Revolutionärs, der die alte feudale Ordnung beseitigt, die tra-
ditionale korrupte Herrschaft hinwegfegt, um dem Volk neue Räume der Freiheit
und der Selbstbestimmung zu eröffnen. Ungeachtet von Nebenhandlungen steht
auch bei Engels die Person des Rienzi, wie später bei Wagner, im Zentrum der
Handlung, wird der Tribun auch hier ein Opfer der Rache des Adels, der Verleum-
dungen und des schließlichen Aufbegehrens eines verführten und fehlinformierten
Volkes. In Rienzi zeichnete Engels einen demokratisch legitimierten Führer, dessen
Ziel es ist, das Volk zu befähigen, »frei in selbstgegebenen Gesetzen« zu leben und in
»alter Herrlichkeit« Herr seiner selbst zu sein[10].

Wagners Blick auf den Stoff und die Hauptfigur entsprach dieser politischen
Perspektive, wurde aber zusätzlich noch dadurch erweitert, daß er in dem Versuch
von Rienzi, die alte Größe Roms wiederherzustellen, eine Parallele zu den nationalen Einigungsbestrebungen der Deutschen in jener Zeit sah, mit denen sich die
demokratischen Strömungen des Vormärz gegen die verhaßte Restauration nach
dem Wiener Kongreß von 1815 identifizierten. Vermutlich hatte Wagner schon
während seiner Magdeburger Kapellmeisterzeit 1834–1836 den Plan zu einer Ri-
enzi-Oper gefaßt[11]. 1837 las er nun die deutsche Übersetzung des englischen Ro-
mans und diese Lektüre brachte ihn »auf eine bereits gehegte Lieblingsidee zurück,
den letzten römischen Tribunen zum Helden einer großen tragischen Oper zu machen«[12]. Noch im selben Sommer entstand die Prosaskizze, und im August 1838

6 Richard Wagner, ML, S. 175.
7 Martin Gregor-Dellin, Richard Wagner. Sein Leben. Sein Werk. Sein Jahrhundert, München/Zü-
   rich, 1980, S. 132.
8 Dazu ausführlich Dieter Borchmeyer, Vom Nutzen und Nachteil der Historie: Große Oper, in:
   Richard Wagner, Frankfurt/M. 2002, S. 89.
9 Friedrich Engels, Cola di Rienzi. Ein unbekannter dramatischer Entwurf. Friedrich-Engels-Haus
   Wuppertal und Karl-Marx-Haus Trier (Hg), bearbeitet und eingeleitet von Michael Knieriem,
   Wuppertal 1974, S. X f.
10 Ebenda, S. 47.
11 Vgl. Egon Voss, Rienzi, der letzte der Tribunen, S. 61.
12 Richard Wagner, Autobiographische Skizze, in: GSD, Bd. 1, S. 12.

schloß er dann in Riga die Versdichtung ab, mit deren Qualität er später nicht mehr zufrieden war: »So verwandte ich auch durchaus noch keine größere Sorgfalt auf Sprache und Vers, als es mir nöthig schien, um einen guten, nicht trivialen, Operntext zu liefern«[13]. Unmittelbar nach der Beendigung des Librettos begann er mit der Komposition. Die überstürzte Flucht aus Riga Ende August 1837 über London nach Paris erzwang eine Unterbrechung der Arbeit, die erst nach der Ankunft in Paris wieder aufgenommen werden konnte. Im November 1840 lag die Partitur dann abgeschlossen vor[14].

Musikalisch steht der *Rienzi*, wie schon erwähnt, in der Tradition der französischen Grand Opéra[15]. So folgt der Aufbau in fünf Akten dem damals üblichen Schema, ebenso die gliedernde Struktur der einzelnen Akte nach Chorszenen und großen Tableaus, zwischen denen Solo- und Ensemblenummern stehen. Die beiden ersten Akte schildern Rienzis Aufstieg, zunächst seine erfolgreiche Revolution und sodann die Festlichkeiten zu deren Feier, während der dritte Akt den Tribunen Rienzi auf dem Höhepunkt seiner Macht zeigt, seinen Erfolg im Kampf gegen die frondierenden Aristokraten. Im vierten Akt beginnt Rienzis Fall, planen die Aristokraten seinen Sturz und exkommuniziert die Kirche den von ihr bisher gestützten und geschützten Tribun, der dann im fünften Akt durch das Volk gestürzt wird und im zusammenbrechenden Kapitol den Tod findet. Das ist ein streng symmetrischer Aufbau der Oper, innerhalb dessen Wagner alle Möglichkeiten der ›großen Oper‹ entfaltet. Auch wenn die Musik in weiten Teilen noch illustrierenden Charakter hat, wenn sie im dramatischen Gestus die Handlung untermalt, gibt es doch schon gelegentlich einen Wagner-eigenen Ton. So etwa in der Ouvertüre, wo der eingangs lange gehaltene Trompetenton, der seit Beethovens *Fidelio* als ein Signal der Befreiung und der Freiheit gilt, hier musikalisch höchst wirkungsvoll die Hauptintention des Stückes ankündigt und zum Motiv von ›Rienzis Gebet‹ führt. Und es gibt musikalische Motive, die wiederkehren, wenngleich noch nicht in der elaborierten Form der späteren Leitmotive, aber doch schon als ein Netzwerk von Beziehungen, das aufmerksam werden läßt. Als »symphonische Dialogtechnik«[16] ist dies bezeichnet worden, eine Technik, die Wagner hier erstmals entwickelt und angewandt, später immer weiter verfeinert hat, um sie zum musikalischen Strukturprinzip seiner Musikdramen zu machen. Insgesamt freilich ist die Musik des *Rienzi* eklektizistisch in einem durchaus positiven Sinne, denn sie orientiert sich an verschiedenen Vorbil-

13 Richard Wagner, Eine Mittheilung an meine Freunde, in: GSD, Bd. 4, S. 259.

14 Zur Entstehung des Rienzi vgl. RWGA, *Rienzi*, Bd. 3/IV, Kritischer Bericht zur Partitur S. 143 ff sowie Dokumente und Texte zu Rienzi, der letzte der Tribunen, hg. von Reinhard Strohm, Mainz 1976. Ebenso WWV 49, S. 164, bes. S. 188. Zur Stoffgeschichte auch Dieter Borchmeyer, Richard Wagner. Ahasvers Wandlungen, Frankfurt/M. 2002, S. 77 ff. sowie die entsprechenden Anmerkungen.

15 Vgl. dazu Werner Breig, Rienzi, S. 366 ff sowie die Arbeit von John Deathridge, Wagner's Rienzi. A reappraisel based on a study of the sketches and drafts, Oxford 1977; Ulrich Schreiber, Die Kunst der Oper. Geschichte des Musiktheaters, Frankfurt/M. 1991, Bd. II, S. 468 ff.

16 Werner Breig, Rienzi, S. 373.

dern und Stilen, am italienischen Belcanto eines Bellini ebenso wie an den Massen-
szenen von Meyerbeer. Hört man das Stück, so verrät die Musik, wo Wagner seine
Anleihen gemacht hat: der Typus des ›Marche héroique‹ weist auf Spontini, die
Führung der Singstimmen auf Weber, Marschner und Spohr, die Cabaletta-Sätze
sind dem damals herrschenden französisch-italienischen Stil nachgebildet und die
Schlußtableaus dem Vorbild von Halévys *La Juive* verpflichtet[17]. Dieser ›Eklektizis-
mus‹ entspricht freilich zur damaligen Zeit noch Wagners Ideal einer ›europäischen
Oper‹, das er in seiner kleinen Schrift *Die deutsche Oper* 1834 am Ende so formulierte: »Wir müssen die Zeit packen und ihre neuen Formen gediegen auszubilden
suchen; und der wird Meister sein, der weder italienisch, französisch – noch aber
auch deutsch schreibt«[18].

II

Der historische Cola di Rienzo lebte von 1313 bis 1354[19]. Er war der Sohn eines
Gastwirts und einer Wäscherin, doch ging das Gerücht, sein wirklicher Vater sei der
deutsche König Heinrich VII. gewesen – eine Mythologisierung, die als nachgeschobene Legitimierung der Taten des späteren Revolutionärs dessen Verherrlichung
dienen sollte. Geboren in einer Zeit, da Kaiser und Papst um die Vorherrschaft
rangen, beide in Italien gleichermaßen machtlos waren und die Päpste sich nach
Avignon zurückziehen mußten; da Rom allmählich in Trümmer verfiel, Italien von
Räuberbanden beherrscht wurde und die römische Stadtrepublik rivalisierenden
Adelsfamilien mit ihren permanenten, gewaltsamen Auseinandersetzungen ausgeliefert war; da alle institutionellen Sicherungen der römischen Stadtrepublik versagt
hatten, Recht und Gesetz tagtäglich gebrochen wurden – in solcher Lage kam Rienzo 1333 nach Rom, in eine völlig desaströse Situation des Umbruchs, die gezeichnet war vom Verlust der mittelalterlichen Ordnung und Sicherheit einerseits,
der Ungewißheit kommender Dinge andererseits. Eine Wendezeit, wie sie sich
beispielsweise in der von Marsilius von Padua einige Jahre zuvor verfaßten, großan-
gelegten Schrift *Defensor pacis* (Verteidiger des Friedens, 1324) gegen den weltlichen
Herrschaftsanspruch des Papstes dokumentierte[20]. Es ist eine Streitschrift von her-

17 Thomas S. Grey, Musikgeschichtlicher Hintergrund und musikalische Einflüsse, in: Barry Milling-
    ton (Hg), Das Wagner-Kompendium. Richard Wagner, Sein Leben – seine Musik, München 1996,
    S. 76.
18 Richard Wagner, Die deutsche Oper (1834), in: GSD, Bd. 12, S.4.
19 Der folgende historische Abriß folgt im wesentlichen Helmut Kirchmeyer, Das zeitgenössische
    Wagner-Bild, Bd.I, Wagner in Dresden, Regensburg 1972, S. 85 ff. Vgl. auch Konrad Burdach,
    Rienzo und die geistige Wandlung seiner Zeit, Berlin 1928.
20 Marsilius von Padua, Der Verteidiger des Friedens (Defensor pacis), bearbeitet und eingeleitet von
    Horst Kusch, 2 Bde., Berlin 1958. Vgl. auch Jürgen Miethke, Der Weltanspruch des Papstes im
    Mittelalter, in: Iring Fetscher/Herfried Münkler (Hg), Pipers Handbuch der politischen Ideen, Bd.
    2 Mittelalter: Von den Anfängen des Islam bis zur Reformation, München 1993, S. 399 ff.

ausragender intellektueller Brillanz, die mit geradezu revolutionären Argumenten dem Volk eine herrschaftslegitimierende Rolle zuschrieb, ihm die Kompetenz der Gesetzgebung zusprach und damit erstmals in der Geschichte des europäischen Denkens ein Konzept von Volkssouveränität formulierte, das fast schon den Vorgriff auf ein demokratisches Staatsverständnis markierte. Und dies alles mit dem Ziel, den Frieden herbeizuführen und auf Dauer zu sichern, seine Bewahrung als die zentrale Aufgabe eines Gemeinwesens zu begreifen. Als Ausdruck der Sehnsüchte der Zeit beeinflußte der *Defensor pacis* zugleich auch das gesamte zeitgenössische Denken, reflektierte er die Suche nach politischer Neuordnung, gab er Antrieb, Neues zu wagen – vielleicht hat er auch Rienzo inspiriert.

Dieser begann in Rom sein Studium der Rechtswissenschaft und Rhetorik, wurde sehr bald Gelehrter und erwarb als Spezialist für antike Inschriften wissenschaftlichen Ruhm. Die Heirat mit einer römischen Notarstochter verschaffte ihm gesellschaftlichen Aufstieg und Zugang zum Adel der Stadt. Von fürstlichem Auftreten, begabt mit der Kraft antiker Rhetorik, voller Phantasie und vor allem sozialem Engagement für die Armen und Unterdrückten, wurde Papst Clemens VI. auf ihn aufmerksam und ernannte ihn zum ›Notar der päpstlichen Kammer‹. Dieses Amt war die Grundlage seiner wirtschaftlichen Unabhängigkeit und zugleich die Chance, die römische Bevölkerung mehr und mehr gegen die korrupten und ausbeuterischen Adelscliquen aufzuwiegeln. Rienzos Wirkung war beträchtlich, die Verehrung, die er im Volk genoß, wuchs zusehends, denn in ihm schien sich für viele die Erinnerung an die großen Tage des antiken republikanischen Roms zu personifizieren. Als die Situation günstig, die Adelsfamilien außerhalb Roms sich aufhielten und die städtische Miliz durch Versorgungsaufgaben von ihren militärischen Pflichten abgelenkt waren, gelang es Rienzo in einem unblutigen Putsch am 20. Mai 1347, den er lange angekündigt hatte, die Macht in Rom zu gewinnen. Er wollte eine Republik errichten, in der er nicht König, sondern nach antikem Vorbild nur ›Volkstribun‹ werden wollte, und in nur sieben Monaten gelang es ihm, Rom zu befrieden. Selbst der oppositionelle Adel mußte seine Erfolge anerkennen und mit ihm, wenn auch unter Vorbehalt und nur auf Zeit, seinen Frieden schließen und eine neue Verfassung akzeptieren.

Doch Rienzos Vorschlag und Wunsch, das römische Volk, Teil des mittelalterlichen deutschen Kaiserreiches, solle zukünftig bei der deutschen Kaiserwahl mitwirken, die deutschen Fürsten die Wahl ihres Oberhauptes in Rom rechtfertigen, erwies sich sehr rasch als ein folgenschwerer Fehler. Er brachte die deutschen Fürsten gegen sich auf, zwang auch den Papst, der den Abfall Roms fürchtete, auf die Seite der politischen Opposition und gab so den Vorwand für den sich sammelnden Widerstand des Adels. Rienzo bemerkte diesen Widerstand, verhaftete daraufhin einige Adlige, ließ sie zum Tode verurteilen, mußte sie aber aus Mangel an Beweisen begnadigen, was ihm als politische Niederlage, als Schwäche ausgelegt wurde. So zwang der sich wieder sammelnde Adel ihn zur Schlacht im November 1347, außerhalb von Rom, die er zwar gewann, die er aber nicht politisch zu nutzen verstand. In der folgenden Zeit geriet er mehr und mehr zwischen die Fronten der sich radikalisie-

renden Ansprüche des eigenen Anhangs einerseits, der Notwendigkeit zur Unterwerfung unter den Papst und damit des Widerrufs früherer politischer Absichtser-
klärungen andererseits. Im Dezember 1347 sah er sich gezwungen, aus Rom zu
fliehen, mußte sich in den Abruzzen verstecken, um schließlich, nach über einem
Jahr, in Prag Kaiser Karl IV. aufzusuchen, in der Hoffnung, mit dessen Hilfe nach
Rom zurückkehren zu können. Der Versuch schlug fehl. Vom Kaiser an den Papst
überstellt, war er nun dessen Gefangener, obwohl er selbst seine Papsttreue immer
wieder betont hatte. Als der Papst starb, schlug für Rienzo die Stunde der Befreiung.
Der nachfolgende Papst Innocenz IV. rehabilitierte ihn, bestellte ihn zum Senator
von Rom – sieben Jahre nach seiner Flucht aus dieser Stadt stand er nun wieder an
deren Spitze.

Noch einmal unternahm er Reformen, noch einmal hatte er Erfolg. Aber zugleich begann sein Ende: Geldmangel zwang ihn zu unpopulären Steuererhöhun-
gen, worauf die Bevölkerung ihm ihre Unterstützung entzog und es zu einzelnen
Aufstandsbewegungen kam. Nachfolgende politische Mißgriffe, auch Rechtsbeu-
gungen wurden ihm vorgeworfen, er selbst verlor mehr und mehr seine Wirkung
auf die Massen. Die Dinge spitzten sich am Ende so zu, daß am 8. Mai 1354, zwei
Monate nach seiner Rückkehr in die Stadt, die römischen Plebejer, aufgehetzt durch
Teile des Adels, das Kapitol in Brand steckten und Rienzo ermordeten, als er erneut
zu fliehen versuchte.

III

Bulwer-Lytton hatte diesen Stoff in seinem Roman historisch einigermaßen zutreffend nachgezeichnet, gewiß mit dichterischen Freiheiten, aber doch ohne größere
Verzerrungen und Verfälschungen, im Bemühen, der Figur des Rienzo gerecht zu
werden[21]. Wagner dagegen setzte andere Akzente, teilweise wohl aus dramaturgischen Erwägungen, gewiß aber auch aus inhaltlichen, primär politisch motivierten.
Er konstruierte eine Dreiecks-Beziehung von Adel, Kirche und Rienzi, in welcher
der römische Konsul am Ende zwischen den beiden ursprünglich verfeindeten Parteien zerrieben wird – eine dramatische Konstellation, wie sie sich im danach geschriebenen und komponierten *Tannhäuser* wiederholen sollte, der ja ebenfalls zwischen weltlichen und geistlichen Herrschaftsansprüchen zu Grunde geht, als Einzelner ohnmächtig, sich gegen zwei überstarke gesellschaftliche Kräftegruppierun-
gen zu behaupten.

Daß *Rienzi* eine durch und durch politische Oper ist, eine, die das politische
Freiheitspathos und die radikale Kirchenkritik des deutschen Vormärz aufnimmt
und musiktheatralisch umsetzt, wird gleich zu Beginn unzweifelhaft deutlich. Die
Eingangsszene exponiert die politische Intention Wagners und verbindet sie mit

---

21   Vgl. dazu Helmut Kirchmeyer, Das zeitgenössische Wagner-Bild, S. 93 ff.

einer scharfen persönlichen Kränkung Rienzis. Politische und persönliche Motive greifen in dieser Szene ineinander und stimulieren Rienzis politischen Aufstieg: während Mitglieder der Orsinis – eine der beiden rivalisierenden Adelsfamilien – den Versuch machen, die Schwester Rienzis, Irene, zu entführen, um sie anschließend zu vergewaltigen, treffen im Augenblick, da die Entführung zu gelingen scheint, die Mitglieder der gegnerischen Clique, der Adelsfamilie der Colonna, auf dem Platz der Handlung ein – mit derselben Absicht, Irene zu entführen und sie ihrerseits zu vergewaltigen. Die Schwester Rienzis wird als eine Bürgerliche wie selbstverständlich zum Freiwild für die sexuellen Zügellosigkeiten von zwei Adels-Gangs, die nicht nur hier gegeneinander konkurrieren, sondern auch sonst in wirtschaftlicher und politischer Hinsicht. Den entstehenden Streit zwischen den Vertretern dieser beiden Cliquen will ein hinzukommender Vertreter der Kirche schlichten, doch das mißlingt. Trotz ihrer tiefen Verfeindung schließen sich die Orsinis und die Colonna gegen den päpstlichen Legaten zusammen, und während das herbeigelaufene Volk »Nieder mit Colonna! Nieder mit Orsini!« schreit und – so die Regieanweisung – »zu Steinen, Äxten, Hämmern usw.« greift, um den Aufstand zu wagen, entsteht für den Geistlichen eine lebensbedrohende Situation. Erst Rienzis Dazwischentreten verhindert den Übergriff aller gegen alle, verhindert eine ungeplante und unvorbereitete, strategisch konzeptlose Rebellion.

Die Botschaft dieser ersten großen Szene[22] ist eindeutig: der Adel als soziale Klasse ist skrupellos, wenn es um die eigenen Interessen geht. Die betreibt er, sofern sich das anbietet, normalerweise zwar durchaus getrennt, nach unterschiedlichen Vorlieben und Interessen, aber dort, wo er in seiner Existenz bedroht wird, schließen sich die Adelsfraktionen, aller sonstigen Unversöhnlichkeiten zum Trotz, letztlich gegen alle anderen zusammen. Denn die betriebene Ausbeutung und Destruktion der Gesellschaft vereint immer dann, wenn sich beides gegen die Ausbeuter und Destrukteure wendet. In mafiosem Überlebensdrang verbinden sich die ansonsten erbarmungslos um ihre Pfründen konkurrierenden Blutsauger Roms immer dann, wenn sie glauben, die materiellen Grundlagen ihrer Existenz und Rivalität seien in Frage gestellt. Angesichts dieser parasitären Adelsgruppen, die sich im Machtverteilungskampf um die Stadt Rom zwar bekriegen, in der Ausbeutung des Volkes dagegen einig sind, erscheint dem Volk Rienzi, der päpstliche Notar, als letzter Retter, um den desolaten Zustand der Stadt zu beenden, ihre einstige Größe nicht nur zu beschwören, sondern den Adel anzuklagen und so zu bekämpfen, daß eine Wende erreicht wird. »Banditen« nennt Rienzi jene, die Rom unter sich aufgeteilt haben, die seine Klagen über den Niedergang und das Elend abtun, ins Lächerliche ziehen, ihn einen Narren nennen, einen Plebejer, ihn verächtlich machen als einen ›Studierten‹. Nicht zu unrecht, denn Rienzi ist ein Intellektueller, der die Macht, die auf der Straße zu liegen scheint, aufnimmt, mit ihr freilich – wie sich später erweist – nicht recht umzugehen weiß und deshalb am Ende auch scheitert. Para-

---

22 Erster Akt, erste Szene.

digmatisch durchlebt er das Schicksal dessen, der seine populistischen und anti-
institutionellen Affekte schon für gelingende Politik hält.

Doch zunächst kann er das Volk auf seine Seite bringen. Als dieses von ihm
fordert, Rom zu säubern, hält er seine Zeit für gekommen: »Freiheit verkünd' ich
Romas Söhnen« – eine Stelle, deren Pathos Wagner später in überzogener Selbstkri-
tik Cosima gegenüber ironisiert hat mit der Bemerkung: »Das sind so Leeren, die
man aufschraubt, wenn einem nichts einfällt, das hat man von den Klassikern gelernt«[23]. Unter dem Druck des Volkes zieht der Adel sich zurück, verläßt die Stadt.
Rienzi wird damit zum Befreier Roms, aber er will nicht König werden, sondern
›Schützer der Rechte‹ – das verweist schon auf Lohengrin, den ›Schützer von Brabant‹. »Volkstribun« will er sich nennen, um deutlich zu machen, daß er im Unterschied zu einem König, der über allen Gesetzen steht, als ›legibus solutus‹, wie die
Formel lautet, sich selbst unter die Gesetze der Polis Rom stellen will, Gesetze, die
er erst noch schaffen und dann mit der Hilfe der Mehrheit des Volkes auch durchsetzen muß.

Die Selbstbindung an die selbst gegebenen Gesetze nicht nur zu proklamieren,
sondern auch innerlich zu akzeptieren und in der Praxis durchzuhalten, ist erfah-
rungsgemäß für den, der im alleinigen Besitz der Macht ist und diese entsprechend
einsetzen kann, keine einfache Aufgabe und mißlingt denn auch in aller Regel,
wenn es keinerlei institutionelle Kontrollen gibt – Wagner wird dies später im *Ring*
an Wotan mit unvergleichlicher Schärfe zeigen. Aber schon hier, im *Rienzi*, wird
diese Einsicht vieler politischer Denker, gewonnen aus Beobachtungen der Realität, von Wagner auf der Bühne exponiert. Auch Rienzi kann sich den Verlockungen
der Macht nicht entziehen, verfängt sich, wenn man so will, in dieser selbstgestellten
Falle. Im zweiten Akt kommt es, über alle Cliquendifferenzen hinweg, zur Verschwörung des Adels, kommt es zum Versuch, den verhaßten plebejischen Populi-
sten zu beseitigen. Doch der Verrat wird rechtzeitig entdeckt. Rienzi verurteilt die
Verräter zum Tod durch das Beil, wie die geltenden Gesetze der Republik dies
vorsehen. Dann aber bestimmen private Motive ihn – die Freundschaft zu Adriano,
dem Sohn eines der Adligen –, die Verurteilten anschließend zu begnadigen. Während das Volk geschlossen die Hinrichtung seiner Feinde fordert, begeht Rienzi den
politisch für ihn folgenschwersten Fehler: er läßt die adligen Konspirateure erneut
die neue republikanische Verfassung Roms beschwören, vertraut ihrem Verfassungs-
schwur – und hat im selben Augenblick sein eigenes Gesetz gebrochen. Wie also
kann er von jenen, die gerade geschworen haben, erwarten, sie würden den erpreß-
ten und verhaßten Eid auf die Republik wirklich dauerhaft halten? Bezeichnenderweise spürt das Volk die Gefahr; es begehrt gegen die Begnadigung der adligen
Aufrührer und Eidesleister auf, es ist – so muß man Wagner wohl verstehen – in
diesem Augenblick die politisch einzig rationale Kraft. Nicht nur, weil es das Gesetz
über alle anderen Erwägungen stellt und den Bruch dieses Gesetzes als Bruch des

---

23 Cosima Wagner, TB, Bd. II, S. 462 (19. Dezember 1879).

Vertrauens durch Rienzi empfindet – »Tribun! Du freveltest an uns,/da Gnade du vor Recht geübt«[24], sondern auch, weil ihm die politischen und militärischen Folgen klar sind. Und doch beugt es sich, wider bessere Einsichten, der Entscheidung des von ihm gewählten und verehrten Führers, weil es sonst führerlos wäre, also ohne Alternative.

So kommt, was kommen muß: der Adel sammelt seine Kräfte außerhalb Roms, die Schlacht wird unvermeidlich. Rienzi trägt zwar den Sieg davon und steht damit auf dem Höhepunkt seines Ansehens und seiner Macht. Doch zugleich wächst ihm Mißtrauen entgegen. Das Volk befürchtet nun eine kommende Alleinherrschaft, es fürchtet die Diktatur. Der Gnadenakt gegenüber dem Adel erscheint im Nachhinein mehr und mehr als Verrat, als eine geheime Absprache Rienzis mit den Gegnern der Republik, denen der Bund mit der Kirche gelingt. Und so beginnt das Volk, sich innerlich von Rienzi abzuwenden. Darin sehen nun seine adligen Gegner ihre Chance, um den Tribun politisch endgültig auszuschalten. Als Rienzi nach gewonnener Schlacht zum Dankgottesdienst in die Lateran-Kirche gehen will, wird ihm, dem päpstlichen Notar, der Eintritt verwehrt, wird er vom päpstlichen Legaten verflucht und gebannt.

Der Bann der Kirche gegen Rienzi – unübersehbare Parallele zum späteren *Tannhäuser* – bringt die entscheidende Wende. Es ist ganz ohne allen Zweifel ein Verrat, den die Kirche da begeht, und der durch Ludwig Feuerbachs Kirchenkritik belehrte Wagner, für den die »Heuchelei ... überhaupt der hervorstechenste Zug, die eigentliche Physiognomie der ganzen christlichen Jahrhunderte bis auf unsere Tage« ist, die Kirche ein »sinnlich wahrnehmbarer weltlicher Despotismus«[25], setzt ihn mit aller Deutlichkeit und allem Nachdruck in Szene. Entsprechend treten die Repräsentanten des Vatikans im *Rienzi* auf: als Vertreter einer Institution, der es im geistlichen Gewand um weltliche Macht geht, um Teilhabe in der Herrschaft über die Stadt Rom, die deshalb bereit ist, mit allen zu koalieren, die zur Verwirklichung dieses Zieles beitragen können. Gegen die vereinte, reaktionäre Kraft von Kirche und Adel kann Rienzi nicht bestehen, zumal nach dem Frontwechsel des Vatikans auch das Volk von ihm abfällt. Seine alte rhetorische Kraft versagt, im brennenden Kapitol, dem Sitz der republikanischen Führung, erwartet Rienzi den Tod. Als das Kapitol zusammenstürzt – Vorahnung von Walhalls Brand in der *Götterdämmerung* – und unter seinen Trümmern nicht nur den Tribunen begräbt, sondern auch den Freiheitsanspruch des Volkes, beginnt erneut die alte Unterdrückung: »Die Nobili hauen auf das Volk ein«, so lautet die letzte Regieanweisung, und sie macht unzweifelhaft klar, daß hier diejenigen, auf die doch alles ankam, sich mindestens ebenso selbst verraten haben wie sie auch verraten worden sind.

---

24 Dritter Akt, erste Szene.
25 Richard Wagner, Die Kunst und die Revolution, in: GSD, Bd. 3, S. 16 f.

IV

Mit Rienzi hat Wagner eine Figur entworfen und gezeichnet, die teilweise wie die Vorwegnahme seiner späteren Vorstellungen einer aus dem Volk kommenden, im Volk verankerten Monarchie erscheint: »Lassen wir den Monarchismus ganz enden, da die Alleinherrschaft durch die Volksherrschaft (Demokratie) eben unmöglich gemacht ist« – so schreibt er in einer seiner revolutionären Schriften von 1848 – »aber emanzipieren wir dagegen in seiner vollsten eigentümlichen Bedeutung das *Königtum*! An der Spitze des Freistaates (der Republik) wird der erbliche König eben das sein, was er seiner edelsten Bedeutung nach sein soll: *der erste des Volkes, der Freieste der Freien!*«[26].

Das ist der politischen Aussage nach vom Ideengehalt der Figur des *Rienzi* nicht weit entfernt. Im Stück lehnt der Protagonist zwar die Königswürde ab, begnügt sich mit dem Tribunat und bleibt damit bewußt in der republikanischen Tradition der Stadt Rom:

»Nicht also! Frei wollt' ich euch haben! –
Der ganzen Welt gehöre Rom
Gesetze gebe ein Senat.
Doch wählet ihr zum Schützer mich
Der Rechte, die dem Volk erkannt,
So blickt auf eure Ahnen hin,
Und nennt mich euren Volkstribun«[27].

Aber als Führer des Volkes, der sich als Beauftragter Gottes und der römischen Geschichte fühlt, ist er der ›Freieste der Freien‹. Scheinbar ohne eigene Interessen, scheinbar das Instrument eines höheren Willens, in seinem öffentlichen Handeln offenbar nur vom Allgemeinwohl bestimmt, nimmt Rienzi jene über allen Parteien stehende Stellung ein, die nur ein starkes und ungebrochenes Sendungsbewußtsein vermitteln und garantieren kann. Identifikation mit einem göttlichen Auftrag, der den eigenen Realitätsbezug so weit verwirrt, daß Rienzi kurz vor seinem Ende Gott in seinem berühmten ›Gebet‹ wie ein Sohn als Vater anspricht: »Allmächt'ger Vater, blick herab,/Hör mich im Staube zu Dir flehn!«[28] – fast eine Anspielung auf jenen Christus, dem die Kreuzigung bevorsteht und der deshalb darum bittet, der Vater möge den Kelch an ihm vorübergehen lassen. Der aber zugleich doch auch weiß, daß er seinen Weg zu Ende gehen muß. Die Revolution inszeniert hier ihre personale Apotheose, der charismatische Führer sakralisiert sich selbst.

Rienzi ist zweifellos eine charismatische Figur, ganz so, wie Max Weber in der wohl berühmtesten und folgenreichsten Definition den charismatischen Führer

---

26 Richard Wagner, Wie verhalten sich republikanische Bestrebungen dem Königthume gegenüber? (1848), in: DS, Bd. V, S. 220 und GSD, Bd. 12, S. 225.
27 Erster Akt, vierte Szene.
28 Fünfter Akt, erste Szene.

bestimmt hat: »Charisma« – heißt es bei Max Weber – »soll eine außeralltäglich ... geltende Qualität einer Persönlichkeit heißen, um deretwillen sie als mit übernatür- lichen oder übermenschlichen oder mindestens spezifisch außeralltäglichen, nicht jedem anderen zugänglichen Kräften oder Eigenschaften begabt oder als gottge- sandt oder als vorbildlich und deshalb als ›Führer‹ gewertet wird«, über dessen Füh- rung, also die »Geltung des Charismas«, durch »Bewährung« und »Anerkennung durch die Beherrschten« entschieden wird: »bringt seine Führung kein Wohlerge- hen für die Beherrschten, so hat seine charismatische Autorität die Chance zu schwin- den«[29].

Auf den ersten Blick erscheint Webers Definition kompliziert und schwer ver- ständlich, aber sie bestimmt bis heute gültig einen Grundtypus politischer Herr- schaft, der sich historisch immer wieder auf eine begrenzte Zeit herausgebildet hat, fast ausschließlich in revolutionären Situationen: Auftritt des großen Führers, der das Dickicht der Undurchschaubarkeiten des politisch-gesellschaftlichen Alltags zu roden verspricht, der sagen zu können meint, was wahr ist und was falsch, der Fron- ten schafft, in denen die in der Moderne abgelebten archaisch-biblischen Optionen des Ja oder Nein sich reaktualisieren und die Unterscheidung von Freund und Feind wieder erkennbar werden[30]. Mit Nachdruck hat Weber deshalb auch die charisma- tische Herrschaft in ihrer idealtypischen Zuspitzung als eine ›außeralltägliche‹ be- stimmt, fernab aller eingeschliffenen Routine des politischen Alltagsgeschäfts und bürokratischer Normalität, fernab auch von allzu starken Einbindungen in überlie- ferte Traditionen. Den charismatischen Führer zeichnet die Vorbildhaftigkeit seiner Person aus, seine suggestive Ausstrahlungskraft, sein exzeptioneller Charakter, seine tadelsfreie und heldische Lebensführung, die von ihm selbst niemals bezweifelte Überzeugung von der Richtigkeit der eigenen Aufgabe. All dies zusammen erzeugt den ›Legitimitätsglauben‹ der Beherrschten und in seiner Folge dann die Bereit- schaft zur Gefolgschaft wie zum Gehorsam, wie umgekehrt hierdurch die Bedin- gungen für die Bewährung des Führers, für die Geltung wie Wirkung seines Cha- rismas geschaffen werden. Zwar ist der charismatische Führer in der revolutionären Situation zunächst einmal ganz auf sich allein gestellt, aber sein Charisma bewährt sich auch dann nur im dialogischen Wechsel mit den ihm verbundenen Menschen, in der dauerhaften und erfolgreichen Bestätigung seiner herausgehobenen Position, in Leistungen von besonderem Rang. Charisma also ist »die große revolutionäre Macht« – wie Max Weber sagt –, die dann verloren geht, wenn der persönliche Erfolg des ›Führers‹ plötzlich ausbleibt oder die revolutionäre Situation sich norma- lisiert, sich »veralltäglicht« – wie Weber formuliert. Wo politische Herrschaft dauer- haft gesichert werden muß, und das heißt: wo sie ohne institutionelle und organisa- torische Absicherung nicht mehr auskommt und vom Inhaber der Macht nicht

---

29 Max Weber, Wirtschaft und Gesellschaft, Fünfte, revidierte Auflage, besorgt von Johannes Winckel- mann, Tübingen 1985, S. 140.
30 Zu dieser Unterscheidung vgl. Carl Schmitt, Der Begriff des Politischen. Text von 1932 mit einem Vorwort und drei Corollarien, Berlin 1963.

mehr zwangfrei verteidigt werden kann, löst sich die charismatische Aura allmählich auf. Persönliche Herrschaft geht dann mehr und mehr in die Versachlichung von bürokratischen Strukturen über, das Charisma eines Führers verflüchtigt sich in der Trivialität des Alltags, der Führer verliert seine Ausnahmestellung, er wird einer unter vielen – und das ist sein politischer, nicht selten auch sein physischer Tod.

Wagners Rienzi besitzt ohne Zweifel jenes politische Charisma, von dem Weber sagt, daß zumindest ein wenig davon jedem Politiker zukommen müsse, wenn er denn erfolgreich sein will. Wagners Oper thematisiert den Aufstieg und Fall des Charismatikers im revolutionären Prozeß. Am historischen Beispiel werden die Genese, die Phase der kurzen Stabilisierung wie die sich anschließende Veralltäglichung der charismatischen Herrschaft auf die Bühne gebracht. Wagner gelingt es, durch Verdichtung und Konzentration auf zentrale, handlungsbestimmende Entwicklungen seiner Geschichte, die strukturellen Bedingungen der revolutionär-charismatischen Herrschaft in einer bis dahin noch nie erlebten Eindringlichkeit auf der Bühne zu versinnlichen. Dem Blick des Sozialwissenschaftlers erscheint die Oper wie eine musikdramatische Illustration der von Max Weber formulierten Theorie charismatischer Herrschaft, ihrer Ursprünge, der Bedingungen des Funktionierens wie ihres Zerfalls. Schon das Eingangsszenario der Oper entspricht den typischen Ausgangsbedingungen von revolutionären Bewegungen bzw. revolutionären Ereignissen: die politische Macht in Rom ist zersplittert, aufgeteilt auf viele konkurrierende und sich bekämpfende Gruppen und demzufolge paralysiert, die überkommenen politischen Institutionen sind dadurch weitgehend aktionsunfähig geworden und versagen vor ihren Aufgaben. Partikulare Interessen, immer wieder gewaltsam und blutig durchgesetzt, beherrschen das Feld, bestimmen das Leben der Menschen. Die tradierte politische Ordnung hat sich aufgelöst und nur noch Reste sind davon übriggeblieben. Private und öffentliche Interessen werden nicht mehr voneinander unterschieden, sondern gehen ineinander über, und konsequent wird die öffentliche Moral von denen, die öffentlich handeln, privatisiert und dadurch auch korrumpiert. Dieser spürbaren Auflösung der institutionellen Ordnung – im Libretto immer wieder angedeutet – entspricht gleichsam kompensatorisch die Hoffnung des Volkes auf Rettung durch einen einzigen Führer – hier: Rienzi. Auf ihn als den nicht korrumpierten und von allen Gruppierungen unabhängigen, neuen Politiker setzt das Volk seine Reformhoffnungen und mit ihm tritt, wie in Revolutionen üblich, die Person an die Stelle der Institutionen.

Rienzi ist nun jener Typus eines Revolutionärs, der die vorgefundene Gesellschaft neu ordnet, indem er ihr neue Gesetze, vor allem eine neue Verfassung gibt. Ein antikes Bild steigt dabei auf, die Erinnerung an den Mythos des großen und einsamen Gesetzgebers im alten Griechenland, an Solon in Athen oder Lykurg in Sparta[31]. Beide haben – so erzählt es der Mythos – ihren jeweiligen Stadtstaaten

31 Vgl. Fritz Traeger, Das Altertum, Stuttgart 1958, Bd. I, S. 198; S. 211. Ebenso Victor Ehrenberg, Der Staat der Griechen, Zürich 1965; Tuttu Tarkiainen, Die athenische Demokratie, Zürich 1966.

neue Verfassungen zu einer Zeit gegeben, da andere dazu nicht mehr in der Lage und die öffentlichen Ordnungen bereits in Auflösung begriffen waren. In einem einsamen legislativen Ordnungsakt, unterstützt durch die Zustimmung der Polis-Bewohner, haben sie jene Grundgesetze erlassen, die den Rahmen abgaben, in denen sich dann das öffentliche Leben neu entwickeln konnte. Entscheidend aber war, daß sich beide, Solon wie Lykurg, danach aus dem politisch aktiven Leben zurückzogen, daß sie beide auf weitere öffentliche Betätigung verzichteten, um die Unabhängigkeit der Verfassung nicht zu gefährden, um jeden Verdacht zu vermeiden, sie hätten die Verfassungen zu ihren eigenen Gunsten in Kraft gesetzt und zögen nun ihren Vorteil daraus.

Der einsame Gesetzgeber, der der Polis in einem singulären Akt die Verfassung gibt und sich danach zurückzieht – dies ist ein so mächtiges und nachwirkendes Bild im kulturellen Gedächtnis Europas, daß es über die Jahrhunderte bewahrt wurde und selbst im neuzeitlichen politischen Denken sich wiederfindet: das Bild des ersten Schöpfers und Gründers des politischen Gemeinwesens, die Figur eines gleichsam säkularisierten Gottes, dem aber die ›Gottheit‹ – wie Wagner vielleicht sagen würde – noch nicht ganz abhanden gekommen ist. In Jean-Jacques Rousseaus *Gesellschafts-vertrag* – dem *contrat social* – von 1762, einer der klassischen Schriften politischer Philosophie der Moderne, für viele die Bibel der Französischen Revolution von 1789, gibt es, ganz dem antiken Vorbild nachkonstruiert, den ›legislateur‹, den Gesetzgeber, der die Geburt eines neuen Gemeinwesens durch seine Gesetzgebung einleitet. Rousseau charakterisiert diese Gründungsfigur einer Gesellschaft mit folgenden Worten:»Der Gesetzgeber ist ein in jeder Hinsicht außergewöhnlicher Mann im Staat.Wenn er es schon von seinen Gaben her sein muß, so ist er es nicht weniger durch sein Amt. ... Dieses Amt, durch das die Republik errichtet wird, findet keinen Eingang in die Verfassung. Es ist ein besonderes und höheres Amt, das nichts mit menschlicher Herrschaft gemein hat; wie der, der über Menschen befiehlt, nicht über Gesetze befehlen darf, so darf, wer über Gesetze befiehlt, nicht auch über Menschen befehlen«[32]. Und Rousseau fügt hinzu, daß dieser Gesetzgeber gleichsam charismatische Eigenschaften haben müsse, der Weisheit der Götter teilhaftig, damit die Bürger seine Verfassung auch akzeptieren könnten:»Die erhabene Vernunft, die sich über das Fassungsvermögen der gewöhnlichen Menschen erhebt, ist die, deren Entscheidungen der Gesetzgeber den Unsterblichen in den Mund legt, um durch göttlichen Machtanspruch diejenigen mitzureißen, die menschliche Klugheit nicht zu bewegen vermöchte. Aber nicht jedem Menschen ist es gegeben, die Götter sprechen zu lassen oder Glauben zu finden, wenn er sich als Deuter bezeichnet. Die große Seele des Gesetzgebers ist das eigentliche Wunder, das seine Sendung beweist«[33].

Kein Zweifel: Rienzi fühlt sich als ›legislateur‹, er, der Plebejer, sieht sich als Instrument einer höheren Moral, er ist bedacht auf die sittliche Erneuerung der

---

32 Jean-Jacques Rousseau,Vom Gesellschaftsvertrag oder Grundsätze des Staatsrechts, hg. von Hans Brockhard, Stuttgart 1977, S. 44.
33 Ebenda, S. 46 f.

gesellschaftlichen Grundlagen, die Wiederherstellung eines funktionierenden Gemeinwesens. Ein konservativer Revolutionär, der die verloren gegangenen republikanischen Traditionen wiederherstellen und wiederbeleben möchte, der die gute alte Ordnung beschwört und im Grunde keinen strukturellen Bruch mit den von Vätern überlieferten gesellschaftlichen wie politischen Ordnungsmodellen will:

> »Nun denn! Rom mach' ich groß und frei,
> Aus seinem Schlaf weck' ich es auf, –
> und Jeden, den im Staub du siehst,
> Mach' ich zum freien Bürger Roms«[34].

Im Gegenteil: auf die Einheit der Republik ist er aus, auf die moralische Besserung der bisher Sittenlosen, auf die Versöhnung der bislang Unversöhnten, auf die Stabilisierung einer gerechten Ordnung. Die Revolution, die Rienzi betreibt, erscheint als eine Revolution im ursprünglichen Sinne des Wortes, als das Zurückdrehen – ›revolvere‹ – eines permissiven Zustandes und die Rückgewinnung einer verloren gegangenen, moralisch intakten Gesellschaft, einer gerechten überdies, in der es keine Ausbeutung und Unterdrückung, wohl aber eine angemessene Güterverteilung gab[35]. Und diese gleichsam neu-alte Ordnung soll verbunden werden mit wiedergewonnenem nationalem Glanz, mit Roms wiedererstehender Herrschaft über Italien. Der Widerspruch, der in einem solchen ›Programm‹ zutage tritt, zwischen innerer Freiheit und Gerechtigkeit einerseits, nach außen gezieltem Imperialismus gegenüber anderen Völkern andererseits, kümmert den Revolutionär Rienzi ebenso wenig, wie er je andere, historisch aufgetretene Revolutionäre gekümmert hat. Die vielfältigen Identifikationen des Charismatikers Rienzi mit Gott, mit innerer Freiheit und Gerechtigkeit, mit äußerem Glanz und gefürchteter Herrschaft nach außen hin bis zur Demutsgeste, mit der er nach errungenem Sieg auf die Königswürde verzichtet, ohne doch die damit verbundene Macht zu verschmähen, sie vielmehr als Tribun für sich in Anspruch nehmen will – sie gehen alle auf und unter im Charisma der einen, einzigen Person, die Rettung verspricht aus einer desolaten und bedrückenden Lage.

›Bewährung‹ und ›Akzeptanz‹ durch die Beherrschten sind – so hat das Max Weber gesehen – für charismatische Herrschaft unabdingbar. Das ist gewiß zutreffend, aber die Sache verhält sich auch umgekehrt, wie Wagners Oper zeigt. Denn der Charismatiker kommt nicht nur zum Volk, sondern das Volk wächst ihm freiwillig zu, ohne seinerseits darüber auch nur einen Augenblick nachzudenken – wozu Kollektive freilich ohnehin nicht in der Lage sind –, welche Konsequenzen sich aus solchem vorauseilendem Gehorsam ergeben könnten. »Ein neues Volk erstehe Dir/

---

34 Erster Akt, zweite Szene.
35 Zur historischen Entwicklung des Revolutionsbegriffs vgl. Revolution, Rebellion, Aufruhr, Bürgerkrieg, in: Otto Brunner/Werner Conze/Reinhart Koselleck (Hg), Geschichtliche Grundbegriffe. Historisches Lexikon zur politisch-sozialen Sprache in Deutschland, Stuttgart 1984, Bd. 5, S. 653 ff, bes. S. 714 ff.

wie seinen Ahnen groß und hehr« – so lautet das Gelöbnis des Volkes gegenüber dem gerade erkorenen Führer, der nun seinerseits verspricht:»Die Freiheit Roms sei das Gesetz/ihm untertan sei jeder Römer«[36], und der doch eben dadurch, daß er dieses Gesetz neu bestimmen will, sich die Chance offenhält, dies nach den wechselnden, stets aber eigenen Interessen zu tun. Und sogleich finden sich auch jene immer wieder auftauchenden Herrschaftslakaien, jene Opportunisten, ohne die auch charismatische Herrschaft ganz offensichtlich nicht auszukommen vermag, die direkt aussprechen, was der Charismatiker allenfalls still für sich selbst denkt:»Geschaffen hat er uns zum Volk/Drum hört mich an und stimmt mir bei:/es sei *sein* Volk, und König Er!«[37]. Und das Volk – so wieder einmal die durchaus erhellende und verräterische Regieanweisung – stimmt im »wilden Enthusiasmus« dem Vorschlag zu, so als wisse es nicht, daß im Akt der Befreiung die Momente zukünftiger Selbstbindung, ja Selbstknebelung bereits enthalten sein können.

Für Jean-Jacques Rousseau wie für die antiken Denker war es eine unzweifelhaft feststehende Tatsache, daß die politische Sendung und Aufgabe des ›legislateur‹ zu Teilen auch eine religiöse ist, daß Politik und Religion in einem engen Wechselverhältnis stehen, »beim Ursprung der Nationen die eine der anderen als Werkzeug dient«[38]. Wohl eher intuitiv als wirklich bewußt mag auch Wagner diesen Zusammenhang geahnt haben, als er Rienzi dem Schutz der Kirche unterstellte. Denn es ist zu einem erheblichen Teil auch diese religiöse und kirchliche Einbindung, die den politischen Auftritten Rienzis ihre charismatische Wirkung verleiht. Das Volk verehrt ihn als einen Gottgesandten, der Vatikan tut seinerseits alles, den Glauben des Volkes zu bekräftigen und zu stärken, so lange jedenfalls ihm dies nützlich erscheint. In der Hoffnung auf Teilhabe an der Herrschaft spendet die Kirche ihren Segen, versichert sie den Tribun ihres höchsten Wohlwollens. Der Glaube des Volkes und seine Bindung an die Kirche wie die Zustimmung der Kirche für Rienzi geben diesem jene sakrale Überhöhung und dadurch auch die persönliche Unantastbarkeit, die den Kern des Charismas ausmachen. Rienzi weiß das, und folglich unternimmt er seinen Putsch gegen die Nobili erst in dem Augenblick, da er sich der Unterstützung der Kirche ganz gewiß sein kann. Und auch die – am Ende der Oper dann doch siegreichen – Verschwörer wissen sehr wohl:»Nichts vermögen wir – allmächtig schützt die Kirche ihn«[39].

Um so schwerer wiegt, daß die Kirche sich schließlich auf die Seite des Adels schlägt. Es ist die Konsequenz aus politisch-strategischen Überlegungen, es ist der Opportunismus einer Institution, die stets mit den stärkeren Bataillonen marschiert – so jedenfalls muß man die Geschichte verstehen, und so hat sie Wagner auch gemeint. Daß die Kirche sich von Rienzi abwendet, daß sie dem bisher unterstützten Führer durch den Bannfluch das religiös eingefärbte Charisma nimmt, kommt

---

36 Erster Akt, vierte Szene.
37 Ebenda.
38 Jean-Jacques Rousseau, Gesellschaftsvertrag, S. 47.
39 Erster Akt, zweite Szene.

einem doppelten Verrat gleich: zum einen an dem gegebenen Versprechen, die Person wie die Ziele des Volkstribuns zu unterstützen, zum anderen an der christlichen Verpflichtung, einen treuen Diener der Kirche nicht seinen Gegnern freizugeben, wenn dieser sich nichts hat vorsätzlich zu Schulden kommen lassen. Es sind reine Vorteilserwägungen, welche die Kirche zu ihrem Positionswechsel veranlaßt, es ist der institutionelle Egoismus und der Drang nach Macht, der hier über die Prinzipien einer christlichen Moral siegt.

So wird der Verrat der Kirche an Rienzi zum Verrat an der Freiheit des römischen Volkes, Verrat auch an jenem Gesetz, das die Kirche selbst herbeigewünscht hatte. Lange bevor Wagner sich durch die Lektüre der Schriften Feuerbachs mit der schärfsten Religionskritik seiner Zeit vertraut gemacht hatte, nimmt er hier, in seiner Oper, eine dezidiert anti-kirchliche Position ein und spricht dem institutionalisierten Christentum, der Institution Kirche, ein negatives Urteil. Es steckt, was sich später sowohl in seinen theoretischen Schriften wie in einzelnen seiner musikdramatischen Werke noch deutlicher zeigt, bereits in diesem Verdikt ein tiefes und generelles Mißtrauen Wagners gegenüber allen Institutionen, seien sie nun kirchlicher oder auch politischer Natur. Nicht zufällig ist gute Politik, und das heißt hier: Politik für die Freiheit des Volkes, an eine Person – die von Rienzi – gebunden, ist sie personalisiert und wird nicht mit Institutionen in Verbindung gebracht. Der Tribun steht ausschließlich mit seiner Person und nur mit ihr für eine Programm der Freiheit ein – jedenfalls im ersten und zweiten Akt der Oper.

Aber gerade in dieser Konzentration auf die Person Rienzis liegt das entscheidende Problem. Denn charismatische Herrschaft ist, wie Weber es formuliert hat, von konstitutiver »Kurzlebigkeit«[40], sie kann eben nicht auf Dauer von der persönlichen Faszination ihres Trägers zehren, sie unterliegt vielmehr ganz zwangsläufig einem normalen Abschleifungs- und Abnutzungsprozeß im politischen Alltag. Sie muß sich verändern, entpersonalisieren, um überleben zu können. »Veralltäglichung« nennt Weber diesen Vorgang, und er meint damit die allmähliche, aber unaufhaltsame Normalisierung einer extremen sozialen und politischen Situation – wie es die einer Revolution ist. Das allerdings ist ein Prozeß, gegen den die Träger charismatischer Herrschaft sich – aus verständlichen Gründen – nahezu immer sträuben, den sie mit allen Mitteln hinauszuzögern suchen, um ihre einmal gewonnene Macht zu verteidigen und nicht mit anderen teilen zu müssen.

Wagners Rienzi durchlebt diese ›Veralltäglichung‹ seines Charismas geradezu paradigmatisch. Nach dem revolutionären Befreiungsschlag, der dem römischen Volk seine Freiheit wiedergibt, der den Vatikan in seiner Hoffnung auf Partizipationsgewinne an die Seite der Revolution führt, setzt der politische Alltag ein. Friede und Wohlstand, wie sie zu Beginn des zweiten Aktes als Ergebnis der Revolution und der revolutionären Politik Rienzis ausführlich geschildert werden[41], sind ganz und

---

40 Max Weber, Wirtschaft und Gesellschaft, S. 841.
41 Zweiter Akt, erste Szene.

gar das Ergebnis seines persönlichen Einsatzes, verdanken sich ausschließlich dem Tribun und seinen Entscheidungen und werden auch vom Volke nur ihm zugerechnet. Alles, was er politisch bewirkt, ist Ergebnis seiner persönlichen Anordnungen und durch Institutionen nicht abgesichert. »Denn ich vor allem schütze das Gesetz,/Ich. Der Tribun«[42], sagt Rienzi, und dies verheißt nicht nur Beruhigung. Es liegt ein Ton persönlicher Drohung in diesem Satz, gezielt auf jene, die sich an das von ihm gegebene, von ihm auch interpretierte Gesetz nicht halten. Die weise Einsicht von Jean-Jacques Rousseau und seiner Vorgänger, daß der Gesetzgeber nicht zugleich auch Regent sein darf, weil die Unabhängigkeit des ersten Legislativaktes unter den Zumutungen des Alltags nur allzu rasch zerbricht – Rienzi will nichts davon wissen, wie viele, anfangs erfolgreiche Revolutionäre in der Geschichte. Sein Konzept besteht vielmehr in der Personalisierung und Zentralisierung von Macht, aufgeladen und versetzt mit einer Moral, die sich zwar formal universalistisch, das heißt: allgemein und für alle geltenden Prinzipien verpflichtet fühlt, konkret aber nur in einer durch ihn alleine autorisierten Auslegung gelten darf. Und eben darin liegt eine der entscheidenden Gefahren, liegt der Keim des Untergangs: der moralische Universalismus des revolutionären Anfangs zerstört sich durch die Ausrichtung aller Macht auf die eine Person selbst und er zerstört damit auch alle Ansprüche, nach denen die Revolution einmal angetreten war.

Nicht zuletzt darin liegt zu einem erheblichen Teil die Tragik und das zwangsläufige Scheitern aller auf Dauer intendierten charismatischen Herrschaft, daß sie die grundsätzliche Option der Ausdifferenzierung von Moral und Macht und deren institutionelle Absicherung nicht anerkennen will, auch nicht anerkennen kann, weil sie sich andernfalls selbst zur Disposition stellen würde. Daß sie vielmehr glaubt, alles aus sich selbst heraus leisten zu können, überzeugt davon, die Person des Revolutionärs sei allen Institutionen überlegen, sei abgesichert sowohl durch ihre moralische Integrität und rhetorische Kraft wie durch die Zustimmung des Volkes.

Aber die Prozesse der ›Veralltäglichung‹ lassen den Träger des Charismas nicht ungeschoren davon kommen, er läuft unbarmherzig in lebensbedrohende Fehler hinein. Fehler, die – weil es eine institutionelle Korrektur seiner Herrschaft nicht gibt, keinen systemisch verbürgten Mechanismus des Lernens und der permanenten Überprüfung des eigenen Denkens und Handelns – nicht vermieden werden können. Im *Rienzi* ist die Begnadigung der Verschwörer ein solcher Fehler, obgleich der Gnadenakt selbst doch den moralischen Imperativen folgt, die Rienzi sich selbst – im Glauben, mit den Lehren der Kirche übereinzustimmen – gesetzt hat, die freilich im Widerspruch zu den selbst erlassenen Gesetzen stehen. Doch Gesetze zu formulieren, die man selbst nicht einzuhalten gedenkt, ist eine denkbar schlechte politische Strategie der Herrschaftssicherung. Und sie kann das Überleben nicht garantieren, jedenfalls dann nicht, wenn dieses Verhalten sich auf einen so außerge-

---

42 Ebenda.

wöhnlichen Tatbestand wie den des Hochverrats – und darum geht es bei dieser adligen Verschwörung – und dessen Begnadigung handelt. Rousseaus ›legislateur‹ durfte einen solchen Gnadenakt wohl üben, weil er außerhalb aller Parteien steht, außerhalb des politischen Machtgefüges, außerhalb aller Kämpfe um direkten politischen Einfluß. Der Tribun aber, nachdem er sich vom ›legislateur‹ zum Politiker gewandelt hat, ist zum integralen Bestandteil des politischen Systems geworden, sogar zu dessen Zentrum. Er ist deshalb auch parteiisch, denn seine Entscheidungen sind notwendigerweise an den eigenen Interessen ausgerichtet, deren höchstes die Bewahrung der Macht ist. Doch damit verstößt er gegen eine der konstitutiven Bedingungen charismatischer Herrschaft, die ihre Legitimität wesentlich auch daraus bezieht, daß sie zumindest den Schein der Wahrung allgemeiner Interessen aufrechterhalten muß. Rienzi aber vermag diesen Schein einer allgemeinen Verpflichtung auf das Wohl aller Bürger nicht zu wahren, er verkennt seine Stellung im Machtgefüge Roms, und so sieht ihn das Volk plötzlich als Teil jenes Spiels, das er selbst ursprünglich in Gang gesetzt hatte, nun aber nicht mehr souverän beherrscht.

Um noch einmal auf das Volk zurückzukommen: bei Wagner ist es Spiegel und Partner der charismatischen Herrschaft. Ohne seine Unterstützung kann es keine erfolgreiche Politik geben. Aber das Volk ist – auch das zeigt die Oper – nur im revolutionären Akt bei sich selbst. Nur in der Revolution tritt es als handelndes Subjekt auf, nur in diesem einzigen, konzentrierten Augenblick gewinnt es die Energie zur Selbstbestimmung, die sich danach erschöpft in der Delegation der Macht an den charismatischen Führer. ›Sein‹ – also Rienzis – Volk will es werden, jedenfalls so lange, wie der Erfolg der Revolution durch ihn garantiert ist und wie die Kirche zu ihm hält. Daß dieses Volk aber im Urteil schwankt, daß es seine Gunst ebenso schnell entziehen kann wie es sie gewährt hat – das macht auch aus dieser Perspektive eine Institutionalisierung der Revolution notwendig. Doch auch an dieser Einsicht fehlt es dem charismatischen Führer. Statt dessen schiebt er am Ende die Schuld seines eigenen Scheiterns dem Volk zu, auch das eine durchaus typische Verhaltensweise. Wenn das Volk das Feuer ins Kapitol wirft, singt Rienzi seine letzten Verse, singt davon, daß das Volk seiner nicht Wert war und deshalb zurecht zugrunde gehen soll:

»Furchtbarer Hohn! Wie, ist dieß Rom?
Elende! Unwert eures Namens,
Der letzte Römer fluchet euch!
Verflucht, vertilgt sei diese Stadt!
Vermod're und verdorre, Rom!
So will es dein entartet Volk!«[43]

Angesichts solcher Realitätsblindheit können die alten Institutionen, sofern sie im Kern die Revolution überlebt haben, sich langsam erholen, können Kraft schöp-

---

43 Fünfter Akt, vierte Szene.

fen, sich langsam neu orientieren, die alten Positionen wieder einzunehmen versuchen: die Revolution wird auf diese Weise gleichsam subversiv wieder zurückgedreht.

Was Wagner im *Rienzi* als Verrat der Kirche charakterisiert, was als kühl kalkulierter Vorteil dieser Institution am Ende deren eigene Moral zur Disposition stellt, erscheint zunächst einmal als der Sieg der Institution über die Person. Mag sein, daß Wagners »jungdeutsch voreingenommer Intellekt gierig aufgriff, was sich gegen die politisch kirchliche Institution verwerten ließ«[44]. Bezeichnet ist damit aber nur eine Tendenz, die sich bei ihm in den kommenden Jahren, in der Zeit vor der Dresdner Revolution noch entscheidend verstärken sollte, keinesfalls eine »Verzeichnung der katholischen Kirche«[45], denn Realität und ästhetische Produktion gehen nicht unmittelbar zusammen, so wenig wie Oper exakte Historiographie ersetzen will. Für die Interpretation des Geschehens im *Rienzi* ist allein entscheidend, daß Wagner hier einen Grundkonflikt thematisiert und theatralisch gestaltet, der ihn ein Leben lang beschäftigt hat: den Gegensatz von Person und Institution, von freier, schöpferischer Individualität und eingeregelten, festgeschriebenen Ordnungen mit ihren von ihm so stark empfundenen Restriktionen. Gewiß ist *Rienzi* auch und entschieden ein anti-kirchliches Stück, der Titelheld weit mehr als eine »tolle Tenor-Rolle fürs politisierende Indianerspiel auf der Oper«[46]; *Rienzi* ist vor allem die Theatralisierung eines fundamentalen, zwischen personaler und institutioneller Herrschaft situierten Konfliktes.

Denn Rienzis politische Autorität bleibt so lange gefestigt und unangezweifelt, wie er lediglich den unter sich zerstrittenen, allenfalls zeitweilig miteinander kooperierenden Adel gegen sich hat, also keine geschlossene Opposition, sondern nur eine temporär als Kollektiv agierende, inhaltlich aber auf unterschiedliche Interessen begründete. Mit der Kirche verhält es sich dagegen anders. Sie ist eine einheitlich operierende, geschlossene und mächtige Opposition, mit klar definierten Zielen, für deren Durchsetzung sie sich rückhaltlos aller politischen Mittel bedient. So mag sich das scheinbar wankelmütige Verhalten des Volkes auch aus einer realistischen Einschätzung dieser ungleichen Konfrontation erklären: gegen den Adel ist aus der Sicht des Volkes Widerstand möglich, weil er als sozialer Stand nicht über eine geschlossene Organisation verfügt, sondern in den entscheidenden Situationen und Lagen in unterschiedliche Einzelgruppen mit durchaus unterschiedlichen Zielsetzungen agiert. Gemeinsam ist diesem Adel lediglich der Grundsatz der Opposition gegen den verhaßten Charismatiker Rienzi. Die Kirche dagegen tritt als eine homogen agierende und taktierende Macht auf, sie vertritt ihre Ziele einheitlich und offensiv, und gegen sie hat das Volk auf Dauer wenig Chancen. Denn dieses Volk ist selbst nur zeitweise, im Akt des Aufstandes, ein homogener Akteur. Und überdies kann die Kirche mit schwer abschätzbaren Sanktionen für die Ewigkeit

44 So der Vowurf von Helmut Kirchmeyer, Das zeitgenössische Wagnerbild, S. 105.
45 Ebenda.
46 Joachim Kaiser, Leben mit Wagner, München 1990, S. 82.

drohen, deren Einlösung niemand zu überprüfen vermag, die alle daher fürchten müssen.

In Kampf zwischen personalem und institutionellem Herrschaftsanspruch gewinnt, auf lange Sicht gesehen, immer die Institution. Diese Erfahrung zwingt dazu, daß charismatische Herrschaft sich verstetigen muß. Sie bedarf der institutionellen Untermauerung und Absicherung. Dieser schlichte, in der Wirklichkeit freilich hochkomplexe und nicht so einfach ins Auge springende Sachverhalt wird im *Rienzi* durch den Positionswechsel des Vatikans illustriert, der das Ende des Tribuns besiegelt. Doch der versteht nicht, was vor sich geht. Er glaubt sich durch seine emotionale Hingabe an Rom politisch gerechtfertigt:

> »Ich liebte glühend meine hohe Braut,
> seit ich zum Denken, Fühlen bin erwacht,
>
> ...
>
> ich liebte schmerzlich meine hohe Braut,
> da ich sie tief erniedrigt sah,
>
> ...
>
> Mein Leben weihte ich einzig nur ihr,
> Ihr meine Jugend, meine Manneskraft;
> Ja, sehen wollt' ich sie, die hohe Braut,
> Gekrönt als Königin der Welt: –
> Denn wisse, *Roma* heißt meine Braut!«[47]

Es bedarf keiner eingehenden Ausdeutung dieses Bildes, um zu verstehen, daß Rienzi Politik in Kategorien personaler Beziehungen begreift, daß er das institutionelle Moment vollkommen unterschätzt. Stellen, die dies in ähnlicher Weise belegen, finden sich vielfach in der Oper, und sie sind musikalisch meist im Stil arioser Liebeslieder gehalten, denen das sonst eher heldische Pathos, das Willensstärke und Durchsetzungsfähigkeit signalisiert, gänzlich fehlt. Vielleicht läßt sich dies als ein Versuch verstehen, die emotionalen Momente charismatischer Herrschaft, die etwa im unmittelbaren Appell vom Führer an sein Volk evoziert werden können, und das daraus entstehende, spezifisch persönliche Verhältnis zwischen beiden durch die Verschiebung auf eine private Ebene zu intimisieren. Denn solche Emotionalisierungen lassen den charismatischen Politiker gleichsam zum privaten Gegenüber für das Volk werden, sie schaffen in gewisser Weise nachbarschaftliche, vertraute Beziehungen, die eine konsequente politische Opposition zumindest psychologisch erschweren.

In der durch die politische Frontbildung zusätzlich komplizierten Liebesbeziehung von Rienzis Schwester Irene zu Adriano, dem Sohn des Familienoberhauptes der Adelsclique der Colonna, die als eine private Parallelhandlung die politischen Haupt- und Staatsaktionen des Protagonisten begleitet, ist gerade dieser letzte As-

---

47 Fünfter Akt, erste Szene.

pekt noch einmal gesondert thematisiert. Adriano, durch seine Familienzugehörigkeit eigentlich zum politischen Opponenten Rienzis prädestiniert, gerät durch seine Liebe zu Irene in einen unmittelbaren persönlichen Kontakt mit dem Tribun, lernt dessen persönliche Qualitäten kennen und schätzen, und diese menschliche Annäherung neutralisiert ihn politisch vollkommen. Privatisierung und Intimisierung eines ursprünglich sachlich politischen Verhältnisses führen so zur politischen Handlungsunfähigkeit, die Adriano erst am Ende der Oper, wenn alle sich gegen Rienzi empören, vom allgemeinen Widerstand mitgerissen, überwinden kann. Dann freilich ist es auch für ihn ein Leichtes, Opponent zu sein, denn nun geht es ihm nicht mehr um die politischen Inhalte und Ziele der Opposition, sondern nur noch ums eigene Überleben. Wo alle sich gegen den nun seines Charismas beraubten Führer wenden, empfiehlt es sich auch für die bisherigen Sympathisanten, die eingetretene Wende mitzuvollziehen. Mit der Aufkündigung der persönlichen Freundschaft zu Rienzi geht bei Adriano sogar eine verschärfte Frontstellung einher – typisch für einen Konvertiten –, gleichsam der Versuch, die Vergangenheit durch überbordende Aktivitäten des jetzt zum Gegner gewordenen ehemaligen Freundes für alle sichtbar zu kompensieren. Folgerichtig ist es Adriano, der in das schon brennende Kapitol eindringt, um mit eigener Hand Rienzi umzubringen, was ihm allerdings nicht gelingt, da er angesichts der Weigerung Irenes, mit ihm zu fliehen, wahnsinnig wird und umkommt – eine allerdings außerordentlich schwache, weil wenig überzeugende Lösung, die Wagner hier für ein strukturell gut angelegtes Konfliktszenario wählt. Doch abgesehen davon: der Brand des Kapitols besiegelt die Laufbahn eines Helden, dessen Aufstieg und Untergang dem Typus revolutionärer charismatischer Herrschaft, wie sie die Sozialwissenschaften kennen, erstaunlich genau entspricht.

V

Rienzi ist Wagners bis dahin politisch avanciertestes Werk, auch sein radikalstes, und mit Ausnahme des *Ring* hat Wagner niemals wieder Politik in so direkter Weise thematisiert. Es kann kein Zweifel darüber bestehen, daß der Komponist seinen Helden mit großer Sympathie sieht. Aber zugleich ist doch auch spürbar, daß diese Sympathie immer wieder mit Zweifeln versehen wird. Denn daß Rienzi am Ende scheitert – wie übrigens nahezu alle Helden Wagners –, macht die Angelegenheit zweideutig, die vorbehaltlose Identifikation mit ihm und der Revolution schwierig. Rienzi ist, aller positiven Grundzüge zum Trotz, am Ende doch eher der Typus jenes modernen Revolutionärs, der einerseits die Ideale der Revolution hochhält, über weite Strecken seines Weges unbeirrt und nicht korrumpierbar, aber zugleich auch nicht selten von eitler Selbstgefälligkeit. So wird er zunehmend doktrinärer, wird unfähig sich zu verändern und sich wechselnden Verhältnissen der gesellschaftlichen und politischen Entwicklung anzupassen und auf sie zu reagieren. Im Beharren auf dem einmal als richtig Erkannten und der damit verbundenen mangelnden Flexibilität des Handelns liegt der mit der Zeit unweigerlich einsetzende Realitätsverlust des Charismatikers begründet, seine Unfähigkeit, strategisch angemessen zu reagieren und am Ende zwangsläufig sein Untergang.

Freilich: *Rienzi* ist nicht Wagners Schlußwort in Sachen Revolution und revolutionärer Umgestaltung der Gesellschaft. Dieses wird erst Jahrzehnte später, im *Parsifal*, gesprochen, dann freilich mit einer prinzipiell anderen Einstellung, einer gänzlich veränderten Perspektive und völlig geänderten Inhalten. Im *Rienzi* gewinnt die Revolution für Wagner eine neue, eine ernsthafte Dimension, wird sie so bedeutsam, daß sie in unterschiedlichen Facetten auch in seinen nachfolgenden Werken stets präsent bleibt. Aber hier, im *Rienzi*, bleibt Wagner noch ganz auf den politischen Aspekt der Revolution konzentriert, schreibt und komponiert er gleichsam entlang des klassischen politischen Revolutionsverständnisses. Später jedoch, nach dem Scheitern der Dresdner Revolution und seinem eigenen Scheitern als Revolutionär, propagiert er die Notwendigkeit zur Revolution der bestehenden Gesellschaft in einem sehr viel breiteren, vor allem auf die Kunst und deren Aufgabe bezogenen Sinne. In der Zeit, da der *Rienzi* entsteht, ist das politisch-ästhetische Programm der ›Zürcher Kunstschriften‹ noch nicht gedacht, geschweige denn entworfen, das Verhältnis von Politik und Kunst noch nicht Wagners zentrales Thema.

Und doch wird im *Rienzi* erstmals das Grundmuster einer weitreichenden Intention entworfen, die auf die strukturelle Veränderung der bestehenden Gesellschaft abzielt, von der Wagner sich auch in seinen späten Jahren nie wirklich distanziert hat. Gewiß gibt es Äußerungen, in denen er vorsichtig bis ablehnend formuliert, aber sie beziehen sich zumeist auf die musikalische Form, die er ungenügend findet. Von »Jugend-Werken und Gelegenheits-Kompositionen, die noch dazu nicht aus den allerhöchsten Okkasionen entsprossen seien«[48], ist da die Rede, aber der Einwand meint nicht den Inhalt, meint nicht die gesellschafskritische Tendenz, die Wagner noch am Ende seines Lebens verteidigt und wohl für richtig befunden hat. »Dem Rienzi« – so meinte er anläßlich der kritischen Besprechung einer Wiener Aufführung im Juni 1871 – »der mir sehr unangenehm ist, sollten sie doch das Feuer ansehen; ich war Musikdirektor und schrieb eine große Oper; daß dieser Musikdirektor ihnen hernach solche Nüsse zu knacken gegeben hat, das sollte sie wundern«[49].

---

48 Cosima Wagner, TB, Bd. II, S. 961 (16. Juni 1882); vgl. auch TB I, S. 414 (17. Juli 1871).
49 Cosima Wagner, TB, Bd. I, S. 402 (20. Juni 1871).

Der Fliegende Holländer

Erlösung durch Selbstvernichtung

I

Es ist erstaunlich, daß zur selben Zeit, da Wagner am *Rienzi* arbeitete, auch der Plan zum *Fliegenden Holländer* entstand. Erstaunlich deshalb, weil hier zwei in ihren musikdramatischen Konzepten sehr unterschiedliche Werke gleichsam parallel entworfen und ausgeführt wurden. Während Wagner sich mit dem *Rienzi* noch ganz und gar in der Tradition der Grande Opéra bewegte, einen historischen Stoff zur Vorlage nahm und daraus ein aufs Monumentale und Imposante ausgerichtetes Tableau entwarf, das die sinnenverwöhnten Zuschauer zufriedenstellen wollte, beschritt er mit dem *Fliegenden Holländer* neue Wege, die ihn wegführen sollten von dem in Paris und damit dem in der damaligen Musikwelt vorherrschenden, zugleich avanciertesten Typus der Oper. Dabei hätte es für Wagner nahegelegen, nachdem ihm die Aufführung des *Rienzi* in Dresden den größten Theatererfolg seiner bisherigen Laufbahn als Komponist eingebracht hatte, den Versuch zu wagen, mit einer weiteren Oper ähnlichen Zuschnitts erneut das Publikum für sich zu gewinnen. Historische Stoffe, die sich dafür eigneten, gab es genug, und die erfolgsträchtige Form der Grande opéra brauchte nur neuerlich musikalisch ausgefüllt zu werden.

Doch Wagner entschied sich anders, er suchte nach neuen Inhalten wie neuen Formen der Oper, und mit dem Holländer-Stoff, den er schon länger kannte, wollte er sich auf neues Terrain wagen. »Ich betrat nun eine neue Bahn, die der Revolution gegen die künstlerische Öffentlichkeit der Gegenwart«, schrieb er rückblickend in seiner *Mittheilung an meine Freunde* 1851[1]. Auch wenn man einräumen muß, daß er häufig, was seine Person wie seine Werke betrifft, zur Selbststilisierung und überscharfer Pointierung neigte, war dieses Urteil doch zutreffend. Denn der *Fliegende Holländer* kann wohl zurecht als jenes Werk bezeichnet werden, mit dem Wagner erstmals als ein Komponist auftrat, der nun seinen eigenen Ton, seine eigene Tonsprache gefunden hatte, der sich der Tradition souverän bediente und sie zugleich sich doch anverwandelte. Auch wenn im *Rienzi* musikalisch bereits manches, etwa das sogenannte ›Gebet‹ des Rienzi, auf den späteren Wagner vorauswies, so war doch erst mit dem *Fliegenden Holländer* jener unverwechselbare Ton da, der allen Wagnerschen Musikdramen von nun an eignete. Daß der *Holländer* »ohne Vorgänger in der Oper war«[2], blieb Wagners Überzeugung bis in die späten Jahre seines Lebens, genauso, wie er von diesem Werk an die innere Einheit seines folgenden

---

1   Richard Wagner, Eine Mittheilung an meine Freunde, in: GSD, Bd. 4, S. 262.
2   Cosima Wagner, TB, Bd. II, S. 311. (3. März 1879).

Schaffens datierte: »vom *Holländer* zum *Parsifal*, wie groß der Weg und doch wie gleich das Wesen!«[3].

Die Idee zum *Holländer* kam Wagner nach eigener Aussage während jener lebensgefährlichen und abenteuerlichen Seefahrt, die er, überschuldet und zahlungsunfähig, nach seiner überstürzten Flucht aus Riga vom ostpreußischen Hafen Pillau aus auf einem kleinen, kaum seetüchtigen Segler im Juli 1839 unternehmen mußte, um über London nach Paris zu gelangen, wo er hoffte, mit dem *Rienzi* endlich seinen Durchbruch zu einem international anerkannten Komponisten zu erzielen. »Diese Seefahrt« – so schreibt er bereits in der 1842 verfaßten *Autobiographischen Skizze* – »wird mir ewig unvergeßlich bleiben; sie dauerte drei und eine halbe Woche und war reich an Unfällen. Dreimal litten wir von heftigstem Sturme, und einmal sah ich den Kapitän genötigt, in einem norwegischen Hafen einzulaufen. Die Durchfahrt durch die norwegischen Schären machte einen wunderbaren Eindruck auf meine Phantasie, die Sage vom Fliegenden Holländer, wie ich sie aus dem Munde der Matrosen bestätigt erhielt, gewann in mir eine bestimmte, eigentümliche Farbe, die ihr nur die von mir erlebten Seeabenteuer verleihen konnte«[4]. Wenige Jahre später, in den *Mitteilungen an meine Freunde* von 1851, heißt es: »Es war eine wohllüstig schmerzliche Stimmung, in der ich mich damals befand; sie gebar mir den längst bereits empfangenen ›fliegenden Holländer‹«[5]. In *Mein Leben* hat er die durch das Wetter erzwungene Unterbrechung der Fahrt in Norwegen so beschrieben, als wolle er den Ort der Handlung seiner ›dramatischen Ballade‹ – so die ursprüngliche Bezeichnung des Werkes – noch im nachhinein genau lokalisieren, ihn auf diese Weise auch konkretisieren: »Ein unsägliches Wohlgefühl erfaßte mich, als das Echo der ungeheuren Granitwände den Schiffsruf der Mannschaft zurückgab, unter welchem diese den Anker warf und die Segel aufhißte. Der kurze Rhythmus dieses Rufes haftete in mir wie eine kräftig-tröstende Vorbedeutung und gestaltete sich bald zu dem Thema des Matrosen- Liedes in meinem *Fliegenden Holländer*, dessen Idee ich damals schon mit mir herumtrug und die nun unter den soeben gewonnenen Eindrücken eine bestimmte poetisch-musikalische Farbe gewann. Hier gingen wir denn auch ans Land. Ich erfuhr, daß der kleine Fischerort, der uns aufnahm, Sandwike hieß und einige Meilen von dem größeren Fischerort Arendal abgelegen sei. Das Haus eines verreisten Schiffskapitäns nahm uns zu unserer Erholung auf«[6].

Eine erzwungene und gefährliche Seefahrt wird hier zur nachgeschobenen Inspiration und zum Auslöser eines Werkes, das tatsächlich durch die Lektüre der in den Jahren um 1837/38 gelesenen *Memoiren des Herrn von Schnabelewopski* (1934) von Heinrich Heine angeregt wurde[7], dessen Stoff allerdings weit in die Geschichte

---

3   Cosima Wagner, TB, Bd. I, S. 1079 (27. Oktober 1877).
4   Richard Wagner, Autobiographische Skizze, in: GSD, Bd. 1, S. 13 f.
5   Richard Wagner, Eine Mittheilung an meine Freunde, in: GSD, Bd. 4, S. 263.
6   Richard Wagner, ML, S. 198.
7   Zur Stoffgeschichte vgl. die detaillierten Angaben bei Dieter Borchmeyer, Richard Wagner, Ahasvers Wandlungen, Frankfurt/M. 2002, S. 117 ff.

der europäischen Literatur zurück reicht, bis in die Zeit des antiken Griechenland. Wagner selbst hat auf die historischen Wurzeln der Holländer-Sage verwiesen, deren Kern er zu Recht schon in den »Irrfahrten des Odysseus und seiner Sehnsucht nach der Heimat, Haus, Herd und – Weib, dem wirklich Erreichbaren und endlich erreichten des bürgerfreudigen Sohnes des alten Hellas«[8] erkannte und die später verbunden wurde mit dem Motiv der »unendlichen Fahrt«[9]. Dieses Motiv nun ist seinerseits immer verstanden worden als Metapher für die Unsicherheiten der »Lebensreise«, die im sicheren Hafen beginnt, sich dem unsicheren Element des Wassers anvertraut, »steuernd und planend soviel wie möglich ihre Autonomie geltend macht und, stets bedroht von der Aussicht des Abgetriebenwerdens, des Stillstands in Flauten, des Scheiterns, ihrem Ziel am festen Lande wieder zustrebt«[10]. Metapher auch für eine aus christlicher Sicht anzutretende Pilgerreise, deren Ziel weniger die irdische als die ewige Glückseligkeit ist. Immer wieder begegnet in der europäischen Literatur dieser Topos des auf dem Meer umherirrenden, ruhelosen Menschen in unterschiedlichen Varianten, und die damit verbundenen Analogien zum menschlichen Leben sind evident: Das Meer und die Not der Elemente stehen für die Unsicherheiten des Lebens, die Irrfahrten des Schiffers für das Verfehlen des Ziels, das Steuer des Schiffes für Wille und Vernunft, das Schiff selbst für den Staat, gelegentlich auch für die Kirche und die auf ewige Zeiten angelegte Reise ist Symbol für Scheitern und versagte Erlösung auf Erden[11].

Es ist offensichtlich, daß Wagner diese Motivtraditionen kannte, wenngleich nur ungefähr und ungenau. Aber in seinen Selbsterläuterungen zur Entstehung des *Fliegenden Holländer* merkt er zu Recht an, daß der antike Kern der Sage in den folgenden Jahrhunderten einen literarischen Wandel durchläuft: Odysseus wird im christlichen Kulturkreis zum ›ewigen Juden‹ Ahasver, zu jenem jüdischen Schuster, von dem die Sage erzählt, er sei dem das Kreuz tragenden Christus auf seinem Weg nach Golgatha begegnet, habe ihn hämisch zur Eile angetrieben, über ihn gelacht und sei daraufhin zu ewiger Wanderschaft verdammt worden. Oder mit den Worten Wagners: diesem »immer und ewig, zweck- und freudlos zu einem längst ausgelebten Leben verdammten Wanderer blüte keine irdische Erlösung; ihm blieb als einziges Streben nur die Sehnsucht nach dem Tode, als einzige Hoffnung die Aussicht auf das Nichtmehrsein«[12].

In dieser Version taucht die Geschichte allerdings erst im 17. Jahrhundert auf, in einem Volksbuch[13], das dann zum Ausgangspunkt von variierenden Weitererzählungen wird – ein Erzählmotiv, nicht unähnlich denen des Dr. Faustus oder des Don

8 Ebenda, S. 265.
9 Dazu eingehend Manfred Frank, Die unendliche Fahrt. Die Geschichte des Fliegenden Holländers und verwandter Motive, Leipzig 1995.
10 Ebenda, S. 49.
11 Ebenda, S. 50 f.
12 Richard Wagner, Eine Mittheilung an meine Freunde, in: GSD, Bd. 4, S. 265.
13 Dazu Manfred Frank, Die unendliche Fahrt, S. 70 ff.

Juan[14]. Wagner selbst hat die für ihn interessante Version des bis zum jüngsten Tage
verfluchten holländischen Kapitäns mit erstaunlich historischer Treffsicherheit als
ein – im antiken Sinne zu verstehendes – »Gedicht eines »Seefahrervolkes aus der
weltgeschichtlichen Epoche der Entdeckungsreisen« und eine aus dem »Volksgeiste
bewerkstelligte merkwürdige Mischung des Charakters des ewigen Juden mit dem
des Odysseus«[15] verstanden. Daran ist richtig, daß alle bekannten Versionen der Sage
in der Zeit der beginnenden Kolonisation und des beginnenden europäischen Über-
seehandels spielen, einer Zeit, in der die Holländer in der Tat die führende Seefah-
rernation Europas waren. Das Ineinsfallen der modernen *Holländer*-Erzählversionen
mit diesem europäisch-expansiven Zeitalter macht einen Zusammenhang deutlich,
der gerade für eine Interpretation, welche die politischen wie gesellschaftstheoretischen Implikationen von Wagners Musikdrama ins Zentrum des Interesses stellt,
von zentraler Bedeutung ist: »Der Kontext der frühkapitalistischen Eroberung des
Weltmarktes und der damit verbundenen Zerstörung tradierter ›menschlicher‹ Werte
wie Treue und Verpflichtung gegen den Nächsten ist aus dieser Erzählung eindeutig
rekonstruierbar«[16] – so einer der besten Kenner des Holländer-Stoffes. Gelegentlich
ist diese historische Kontexteinbettung in Bezug auf Wagner noch schärfer gefaßt
worden: »Die Holländer-Gestalt ist eben nicht nur die Inkarnation eines Verfluchten, sie steht im Kraftfeld einer sich emanzipierenden und neu gestaltenden Epoche
aus romantischen Restaurationsbestrebungen, utopischen Sozialträumen, erwachender
Nationalstaatlichkeit, weltschmerzlichem Pathos, aufklärerischen Entzauberung und
Desillusionierung einer ›maladie du siecle‹«[17]. Das heißt aber auch, daß eine solche
historische Einordnung und multifokale Lokalisierung des Stoffes es verbieten, ihn
einsinnig – und damit falsch – nur als der »regressiven Tradition der deutschen
Romantik«[18] zugehörig zu etikettieren.

Wagner selbst verdankte allerdings seinen Stoff, wie schon erwähnt, einer sehr
genau bezeichenbaren Quelle, nämlich Heinrich Heines *Memoiren des Herrn von
Schnabelewopski* (1834). Er hat diese Vorlage zunächst offen benannt, später allerdings
verschwiegen, vermutlich aber weniger aus antisemitischen Motiven, sondern weil
er, seiner ästhetischen Theorie zufolge, wonach sich dramatische Stoffe dem ›Volksgeist‹ verdanken, auch in diesem Falle auf die »mythenschaffende Phantasie des Volkes«[19] zurückgreifen wollte[20]. Bei Heine fand er die Holländer-Geschichte als un-

14 Zu den unterschiedlichen Versionen der Holländer-Sage vgl. Wolfgang Golther, Der Fliegende Hol-
    länder in Sage und Dichtung, in: derselbe, Zur deutschen Sage und Dichtung. Gesammelte Aufsätze,
    Leipzig 1911; Helge Gerndt, Fliegender Holländer und Klabautermann, Göttingen 1971; Bernd
    Laroche, Der Fliegende Holländer. Wirkung und Wandlung eines Motivs, Frankfurt/M. 1993.
15 Richard Wagner, Eine Mittheilung an meine Freunde, in: GSD, Bd. 4, S. 265 f.
16 Manfred Frank, Die unendliche Fahrt, S. 83.
17 Bernd Laroche, Der Fliegende Holländer, S. 14.
18 Hans Mayer, Nicht-mehr und noch-nicht im Fliegenden Holländer, in: derselbe, Richard Wagner,
    hg. von Wolfgang Hofer, Frankfurt/M. 1998, S.77.
19 Dieter Borchmeyer, Richard Wagner, S. 119.
20 Zur Entstehungsgeschichte des Fliegenden Holländer vgl. auch Ulrich Müller/Peter Wapnewski
    (Hg), Richard-Wagner-Handbuch, Stuttgart 1986, S. 238 ff.

mittelbare Vorlage, aber man kann vermuten, daß er auch das schon zeitlich früher erschienene Märchen *Das Gespensterschiff* (1825) von Wilhelm Hauff gekannt hat. Ob ihm auch der von Fredrik Marryat geschriebene und damals viel gelesene Roman *The Flying Dutchman* (1839) bekannt war, der 1844 unter dem Titel *Der Fliegende Holländer* ins Deutsche übersetzt worden war, ist nicht zweifelsfrei zu klären; er selbst hat sich auf diese mögliche Quelle nie bezogen.

II

Auch wenn Wagner im *Fliegenden Holländer* noch die Elemente der überlieferten Operntradition nicht völlig aufgibt, so sind doch die Veränderungen gegenüber dieser Tradition deutlich spürbar. Zwar steht im Untertitel, daß es sich um eine »romantische Oper in drei Aufzügen« handelt und so gibt es, führt man sich die Gesamtanlage auf der Folie des konventionellen Opernschemas vor Augen, eine Ouvertüre und eben diese drei Aufzüge. Im ersten Aufzug nach der Einleitung steht das Lied des Steuermanns und dem folgt die große ›Auftrittsarie‹ des Holländer, folgen Duette und Chor-Finale – alles ganz so, wie die Oper es zu jener Zeit kannte. Und ähnlich traditionell scheint der zweite Aufzug gegliedert: einer Introduktion folgt anschließend ein Lied, danach gibt es Ballade, Chor und Duett und wiederum ein Finale. Schließlich lassen sich im dritten Aufzug nach einer Introduktion ein Chor, ein Duett und ebenfalls ein Finale ausmachen, und so scheint es denn, daß Wagner sich an der überkommenen Opern-Konvention orientiert hat, die das strukturierende Korsett des Werkes liefert[21].

Doch so berechtigt dieser Eindruck zunächst sein mag, so sehr tritt er zurück vor dem Neuen, das zu hören ist und das sich bei genauerem Hinsehen dann auch formal zu erkennen gibt. Nicht zu Unrecht hat Wagner seinen *Fliegenden Holländer* immer wieder als den entscheidenden Bruch mit der Gattung Oper und eine erste Hinwendung zum Musikdrama verstanden und dies auch anderen gegenüber gebührend herausgestellt. So in einem Brief an seinen Freund Ferdinand Heine, in dem er schreibt: »Um meine Absicht zu erreichen, durfte ich nicht links und rechts sehen, dem modernen Geschmack nirgends das geringste Zugeständnis machen, weil ich sonst nicht nur unkünstlerisch, sondern auch unklug verfahren wäre. Den modernen Zuschnitt in Arien, Duetten, Finale's etc., mußte ich sogleich aufgeben, und dafür in einem Zuge fort die Sage erzählen, wie es eben ein gutes Gedicht tun muß. Auf diese Weise brachte ich denn eine Oper zu Stande, ...(die) in ihrem ganzen Äußeren dem, was man jetzt unter Oper versteht, so sehr unähnlich ist, daß ich einsehe, wie ich in Wahrheit viel von dem Publikum forderte...«[22]. Die Abweichung

---

21 Ursprünglich hatte Wagner allerdings eine durchgehende Fassung geplant, vgl. dazu Sven Friedrich, Der Fliegende Holländer, in: Carl Dahlhaus/Sieghart Döhring (Hg), Pipers Ezyklopädie des Musiktheaters, München/Zürich 1997, Bd. 6, S. 555.
22 Richard Wagner, SB, Bd. II, A. 314 f. (Brief an Ferdinand Heine vom August 1843).

vom Opernschema besteht im wesentlichen darin, daß Wagner die bezeichneten Strukturkomponenten der Operntradition zu größeren Einheiten zusammenfaßt, daß er aus ihnen zusammenhängende Szenen formt, in denen jene konventionellen Formen in neue Bezüge zueinander treten und in ihrer musikalischen Verschränkung so miteinander verarbeitet werden, daß sie zugleich ihre ursprüngliche Selbständigkeit verlieren und sich zu etwas auch formal Neuem wandeln. Im Rückblick hat Wagner später notiert, er habe eine Annäherung an die »Einheit des Symphoniesatzes« intendiert, die sich »in einem das ganze Kunstwerk durchziehenden Gewebe von Grundthemen, welche sich ähnlich wie im Symphoniesatze, gegenüber stehen, ergänzen, neu gestalten, trennen und verbinden«[23]. Carl Dahlhaus hat für diesen Umformungsprozeß den Begriff der ›Szenenoper‹ vorgeschlagen, einen Operntypus, der zwischen der klassischen Nummern-Oper und dem späteren Musikdrama steht, und er hat seinen Vorschlag damit begründet, daß die Melodik sich in diesem Werk erstmals aus den gewohnten Schemata der Arien ablöse und damit jene Freiheit gewinne, die in jedem Augenblick der dramatischen Sprache und Gestik gerecht zu werden vermag[24]. Es ließe sich überdies und zusätzlich noch darauf verweisen, daß innerhalb der ›Szenen‹ die »Einlagelieder« – Steuermannslied, Spinnerinnenchor, Chor der norwegischen Matrosen, Spukchor der Holländerbesatzung und Sentas Ballade – dazu dienen, in bis dahin noch nicht gekannter Weise »klangliche Raumzeitzusammenhänge herzustellen«[25].

Aus alledem wird deutlich, daß sich mit dem *Fliegenden Holländer* ein erster Schritt vollzieht zur Ablösung der traditionellen Opernform zugunsten des Musikdramas, dessen theoretische Fundierung Wagner bekanntlich erst sehr viel später in *Oper und Drama* 1850/51 formulierte. Das zeigt zugleich, daß der Prozeß der praktischen Abkehr von der Form der ›großen Oper‹ bei Wagner älter ist als die breite Ausformulierung seines theoretischen Postulats, daß praktisch gewonnene Resultate den theoretischen Forderungen vorausliegen und diese überhaupt erst entstehen lassen. Wagner selbst hat diese Entwicklung rückschauend beschrieben, und er hat dabei nicht verschwiegen, daß er ursprünglich durchaus ein Anhänger der die europäischen Opernbühnen beherrschenden theatralischen Repräsentationsform der Grand Opéra gewesen ist – was der *Rienzi* ja auch nachdrücklich beweist. Doch gerade die Pariser Zeit von 1839 bis 1842, die Jahre des größten materiellen Elends und des geringsten kompositorischen Erfolges, die Jahre auch der unmittelbaren Anschauung und des unmittelbaren Miterlebens eines, wie es Wagner schien, auf Äußerlichkeiten zielenden Musiktheaters, führten zu einer zunehmenden Distanz zu dessen musikalischer Praxis. Die allmähliche Abwendung Wagners vom überkommenen Operntheater ist wohl entscheidend auf diese persönlichen Erfahrungen zurückzuführen, auf die daraus folgenden Bemühungen um ein alternatives

---

23 Richard Wagner, Über die Anwendung der Musik auf das Drama, in: GSD, Bd. 10, S. 185.
24 Carl Dahlhaus, Richard Wagners Musikdramen, Zürich 1985, S. 18.
25 Ulrich Schreiber, Die Kunst der Oper. Geschichte des Musiktheaters, Bd. II Das 19. Jahrhundert, Frankfurt/M. 1991, S. 475.

Theaterverständnis. Damit geht einher eine Beethoven-Rezeption, deren Studium der großen symphonischen Form – vor allem der Neunten Symphonie –, nach Wagners immer wiederholter Beteuerung ihm ein neues Verständnis des Verhältnisses von Text und Musik eröffnete und ihn anregte, diese Beziehung neu zu überdenken. »Die ganze Verwilderung meines Geschmackes … versank jetzt vor mir wie in einem tiefen Abgrund der Scham und Reue«[26], schreibt er mit Bezug auf seine Erfahrungen mit Beethoven. In verschiedenen Zeugnissen, autobiographischen Notizen und in seinen Briefen[27] berichtet er, wie sich Schritt für Schritt, gleichsam in Negation des Prinzips der Nummern-Opern, bei ihm die Idee eines durchkomponierten Musikdramas herauszubilden begann. Und das, während er – wie schon gesagt – noch am *Rienzi* arbeitet, der dem bereits als überholt erkannten Prinzip der Nummern-Oper noch folgt.

Im erwähnten Brief an Ferdinand Heine schreibt Wagner auch von seinen Überlegungen, den Holländer-Stoff nicht nur musikalisch, sondern auch dramaturgisch auf neue Weise bearbeiten zu müssen, weil er ihm »heillos verstümmelt« schien und das »große, wilde Meer mit seinen darüber gebreiteten Sagen ein Element ist, das sich nicht gehorsam und willig zu einer modernen Oper zustutzen läßt«, deshalb auch »nach einer künstlerischen Reproduction von mir« verlangte: »Ich zog es daher vor« – so heißt es weiter –, »den ganzen Duft der Sage aber sich ungestört über das Ganze verteilen zu lassen, denn nur so glaubte ich den Zuhörer ganz in jener seltsamen Stimmung festbannen zu können«[28]. Wie immer man diese nachträglich gelieferten, subjektiven Selbstinterpretationen – zu einem Gutteil sind es Selbststilisierungen und nachträgliche Rationalisierungen von allenfalls intuitiv gefühlten Produktionsprozessen – einschätzen mag, so wird in ihnen doch der unbändige Drang Wagners deutlich, dieses neue Werk in einen neuen musikdramatischen Zusammenhang gestellt zu sehen, um so mit dem *Fliegenden Holländer* den eigentlichen Beginn seiner Dichter-Komponisten-Existenz zu datieren. Um noch einmal Carl Dahlhaus zu zitieren: »Unter dem Gesichtspunkt einer Problemgeschichte des Komponierens aber war die Aufhebung der ›Nummern‹ in ›Szenen‹ das entscheidende Moment: Sobald die ›Szene‹, als Gruppierung chrakteristisch verschiedener Teile, die sich gegenseitig stützen und ergänzen, den formalen Zusammenhalt verbürgte, war der einzelne Abschnitt gleichsam davon entlastet, durch Unterwerfung unter ein Arienschema eine geschlossene Form zu bilden, und die Melodik konnte sich emanzipieren, ohne als bloße Stückelung heterogener Fragmente zu erscheinen.[29]« Wagner nahm nach eigener Aussage die Ballade Sentas zum thematischen Ausgangspunkt seiner Oper: »Ich entsinne mich« – heißt es 1851 rückblickend –, » ehe

---

26 Richard Wagner, ML, S. 209.
27 Vgl. zu den einschlägigen Materialien: Lutz Werckmeister/Klaus Konrad, Tradition und Transzendenz: Der Fliegende Holländer, in: Bayreuther Programmhefte II/1979, S. 1 ff.
28 Richard Wagner, SB, Bd. II, S. 314.
29 Carl Dahlhaus, Richard Wagners Musikdramen, S. 18 f.

ich zu der eigentlichen Ausführung des *Fliegenden Holländers* schritt, zuerst die Ballade der Senta im zweiten Akte entworfen und in Vers und Melodie ausgeführt zu haben; in diesem Stücke legte ich unbewußt den thematischen Keim zu der ganzen Musik der Oper nieder«[30]. Von den Quellen wird diese Behauptung Wagners nicht gestützt[31], und ob, wenn denn die Ballade Ausgangspunkt der Gesamtkomposition gewesen wäre, alles weitere wirklich unbewußt geschah, muß eher bezweifelt werden. Denn Wagner tat selten etwas unbewußt – er war vielmehr ein großer Konstrukteur und genau kalkulierender Künstler, der sich sehr präzise und intensiv überlegte, was zu tun war, um am Ende das ursprünglich Beabsichtigte zu erreichen. Das Prinzip aber, worauf er hier hinweist: von einem bestimmten, abgrenzbaren musikalischen Material her eine Oper zu konzipieren, ist als strukturierendes Prinzip kompositionsgeschichtlich neu und im übrigen vom Hörer nachvollziehbar. Denn der musikalische Eindruck bestätigt, daß die Ballade die Musik des gesamten Werks inspiriert hat und sie stimmungsmäßig beherrscht. Und deutlich tauchen einzelne Motivteile der Ballade im Holländer-Monolog auf, sie finden sich im großen Duett des Holländers mit Senta im zweiten Akt wie auch am Schluß. Der ›thematische Keim‹ der Ballade breitet sich in vielfältiger Allusion in die symphonisch angelegte Oper hinein aus, und dies teilt sich dem Zuhörer unmittelbar mit. Man wird gewiß noch nicht von Leitmotiven sprechen können, wie sie die späteren Werke kennen, aber daß motivische Wiederholungen bereits Verweisungscharakter haben, daß sie Verbindungen schaffen und die musikalischen Teile in übergreifende Zusammenhänge einbringen, sicherlich auch zu einem Ganzen fügen, die Intention zum Ganzen jedenfalls eindringlich hörbar machen – das alles ist im *Fliegenden Holländer* präsent, weist ihn als das erste originäre Werk von Wagner aus und setzt ihn von der herkömmlichen Opern-Tradition ab.

III

So wie das Formenschema der überkommenen Oper im *Fliegenden Holländer* eine erste entscheidende Veränderung in Richtung auf das spätere Musikdrama erfährt, so ist auch die erzählte Geschichte selbst ein Schritt in dieselbe Richtung. Im *Rienzi* hatte Wagner noch einmal einen historischen Stoff aufgegriffen und war damit stoffgeschichtlich in der Tradition der Grand Opéra verblieben. Mit dem *Fliegenden Holländer* traf er die Entscheidung gegen einen historischen oder historisierenden Stoff und wandte sich einer Sage zu, die von einem Ereignis aus fernen Tagen erzählt. Es ist die Geschichte von einem holländischen Seefahrer, der – wie Heinrich Heine schreibt – »einst bei allen Teufeln geschworen, daß er irgend ein Vorgebirge,

---

30 Richard Wagner, Eine Mittheilung an meine Freunde, in: GSD, Bd. 4, S. 323. Zur Senta-Ballade vgl. auch eingehend Ulrich Schreiber, Die Kunst der Oper, Bd. II, S. 467 ff.
31 Vgl. John Deathridge/Martin Geck/Egon Voss (Hg), Wagner Werk-Verzeichnis, Mainz et al. 1986, S. 237.

dessen Name mir entfallen ist, trotz des heftigsten Sturms, der eben wehte, umschiffen wolle, und sollte er auch bis zum Jüngsten Tage segeln müssen. Der Teufel hat ihn beim Wort gefaßt, er muß bis zum jüngsten Tage auf dem Meere herumirren, es sei denn, daß er durch die Treue eines Weibes erlöst werde«[32].

Die Sage vom Holländer, der alle sieben Jahre an Land kommt, um erlöst zu werden, und dem diese Erlösung jedesmal wieder mißlingt, ist eine Sage von mythischer Qualität. Nichts historisch Verbürgtes läßt sich mit dem Stoff verbinden, kein gesichertes Ereignis mit der Erzählung evozieren, wohl aber jene oben bereits erwähnten archetypischen Topoi von Entwurzelung, Vereinzelung, Ruhelosigkeit und Erlösungsbedürftigkeit des Menschen, die sich allesamt in die gesellschaftliche Situation des politischen, wirtschaftlichen und sozialen Umbruchs im frühen 19. Jahrhundert projizieren lassen. Auch Topoi, die Wagner, indem er sie auf die antike Sage des Odysseus bezog, zugleich als Kern eines Mythos verstand – denn die Erzählungen über Odysseus fügten sich ja zu einem Mythos – und entsprechend auch ohne alle Einschränkung als »Mythos« bezeichnete[33].

Als Mythos aber rückt der *Fliegende Holländer* an jenes politisch-ästhetische Programm heran, das Wagner in seinen ›Zürcher Kunstschriften‹ nach dem Scheitern der Dresdner Revolution von 1849 im Züricher Exil formuliert hat. Das Werk erscheint wie eine erste, noch zögernde und suchende Antizipation der erst später erfolgenden genaueren Bestimmung des ›Kunstwerks der Zukunft‹. Denn erst in den ›Zürcher Kunstschriften‹, genauer: in *Oper und Drama*, hat Wagner 1850/51 ausführlich begründet, weshalb er sich nach dem *Rienzi* in seinen weiteren Musikdramen dem Mythos zuwandte, und er hat diese Begründung in eine vielzitierte Bestimmung gefaßt, die seine Auffassung vom Mythos und dessen musiktheatralischer Verwendung prägnant beschreibt: »Das Unvergleichliche des Mythos ist, daß er jederzeit wahr, und sein Inhalt, bei dichtester Gedrängtheit, für alle Zeiten unerschöpflich ist«[34]. Drei Einzelaspekte werden hier angesprochen, die von konzeptioneller Bedeutung für das Musikdrama - und damit auch für die Interpretation des *Fliegenden Holländer* – sind: zum ersten die durch keine zeitliche Eingrenzung beschränkte ›Wahrheit‹ des Mythos, das heißt sein alle Zeiten übergreifender Geltungsanspruch und damit seine Fähigkeit, die erfahr- und erlebbare Wirklichkeit durch ihre Oberflächenerscheinungen hindurch in ihrer grundsätzlichen Dimension für den Menschen aufzuschlüsseln und sichtbar zu machen. Zum zweiten seine durch die ›dichteste Gedrängtheit‹ charakterisierte Binnenstruktur, in der zusammengefaßt wird, was sonst eine Vielzahl von Erzählungen berichten, die damit ordnet, strukturiert und beispielhaft verdichtet. Schließlich die ›Unerschöpflichkeit‹ seiner Auslegung, die vor allem darin besteht, daß sich die Wahrheit des Mythos nicht in einer einzigen verbindlichen Erzählung, niemals auch nur in einer einzigen

---

32 Heinrich Heine, Memoiren des Herrn von Schnabelewopski, Kap. VII, in: Heines Werke, hg. von Ernst Elster, Leipzig o.J., Bd. IV, S. 116.
33 Richard Wagner, Eine Mittheilung an meine Freunde, in: GSD, Bd. 4, S. 265.
34 Richard Wagner, Oper und Drama, in: GSD, Bd. 4, S. 64.

Interpretation für alle Zeiten erschöpfen kann, sondern bezogen ist auf einen harten narrativen Kern, der immer erneuter Auslegung, von Generation zu Generation stets neuer und eigener Deutung wie Rezeption bedarf - nach Wagners Auffassung eine ›Wahrheit‹, die sich unter je veränderten historischen, politischen oder auch gesellschaftlichen Bedingungen je anders konkretisiert.

Dieses von Wagner immer wieder betonte und nur leicht variierte Mythos-Verständnis, das auch von neueren Autoren wie Blumenberg und Hübner noch weithin geteilt wird[35], erlaubt, ja erzwingt, daß die erzählte mythische Fabel als eine Allegorie menschlicher Grundbefindlichkeiten zu verstehen ist. Mit dieser Auffassung, die sich in seinen theoretischen Schriften mehrfach formuliert findet, blieb Wagner dem ideologiekritischen Denken des deutschen Vormärz verhaftet – und dies bis ans Ende seines Lebens. Denn ähnlich der Grundthese Ludwig Feuerbachs, dem zweifellos bedeutendsten Kritiker des Christentums im 19. Jahrhundert, der Wagner nachhaltig beeinflußt hat, wonach alle Religion nur die Projektion menschlicher Bedürfnisse und Wünsche ist, gleichsam die in den Himmel geschriebene Not der Gesellschaft, die durch religiöse Vertröstungen allenfalls gelindert, nicht aber wirklich behoben werden könne, vertrat Wagner die Meinung, der Mythos sei die ins Archetypische verlegte, ja gesteigerte Sehnsucht des Menschen nach Selbsterklärung und Selbsterlösung. Mythen, so glaubte er und hatte damit durchaus recht, seien selbstreferentiell, beschrieben die Genese und Entwicklung menschlicher Solidarität und Gemeinschaft, erklärten die Fehlentwicklungen der Geschichte wie sie auch die Hoffnungen auf einen besseren Zustand in sich aufnehmen könnten. Damit gewann der Mythos eine aktualisierende soziale Dimension, die für Wagner entscheidend war. Denn im Mythos erschienen ihm die »sozialen Verhältnisse in ebenso einfachen, bestimmten und plastischen Zügen kundgegeben, als ich zuvor in ihm schon die menschliche Gestalt selbst erkannt hatte«[36]. Und dies heißt, daß der Mythos eine doppelte Leistung erbringt, die ihn für Wagner interessant macht: er zielt einerseits auf Ursituationen und Urzustände ab, auf strukturelle Typologien, die zu allen Zeiten und grundsätzlich auch in allen menschlichen Gesellschaften gelten; er ist gerade dadurch aber auch geeignet, der eigenen Zeit, ihrer Politik, Gesellschaft, Wirtschaft und Kultur einen kritischen Spiegel vorzuhalten und damit eine unmittelbare Aktualität zu beanspruchen. Kritische Folie der Gegenwart zu sein heißt überdies, ein utopisches Potential zur Verfügung zu stellen, das den Status quo übergreift und die Perspektiven einer besseren Gesellschaft aufzeigen kann, die sich aus der Kritik und der Negation des Gegebenen ableiten lassen.

Während es offensichtlich und unbestreitbar ist, daß die im *Ring des Nibelungen* erzählte Geschichte als Parabel einer zum Untergang verurteilten bürgerlichen Welt

35 Hans Blumenberg, Arbeit am Mythos, Frankfurt/M. 1979; Kurt Hübner, Die Wahrheit des Mythos, München 1985. Vgl. dazu auch Udo Bermbach/Dieter Borchmeyer (Hg), Richard Wagner. Der Ring des Nibelungen. Ansichten des Mythos, Stuttgart/Weimar 1995.
36 Richard Wagner, Eine Mittheilung an meine Freunde, in: GSD, Bd. 4, S. 312.

verstanden werden muß,[37] ist eine solche These für den *Fliegenden Holländer* nicht sofort einsichtig, weder vom Inhalt der Oper her noch deshalb, weil die Selbstkommentare Wagners zu diesem Werk nur indirekt diesen Bezug herstellen. Und doch gilt sie grundsätzlich auch schon für dieses Werk, weil die Hinwendung Wagners zum Mythos es zwingend macht, das in seinem Mythos-Verständnis implizierte Programm ernst zu nehmen, auch wenn dieses Programm: Vermittlung und Einsicht in die grundlegenden Probleme des menschlichen Lebens auf dem Hintergrund der politischen wie gesellschaftlichen Einbettung der Konflikte theoretisch noch nicht ausformuliert war. Die Grundidee ist freilich schon da, sie findet sich in Bruchstücken über kleinere Schriften verstreut, und deshalb läßt sich der *Fliegende Holländer* durchaus als ein erster Versuch verstehen, das sich abzeichnende, neue musikdramatische Konzept auszuprobieren. Erzählt wird die Geschichte einer fehlgeleiteten und ruhelosen Existenz, die all ihre Hoffnungen auf etwas setzt, was sie selbst nicht bewirken kann, weil die Bedingungen dieser eigenen Existenz Selbstverfügung nicht zulassen. Es ist von größter Bedeutung, daß Wagner im Holländer-Mythos als Kern der Sage die utopische Hoffnung auf die Überwindung des Status quo ausmacht. Er schreibt, daß die überkommene Erzählung in ihren Motiven zu charakterisieren ist als das »Verlangen nach einem Neuen, Unbekannten, noch nicht sichtbar Vorhandenen, aber im Voraus Empfundenen«[38] – Formulierungen, die aus dem Sprachschatz des klassischen utopischen Denkens stammen und nicht zuletzt an Ernst Blochs berühmte Bestimmung des Utopischen als der Entdeckung des ›Noch-Nicht‹, als der ›Dämmerung nach vorwärts‹ erinnern[39]. Wagner weiter: »Diesen ungeheuer weit ausgedehnten Zug treffen wir im Mythos des fliegenden Holländers ..., der sich nach dem Tode sehnt, weil einzig der Tod die Erlösung von ewiger Getriebenheit bringen kann, und diese Erlösung geschieht durch »ein Weib, das sich aus Liebe ihm opfert. ... Dies Weib ist aber nicht mehr die heimatlich sorgende, vor Zeiten befreite Penelope des Odysseus, sondern es ist das Weib überhaupt, aber das noch unvorhandene, ersehnte, geahnte, unendlich weibliche Weib – sage ich es mit einem Worte heraus: das Weib der Zukunft«[40].

Erstmals steht damit ›Erlösung‹ im Zentrum eines Werkes von Wagner, jene Hoffnung, die dann in den nachfolgenden Musikdramen, vom *Tannhäuser* über *Lohengrin*, *Tristan*, *Ring* und *Parsifal* eine gleichermaßen zentrale wie inhaltlich schillernde Bedeutung gewinnen wird. Im *Fliegenden Holländer* erschließt sich das Grundmuster der ›Erlösung‹ im scheinbar einfachen Wechselseitigkeitsbezug der beiden Protagonisten: erlöst werden soll ein Mann durch eine Frau, hier der Holländer durch Senta,

37 Vgl. dazu Der Ring des Nibelungen, S. 180 ff.
38 Richard Wagner, Eine Mittheilung an meine Freunde, in: GSD, Bd. 4, S. 265.
39 Vgl. Ernst Bloch, Das Prinzip Hoffnung, Gesamtausgabe Bd. 5, Frankfurt/M. 1959, S. 129 ff (›Entdeckung des Noch-Nicht-Bewußten oder der Dämmerung nach vorwärts‹).
40 Richard Wagner, Eine Mittheilung an meine Freunde, in: GSD, Bd. 4, S. 266. Vgl. dazu auch Susanne Vill (Hg), ›Das Weib der Zukunft‹. Frauengestalten und Frauenstimmen bei Richard Wagner, Stuttgart/Weimar 2000.

wobei der Mann sich in einer außergewöhnlichen Situation befindet, die ganz unvergleichbar ist. Dieses Grundmuster hat Wagner in all seinen Opern, in denen ›Erlösung‹ von Bedeutung ist, variantenreich durchgespielt. Doch was soll das für den Holländer heißen, was hat man sich unter ›Erlösung‹ vorzustellen, was meint die Formulierung vom ›Weib der Zukunft‹, die Wagner in einem Moment niederschreibt, da er – parallel zu Ludwig Feuerbachs *Philosophie der Zukunft* – sein anspruchsvolles, weitreichendes und gesellschaftstheoretisch fundiertes Konzept vom *Kunstwerk der Zukunft* entworfen hat und damit die Perspektive einer Kunst bezeichnet, die sich radikal vom bestehenden Kunstbetrieb dadurch unterscheiden soll, daß sie nicht mehr länger auf die »Unterhaltung der Gelangweilten«[41] einer verkommenen, nur am Kommerz und Geld interessierten Gesellschaft ausgeht, sondern in einer revolutionär veränderten, nach-bürgerlichen Gesellschaft eine sinnstiftende und lebensanleitende Funktion übernehmen kann?

Die im ersten Moment möglicherweise mitschwingenden religiösen Konnotationen, die dem Begriff ›Erlösung‹ unwillkürlich eignen, spielen für Wagner keinerlei Rolle. Es geht ihm nicht um irgendwelche Formen einer auf Transzendenz gestellten Steigerung des Lebens, um Hoffnung und Verklärung eines Lebens nach dem Tode, sondern seine Vorstellung von ›Erlösung‹ zielt auf konkrete gesellschaftliche Sachverhalte. Unbelastet von theoretischen Vorkenntnissen, wie sie sich aus der Lektüre der so wichtigen ›Zürcher Kunstschriften‹ zwingend ergeben, erscheint der Begriff der ›Erlösung‹, so wie er im *Holländer* gebraucht wird, auf den ersten Blick als die Bezeichnung für ein zwischenmenschliches Verhältnis. Er bringt zwei Personen in eine enge existentielle Beziehung, die zunächst von einander nichts Genaues wissen, weil sie sich persönlich nicht kennen. Daraus läßt sich schließen, daß es dem Holländer lediglich darauf ankommt, irgendeine Frau zu finden, die sich bedingungslos an ihn bindet, was er – wie im dritten Aufzug zu erfahren – schon mehrfach versucht hat, allerdings ohne Erfolg. Wenn er nun diesen Versuch erneut wiederholen will, so heißt das, daß Senta nur eine Wahl unter vielen ist, daß sie das erlösende Weib sein kann, aber nicht unbedingt sein muß. Aus der Sicht des Holländer könnte es auch eine andere Frau sein, ein anderes ›Weib der Zukunft‹, sofern diese Frau sich nur ohne alle Vorbehalte auf ihn und die dann in den Blick tretende gemeinsame Zukunft einlassen würde. So geht der Holländer, nachdem er wieder einmal sein Schiff in einem Hafen festgemacht hat, denn auch nach einem – man darf vielleicht vermuten, bereits mehrfach erprobten – Plan vor, um herauszufinden, ob es ein solches Weib gibt: er bietet dem Seefahrer und Händler Daland, auf den er eher zufällig gestoßen ist, seine Schätze an, führt darüber ein Gespräch, um sogleich die entscheidende Frage zu stellen, ob dieser eine Tochter habe. Als Daland das bejaht und erzählt, seine Tochter sei noch unverheiratet, erklärt der Holländer sie ohne alle Umstände zu seinem Weib, und Daland, raffgieriger Händler, der er ist, wittert sofort ein gutes Geschäft mit dem scheinbar unermeßlich reichen fremden

---

41   Richard Wagner, Die Kunst und die Revolution, in: GSD, Bd. 3, S. 19.

Mann. Der Vater ist bereit, die Tochter zu verkaufen, er hat nur die Sorge, der andere könne von diesem Geschäft wieder Abstand nehmen und ist erleichtert, als dieser sofort auf das Angebot eingeht. Ein Tauschgeschäft wird beschlossen, in dem das Weib zur Ware wird – Reflex Wagners auf die sich herausbildenden Strukturen einer kapitalistischen Wirtschaft und für ihn zugleich die schlimmste Konsequenz einer Gesellschaft, in der alles, auch die menschlichen Beziehungen, unter dem Druck ihrer Ökonomisierung Warencharakter annehmen. Denn aus Liebe begehrt der Holländer Senta nicht, darüber kann kein Zweifel sein. Wie könnte er sie auch lieben, da er bis zum Zeitpunkt seiner Frage an Daland von ihrer Existenz nichts wußte, sie noch nie gesehen hat, der Vater sie ihm weder beschreibt noch ein Bild von ihr zeigt. Während der Holländer also gleichsam blind und aus dem egoistischen Motiv seiner ›Erlösung‹ heraus, das mit Liebe nichts zu tun hat, Senta zu seinem Weib erklärt, besitzt diese immerhin eine relativ prägnante Vorstellung von jenem fremden Mann, den sie lieben möchte. Ein häusliches Bild, das den Holländer zeigt, ist ihr Vorlage, durch dieses hat sie sich eine eigene, imaginäre Realität geschaffen, die fern aller sie umgebenden Wirklichkeit ist, für sie allerdings wirklicher erscheint als die häusliche und soziale Wirklichkeit ihres Lebens. So verbringt sie ihre Tage in einem fast autistischen Selbstbezug und meidet den Umgang mit anderen. Wohl auch weitgehend den Kontakt zu ihrem Verlobten Erik, denn man erfährt, daß sie ihn nur von Zeit zu Zeit trifft, ihm dann allerdings einige eher unverbindliche Annäherungen gewährt, die am prinzipiellen Charakter der Beziehung zwischen beiden nichts Entscheidendes ändern. Senta fasziniert einzig das Bild des Holländer, an seine Seite phantasiert sie sich immer wieder, ihm will sie eigentlich Geliebte sein und ihn will sie ›erlösen‹, was immer das heißen mag angesichts mangelnder Kenntnisse seiner Person und einer offenbar überbordenden Phantasie, in der Tag- und Nachtträume zusammenschießen zu einer unbewußten »Fahrt ans Ende«[42].

Daß der Holländer ohne zu zögern die ihm unbekannte Senta sofort zur Frau begehrt, ist allein im egoistischen Motiv seines Wunsches nach Selbsterlösung begründet. Darin verrät sich zugleich die psychologische Disposition eines Egomanen, dem alles zum Instrument für eigene Zwecke wird, der aus seiner Verzweiflung und Vereinsamung, die durch eine sozial isolierte Stellung bedingt ist und diese wiederum bedingt, herausfinden möchte und dazu der Hilfe anderer bedarf. Eine ähnliche, durchaus vergleichbare psychische Konstellation gilt auch für Senta[43]. Die seltsame Anziehungskraft des ruhelosen Seefahrers, des ›bleichen Mannes‹, die sie spürt und die alle anderen Gefühle massiv überdeckt, beruht vermutlich auf zwei wesentlichen Gegebenheiten: zum einen darauf, daß sie offensichtlich ohne Mutter aufgewachsen ist, den Vater ebenfalls nur selten sieht und erlebt, ein Einzelkind also

---

42 Ernst Bloch, Das Prinzip Hoffnung, S. 107.
43 Vgl. dazu die eher spekulativen Erwägungen von Isolde Vetter, Senta und der Holländer – eine narzistische Kollusion mit tödlichem Ausgang, in: Attila Czampai/Dietmar Holland (Hg), Richard Wagner, Der fliegende Holländer. Texte, Materialien, Kommentare, Reinbek bei Hamburg 1982, S. 11.

ohne wirkliche Eltern, betreut von einer Amme, deren Hänseleien nicht eben auf
pädagogische Begabung schließen lassen; zum anderen auf ihrer damit zusammen-
hängenden sozialen Isolation, ihrer Distanz zu den übrigen Mädchen wie zur Amme.
Durch beides gerät sie in eine Außenseiterrolle, gewiß konkret nicht derjenigen des
Holländer vergleichbar und doch prinzipiell ihr durchaus ähnlich, so daß sie ihr
eigenes Schicksal in dem des Fremden gespiegelt sieht. Bei der ersten Begegnung
mit dem Holländer fragt sie sich denn auch folgerichtig, ob sie jetzt in »wunder-
bares Träumen« versinke oder des »Erwachens Tag« für sie angebrochen sei. Plötzlich
scheint die Fiktion hier zur Realität zu werden und die Realität wird fiktiv, gehen
Innen- und Außenwelt ineinander über, weil Senta in ihrem Bewußtsein die unterschiedlichen Wahrnehmungsebenen nicht mehr voneinander zu trennen vermag.
Es sind Projektionen, die hier die Beziehung zwischen zwei Menschen entstehen
lassen und regeln: Senta projiziert ihr zu Hause entstandenes Bild des Holländer auf
dessen Person wie umgekehrt dieser seine Hoffnung von einem sich bedingungslos
opfernden Weib mit Senta verbindet. Beide Projektionen haben mit den konkreten
Personen zunächst nichts zu tun, sondern sind die Folge von gegenseitigen Erwartungen, die sich aus der je eigenen Lebenssituation ergeben, aus gesellschaftlichen
Umständen, die durch Nichtverstehen und Ausgrenzen die Betroffenen in eine nicht
selbstgewählte Isolation hineinzwingen. Und die zugleich zur Identifikation mit
Menschen von vergleichbarem Schicksal führen, zur Identifikation des einen mit
dem anderen. Für diese Art von Beziehungen zwischen zwei Menschen hat die
Psychoanalyse den Begriff der »narzistischen Objektbeziehung« geprägt, der besagt,
»daß andere Personen überwiegend dazu verwendet werden, die eigenen Bedürfnisse, die Bedürfnisse nach Anerkennung, Bestätigung und Bewunderung zu befriedigen und auf diese Weise das labile Selbstgefühl zu stützen ...«[44]. Woraus sich ergibt,
daß der andere allmählich zu einem Teil des eigenen Selbst wird, zum »Selbstob-
jekt«, wie der Fachausdruck heißt, und so eine Abhängigkeit erzeugt und bewahrt
wird, die auf Dauer die Ausbildung eines autonomen Ich verhindert. Für das Verhältnis von Holländer und Senta muß man dementsprechend auch folgern, daß
zwischen beiden von wirklicher Liebe nicht die Rede sein kann, auch nicht im
Sinne von Wagner, der Liebe zwar als die Form von unbedingter Hingabe des einen
an den anderen verstand, allerdings einer Hingabe, die den anderen jeweils um seiner selbst willen liebt – und nicht deshalb, weil dieser, von was auch immer, durch
Aufgabe der eigenen Persönlichkeit ›erlöst‹ werden will[45].

Doch mit der so beschriebenen Qualität der zwischenmenschlichen Kommuni-
kationsstruktur beider Hauptfiguren ist die Frage nach dem Inhalt der ›Erlösung‹
noch nicht beantwortet, sondern allenfalls die Motivlage für diesen Wunsch charak-

44 Michael Ermann, Psychotherapeutische und psychosomatische Medizin, Stuttgart/Berlin/Mün-
     chen 1955, S. 66. Zu Geschichte der ›narzistischen Objektbeziehung‹ vgl. Anneliese Heigl-Evers/
     Franz Heigl/Jürgen Ott (Hg), Lehrbuch der Psychotherapie, Lübeck/Stuttgart/Jena 1997, S. 34 ff.
45 Zum Begriff der Liebe und seinen Inhalten vgl. Udo Bermbach, Utopische Potentiale in Wagners
     Frauengestalten, in: Susanne Vill (Hg), ›Das Weib der Zukunft‹, S. 70 ff.

terisiert. Eine entscheidende und schärfere Facette gewinnt die von Wagner hier ins Spiel gebrachte Vorstellung von Erlösung dann, wenn sein in dieser Zeit zunehmend schärfer und kritischer werdendes politisches und gesellschaftliches Denken als Interpretationsrahmen und Interpretationshintergrund des Stückes mitbedacht wird. Auch wenn Wagner zur Zeit seiner Beschäftigung mit dem Stoff des *Fliegenden Holländer* in seinem gesellschaftstheoretischen Denken noch nicht die politische Radikalität der späteren, tagespolitisch intendierten Revolutions-Traktate der Jahre 1848/49 an den Tag legt, in denen der vollständige Umsturz der bestehenden Gesellschaft und mit diesem eine Neuformulierung der öffentlichen Moral, des Theaters und des allgemeinen Kulturbetriebs gefordert wird; auch wenn er noch nicht seine aufs Grundsätzliche zielende Religions-, Gesellschafts- und Staatskritik formuliert hat, wie sie sich dann in den sogenannten ›Zürcher Kunstschriften‹ von 1850/51 findet, so läßt sich doch behaupten, daß zum Zeitpunkt, da der *Fliegende Holländer* konzipiert wird und entsteht, bereits vieles schon vorgedacht wird, was sich in den politisch-ästhetischen Schriften der späteren Jahre dann systematisch verdichtet. Wie sich auch feststellen läßt, daß das Konfliktszenario dieser Oper in seinen grundsätzlichen Zügen die in späteren Schriften der Revolutionszeit erörterten theoretischen Sachverhalte in großen Teilen theatralisch vorwegnimmt. Und das ist der Grund, weshalb sich mit einigem Recht und einiger Plausibilität Verbindungslinien ziehen lassen zwischen der dramatischen Konstellation der beiden Protagonisten Holländer und Elsa und jener Gesellschaftskritik, die im Denken Wagners in jenen Jahren immer deutlicher zutage tritt.

Dazu eine kurze Erläuterung. In den gesellschaftstheoretischen Schriften aus den Jahren des Schweizer Exils fällt eine kritische Wendung Wagners gegen die politischen, wirtschaftlichen und sozialen Verhältnisse seiner Zeit besonders ins Auge, die für eine inhaltliche Klärung des Begriffs der ›Erlösung‹ zentral ist: die aus dem radikal-demokratischen und sozialistischen Denken des deutschen Vormärz übernommene Überzeugung, wonach in der modernen, kapitalistisch organisierten Industriegesellschaft alle zwischenmenschlichen Beziehungen nur noch unter Nützlichkeitserwägungen gesehen werden. Für Wagner ist dies ein entscheidender Grund dafür, daß auch die ursprünglich reichen natürlichen Anlagen des Menschen, die auf ein glückliches und gelingendes Zusammenleben abzielen, an ihrer Entfaltung gehindert, sogar destruiert und ruiniert werden und vielfach schon ruiniert sind[46]. Mit den Gesellschaftstheoretikern seiner Epoche teilt er deshalb die Auffassung, der Mensch habe sich der Natur, sich selbst, seinem Nächsten und schließlich auch der Gesellschaft entfremdet, er lebe in einer Welt, die nur durch Geld beherrscht werde und darin ihren eigentlichen Wert finde. Und er stimmt in seiner Diagnose, auch wenn er den dafür einschlägigen Begriff der ›Entfremdung‹ nur selten gebraucht, mit der zentralen gesellschaftlichen Debatte seiner Zeit überein, die in der Philoso-

---

46 Vgl. Udo Bermbach: Der Wahn des Gesamtkunstwerks. Richard Wagners politisch-ästhetische Utopie, Frankfurt/M. 1994, S. 101 ff. (›Politik und Ästhetik‹).

phie und Gesellschaftstheorie während der ersten Hälfte des 19. Jahrhunderts um
Begriff und Bedeutung der ›Entfremdung‹ in erstaunlicher Breite und intensiv ausgetragen wurde, von Hegel über Schelling, von den ›Junghegelianern‹ Bruno Bauer
und Ludwig Feuerbach bis zu Moses Hess und Max Stirner, von den französischen
Frühsozialisten bis zu Karl Marx. Wobei ›Entfremdung‹ unter je unterschiedlichen
Gesichtspunkten verhandelt wurde: als Entfremdung des einzelnen von Gott, von
der Natur, von der Gesellschaft, im Wirtschaftssystem und schließlich von sich selbst[47].
Mit dieser weitgreifenden und politisch wirkungsmächtigen Debatte, die als ein
signifikanter Ausdruck der Probleme von Umbruch und Modernisierung westlicher Gesellschaften gelten kann, war Wagner durch seine Lektüre vieler der daran
beteiligten Autoren sehr vertraut. Es ist eine Debatte, die noch im 20. Jahrhundert
ihre Anhänger gefunden hat, und wenn Georg Lukács, einer der einflußreichsten
marxistischen Theoretiker seiner Zeit, von einer von Grund auf ›verdinglichten‹[48]
Gesellschaft spricht und damit den Sachverhalt bezeichnet, daß durch Geld und
Geldverkehr alles, auch die persönlichen Beziehungen zwischen den Menschen bis
in ihre intimen Bereiche hinein, zur Ware denaturiert sind, weshalb die daraus folgende generelle Deformation aller zwischenmenschlichen Beziehungen deren Lebenswelt dominant prägt – so ist dies eine Schlußfolgerung, der Wagner vorbehalts-
los zugestimmt hätte. Denn die Deformation der menschlichen Beziehungen und
die sich daraus ableitende Dekadenz der individuellen wie gesellschaftlichen Entwicklung ist ein zentraler Topos in Wagners Denken, eine Auffassung, die er bis ins
hohe Alter bewahrte. Für Wagner stand fest, daß sich in einer durchkommerzialisier-
ten Gesellschaft individuelle, und das heißt voneinander unterscheidbare Identitäten
von Menschen nicht mehr ausbilden konnten, daß die Authentizität einer menschlichen Existenz nicht mehr zu leben sei. Mit dem auf diesen gesellschaftlichen Grund-
befund gemünzten Wort Adornos, wonach das Ganze das Unwahre ist – ein im
übrigen mehr als mißverständlicher Satz, der um der Pointe willen die empirische
Wahrheit preisgibt –, wäre Wagner mit Hinsicht auf sein eigenes Gesellschaftsverständnis vermutlich sehr einverstanden gewesen.

Das Urteil, wonach moderne Gesellschaften, ihre Wirtschaft, Politik und vor
allem ihre Kultur die Produkte eines moralischen Verfalls sind, hat nun seinerseits
allerdings zur Voraussetzung, daß eine vorgesellschaftliche, gleichsam unverschüttete
›Natur des Menschen‹ gedacht werden muß, eine vitale Ursprünglichkeit, wie sie
etwa im Bild vom ›glücklichen Wilden‹, das die Literatur des 17. Jahrhunderts erfunden hat, vorgestellt wird; eines Menschen, der von aller Zivilisation verschont
geblieben war und deshalb auch ein naturverbundenes und unbeschädigtes Leben

---

47 Vgl. dazu einführend den von E. Ritz geschriebenen Beitrag ›Entfremdung‹ in: Joachim Ritter
    (Hg), Historisches Wörterbuch der Philosophie, Basel/Darmstadt 1972, Bd. 2, Sp. 509 ff; J. Masza-
    ros, Marx Theory of Alienation, London/New York 1971; Hans H. Schrey (Hg), Entfremdung,
    Darmstadt 1975.
48 Vgl. dazu Georg Lukács, Geschichte und Klassenbewußtsein, Werke Bd. 2, Neuwied/Berlin 1968,
    S. 257 ff.

führen konnte.[49] Diese von Jean-Jacques Rousseau[50] inspirierte, freilich jeder empirischen Realität und historischen Erfahrung widersprechende Utopie vom unbeschädigten Leben konnte in der Moderne nur noch als Traum aufscheinen, als ›Wahn‹, von dem Senta spricht. Aber dieses utopische Bild, dieser Aufschein einer vermeintlich unverstellten und ursprünglichen Natur beherrscht auch als geheim unterlegtes positives Gegenbild die Szenen des *Fliegenden Holländer*, vor allem die Kontrastierung von Holländer und Senta. Wenn beide sich jeweils aus sehr ähnlich gelagerten Motiven im richtigen Leben nicht mehr zurechtfinden, wenn sie ›Erlösung‹ durch den je anderen suchen, dann ist dies unter gesellschaftstheoretischen Aspekten gesehen auch Ausdruck jener Sehnsucht nach Aufhebung von Entfremdung, nach einem radikal anderen Leben, das die konkrete, korrumpierte Ordnung des Status quo hinter sich läßt. Denn beiden ist offensichtlich bewußt, daß ihre jeweilige Existenz deshalb eine falsche ist, weil die Verhältnisse, unter denen zu leben sie gezwungen sind, nicht richtig sind.

Der Holländer lebt in einem Zwischenreich, in dem Ort- und Zeitlosigkeit eine genaue Definition der eigenen Person nicht erlauben. Verwiesen auf die eigene Existenz, weiß er gleichwohl nicht, wer er ist. Heimat sucht er, aber das Meer, auf das er verbannt ist, gewährt sie nicht, gibt seiner Existenz einen doppelt schwankenden Boden: das Meer ist unstet und unberechenbar, kann jederzeit seinen Charakter verändern, von der Ruhe in den Sturm umschlagen – ein niemals bezähmbares und nie wirklich Vertrauen schaffendes Element, immer drohend, alles zu verschlingen, was sich auf ihm bewegt. Festen Boden kann man da nicht unter die Füße bekommen, und selbst ein seetüchtiges Schiff, über das der Holländer verfügt, ist lediglich trügerischer Abglanz jener Festigkeit, die nur an Land wirklich erreicht werden kann; denn auch das beste Schiff kann untergehen. Das Meer als eine uralte Metapher für das Leben selbst, wird bei Wagner neu geschärft: ein unstetes, unsicheres Leben und die moderne Gesellschaft werden synonym, Heimatlosigkeit steht für Entfremdung und die – metaphorisch gesprochen – sozialen Erfahrungen der gesellschaftlichen Modernisierung mit ihren Kosten müssen am Ende mit dem Tod der Protagonisten bezahlt werden. So werden das Tableau und die Beziehungen der Hauptfiguren des *Fliegenden Holländer* zum Beleg für Wagners Überzeugung, die Geschichte sei ein einziger Niedergang, schwankender Boden für alles, auf dem sich nichts Sicheres aufbauen läßt. Aber dieser Geschichtspessimismus hat eine Kehrseite, denn zugleich ist das Meer auch Metapher dafür, daß »mit einer alten Welt gebrochen«[51] wird. In diesem Sinne wird es zum Gegenentwurf für das Land als etwas Festem und Unwandelbarem, etwas Verkrustetem, und indem es für beides steht, für die Unsicherheit des Lebens wie den Bruch mit der Sicherheit gewährenden Tradition, bezeichnet es einen Widerspruch, der sich nicht

---

49 Vgl. dazu Der Ring des Nibelungen, S. 224.
50 Jean-Jacques Rousseau, Discours sur l'origine de l'inégalité parmi les hommes (1754), deutsch in: Schriften zur Kulturkritik, hg. von Kurt Weigand, Hamburg 1971.
51 Richard Wagner, Eine Mittheilung an meine Freunde, in: GSD, Bd. 4, S. 265.

weiter auflösen läßt und sich in den Protagonisten, ihren Wünschen und Sehnsüchten reflektiert.

Die mit der Figur des Holländer verbundenen Assoziationen von Entfremdung und Heimatlosigkeit, die ihn dazu bringen, immer wieder an Land zu gehen, um seine Erlösung und damit auch eine feste ›Heimat‹ zu finden, gelten mutatis mutandis auch für Senta, wenngleich in anderer Weise. Zwar hat Senta eine feste ›Heimat‹ dort, wo sie wohnt und lebt, aber zugleich ist sie in ihrer Sonderexistenz doch gewissermaßen ›heimatlos‹, träumt sie sich weg und hinaus aus ihrer zu engen Umgebung, sehnt sie sich nach Freiheit und einem anderen Leben. Für sie ist der Holländer jene große Verheißung, die alles ändern, alle Lebensumstände neu bestimmen könnte. Was der Holländer sucht, um seiner Verfluchung ein Ende zu setzen: heimatliche Geborgenheit, gesicherte und stabile Beziehungen zu einer Frau, die ihm bedingungslos ergeben ist, das alles will Senta gerade nicht: sie möchte vielmehr jene eingeregelte Ordnung ihres Daseins verlassen, sie sucht das Risiko der eigenen Entscheidung, sie hat den Wunsch, all das aufzugeben, was ihr bisheriges Leben bestimmt hat.

Für den Holländer wie für Senta kann deshalb gelten, daß sie in einer gleichsam spiegelbildlichen Umkehrung personale Metapher für dieselben Erfahrungen sind: für die Gewißheit, in nicht selbstgewählten und selbstbestimmten, also in entfremdeten Verhältnissen leben zu müssen, und ebenso für den Entschluß, diese Einbindung in eine als unerträglich empfundene Situation ein für alle mal durchbrechen zu wollen. Diese Situation der beiden Protagonisten spiegelt die erwähnte Debatte über ›Entfremdung‹ wider, und sie kann deshalb auch mit einigem Recht als Kernkonflikt des *Fliegenden Holländer* verstanden werden, zugleich als die Theatralisierung eines zentralen gesellschaftstheoretischen Problems des 19. Jahrhunderts, bei dem es, mit Marx zu reden, als Lösungsperspektive um die ›Aufhebung von Entfremdung‹ geht[52]. Ein Ziel, das für Wagners eigenes Denken, Handeln und Schaffen strukturbildende Kraft besaß. Entfremdung aber, das läßt sich als ein Ergebnis der zitierten Debatte sagen, kann nur durch die eigene Tat durchbrochen und aufgehoben werden. Denn in einer Gesellschaft, die als Ganze sich in einem entfremdeten Zustand befindet, ist auf Hilfe von außen kaum zu hoffen, weil es ein solches ›außen‹ nicht gibt. Nur die eigene Tat, die lernende Praxis, kann verlorene Authentizität wieder zurückgewinnen. Damit ist, in gewiß unzulänglicher Verkürzung, zugleich unter gesellschaftstheoretischen Gesichtspunkten vage bestimmt, was unter ›Erlösung‹ in diesem Musikdrama Wagners, und nicht nur in diesem, zu verstehen ist.

---

52 Karl Marx thematisiert die ›Entfremdung‹ in: Ökonomisch-philosophische Manuskripte aus dem Jahr 1844, in: Marx-Engels-Werke, Ergänzungsband I, Berlin-Ost 1968, S. 467 ff. Zum Marx'schen Entfremdungsbegriff vgl. einführend Jean-Yves Calvez, Karl Marx. Darstellung und Kritik seines Denkens, Freiburg/Olten 1964; Hans Popitz, Der entfremdete Mensch. Zeitkritik und Geschichtsphilosophie des jungen Marx, Basel 1953/Frankfurt/M. 1967; Joachim Israel, Der Begriff der Entfremdung. Makrosoziologische Untersuchungen von Marx bis zur Soziologie der Gegenwart, Reinbek b. Hamburg 1972; Iring Fetscher (Hg); Grundbegriffe des Marxismus. Eine lexikalische Einführung, Hamburg 1976.

Der Holländer und Senta nehmen deshalb auch folgerichtig ihr Schicksal selbst in die Hand und zwar in jenem Augenblick, da sich die Chance zu einer definitiven Änderung ihrer Situation bietet. Im großen Duett Holländer/Senta, in der dritten Szene, werden die gegenseitigen Wünsche und Hoffnungen deutlich, werden beide herausgehoben aus dem bisherigen Alltag mit seinen Routineerfahrungen: beide beschwören – aus denselben Motiven, aber mit gegensätzlichen Erwartungen – eine wechselseitige Hingabe an den jeweils anderen, und beide verbinden mit dieser Beschwörung Hoffnungen, die so sehr jenseits aller Realität stehen, daß ihnen das Scheitern schon eingeschrieben ist. Der Holländer verlangt das ›Opfer‹ ewiger und bedingungsloser Treue, er verschärft diese Forderungen durch seinen Hinweis auf all jene Frauen, die dieses Opfer nicht wirklich zu bringen und ihr Versprechen nicht durchzuhalten vermochten, deshalb auch ewiger Verdammnis verfielen. Er rät Senta sogar ab, sich mit ihm zu verbinden, um sie vor einem ähnlichen Schicksal zu bewahren. Für einen kurzen Augenblick werden wir Zeuge eines Rollentausches, bei dem der Holländer sich in die Position von Senta versetzt, ihr Schicksal bedenkt und bereit scheint, um ihretwillen erneut aufs Meer zu segeln – eine Stelle, von der Wagner gemeint hat, hier sei der Holländer zum ersten wie zum letzten Mal »ganz und gar wirklicher Mensch«[53], weil er die Fixierung auf die eigene Person, auf seine Erlösungsbedürftigkeit zu überwinden scheint – aber eben nur scheint; denn natürlich hofft er darauf, daß sich Senta nicht von ihm abwendet, um endlich seine ›Ruhe‹ finden zu können.

Das Angebot des Holländer hat den gegenteiligen Effekt: es verstärkt Sentas Wunsch, ihn zu ›erlösen‹, verstärkt seine Anziehungskraft auf sie: »Von mächt'gem Zauber überwunden,/reißt's mich zu seiner Rettung fort«[54]. Beide sind, das macht dieses Duett unzweifelhaft deutlich, am jeweils anderen entscheidend nur deshalb interessiert, weil er Mittel zur eigenen ›Erlösung‹ ist. Und daran ändert auch das kurze Zögern des Holländer, der vermeintlich altruistische Verzicht, prinzipiell nichts. Die psychologische Disposition beider wie die gesellschaftlichen Rahmenbedingungen spielen in der personalen Konfrontation der Hauptfiguren zusammen, die sozialen Ausgangsbedingungen von Holländer und Senta strukturieren ihre Hoffnungen in widersprüchlicher, ja gegensätzlicher Weise. Bedenkt man dies alles, so fällt es schwer, in Senta das ›Weib der Zukunft‹ zu sehen, wie Wagner so entschieden gemeint hat[55]. Denn die Emanzipation Sentas aus der Vormundschaft Marys und ihres von Zeit zu Zeit aufkreuzenden Vaters, der sie dem Holländer anpreist wie er sonst nur Waren anzupreisen pflegt – diese Emanzipation bedient sich des Partners als Mittel zu eigenen Zwecken und Senta ist deshalb auch weit entfernt davon, sich ›aus Liebe‹ zu opfern. Ein Opfer aus Liebe würde den anderen als ›Zweck an sich selbst‹ (Kant) erkennen, die Person um ihrer selbst willen lieben – doch davon kann

---

53 Richard Wagner, Bemerkungen zur Aufführung der Oper Der Fliegende Holländer (1852) in: DS, Bd. II, S. 50.
54 Zweiter Aufzug.
55 Richard Wagner, Eine Mittheilung an meine Freunde, in: GSD, Bd. 4, S. 266.

keine Rede sein. Für beide, Holländer wie Senta, gilt, daß sie den anderen nur als Mittel ihres Versuchs sehen, sich aus der eigenen Zwangslage zu befreien.

Gegenüber dieser Grundfiguration der beiden Hauptfiguren und der Schwere ihres Konflikts verblassen alle übrigen Figuren. Denn diese wiederholen mit ihrem Tun und in ihren Aktionen wesentlich nur das, was sich in den Hauptfiguren zeigt und deren Beziehungen spiegelt. Daland, der seefahrende Vater, der ausschließlich vom Handel lebt, macht auch die eigene Tochter zur Ware, die er dem Holländer anbietet, als er von dessen Reichtum erfährt: »Er denkt und handelt, wie Hunderttausende, ohne im mindesten etwas Übles dabei zu vermuten«[56], hat Wagner dazu notiert, und das ist wohl so zu verstehen, daß hier ein Typus getroffen ist, der den Charakter der Entpersönlichung aller zwischenmenschlichen Beziehungen im oben formulierten Sinne zum Ausdruck bringen soll. Mary, Sentas Amme, ist ängstlich darauf bedacht, alle Phantasieausbrüche Sentas unter Kontrolle zu bringen und diese in die Schar der spinnenden Mädchen einzufügen, sie an- und einzupassen und ihr alle konturierende Individualität zu nehmen; sie ist die Personalisierung von Tradition und Ordnung und in ihr werden die Verhaltens- und Handlungsnormen der Gesellschaft lebendig und gewinnen ihren – aus Wagners Sicht – repressiven Charakter. Lediglich Erik, der Jäger, hebt sich aus dieser auf Einheitlichkeit bedachten Gemeinschaft heraus; er bringt eine individuelle Farbe insoweit in die Szene, als er freier als die anderen, auf sich selbst gestellt, seinem Waidwerk nachgeht. Vielleicht ist es diese Grundbefindlichkeit, die Unabhängigkeit eines Jägers, der in freier Wildbahn nur auf sich selbst gestellt ist, die ihn zu Senta hinzieht, und die diese zunächst zögerlich positiv auf sein Werben reagieren läßt. Aber die Konkurrenz zum Holländer, zu dessen existentieller Not und der daraus resultierenden Radikalität des Verhaltens, kann er nicht bestehen. Trotz eines Lebens, das freier ist als das der anderen, bleibt er letztlich doch den sozialen und gesellschaftlichen Strukturen seiner Umwelt verhaftet und unterliegt damit auch den gegebenen Einschränkungen individueller Entfaltungsmöglichkeiten

IV

Begreift man den *Fliegenden Holländer* als ein Werk auf dem Weg zum Musikdrama mit all seinen gesellschaftspolitischen Implikationen, als eine Vorstudie zu jenen Vorstellungen, die Wagner unter dem Eindruck der radikal-demokratischen und sozialistisch-anarchistischen Gesellschaftskritik des deutschen Vormärz in den Jahren 1848 bis 1851 genauer ausgearbeitet und für seine Hoffnungen auf ein neues Theater konzeptualisiert hat, dann zeigt sich sehr rasch, daß diese Oper mehr ist als nur ein romantisches Märchen, eine Sturm- und Schauerballade, wie sie die Romantik vielfach hervorgebracht hat. Gewiß gibt es Anklänge an romantische Opern, die oft

---

56 Richard Wagner, Bemerkungen zur Aufführung der Oper *Der Fliegende Holländer*, in: DS, Bd. II, S. 51.

bemerkt worden sind, so etwa an Heinrich Marschners Oper *Der Vampyr*, dessen großem Monolog auch der des Holländer einiges verdankt – um nur ein Beispiel zu nennen. Aber es ist eine triviale Feststellung, daß alle produktiven Künstler, selbst die genialen, »auf den Schultern von Riesen« stehen, wie der amerikanische Soziologe Robert. K. Merton das Phänomen von Traditionsbezügen, Traditionsaufarbeitungen und Traditionsveränderungen bildhaft umschrieben hat[57]. So informativ es sicherlich ist zu erkennen, wo Wagners Werke an andere, vorausgegangene anschließen, was er übernommen und weitergeführt hat – bedeutsamer ist es zu wissen, worin der weiterführende, der neue Weg liegt, der beschritten wird.

Um es kurz zu sagen: der entscheidende Unterschied zu seinen romantischen Vorgängern liegt bei Wagner in der Überzeugung, daß alle Kunst, auch seine eigene, außerästhetischen Bedingungen unterliegt, die gesellschaftlichen wie politischen Verhältnisse sich also in Kunstwerken reflektieren. Nicht in einem simplen Widerspiegelungsprozeß, wohl aber in der subtilen Verarbeitung jener Anstöße und Erfahrungen, die eine vorgefundene Wirklichkeit immer bereithält. Die These, wonach das Kunstwerk »an Ort und Zeit«[58] gebunden ist, hat Wagner gleichsam antizipierend im *Fliegenden Holländer* dramatisiert, sieht man die Oper im Kontext des zu dieser Zeit sich entfaltenden kritischen Denkens Wagners. Zwei Personen, Holländer und Senta, unternehmen den Versuch eines radikalen Ausbruchs aus ihren bisherigen Verhältnissen, sie scheitern, weil sich die alten internalisierten Sozialisationsmuster und Verhaltensstereotypen durch den Einzelnen als eine individuelle Leistung, nicht überwinden lassen. Wie später Siegmund im *Ring* unter anderem deshalb scheitert, weil er als ein Außenseiter die Geschlossenheit des Systems, repräsentiert durch Hunding und Fricka, nicht aufbrechen kann, so ergeht es auch dem Holländer und Senta. Ausgrenzung, Einsamkeit, Eigenwilligkeit und Mißtrauen bleiben, weil sie persönlichkeitsprägend sind, auch noch im Aufeinandertreffen der beiden entscheidend und bestimmen ihr gegenseitiges Verhalten. Die gesellschaftlichen Strukturen, die beide geformt haben, dominieren noch in ihrem Aufbegehren und lassen es so zum Mißerfolg werden. Daß der Holländer wie Senta im Tod enden, macht deutlich, wie aussichtslos die von ihnen gewünschte radikale Änderung des eigenen Lebens angesichts eingefahrener Verhältnisse ist – auch bei ihnen selbst. Beide wollen zwar auf ihre Weise diese grundlegende Wende, aber beide haben nicht die dafür erforderliche Kraft, jeweils so viel Vertrauen in den anderen zu setzen, wie nötig wäre, um Erfolg zu haben. So ist ihr Tod Metapher dafür, daß innerhalb der gegebenen gesellschaftlichen Verhältnisse eine neue, wirkliche Freiheit, ein offenes und vertrauensvolles Aufeinanderzugehen von Menschen, in dem das Ich im Du sich wiedererkennen würde, nicht möglich erscheint, Metapher aber auch dafür, daß ihr Handeln nicht radikal genug ist, weil es auf den Umsturz der gesellschaftlichen Strukturen verzichtet und stattdessen die eigene Flucht aus der Realität

---

57 Robert K. Merton, Auf den Schultern von Riesen. Ein Leitfaden durch das Labyrinth der Gelehrsamkeit, Frankfurt/M. 1980.
58 Richard Wagner, Eine Mittheilung an meine Freunde, in: GSD, Bd. 4, S. 234.

will. Wagners letzte Regieanweisung läßt sich wohl nur in diesem Sinne verstehen; nachdem der Holländer bereits wieder unerlöst auf See ist, Senta sich daraufhin ins Meer stürzt, versinkt das Holländerschiff, und es heißt: »Der Holländer und Senta, beide in verklärter Gestalt, entsteigen dem Meere; er hält sie umschlungen.« Nicht in der konkreten Realität also bewirkt ihre Liebe zugleich ihrer beider ›Erlösung‹, sondern erst nach dem Tod, der alle Menschen gleich macht, werden sie eins ›in verklärter Gestalt‹. Das ist der Verweis auf eine zweite Realität, auf etwas, was die gegebene Wirklichkeit übersteigt und was deshalb erst noch zu schaffen wäre.

Insofern dieser Schluß die konkreten Bedingungen des Lebens verläßt, ist er ein pessimistischer Schluß, wie fast alle Schlüsse, die Wagner geschrieben hat, ein Schluß, dem die Formel ›Erlösung durch Selbstvernichtung‹ angemessen erscheint. Sie deutet darauf hin, daß Wagner schon zur Zeit des *Fliegenden Holländer* davon überzeugt war, die gegebenen gesellschaftlichen Bedingungen ließen eine friedliche und stufenweise Reform der Lebensverhältnisse nicht mehr zu. Nur der totale Strukturbruch, die Revolution, wie er später schrieb, ließ ihn noch auf völlig veränderte neue Möglichkeiten menschlichen Zusammenlebens hoffen, aber dazu mußte das Alte, auch der alte, im Sinne der Tradition sozialisierte Mensch, erst sterben. In einem Brief an seinen Freund Uhlig[59] hat er 1851, während der Arbeit am *Ring*, diesen Gedanken auch für das Theater präzisiert, hat davon gesprochen, daß erst die Revolution ihm jene Künstler und jenes Publikum werde geben können, das ihn verstünde, weil erst die vollständige Zerschlagung aller bestehenden Verhältnisse den neuen Menschen mit neuer Freiheit und neuem Denken erlauben werde. Der Tod des Holländer und der Tod Sentas sind frühe und vorweggenommene Metaphern dieser Überzeugung. Gewiß: im *Fliegenden Holländer* ist »vieles noch unentschieden, das Gefüge der Situationen meist noch so verschwimmend«[60], wie Wagner selbstkritisch aus der Rückschau vermerkte. *Tannhäuser* und der *Ring* haben dann diesen Mangel an Entschiedenheit in dieser für Wagner so entscheidenden Frage beseitigt, sie haben auf eine im Musiktheater bis dahin noch nicht gekannte Weise mit den Problemen der eigenen Zeit abgerechnet. Aber das heißt nicht, daß der *Fliegende Holländer* noch von ganz anderer Art ist. Die Tendenz des Stückes ist deutlich, die hinter der erzählten Geschichte liegende Allegorie offenkundig, die soziale Dimension des dramatischen Konfliktszenarios dechiffrierbar. Der *Fliegende Holländer* ist eine Oper im Übergang, aber im Übergang ist das Ziel bereits enthalten. Alles weist voraus auf die folgenden großen Werke, in denen die utopische Hoffnung Wagners dann offen zutage tritt.

---

59 Richard Wagner, SB, Bd. IV, S. 176. (Brief an Theodor Uhlig vom 11. November 1851).
60 Ebenda, S. 267.

Tannhäuser

Tod im Gehäuse der Institutionen

I

Immer wieder hat Wagner in seinen autobiographischen Rückblicken und Rechtfertigungen seine Werke in einen sinnübergreifenden Zusammenhang gebracht, hat
er Verbindungen zwischen den Werken zu stiften gesucht, Entwicklungen vom einen zum anderen geschaffen, die sich dem kritischen Blick häufig als nachträglich
stilisiert, in philologischer Hinsicht gelegentlich sogar als falsch erweisen, und die
doch andererseits einer inneren Logik des dichterischen wie kompositorischen Schaffensprozesses folgen. Obwohl es bei Wagner fast stets eine Differenz zwischen den
realen Bedingungen seiner Werkproduktion und den von ihm nachträglich gelieferten Erklärungen gibt, erschließen seine Verweisungen keineswegs nur konstruierte Zusammenhänge, sondern geben gleichsam eine ›innere Biographie‹ der chronologischen Abfolge seiner Musikdramen. Und zu solcher Chronologie gehört für
ihn in aller Regel auch, daß er den Entschluß, ein neues Werk anzugehen, in Umstände einbettet, die seinen Absichten entgegenkommen oder sie geradezu herbei-
zwingen.

Das gilt auch für den *Tannhäuser*. Wagner lebte im Frühjahr 1842 noch in Paris,
aber nach dem Scheitern all seiner Pläne, nach dem Ausbleiben aller Erfolge, versetzt in die bitterste Armut seines Lebens, dachte er entschieden daran, wieder nach
Deutschland zu gehen, verhandelte mit Dresden über die Aufführung seines *Rienzi*
und erhielt aus Berlin die Zusage, man werde den *Fliegenden Holländer* bringen.
Beides bestärkte den Wunsch nach Rückkehr in die Heimat. »Ich lebte ganz schon
in der ersehnten, nun bald zu betretenden heimischen Welt« — heißt es in der *Mittheilung an meine Freunde* von 1851 — und durch den vorweggenommenen und
schon sicher geglaubten Erfolg in Dresden und Berlin geriet er in eine Aufbruchs-
euphorie, die dem Plan nach einem neuen Werk sofort den Anlaß für die Ausführung lieferte. »In dieser Stimmung« — so schreibt er nachträglich — » fiel mir das
deutsche Volksbuch vom ›Tannhäuser‹ in die Hände; diese wunderbare Gestalt der
Volksdichtung ergriff mich sogleich auf das Heftigste; sie konnte dies aber auch erst
jetzt. Keineswegs war mir der Tannhäuser an sich eine völlig unbekannte Erscheinung: schon früh war er mir durch Tieck's Erzählung bekannt geworden. Er hatte
mich damals in der phantastisch mystischen Weise angeregt, wie Hoffmann's Erzählungen auf meine jugendliche Einbildungskraft gewirkt hatte; nie aber war von
diesem Gebiete aus auf meinen künstlerischen Gestaltungstrieb Einfluß ausgeübt
worden. Das durchaus moderne Gedicht Tieck's las ich jetzt wieder durch, und
begriff nun, warum seine mystisch kokette, katholisch frivole Tendenz mich zu keiner Teilnahme bestimmt hatte: es ward mir dies aus dem Volksbuche und dem schlich-

ten Tannhäuserlied ersichtlich, aus dem mir das einfache, echte Volksgedicht der Tannhäusergestalt in so unentstellten, schnell verständlichen Zügen entgegentrat. – Was mich aber vollends unwiderstehlich anzog, war die, wenn auch sehr lose Verbindung, in die ich den Tannhäuser mit dem ›Sängerkrieg auf der Wartburg‹ in jenem Volksbuche gebracht fand. Auch dieses dichterische Moment hatte ich bereits früher durch eine Erzählung Hoffmann's kennen gelernt; aber, gerade wie die Tieck'sche vom Tannhäuser, hatte sie mich ganz ohne Anregung zu dramatischer Gestaltung gelassen. Jetzt gerieth ich darauf, diesem Sängerkriege, der mich mit seiner ganzen Umgebung so unendlich heimathlich anwehte, in seiner einfachsten, ächtesten Gestalt auf die Spur zu kommen; dies führte mich zu dem Studium des mittelhochdeutschen Gedichtes vom ›Sängerkrieg‹, das mir glücklicher Weise einer meiner Freunde, ein deutscher Philologe, der es zufällig in seinem Besitz hatte, verschaffen konnte«[1].

Es war der in Paris lebende Samuel Lehrs, der Wagner auf das 1838 erschienene Buch des Königsberger Philologen C.T.Lucas *Der Krieg von Wartburg* aufmerksam machte und es ihm gab. Hier fand er die These, der Held des Sängerkrieges, Heinrich von Ofterdingen, sei vermutlich ›verwandt‹ gewesen mit jenem Tannhäuser, dem man nach seinem Tod die unerhörtesten Abenteuer im Venusberg nachsagte. Das war eine historisch völlig abwegige Verbindung zweier getrennter Sagenkomplexe, aber sie faszinierte Wagner sofort[2], wohl nicht zuletzt deshalb, weil sie für ihn die Chance eröffnete, den Stoff mit dem aktuellen Diskurs der radikalen Denker des deutschen Vormärz in Verbindung zu bringen, mit einem Denken also, das weitgehend sein eigenes war. Wagner war sich sehr schnell darüber im klaren, daß die Tannhäuser-Sage den ersten und dritten Aufzug, der Minnesängerstreit den zweiten Aufzug abgeben würden und so eine dramaturgische Architektur entstehen konnte, die den gesellschaftlichen Status quo methaphorisch ins Zentrum rücken und dessen Verurteilung flankierend auf die beiden Flügel verteilen würde – eine Symmetrie, die die eigene politische Position und deren Optionen präzise auf die Bühne brachte. Gemessen daran traten die übrigen Quellen – Heinrich Heines *Tannhäuser* (1836), Novalis' *Heinrich von Ofterdingen* (1802), Tiecks *Der getreue Eckart und der Tannhäuser* (1812/1817), Ludwig Bechsteins *Sagenschatz des Thüringerlandes* (1835), die *Deutschen Sagen* der Brüder Grimm (1816) – in ihrer Bedeutung für den Inhalt des Stückes zurück[3], waren allenfalls Materialsteinbrüche für ein Ideendrama, für dessen politik- und gesellschaftskritische Brisanz der zündende Funke durch die unhaltbare Spekulation eines Philologen geliefert worden war.

1	Richard Wagner, Eine Mittheilung an meine Freunde, in: GSD, Bd. 4, S. 269.
2	Vgl. dazu Richard Wagner, ML, S. 252.
3	Zu den Quellen, die Wagner benutzte, vgl. Martin Gregor-Dellin/Michael von Soden (Hg), Richard Wagner. Leben, Werk, Wirkung, Düsseldorf 1983, S. 222; Helmut Kirchmeyer, Tannhäuser-Symbole und Tannhäuser-Thesen, in: Attila Csampai/Dietmar Holland (Hg), Richard Wagner, Tannhäuser, Reinbek bei Hamburg 1986, S. 73 ff; Peter Wapnewskis Artikel zu Tannhäuser in Ulrich Müller/Peter Wapnewski (Hg), Richard-Wagner-Handbuch, Stuttgart 1986, S. 251 ff. Vgl. auch Dieter Borchmeyer, Richard Wagner. Ahasvers Wandlungen, Frankfurt/M. 2002, S. 144 ff.

Die These, wonach sich der Inhalt des *Tannhäuser* in dem Moment, da Wagner endgültig den Plan faßte, diesen Stoff zu bearbeiten und zu komponieren, mit seinen radikalen Politikvorstellungen – und damit auch mit denen der kritischen Intelligenz der Zeit – geradezu zwangsläufig verband, ist keine ex post vorgenommene Konstruktion, in diesem Falle auch keine nachgeschobene Behauptung. Denn dort, wo Wagner in der *Mittheilung an meine Freunde* ausführlich über die Hintergründe und Motive der Entstehung des *Tannhäuser* Auskunft gibt, hat er im Rückblick notiert, seine Sehnsucht nach der Heimat habe zwar nicht den Charakter des »politischen Patriotismus« gehabt, aber »dennoch würde es unwahr sein, wenn ich nicht gestehen wollte, daß auch eine politische Bedeutung der deutschen Heimath meinem Verlangen vorschwebte: natürlich konnte ich diese aber nicht in der Gegenwart finden, und eine Berechtigung zu dem Wunsche einer solchen Bedeutung – wie unsere ganze historische Schule – nur in der Vergangenheit aufsuchen«[4]. Das aber heißt, daß es Wagner nicht um irgend einen beliebigen historischen Stoff für eine neue Oper ging. Er wollte vielmehr eine historische Vorlage, die sich explizit in politischen Bezug zu seinem eigenen Denken wie zur politischen und gesellschaftlichen Lage in Deutschland setzen ließ. Mit dem *Tannhäuser* zielte er – wie mit allen seinen Opern und Musikdramen – entschieden auf die eigene Zeit und die in ihr sichtbaren grundlegenden politisch-gesellschaftlichen Probleme, und die scheinbar weit abliegende Geschichte dieser Figur wie auch des mittelalterlichen Sängerstreits war für ihn, was noch zu zeigen sein wird, eine Allegorie der Gegenwart.

Wie zur Bekräftigung dieser Haltung findet sich ebenfalls in der *Mittheilung an meine Freunde* eine Passage, die diesen politisch-allegorischen Status des *Tannhäuser* belegt. Wagner berichtet, er habe zunächst nach einem Stoff aus der »alten deutschen Kaiserwelt« gesucht, aber nichts Geeignetes gefunden, dann aber in Manfred, dem Sohn des Hohenstaufenkaisers Friedrich II., eine solche mögliche Figur gesehen, die er aber schließlich zugunsten des Tannhäuser-Stoffes verworfen habe. Entscheidend ist nun die Begründung, die er für seinen Entschluß anführt; es heißt da, die Gestalt Tannhäusers sei ihm, anders als im Falle des Hohenstaufers, aus seinem Inneren entsprungen: »In ihren unendlich einfachen Zügen war sie mir umfassender, und zugleich bestimmter, deutlicher, als das reichglänzende, schillernde und prangende historisch-poetische Gewebe, das wie ein prunkend faltiges Gewand die wahre, schlanke menschliche Gestalt verbarg, um deren Anblick es meinem inneren Tannhäuser sich ihm darbot. Hier war eben das *Volks*gedicht, das immer den *Kern* der Erscheinung erfaßt, und in einfachen, plastischen Zügen ihn wiederum zur Erscheinung bringt; während dort in der Geschichte – d. h. nicht wie sie an sich war, sondern wie sie *uns* einzig kenntlich vorliegt – diese Erscheinung in unendlich bunter, äußerlicher Zerstreutheit sich kundgibt, und nicht eher zu jener plastischen Gestalt gelangt, als bis das Volksauge sie ihrem *Wesen* nach ersieht und als künstlerischen Mythos gestaltet«[5].

---

4   Richard Wagner, Eine Mittheilung an meine Freunde, in: GSD, Bd. 4, S. 272.
5   Ebenda, S. 272.

Mit der zweimaligen nachdrücklichen Erwähnung des ›Volkes‹ als dem eigentlichen ›Dichter‹ und mythischen Interpreten des *Tannhäuser* wie auch mit dem
vorhergenannten ›deutschen Volksbuch‹, das es allerdings nicht gibt[6], verweist Wagner direkt auf seine eigene Poetologie, die er zu der Zeit, da er diese Notizen zu
seinem Werk verfaßt, in den drei großen ›Zürcher Kunstschriften‹ gerade entwik-
kelt und abgeschlossen hatte. In dieser Poetologie, die das Fundament für das Konzept des Gesamtkunstwerks abgibt, geht Wagner vom Volk, seiner Sprache und
seinen ästhetischen Fähigkeiten wie Bedürfnissen aus. Vor allem im *Kunstwerk der
Zukunft* kommt er ausführlich auf das Volk zu sprechen und schreibt ihm eine
überragende, für die Erneuerung der Kunst konstitutive Rolle zu. Für Wagner ist
das Volk der Urgrund und Schöpfer aller Poesie, und deshalb rückt es mit seiner
geradezu unerschöpflichen Kreativität, die Wagner ihm attestiert, ins Zentrum des
politisch-ästhetischen Konzeptes vom Gesamtkunstwerk. Wagners Begeisterung für
das ›Volk‹ – als einer sozial unterdrückten, aber gerade deswegen potentiell produktiven Größe – geht in jenen Jahren so weit, daß er behauptet, dieses Volk, »der
Inbegriff aller einzelnen, welche ein Gemeinsames ausmachen«[7], sei letztlich die
»bedingende Kraft für das Kunstwerk«[8]. Das Volk ist für ihn ein kollektiver Akteur,
der alles beherrscht, die Politik ebenso wie die Kunst, es hat die Sprache geschaffen, die Religion, und dieses ›Volk‹ ist deshalb auch fähig – so glaubt er –, sich nach
einer gelungenen Revolution eine neue Form der genossenschaftlichen, direkt-
demokratischen Selbstverwaltung zu geben. Eine gewiß übersteigerte Emphase für
das ›Volk‹, die zum einen Reminiszens an den in der Romantik verbreiteten Volksbegriff ist, die aber zugleich doch auch mehr und anderes impliziert: denn Wagner
spricht dem ›Volk‹ nicht nur poetisches Vermögen zu, sondern versteht es auch als
eine politisch-gesellschaftliche Kraft, und dieser Aspekt ist für ihn sogar der entscheidende[9].

Beide Verweise: der auf die Verbindung der Tannhäuser-Sage mit dem Sängerkrieg wie der auf das Volksbuch und das ›Volk‹ machen unzweifelhaft deutlich, daß
Wagner seinen *Tannhäuser* in einen politisch-gesellschaftlichen Kontext eingebettet
hat. Es kann kein Zufall sein, daß Wagner beides, das ›Volk‹ und den Tannhäuser-
Stoff, mehrfach in engen Zusammenhang bringt und so aufeinander bezieht, denn
die Absicht ist zu offensichtlich: Wagner versteht seinen *Tannhäuser* als eine politische
Parabel mit aktuellen Bezügen, als eine Oper wider den vorherrschenden Zeitgeist
und wider Strukturen, die er revolutionär zu verändern wünschte. Deshalb auch der
Selbstkommentar: »Mit diesem Werke schrieb ich mir mein Todesurteil: vor der
modernen Kunstwelt konnte ich nun nicht mehr auf Leben hoffen«[10].

---

 6 Peter Wapnewski, Tannhäuser, S. 251.
 7 Richard Wagner, Das Kunstwerk der Zukunft, in: GSD, Bd. 3, S. 47.
 8 Ebenda, S. 50.
 9 Vgl. dazu Udo Bermbach, Der Wahn des Gesamtkunstwerks. Richard Wagners politisch-ästheti-
    sche Utopie, Frankfurt/M. 1994, S. 225 ff. (›Ästhetische Identität‹).
10 Richard Wagner, Eine Mittheilung an meine Freunde, in: GSD, Bd. 4, S. 279.

Eine solche gesellschaftspolitische Positionierung der Oper läßt sich auch aus der Musik heraushören, die sich in ihrem Grundcharakter entschieden von der traditionellen Opernform abwendet, auch wenn sie noch mit deren Resten behaftet ist. Auch die Bezeichnung »Große romantische Oper«, die Wagner für die Dresdner Uraufführung vom 19.Oktober 1845 wählte, später für Paris in »opéra en trois actes« änderte und in der Textausgabe von 1871 sogar – analog zu *Tristan und Isolde* – in »Handlung in drei Aufzügen« abwandelte, weist in diese Richtung. Denn im Wandel der Untertitel zeigt sich das Bemühen, das Werk – wie auch schon zuvor den *Fliegenden Holländer* – »von der verachteten Gattung Oper zu isolieren und unter einer eigenen, exklusiven musikdramatischen Ästhetik zu subsummieren, die schließlich auf die Festspiel-Idee führt«[11]. Und erst recht sprechen die unterschiedlichen musikalischen Entwicklungsstadien und Eingriffe nicht gegen eine inhaltliche Verbindung des Werkes mit den vorherrschenden politisch-gesellschaftlichen Denkströmungen: von der Urfassung, die nach der Uraufführung bereits geändert wurde, über die Fassung für die Pariser Aufführung von 1861 bis hin zu der Aufführung in Wien 1875 gab es eine Vielzahl von Modifikationen, die sowohl die Komposition wie die Instrumentation betrafen[12]. Wohl primär auf diesen gleichsam unabgeschlossenen musikalischen Entwicklungs- und Wandlungsprozeß bezog sich denn auch jene, wenige Tage vor seinem Tode gemachte und immer wieder zitierte Äußerung Wagners, er sei der Welt noch den *Tannhäuser* schuldig, die Cosima in ihrem Tagebuch festgehalten hat[13].

Hinsichtlich der ungewöhnlich hohen Zahl von Eingriffen in die Musik ist *Tannhäuser* freilich »ein Unikum«[14], denn kein anderes Werk hat Wagner so oft und so einschneidend bearbeitet, ohne am Ende wirklich zufrieden zu sein, wie eben dieses. Das mag sich auch daraus erklären, daß er wohl selbst das Gefühl hatte, sein Kompositionsstil sei, verglichen mit seinem radikal-revolutionären Denken über Gesellschaft und Politik seiner Zeit, noch nicht radikal genug und noch immer zu sehr dem Überkommenen verhaftet. Aber wo auch immer die Motive für diese mehrfachen Überarbeitungen liegen mögen, diese brauchen hier, da es dazu genügend Literatur gibt, im einzelnen nicht nachvollzogen zu werden. Nur soviel: zurecht ist immer wieder darauf hingewiesen worden, daß sich im *Tannhäuser* – ähnlich wie im *Fliegenden Holländer* – noch zahlreiche Elemente der konventionellen Oper finden, so etwa ›Arien‹ bzw. ariose Lieder, wie auch das erst später entwickelte Prinzip der Leitmotivtechnik hier allenfalls erst rudimentär ausgebildet ist. *Tannhäuser* ist sicherlich ein Werk des Übergangs, nimmt gewiß eine »operngeschichtliche

---

11 Sven Friedrich, ›Mit diesem Werke schrieb ich mir mein Todesurteil.‹ Tannhäuser und die Grand Opéra, in: Wartburg-Jahrbuch, Sonderband 1997, hg. von Irene Erfen in Zusammenarbeit mit der Wartburg-Stiftung Eisenach, Regensburg 1999, S. 47.
12 Vgl. dazu im einzelnen WWV, S. 287 ff.
13 Cosima Wagner, TB, Bd. II, S. 1098 (23.Januar 1883).
14 Egon Voss, Der unvollendete Tannhäuser, in: derselbe, ›Wagner und kein Ende‹, Zürich/Mainz 1997, S. 270.

Zwitterstellung zwischen Grand Opéra und Musikdrama«[15] ein – und doch ist das, was musikalisch vorausweist, unüberhörbar. Es mag sein, daß die aus dem Übergangscharakter resultierenden musikalischen Probleme, die Wagner zu immer neuen Eingriffen und Überarbeitungen veranlaßten, durch bloße Umarbeitung nicht zu lösen waren[16], und daß es – zugespitzt formuliert – einer Neukomposition aus einem Guß bedurft hätte, um die Unebenheiten des Werks zu glätten – und vielleicht hat sich auch hierauf Wagners Satz zu Cosima bezogen. Aber was für den *Fliegenden Holländer* gilt: daß die noch deutlich hörbaren Elemente des konventionellen Opernschemas in eine neue Beziehung untereinander treten, daß sich zusammenhängende Szenen formen, in denen die ›Arien‹ und ›Lieder‹ symphonisch eingebettet werden, das trifft erst recht für den *Tannhäuser* zu. Die Venusbergmusik ist auch schon in der Urfassung ›Zukunftsmusik‹, und ähnliches gilt für die ›Hallenarie‹ der Elisabeth, für Tannhäusers ›Rom-Erzählung‹ oder auch Wolframs ›Lied an den Abendstern‹[17]. Zu Recht hat Wagner deshalb auch konstatiert: »In meiner Oper besteht kein Unterschied zwischen sogenannten ›deklamierten‹ und ›gesungenen‹ Phrasen, sondern meine Deklamation ist zugleich Gesang, und mein Gesang Deklamation. Das bestimmte Aufhören des ›Gesanges‹ und das bestimmte Eintreten des sonst üblichen ›Rezitatives‹, wodurch in der Oper gewöhnlich die Vortragsweise des Sängers in zwei ganz verschiedene Arten getrennt wird, findet bei mir nicht statt«[18]. Und er hat damit darauf verwiesen, daß die neuen Wege zum Musikdrama bereits deutlich zu erkennen sind.

II

Die Kritik von Herrschaft, sei sie politischer, sei sie geistlicher Natur, die Kritik der politisch-gesellschaftlichen wie der kirchlichen Institutionen waren zentrale Themen in Wagners Denken, lange bevor der Text zu *Tannhäuser* 1843 niedergeschrieben und das Stück 1845 kompositorisch beendet worden war. In seiner Pariser Zeit hatte Wagner aus der Lektüre von Texten der französischen Frühsozialisten erfahren können, daß es zwischen den Bedürfnissen des individuellen Menschen und der verfaßten Macht in den Institutionen der bürgerlichen Gesellschaft eine theoretisch unauflösbare Aporie gibt, die nur durch den radikalen Kampf gegen die bestehenden Institutionen gelöst werden konnte und nur in diesem Kampf auch Aussichten auf persönliche Freiheiten eröffnete. In Deutschland dagegen hatte Hegel die Gegenposition dazu begründet und in seiner Philosophie die Freiheit des Einzelnen in

15 Sven Friedrich, Tannhäuser und die Grand Opéra, S. 48.
16 Carl Dahlhaus, Richard Wagners Musikdramen, Zürich/Schwäbisch Hall 1985, S. 30 f.
17 Vgl. dazu Ulrich Schreiber, Die Kunst der Oper. Geschichte des Musiktheaters, Frankfurt/M./
    Kassel 1991, Bd. II, S. 484.
18 Richard Wagner, Über die Aufführung des Tannhäuser. Eine Mittheilung an die Dirigenten und
    Darsteller dieser Oper, in: GSD, Bd. 5, S. 128.

dessen vernünftiger, und das hieß: notwendiger Einsicht gesehen, sich in gesellschaftliche und staatliche Institutionen ein- und unterzuordnen. In dieser aus freier
Einsicht in die Notwendigkeit geborenen Akzeptanz gesellschaftlicher und politischer Institutionen glaubte Hegel den Gegensatz zwischen Individuum und Gesellschaft auch praktisch auflösen zu können. Für ihn stand fest, daß Freiheit außerhalb
oder gegen die Institutionen stets nur eine »Freiheit der Leere« sein könne, die sich
am Ende »im Fanatismus der Zertrümmerung aller bestehenden gesellschaftlichen
Ordnung« austoben würde, ein destruktiver Wille, der vermeintlich den Zustand
allgemeiner Gleichheit herbeizuführen suche, eine positive Wirklichkeit aber nicht
gestalten könne. Denn alles Handeln zwischen Menschen führe »sogleich irgend
eine Ordnung, eine Besonderung sowohl von Einrichtungen als von Individuen
herbei« und müsse also in Institutionen und Organisationen ihr Ziel haben. Deshalb
war für Hegel jegliche anti-institutionelle Gesinnung, sobald sie auf reale Veränderungen abzielte, stets nur die »Furie des Zerstörens«[19].

Gegen diese Axiome und die aus ihr entwickelte Gesellschaftstheorie, welche
die Ehe als sittliche Institution und Voraussetzung der Gesellschaft, die bürgerliche
Gesellschaft selbst als notwendiges System der Vermittlung von Einzel- und Kollek-
tivbedürfnissen, den Staat schließlich als die »Wirklichkeit der sittlichen Idee«, als
eine Organisation der Freiheit verstand, wandte sich ein Gutteil der nach-hegeliani-
schen Philosophie, vor allem die Vertreter des sogenannten Links-Hegelianismus,
die den deutschen Vormärz, also das Denken der dreißiger und vierziger Jahre des
19. Jahrhunderts, entscheidend beeinflußten. Nicht erst Karl Marx hat in seinen
Frühschriften Hegels Auffassungen in diesem Punkte in ihr Gegenteil verkehrt und
behauptet, Familie, Gesellschaft und Staat seien keineswegs Institutionen der Freiheit, sondern Ausdruck des zwanghaften Zusammenhaltens von unfreien Menschen
und damit Ausdruck von Repression. Schon Ludwig Feuerbach, der wohl wichtigste ›Links-Hegelianer‹ dieser Zeit, dessen Schriften Wagner intensiv las und gut
kannte, den er sehr verehrte und dem er seine wichtige Abhandlung über *Das Kunstwerk der Zukunft* widmete, hatte sich zuvor in derselben Absicht mit Hegels Philosophie kritisch auseinandergesetzt, vornehmlich auf dem Gebiet der Religion. Aus
Feuerbachs Grundthese, wonach alle Religion nichts anderes als die Projektion
menschlicher Wünsche und Bedürfnisse ist, die Menschen sich also mit ihren religiösen Überzeugungen in einen Gegensatz zur Wirklichkeit setzen und die Religion so zur Ideologie wird – eine These, die Wagner völlig übernahm[20] – , konnte
Wagner den Schluß ziehen, alle Versuche, die Religion in einer Kirche und also
durch eine Organisation zu institutionalisieren, müßten zwangsläufig zur Unterdrückung des Individuums und seiner Freiheit führen. Und zwar zu einer Unterdrückung im geistigen wie im konkret physischen Sinne. Es lag nahe, diesen Befund
zu generalisieren, denn wenn die Institution der Kirche aus prinzipiellen Gründen

19 Vgl. Georg W. F. Hegel, Grundlinien der Philosophie des Rechts (1831), hg. von Johannes Hoffmeister, Hamburg 1955, § 5, S. 30 f.
20 Vgl. Udo Bermbach, Der Wahn des Gesamtkunstwerks, S. 57 ff. (›Revolutionäre Traktate‹)..

ausschließlich repressiv war, mußte dies auch für die anderen Institutionen der Gesellschaft und Politik gelten.

Auf diesem hier nur angedeuteten philosophischen und gesellschaftstheoretischen Hintergrund ist der Text des *Tannhäuser* zu lesen und sind – unter gesellschafts- und politiktheoretischen Aspekten – die dramatischen Konfliktkonstellationen zu interpretieren. Denn Wagner spitzt, ganz im Sinne der philosophischen und gesellschafts- wie politiktheoretischen Diskussionen des deutschen Vormärz, den zentralen dramatischen Konflikt dieses Stückes auf den – so scheint es jedenfalls – unaufhebbaren Widerspruch zwischen den Wünschen und Bedürfnissen, dem Freiheitsverlangen des Individuums einerseits, der Bewahrung und steten Wiederherstellung gesellschaftlicher Ordnung andererseits zu. Er macht damit einen Fundamentalkonflikt zur Grundlage seiner Oper, der auch heute noch alle Gesellschafts- und Politiktheorien beherrscht, sofern sie primär am menschlichen Handeln interessiert sind und dieses Handeln des Einzelnen unter den gegebenen Bedingungen von gesellschaftlichen wie staatlichen Strukturen zum Ausgangspunkt ihrer systematischen Erwägungen nehmen. Denn das Spannungsverhältnis zwischen der Subjektivität jedes Einzelnen Menschen und den überkommenen gesellschaftlichen wie politischen Institutionen ist auch heute noch vorhanden, weil es prinzipiell unaufhebbar ist. Das hängt mit der schlichten Tatsache zusammen, daß sich alle übergreifenden gesellschaftlichen und staatlichen Organisationen und Ordnungen aus Gründen ihrer Legitimität nur auf das beziehen können, was allen Menschen gemeinsam ist; anders formuliert: nur die verallgemeinerungsfähigen Eigenschaften und Orientierungen von einzelnen Subjekten lassen sich in ein gemeinsames Allgemeine einbringen, und dies wiederum bedeutet, daß gerade die Besonderheiten jedes einzelnen Menschen, seine unvergleichbaren, einzigartigen Eigenschaften, die seine Individualität ausmachen, nicht zur Grundlage von gesellschaftlichen und politischen Institutionen werden können, sondern eben nur das, was er mit allen anderen Menschen teilt.

Die Theorie gesellschaftlicher und politischer Institutionen hat diese Spannung dadurch aufzuheben oder doch zumindest abzulindern gesucht, daß sie unterstellt, Menschen würden durch Erziehung an die Bedürfnisse und Strukturen von Gesellschaften angepaßt werden. In diesem Sinne ist auch die gängige Bestimmung sozialer wie politischer Institutionen zu verstehen: als »auf Dauer gestellte, durch Internalisierung verfestigte Verhaltensmuster und Sinnorientierungen mit regulierender Funktion. Sie sind« – so heißt es in einer Definition, die das vorherrschende Verständnis formuliert – »relativ stabil und damit auch von einer gewissen zeitlichen Dauer; ihre Stabilität beruht auf der temporären Verfestigung von Verhaltensmustern. Sie sind insoweit verinnerlicht, daß die Adressaten ihre Erwartungshaltung, bewußt oder unbewußt, auf den ihnen innewohnenden Sinn ausrichten. Institutionen sind prinzipiell überpersönlich und strukturieren menschliches Verhalten; sie üben insoweit eine Ordnungsfunktion aus«[21]. Alle wichtigen Elemente, die gesell-

---

21 Gerhard Göhler (Hg), Grundfragen der Theorie politischer Institutionen, Opladen 1987, S. 17.

schaftliche wie politische Institutionen ausmachen, sind hier genannt: Sinnstiftungs- wie Steuerungsfunktion, Dauer und Stabilität und vor allem die Tendenz aller Institutionen, den einzelnen Menschen unter die Bedingung der eigenen Selbstperpetuierung zu vereinnahmen. In dieser Definition fehlt lediglich der Hinweis darauf, daß sich Institutionen über die bloße Selbsterhaltung hinaus auszuweiten trachten, daß sie expandieren wollen und die Basis ihrer Existenz zu vergrößern suchen – naturgemäß auf Kosten der betroffenen Individuen. Und in dieser Tendenz liegt wohl am deutlichsten und spürbarsten ihre repressive Seite, denn solche Expansion läßt den Einzelnen die institutionellen Herrschaftsmechanismen am stärksten spüren und schränkt seine spontane individuelle Handlungsfähigkeit entsprechend ein.

Doch dieser repressive Aspekt von Institutionen ist freilich nur die eine Seite der Medaille. Denn Institutionen haben nicht nur eine repressive Seite, sie haben ebenso große Vorzüge: sie gewähren Schutz, verbürgen Sicherheit, erlauben und ermöglichen Freiheit dadurch, daß sie den Alltag mit seinen sich wiederholenden Anforderungen routinisieren und so Freiräume schaffen, in denen Menschen, entlastet vom Nachdenken über die Bewältigung alltäglicher Lebensvollzüge, sich auf anderes, auf Neues besinnen können. Gerade mit dieser außerordentlich wichtigen funktionalen Leistung verbinden sich Freiheitsmöglichkeiten, die eine Gesellschaft ohne Institutionen – was allerdings ein Widerspruch in sich selbst ist, weil Gesellschaften erst dort entstehen, wo durch Ordnungsleistung auch Institutionen entstehen und existieren –, die ein gesellschaftspolitischer Naturzustand nicht gewähren könnte. Wagner hat diesen Aspekt völlig ignoriert, er lag für ihn ein Leben lang außerhalb seines Blickfeldes. Für ihn, den Künstler, dem alles auf die Möglichkeit unmittelbarer Spontaneität und dauernder Erneuerung ankam, für den es vor allem darum ging, Regeln und eingefahrene Konventionen infrage zu stellen, Routinisierungen aufzubrechen und stets Neues schaffen zu können – für ihn stand ausschließlich der repressive Charakter von Institutionen im Zentrum seines Interesses. Darauf war er fixiert und deshalb nahm er eine radikal kritische Haltung zu ihnen ein. Wenn es denn irgendeine Kontinuität in Wagners Denken bis zu seinem Lebensende gibt, dann ist es dieser ungebrochene Anti-Institutionalismus, der ihn spürbar beherrschte und auch sein praktisches wie künstlerisches Handeln entscheidend bestimmte.

III

Im *Tannhäuser* wird diese scharfe und kompromißlose anti-institutionelle Einstellung Wagners erstmals massiv und unübersehbar thematisch. In keinem seiner anderen Werke, ausgenommen den *Ring*, hat Wagner den Konflikt zwischen dem Individuum und den gesellschaftlich-politischen Institutionen so unzweideutig und direkt zum Inhalt eines Dramas gemacht und in dessen Zentrum gerückt, wie hier, und in keinem anderen Werk, wiederum mit Ausnahme des *Ring*, hat er diesen Konflikt in solcher Schärfe und Brutalität entwickelt, um am Ende zu zeigen, daß im Widerstand und Kampf des Einzelnen gegen die Institutionen die Institutionen stets Sieger bleiben. In diesem Sinne handelt *Tannhäuser* vom Konflikt des Individuums mit den machtbesetzten, repressiven Institutionen der Gesellschaft, der Kirche und der Politik; er handelt von der Vergeblichkeit des Versuchs eines »existenziellen« Außenseiters[22], die eingeregelten Routinisierungen und Verkrustungen überlieferter Verhaltensformen zu ändern; er handelt auch von der Unmöglichkeit, die unbewußt und deshalb so problemlos funktionierende Internalisierung konventioneller Normen infragezustellen und aufbrechen zu können. Und natürlich handelt das Stück auch von der Intoleranz gesellschaftlicher Kollektive gegenüber einem anpasssungsunwilligen Menschen und Künstler, handelt von der Unerbittlichkeit, mit der eine sich moralisch im Recht glaubende Mehrheit den Versuch eines Abweichlers unterbindet, jenseits der herrschenden Normen ein selbstbestimmtes Leben führen zu wollen, das sich ausschließlich an den selbstformulierten und selbstgesetzten Bedürfnissen orientiert.

Am Beispiel eines historischen Stoffes dramatisiert Wagner hier einen ganz und gar modernen Konflikt, der sich so, wie er auf die Bühne gebracht wird, in der mittelalterlichen Welt nicht hätte ereignen können. Denn das Mittelalter hatte noch keinen Begriff von moderner Subjektivität, wußte noch nichts von einem Gegensatz zwischen Individuum und Gesellschaft, weil auch der Begriff der ›Gesellschaft‹ noch nicht vorhanden war. Die mittelalterliche Welt war eine in Ständen gegliiederte, in welcher der Einzelne seinen festen sozialen Platz einnahm, von der Geburt bis zu seinem Tod. Erst mit dem Beginn der Neuzeit entwickelte sich allmählich ein Bewußtsein dafür, daß individuelle und kollektive Bedürfnisse und Erwartungen nicht identisch sind, und damit beginnt zugleich ein Grundkonflikt der Moderne, der bis in die Gegenwart andauert. Wenn Wagner also auf die beiden mittelalterlichen Stoffe von ›Tannhäuser‹ und ›Minnewettstreit‹ zurückgreift, dann nicht, um in historisch korrekter Weise deren Konflikte zu zeigen, sondern um die Erfahrungen der Moderne, vor allem der kritischen radikalen Gesellschaftstheorie seiner eigenen Zeit, in ein mittelalterliches Szenario zurückzuprojizieren. Am Beispiel und im Medium einer höfischen Gesellschaft dramatisiert er, was er als ein spezifisches und charakteristisches Defizit der eigenen bürgerlichen Gesellschaft empfindet: daß Spontaneität und Eigenständigkeit, unkonventionelles Verhalten, Innovation und Zukunftsperspektiven an den erstarrten Ritualen eines vergangenheitsorientierten, streng hierarchisierten Hofes – im Sängerwettstreit – zwangsläufig zerbrechen müssen. Wagner läßt hier zwei Tendenzen gegeneinander konkurrieren, die für ihn prinzipiell miteinander unvereinbar sind: die Offenheit für das Neue, noch nicht Erfahrene, noch nicht Dagewesene gegen das, was als Tradition hoch gehalten wird und für unantastbar erklärt wird. So wird sein *Tannhäuser* zur historischen Illustration und Metapher eines zu seinen Zeiten aktuellen Diskurses um die politische und gesellschaftliche Modernisierung der deutschen Länder, er wird zu einem Stück, das – so gelesen, weil in diesen historisch-gesellschaftstheoretischen Kontext hineingestellt –

---

22   Vgl. Hans Mayer, Tannhäuser als Außenseiter, in: derselbe, Richard Wagner, hg. von Wolfgang Hofer, Frankfurt/M . 1998, S. 93 ff, bes. S. 102.

einen direkten Bezug zum radikal-demokratischen und revolutionären Geist des deutschen Vormärz hat.

Auf diesem Hintergrund erscheint die Figur des Tannhäuser als Typus eines Menschen, der alle vorgegebenen institutionellen Bindungen ablehnt, dem es unmöglich ist, sich langfristig ein- und unterzuordnen und dauerhaft persönliche wie soziale Bindungen einzugehen. Tannhäuser: das ist der gesellschaftsoppositionelle Künstler, der im Leben auf unmittelbare Praxis, im Erleben auf sinnliche Erfahrung, in der Kunst auf spontane Intuition setzt. In seiner narzistischen Selbstbezogenheit und der daraus resultierenden Verweigerung gegenüber der Gesellschaft erinnert er in gewisser Weise an jenen Individualanarchisten, den der in Bayreuth geborene Zeitgenosse Wagners, Max Stirner, in seiner Schrift *Der Einzige und sein Eigentum* für eine neue Gesellschaft gefordert hat: ein Mensch, der einzig an den Möglichkeiten der eigenen freien Entfaltung interessiert ist, der jegliche organisatorische Bindung als eine seine Freiheit und Autonomie suspendierende Verpflichtung versteht, der deshalb auch nicht bereit ist, sich auf eine Gesellschaft mit ihren verbindlichen Regeln einzulassen[23]. Wobei allerdings angefügt werden muß, daß Stirners Forderung für den Menschen der Zukunft: »Mir geht nichts über mich!« und sein Appell: »Jahrtausende der Kultur haben Euch verdunkelt, was Ihr seid, haben Euch glauben gemacht, Ihr seiet keine Egoisten, sondern zu Idealisten (guten Menschen) berufen. Schüttelt das ab! Suchet nicht die Freiheit, die Euch gerade um Euch selbst bringt, in der Selbstverleugnung, sondern sucht Euch selbst, werdet Egoisten, werdet jeder von Euch ein allmächtiges Ich!« von Wagner in dieser Form nun sicherlich nicht geteilt worden wären. Denn in Bezug auf die von ihm erträumte zukünftige Gesellschaft, die er sich als eine freie Assoziation freier Bürger, als eine Genossenschaft vorstellte[24], hat Wagner jegliche Form des Egoismus scharf verurteilt und eine neue Sozialität und Solidarität von Menschen untereinander, eben das, was Stirner abwertend als ›Idealismus‹ bezeichnet, immer wieder nachhaltig eingeklagt.

Das Verhalten Tannhäusers legt aber noch eine andere, und zwar zwingende Assoziation nahe: die zu Ludwig Feuerbach und seiner Philosophie. Denn Tannhäuser ist in seinem Sehnen nach Liebe gleichsam die Person gewordene Philosophie Feuerbachs, der aus seiner Kritik der Religion die Forderung zog, menschliche Beziehungen sollten sich in einer zukünftigen Gesellschaft vor allem auf Liebe gründen. Und zwar zunächst auf die unmittelbare, sinnliche Liebe zwischen Mann und Frau, der dann, in einem nächsten Schritt der Sublimierung, erst eine das Erotische und Sinnliche transzendierende, anders verstandene Liebe zwischen den Menschen als Gattungswesen überhaupt erst folgen könne.

Für Feuerbach – wie auch für Wagner – rückt die ›Liebe‹ in der Perspektive ihrer Sublimierung damit in den Rang eines emotionalen Mediums der Vergesellschaftung und der sozialen Integration, gerichtet gegen die rationalistische Tradition ei-

---

23 Vgl. Max Stirner, Der Einzige und sein Eigentum und andere Schriften, hg. von H.G. Helms, München 1968. Die beiden folgenden Zitate auf S. 37 und S. 113.
24 Vgl. dazu Udo Bermbach, Der Wahn des Gesamtkunstwerks, S. 225 ff (›Ästhetische Identität‹).

nes sich über Politik, Ökonomie oder Religion konstituierenden Staates. Noch 1849, vier Jahre nach der Fertigstellung des *Tannhäuser*, notierte Wagner zu seinem nie ausgeführten Plan über ein Jesus-Drama: »Das Gesetz ist die Lieblosigkeit, und selbst da, wo es die Liebe gebieten würde, würde ich in seiner Befolgung nicht Liebe üben, denn die Liebe handelt nur nach sich selbst, nicht nach einem Gebot. Die Versöhnung der Welt ist daher nur durch Aufhebung des Gesetzs zu bewirken, welches den einzelnen von seiner freien Entäußerung seines Ichs an die Allgemeinheit abhält, ihn von ihr zu trennen«[25]. An die Stelle des Gesetzes, anders formuliert: an die Stelle der kapitalistischen Wirtschaft, der bürgerlichen Gesellschaft und des Staates, soll die Liebe treten, und zwar in ihren verschiedenen Facetten, von der sexuellen Beziehung zweier Menschen bis hin zum kommunikativen Bindemittel für Vergemeinschaftung. Das Wort ›Liebe‹ wird so, wie Wagner es verwendet, zu einer Metapher, mit der das emotionale Gegenkonzept zu Theorien bezeichnet wird, die rationalistische Argumente für die Notwendigkeit von Institutionen in Gesellschaft und Staat behaupten. In dieser Bedeutung hat ›Liebe‹ nichts mehr mit romantischen Gefühlswerten zu tun und darf nicht als Relikt einer in der Romantik wurzelnden Lebensauffassung mißverstanden werden, die Wagner gleichsam auf Tannhäuser übertragen würde, sondern sie tritt vielmehr als Kürzel für einen umfassenden gesellschaftstheoretischen Anspruch auf, der sogar mit Wahrheitsbehauptungen verbunden ist. »Die neue Philosophie« – so heißt es bei Feuerbach – »stützt sich auf die Wahrheit der Liebe, die Wahrheit der Empfindung. In der Liebe, in der Empfindung überhaupt, gesteht jeder Mensch die Wahrheit der neuen Philosophie ein. Die neue Philosophie ist in Beziehung auf ihre Basis selbst nichts anderes als das zum Bewußtsein erhobene Wesen der Empfindung – sie bejaht nur in und mit der Vernunft, was jeder Mensch – der wirkliche Mensch – im Herzen bekennt. Sie ist das zu Verstand gebrachte Herz. Das Herz will keine abstrakten, keine metaphysischen oder theologischen – es will wirkliche, es will sinnliche Gegenstände und Wesen.[26]« Das sind Thesen, die auch Wagners Auffassungen vollkommen entsprechen, und wenn Feuerbach wenig später hinzufügt: »Die Kunst stellt die Wahrheit des Sinnlichen dar«[27], dann ist dies eine Feststellung, die, Zufall oder nicht, damit übereinstimmt, daß Tannhäuser ein Sänger und somit ein Künstler ist, der diese ›Wahrheit des Sinnlichen‹ verkündet und lebt.

Im Zusammenhang mit seinen Reflexionen zum Verhältnis von Liebe und menschlicher Natur im Umfeld des *Fliegenden Holländer*, *Tannhäuser* und *Lohengrin* hatte Wagner in der *Mittheilung an meine Freunde* die Frage gestellt: »Was ist nun das eigentümliche Wesen dieser menschlichen Natur?« und darauf die Antwort gegeben: »Es ist die Notwendigkeit der Liebe, und das Verlangen dieser Liebe ist in seiner

25 Richard Wagner, Jesus von Nazareth. Ein dichterischer Entwurf, in: GSB, Bd. 6, S. 230.
26 Ludwig Feuerbach, Grundsätze der Philosophie der Zukunft (1843), in: derselbe, Kleine Schriften II (1839 – 1846), hg. von Werner Schuffenhauer, Berlin 1970, Gesammelte Werke, Bd. 9, § 35, S. 319.
27 Ebenda S. 322,

wahrsten Äußerung Verlangen nach voller sinnlicher Wirklichkeit, nach dem Genusse eines mit allen Sinnen zu fassenden, mit aller Kraft des wirklichen Seins fest und innig zu umschließenden Gegenstandes«[28]. Das paraphrasiert einerseits sehr genau Feuerbachs Liebesphilosophie und gibt andererseits eine anthropologisch nicht mehr hintergehbare und problematisierbare Wesensbestimmung des Menschen. Wagner ist fest davon überzeugt – und das findet sich in vielen seiner Schriften –, daß ›Liebe‹ in all ihren unterschiedlichen Formen und Varianten schlechthin konstitutiv ist für die menschliche Natur. Und soll diese menschliche Natur wieder unverfälscht in Erscheinung treten, dann bedarf dies einer Rückbesinnung auf die Kraft der Liebe. So hoch schätzt er diese Kraft der Liebe ein, daß er ihr eine revolutionäre Rolle für eine neue menschliche Gemeinschaft zuschreibt und sie konsequent in Fundamentalopposition zur Politik, zu Macht und Gesetz, zu allen gesellschaftlichen Institutionen und Regelungen bringt. In *Tristan und Isolde* hat er für diese Vision einer neuen, dann allerdings an den gesellschaftlichen Verhältnissen scheiternden Liebe ein eigenes Stück geschrieben.

Zuvor freilich ist ›Liebe‹ der Gegenstand des ›Sängerwettstreits‹ im *Tannhäuser* – und ist so neben der Institutionenkritik das zweite zentrale Thema dieses Stückes. Liebe charakterisiert zugleich auch Tannhäuser selbst, bezeichnet seine primäre emotionale Disposition wie sein daraus abgeleitetes Verhalten. Vor allem im Venusberg sucht Tannhäuser nach einem ganz von Liebe erfüllten Leben, sucht er die unmittelbare Sinnlichkeit, und es scheint zunächst so, als habe er, weit ab von aller Gesellschaft, von allen aufgezwungenen Rollen und sozial verpflichtender Einbindung, auch von alltäglichen Belastungen, von Konkurrenz und Eifersucht, in seiner Liebesbeziehung zur Venus ganz zu sich selbst gefunden. Der Venusberg wird zum Ort eines aller Einschränkungen ledigen Sinnenrausches, wo einzig die Lust das Handeln bestimmt. Und darin liegt die Befreiung von allen Zwängen der Politik, der Gesellschaft, der Ökonomie wie der Kultur. Wie die Liebe so gewinnt auch die Lust revolutionäre Qualitäten, weil sie sich mit der Liebe verbindet und ganz und gar auf diese konzentriert. So gesehen erweist sich der ›Venusberg‹ – wie die Oper ursprünglich ja heißen sollte – weniger als ein »künstliches Paradies« in der Tradition des ›paradis artificiel‹ der romantischen Literatur[29], sondern aus einer politik- und gesellschaftstheoretischen Perspektive eher als eine theatralische Adaption und damit auch eine Ästhetisierung jenes ›Naturzustandes‹, den nicht erst Jean-Jacques Rousseau als Gegenbild und Gegensatz zur modernen Gesellschaft beschworen hat. Den vielmehr die neuzeitliche Politik- und Gesellschaftstheorie als jenen chaotischen und für das Überleben der Menschen unsicheren Zustand kennt, dem zu entkommen, um sicher leben zu können, Gesellschaften überhaupt erst notwendig und gegründet werden[30].

---

28 Richard Wagner, Eine Mittheilung an meine Freunde, in: GSD, Bd. 4, S. 290.
29 Dazu Hans Mayer, Tannhäuser und die künstlichen Paradiese, in: derselbe, Richard Wagner, S. 82 ff.
30 Dieser Topos des ›Naturzustandes‹ spielt auch in anderen Musikdramen Wagners immer wieder eine Rolle. Dazu und zur Literatur vgl. Der Ring des Nibelungen, S. 192 ff.

Die Parallelen zwischen Naturzustand und Venusberg sind eindeutig: schon die Regieanweisung zum ersten Aufzug, die längste, die Wagner je geschrieben hat, entwirft das Bild eines arkadisch unbeschwerten Urzustandes. Eine Grotte wird skizziert, in der – in dieser Reihenfolge – Najaden, Sirenen, Grazien, Amoretten, Jünglinge, Bacchantinnen, Satyre und Faune unter tropischen Pflanzen an einem wildschäumenden Wasserfall entweder baden oder »wild über und neben einander gelagert, einen verworrenen Knäul bildend, wie Kinder, die von einer Balgerei ermattet, eingeschlafen sind«. Wagner evoziert in dieser ausführlichen und eingehenden Beschreibung das Bild einer konfliktfreien, mit sich selbst in Harmonie lebenden Gemeinschaft von Wesen, die in ihrem Leben und Treiben von all dem verschont worden sind, was moderne Gesellschaften negativ charakterisiert, die sich ausschließlich in kindlicher Unschuld dem friedlichen Spiel und vor allem der Liebe zu einander hingeben. Ganz im Sinne der Fiktion eines gesellschaftlichen Naturzustandes leben diese Wesen offensichtlich nur nach ihren eigenen Bedürfnissen und nicht nach gesellschaftlichen, schon gar nicht nach ökonomischen Erfordernissen. Und solches gilt dann auch für Tannhäuser und Venus, dieses zentrale Paar der Szene, das von all diesen Wesen umlagert, von ihnen offensichtlich auch bewundert wird. Ein Genrebild von heiterer Unbeschwertheit wird hier ausgemalt, das sich als Visualisierung und Theatralisierung der Feuerbach-/Wagnerschen Liebesphilosophie und der rousseauistischen Gesellschaftskritik verstehen läßt, ein im Sinne Wagners positiver Gegenentwurf zum verkommenen Status quo der eigenen Zeit, Chiffre für eine Zukunftshoffnung. Denn der Venusberg ist auch in einem sehr strikten Sinne anti-institutioneller Gegen- und Neuentwurf sowohl zur höfischen Gesellschaft auf der Wartburg als auch zur Kirche, er kennt weder eine hierarchisierte Ordnung noch feststehende Regeln eines durchorganisierten Lebensablaufes. In ihm herrscht vielmehr das Prinzip spontaner Individualität und lustbetonten Situationsgenusses vor. Gleichsam experimentell wird von Wagner hier vorgeführt, wie sich nach seiner Auffassung ein auf bloßer Spontaneität und zwischenmenschlicher Zuneigung beruhendes Zusammenleben von Menschen ohne alle Politik denken läßt. In der Konzentration auf die sinnliche Liebe als dem einzigen Lebenszweck verschwinden im Reich der Venus alle sonst notwendigen Differenzierungen und Arbeitsteilungen eines elaborierten gesellschaftlichen Zustandes, und an deren Stelle tritt das Erlebnis einer sinnlich vermittelten Identität.

Doch es zeigt sich bei Beginn der Oper auch, daß diese Erfahrungen einer unrestringierten Lebensführung, die in permanentem Liebesdienst kulminiert, nicht ungebrochen, das heißt im Sinne etwa eines ersten ursprünglichen und unverfälschten Wahrnehmens von Umwelt und Mitmenschen zu haben sind. Denn Tannhäuser ist ja nicht, wie am Ende des ersten Aufzugs klar wird, im Venusberg aufgewachsen, sondern kommt aus einer zivilisierten Welt, einer nach Wagners Auffassung natürlich zivilisatorisch verbogenen und degenerierten Gesellschaft, an deren Werte er sich allerdings auch im Venusberg noch erinnert, weil sie offensichtlich nicht löschbarer Teil seiner Persönlichkeit sind. Deshalb verspürt er das Defizitäre und Unbefriedigende einer bloß vitalistischen Existenz, die der erotisch-sexuelle Naturzustand des Venusberg ihm ausschließlich bietet. Schon sein erster Satz: »Zu viel! Zu viel! O, daß ich nun erwachte!« klärt seine Selbsteinschätzung schlagartig, und im Gespräch mit Venus wird deutlich: Tannhäuser vermißt die Außenwelt – »der Glokken froh Geläute« –, er leidet unter Zeit- und Realitätsverlusten – »Die Zeit, die hier ich weil',/ich kann sie nicht ermessen« –, er durchschaut die Künstlichkeit seines Zustandes und entbehrt der Natur – es fehlen ihm Sonne, Himmel, Pflanzen und Tiere, die Jahreszeiten. Und er vermißt seine Freiheit, denn die von Venus permanent eingeforderte Liebeslust, die nur die Göttin selbst durchzuhalten vermag, wird für Tannhäuser – Dialektik des Unerwarteten – schließlich nur noch zu einer repressiven Übung. Dies wohl auch deshalb, weil eine solche Liebesanforderung, die Konzentration der gesamten Existenz ausschließlich auf sexuellen Austausch, alles normale menschliche Maß übersteigt und die physischen wie psychischen Möglichkeiten und Kräfte von Nichtgöttern überfordert. Tannhäusers Wunsch, den Venusberg zu verlassen, ist deshalb auch der Wunsch nach Entlastung von einem unerfüllbaren Erwartungsdruck, der Wunsch nach Triebsublimierung, die ja Bedingung für eine zivilisierte Welt ist, nach Ausbruch aus der sozialen Isolation und Rückkehr in eine menschliche Gemeinschaft. Die von Wagner gleichsam ins Extrem getriebene Existenz des Stirner'schen Egoisten schlägt also dort, wo sie nicht nur situativ, sondern dauerhaft gelebt werden soll, ins Gegenteil um, und so zeigt sich, daß eine bloß egoistisch-sinnliche Lebenspraxis keineswegs zu umfassender individueller Autonomie führt, sondern ins genaue Gegenteil einer desaströsen Destruktion des Humanen umschlägt.

Wagner mildert die aus dieser Dialektik eigentlich entspringenden, deprimierenden Konsequenzen allerdings ab. »Was aber war dennoch im Grunde dieses Verlangen anderes« – so schreibt er fast entschuldigend mit Blick auf Tannhäuser – »als die Sehnsucht der Liebe, und zwar der wirklichen, aus dem Boden der vollsten Sinnlichkeit entkeimten Liebe – nur einer Liebe, die sich auf dem ekelhaften Boden der modernen Sinnlichkeit nicht befriedigen konnte?«[31]. Das läßt sich als Versuch verstehen, Liebe als Gegenentwurf zur repressiven Realität doch noch zu retten, ein Versuch, der insoweit gerechtfertigt ist, als das Scheitern von Tannhäuser in der Tat nicht einfach zu einem Status qo ante zurückführt. Denn Tannhäuser kann nicht vergessen, was er erlebt hat, er kann nicht verdrängen, daß er vom ›Baum der Erkenntnis‹ gegessen hat, kann nicht einfach wieder zu dem werden, der er vor seinem Aufenthalt im Venusberg einmal war. Selbst in den überfordernden Erfahrungen eines auf Lust gegründeten Lebens, eines Lebens von uneingeschränkter Sinnlichkeit und völliger Liebeshingabe, bleiben Momente einer Utopie der Freiheit aufgehoben, gleichsam als ein utopischer Stachel im Fleisch der wiederkehrenden Realität, und die Erinnerung daran wird im ›Sängerkrieg‹ urplötzlich beschworen und später als schmerzlicher Verlust empfunden. Das damit verbundene – und im ›Sängerkrieg‹ preisgegebene – Wissen einer die gesellschaftlichen Verhältnisse überstei-

---

31 Richard Wagner, Eine Mittheilung an meine Freunde, in: GSD, Bd. 4, S. 279.

genden Existenz ist der eigentliche und zentrale Grund dafür, daß die Hofgesellschaft des Landgrafen Tannhäuser seine ›Sünde‹ nicht verzeihen will und kann. Denn
er hat ihre Existenz herausgefordert und sie damit zum Objekt seiner Kritik gemacht. Diesen fundamentalen Verstoß zu ahnden, gibt am Ende das entscheidende
Motiv ab, ihn zu verfluchen, ihn auszustoßen und nach Rom zu schicken[32]. Tannhäusers Lob der Venus, vor Minnesängern und Gästen gesungen, diese Lied-Provo-
kation gegenüber der versammelten Anständigkeit, erscheint da eher als ein äußerer
Anstoß für ein sehr viel tiefer begründetes Exilierungsverlangen der Wartburg-Gesellschaft, von der mancher wohl selbst gerne erlebt hätte, was Tannhäuser erlebt hat.
Doch da ein solcher Wunsch strikt unterdrückt werden muß, weil seine praktische
Einlösung die bestehende Gesellschaft bedrohen, am Ende gar auflösen würde, bleibt
nur die Kompensation für ein unerfüllbares Verlangen durch den definitiven Aus-
schluß des zuvor Privilegierten. Mit dem Schuldspruch durch den Landgrafen: »Ein
furchtbares Verbrechen ward begangen«[33] und dem daraus folgenden Befehl an Tannhäuser, nach Rom zu wallfahren, um vom Papst Vergebung zu erlangen, wird die
ganze Schwere der Bedrohung der Gesellschaft deutlich, wird sie aber auch abge-
wehrt und die gesellschaftliche Stabilität wiederhergestellt.

IV

Was Ludwig Feuerbach in seinem *Wesen des Christentums* (1841) als ›Entzweiung‹
beschrieben hat: die Religion als jene Form menschlicher Selbstreflexion, in der
sich die Erfahrung menschlichen Leids in die Hoffnung auf eine bessere Welt transzendiert; was Karl Marx als ›Entfremdung‹ bezeichnete: die Einsicht des Menschen,
daß er sich zu seiner Umwelt, seiner Arbeit und zu anderen Menschen nicht ungebrochen und gleichsam ›natürlich‹ in eine direkte Beziehung zu setzen vermag –
dies alles hat Wagner seiner Figur des Tannhäuser als Zweifel und Unentschiedenheit, als blinde Entscheidungswut und reuige Selbstbeschuldigung, als auftrumpfen-
de Selbstgewißheit und tiefste Unsicherheit, als Lebensüberschwang und Todes-
sehnsucht eingeschrieben. Tannhäuser verkörpert die Ambivalenzen menschlicher
Erfahrungen: er ist ein Zerrissener, ein sensibler und völlig unausgeglichener Künstler,
ständig auf der Suche nach dem ›ganz Anderen‹, der sich immer dorthin sehnt, wo
er gerade nicht ist – aus der Wartburg-Gesellschaft in den Venusberg, von hier wieder zurück auf die Wartburg, dann nach Rom und wiederum zurück nach Thüringen; aber auch von einem Gefühl ins opponierende Andere, »aus Freuden ... nach
Schmerzen« und von diesen nach Erlösung. »Vom Sehnen, das kein Büßen noch
gekühlt« spricht er in der ›Rom-Erzählung‹, und dieses fast schon masochistische

---

32 Eine völlig andere Interpretation, die von der Wortgeschichte des ›Venusberg‹ ausgeht und im
     Aufenthalt Tannhäusers im Venusberg »den Bruch eines Zölibatsgelübdes« gegenüber Maria sieht,
     gibt Dieter Borchmeyer, Richard Wagner, S. 165 f.
33 Tannhäuser, Zweiter Aufzug, vierte Szene (Ende).

Verlangen, im gerade Erreichten das jeweils nächste Extrem herbeizuwünschen, charakterisiert seinen entscheidenden Wesenszug. Möglicherweise hat Wagner dieses Faktum des in sich gebrochenen und schwankenden Charakters gemeint, als er in einem Brief davon schrieb, Tannhäuser sei »ein Deutscher vom Kopf bis zur Zehe«[34], denn in Bezug auf das eigene Selbstverständnis, auf Geschichts- und Politikverständnis hat er den Deutschen immer wieder ihre Selbstzerrissenheit und den Hang zu Extremen vorgeworfen.

In Wagners Aufführungshinweisen zu diesem Werk von 1852 heißt es: »Die schwierigste Rolle ist unstreitig die des Tannhäuser selbst, und ich muß eingestehen, daß sie überhaupt eine der schwierigsten Aufgaben für die dramatische Darstellung sein dürfte. Als das mir wesentlichste von diesem Charakter bezeichne ich das stets unmittelbar tätige, bis zum stärksten Maße gesteigerte Erfülltsein von der Empfindung der gegenwärtigen Situation, und den lebhaftesten Kontrast, der durch den heftigen Wechsel der Situation sich in der Äußerung dieses Erfülltseins zu erkennen gibt. Tannhäuser ist nie und nirgends etwas nur ›ein wenig‹, sondern alles voll und ganz«[35]. Soll heißen, daß Tannhäuser ein Situationist ist, einer, dem das Zentrum verloren gegangen ist und der sich deshalb mit wechselnden Lagen jeweils vollständig identifiziert und darüber dann die Einheit des Ganzen, die Fähigkeit zur inneren Ausbalancierung verliert. Ein ›Entzweiter‹ und ›Entfremdeter‹, der den prinzipiell unauflösbaren Konflikt eines anarchisch geführten (Künstler-)Lebens mit den Konventionen und Traditionen der gegebenen Gesellschaft durch temporäre Überidentifikation mit der einen oder anderen Seite schmerzhaft durchlebt.

Aus dieser Aporie des Versuchs, die Authentizität des eigenen Ichs durch gezielte Regelverletzung der Gesellschaft zurückzugewinnen und daraus immer wieder als Verlierer hervorzugehen, rettet sich Tannhäuser in die Hoffnung auf Erlösung. Daß solche ›Erlösung‹ allerdings nicht in einem christlich-kirchlichen Sinne gemeint ist, hat Wagner beizeiten klargestellt: »Wie albern müssen mir nun die in moderner Lüderlichkeit geistreich gewordenen Kritiker vorkommen, die meinem *Tannhäuser* eine spezifisch christliche, impotent verhimmelnde Tendenz andichten wollen«, schreibt er 1851 drastisch und unmißverständlich[36], und noch sehr viel später, drei Jahre vor seinem Tod, da er sich dem Christentum, nicht aber den Kirchen längst wieder angenähert hat, hält er im Prinzip an dieser Aussage fest. Cosima notiert seine Bemerkung: »Ja, die Herren könnten es wohl beachten, wie ich den Geist des Christentums hier erfaßt habe, und zwar losgelöst von aller Konfession«[37]. Den »Geist des Christentums« – nicht das Christentum in seiner konkreten Ausprägung, schon gar nicht in der durch die Kirchen institutionalisierten Form.

›Erlösung‹, Schlüsselbegriff vieler Wagnerscher Musikdramen, läßt sich folglich auch in einem gesellschaftstheoretischen Sinne verstehen, der den ›Geist des Chri-

---

34 Richard Wagner, SB, Bd. II, S. 434 (Brief an Karl Gaillard vom 5. Juni 1845)
35 Richard Wagner, Über die Aufführung des Tannhäuser, in: GSD, Bd. 5, S. 152.
36 Richard Wagner, Eine Mittheilung an meine Freunde, in: GSD, Bd. 4, S. 279.
37 Cosima Wagner, TB, Bd. II, S. 486 (30. Januar 1880).

stentums‹ nicht ausschließt, sondern ihn im sozialrevolutionären Sinne einer auf den ganzen Menschen gerichteten, praktizierten Nächstenliebe für sich in Anspruch nimmt[38]. Vor dem Hintergrund der sich herausbildenden, politisch-ästhetischen Überzeugungen Wagners meint ›Erlösung‹ die Hoffnung darauf, die erlebte subjektive Zerrissenheit in einer neuen, eben diesen ganzen Menschen umfassenden Identität überwinden zu können und bezeichnet damit einen innersubjektiven Bewußtseinsprozeß, der dem Begriff der ›Revolution‹ als einem radikalen gesellschaftlichen und politischen Strukturbruch korrespondiert. Denn die Rede von ›Erlösung‹ zielt auf eine ähnlich radikale Veränderung des individuellen Bewußtseins mit seinen eigenen psychischen Restriktionen, auf die Herstellung einer neuen, alle Einzelmomente der Person umfassenden Identität, wie sie – nach Wagners Vorstellungen – auch für eine neue solidarische Gemeinschaft einer postrevolutionären Gesellschaft gelten soll, die ihrerseits ›erlöst‹ ist von den zivilisatorischen Verbiegungen und Defiziten, und die nicht länger mehr darstellt, was Wagner seiner eigenen Gegenwart zuschreibt: die »abgestumpfte, entstellte, bis zur Ausdruckslosigkeit geschwächte Physiognomie der Geschichte«[39]. Die neue Gesellschaft der Zukunft soll alles überwinden, was bisher zu gesellschaftlichen Konflikten geführt hat, soll Arbeitsteilung und funktionale Ausdifferenzierung soweit zurücknehmen, daß gesellschaftliches wie individuelles Leben wieder zur Deckung kommen, so daß die gemeinschaftliche wie die individuelle Existenz nicht mehr rollenspezifisch auseinanderfallen.

Beides, die individualpsychologische wie die gesellschaftstheoretische Bedeutung von ›Erlösung‹ stehen in Parallele zu Wagners politisch-ästhetischen Auffassungen in jener Zeit. Wenn Wagner in seinen Schriften der späten vierziger und frühen fünfziger Jahre immer wieder darauf hinweist, die Aufgabe seines Musikdramas liege in der integrativen Leistung des Zusammenführens aller künstlerischen Einzelgattungen, einer Leistung, die allerdings erst dann gelingen könne, wenn eine erfolgreiche Revolution die entsprechenden Rahmenbedingungen hergestellt habe, so illustriert er im *Tannhäuser* diese Grundüberzeugung lange vor dem Niederschreiben seiner theoretischen Konfession in den ›Zürcher Kunstschriften‹. Es ist das Thema seines Lebens, das hier angesprochen ist: die Wiedergewinnung des ›Reinmenschlichen‹ auf allen gesellschaftlichen wie zwischenmenschlichen Ebenen als einer gelungenen ›Erlösung‹ des Menschen wie der Gesellschaft, in einem umfassenden psychischen wie physischen Sinne.

Im *Tannhäuser* nun wird klar, daß dort, wo die herrschenden gesellschaftlichen und politischen Verhältnisse nicht radikal geändert werden können, ›Erlösung‹ in diesem Sinne auch nicht stattfinden kann. »Das Wesen der Gesellschaft ist aber die Gewohnheit«, schreibt Wagner später in *Oper und Drama*[40], und dies charakterisiert sowohl den landgräflichen Hof in Thüringen mit seinen eingefahrenen Vorschriften

---

38 Zu den gesellschaftstheoretischen Implikationen des Begriffs der ›Erlösung‹ vgl. auch Der Fliegende Holländer, S. 79 ff.
39 Richard Wagner, Oper und Drama, in: GSD, Bd. 4, S. 66.
40 Ebenda, S. 54.

und Verhaltensweisen als auch die Traditionen des Minnesangs mit festliegenden Regeln und Gebräuchen. Beides sind Chiffren für die von Wagner kritisierten und verachteten Zustände der eigenen Zeit. So wie er selbst gegen diese Zustände ankämpft und an ihnen, zumindest mit seinen künstlerischen Visionen, immer wieder scheitert, so geht auch Tannhäuser gegen diese ihm wohlvertraute Welt der eingeregelten Ordnungen und eines stagnierenden Zusammenlebens an, ohne dabei erfolgreich zu sein. So wie sich das projektierte ›Kunstwerk der Zukunft‹ nach Wagners Meinung nicht gegen den Status quo ohne revolutionären Bruch durchzusetzen vermag, weil es fundamental gegen die Interessen des bestehenden Kunst- und Kulturbetriebs steht, so vermag auch Tannhäuser mit seinen neuen, im Venusberg gewonnenen Ansichten zu Leben und Kunst nicht gegen die höfische Gesellschaft zu bestehen. Denn diese verweigert ihm, was er aufgrund seiner Erfahrungen existentiell braucht: Sinnlichkeit und Spontaneität – gewiß in sublimierter Form, aber doch jederzeit lebbar. Die versammelten Sänger und Gäste auf der Wartburg verharren indessen in ihrer Tradition, bestehen auf dem, was sie kennen. Der Jubel um Wolframs Lied macht dies deutlich: er ist Zustimmung zu einer Kunst, die nur das längst Bekannte und Vertraute ein weiteres Mal zelebriert und darin Beschwörung von Tradition und fortgeschleppten Sozialregeln praktiziert. Es ist ein Wohlfühlen in dem, was sich vorfindet, Befriedigung durch die Wiederholung des Immergleichen.

Im Sängerkrieg wird noch einmal komprimiert verhandelt, was das Stück insgesamt thematisch ausmacht. Aber es wird verhandelt in den tradierten Regeln einer höfischen Gesellschaft, und dies heißt, daß der Sängerwettstreit in seinem vorgegebenen Ablauf der Überlieferung eines quasi institutionell festgelegten Verfahrens folgt, durch welches die variierende Ausgestaltung des Themas seitens der Teilnehmer von vornherein eingeengt sind. Denn die Regeln dieses Wettstreits haben ausschließenden Charakter für den, der sich daran nicht zu halten gedenkt. So steht denn zwar Altes gegen Neues, aber da die Regeln des Wettstreits festlegen, daß am Hofe des Landgrafen unter Liebe ›Minne‹ zu verstehen ist, erzwingen sie den Sieg des Alten. Die Lieder, die Wolfram von Eschenbach und Walter von der Vogelweide vortragen, entsprechen deshalb auch dem, was die Gesellschaft schon immer kannte und nun erneut erwartet, die Einwürfe Tannhäusers, der seine eigenen Erfahrungen zunächst nur ergänzend einbringen will, werden konsequenterweise brüsk zurückgewiesen. Aus der antithetischen Situation ergibt sich zunehmend eine antagonistische, die einhergeht mit massiver Aggressionssteigerung, bis hin zur tödlichen Bedrohung Tannhäusers durch Biterolf. Die Grundkonstellation im Sängerwettstreit ist eindeutig: die anarchische Subjektivität Tannhäusers steht gegen die Konventionen einer Gesellschaft, die sich nicht ändern will, und sie ist deshalb den fest etablierten Regeln weltlicher wie geistlicher Macht von vornherein unterlegen. Im Sängerwettstreit wird dies mit jedem Lied und der darauf prompt erfolgenden Reaktion Tannhäusers deutlicher, und so schwindet denn auch die Hoffnung auf ›Erlösung‹ des Protagonisten im Sinne seines Über- und Weiterlebens in einer Gesellschaft, die ihm auch in seinem Anderssein Reste von Individualität und Freiheit belassen würde.

V

In dem Maße, wie sich das verstehende und interpretierende Interesse auf Tannhäuser konzentriert, treten die übrigen Figuren des Dramas weit zurück. Sie sind im Kampf eines anarchischen, seine Freiheit liebenden Künstlers gegen den Rest der Welt zwar die notwendigen Mit- und Gegenkämpfer, aber sie bleiben in der individuellen Zeichnung ihrer Charaktere eher blaß und gewinnen keine eigene Persönlichkeit, die dem des Protagonisten vergleichbar wäre. Sie sind eher notwendige Folien, gegen die sich der Charakter von Tannhäuser scharf abzeichnen kann. Für Venus und Elisabeth läßt sich vielleicht sogar die These formulieren, daß sie beide lediglich die in ihre Person hinein verlängerten und ergänzenden weiblichen Außenprojektionen der inneren männlichen Befindlichkeit von Tannhäuser sind: Venus erscheint weniger als eine eigenständige Figur denn als die weibliche Reflexion des anarchischen Teils von Tannhäuser, Elisabeth eher als dessen bürgerlich-konventionelles Charaktermoment. Da Wagner in seinen Schriften immer wieder betont hat, wie sehr das *Weibliche im Menschlichen* – so der Titel seines letzten, unvollendeten Essays – entwickelt werden muß, um die Qualitäten des ›Reinmenschlichen‹ zum Vorschein bringen zu können[41], ließe sich sogar behaupten, daß Tannhäusers Rebellion eigentlich erst dann Aussicht auf Erfolg hätte, wenn er die von beiden Frauengestalten repräsentierten Eigenschaften in sich selbst, in seinem eigenen Charakter und Verhalten zum Ausgleich brächte – was ihm bekanntlich nicht gelingt. Andererseits lassen sich die Einwürfe Tannhäusers zu den Liedern von Wolfram und Walter durchaus als Appell und Bitte an Elisabeth verstehen, sie möge seine mit Venus gemachten Erfahrungen der sinnlichen Liebe nicht völlig ablehnen, möge ihn so akzeptieren, wie er zu ihr zurückgekehrt ist – und dies wäre dann als Versuch zu werten, beide Welten, die der Venus wie die der Elisabeth, zu vereinen. Es sind zwei Seiten seines Charakters, die hier zusammenstreben, und die bei seinem Auftritt im Sängerstreit sich deutlich zu erkennen geben. Da er Venus versprochen hat, »gegen alle Welt fortan ihr mutiger Streiter zu sein«, sucht er nun in der Auseinandersetzung mit den übrigen Minnesängern seine Erfahrungen mit Venus in seine Liebe zu Elisabeth hinüber zu retten: sein »Gefühl kämpft nur für seine Liebe zu Elisabeth, als er endlich hell und laut sich als Ritter der Venus bekennt. Hier steht er auf der höchsten Höhe seines lebensfreudigen Triebes, und nichts vermag ihn in der Erhabenheit seiner Entzückung, mit der er einsam einer ganzen Welt trotzig entgegensteht, zu erschüttern« – so Wagners eigener Kommentar zu diesem Konflikt[42].

Doch die anderen verstehen ihn nicht, begreifen nicht das Wesen und die Dimension seines Konfliktes, den er mit sich und mit seiner Umwelt auszutragen hat. Tannhäuser steht zwei feindlichen Groß-Institutionen gegenüber, die seinem Ver-

---

41 Vgl. dazu Dieter Borchmeyer, Über das Weibliche im Menschlichen in Richard Wagners Musik-
    dramen, in: Susanne Vill (Hg), Das Weib der Zukunft. Frauengestalten und Frauenstimmen bei
    Richard Wagner, Stuttgart/Weimar 2000, S. 34 ff.
42 Richard Wagner, Über die Aufführung des Tannhäuser, S. 153 f.

such, die unmittelbare und spontane Sinnlichkeit der Venus mit der sublimierten Auffassung von Liebe bei Elisabeth zu einer einzigen großen, in sich differenzierten Liebes-Emotion zusammenzubinden, ohne alles Verständnis gegenüber stehen und die ihm deshalb dazu keine Chance geben: dem Hof des Landgrafen, Chiffre für die institutionell befestigte Staatsmacht und ihren repressiven Durchgriffen in die Gesellschaft hinein einerseits, der Kirche, der ältesten Institution Europas, andererseits. Beide sind seine erbitterten Gegner, beide verhalten sich gleich, denn beide sind sie in ihren Strukturen gleich verfaßt. Beide beruhen auf strikter Hierarchisierung, auf Durchregelung der internen wie externen Kommunikation, auf uneingeschränktem Akzeptanzverlangen und einem hohen Sanktionspotential gegenüber jeglicher Unbotmäßigkeit. Beide Institutionen sind durch eine lange Tradition tief verankert im Bewußtsein derer, die sie organisieren, und beide berufen sich auf dieselbe Legitimitätsquelle: auf Gott, der sein ›weltliches Schwert‹ dem Landgrafen, sein ›geistliches Schwert‹ der Kirche verliehen hat. So suchen beide Institutionen zu unterschiedlichen Zwecken, aber nicht aus unterschiedenen Gründen, dasselbe zu bewahren: die Einhaltung der überlieferten Ordnung, die unbefragt gelten soll.

Tannhäusers Versuche, diese beiden Groß-Institutionen in seinem Sinne zu verändern, enden tödlich. So wenig die Erfahrung des Venusbergs in der Wartburg-Gesellschaft Resonanz findet oder auch nur zum Nachdenken führt – Elisabeth ist hier eine Ausnahme –, so wenig wird die Pilgerfahrt nach Rom vom Papst als Grund für Vergebung akzeptiert. Alle Hoffnungen Tannhäusers, entweder durch Regelverletzung – so im Falle des Hofes – oder durch scheinbare Anerkennung der Regel – so im Falle seiner Romfahrt – seine persönliche Würde zu retten und mit seiner Biographie akzeptiert zu werden, mißlingen. Wagner hat hier unbewußt, aber doch zutreffend die Einsicht der modernen Institutionentheorie theatralisiert, wonach Institutionen die Menschen, die einerseits zu schwach sind, jene zu zerstören, sich aber andererseits den institutionellen Regeln nicht fügen wollen, auf Dauer ›konsumieren‹, anders formuliert: sie am institutionellen Anpassungszwang zerbrechen lassen[43]. Die dieser Einsicht zugrunde liegende These, daß in der Auseinandersetzung zwischen Institutionen und Personen in aller Regel die Institutionen dauerhaft überlegen sind – eine Einsicht, die selbst für erfolgreiche Revolutionen gilt, weil sich nach einiger Zeit die alten Institutionen auch gegen den Willen der Revolutionäre zumeist wiederherstellen und die Revolution dann ›ihre Kinder frißt‹ –, wird mit Tannhäusers Schicksal und Ende beklemmend in Szene gesetzt. Sowohl der Hof als auch die Kirche sind für seinen Tod unmittelbar verantwortlich: der Hof, weil er nach Tannhäusers Lob der Venus die büßende und persönlichkeitsvernichtende Pilgerfahrt nach Rom erpreßt, die Kirche, weil der Papst alle selbst auferlegten Bußverschärfungen und Kasteiungen, von denen Tannhäuser in seiner ›Rom-Erzählung‹ Wolfram berichtet, nicht gelten läßt und einzig dessen Erlebnisse und Erfahrungen im Venusberg zum Kriterium der längst feststehenden Verdammung

---

43 Arnold Gehlen, Urmensch und Spätkultur. Philosophische Ergebnisse und Aussagen, Bonn 1956, bes. Teil I/9–14, S. 42 ff.

macht. Das alles ist zugleich auch Beleg dafür, daß Institutionen von dieser Größe und Macht glauben, stark genug zu sein, um ›Lernen‹ verweigern zu können – was allerdings oft genug der Anfang vom Ende ihrer Existenz ist. Denn Institutionen, die sich als lernunfähig und damit anpassungsunfähig an veränderte Umweltbedingungen erweisen, gehen das Risiko ihres eigenen Untergangs ein. Bei Wagner indessen sind der landgräfliche Hof, die politisch-gesellschaftliche Macht also, und die Kirche, geistig-ideologische Macht, in ihrer Existenz noch nicht gefährdet. Der erzwungenen Romfahrt Tannhäusers durch den Hof wie deren Wirkungslosigkeit durch die Ignoranz des Papstes machen deutlich, daß beide Mächte sich im Vollbesitz ihrer Kraft fühlen und keine Notwendigkeit verspüren, irgend ein Zugeständnis zu machen. »Der Gnade Wunder Heil«, das Erblühen des »dürren Stabes in Priesters Hand« kommen zu spät; Tannhäuser ist zuvor gestorben, und so ändert dies nichts mehr an jener Logik des Geschehens, das die Folge des Verhaltens der beiden Institutionen Hof und Kirche ist. Und ebenso folgenlos bleibt die Geste einer nun scheinbar vergebenden Kirche, die jetzt als ein bloßer Akt der nachträglichen Vereinnahmung verstanden werden muß. Erst dem toten Tannhäuser, der kein Partner mehr sein kann, wird Absolution erteilt. Wenn der Chor der Pilger, stellvertretend für Rom und den Papst, an der Leiche Tannhäusers singt: »Dem Sünder in der Hölle Brand/soll so Erlösung neu erblühn«, so meint das eine ›Erlösung‹, die sich faktisch als psychische wie physische Vernichtung des Menschen Tannhäuser erwiesen hat – eine weitere negative Variante jenes Erlösungsbegriffs, der oben skizziert worden ist. In kaum einem anderen Werk ist Wagners scharfe Ablehnung der Institution Kirche drastischer theatralisiert worden als hier – eine Ablehnung, an der er ein Leben lang festgehalten hat.

VI

Wie fast alle Musikdramen Wagners endet auch der *Tannhäuser* mit einem pessimistischen Schluß. Am Ende bleibt nichts als Erinnerung an große Hoffnungen und bittere Enttäuschungen, an kurze Freuden und langes Leid. Die erste Fassung der Uraufführung vom 19. Oktober 1845 hatte die Ausgestoßenheit Tannhäusers, seinen einsamen Tod ganz in den Mittelpunkt gerückt – Venus erschien nicht mehr auf der Bühne, der Tod Elisabeths war nur angedeutet, auch aus der Wartburg-Gesellschaft war niemand zu sehen[44]. Tannhäuser stand mit Wolfram allein, und nur der Zug der jüngeren Pilger durchquerte das Bild. »Keine der späteren Fassungen stellt das Ausgestoßensein Tannhäusers aus der Gesellschaft, seine tiefe Einsamkeit, die wie notwendig zum Tode führt, so eindrücklich dar wie die ursprüngliche«[45], und Tannhäusers »in grauenhafter Begeisterung« – so die Regieanweisung – herausgeschrieene Worte

---

44 Zu den verschiedenen Schlüssen des Tannhäuser vgl. Egon Voss, Der unvollendete Tannhäuser, S. 272 ff.
45 Ebenda.

an eine imaginäre Venus, zu der zurückzukehren er sich entschlossen hat: »Ach! Kaum erkennst den Buhlen du wohl wieder./Der Ärmste! Sieh, was sie aus ihm gemacht«[46] benennen, wen er für sein Leid verantwortlich macht – Hof und Kirche.

Den Schluß dieser Urfassung[47] hat Wagner 1847 geändert; nun erscheint Venus wieder auf der Bühne und der Venusberg wird so zur Gegenmetapher des landgräflichen Hofes. Und die ebenfalls wieder bühnenpräsente Wartburg-Gesellschaft macht »unmißverständlich ihren Frieden mit Tannhäuser, indem sie ihm erlaubt, in ihrer Gegenwart am Sarge Elisabeths zu sterben, deren Opfer sie anerkennt«[48]. Da der Gesang der jüngeren Pilger in dieser Version ausgelassen wurde, stand in diesem Schluß das Opfer von Elisabeth im Vordergrund, und erst einige Jahre später, 1851, hat Wagner den Gesang der jüngeren Pilger wieder hinzugefügt und so die Kirche wieder stärker ins Spiel gebracht. 1853 dann erscheint auch der ergrünende Stab als Symbol für die Kirche erneut auf der Bühne, wohingegen Elisabeths Sarg jetzt nicht mehr gezeigt wurde, ihr Opfer also zurückgenommen ist. Da auch der Auftritt der Wartburg-Gesellschaft als ein versöhnendes Zeichen entfällt, liegt der Akzent dieses Schlußbildes ganz auf der Kirche, die dem toten Tannhäuser ihre Absolution erteilt. Doch auch diesen Schluß hat Wagner nochmals geändert. Sowohl in der Wiener Fassung von 1860 wie in der Pariser Fassung von 1861 kehrt er zu der von 1851 gefundenen Lösung zurück und nimmt Elisabeth wieder ins Zentrum des Bildes, ergänzt nun durch den ergrünenden Stab des Priesters. Mit diesem Ende, bei dem Tannhäuser zum Opfer beider Institutionen wird und sowohl durch Elisabeth wie durch die kirchliche Gnade ›Erlösung‹ findet, war Wagner aber offensichtlich noch immer nicht zufrieden; vielleicht bezog sich auch darauf jener schon zitierte Satz, er sei der Welt noch den Tannhäuser schuldig.

Einer von vielen denkbaren Gründen für die immer erneuten Korrekturen – die an ähnliche Schwierigkeiten mit dem *Götterdämmerungs*-Schluß erinnern – mag in der nicht wirklich festgelegten Figur der Elisabeth liegen. Ihr eignet eine seltsame Ambivalenz, die für das Schicksal Tannhäusers allerdings entscheidend ist. Einerseits gehört sie ihrer ganzen Existenz nach dem Hof des Landgrafen an, lebt in den höfischen Gebräuchen und befolgt die geltenden Regeln. Nur die Tatsache, daß sie die Nichte des regierenden Fürsten ist, hebt sie protokollarisch aus der Hofgesellschaft heraus – ihrem ganzen Verhalten nach fügt sie sich eher unauffällig ein. Und doch ist sie andererseits die einzige, die aus diesem konventionellen höfischen Zirkel für einen Moment ausbricht: denn als Tannhäuser im Sängerwettstreit nach Wolframs Lied von seiner Sicht der Liebe singt, als er seine Erfahrungen mit Venus, ohne diese zu nennen, als »wahrstes Wesen der Liebe« beschreibt und damit zum ersten Mal gegen die Regeln des Minnegesangs und die Etikette des Hofs verstößt,

---

46 Attila Csampai/Dietmar Holland (Hg), Richard Wagner. Tannhäuser, S. 69.

47 Die rekonstruierte Urfassung wurde 1995 in Chemnitz erstmals seit 1845 wieder gespielt. Vgl. dazu auch die Beiträge in: Udo Bermbach/Ulrich Müller/Matthias Theodor Vogt (Hg), Individuum versus Institution. Zur Urfassung (1845) von Richard Wagners Tannhäuser, Leipzig 1996.

48 Egon Voss, Der unvollendete Tannhäuser, S. 273.

macht Elisabeth – so heißt es in der Regieanweisung – »eine Bewegung, ihren Beifall zu bezeigen«. Doch sie nimmt diese Regung der Zustimmung sofort zurück, als sie sieht, daß alle anderen »in ernstem Schweigen verharren«. Und ein weiteres Mal hält sie sich nicht an den stillschweigenden Konsens des Hofes, wenn nach Tannhäusers »in äußerster Verzückung« gesungenem Preis der Venus und des Venusbergs der Landgraf, die Sänger und Ritter »mit entblößtem Schwert« diesen direkt bedrohen. Da interveniert Elisabeth, wirft ihr Leben in die Waagschale und erbittet eine neue Chance – sicherlich in der Hoffnung, ein geläuterter Tannhäuser möge erneut an den Hof zurückkehren.

Elisabeth lebt gleichsam im Zwischenbereich von konservativem Traditionalismus und einfühlsamer Hinneigung zu neuen Erfahrungen, sie lebt in der Sicherheit des Gewohnten und verfügt doch zugleich auch über Sensibilität für das Ungewohnte, sehnt sich vielleicht sogar danach. Nicht zuletzt diese Aufgeschlossenheit macht sie für Tannhäuser attraktiv. »Vergangenheit und Zukunft ströhmt ihm (Tannhäuser) mit diesem Namen blitzschnell wie in einem Feuerstrom zusammen, ... zum leuchtenden Stern eines neuen Lebens«[49] – schreibt Wagner, und dies läßt sich nicht nur als Tannhäusers eigene Vergangenheit und Zukunft verstehen, sondern auch als die der Gesellschaft.

Und doch fehlt dieser Elisabeth die Kraft, die utopische Perspektive befreiter Individualität, wie sie Tannhäuser im Venusberg erfahren hat, gegen den Widerstand und das Beharrungsvermögen der Konventionalisten selbst erleben zu wollen. Sie weiß, daß Tannhäuser nicht provoziert um der bloßen Provokation willen, sondern weil er hofft, der bloßen Repression zu entkommen und einen eigenen Weg jenseits der Institutionen des Hofes und der Kirche zu finden. Und obwohl sie dies weiß und sich aus Liebe vor ihn stellt, fehlt ihr doch jenes letzte Vermögen, alles zu wagen, um den Durchbruch zu einer Liebe in Freiheit zu schaffen. Stark im Widerspruch zum Status quo, ist sie zu schwach, um aufs Ganze zu gehen und diese Unentschiedenheit resultiert bei ihr aus einer scheinbar unlösbaren Alternative: gegen Tannhäuser und für den Hof zu sein oder für Tannhäuser und gegen den Hof. Wie immer sie votiert, sie verliert eines von beiden, und da ihr beides lebenswichtig ist, da sie Tannhäuser am Hofe halten will und so das Neue im Alten integrieren möchte, was am Widerstand des Hofes aber scheitert, kann sie am Ende keine wirkliche Wahl treffen und sich nicht für eines von beiden entscheiden. Darin besteht ihr Konflikt, darin liegt auch der Sinn ihres Todes. Mit ihr stirbt aber auch alle Hoffnung auf eine zukünftige Veränderung von Staat, Gesellschaft und Kirche. Es entbehrt nicht einer sinnhaften Logik, daß Tannhäusers Tod dem ihren folgt, daß er an ihrem Sarg zusammenbricht. Denn mit ihr hat er die einzig potentielle Verbündete verloren, ohne sie ist er nun endgültig ins gesellschaftliche Abseits geraten.

Das wird auch deutlich daran, daß ausgerechnet Wolfram, der Hüter der Tradition, dem sterbenden Tannhäuser seine ›Erlösung‹ verkündet. So siegen am Ende die

---

49 Richard Wagner, Über die Aufführung des Tannhäuser, S. 153.

auf Tradition gegründeten gesellschaftlichen und politischen Institutionen und mit ihnen auch Wolfram – dieser allerdings nur auf Zeit, denn sein ›Lied an den Abendstern‹, an Venus also, hat zuvor offenbart, daß auch er von sinnlicher Liebe bereits infiziert ist und damit ein potentieller Nachfolger Tannhäusers. Die von allen in »höchster Ergriffenheit« – wie die letzte Regie-Anweisung lautet – beschworene und besungene ›Erlösung‹ des vermeintlichen Sünders ist auf dem Hintergrund der von Wagner geteilten Religionskritik Feuerbachs allerdings nicht – um es noch einmal zu wiederholen – als christliche Erlösung mißzuverstehen. Was sich am Schluß des Stückes ereignet, darf wohl eher als eine Form kollektiver Selbstsuggestion derer bezeichnet werden, die sich nach ihrem vorangegangenen Vernichtungswerk nunmehr ein gutes Gewissen zurechtlegen und sich einreden wollen, daß sie richtig und im christlichen Sinne gehandelt haben. Denn diese Art der ›Erlösung‹ verfehlt den, dem sie gelten soll: der Protagonist der Zukunft ist tot. Was bleibt, sind die Institutionen der Herrschaft, an denen sich Tannhäusers Individualanarchismus, seine Vision eines repressionsfreien Lebens und einer neuen, befreiten Kunst hilflos zugrunde gerichtet haben.

Lohengrin

Frageverbot und ästhetische Mission

I

Von allen Werken Wagners scheint sich – neben *Tristan* und *Parsifal* – der *Lohengrin* gegen eine Interpretation, die dieses Stück mit Bezug auf die politischen Konnotationen der Zeit seines Entstehens zu verstehen sucht, am stärksten zu sperren. Die für den ersten oberflächlichen Blick bloß romantische Geschichte eines geheimnisvollen Ritters, der aus fernen Landen unvermutet auftaucht, um eine unschuldige Jungfrau vor dem Tod durch bösartige Machtintrigen zu bewahren, der diese Jungfrau dann sofort heiratet, um sie unmittelbar nach der Hochzeit ihrer neugierigen Fragerei nach seiner Herkunft wegen wieder auf immer zu verlassen – das alles mutet so märchenhaft und phantastisch an, daß es nicht verwundert, wenn zunächst ein politik- und gesellschaftstheoretischer Zugang zu diesem Drama kaum möglich scheint. Denn diese Geschichte, wenn sie so schlicht gelesen wird, verweist den *Lohengrin* tatsächlich in die Tradition der Ritter- und Schauerballaden des 19. Jahrhunderts, wie sie C. M. von Weber, Heinrich Marschner oder auch manche Komponisten der Grand Opéra in ihren Opern auf die Bühne gebracht haben. Wäre *Lohengrin* in diesem Sinne lediglich eine ›romantische Oper in drei Aufzügen‹ – so die Bezeichnung von Wagner –, bedürfte es kaum eines tiefer gehenden Bemühens um ein kontextuelles Verständnis des Werkes. Die Geschichte ließe sich dann so verstehen, wie sie scheinbar gemeint ist: als eine Erzählung aus der mittelalterlichen Sagenwelt, ein romantisches Märchen, in dem sich die Sehnsucht nach Liebe zwischen zwei aus unterschiedlichen Welten stammenden Personen nicht erfüllt, weil das Menschliche mit dem Göttlichen nicht zusammengeht. Es wäre dann die Geschichte einer Flucht aus dem Alltag in ein Reich der Phantasie, wie es schon die Zeitgenossen unmittelbar nach der Uraufführung der Oper vielfach empfunden haben[1].

Doch eine solche, gleichsam naive, weil historisch voraussetzunglose Rezeption ist dem Werk eher unangemessen und widerspricht überdies Wagners Intentionen, der in dieser Oper, wie in all seinen Musikdramen, stets Konflikte in Szene setzte, die er als grundlegend für die menschliche Existenz empfand. Und dies heißt im-

---

1   Vgl. die ausführliche Auseinandersetzung mit Lohengrin durch Adolf Stahr, Professor der Altphilologie in Oldenburg, in: Helmut Kirchmeyer (Hg), Situationsgeschichte der Musikkritik und des musikalischen Pressewesens in Deutschland. Das zeitgenössische Wagnerbild, Dokumente 1851–1852, Bd. IV, Regensburg 1985, S. 146 ff. Wagners Antwortschreiben darauf in: Attila Czampai/Dietmar Holland (Hg), Richard Wagner, Lohengrin. Texte, Materialien, Kommentare, Reinbek bei Hamburg 1989, S. 155 ff.

mer auch: die ihm Ausdruck der eigenen gesellschaftlichen Verhältnisse waren, die
Folgen einengender sozialer Einbindungen von Menschen in vorgegebene Strukturen, die das Bestreben nach individueller Autonomie und Freiheit nahezu zwangsläufig immer wieder zunichte machen.

Wie alle Musikdramen, *Tristan und Isolde* ausgenommen, ist auch der *Lohengrin*
während der Dresdner Jahren konzipiert worden. Doch die Idee zu diesem Stück
war älter. Bereits während seiner Pariser Jahre, vermutlich im Winter 1841/42, war
Wagner im Zusammenhang mit seiner Lektüre zu Tannhäuser auf den Lohengrin-
Stoff gestoßen, hatte den Inhalt des von einem Anonymus überlieferten mittelalterlichen Epos im Bericht über den Sängerkrieg auf der Wartburg kennengelernt und
sich in ergänzenden Studien mit der Lohengrin-Sage beschäftigt[2]. Dann traten allerdings andere Interessen in den Vordergrund und erst im Juli 1845, während des
Sommerurlaubs und Kuraufenthaltes im böhmischen Marienbad, dem auch der
Entwurf zu den *Meistersingern* zu danken ist, wenige Monate nach Vollendung des
Tannhäuser also, wandte sich Wagner erneut diesem Stoff zu. Auch für dieses Wieder-
aufnehmen einer alten Idee gibt es eine ›Inspirationslegende‹, die sich in *Mein Leben*
findet. »Wieder war ich auf dem vulkanischen Boden dieses merkwürdigen und für
mich immer anregenden Böhmen« – schreibt Wagner Jahre später in seiner Autobiographie – , »ein wundervoller, fast nur zu heißer Sommer diente zur Nahrung
meiner inneren Heiterkeit. Ich hatte mir vorgenommen, mich der gemächlichsten
Lebensweise, wie sie andererseits für die sehr aufregende Kur unerläßlich ist, hinzu-
geben. Sorgsam hatte ich mir die Lektüre hierzu mitgenommen: die Gedichte Wolfram von Eschenbachs in den Bearbeitungen von Simrock und San Marte, damit im
Zusammenhang das anonyme Epos vom ›Lohengrin‹ mit der großen Einleitung
von Görres. Mit dem Buche unter dem Arm vergrub ich mich in die nahen Wal-
dungen, um am Bache gelagert mit Titurel und Parzival in dem fremdartigen und
doch so innig traulichen Gedichte Wolframs mich zu unterhalten. Bald regte aber
die Sehnsucht nach eigener Gestaltung des von mir Erschauten sich so stark, daß
ich, vor jeder aufregenden Arbeit während des Genusses des Marienbader Brunnens
gewarnt, Mühe hatte, meinen Drang zu bekämpfen. Heraus erwuchs mir eine bald
beängstigend sich steigernde Aufregung: der *Lohengrin*, dessen allererste Konzeption
schon in meine letzte Pariser Zeit fällt, stand plötzlich vollkommen gerüstet mit
größter Ausführlichkeit der dramatischen Gestaltung des ganzen Stoffes vor mir«[3].

Man muß diese hier von Wagner behauptete ›Situationserleuchtung‹, die wohl
weitgehend noch der romantischen Tradition und dem darin gepflegten Geniekult
geschuldet ist, nicht allzu wörtlich nehmen, zumal Wagner ursprünglich selbst be-

---

2   Zu den Quellen vgl. Volker Mertens, Richard Wagner und das Mittelalter, in: Ulrich Müller/Peter
    Wapnewski (Hg), Richard-Wagner-Handbuch, Stuttgart 1986, S. 26 ff; sowie Peter Wapnewski,
    Lohengrin, ebenda, S. 261 ff. Eine knappe Zusammenfassung der Entstehung bei Egon Voss, Lo-
    hengrin, Der melancholische Held, in: derselbe, ›Wagner und kein Ende‹, Zürich/Mainz 1996,
    S. 77 ff.
3   Richard Wagner, ML, S. 356 f.

kannt hatte, er habe dem Stoff in seiner »zwielichtig mythischen Gestalt« zunächst tief mißtraut und die Figur des Lohengrin nur »mit Widerwillen« gesehen, sich zugleich aber auch davon angezogen gefühlt[4]. Trotz solcher Gefühlsambivalenzen nahm das *Lohengrin*-Projekt in jenem Sommer konkrete Gestalt an. Ein Prosaentwurf entstand im August 1845, dessen inhaltliche Übereinstimmung mit den Quellen allerdings nahelegt anzunehmen, Wagner habe bereits im Jahre 1844 mit ausführlicheren Studien der einschlägigen Literatur und ersten Niederschriften begonnen[5]. Im November 1845 lag dann der Text vollständig vor und im Mai 1846 begann Wagner mit der Komposition, einem ersten Entwurf des gesamten Stückes, der sich auf die Singstimme und den Baß beschränkte[6]. Ein zweiter Entwurf, eine Orchesterskizze, beendete er im März 1847, und sie wurde dann zur Grundlage der Partitur, mit der er im Januar 1848 begann und die er am 28. April 1848, also kurz vor Ausbruch der revolutionären Unruhen in Dresden, abschloß. Die Uraufführung fand am 28. August 1850, nicht zufällig an Goethes Geburtstag, unter Leitung von Franz Liszt in Weimar statt, zu einem Zeitpunkt, als der Komponist bereits als steckbrieflich gesuchter Revoluzzer im Schweizer Exil lebte und Vorbereitung, Aufführung und Nachwirkung nur aus der Ferne und brieflich verfolgen konnte[7].

Musikdramatisch geht der *Lohengrin* über den *Tannhäuser* hinaus, so wie dieser seinerseits über den *Fliegenden Holländer* hinausgegangen war. Während zeitgenössische Kritiker vielfach glaubten, die Oper sei ein Rückfall in die Form des großen, spektakulären Historiendramas, bestand das eigentlich Neue dieses Werkes in der sinfonischen Anlage des Stückes und der – wie das Vorspiel sofort spüren läßt – auf differenzierte Klangfarben abzielenden, höchst subtilen Instrumentierung. »Völlig neuartig in der Geschichte der Oper (und nicht nur in dieser) ist Wagners Fähigkeit, eine bildhafte Vorstellung bis an den Rand akustischer Immaterialität zu treiben«[8]. Stärker als in allen vorangegangenen Kompositionen suchte Wagner die einzelnen ›Nummern‹ der Oper in der musikalischen Gesamtanlage aufgehen zu lassen und sie als Momente einer durchkomponierten, eben sinfonisch angelegten Oper im musikalischen Fluß bruchlos zu integrieren. Zugleich gibt es ein bedeutungsvolles Zusammenspiel unterschiedlicher Tonarten, deren Wechsel jeweils mit dem Gang des dramatischen Inhalts wie dessen Stimmungen in Beziehung steht, sowie ein »Gewebe« von »Verbindung und Verzweigung der thematischen Motive«[9], das vorausweist auf die später im *Ring* perfektionierte Verwendung von Leitmotiven zur Erhellung und Kommentierung des dramatischen Geschehens. Die Musik wird auf diese Weise noch deutlicher als in den vorausgegangenen Werken zum eigenständi-

4 Richard Wagner, Eine Mittheilung an meine Freunde, in: GSD, Bd. 4, S. 288.
5 Dazu Egon Voss, Lohengrin, Der melancholische Held, S. 78.
6 Zu den verschiedenen Stadien der Entwicklung WWV, S. 305 ff.
7 Vgl. dazu die Briefe an Franz Liszt in: Richard Wagner, SB, Bd. III, Leipzig 1975, bes. S. 353 ff.
8 Ulrich Schreiber, Die Kunst der Oper. Geschichte des Musiktheaters, Bd. II Das 19. Jahrhundert, Frankfurt/M. 1991, S. 492.
9 Richard Wagner, Eine Mittheilung an meine Freunde, in: GSD, Bd. 4, S. 322.

gen Ausdrucksträger der Entwicklung, und vor allem der ständig changierende Orchesterklang trägt entschieden zu dem Eindruck bei, das Orchester habe in diesem Stück erstmals eine eigenständige, fast solistische Funktion. Auch die Chöre, nach Wagners in diesen Jahren einsetzenden theoretischen Überlegungen eigentlich überflüssig, weil ihre Aufgabe vom Orchester übernommen werden soll, werden im *Lohengrin* als der letzten großen Chor-Oper stimmlich in einer Weise geführt, daß auch sie durch wechselnde Klangfarben der »Versinnlichung des szenischen Vorgangs«[10] dienen. Alles zielt darauf ab, dem Werk eine Struktur zu geben, die dem Zuhörer den Eindruck einer die innere Vielfalt überwölbenden Einheit vermittelt.

Wagner hat dieses Bemühen um Einheit bzw. um einen vom Publikum empfundenen Eindruck der Einheit so beschrieben: »Wie die Fügung meiner Szenen alles ihnen fremdartige, unnötige Detail ausschloß, und alles Interesse nur auf die vorwaltende Hauptstimmung leiteten, so fügte sich auch der ganze Bau meines Dramas zu einer bestimmten Einheit, deren leicht zu übersehende Glieder eben jene wenigeren, für die Stimmung jederzeit entscheidenden Szenen oder Situationen ausmachten: keine Stimmung durfte in einer dieser Szenen angeschlagen werden, die nicht in einem wichtigen Bezuge zu den Stimmungen der anderen Szenen stand, so die Entwicklung der Stimmungen auseinander, und die überall kenntliche Wahrnehmung dieser Entwicklung, eben die Einheit des Dramas in seinem Ausdruck herstellten.« Und er hat hinsichtlich der Musik angefügt, daß so, wie er im *Fliegenden Holländer* die Ballade der Senta zum »verdichteten Bild des ganzen Dramas« gemacht habe, er im *Lohengrin* »das Bild, in welches die thematischen Strahlen zusammenfielen, aus der Gestaltung der Szenen, aus ihrem organischen Wachsen aus sich selbst ... überall da erscheinen ließ, wo es für das Verständnis der Hauptsituationen nötig war«[11].

Zurück zu der eingangs gestellten Frage, ob *Lohengrin* sich seinem Inhalt nach einer gesellschafts- und politiktheoretischen Interpretation entzieht. Schon die Tatsache, daß Wagner den *Lohengrin*-Stoff in einer Zeit aufgreift, die voller revolutionärer Impulse, Tendenzen und Bewegungen ist – und an denen er selbst teilhat – , läßt jeden Gedanken daran, es handele sich hier um ein weltflüchtiges Werk, als wenig wahrscheinlich erscheinen, und es ist nicht recht zu sehen, worauf sich die These stützt, »daß sich die wilden Eruptionen politischer Energie, wie sie die Entstehungszeit folgenreich erschütterten, in diesem Werk nicht niedergeschlagen haben«[12]. Wagner war bekanntlich in jenen Jahren in seinem politischen Denken zunehmend von systemkritischen Positionen beeinflußt, er war – belehrt durch die Lektüre französischer Frühsozialisten in Paris, durch die Kenntnisnahme der religions- und

10 John Deathridge, Lohengrin, in: Pipers Enzyklopädie des Musiktheaters, hg. von Carl Dahlhaus und dem Forschungsinstitut für Musiktheater der Universität Bayreuth unter Leitung von Sieghart Döhring, München/Zürich 1997, Bd. 6, S. 571.

11 Richard Wagner, Eine Mittheilung an meine Freunde, in: GSD, Bd. 4, S. 322 ff. Vgl. dazu auch ausführlicher Carl Dahlhaus, Richard Wagners Musikdramen, Zürich/Schwäbisch Hall 1985, S. 48 ff.

12 So Peter Wapnewski in Ulrich Müller/Peter Wapnewski (Hg), Richard-Wagner-Handbuch, Stuttgart 1986, S. 264.

gesellschaftskritischen Philosophie Ludwig Feuerbachs und durch seine Begeisterung für radikal-demokratische Tendenzen im deutschen Vormärz – restlos davon
überzeugt, die gesellschaftlichen und politischen Verhältnisse müßten grundlegend
verändert werden. So liegt es denn nahe zu vermuten, daß er es für möglich hielt, in
der Lohengrin-Sage die eigenen gesellschaftstheoretischen Überzeugungen zu reflektieren, und es ist eher abwegig anzunehmen, die Geschichte von Lohengrin
habe mit Wagners Ideen nichts zu tun, sie schweife ab in romantische Jenseitigkeit
und erschöpfe sich im Wegsehen von den Problemen der Gegenwart. Schon die
inhaltliche wie auch zeitliche Nähe zum *Tannhäuser,* einem durch und durch politischen Werk, das den vergeblichen Kampf eines anarchischen Künstlers gegen die
Institutionen der etablierten Gesellschaft zu seinem zentralen Thema macht, läßt
vermuten, daß auch im *Lohengrin* der soziale Bezug zu Zeitfragen von konstitutiver
Bedeutung ist, daß Wagner auch hier reagiert auf jene gesellschaftlich-politischen
Probleme der Moderne, die in all seinen Werken themenbildende Funktionen für
den Charakter der Protagonisten wie den Handlungsverlauf haben.

Wagner selbst hat diesen Zusammenhang von Werk und Zeitverlauf hergestellt
und damit die Vermutung zur Gewißheit werden lassen. In seiner *Mittheilung an
meine Freunde* geht er nicht nur auf die Entstehung des Dramas und die Charaktere
der Protagonisten ausführlich ein, sondern stellt auch inmitten dieser Erörterungen
eine Parallele zwischen der Oper und seinem eigenen politisch-ästhetischen Ent-
wicklungsweg her. Trotz der ihn finanziell absichernden Position an der Dresdner
Hofoper berichtet er hier von einer zunehmenden Enttäuschung, die er als Künstler über die Theaterzustände in Dresden empfand, vom Ekel gegenüber den politischen Zuständen, vom Widerwillen gegen eine verlogene Welt. Selbstgefühl und
Lohengrin-Stoff werden dezidiert in Verbindung gebracht, wenn es heißt: »Im Tannhäuser hatte ich mich aus einer frivolen, mich anwidernden Sinnlichkeit – dem
einzigen Ausdrucke der Sinnlichkeit der modernen Gegenwart – herausgesehnt;
mein Drang ging nach dem Reinen, Keuschen, Jungfräulichen als dem Elemente
der Befriedigung für ein edleres, im Grunde aber dennoch sinnlichen Verlangen,
wie es eben die frivole Gegenwart nicht befriedigen konnte. ... Nicht der Wärme
des Lebens wollte ich entfliehen, sondern der morastigen, brodelnden Schwüle der
trivialen Sinnlichkeit eines bestimmten Lebens, des Lebens der modernen Gegenwart«[13]. Soll heißen, daß schon der *Tannhäuser* aus dem Motiv heraus entstanden war,
der schlechten Gegenwart – schlecht in einem alle Bereiche des Lebens umfassenden Sinne – ihren Spiegel vorhalten und zumindest die Andeutung einer eigenen
Vision als Lösung der Probleme vorspielen zu können. Und in dieses Betreben fügt
sich der *Lohengrin* nahtlos ein, denn er setzt fort, was im *Tannhäuser* Thema und
Beginn gewesen war.

Folgerichtig schreibt Wagner dann auch hinsichtlich des Zeitbezugs seines neu-
en Werkes: »In Wahrheit ist dieser Lohengrin eine durchaus neue Erscheinung für

---

13 Richard Wagner, Eine Mittheilung an meine Freunde, in: GSD, Bd. 4, S. 294 f.

das moderne Bewußtsein: denn sie konnte nur aus der Stimmung und Lebensanschauung eines künstlerischen Menschen hervorgehen, der zu keiner anderen Zeit als der jetzigen, und unter keinen anderen Beziehungen zur Kunst und zum Leben, als wie sie aus meinen individuellen, eigenthümlichen Verhältnissen entstanden, sich gerade bis auf diesen Punkt entwickelte, wo mir dieser Stoff als nöthigende Aufgabe für meine Gestalten erschien«[14]. Das ist zu lesen auf dem Hintergrund jener eben erst im Schweizer Exil vollendeten politischen Ästhetik, mit der Wagner die Konzeption eines gesellschaftstheoretisch fundierten Gesamtkunstwerks entwickelt, dessen Aufgabe es sein sollte, die Vision einer freien, demokratisch verfaßten Gesellschaft im Theater beispielhaft wirklich werden zu lassen. Ruft man sich in Erinnerung, daß damit nichts weniger als die vollständige Revolution der bestehenden Verhältnisse in allen Lebens- und Tätigkeitsbereichen gemeint war, daß es um nichts weniger als einen radikal neuen Lebensanfang gehen sollte, auch und wesentlich um eine Neubestimmung von Politik und Kunst, in der die Kunst an die Stelle der Politik treten sollte, dann muß *Lohengrin* als Werk gesehen werden, in dem solche Forderungen und Inhalte ihren Niederschlag finden. Wagners zentrale Intention einer tiefgreifenden gesellschaftsverändernden Perspektive wird in diesem Stück mit den Mitteln des Theaters aufgenommen.

                                        II

Im *Lohengrin* sind mehrere Zeit- und Handlungsebenen miteinander verbunden. Zunächst: das Stück spielt im 10. Jahrhundert, zur Zeit Heinrichs I., des ersten deutschen Königs und Gründers der sächsischen Kaiserdynastie. Damit inhaltlich wie zeitlich verbunden werden die Grals-Sage und das anonyme Lohengrin-Epos, das erst Ende des 13. Jahrhunderts entstanden ist. Schließlich verlegt Wagner die Handlung seiner Oper an den Niederrhein, in eine Gegend, die weder zu Heinrich I. noch zur Lohengrin-Sage einen besonderen Bezug hat. Und er tut ein übriges: er nimmt die vorgebliche Ermordung des Knaben Gottfried als Motiv für den Ausgangspunkt des dramatischen Geschehens. Das Herzogtum Niederlothringen, dessen zukünftiger Herrscher der vermeintlich tote Gottfried einmal sein sollte, gab es aber zur Zeit von Heinrich I. noch nicht. Es existierte erst ab 959, also in der zweiten Hälfte des 10. Jahrhunderts, während die gesamte Handlung zeitlich früher, in der ersten Hälfte dieses Jahrhunderts spielt. Wie immer ging Wagner also auch hier mit den Quellen seiner Dichtung außerordentlich frei und willkürlich um, fügte zusammen, was historisch keineswegs zusammengehörte und kombinierte unterschiedliche Zeiten, Stoffe und Personen zu einem neuen dramatischen Entwurf. So dicht gelang ihm dieser Entwurf, gelang ihm auch die Komposition, daß er im Unterschied zu allen bisherigen Werken glaubte, er brauche diesen *Lohengrin*

14 Ebenda, S. 298.

nicht mehr zu bearbeiten –weshalb er ihn vermutlich später auch nicht mehr bearbeitet hat.

Es stellt sich die Frage, welche Gründe Wagner hatte, um Ereignisse, die historisch in keinerlei Zusammenhang standen, dramatisch zusammenzuführen und zu verdichten und worin seine Motive lagen, völlig disparate Quellen miteinander so zu verbinden, daß daraus ein dramatisch geschlossenes Werk entstehen konnte; ob solche Gründe nur im Werk selbst und seiner innerdramaturgischen Logik zu suchen sind, oder ob sich auch Motive finden lassen, die mit den Kontextbedingungen des Entstehens und der Entstehungszeit zu tun haben.

Einen ersten entscheidenden Hinweis formulierte Wagner in den ausführlichen Erläuterungen zu seinem Werk, in *Eine Mittheilung an meine Freunde*. »Den Charakter und die Situation dieses Lohengrin« – heißt es da 1851 – erkenne er »jetzt mit klarster Überzeugung als den Typus des eigentlichen einzigen tragischen Stoffes, überhaupt der Tragik des Lebenselementes der modernen Gegenwart«[15], und er präzisiert diese für die Interpretation ebenso erstaunliche wie weitreichende Formulierung dadurch, daß er den Lohengrin in eine überraschende Parallele zur antiken Antigone setzt. Überraschend deshalb, weil er ausdrücklich erklärt, Lohengrin solle für die eigene Zeit – und das kann nur heißen: für die bürgerliche Gesellschaft und Politik in der Mitte des 19. Jahrhunderts – das sein, was Antigone »für das griechische Staatsleben« gewesen sei.

Um die theoretische wie historische Reichweite dieses Vergleiches und seine Interpretationskonsequenzen für die Figur des Protagonisten wie für das Stück insgesamt voll erfassen zu können, muß daran erinnert werden, welche zentrale Bedeutung die Figur der Antigone innerhalb des Ödipus-Mythos hatte und welche ihr Wagner für die Bildung seines eigenen Staats- und Politikverständnisses zuschreibt. In *Oper und Drama* hat er darüber ausführlich und in einer grundlegenden Weise gehandelt[16] und ausgeführt, daß er den Kern des Ödipus-Mythos als eine exemplarische Erzählung über die Entstehung des Staates verstehe. Teile dieser mythischen Erzählung waren ihm archetypisches Beispiel und Beweis dafür, daß der Staat und damit auch die Politik, wie er meinte, aus dem Bruch vertraglicher Vereinbarungen und zugleich aus dem Verfall der allgemeinen gesellschaftlichen Moral heraus entstanden sei, der Staat also von Geburt an einen kriminellen Ursprung habe.

Um diese Wagner-These zu verdeutlichen und zu zeigen, wie Wagner in diesem für sein Denken zentralen Punkt argumentierte, sollen die entsprechenden Passagen des Ödipus-Mythos kurz referiert werden. Es geht dabei um folgende Ereignisse: Kreon, der Bruder der Jokaste, die unwissentlich ihren eigenen Sohn Ödipus geliebt hatte, gewann nach der aus Scham über den Inzest vollzogenen Selbstblendung des Ödipus von dessen beiden Söhnen Polyneikes und Eteokles die Herrschaft über

---

15 Ebenda, S. 297.
16 Richard Wagner, Oper und Drama, in: GSD, Bd. 4, S. 56 ff. Vgl. zur Interpretation Udo Bermbach, Der Wahn des Gesamtkunstwerks. Richard Wagners politisch-ästhetische Utopie, Frankfurt/M. 1994, S. 120 ff. (›Gesellschafts- und Staatskritik‹).

Theben, nachdem beide sich gegenseitig umgebracht hatten und ihm als dem nächsten Verwandten die Nachfolge zufiel. Als Erben des Ödipus hatten Polyneikes und Eteokles ursprünglich vereinbart, die von ihrem Vater übernommene Herrschaft untereinander zu teilen und die Stadt Theben in jährlichem Wechsel zu regieren. Als aber Eteokles nach seinem Regierungsjahr wieder abtreten sollte, weigerte er sich, die vertragliche Absprache mit seinem Bruder einzuhalten. In den folgenden gewaltsamen Auseinandersetzung verloren beide im Zweikampf ihr Leben, und Kreon gewann unversehens die politische Macht. Er erwies sich sofort als ein rücksichtsloser und brutaler Herrscher, der als erstes die Bestattung der beiden brüderlichen Leichen verbot und zugleich erklärte, daß jeder, der dieses Verbot mißachten würde, lebendig begraben werden sollte. Antigone, die Tochter des Ödipus und Schwester der Toten, setzte sich allerdings über dieses Verbot hinweg. Sie mißachtete damit das von Kreon verfügte Gesetz, handelte als eine Freie und nahm das ihr angedrohte Schicksal in Kauf. Ihr Verhalten und Handeln hat Wagner als vorbildlich empfunden. Denn Antigone – so sah es Wagner – ließ sich nur von ihren eigenen moralischen Impulsen und Werten leiten und stellte sich damit gegen alles, was diesen moralischen Ansprüchen nicht genügen konnte. Indem sie ihr eigenes Gewissen über das von Kreon verfügte Verbot stellte, indem sie ihre individuelle Freiheit höher schätzte als die angedrohte Strafe eines schrecklichen Endes, bezwang sie den ›Staat‹ und dessen Gesetz und erwies sich als ein produktiver, anarchischer Charakter, der sich nicht einschüchtern ließ. Es ist dieser Charakterzug eines unbändigen Willens zur Freiheit, der sich in einem ausschließlich selbstverantworteten Akt des Handelns über alle institutionellen Schranken hinwegsetzt, den Wagner bewunderte, weil er seiner eigenen innersten Überzeugung entsprach. Wenn er in explizitem Bezug darauf seinen Lohengrin ausdrücklich als eine zeitgemäße Erscheinung dieser Antigone bezeichnete, so rückte er den Protagonisten wie sein Werk insgesamt in einen dezidiert politischen Kontext, überdies in einen anarchistischen, grenzte beides damit gegen alle romantisierenden und a-politischen Interpretationen ab und band beide damit nachdrücklich in den politischen Diskurs und die Freiheitsbestrebungen des deutschen Vormärz ein.

Die entschiedene Absicht zu dieser politischen Verbindung von *Lohengrin* und deutscher Freiheitsbewegung wie das Spiel mit den aktuellen Problemen der eigenen Zeit ergibt sich ganz unmißverständlich auch aus den historischen Ereignissen, die Wagner gewiß nicht zufällig zum historischen Hintergrund seiner Oper gewählt hat. Es geht um die Entstehung des ersten deutschen Reiches, das formell bis 1806 bestehen sollte. Wenn die Oper einsetzt, erscheint Heinrich I. als deutscher König. In der deutschen Geschichte war er als Herzog von Sachsen 919 erstmals durch Franken und Sachsen zum ersten deutschen König gewählt worden, und unter seiner Regierung wurde dann der Ostteil des fränkischen Reiches de facto zum Deutschen Reich. Mit ihm, einer starken Herrscherpersönlichkeit, begann die sächsische Dynastie die bis dahin zersplitterten deutschen Stämme zu vereinigen, ihm gelang es, seine Anerkennung als deutscher König auch durch die Bayern, Schwaben und Lothringer zu sichern und damit das regnum Teutonicum zu begründen. Den schweren Einfällen der Ungarn während der Jahre 919 bis 924, die das kaum gefestigte Reich bedrohten, begegnete er zunächst mit Tributzahlungen, um Zeit für die Anlage von Festungen und Burgen zu gewinnen, militärisch aufzurüsten und sich so strategisch auf eine langfristige Auseinandersetzung mit den ›Feinden aus dem Osten‹ einzustellen, die er schließlich 933 endgültig vom Territorium des Reiches vertreiben konnte. Dieser Sieg wurde allerdings erst möglich, nachdem der Reichstag zu Worms ihn 926 zum unumstrittenen Herrscher des Reiches erklärt und er so seine Macht nach innen gefestigt hatte. Mit diesem König also, der die deutschen Stämme zusammenführte und einigte, beginnt die Geschichte des Deutschen Reiches, er sicherte erstmals nach innen dessen Frieden, nach außen dessen Grenzen.

Daß Wagner die Geschichte seines *Lohengrin* in diese Zeit verlegt, in der das Deutsche Reich entsteht, spiegelt ohne Zweifel seine eigene Sehnsucht wie die seiner Zeitgenossen nach staatlicher Einigung der noch immer zersplitterten deutschen Länder wider. Es spiegelt auch die Hoffnung eines wirtschaftlich prosperierenden Bürgertums wider, endlich in einem politisch vereinten Deutschland leben zu können. Zugleich ist all das ein nachklingender Reflex jener vielfältigen Anstrengungen ganz unterschiedlicher politischer Strömungen im Vormärz, den eingefahrenen kleinstaatlichen Partikularismus zu überwinden, auch ein Reflex all jener Bestrebungen, nach den enttäuschenden Ergebnissen der Befreiungskriege gegen Frankreich, die den Deutschen die ersehnte Einheit nicht gebracht hatten, nun die restaurative Politik eines Fürsten Metternich mit allen Mitteln zu bekämpfen, seinen Einfluß auf die deutschen Staaten zurückzudrängen, wenn möglich auszuschalten.

Zunächst hatte es so ausgesehen, als könnten sich nach der Niederlage Napoleons die überall in den deutschen Ländern entstehenden konstitutionellen Bestrebungen mit ihrem Wunsch nach repräsentativ-parlamentarischen Regierungssystemen weitgehend durchsetzen. In Preußen und in den süddeutschen Ländern wie Bayern, Baden und Württemberg gab es starke Verfassungsbewegungen, die aus unterschiedlichen Motiven von Bürgertum, Adel und der Bürokratie anfangs unterstützt wurden. Aber die allgemein hoffnungsvolle Stimmung schlug bald um. Denn in allen deutschen Staaten mußten die verfassungspolitischen Modernisierer Niederlagen hinnehmen, und wenn ursprünglich gerade der Partikularismus »ein Motor der Konstitution«[17] gewesen war, weil die Einzelstaaten einer zentralistischen Gesamtregelung zuvorkommen wollten, so zog sich diese Form des Patriotismus nach 1819 auf sich selbst zurück, gegen den auf Einheit der Deutschen gehenden Anspruch eines liberalen Bürgertums, gegen das Einklagen demokratischer Freiheiten und Rechte seitens der studentischen Burschenschaften und sich allmählich herausbildender radikaler intellektueller Zirkel. Der Druck ›von unten‹ wuchs zwar, Bewegungen wie das ›Junge Deutschland‹, mit dessen Repräsentanten Heinrich

---

17 Vgl. zur politischen Situation im Vormärz zusammenfassend Thomas Nipperdey, Deutsche Geschichte 1800 bis 1866. Bürgerwelt und starker Staat, München 1983, S. 272 ff. Das Zitat auf S. 273.

Laube Wagner eng befreundet war und von dem er entscheidend beeinflußt worden
ist, politisierten sich, forderten liberale Verfassungen für die deutschen Länder, wandten
sich gegen Adel und Tradition, kritisierten scharf die rückständigen sozialen Verhältnisse, bestritten der Kirche ihren moralisch-religiösen Einfluß und votierten für die
Emanzipation der Frau. Aber solche Forderungen, die Wagner mit größter Sympathie aufnahm, verpufften im restaurativen Klima des vorrevolutionären Deutschland. Im Auf und Ab der Hoffnungen auf Reform spitzten sich die Gegensätze
allmählich zu, doch die Hoffnung auf ein modernes und demokratisches Verfas-
sungssystem für die deutschen Länder, vielleicht sogar auf ein geeintes Deutschland,
fand ihr Ende mit dem Scheitern der Revolution von 1849 und mit dem Zerschlagen der Paulskirchenversammlung in Frankfurt. Hier hatten die versammelten Ab-
geordneten in ihrer Mehrheit auf einen reformoffenen Monarchen gesetzt, hatten
dem preußischen König die deutsche Kaiserkrone angeboten; doch dieser schlug
die Krone aus, weil er nicht durch das Volk inthronisiert werden und jeden Anschein
demokratischer Legitimation seiner Herrschaft vermeiden wollte.

Es ist bezeichnend für die deutschen Verhältnisse um die Mitte des 19. Jahrhunderts, daß selbst große Teile der demokratischen Opposition davon überzeugt waren, nur ein deutscher Kaiser könne die so dringlich herbeigesehnten Verfassungsre-
formen zuwegebringen und mit ihr jene gesellschaftlichen Veränderungen, die man
für unerläßlich hielt, wie etwa die Abschaffung oder doch Relativierung der Adelsprivilegien. In der Figur des ersten deutschen Königs und Einigers des Reiches, in
Heinrich I., konnten solche verbreiteten politischen Hoffnungen ihre theatralische
Verkörperung finden, und Wagner hat die damit verbundenen Assoziationen auch
wirksam bedient. Wenn in der Oper der gleich zu Beginn auftretende König in
seiner Ansprache an seine Gefolgsleute davon spricht, er habe die äußere Bedrohung des Reiches durch die Ungarn für neun Jahre abgewandt, dem Reich dadurch
die Chance innerer Aufrüstung verschafft und es so zur Verteidigung gegen alle
weiteren Angriffe vorbereitet, wenn er diese Rede zugleich unter einer Gerichtsei-
che hält, sich also als oberster Richter des Reiches darstellt, so symbolisiert er in
Rede und Person jene zentralen Werte, welche die demokratischen Bestrebungen
des Vormärz zu realisieren suchten: Friede und Gerechtigkeit im Innern, nationale
Einheit und Stärke nach außen. Wagners erste Szene im *Lohengrin*: Heinrich I. in
Brabant, einem der Kernlande des deutschen Bewußtseins, inmitten seiner Lehens-
leute und seines Volkes, entschlossen, »des Reiches Ehr' zu wahren« – das ist für die
Zeit um 1845 kein chauvinistisches Bild – auch wenn es später dazu gemacht werden konnte[18] –, sondern Ausdruck der Hoffnung einer politischen Opposition, deren Ziele gegen die Restauration der vornapoleonischen Ordnung und auf die
Modernisierung der eigenen Gesellschaft gerichtet waren. So repräsentiert denn
auch Heinrich das positive Gegenbild zu jenem preußischen Monarchen, der die

---

18 Vgl. dazu die Hinweise von Dietmar Holland, Schwierigkeiten mit Wagners Lohengrin heute
    (1987), in: Attila Csampai/Dietmar Holland (Hg), Richard Wagner. Lohengrin, S. 284 ff.

Kaiserkrone ablehnte, ist er »das Korrektiv zu Friedrich Wilhelm IV. (von Preußen), der, statt die Einheit der Nation voranzutreiben, den liberalen Geist der Hegelianer zu unterdrücken suchte und, statt ›des Ostens Horden‹ zu bekämpfen, mit dem rigoros-reaktionären Zaren Nikolaus I. eine heilige Allianz einging«[19].

Aber Oper ist nicht das getreue Abbild historischer Ereignisse, nicht die detailgenaue Nacherzählung dessen, was sich in der Geschichte ereignet hat. So richtig einerseits die Assoziationen zwischen Wagners Heinrich I., seinem historischen Vorbild und dem zeitgenössischen Preußenkönig auch sind, sie finden ihre Grenzen im konzeptionellen Gesamtrahmen, den Wagner seinem Werk zugrundelegt. Und der erfordert, daß im weiteren Verlauf der Oper der König als ein aktiv Handelnder mehr und mehr zurücktritt, daß er in dem Maße verblaßt, wie Lohengrin ins Zentrum des Geschehens rückt. Ein Rollen- und Funktionstausch findet auf der Bühne statt, der sich freilich schon früh abzeichnet. Der König erscheint zwar eingangs als mächtig und die Szene beherrschend, zentriert alles Geschehen auf sich, muß aber bald, im Streit zwischen Elsa und Ortrud/Telramund sich auf ein eher formales Agieren beschränken. Lohengrins Erscheinen verweist ihn dann auf die Rolle eines nur noch dem Amte nach höchsten Richters, denn Lohengrins Auftreten wendet den im Gang befindlichen Rechtsstreit sofort zu Elsas Gunsten. So ordnet Heinrich zwar noch – und dies auf ausdrücklichen Wunsch von Lohengrin – den Zweikampf an, doch dessen Ausgang steht schon vor Beginn für jedermann fest, auch für den König. Mehr und mehr wird der Repräsentant des Reiches zum bloßen Exekutor dessen, was Lohengrin will, und wenn er schließlich diesen zum »Schützer von Brabant« ernennt, so verkündet er hier seine letzte Entscheidung bezeichnenderweise nicht mehr selbst, sondern überläßt die Mitteilung seinem Heerrufer. Auf der Bühne erscheint er nur noch inmitten seiner Mannen, verschwindet gleichsam in der Masse, und mit ihm verschwindet – so will es Wagners tiefe Überzeugung – die konventionelle, auf Macht und Militär gegründete Politik, deren Repräsentant er ist.

III

Ein entscheidender Wechsel vollzieht sich hier: Lohengrin tritt an die Stelle von Heinrich I., er wird zum geheimen ›Herrscher‹ des Reiches. Obgleich er als ›Schützer von Brabant‹ formal nur Lehensmann des Kaisers ist, wird er doch der Sache nach zum eigentlichen Führer aller auf der Bühne Versammelten. Es ist ein voraussetzungsvoller Wechsel, mit absehbar weitreichenden Folgen, die am Ende nur deshalb nicht eintreten, weil Lohengrin an den Vorbedingungen seiner Mission scheitert. Doch dieses Scheitern mindert nicht die Bedeutung, die dem Rollen- und Funktionstausch der beiden Figuren innewohnt.

---

19 Ebenda, S. 286.

Um diese Bedeutung nachvollziehen zu können, muß man sich an Wagners politische Traktate aus den Tagen der Dresdner Revolution erinnern, vor allem an jene Schriften, in denen er 1848 Republik und Monarchie miteinander in Beziehung setzt und dabei die Rolle der deutschen Fürsten und ihre Funktion für Deutschland diskutiert[20]. In diesen Schriften wird eine Monarchie eingefordert, deren gesellschaftliche Struktur im Kern demokratisch verfaßt sein soll: Wagner plädiert für ein allgemeines Wahlrecht, gebunden an Volljährigkeit, unabhängig von Besitz und Bildung des Bürgers, denn »je ärmer, je hilfsbedürftiger er ist, desto natürlicher ist sein Anspruch auf Beteiligung und Abfassung der Gesetze, die ihn fortan gegen Armut und Dürftigkeit schützen sollen«[21]. Abgeschafft werden soll auch die erste Kammer, die Vertretung des Adels und der Stände, denn »es gibt nur ein Volk, nicht ein erstes und zweites, somit kann und soll es daher auch nur ein Haus der Volksvertretung geben.« Und an die Stelle einer durch adlige Offiziere befehligten Berufsarmee soll ein Volksheer die Verteidigung des Landes übernehmen, »eine neue Schöpfung, die, nach und nach ins Leben tretend, Heer und Kommunalgarde untergehen lassen in der einen großen, zweckmäßig hergestellten, jeden Standesunterschied vernichtenden Volkswehr.«

Auf eine solchermaßen demokratisch verfaßte Gesellschaft soll sich dann eine Monarchie gründen, die ihrer Struktur und politischen Qualität nach eine demokratische Republik ist, mit einem Monarchen an der Spitze. Wagner befürwortet diese heute vielleicht befremdliche Konstruktion, weil er glaubt, daß Menschen sich nicht mit Institutionen, sondern nur mit Personen identifizieren und folglich Gesellschaften sich über die Identifikation mit einer Person sehr viel besser stabilisieren lassen als durch kalt und fremd empfundene Institutionen. Was allerdings voraussetzt, daß diese Person aus der Gesellschaft selbst hervorgegangen ist, als eine der Gemeinschaft zugehörende Person empfunden werden kann, im Verständnis von Wagner dann auch demokratisch legitimiert ist. Wagner will einen König, der sich als Teil des Volkes versteht, der Repräsentant einer demokratischen Gemeinschaft ist und daher auch auf die Wünsche des Volkes, dessen Vorstellungen und Bedürfnisse unmittelbar reagieren kann. König und Volk sollen, das ist Wagners Konzept, direkt miteinander verbunden werden, und das schließt den Adel als vermittelnden Zwischenstand aus. Entsprechend scharf ist die Forderung, der Adel möge sich vom Hof gänzlich zurückziehen, damit dieser »ein Hof des ganzen, glücklichen Volkes werde, wo jedes Glied dieses Volkes in freudiger Vertretung seinem Fürsten zulächle und ihm sage, daß er der Erste eines freien, gesegneten Volkes sei«. Also ist der König seiner Position und Gesinnung nach Republikaner, »der erste und allerechteste Republikaner«, wie Wagner meint, und dies ist Fakt und Norm zugleich. Daß Wagner damit ein politisches Konzept vertritt, welches in seiner Zeit alles andere als

20 Richard Wagner, Wie verhalten sich republikanische Bestrebungen dem Königthume gegenüber? Und: Deutschland und seine Fürsten, beide in: DS, Bd. V, S. 211 ff. und S. 222 ff. und GSD, Bd. 12, S. 218 ff.
21 Ebenda, S. 212; 219. Auch die folgenden Zitate finden sich hier auf S. 212 ff. und S. 219 ff.

abwegig ist, sich vielmehr einfügt in eine lange europäische Denktradition, sei nur am Rande vermerkt[22].

Nun sind Figuren der Oper, wenn sie denn lebendig sind, niemals die strikte Umsetzung von theoretischen Konzepten, und dies schon deshalb nicht, weil sie in ihrem Verhalten den dramaturgischen Regeln eines Stückes, der Eigenlogik einer szenischen Entwicklung folgen müssen, damit gewissermaßen auch ein Eigenleben entwickeln, das sich der beliebigen Verfügung durch ihren Schöpfer entzieht. Und doch bleiben sie Geschöpfe, verdammt dazu, den Willen dessen zu vollziehen, der sie erfunden und auf die Bühne gestellt hat, ihr Leben so zu führen, wie der Librettist es gewollt hat, sich so zu verhalten, wie das Werk es erfordert. Für das Ideendrama Wagners gilt, daß all seine Protagonisten unbesehen ihrer aus dramatischen Gesichtspunkten begründ- und erklärbaren Verhaltensweisen immer auch mit weitgreifenden konzeptionellen Intentionen ihres Schöpfers belastet sind, daß sie eben Ideenträger sind, die Wagners gesellschaftstheoretische Überzeugungen theatralisch zu vermitteln suchen und die Bühne benutzen, um das Publikum aufzuklären, zu verändern und die Welt im Sinne Wagners zu revolutionieren.

Das trifft auch für Lohengrin zu. In seiner Person kristallisieren mehrere zentrale Ideen Wagners, er gehört zu jenen Figuren, mit denen tragende gesellschaftstheoretische Überzeugungen personalisiert und vermittelt werden sollen. Unter anderem eben auch die Idee eines republikanischen Königs, die in dieser Oper ansatzweise bereits bei Heinrich angelegt ist, der sich mit seinem Volk in grundlegender Übereinstimmung fühlen kann, der im Gefolge wie im Volk offensichtlich große Zustimmung zu seinen politischen Absichten findet. Mit Lohengrins Auftritt verändert sich indessen das Szenario grundlegend, denn nun wird er der eigentliche Held des Volkes, eine charismatische Figur, zugleich die Inkarnation der Gerechtigkeit, die sich – wie das Volk sofort spürt – aus einer numinosen Quelle speist. Elsa hat sein Kommen in einer Traumvision besungen, das Volk hat ihn herbeigebetet, und so wundert es nicht, daß er unmittelbar nach seinem Erscheinen sofort alle Aufmerksamkeit auf sich zieht und zur zentralen Bühnenfigur wird, neben der die des Kaisers verblaßt. Die Frauen und Männer, also das Volk, begrüssen ihn als »Wunder«[23]. Nimmt man ernst, daß Wagner von Elsa meint, sie sei der »Geist des Volkes«, dann wird verständlich, weshalb sich Lohengrin nach seiner Ankunft sofort als der eigentliche Herrscher des versammelten Volkes der Brabanter verstehen kann – er ist von Elsa stellvertretend für das ›Volk‹ herbeigerufen worden.

Ein zentraler Aspekt der gesellschaftspolitischen Überzeugungen Wagners wird in dieser Szene deutlich: der Fürst ist creatio ex populo, er wird erst dadurch zum Herrscher, daß die ihm Untergebenen ihn dazu bestellen, er bedarf also einer demokratischen Legitimation. Dies ist der eine wesentliche, den demokratischen Ideen des Vormärz geschuldete Aspekt der Figur des Lohengrin. Der andere bedeutsa-

---

22 Vgl. dazu Udo Bermbach, Der Wahn des Gesamtkunstwerks, S. 74 ff. (›Adelskritik und republikanische Monarchie‹).
23 Erster Aufzug, zweiter Auftritt (Ende).

me, fast widersprüchliche liegt in der numinosen Herkunft des Helden, der als »gottgesandter Held« und »gottgesandter Mann!«[24] nun gerade nicht aus dem Volk kommt,
das er regieren soll, sondern – wie sich später in der Gralserzählung[25] herausstellt –
aus einem fernen Land, das den normal Sterblichen unerreichbar bleibt. Denn ein
»Land, unnahbar euren Schritten« bezeichnet einen geographisch nicht genau loka-
lisierbaren Ort, der überall und nirgends liegen kann, bezeichnet einen utopischen
Ort, dessen dort lebende Ritterschaft mit »überird'scher Macht« ausgestattet ist, um
immer wieder in eine Welt des Bösen intervenieren zu können. Aus solcher Unbestimmtheit gewinnt die Utopie ihre magische Aura und dazu paßt, daß es zur gesellschaftlichen wie politischen Ordnung dieses Ortes nur den dünnen Hinweis gibt,
Parsifal trage dort die Königskrone. Nichts ist zu erfahren über die Art der monarchischen Ordnung in ›Monsalvat‹, nichts über Rituale und Institutionen, nichts
über den Ablauf des täglichen Lebens. Gewiß ist nur: es gibt einen König und es
gibt Ritter, die offensichtlich zugleich das ›Volk‹ sind, und die daraus entspringenden unmittelbaren Beziehungen zwischen beiden entsprechen Wagners ordnungspolitischen Vorstellungen in der Zeit vor 1848 von einer anzustrebenden unmittelbaren Beziehung zwischen Monarch und Volk.

Aber es gibt noch einen weiteren Aspekt. Der Hinweis auf die ferne Lage von
›Montsalvat‹ und den dortigen Tempel, der »so kostbar, als auf Erden nichts bekannt«, weil er mit dem »Gral« ein »höchstes Heiligtum« enthält, wie auch die Beschreibung dessen, was diesem Gral als Kraft und Wirkung eignet, sakralisiert diesen
Ort und entzieht ihn der menschlichen Vorstellungskraft. Wenn Lohengrin berichtet, nur die strikte Anonymität der dort lebenden Ritter könne ihnen auf ihren
Missionen die erfolgssichernde »heil'ge Kraft« bewahren, so verweist er damit, gewollt oder ungewollt, auf einen aller Rationalität vorausliegenden Gründungs- und
Existenzmythos, der sich abhebt von der realen und der politischen Welt, zu beidem
sogar in Widerspruch steht, dem er selbst allerdings verpflichtet ist. Die Beschreibung des Gral-Tempels mit all diesen Elementen legt deshalb nahe, *Lohengrin* mit
Parsifal in einen Zusammenhang zu bringen, eine Verbindung, die Wagner selbst
ausdrücklich hergestellt hat. Und dieser Verweisungszusammenhang deutet seinerseits darauf hin, daß die Figur des Lohengrin eine Mission hat, die über die unmittelbar politische Bedeutung seiner Aufgabe, den Streit zwischen Elsa und Ortrud/
Telramund zu schlichten und auf diese Weise wieder Frieden in Brabant herzustellen, hinausgeht. Lohengrins Mission besteht wohl darin, in Brabant eine ›neue Ordnung‹ einzuführen, diese Ordnung auf eine neue und bisher nicht gekannte Grundlage zu stellen und so eine Gemeinschaft zu schaffen, die sich an nichtpolitischen,
also an ästhetischen Kriterien orientiert. Das Volk spürt dies bei Lohengrins Ankunft instinktiv, wenn es zu sich selbst sagt: »Wie ist er *schön* und hehr zu schauen«,
und damit einen ästhetischen Eindruck formuliert. Ein ›Wunder‹ vollzieht sich hier,
und mit ihm eine für die Beteiligten neue ästhetische Erfahrung.

---

24 Erster Aufzug, dritter Auftritt (Anfang).
25 Dritter Aufzug, dritter Auftritt.

IV

Versteht man die im *Parsifal* erzählte Geschichte als eine von Wagner gewollte musikdramatische Sakralisierung der Kunst, deren Aufgabe es ist, durch ästhetische Erfahrungen zu einem völlig anderen, neuen und qualitativ besseren Verständnis der Welt zu gelangen, mithilfe der Kunst also eine – wie Wagner es in einer seiner späten Schriften formulierte – »ästhetische Weltordnung«[26] anzustreben, so ist der *Lohengrin* die Vorstufe zu dieser Perspektive. Mit Lohengrin kommt das Prinzip der Kunst als ein ordnendes unter die versammelten Menschen, dazu bestimmt, die Politik abzulösen. Deshalb auch tritt Heinrich gegenüber Lohengrin zurück, und mit diesem Zurücktreten wird deutlich, daß die Kunst nunmehr die Politik ersetzen und überbieten soll, ein Vorgang, der – so will es Wagner – von allen, die ihn miterleben, fraglos hingenommen und akzeptiert werden soll. Die Idee des republikanischen Fürsten wird damit um eine entscheidende Dimension erweitert: der Fürst, hier also Lohengrin, wird nämlich zugleich zum Interpreten einer durch die Kunst angeleiteten Lebensführung, er wird zum Verkünder einer ästhetisch gesetzten Wahrheit, die, weil sie die bloße Wirklichkeit übergreift und transzendiert, allen davon Betroffenen unmittelbar einleuchten muß. Zugleich wird der Fürst damit in Parallele zum Dichter gesetzt, von dem Wagner sagt: »Die bewußte Tat des Dichters ist: in dem zur künstlerischen Darstellung erwählten Stoffe die Notwendigkeit seiner Fügung aufzudecken und so der Natur nachzuarbeiten«[27]. Das aber meint, der Fürst bzw. der Dichter lege nur aus, was von allen Betroffenen als historisch notwendig akzeptiert werden muß, was das Volk unbewußt bereits spürt, selbst zu formulieren aber nicht imstande ist. »Was daher das Volk, die Natur durch sich selbst produziert, kann erst dem Dichter zum Stoff werden, durch ihn aber gelangt das Unbewußte in dem Volksprodukte zum Bewußtsein, und er ist es, der dem Volke dieses Bewußtsein mitteilt. In der Kunst also gelangt das unbewußte Leben des Volkes sich zum Bewußtsein, und zwar deutlicher und bestimmter als in der Wissenschaft«[28]. Und in der traditionellen Politik, ließe sich der Vollständigkeit halber hinzufügen.

Wagner hat diese Sätze zwar erst drei Jahre nach dem Entwurf des *Lohengrin* geschrieben, aber sie bezeichnen doch sehr genau jenen politisch-ästhetischen Grundgedanken, der schon für die Figur des Lohengrin eine zentrale Bedeutung hat. Denn in Lohengrin theatralisiert sich die Überzeugung Wagners, wonach die Vision eines besseren Lebens aus dem Gefühl einer Lebensführung hervorgehen müsse, die ihrerseits ästhetischen Grundsätzen verpflichtet sei. Und dieser Gedanke, den Wagner später in *Oper und Drama* ausführlich am so häufig mißverstandenen und mißinterpretierten Gegensatz von Gefühl und Verstand expliziert hat[29], ist seinerseits wiederum entscheidend durch die Rezeption der Philosophie von Ludwig Feuerbach

---

26 Richard Wagner, Heldenthum und Christenthum, in: GSD, Bd. 10, S. 284.
27 Richard Wagner, Flüchtige Aufzeichnungen einzelner Gedanken, in: DS, Bd. V., S. 248.
28 Ebenda.
29 Vgl. Udo Bermbach, Der Wahn des Gesamtkunstwerks, S. 202 ff. (›Gefühl und Verstand‹)

bestimmt. Bei Feuerbach hatte Wagner gelernt, die unmittelbar sinnliche Erfahrung der Welt müsse der Ausgangspunkt allen Philosophierens sein, weil der Mensch seine Umwelt primär sinnhaft erfasse und deshalb ein vor allem über seine Sinne definiertes Wesen sei. Nur über das konkret Sinnliche, das Feuerbach mit dem Wahren und Wirklichen des menschlichen Lebens identifizierte, lasse sich die Welt adäquat erfassen. Wagner übernimmt diesen Gedanken, wenn er nur dem Gefühl, genauer: dem poetischen Gefühl des Dichters die Fähigkeit zur Erkenntnis der wahren Wirklichkeit, die Fähigkeit auch zur Vision einer besseren Welt zuerkennt.

Eine solche visionäre Fähigkeit, die sich auf die ästhetische Erfahrung als der einzig wahren beruft, eine Erfahrung, die freilich nach Wagners Überzeugung nur kontrafaktisch, das heißt: gegen die schlechte Wirklichkeit der bürgerlichen Gesellschaft des 19. Jahrhunderts gemacht werden kann, und die deshalb auch ein »Wunder« genannt zu werden verdient – was die Brabanter und Sachsen beim Erscheinen Lohengrins sofort begreifen – , eine solche Fähigkeit und die durch sie gewonnenen Erfahrungen lassen sich mit rationalen Gründen nicht wirklich bezweifeln. Sie ist zwar nicht irrational, weil der Verstand – als die Fähigkeit zu abstrahierendem Denken – in der ästhetischen Rezeption nach Wagners Vorstellung nicht vollständig ausgeschaltet werden soll; sie ist aber insoweit jenseits bloßer Rationalität, als dem Gefühl die synthetisierende Leistung einer Verbindung von Gegenwart und Zukunft, von Realität und Utopie unterstellt und angesonnen wird. »Gefühlswerdung des Verstandes«[30] lautet die vielzitierte, berühmte und zumeist sehr mißverstandene Formel Wagners, die den mehrfach gestuften Prozeß ästhetischer Erkenntnis auf den Begriff bringt und die meint, daß ein über den Verstand entworfenes Weltbild zugleich auch einer emotionalen Akzeptanz, Weiterverarbeitung und Internalisierung bedarf.

Diese mit der Figur des Lohengrin verbundenen oder doch zu verbindenden Vorstellungen Wagners lassen es einleuchtend erscheinen, weshalb der Protagonist vor Beginn seines Kampfes gegen Telramund die Bedingung stellt, Elsa – und selbstverständlich alle übrigen Beteiligten auch – sollten nie nach seiner Herkunft und seinem Namen fragen und sie liefern zugleich auch für das immer wieder heftig diskutierte ›Frageverbot‹ eine einfache Erklärung. Es geht im Kontext der hier gegebenen Interpretation – Lohengrin als Künstler und potentieller Organisator einer »ästhetischen Weltordnung« – dabei nicht darum, daß eine Frau, noch dazu eine, die um ihr Leben bangen muß, einfach mundtot gemacht, ihre Hilflosigkeit ausgenutzt und sie selbst zum stummen Akzeptieren männlicher Suprematie gezwungen werden soll. Es geht vielmehr darum, daß die aus ästhetischer Erfahrung herrührende visionäre Kraft eines Dichterfürsten nach Wagners Überzeugung keinem rationalen Infragestellen ausgesetzt zu werden braucht. Denn die Wahrheit offenbart sich aus sich selbst heraus, und die Wahrheit der Kunst stellt sich folglich unmittelbar sinnlich dar. Gegenüber solcher Offenbarung, die unmittelbar überzeugt, bedarf es kei-

---

30 Richard Wagner, Oper und Drama, in: GSD, Bd. 4, S. 78.

nes kritischen Nachfragens. »Das notwendigste und natürlichste Verlangen dieses Künstlers ist,« – so kommentiert Wagner seinen eigenen Protagonisten – »durch das Gefühl rückhaltslos aufgenommen und verstanden zu werden«[31]. Ganz im Sinne Feuerbachs und seines sensualistischen Materialismus wird hier unterstellt, daß die ästhetische Vision einer neuen sozialen Gemeinschaft, welche die vorhandene Gesellschaft transzendiert, nicht kritisch infragegestellt werden muß, weil sie in ihren konstitutiven Elementen und Prinzipien keiner rationalen Legitimation bedarf. Unterstellt wird auch, daß eine solche ästhetische Vision sich gleichsam selbst auslegt und schon deshalb für alle Beteiligten, den Künstler so gut wie die Zuschauer, in ihrer Selbstevidenz keine weiteren rationalistischen Begründungen braucht, weil sie einen ästhetischen, und das heißt für Wagner auch: einen transzendenten und damit ›wahren‹ Erfahrungshintergrund hat. Ausdrücklich schreibt Wagner in Hinsicht auf Lohengrin davon, daß der in der modernen Gesellschaft vorherrschende »Zwang, statt an das Gefühl sich fast einzig nur an den kritischen Verstand mitteilen zu dürfen«, es dem Künstler unmöglich mache, die für ihn entscheidenden und grundlegenden emotionalen Erfahrungen zu sammeln. Darin aber zeige sich das »Tragische seiner Situation« – im Unvermögen einer Gesellschaft, zu einer emotionalen Kommunikation fähig zu sein.

Es ist diese emotionale Kommunikation, der Wunsch, jenseits eines rationalen Diskurses durch ein gefühlsmäßig abgesichertes Übereinstimmen aller eine sozial übergreifende Identität von Volk und Interpreten herzustellen, die Lohengrin anstrebt und weshalb er verlangt, »Nam' und Art« sollten nicht erfragt werden, weder von Elsa noch vom Volk – und beide scheinen ja zunächst diese Forderung auch zu akzeptieren. Selbst als Telramund versucht, Zweifel unter den Brabantern und Sachsen zu säen, als er die Beschuldigung eines ungleichen, weil durch Zauber beeinflußten Kampfes gegen Lohengrin erhebt, wehren beide noch ab: das Volk erklärt dem Schwanenritter: »Reich uns die Hand! Wir glauben dir in Treuen, / daß hehr' dein Nam', auch wenn er nicht genannt«, und Elsa stimmt dem zu, versichert: »Hoch über alles Zweifels Macht/soll meine Liebe stehn!«[32]. Für eine ganze Weile scheint das Experiment zu gelingen: der ›Künstler‹ Lohengrin, der absichtsvoll nicht Herzog, sondern lediglich »Schützer von Brabant«[33] sein will, gleichsam Primus inter pares, kann die Kraft des fernen Grals nutzen, kann Gerechtigkeit üben und damit die Idee einer qualitativ neuen Gesellschaft für einen Augenblick Wirklichkeit werden lassen. Und das, was er tut und unternimmt, leuchtet ohne alle Erklärung den Zuschauenden und Beteiligten ein – mit Ausnahme Ortruds und Telramunds, die der falschen Wirklichkeit ihrer bösen Existenz verhaftet bleiben, Gegenprinzip zur Idee einer ästhetisch-wahren Gemeinschaft, wie sie Lohengrin verkörpert.

---

31 Richard Wagner, Eine Mittheilung an meine Freunde, in: GSD, Bd. 4, S. 299. Auch die beiden nächsten Zitate finden sich hier.
32 Zweiter Aufzug, fünfte Szene.
33 Zweiter Aufzug, dritte Szene.

V

Daß die alles entscheidende Frage dann doch noch gestellt wird, ist wesentlich die Folge jener ambivalenten Persönlichkeitsstruktur, die Wagner seinem Lohengrin mitgegeben hat, eine Konsequenz der Tatsache, daß dieser beides zugleich sein will: republikanischer Fürst wie visionärer Dichter. Doch dies geht offenbar nicht zusammen, weil das eine das andere behindert und weil sich die Widersprüchlichkeit des Doppelcharakters nicht harmonisieren läßt. Als Verkünder einer neuen ästhetischen Wahrheit erübrigt sich die Frage nach Lohengrins Herkunft und Identität, denn er verfügt über eine vorausliegende charismatische Legitimität. Als republikanischer Fürst jedoch ist er in einem konkreten und nachprüfbaren Sinne vom Vertrauen seines Volkes abhängig und muß sich vor dessen Gemeinschaft rechtfertigen, muß einer der ihren werden. »Mit seinem höchsten Sinnen, mit seinem wissenden Bewußtsein« – so hat Wagner auf diese widersprüchliche Natur von Lohengrin reagiert – »wollte er nichts anderes werden und sein, als voller, ganzer, warmempfindender und warmempfundener Mensch, also überhaupt Mensch, nicht Gott, d. h. absoluter Künstler«[34].

Nun hat Wagner immer wieder und in immer neuen Formulierungsvarianten die »Nichtswürdigkeit der politischen und sozialen Zustände«[35] seiner Zeit beklagt und angeprangert, immer wieder bekräftigt, daß er die bestehende bürgerliche Gesellschaft für die entscheidende strukturelle Barriere gegenüber einer anderen, auf das ›Rein-Menschliche‹ und auf Liebe gegründeten zukünftigen Gemeinschaft hielt. Er hat die Strukturen dieser Gesellschaft in nahezu all seinen Werken mitreflektiert, auch natürlich im *Lohengrin*, wo zwei sehr unterschiedliche Welten gegeneinandergesetzt werden, die ihrem Charakter nach antagonistisch erscheinen: zum einen die Welt Lohengrins, die als ein transzendentes Reich ästhetischer Lebensführung zu verstehen ist, utopischer Vorgriff auf eine noch nicht existierende Realität; zum anderen jene Welt, zu der Heinrich, Ortrud und Telramund gehören, eine primär politische Welt, die auf Macht aufbaut, bei Ortrud auf ein rein strategisches Interesse verkürzt. Heinrich I., obwohl um Gerechtigkeit bemüht und damit bereits als Kandidat einer realpolitischen Alternative virtuell angelegt, bleibt doch Politiker, und erst recht sind Ortrud und der von ihr völlig abhängige Telramund Polit-Strategen, deren eigentliches Handlungsmotiv der Wunsch nach möglichst umfassender Macht, nach uneingeschränkter Herrschaft über Land und Leute von Brabant ist. In gewisser Weise gehört allerdings auch Elsa zu diesem Bereich der Politik, denn als Tochter des verstorbenen Herzogs von Brabant ist sie am Hofe aufgewachsen, nach den Regeln dieses Hofes erzogen und denkt – so darf man vermuten – entsprechend in höfischen Sitten und Verhaltensweisen des brabantischen Adels.

Aber so wie sich Lohengrin mit seiner Ankunft in Brabant vom Reich des Grals löst und das ihm Fremde aufsucht, um in der Fremde heimisch zu werden,

---

34 Richard Wagner, Eine Mittheilung an meine Freunde, in: GSD, Bd. 4, S. 296.
35 Ebenda, S. 308.

so ist Elsa ihrerseits dem herzoglichen Hof bereits ein Stück weit entfremdet und nur noch bedingt innerlich verbunden. Ihre Traumerzählung macht dies deutlich: da mischen sich Realität und vorausgeahnte Möglichkeiten einer anderen Existenz, zeigt sich die Vision einer Gesellschaft, in der sich soziale Kommunikation auf der Grundlage von Gerechtigkeit »in lichter Waffen Scheine« regeln läßt. Der Mund des Volkes, als den man Elsa mit Wagner verstehen könnte, formuliert eine utopische Metapher für die Sehnsucht nach harmonischen Lebensbedingungen und besingt eine Idee, in der das Prinzip der ausgleichenden Gerechtigkeit Grundlage eines freundlichen und unaggressiven Miteinanders darstellt. Mit ihren Träumen steht Elsa für einen neuen Menschentypus, der aus einer unmittelbaren, sinnlichen Gewißheit lebt, und darauf bezogen hat Wagner auch davon gesprochen, Elsa habe ihn »zum vollständigen Revolutionär gemacht. Sie war der Geist des Volkes, nach dem auch ich als künstlerischer Mensch zu meiner Erlösung verlangte«[36].

In der Traumerzählung wird implizit bereits auf den Gral verwiesen, Symbol dafür, daß sich ein Leben ohne Politik, ohne repressive Macht und Herrschaft denken läßt. Denn die Gralsritter organisieren ihre Gemeinschaft nach ästhetisch-moralischen Gesichtspunkten, nicht nach denen politischer Herrschaft. Wagner hat gelegentlich versucht zu erklären, »in welcher Weise der Gral als Freiheit gedacht werden könnte«, und er hat auf diese selbstgestellte Frage geantwortet: »Göttlich und frei ist der Gralsritter, weil er nicht für sich handelt, nur für andere. Er verlangt nicht mehr«[37]. Altruismus also wird hier als Prinzip moralischen Handelns gesetzt und damit die Negation dessen, worauf die bürgerliche Gesellschaft jener Zeit nach Wagners Auffassung gründet; die Rückführung des Handelns auf das »von aller Konvention losgelöste Reinmenschliche«[38]. Die Begriffe, die Wagner benutzt, variieren, die konzeptionellen Gehalte dagegen bleiben immer dieselben: es geht um den Gegenentwurf einer neuen, auf ›Liebe‹ gegründeten Gemeinschaft, die eine sich selbst entfremdete und an ihr Ende gekommene Gesellschaft, eine »abgestumpfte, entstellte, bis zur Ausdruckslosigkeit geschwächte Physiognomie der Geschichte, ... ein Chaos von Unschönheit und Formlosigkeit«[39] ablösen soll. Daher sucht Lohengrin ein Weib, »das an ihn glaubte: das nicht früge, wer er sei und woher er komme, sondern ihn liebte, wie er sei, und weil er so sei, wie er ihm erschiene. Er suchte das Weib, dem er sich nicht zu erklären, nicht zu rechtfertigen habe, sondern das ihn unbedingt liebe«[40]. In der Motivanalyse für Lohengrins Kommen und Verhalten drehen sich Wagners Erklärungen immer wieder um den für ihn einzig entscheidenden Vorgang: den der bedingungslosen gegenseitigen Liebe. Wenn Lohengrin sich die Erfüllung seines Wunsches »nach Liebe, nach Geliebtsein, nach Verstanden-

36 Richard Wagner, Eine Mittheilung an meine Freunde, in: GSD, Bd. 4, S. 302.
37 Cosima Wagner, TB, Bd. I, S. 203 (1. März 1870).
38 Richard Wagner, Eine Mittheilung an meine Freunde, in: GSD, Bd. 4, S. 318.
39 Richard Wagner, Oper und Drama, in: GSD, Bd. 4, S. 51.
40 Richard Wagner, Eine Mittheilung an meine Freunde, in: GSD, Bd. 4, S. 295.

sein durch die Liebe«[41] durch eine ihn frag- und bedingungslos liebende Elsa erhofft, so läßt sich darin ein Modell der Wagnerschen Zukunftsutopie sehen; es ist
Lohengrins Versuch zu testen, ob ein auf Liebe gegründetes, und das heißt: ein sozial
altruistisches Zusammenleben zwischen Menschen überhaupt möglich ist. Unter
dieser Perspektive gewinnen Wagners eigene Ausdeutungen des Verhältnisses von
Lohengrin und Elsa auch einen neuen Sinn. Wenn Wagner davon spricht, Elsa sei
»das andere Teil« von Lohengrins Wesen, die »notwendig von ihm zu ersehende
Ergänzung seines männlichen, besonderen Wesens«, das »Unbewußte, Unwillkürli-
che« seines Verlangens, sein »unbewußtes Bewußtsein«[42], so sind das alles höchst
modern, an die Psychoanalyse erinnernde Beschreibungen eines zwischenmenschlichen Verhältnisses, das sich unter politologischem Aspekt als der Umriß einer Utopie von herrschaftsfreier Gemeinschaft verstehen läßt.

Daß Lohengrin, um diese Aufgabe zu lösen, nach Wagners Willen ganz Mensch
werden muß, ist eine merkwürdige, vielleicht sogar paradoxe Konstruktion, die der
Komponist seinem Ideendrama eingeschrieben hat; paradox deshalb, weil Wagner
das Gelingen des Zusammenlebens von Elsa und Lohengrin erstaunlicherweise davon abhängig macht, ob Lohengrin sich erfolgreich in ein gesellschaftliches System
einfügen kann, das er doch überwinden soll. Dabei wird Lohengrin, der Künstler
und Hoffnungsträger einer utopischen Vision, in eine Gesellschaft entsandt, die offenkundig unfähig ist, ihre ureigensten Angelegenheiten selbst zu regeln, und mit
dieser Gesellschaft, deren herausragende Repräsentanten Ortrud und Telramund
sind, soll er sich verbinden, soll ›Mensch‹ werden und ›Schützer von Brabant‹ – eine
ganz und gar widersprüchliche Aufgabe.

Die Absicht Lohengrins, ganz ›Mensch zu werden‹, resultiert aus dem Wunsch
nach sozialer Integration und Anerkennung durch diejenigen, zu denen er gekommen ist. Unter diesem Aspekt wird das Frageverbot freilich zu einer problematischen Forderung. Denn um ein »warmempfindender und warmempfundener
Mensch« werden zu können, muß Lohengrin einen Prozeß der ›Menschwerdung‹
durchlaufen, und dazu gehört die Ausbildung einer eigenen, klar erkennbaren Identität. Identität aber ist stets, nicht nur in mythischen Geschichten, daran gebunden,
daß einer sich ausweisen kann, daß er Herkunft und Name weiß und sich auch
befragen läßt. Das aber verweigert Lohengrin – ein Verhalten, das sich nur in Hinsicht auf seine Eigenschaft als Künstler legitimieren läßt, nicht aber bezüglich seines republikanischen Fürstentums. Folglich auch nicht gegenüber Elsa, die er von
Anfang an zu heiraten wünscht. Wagners schon zitierte Interpretation für Lohengrins Frageverbot, wonach dieser eben deshalb ein bedingungslos liebendes Weib
gesucht habe, weil er nicht um seiner »höheren Natur«[43] willen angestaunt, bewundert und schließlich auch geliebt werden wollte, sondern als einer unter vielen zu leben hofft, verkennt den sozialen Sachverhalt, daß solche Anerkennung

---

41 Ebenda, S. 296.
42 Ebenda, S. 301.
43 Ebenda, S. 296.

und ihre Steigerung zur Liebe nur unter Voraussetzungen, die für alle gelten, überhaupt möglich ist. Denn Anerkennung um seiner selbst willen setzt die Autonomie des Anerkennenden voraus, sie ist ein Vorgang, der nicht unter Androhung von Sanktionen erfolgen kann, weil solche Sanktionsdrohungen gerade die freie Entscheidung unmöglich machen. Wer dem anderen droht oder auch nur vermuten läßt, daß ihm im Falle des Nichtbefolgens seines Verlangens Nachteile entstehen, erzwingt sich Gehorsam und begründet damit Herrschaft. Für Wagner aber schließen sich Herrschaft und Liebe bekanntlich nicht nur aus, sondern sind sogar diametral entgegengesetzte Prinzipien. Ein Widerspruch tut sich hier auf, der auch durch Interpretationstricks nicht gelöst werden kann. Für das Konfliktszenario der Oper freilich ist dieser Widerspruch konstitutiv, denn aus ihm ergibt sich am Ende zwingend, daß Lohengrin, da er diesen Widerspruch mit sich selbst nicht aufzulösen vermag, auch aus diesem Grunde zum Gral zurückkehren muß.

Anerkennung also kann es nur unter Gleichen geben, sofern diese jedenfalls freiwillig vollzogen werden soll. Daß dies eine Grundbedingung von erfolgreicher Sozialintegration in eine freie Gemeinschaft ist, scheint auch Wagner geahnt zu haben, wenn er im Nachhinein schreibt, er habe erst nachträglich verstanden, daß Elsa ihre schicksalsschwere Frage stellen mußte, weil sie erst durch diesen »Ausbruch ihrer Eifersucht ... aus der entzückten Anbetung in das volle Wesen der Liebe«[44] geraten sei. Liebe ist hier zu verstehen als Chiffre für eine gelingende Kommunikation, die es nur zwischen prinzipiell Gleichen geben kann. Eine solche Gleichheit aber, die Elsa gegenüber Lohengrin erzwingen möchte, muß dieser als Dichter und Visionär verweigern.

VI

Es gehört zu den fundamentalen Erkenntnissen politologischer Systemanalysen, daß derjenige, der in Systemen etwas verändern will, sich in diese Systeme hineinbegeben und sich auf ihre Bedingungen einlassen muß. Nur in einer strategisch genau kalkulierten Anpassung an die gesellschaftlichen Verhältnisse, deren Veränderung angestrebt wird, liegt die Chance zu solchen Veränderungen und das Potential gradualistischer Reformen. Im Unterschied zu Revolutionären, die auf den vollständigen Bruch aller gegebenen sozialen und politischen Strukturen zielen – den sie aber zumeist nicht bewirken können –, gehen Reformer von vornherein pragmatisch auf Teilrevisionen aus und hoffen, über ein partielles Akzeptieren des Bestehenden dieses zugleich von innen heraus verbessern zu können. Sie nehmen dabei in Kauf, daß in ihrer Anpassung an die gegebenen Strukturen von den Betroffenen das eigene revolutionäre Profil infragegestellt wird.

44 Ebenda, S. 301.

Als ›Schützer von Brabant‹ ist Lohengrin ohne Zweifel ein Reformer, kein Revolutionär. Denn sein ›Programm‹ besteht im wesentlichen darin, in der vorgefundenen Gesellschaft der Brabanter einen inneren schweren Konflikt – den Mordvorwurf Otruds gegenüber Elsa und den daraus abgeleiteten Anspruch auf politische Herrschaft für Telramund – gerecht zu schlichten, die Unschuld Elsas zu erweisen, und dann in einem zweiten Schritt, nachdem er den innergesellschaftlichen Frieden wiederhergestellt hat, auch nach außen durch einen Heerzug gegen die Ungarn die ›gerechten‹ Ansprüche des Reiches durchzusetzen. »Revolution von oben«[45] betreibt er gegenüber der Person des Kaisers Heinrich I. und dem Volk der Brabanter und Sachsen damit nicht, wie auch sein Verhalten kaum als Ausfluß eines ›autoritären Charakters‹ verstanden werden kann. Denn der politische Charismatiker Lohengrin hängt mit seinem Handeln und seinem Erfolg vollständig von der stillschweigenden Zustimmung der Sachsen und Brabanter ab, er kann und will sich gegen diese nicht durchsetzen, sondern sucht deren nachhaltige Unterstützung. Wagner entwirft und dramatisiert hier ein Verhältnis zwischen dem Volk und Lohengrin, das sehr stark an die von Jean-Jacque Rousseau in seinem *Contrat social* von 1762 entwickelte Konstruktion einer ›volontée générale‹ erinnert, eines allgemeinen politischen Willens, den Rousseau als eine radikal-demokratische Übereinstimmung von Regierenden und Regierten auffaßt, gegründet auf der ausdrücklichen Zustimmung aller Beteiligten zu den gemeinsam geteilten Zielen[46].

Zugleich aber erscheint Lohengrin, der Dichter-Fürst, in der Tat auch als ein Revolutionär, als eine »auratische Führergestalt«[47], die vollständig an ihrer zweiten Aufgabe, das vorgefundene politische System durch eine grundlegend andere Perspektive zu überwinden, scheitert. Die Ursache dieses Scheiterns liegt wohl wesentlich darin, daß Wagner die antagonistischen Prinzipien von politischer Herrschaft und ›ästhetischer Weltordnung‹ im *Lohengrin* noch weitgehend gleich gewichtet und keinem von beiden einen moralischen oder strategischen Vorrang einräumt. So erweist sich die Hoffnung, Kunst werde sich als lebensentscheidende Dezision von selbst durchsetzen, als zu naiv, um realisiert werden zu können oder sich gleichsam von selbst zu realisieren. Anders formuliert: wenn sich in der Figur Lohengrins der Reformer mit dem Revolutionär vereinigen, wenn die Reform der Politik mit deren Revolutionierung, das heißt langfristigen Abschaffung, zugleich betrieben wird, dann schwächt dies das revolutionäre Potential. Folglich versagt Lohengrin wesentlich deshalb, weil er sich nicht entschieden genug als Revolutionär begreift und entsprechend handelt, sondernden den aussichtslosen Versuch unternimmt, seiner doppelten, sich widersprechenden Aufgabenstellung gerecht zu werden.

---

45 So Ulrich Schreiber, Die Kunst der Oper. Geschichte des Musiktheaters, Bd. II, S. 490.
46 Vgl. dazu die deutsche Übersetzung des ›Contrat social‹ und die in dieser Ausgabe beigefügte Einführung in Rousseaus Denken: Jean-Jacques Rousseau, Vom Gesellschaftsvertrag oder Grundsätze des Staatsrechts, hg. von Hans Brockhard, Stuttgart 1977.
47 Ulrich Schreiber, Die Kunst der Oper, Bd. II, S. 490.

Daß Elsa, obwohl darauf vorbereitet, wie die Traumerzählung zeigt, Lohengrins revolutionäre Aufgabe gleichwohl nicht begriffen hat, macht sie bis zu einem gewissen Grad zur Mitschuldigen an seinem Scheitern. Es ist nicht »die Verweigerung eines Kadavergehorsams« [48], welche die Katastrophe auslöst, sondern ihre völlige Unfähigkeit, die prinzipielle und radikale Veränderungsperspektive Lohengrins zu begreifen. Würde sie diese verstehen, müßte sie den Geliebten gegen die gegebenen Verhältnisse zumindest subversiv unterstützen – und solche Subversion würde sich konkret als das Akzeptieren des Schweigeverbots ausdrücken.

So erscheint der erzwungene Rückzug Lohengrins zum Gral schließlich als Rückzug in eine Ausgangsposition, die zu gegebener Zeit wieder verlassen werden wird – Hinweis bereits auf den *Parsifal*, in dem die Frage nach einer ›ästhetischen Weltordnung‹ erneut gestellt und dann auch beantwortet wird. Wagner selbst sah im vergeblichen Versuch Lohengrins, zu bewirken, was erst Parsifal bewirken kann, nachdem am Ende der *Götterdämmerung* die bestehende Welt einen vollständigen Untergang erlitten hat, das »Tieftragische dieses Stoffes« [49]. In der Tat: mit der Übergabe von Horn, Schwert und Ring an Elsa und dem damit zugleich ausgesprochenen Auftrag, diese dem zurückkehrenden Bruder Gottfried als Insignien der Herrschaft zu übergeben, wird die alte Ordnung erneut legitimiert und wiederhergestellt, ist der Abschied von der Revolution definitiv vollzogen. Daß Wagner noch kurz vor seinem Tod davon gesprochen hat, er habe den *Lohengrin* immer als den »allertraurigsten« [50] seiner Stoffe empfunden, mag aus großem zeitlichem Abstand noch einmal die kunstrevolutionären Intentionen bestätigen, die mit diesem Stück verbunden sind.

---

48 Ebenda.
49 Richard Wagner, Eine Mittheilung an meine Freunde, in: GSD, Bd. 4, S. 296.
50 Cosima Wagner, TB, Bd. II, S. 1088 (9. Januar 1883).

Tristan und Isolde

Liebesutopie und gesellschaftliche Realität

I

»Für meine Kunst habe ich immer weniger die Welt nötig, ich könnte, so lange die Gesundheit mir's erlaubt, immer fortarbeiten, wenn ich auch nie etwas davon aufgeführt hörte« – schreibt Wagner aus Venedig im März 1859 an Mathilde Wesendonck in einem Brief, in dem er dem Hinweis, er habe den zweiten Aufzug des *Tristan* trotz aller »so bedenklichen (musikalischen) Probleme« beendet, sogleich anfügt: »Es ist der Gipfel meiner bisherigen Kunst«[1]. Die Stimmungslage, in der Wagner sich seit dem Beginn seiner Arbeit an diesem Werk befand, ist in diesen Sätzen knapp eingefangen: Abschotten nach außen, Rückzug auf sich selbst, zunehmende Konzentration auf eine Innenwelt, über die vor allem die Freundin und Geliebte ins Bild gesetzt wird. Und zugleich ein Bewußtsein davon, daß das, was da im Entstehen ist, ein Ausnahmewerk werden würde, solitär in einer Reihe von Musikdramen, deren jedes einzelne auch schon diesen Anspruch für sich hätte reklamieren können.

Die Entstehung des *Tristan* entbehrt erstaunlicherweise einer direkten Inspirationslegende, die Wagner sonst so gerne dem Entstehungsprozeß eines Werkes voran- bzw. nachschickt. Erstaunlicherweise deshalb, weil es sich hier um sein persönlichstes, sein intimstes Werk handelt, die kompositorische Bearbeitung eines eigenen, tief empfundenen Problems, das geradewegs nach einer schwärmerischen Initiation verlangt. Diese könnte vielleicht indirekt in jenen immer wieder zitierten Zeilen gesehen werden, die sich in einem Brief an Franz Liszt finden, geschrieben, nachdem Wagner Mathilde Wesendonck bereits kennengelernt, aber noch keine Affäre mit ihr begonnen hatte, vielleicht als Ahnung dessen, was noch auf ihn zukommen sollte, und doch schon resignativer Verzicht auf ein Glück, das er sich so sehr erhoffte und vor dem er sich zugleich fürchtete: »Da ich nun aber doch im Leben nie das eigentliche Glück der Liebe genossen habe, so will ich diesem schönsten aller Träume noch ein Denkmal setzen, in dem vom Anfang bis Ende diese Liebe sich einmal so recht sättigen soll: ich habe im Kopfe einen *Tristan* und *Isolte* entworfen, die einfachste, aber vollblutigste musikalische Conception: mit der »schwarzen Flagge«, die am Ende weht, will ich mich dann zudecken um – zu sterben«[2]. Es sind Sätze, die vielen Interpreten als der entscheidende Schlüssel zum Verständnis des *Tristan* gelten, denn in ihnen scheint dessen Essenz auf eine einprägsame Formulierung gebracht, noch dazu auf eine sympathische, weil weniges Menschen mehr berührt

---

1   Richard Wagner an Mathilde Wesendonk. Tagebuchblätter und Briefe 1853–1871. Einleitung von Wolfgang Golther, Berlin 1904, S. 114 (Brief vom 10. März 1859)
2   Richard Wagner, SB, Bd. VI, S. 299 (Brief an Liszt vom 16. Dezember 1854)

als die Fähigkeit zu lieben und geliebt zu werden, und erst recht das Unglück, ohne Liebe und Liebeserfüllung leben zu müssen. Aber in Wagners Sätzen schwingt auch jene Erfahrung mit, wonach Liebe eine prekäre Emotion ist, ein Traum, der sich unbesehen verflüchtigen kann, ein verletzbares Gefühl, das zu sichern sich aller rationalen Kalkulation entzieht. Liebe mag als die äußerste Reduktion eines normalerweise komplizierten Beziehungsgeflechts zwischen Menschen auf eine einzige große Emotion erscheinen, aber gerade in dieser scheinbaren Reduktion aller Gefühle auf ein einziges, alles beherrschendes, verbergen sich jene vielschichtigen und widersprüchlichen Affekte, die sich der durchgehenden Kontrolle des Verstandes so leicht entziehen.

Wie alle Stoffe seiner Musikdramen war auch der des *Tristan* Wagner schon in seinen Dresdner Tagen begegnet[3]. In seiner Dresdner Bibliothek gab es zwei Editionen von Gottfried von Strassburgs mittelalterlichem Epos und überdies die neuhochdeutsche Übersetzung, die 1844 von Heinrich Kurtz erschienen war und die er zur Grundlage seiner eigenen Dichtung nahm. Aber der Plan, den Tristan-Stoff musikdramatisch zu nutzen, entstand erst Jahre später, im Züricher Exil, und er war, glaubt man der einschlägigen Literatur, im wesentlichen durch drei Erfahrungen verursacht: zum einen durch die Lektüre Schopenhauers, auf dessen Hauptwerk *Die Welt als Wille und Vorstellung* Wagner 1854 von Georg Herwegh, dem ebenfalls wegen revolutionärer Betätigung im Exil lebenden Freund, hingewiesen worden war und das er innerhalb kurzer Zeit viermal las[4]; sodann die Liebe zu Mathilde Wesendonck, von der Wagner schrieb, sie sei seine erste und einzige Liebe gewesen, der Höhepunkt seines Lebens[5]; und schließlich die sich während der Kompositionsarbeit am *Ring* auftürmenden Schwierigkeiten, die vergebliche Hoffnung auf baldige Aufführung dieses noch unvollendeten Riesenwerkes, die Wagner den Gedanken fassen liessen, daß »ein durchaus praktikables Opus – wie der Tristan werden wird – mir bald u. schnell gute Revenuen abwerfen und für einige Zeit mich flott erhalten wird«[6].

Diese Erfahrungen, Erlebnisse und Motive wirkten über einige Zeit, überlagerten und verstärkten sich, bevor der Plan zu Realisierung von *Tristan und Isolde* gefaßt wurde. Wie stets war Wagner schon lange vor der konkreten Arbeit gedanklich mit seinem Werk beschäftigt, machte Notizen und notierte musikalische Motive. »Von einem Spaziergang heimkehrend« – so schreibt er im Rückblick auf 1854 – »zeichnete ich eines Tages mir den Inhalt der drei Akte auf, in welche zusammengedrängt ich mir den Stoff für künftige Verarbeitung vorbehielt. Im letzten Akt flocht ich

3 Zur Entstehungsgeschichte des Tristan vgl. Peter Wapnewski, Tristan und Isolde, in: Ulrich Müller/ Peter Wapnewski (Hg), Wagner-Handbuch, Stuttgart 1986, S. 307 ff; Hans-Joachim Bauer, Reclams Musikführer Richard Wagner, Stuttgart 1992, S. 290 ff.
4 Vgl. dazu die Schilderung von Richard Wagner, ML, S. 591 ff; Brigitte Heldt, Tristan und Isolde. Das Werk und seine Inszenierungen, Laaber 1993, bes. S. 9 ff.
5 Vgl. dazu Martha Schad, ›Meine erste und einzige Liebe‹. Richard Wagner und Mathilde Wesendonck, München 2002.
6 Richard Wagner, SB, Bd. VIII, S. 356 (Brief an Franz Liszt vom 28. Juni 1857).

hierbei eine jedoch später nicht ausgeführte Episode ein: nämlich einen Besuch des nach dem Gral umherirrenden Parzival an Tristans Siechbette. Dieser an der empfangenen Wunde siechende und nicht sterben könnende Tristan identifizierte sich in mir nämlich mit dem Amfortas im Gral-Roman«[7].

»Erstaunlich kurz und gradlinig«[8] erscheint die Entstehungsgeschichte des *Tristan*, verglichen mit anderen Werken: 1854 wandte sich Wagner erstmals ernsthaft dem Stoff zu, nachdem er von dem befreundeten Karl Ritter, einem Schüler Robert Schumanns, ein Tristan-Drama gelesen hatte. 1855, noch während der Arbeit an der Partitur des dritten Aufzugs der *Walküre*, entwarf er ein Konzept, und im folgenden Jahr, nach Abschluß der Partitur der *Walküre* und der Komposition des ersten Aufzugs von *Siegfried*, entstanden die ersten Skizzen zur Musik für den *Tristan*. Dann, im Sommer 1857, schrieb er in dem bereits zitierten Brief an Liszt: »Ich habe meinen jungen Siegfried noch in die schöne Waldeinsamkeit geleitet; dort hab' ich ihn unter der Linde gelassen und mit herzlichen Thränen Abschied genommen: – er ist dort besser dran als anderswo«[9]. Da der *Ring* nun aufgegeben war, konzentrierte sich Wagner ganz auf seinen *Tristan*. Zunächst mit einem ausführlichen Prosaentwurf, dann ab Oktober 1857 mit der Komposition des ersten Aufzugs. Danach folgten der zweite Aufzug und – parallel dazu – die Vertonung zweier Gedichte von Mathilde Wesendonck, *Träume* und *Im Treibhaus*, die er als ›Studien für Tristan und Isolde‹ bezeichnete. Im Sommer 1858, mitten in der Orchestrierung des zweiten Aufzugs, mußte Wagner das von Otto Wesendonck als Wohnhaus zur Verfügung gestellte ›Asyl‹ in Zürich verlassen, weil seine Affäre mit Mathilde Wesendonck von seiner Frau Minna entdeckt worden war. So fuhr er Ende August ohne Minna nach Venedig, wo er das Werk zu vollenden hoffte. Das freilich ergab sich nicht; denn im März 1859 war er gezwungen, auch Venedig zu verlassen, aber im selben Jahr noch, im August, schloß er die Partitur dann in Luzern ab, wohin er geflohen war.

II

Wagner war sich nach dem Abschluß der Komposition des Ausnahmeranges seines Werkes sehr bewußt. Von Luzern schrieb er an Mathilde Wesendonck: »Kind! Dieser Tristan wird was furchtbares! Dieser letzte Akt!!! Ich fürchte die Oper wird verboten – falls durch schlechte Aufführungen das Ganze nicht parodiert wird – : nur mittelmäßige Aufführungen können mich retten! Vollständig gute müssen die Leute verrückt machen«[10].

---

7 Richard Wagner, ML, S. 594.
8 Martin Gregor-Dellin/Michael von Soden (Hg), Richard Wagner. Leben, Werk, Wirkung, Düsseldorf 1983, S. 230.
9 Richard Wagner, SB, Bd. VIII, S. 354 (Brief an Franz Liszt vom 28. Juni 1857).
10 Richard Wagner an Mathilde Wesendonk, Tagebuchblätter und Briefe 1853–1871, S. 123. (Brief vom 10. April 1859).

Das läßt sich als eine Anspielung sowohl auf den symphonischen Charakter wie auf die expressiv eingesetzte, bis dahin so noch nie gehörte Chromatisierung der Musik verstehen, deren sehrender und bohrender Charakter alle gängigen Hörgewohnheiten der Zeit infrage zu stellen schien, aufwühlend und revolutionär im Austesten der Tonalität, im Drängen auf Grenzbereiche musikalischer Erfahrungen, die nicht nur die Gefühle der Bühnenfiguren, sondern auch die der Zuhörer in extreme Lagen treibt. Eine Wirkung, die sich präziser sprachlicher Beschreibung weithin entzieht, Inbegriff eines theatralen Rausches und damit vielleicht jene »Gefühlswerdung des Verstandes«, die im *Kunstwerk der Zukunft* als Ziel anvisiert wird. Sehr viel später hat Wagner gegenüber Cosima geäußert, es sei ihm im *Tristan* ein »Bedürfnis gewesen, sich auszurasen musikalisch«[11] und »ein Mal sich ganz symphonisch gehen zu lassen ... «[12] – eine nachträgliche Beschreibungen der Veränderung und Fortentwicklung des eigenen Stils, aber zugleich auch ein Hinweis auf den die Enge der gesellschaftlichen Gegenwart transzendierenden Charakter der Handlung, auf das Ende, das den Ausstieg aus einer sich der Liebe versagenden, feindlichen Umwelt komponiert. Im *Tristan* finden sich all jene musikalischen Elemente wieder, die Wagner schon in seinen bisher komponierten Dramen genutzt hatte: Leitmotive etwa, die allerdings flexibler verwendet werden, sich stärker entgrenzen und ineinander fließen, als dies etwa im *Ring* der Fall ist; eine Melodik, die hörbar nachhaltiger durch Harmonik und Akkordstruktur eingefärbt wird als dies zuvor bei Wagner üblich war[13]; eine symphonische Durchgestaltung des Orchestersatzes, die sich zwar nicht in den strengen Formen des klassischen symphonischen Satzes bewegt, wohl aber dessen Elemente aufgreift, sie nutzt und umgestaltet und damit den Bezug zur symphonischen Musik herstellt; auch eine Verfeinerung der Instrumentation, die in ihren subtilen Abstufungen der Klangfarben jeder Seelenregung der Protagonisten zu folgen vermag. Und schließlich jene ›Kunst des Übergangs‹, die Wagner in einem Brief an Mathilde Wesendonck wie folgt beschrieben hat: »Ich erkenne nun, daß das besondere Gewebe meiner Musik ... seine Fügung namentlich dem äußerst empfindlichen Gefühle verdankt, welches mich auf Vermittlung und innige Verbindung aller Momente des Überganges der äußersten Stimmungen ineinander hinweist. Meine feinste und tiefste Kunst möchte ich jetzt die Kunst des Überganges nennen, denn mein ganzes Kunstgewebe besteht aus solchen Übergängen: das Schroffe und Jähe ist mir zuwider geworden; es ist oft unumgänglich und nötig, aber auch dann darf es nicht eintreten, ohne daß die Stimmung auf den plötzlichen Übergang so bestimmt vorbereitet war, daß sie diesen von selbst forderte«[14]. Man möchte hinzufügen, daß diese ›Kunst des Übergangs‹ korrespondiert mit den Seelen- und Gefühlszuständen, in denen Tristan und Isolde sich jeweils befinden, und die sich ja

---

11 Cosima Wagner, TB, Bd. II, S. 188 (2. Oktober 1878).
12 Ebenda, S. 256 (11. Dezember 1878).
13 Carl Dahlhaus, Richard Wagners Musikdramen, Zürich/Schwäbisch Hall 1985, S. 65.
14 Richard Wagner an Mathilde Wesendonk, Tagebücher und Briefe 1853–1871, S. 189 (Brief vom 29. Oktober 1859).

ebenfalls nicht abrupt, nicht ›schroff und jäh‹ ändern sondern in langen Amplituden schwingen und sich miteinander verbinden – am eindrucksvollsten im zweiten Aufzug; Musik und stillgestellte Handlung korrespondieren hier auf eine ideale Weise.

Dem musikalisch neuartigen Charakter des *Tristan* entsprach die, gemessen an der historischen Vorlage, radikale Verknappung der Textvorlage, eine drastische Reduktion der Handlung, »die Spuren der epischen Herkunft des Stoffes fast restlos ausgelöscht« hat[15]. Das in einer Vielzahl von Ereignissen und immer neuen Geschichten wuchernde Tristan-Epos des Gottfried von Strassburg hat Wagner radikal verkürzt und auf nur wenige Protagonisten und Szenen verdichtet, er hat es konzentriert auf die hoffnungslose Liebe zweier Liebender. Dadurch konnte die Vorgeschichte wegfallen, die zeitweilige Trennung Tristans von Isolde und dessen Heirat mit einer zweiten Isolde, genannt Weißhand, wurde gestrichen und der Schluß der Tragödie neu gestaltet. Wie immer ist Wagner auch hier mit seiner Vorlage frei verfahren, hat sie neu gedichtet und damit für den eigenen Zweck eingerichtet und so ein weiteres Mal – ganz im Sinne seiner eigenen ästhetischen Konzeption aus den Züricher Jahren – sich einen Kunstmythos geschaffen, eine grandiose Erzählung, die in ihrer berührenden Intimität von einer starken poetischen Eindringlichkeit ist.

Daß alles Geschehen im *Tristan* durch die Liebe zweier Menschen und den daraus erwachsenen Verhaltensweisen zueinander bestimmt wird, daß alle anderen Personen in den Hintergrund treten, gleichsam Schattenfolien für die davor ablaufende Handlung sind, hat diesem Werk von Anfang an eine besondere Stellung im Schaffen Wagners zugewiesen. Denn offensichtlich hat es schon aus diesem Grund wenig gemein mit jenen anderen Musikdramen Wagners, die voller Aktionen sind, voller dramatischer Wendungen und Zuspitzungen, gesättigt mit Ideen, mit ›Weltanschauung‹, wie Wagner mit Bezug auf den *Ring* einmal formulierte. Der *Tristan* scheint fern aller Weltanschauung, fern auch aller aktionsbeladenen Dramatik, er ist »Handlung in drei Aufzügen« – wie sein Schöpfer titelte – , innere Handlung zu allererst, in der die emotionale Entwicklung zweier Liebenden thematisch wird. Ein einziger innerer Monolog der Protagonisten von Bekettscher Verlorenheit, von der Vergeblichkeit ihrer Anstrengungen, zueinander zu kommen, auch über ihre Distanz zu den äußeren Momenten des Geschehens. Tableau einer Weltabgewandtheit, die im ganzen Stück ständig spürbar und präsent bleibt – ein »Bild des Menschlichen in seiner radikalen, ja puristischen Reduktion auf den machtvollsten aller Triebe«[16].

Hinsichtlich der ästhetischen Einordnung des *Tristan* in die Entwicklung des Gesamtwerkes hat Wagner selbst eine auf den ersten Blick scheinbar widersprüchliche Bestimmung geliefert: er habe sich erlaubt – so schreibt er in *Zukunftsmusik* von 1860 – an den *Tristan* »die strengsten, aus meinen theoretischen Behauptungen fließenden Anforderungen zu stellen.« Das meint wohl, daß die in *Oper und Drama* formulierten Grundsätze des Musikdramas im *Tristan* ihre konsequenteste Umset-

---

15 Carl Dahlhaus, Richard Wagners Musikdramen, S. 54.
16 Peter Wapnewski, Tristan der Held Richard Wagners, Berlin 2001, S. 123.

zung erfahren haben – eine Feststellung, die auch durch das Zusammenführen der Stimmen von Tristan und Isolde an den Höhepunkten des Dramas wie durch den gelegentlich auftretenden Chor nicht als widerlegt angesehen zu werden braucht, weil Wagner beides auch schon zuvor in früheren Werken so praktiziert hatte. Doch die Fortführung des Zitats nimmt eine überraschende Wendung: »nicht weil ich es nach meinem System geformt hätte« – schreibt Wagner –, »denn alle Theorie war vollständig von mir vergessen; sondern weil ich hier endlich mit der vollsten Freiheit und mit der gänzlichsten Rücksichtslosigkeit gegen jedes theoretische Bedenken in einer Weise mich bewegte, daß ich während der Ausführung selbst inne ward, wie ich mein System weit überflügelte«[17].

Es mag naheliegen, in diesen Worten den Abschied Wagners von aller Theorie zu sehen, die Distanzierung vom eigenen, immer wieder so ausufernd formulierten ästhetischen Konzept des musikalischen Dramas und des Gesamtkunstwerks. Doch die Sätze lassen sich auch anders verstehen. Was Wagner meint ist dies: nachdem die theoretischen Überlegungen zu Ende und ihre Konsequenzen musiktheatralisch erprobt worden sind – weil »eine vorhergehende Periode der Reflexion mich ... gestärkt hatte«[18] – , können sie nun gleichsam ›vergessen‹ werden, um so vollständig in der Freiheit des ästhetischen Entwurfs aufzugehen und ihn gleichzeitig dadurch zu gestalten. Ein solches Verfahren suspendiert das grundsätzliche Bestimmungsverhältnis von Wort und Ton nicht, auch nicht die grundsätzlichen Thesen von Wagners Poetologie und Dramentheorie, wie sie in *Oper und Drama* entwickelt worden sind[19], sondern verweist lediglich darauf, daß die Musik auf den Vorgang der Verlagerung des dramatischen Geschehens in die Gefühlswelt der Protagonisten, also auf die innere ›Handlung‹, entsprechend zu reagieren hat. Denn alle Regeln, die nach Wagner für das an äußeren Ereignissen reiche Musikdrama gelten, gelten prinzipiell auch für die Entwicklung innerer Seelenzustände, müssen hier aber entsprechend transformiert werden. Wagner selbst hat diese Parallelität der Sachverhalte nachdrücklich betont und damit den *Tristan* als seinem musikästhetischen Denken entsprechend eingeordnet: »Ein Blick auf das Volumen dieses Gedichtes zeigt sofort, daß ich dieselbe ausführliche Bestimmtheit, die vom Dichter eines historischen Stoffes auf die Erklärung der äußeren Zusammenhänge der Handlung, zum Nachteil der deutlichen Kundmachung der inneren Motive angewendet werden mußte, nun auf diese letzteren einzig anzuwenden mich getraute. Leben und Tod, die ganze Bedeutung und Existenz der äußeren Welt, hängt hier allein von der inneren Seelenbewegung ab. Die ganze ergreifende Handlung kommt nur dadurch zum Vorschein, daß die innerste Seele sie fordert, und sie tritt so an das Licht, wie sie von innen aus vorgebildet ist«[20].

---

17 Richard Wagner, Zukunftsmusik, in: GSD, Bd. 7, S. 119.
18 Ebenda.
19 Vgl. dazu Udo Bermbach, Der Wahn des Gesamtkunstwerks, S. 191 ff. (›Gesellschafts- und Staatskritik‹).
20 Richard Wagner, Zukunftsmusik, in: GSD, Bd. 7, S. 123.

Obgleich also inhaltlich eine äußerste Reduktion szenischer Aktionen vorgenommen wird, verbunden mit einer Dramatisierung emotionaler Entwicklungen und Erlebnisse der Akteure, bleibt das gleichsam nach innen gewendete Konzept des Musikdramas doch in Geltung. Im Zwiegespräch der Protagonisten sind die dramatischen Entwicklungen unmittelbar abzulesen, zugleich aber auch sublimiert, und es gilt – zumindest für Wagner – auch hier, was er für alle seine Bühnenwerke beansprucht: daß im Wort selbst, im Dialog der Protagonisten die Musik bereits angelegt ist, ein wechselseitiges Abhängigkeits- und Verweisungsverhältnis und damit die Erfüllung der in *Oper und Drama* schon formulierten Postulate. Von der »im Gedicht bereits vollständig ausgebildeten musikalischen Form« ist im Rückblick auf den *Tristan* die Rede, von der Tatsache, daß »die vollständige Vorbildung der musikalischen Form dem Gedichte bereits einen besonderen Wert, und zwar ganz im Sinne des dichterischen Willens zu geben vermag« und zugleich davon, »daß bei diesem Verfahren die Melodie und ihre Form einem Reichtum und einer Unerschöpflichkeit zugeführt werden, von denen man sich ohne dieses Verfahren gar keine Vorstellung machen konnte«[21]. Die Ausnahmestellung des *Tristan* ist, so ließe sich die Selbstauslegung Wagners resümieren, eine Ausnahmestellung innerhalb eines Werkzusammenhangs, inhaltlich eine Erzähl-Variante jenes Mythosverständnisses, das seit dem *Fliegenden Holländer* den Musikdramen Wagners ihr strukturelles Korsett einzieht.

III

Gleichwohl hat die Intimisierung der Geschichte von Tristan und Isolde viele Interpreten zu der Auffassung verleitet, mit diesem Werk habe sich Wagner endgültig von seinen politisch-revolutionären Idealen der späten vierziger und frühen fünfziger Jahre abgewandt, habe er die Realität und sein politisches Engagement zugunsten einer Traumwelt verraten, in der die Hoffnungen und Leiden des verletzten Subjektes ihm nun zum einzig angemessenen Thema seiner Kunst geworden seien. Eine solche Auffassung konnte sich auf gelegentliche Äußerungen des Komponisten berufen. So etwa auf jene Briefstelle an Hector Berlioz, wo es heißt: »Ich hatte die Revolution erlebt und erkannt, mit welch' unglaublicher Verachtung unsere öffentliche Kunst und deren Institute von ihr angesehen wurden, so daß bei vollkommenem Siege namentlich der sozialen Revolution eine gänzliche Zerstörung jener Institute in Aussicht zu stehen schien. Ich untersuchte die Gründe dieser Verachtung und mußte zu meinem Erstaunen beinahe die ganz gleichen erkennen, die Sie, lieber Berlioz, z. B. bestimmen, bei jeder Gelegenheit mit Eifer und Bitterkeit über den Geist jener öffentlichen Kunstinstitute sich zu ergießen; nämlich das Bewußtsein davon, daß die Institute, also hauptsächlich das Theater, und namentlich das

---

21 Ebenda, S. 123 f.

Operntheater, in ihrem Verhalten zum Publikum Tendenzen verfolgen, die mit denen der wahren Kunst und des echten Künstlers nicht das Mindeste gemein haben, dagegen diese nur zum Vorwande nehmen, um mit einigem guten Anscheine im Grund nur den frivolsten Neigungen des Publikums großer Städte zu dienen«[22]. Mit einem solchen Bekenntnis scheint es übereinzustimmen, daß der Beginn der Arbeit an diesem Werk in eine Zeit fällt, da die Revolution von 1848/49 wie auch die daraus gezogenen Schlüsse in den ›Zürcher Kunstschriften‹ schon einige Jahre zurückliegen, also auch ihre aktuelle Bedeutung eingebüßt zu haben scheinen. In der Tat sind die Rücknahme der Revolutionshoffnungen und das Verschwinden bakunistischer Vernichtungsphantasien in den Briefen der Jahre nach 1854 durchaus zu beobachten, und die Lektüre Schopenhauers scheint zu jener weltverneinenden Flucht ins Innere des Subjekts zu führen, durch welche die Wende von der Revolution, der Verzicht auf das aktive Eingreifen ins politische Geschehen zu einem nur noch mit den eigenen Befindlichkeiten beschäftigten Dichter und Komponisten offensichtlich vollzogen wird.

Doch darf nicht vergessen werden, daß Wagner sich noch im Gestus der Abkehr von aller Revolution und Politik auf beides ganz unvermeidlich bezieht, wie auch in Erinnerung bleiben sollte, daß revolutionäres Denken allemal seine Spuren hinterläßt – und sei es gegen die unmittelbaren eigenen Absichten des Tages. Was, wenn es anders wäre, auch verwundern müßte bei einem Menschen von Wagners Charakter, der die einmal gefaßten und für richtig erkannten Ideen mit brachialer Konsequenz trotz aller Schwierigkeiten über Jahre hinweg verfolgt und bei dem alle vermeintliche Anpassung und aller immer wieder unterstellte Opportunismus nur dem einen Ziel dienen: das von seinen revolutionären Ideen durchdrungene musikdramatische Werk um nahezu jeden Preis verwirklichen zu können und dadurch auch jenen Ideen zum Durchbruch zu verhelfen.

Eine solche Konsequenz im Handeln, der die Konsequenz im Denken stets vorausgeht, läßt sich auch im *Tristan* noch erkennen und dingfest machen, d. h. es läßt sich zeigen, daß auch diese ›Handlung‹ den tiefliegenden politischen und gesellschaftlichen Optionen Wagners verpflichtet ist. Selbst wenn die Verdichtung des Geschehens die beiden Protagonisten einsam in den Vordergrund rückt, wenn deren individuelles Schicksal scheinbar alles Rahmenwerk und das übrige Personal beiseite schiebt, so ist doch deutlich zu sehen, daß weder Tristan noch Isolde völlig losgelöst von allen Kontextbedingungen handeln, also keineswegs autonom sind in den Bestimmungsgründen ihres Verhaltens, die den starken Gefühlen entgegenstehen und somit auch an der Entstehung des todbringenden Konfliktes beteiligt sind. Denn beide, Tristan wie Isolde, sind in ihrem Bewußtsein, in ihrem Willen und in ihrem Handeln von Bedingungen abhängig, die sie selbst nicht geschaffen, auf die sie aber auch keinen Einfluß haben und denen sie folglich am Ende nicht entgehen können.

22 Richard Wagner, Ein Brief an Hector Berlioz, in: GSD, Bd. 7, S. 84.

Zu solchen Bedingungen gehört die Vorgeschichte zu dem, was im *Tristan* erzählt wird. Wagner hat sie, wie schon erwähnt, weggelassen, aber in vielfachen Rückblenden und Andeutungen ist sie doch präsent. Es ist eine unheilvolle Vorgeschichte, wie sich rasch herausstellt, die immer dann mitspielt, wenn Tristan und Isolde sich begegnen, sich ihre Liebe versteckt oder offen gestehen, sich auf einander zubewegen oder auch voreinander zurückziehen. Eine Vorgeschichte, die deshalb so entscheidend ist, weil die beiden Protagonisten schon einmal, vor ihrer neuerlichen Begegnung auf dem Schiff, die auch für sie geltenden Gesetze verletzt haben und dadurch unheilvoll miteinander verbunden sind – so beispielsweise dadurch, daß Isolde den kranken Tristan nicht getötet hat, um den von ihm verübten Mord an Morolt, ihrem Bräutigam, zu rächen, wie es geltendem Gesetz entsprochen hätte. Eine Vorgeschichte also, die den Rahmen spannt, innerhalb dessen sich das Schicksal der Protagonisten entfaltet und aus dem sich jene Motive für Stimmungen und Verhaltensweisen erklären lassen, durch die das Ende der beiden präfiguriert und schließlich entschieden wird. Eine Vorgeschichte auch, in der die politischen wie gesellschaftlichen Implikationen des Dramas enthalten sind, wodurch sich die vermeintlich private Beziehung von Tristan und Isolde als eine im höchsten Maße politisch und gesellschaftlich aufgeladene, im modernen Sinne also als eine öffentliche Geschichte erweist. Und dies erklärt auch, weshalb beide sich nicht in einem Akt des Selbstvergessens, der ein Akt der Selbstbestimmung wäre, ihren alles überwältigenden Gefühlen überlassen.

Im *Tristan* ist, und das mag zunächst erstaunen, die Gesellschaft stets mitgedacht, mit allen Regeln und Ritualen, mit den für den Einzelnen verbindlichen Vorschriften und Gebräuchen. Selbst dort, wo das Geschehen von aller Politik und Gesellschaft am weitesten entfernt scheint, im großen Liebesduett des zweiten Aufzugs, sind beide, Politik wie Gesellschaft, wirkungsvoll präsent. Wenn Isolde und Tristan sich erstmals allein begegnen, wenn sie sich endlich, nach allen Qualen der Verdrängung, ihre Liebe frei gestehen und jeder im anderen auf- und vergehen möchte, wenn sich die Grenzen des Subjektes in der Intimität einer geträumten Intersubjektivität aufzulösen scheinen – ein Vorgang, den die mittalterliche Gesellschaft so nicht kannte und der typisch für ein modernes Lebensgefühl ist –, gerade in diesem Moment scheinbar größter Ferne von allen alltäglichen Erfahrungen und Einengungen fordert die brutale Realität ihren schmerzlichen Tribut, bricht die Gegenwart gnadenlos in den Traum der beiden Liebenden ein. »Dem tückischen Tage,/dem härtesten Feinde/ – Haß und Klage« singt Tristan in blanker Verzweiflung, und er meint damit nichts anderes als jene sozialen und politischen Bedingungen, denen auch die größte Liebe nicht zu entkommen vermag. Haß und Klage als hilflose Gesten der Resignation, als symbolisches Aufbäumen gegenüber der Gewißheit einer lieblosen Umwelt.

Vor allem in dieser Szene wird deutlich, daß Wagner im *Tristan* – wie auch zuvor schon im *Tannhäuser*, im *Lohengrin*, in den *Meistersingern* und erst recht im *Ring* – moderne Begriffe und Konflikte in historisch-mythologische Stoffe rücküberträgt. Denn die mittelalterliche Welt, in der *Tristan* ja spielt, kannte die Liebe in ihrer radikalen Versubjektivierung und den daraus resultierenden Konflikten nicht so, wie sie hier dargestellt wird. Liebe – mittelhochdeutsch: minne – meinte zu jenen Zeiten nicht jene emotionale Bewegung und Aufladung des persönlichen Gefühls, die im Extremfall zur völligen Hingabe des einen an den anderen, zur Ausschaltung aller rationalen Kontrolle über sich selbst und die Außenwelt führen können, sondern bezeichnete »eine Macht, die kraft erotischer Energie den Mann stimuliert, über sich hinauszuwachsen und im Dienste des Schönsten und Edelsten, das Gott geschaffen, den Minnenden befähigt, sich zu veredeln und zu erhöhen«[23]. Das ist ein Verständnis von Liebe, das »wesensmäßig mit der Konstruktion einer hierarchisch geschichteten Gesellschaft zusammenhängt und den Wert des Einzelnen ermißt an dem Wert, den man ihm zumißt«[24]. Dieser ›minne‹ war stets auch die Ehre – mittelhochdeutsch: êre – beigesellt, die in jener Zeit nicht bedeutete, daß man mit seinen Handlungen vor dem eigenen Gewissen bestehen konnte, sondern die »das Ansehen vor der Welt durch die Welt« bezeichnete. Beides, ›minne‹ wie ›êre‹, waren inhaltlich sehr genau festgelegt und zugleich Bestandteil eines fest gefügten Tugendsystems, das seinerseits seinen Ort auch im mittelalterlichen Lehensrecht als der verbindlichen Regelung des – modern gesprochen – ›öffentlichen‹ Lebens hatte. Wenn ›minne‹ und ›êre‹ miteinander in Konflikt gerieten, was natürlich immer sein konnte, so wurde dieser Konflikt zugunsten der ›êre‹ gelöst. »Wo immer aber im Konfliktfalle die minne droht, die Dignität der êre zu gefährden, da geben die Helden die Intensität ihres erotischen Engagements preis, das heißt, sie distanzieren sich von der minne-Liebe«[25].

Daß sich Tristan gegenüber Isolde und diese gegenüber Tristan nicht den mittelalterlichen Gepflogenheiten gemäß verhalten, macht deutlich, wie entschieden Wagner dem mittelalterlichen Stoff eine moderne Problematik implantiert hat. Das Liebesduett des zweiten Aufzugs offenbart dies mit aller Eindringlichkeit. Es entwirft »ein psychologisches Porträt des Liebespaares und ist zugleich der Ort, an dem der dramatische Konflikt – die Überwindung der gesellschaftlichen Konventionen durch schrankenlosen Individualismus – formuliert und sogleich aufgelöst wird«[26]. Das mündet in einem Individualimus, der ein eigenes Recht gegen die Welt einfordert, unbeschadet der Folgen, die das für andere haben kann. Sich in dieser Weise ins Zentrum des Geschehens zu stellen, ist ein Ergebnis neuzeitlicher Entwicklungen; es ist die Konsequenz der Bevorzugung des Individuums, seiner Bedürfnisse und Rechte vor denen der Gesellschaft, es ist das Resultat einer Philosophie, die den Einzelnen zum Ausgangspunkt ihrer gesellschafts- und politiktheoretischen Überlegungen macht – und es ist damit Ausdruck der herrschenden politischen wie gesellschaftlichen Theorien in Europa seit dem 18. Jahrhundert.

---

23 Peter Wapnewski, Tristan der Held Richard Wagners, S. 86.
24 Ebenda, S. 87.
25 Ebenda.
26 Jürgen Schläder, Vom Gefühlsrausch zur intellektuellen Revolution. Zur Strategie des Liebesduetts in Wagners Tristan, in: Hanspeter Krellmann/Jürgen Schläder (Hg), ›Die Wirklichkeit erfinden ist besser‹. Opern des 19. Jahrhunderts von Beethoven bis Verdi, Stuttgart/Weimar 2002, S. 132.

Aus diesem Nebeneinander von mittelalterlichem Stoff und modernen, am Subjekt und seinen Bedürfnissen orientierten Verhaltensweisen ergibt sich ein doppeltes Spannungsverhältnis: zum einen zwischen den mittelalterlichen Begriffen, in denen eine ganze Welt aufgehoben ist, und ihren modernen Inhalten, die diese Welt suspendieren; zum anderen wird die moderne Gesellschaft mit ihrer Psychologie des Subjektes an der mittelalterlichen Gesellschaft und deren Normen und Verhaltensweisen gespiegelt und dazu in Gegensatz gebracht.

Schon die Eingangsszene macht diese sich überlagernden Spannungen deutlich. Da treffen zwei Menschen aufeinander, die sich offensichtlich schon sehr lange und überdies sehr gut kennen, vielleicht sogar eng verbunden waren, wie man rasch vermuten darf, und nun gegen ihren Willen gemeinsam nach Kornwall segeln. Gerade weil sie sich kennen, gehen sie sich – das wird nach dem Beginn des ersten Aufzugs sehr schnell deutlich – aus dem Weg, ziehen sich dann auf Förmlichkeiten zurück, wenn die Begegnung unvermeidlich wird. Dieses verkrampfte gegenseitige Ignorieren, das nur langsam einer auf Distanz beharrenden Annäherung weicht, diese geheime Sehnsucht nach dem gegenseitigen Gespräch, zurückgehalten durch eine spürbar erzwungene Abwendung voneinander, deren Gründe dem Zuhörer anfänglich noch verborgen bleiben, dieses immer wieder hervorbrechende Interesse am anderen deutet sehr rasch darauf hin, daß beide, Tristan wie Isolde, verborgene Gemeinsamkeiten teilen, die nur in der Vorgeschichte ihre Aufklärung finden können. In Isoldes Erzählung[27] wird denn auch bald klar, worin diese Vorgeschichte besteht: Tantris, Anagramm für Tristan, der Mörder ihres Verlobten Morolt, wurde vor langer Zeit nach einem Kampf verwundet und kam fiebernd und dem Tode nahe in einem kleinen Kahn nach Irland, um durch Isoldes vielgerühmte Heilkunst zu genesen. Er begab sich also wissentlich in ihre Gewalt, mußte befürchten, daß er durch Isoldes Rache sterben könne, sobald diese ihn als den Mörder Morolts erkennen würde. Dieses Erkennen geschah sofort, denn Isolde sah im Schwert des Tantris eine Scharte, in die sich jener Splitter fügte, der einst im abgeschlagenen Haupt von Morolt steckte, welches Tristan ihr als Zeichen seines Sieges zugesandt hatte. Verständlich, daß in dieser Situation Isoldes Gefühl spontan das der Rache ist, daß sie die Chance nutzen will, den kranken und wehrlosen Tristan mit einem tödlichen Schlag zu treffen, um so den gemordeten Morolt zu rächen. Doch dann läßt sie das erhobene Schwert sinken, verzichtet auf den tödlichen Stoß, denn: »er sah mir in die Augen«, nicht auf das Schwert, nicht auf die Hand, sondern in die Augen. Der unverstellte Blick des Wehrlosen und Hilfsbedürftigen, von jeher literarischer Topos[28] für die wehrlos machende Wahrheit, bewirkt bei ihr den alles entscheidenden Sinneswandel, löst spontan ihre Liebe aus, die der Blick von Tantris/Tristan erwi-

---

27 Erster Aufzug, dritte Szene.
28 Vgl. dazu Ein Blick sagt mehr als eine Rede. Motiv und Bedeutung des Blicks in den Musikdramen Richard Wagners, in: Ulrich Müller/Oswald Panagl, Ring und Gral. Texte, Kommentare und Interpretationen zu Richard Wagners Der Ring des Nibelungen, Tristan und Isolde, Die Meistersinger von Nürnberg und Parsifal, Würzburg 2002, S. 315 ff, bes. S. 332.

dert. Gegen das mittelalterliche Gebot der ›êre‹, gegen alle Prinzipien, Regeln und Gesetze der mittelalterlichen Gesellschaft, in der Rache und Vergeltung nicht nur selbstverständlich sind sondern auch zum Handeln verpflichten, weil auf diesen alttestamentarischen Prinzipien sich mittelalterliches Recht begründet, verzichtet Isolde auf den legitimen wie legalen Schwertschlag. Sie stellt sich damit gegen alle Traditionen und Vorschriften ihrer Gesellschaft, sie verwirft deren Recht und begeht einen schweren Rechtsbruch, der sie zur Außenseiterin in der eigenen Gesellschaft werden läßt – und dies alles aus plötzlich aufschießender Liebe, die mit ›minne‹ nichts mehr gemein hat. Eine Frau vollzieht hier die »Aufhebung des Gesetzes durch die Liebe«[29], stellt sich gegen die sie umgebende Männergesellschaft, folgt ausschließlich ihrem Gefühl und pflegt den Geliebten, den Mörder ihres Bräutigams, wieder gesund. Es ist ein revolutionärer Akt, den Isolde hier begeht, ein Akt, den mittelalterliches Denken so nicht zuläßt, und der deshalb dem Geist einer aufgeklärten Moderne verpflichtet ist – erneut Beispiel dafür, wie Wagner sein eigenes Denken und das seiner Zeit am Mythos entfaltet.

Doch noch in diesem Akt des Nichtvollziehens, des Außerkraftsetzens und der Aufhebung des mittelalterlichen Gesetzes bleibt dieses Gesetz präsent, bleibt es Drohung gegenüber der Gesetzesbrecherin und ein entscheidendes Hindernis für die wirkliche Einlösung der Liebe beider. Denn es ist in einer mittelalterlichen Gesellschaft undenkbar, daß die Tochter eines Königs den Mörder ihres Verlobten liebt und diese Liebe als legitim anerkannt werden könnte. Der Mörder muß deshalb so schnell wie möglich den Ort der Tat wie den Ort der Liebe verlassen, und wenn er der Geliebten nahe sein will, muß er sich andere Möglichkeiten ausdenken als die, am Hofe ihres Vaters zu bleiben. So kehrt denn Tristan zu König Marke zurück und rät diesem, Isolde zu freien, sie an den eigenen Hof als Königin zu holen. Es ist ein Rat, der sich einem doppelten Motiv verdankt: zum einen entspricht der Vasall Tristan damit jener feudalen Treue, zu der das Lehensgesetz ihn verpflichtet, zum anderen bringt dieser Rat, wird er denn befolgt, ihn der Erfüllung seines sehnlichsten Wunsches näher, die geliebte Frau in seiner Nähe zu haben. Tristan rät freilich einem Ahnungslosen und deshalb Gutgläubigen, der die Vorgeschichte nicht kennt und dem deshalb auch die emotionalen Verstrickungen seines Gefolgsmannes unbekannt sind. Und nicht zuletzt deshalb hat Marke später auch alles Recht, sich betrogen zu fühlen, nachdem er der Empfehlung Tristans gefolgt ist und von ihm und Isolde den Betrug erfahren hat. Ein Betrug von ungeheurer Tragweite, denn Tristan, der Stratege, hat damit nicht nur die Fundamente der Freundschaft, sondern die des Gesetzes selbst unterhöhlt, hat zusammen mit Isolde, die ihrerseits ihre frühere Liebe zu Tristan dem König verschweigt und damit schuldig wird, das Recht selbst außer Kraft gesetzt.

Und wiederum wird ein moderner Konflikt im mittelalterlichen Kontext entfaltet: die Entdeckung individueller Gefühle und Wünsche, die Emanzipation des

---

29   Notiz von Richard Wagner zu seinem nicht ausgeführten Drama Jesus von Nazareth 1849, in: GSB, Bd. 6, S. 209.

Subjekts trifft auf die festen Grenzen einer Gesellschaft, in der die ständische Einordnung des Einzelnen selbstverständlich ist, modern gesprochen: die Staatsräson den individuellen Bedürfnissen und Rechten vor- und übergeordnet wird. Isolde mag diesen Konflikt schon rechtzeitig ahnen; in ihrem »Mir erkoren,/mir verloren«[30] läßt sich die Unentrinnbarkeit jener heillosen Dialektik von Befreiung, Selbstbestimmung und Untergang erkennen, aus der es, angesichts der gegebenen gesellschaftlichen Strukturen, kein Entrinnen gibt. Denn die wirkliche Einlösung der Liebe zwischen Tristan und Isolde käme dem Negieren aller bestehenden Gesetze und gesellschaftlichen Regelungen gleich, es wäre eine Schmähung nicht nur des königlichen Freundes, sondern – was einzig entscheidend ist – des Königs selbst, der Monarchie als einer von Gott gegebenen Staatsform, wie umgekehrt dieser aus solchen Gesichtspunkten heraus notwendige Verzicht auf die Einlösung der Liebe nur als Verrat an der eigenen Person, als schwerer Identitätsbruch empfunden werden kann, was beides auf Dauer nicht unbeschädigt durchzuhalten ist.

Verrat – diese den *Tristan* beherrschende, seine Handlung bestimmende Verhaltensweise gewinnt auf diesem Hintergrund eine dreifache Bedeutung: Verrat ist zum ersten der Verrat der Protagonisten an sich selbst, an ihren Wünschen und Sehnsüchten, an ihrer Liebe; er ist damit auch Verrat zugleich am jeweils Anderen, an dessen Wünschen und Sehnsüchten, die geteilt, aber nicht erwidert werden; und schließlich ist er Verrat am betroffenen Dritten, am König, der ahnungslos in die für ihn legitimationsbedrohende Katastrophe gelockt und getrieben wird. Für Tristan heißt das: verdrängt er seine Liebe zu Isolde, so folgt er zwar seinen Pflichten als Vasall von Marke, aber er verrät sowohl sich selbst wie auch die Geliebte; gibt er dagegen seiner Liebe nach, dann verrät er den König und bricht den geschworenen Treue-Eid. Dasselbe gilt sinngemäß für Isolde: verzichtet sie auf Tristan, denn verrät sie sich selbst wie den Geliebten und verliert den, den sie liebt; bekennt sie sich zu ihm, verrät sie Morolt und auch den König. Wie immer beide sich entscheiden, ob für oder gegeneinander – sie können dem Verrat an sich selbst und am König nicht ausweichen.

Doch Verrat gibt es nicht a priori, er ist nicht voraussetzungslos zu definieren. Vielmehr bedarf das, was inhaltlich als Verrat begriffen werden soll, eines Kontextbezugs, denn Verrat ist stets Verstoß gegen gesellschaftliche Rahmenbedingungen, ist daher auch Verletzung einer Rechtsordnung, in der die moralischen Überzeugungen der Gesellschaft ihren Niederschlag gefunden haben und ihre faktische Geltung beanspruchen. Recht und Gesetz sind Spiegel der Gesellschaft, in beiden formalisiert sich, was sich an ethischen Grundüberzeugungen gesellschaftlich herausgebildet hat, was aus bewährten Traditionen übernommen und als Werteordnung dem kollektiven Gedächtnis eingeschrieben worden ist. So steckt Recht den verbindlichen Rahmen des individuellen Verhaltens ab, setzt fest, was erlaubt und verboten ist. Mit anderen Worten: wo Verrat begangen und was als Verrat bewertet wird, ist

---

30 Erster Aufzug, zweite Szene.

stets die Konsequenz einer Verletzung des gesellschaftlichen Selbstverständnisses, Konsequenz natürlich auch der Verletzung moralischer Überzeugungen, sozialer Normen und Ordnungsprinzipien. Bezogen auf den *Tristan* heißt das: erst die für feudale Gesellschaften typischen Überzeugungen, wonach einmal versprochene Treue zwischen Männern ein unabdingbarer Wert, die daraus resultierende Gefolgschaft ein absolut verbindliches Gebot, die geltenden Prinzipien hierarchischer Ordnung unantastbare Strukturen der Herrschaft und Unterordnung sind und all dem sich deshalb auch die Liebe zweier Menschen ein- und untergeordnet werden muß, weil deren Telos nicht in der Erfüllung individueller Bedürfnisse, nicht in der Befriedigung einer individuellen Emotion liegt, sondern in der Bestandssicherung der Gesellschaft insgesamt – erst dieses Bündel von Überzeugungen schafft die moralischen wie strukturellen Vorbedingungen für Tristans und Isoldes Konflikt. Es ist deren eigener Glaube an all diese Werte, an die ihnen einsozialisierte und für selbstverständlich gehaltene Moral und damit verbunden die Akzeptanz der gegebenen gesellschaftlichen Verhältnisse, die sie schließlich in eine für sie unlösbare, aporetische Lage bringen und ihren Verrat als einen dreifachen erscheinen lassen. Daß dies so ist, wird sofort einsichtig, wenn für einen Augenblick unterstellt wird, die Geschichte spielte in einer anderen Zeit, in einer anderen Gesellschaft, etwa der heutigen, die ein sehr anderes Werteverständnis, andere Normpräferenzen und Verhaltensweisen kennt und praktiziert: Tristans und Isoldes Konflikt würde dann, wenn er überhaupt als ein Konflikt empfunden und ausgetragen würde, deutlich entdramatisiert und – unter den Bedingungen moderner westlicher Gesellschaften – wohl kaum blutig ausgetragen werden.

IV

Was Wagner ebenso schlicht wie überraschend ›Handlung‹ nannte, erweist sich bei näherem Zusehen als eine mehrdeutige und paradoxe Situation. Der Blick auf das ganze Stück gibt schnell einige Eigenheiten frei, die diese These belegen. Der äußeren Handlungsarmut des Stückes etwa kontrastiert die durchgehend innere Gespanntheit der Personen, der nahezu stillgestellten Aktion die der affektiven Dauererregung. Was geschieht, wird überwiegend berichtet, auf der Bühne selbst ereignet sich nur das unbedingt Notwendige. Die Protagonisten geraten immer wieder in lange Perioden der Selbstreflexion, des Selbstgesprächs und des ständigen Umkreisens der eigenen Liebessehnsucht, der sich immer wiederholenden, quälenden Selbstprüfungen vergangener Taten und Verhaltensweisen – all dies ist variantenreicher Ausdruck einer dauernden inneren Ruhelosigkeit, die in deutlichem und merkwürdigen Kontrast zu einer fast ereignislosen Umwelt steht. Auch im Kontrast zu einem überraschend ruhigen Meer. Überraschend deshalb, weil das Meer in der Regel eine beliebte theatrale Metapher für den Seelenzustand von Menschen ist, weil es hier, im *Tristan*, also aufschäumen, sich auftürmen und mit weißen Kronen und hohen Brechern drohen müßte, um die wild gewordene und alles verschlin-

gende Natur mit den außer sich geratenen Gefühlen der Menschen in Übereinstimmung zu bringen. Doch nichts von alledem geschieht; das Meer bleibt ruhig
und nur ein »frischer Wind« sorgt dafür, daß das Schiff auf der vorgesehenen Route
vorankommt, schwacher Reflex einer sich anfangs nur zögerlich fortentwickelnden
Geschichte.

›Handlung‹, das meint deshalb, daß alles wichtige Geschehen sich im Inneren der
Figuren abspielt. Für Wagner sind die Figuren seines Stückes Akteure wie Reakteu-
re zugleich. Ihre Seelenzustände spiegeln den Zustand der Außenwelt, ihre Empfin-
dungen und Gefühle reagieren auf die Gesellschaft, auf deren Einengungen und
Repressionen. Und diese Verlagerung der Welt ins Innere der Subjekte eröffnet die
Möglichkeit, alles, was ›Welt‹ bedeutet und was sie zu bieten hat, durch das Subjekt
aufzubauen, zu interpretieren und dann auch – am Ende des Stückes – zu transzendieren. Ganz im Sinne einer phänomenologischen Erkenntnis der Wirklichkeit
werden im *Tristan* die beiden Protagonisten zu Konstrukteuren ihrer Welt und
Umwelt,[31] wird durch die »Gefühlswerdung des Verstandes«[32] und die davon geprägte psychische Disposition von beiden eine eigene Welt erschaffen, die nur ihnen
gehört. Daher können sie auch entscheiden, wie sie mit dieser Welt umgehen wollen, können sie diese Welt auslegen, negieren oder eben transzendieren.

Wagner konzentriert diesen Vorgang der Selbstauslegung und Aneignung der
Welt durch das sich emotional selbst freisetzende Subjekt im Vorgang der Einnahme
jenes Trankes, der gleichermaßen Liebes- wie Todestrank ist, und der beides zugleich sein muß, damit das Ende der Liebenden im Sinne der Transzendierung ihrer
Liebe auch möglich wird. In der Literatur ist über den Trank, seine literarische
Geschichte[33], Beschaffenheit und Funktion, ja seine Notwendigkeit für den weiteren Verlauf der Handlung viel geschrieben worden[34]. Das braucht hier im einzelnen
nicht referiert werden. Gerade aber aus einer gesellschaftstheoretisch angeleiteten
Interpretation des Stückes ist dieser Trank von entscheidender Bedeutung: denn in
ihm verdichtet sich symbolisch die Fähigkeit von Tristan wie Isolde, alle konventionellen wie rechtlichen Beschränkungen beiseite zu schieben und durch ihre Liebe
die gesellschaftlichen wie politischen Verhältnisse hinter sich zu lassen.

Lange vor der Konzeption des *Tristan* hat Wagner sich mit der Funktion solcher
Bilder wie dem des gemeinsam eingenommenen Trankes auseinandergesetzt. In *Oper*

---

31 Dazu Peter L. Berger/Thomas Luckmann, Die gesellschaftliche Konstruktion der Wirklichkeit:
    eine Theorie der Wissenssoziologie, Frankfurt/M. 1996.
32 Richard Wagner, Oper und Drama, in: GSD, Bd. 4, S. 78.
33 Vgl. Iso Camartin, ›Gewürzter Wein‹ in: Sabine Borris/Christiane Krautscheid (Hg), O, sink her-
    nieder, Nacht der Liebe. Tristan und Isole – der Mythos von Liebe und Tod, Berlin 1998, S. 19 ff.
34 Vgl. u. a. Carl Dahlhaus, Richard Wagners Musikdramen, S. 55 ff; Dietmar Holland, »Hier wütet der
    Tod«. Zu Wagners Tristan und Isolde, in: Attila Csampai/Dietmar Holland, Tristan und Isolde. Texte,
    Materialien, Kommentare, Reinbek bei Hamburg 1983, S. 15 ff; Dieter Borchmeyer, Richard Wag-
    ner. Ahasvers Wandlunge, Frankfurt/M. 2002, S. 209 ff.; Ulrich Müller/Oswald Panagl, Der Trank
    als Requisit und Symbol im Musikdrama Richard Wagners, in: dieselben, Ring und Gral, S. 290 ff;
    bes. S. 304 (Der Liebstrank von Tristan und Isolde).

und Drama geht er im Zusammenhang mit der Frage, in welchem Verhältnis Verstand und Gefühl bei der Rezeption eines Kunstwerkes stehen sollten, auch darauf ein, daß jede Handlung und die ihr immanente Moral »nur in der Rechtfertigung dieser Handlung aus dem unwillkürlichen menschlichen Gefühle«[35] heraus geschehen könne. Um dies zu erreichen, müsse der Dichter verdeutlichen, daß jede menschliche Handlung nie alleine für sich stehen könne, sondern stets einen »Zusammenhang mit den Handlungen anderer Menschen, durch die sie, gleichwie aus dem individuellen Gefühl des Handelnden selbst, bedingt wird«[36]. Um solche komplexen Zusammenhänge des Einzelnen mit allen anderen szenisch versinnlichen zu können, bedürfe es – so Wagner – der »Verdichtung«, und sie sei »das eigentliche Werk des dichtenden Verstandes, und dieser Verstand ist der Mittel- und Höhepunkt des ganzen Menschen«[37]. Diese ›Verdichtung‹ ihrerseits muß nun auf die Ebene des rezipierenden Gefühls transferiert werden, und das kommt, so glaubt Wagner, durch einen Prozeß der Wechselwirkung zustande: der Verstand spiegelt die Wirklichkeit wie sie ist und wie er sie zunächst über das Gefühl aufgenommen hat, um anschließend diese Wirklichkeit wiederum dem Gefühl zur Beurteilung zu überlassen. Das Transportmittel dieses dialektischen Vorgangs ist die Phantasie, denn »nur durch die Phantasie vermag der Verstand mit dem Gefühle zu verkehren«[38]. Während der Verstand die Wirklichkeit analytisch wahrnimmt, durch das Zerlegen in einzelne Teile, fügt die Phantasie diese partikularen Erkenntnissplitter wieder zu einem Bild zusammen und überweist dies an das Gefühl. »Das Bild der Erscheinungen« – das die Phantasie herstellen muß, so Wagner – »... ist für die Absicht des Dichters, der auch die Erscheinungen des Lebens aus ihrer unübersehbaren Vielgliedrigkeit zu dichter, leicht überschaubarer Gestaltung zusammendrängen muß, nichts anderes als das Wunder«[39].

Dieses ›Wunder‹ aber ist, so muß man Wagners Ausführungen hier verstehen, die symbolische Verdeutlichung eines hochkomplexen Vorgangs auf der Bühne, ein poetisches Mittel, das etwa vom religiösen Wunder scharf zu trennen ist; denn während letzteres gegen alle Verstandeseinsichten geglaubt werden muß, ist das poetische Wunder ein Mittel, »einen großen Zusammenhang natürlicher Erscheinungen in einem schnell verständlichen Bilde darzustellen«[40], und zwar so, daß es vom »Gefühlsverständnis« aufgenommen, d. h. dechiffriert werden kann. Gelingt dies, dann ist das »gedichtete Wunder das höchste und notwendigste Erzeugnis des künstlerischen Anschauungs- und Darstellungsvermögens«[41], und »vermöge dieses Wunders ... der Dichter fähig, die unermeßlichen Zusammenhänge in allerverständlichster Einheit darzustellen«[42].

35 Richard Wagner, Oper und Drama, in: GSD, Bd. 4, S. 79.
36 Ebenda, S. 80.
37 Ebenda, S. 80.
38 Ebenda, S. 81.
39 Ebenda.
40 Ebenda, S. 82
41 Ebenda, S. 82 f.
42 Ebenda, S. 84.

Der Todestrank, den beide auf Drängen Isoldes trinken, um vermeintlich zu sühnen, was geschehen und der Hoffnungslosigkeit ihrer Zukunft zu entgehen, dieser Todestrank ist im Sinne Wagners ein ›Wunder‹[43]. Denn in ihm ›verdichtet‹ sich die gesamte Vorgeschichte und durch ihn wird alles weitere erst möglich. Todestrank ist er insofern, als jenseits der Sühne alle Hoffnung auf Liebe vergeblich scheint, denn die eingeregelte Ordnung der Gesellschaft und des Hofes wie König Markes dynastisch begründetes Hochzeitsverlangen lassen solche Hoffnung nicht zu. Daß der Trank sich dann als ein Liebestrank erweist, ist konkret Brangäne zu danken, für die weitere Handlung freilich die Bedingung der Möglichkeit eines Umschlags aus der Realität der Welt in die eines visionären Traums. Die Liebe rettet sich hier aus den konkreten und repressiven Verhältnissen der Welt in die Gefühle und das Innenleben der Betroffenen, und was gedacht war, das Ende herbeizuführen, bewirkt doch zugleich auch den Anfang einer neuen, imaginären Welt. In dieser wird durch die doppelte Täuschung über den Trank wie über die Welt die Wahrheit zwischen den Liebenden offenbar. Nur weil sie wissen, daß sie an den konkreten gesellschaftlichen Verhältnissen, an den festen Strukturen ihrer eigenen Welt scheitern müssen, in ihrer Vorgeschichte bereits einmal gescheitert sind, können sich beide jetzt frei zueinander bekennen – und in diesem Bekenntnis zu ihrer Liebe liegt zugleich das Eingeständnis ihrer faktischen Uneinlösbarkeit.

Was dann in der viel interpretierten ›Nacht der Liebe‹ geschieht, in der zweiten Szene des zweiten Aufzugs, im Zentrum des Werkes, läßt sich aus gesellschaftstheoretischer Perspektive als eine Utopie begreifen, mit der die erst in der Moderne erkämpfte Emanzipation des Subjektes und die Freisetzung seiner Emotionalität in die mittelalterliche Welt hereingeholt wird, als ein scharfer Schnitt und schmerzhafter Kontrast zu dieser Welt und zugleich als eine transzendente Vision, in der das ineinander Verschmelzen zweier Menschen die – fast kommunistische – Idee einer Egalisierung aller Unterschiede zwischen ihnen vorwegnimmt. Es ist ein langes, monologisierendes Aufeinanderzutriften der beiden, das sich da in fast zeitenthobener Weise ereignet. Gesungen werden Seelenzustände, berichtet wird davon, daß der Tag – Metapher für eine als brutal empfundene Gesellschaft – deren ›wahren Liebe‹ feindlich gesonnen ist, die Nacht – Metapher des schützenden Rückzugs in sich selbst – alles gewährt[44]. In den langen und scheinbar endlosen Passagen dieser sicherlich schönsten Liebesszene der Opernliteratur ist immer wieder davon die Rede, der Tag sei »tückisch«, »neidvoll«, von »öder Pracht« und »falschem Prangen«, Attribute, die Wagner in seinen Schriften stets pejorativ mit Politik und Gesellschaft verbindet und die hier, im *Tristan*, die Sphäre und den Bereich der Macht umschreiben. Gegen dies alles steht das »Wunderreich der Nacht«, in der sich »urewig, einzig wahr Lie-

---

43 Vgl. Dieter Borchmeyer, Liebesvergessen und Liebeserinnerung. Richard Wagners Zaubertränke, in: Programmheft der Bayrischen Staatsoper zur Premiere von Tristan und Isolde am 30. Juni 1998, S. 118 ff.

44 Zur ›Nacht‹ als Metapher in der romantischen Literatur vgl. Dieter Borchmeyer, Das Theater Richard Wagners, Stuttgart 1982, S. 261 ff.

beswonne« erleben läßt. Am Tag, so suggeriert der Text, ist die Realität präsent,
sichtbar in all ihrer Häßlichkeit, mit ihren Zwangsforderungen an den Einzelnen;
die Nacht dagegen deckt solche Konkretheit zu, verhüllt die Häßlichkeit der äußeren Welt, ist daher auch Sphäre des Gefühls und der Wahrheit, des Einswerdens und
Ineinanderaufgehens. Schier endlos variiert der Text in dieser Szene immer wieder
diesen Gedanken einer dichotomischen Entgegensetzung von Tag und Nacht, von
Macht und Liebe, und solch redundante Wiederholung, die normalerweise eher
Langeweile erzeugen würde, gerät hier – vor allem auch durch eine scheinbar still-
stehende Musik – zur nachdrücklichen Unterstützung einer Idee, in der durch die
kreisende Wiederholung eines einzigen Gedankens mit nachhaltiger Suggestion
deutlich wird, worauf sich hier alles konzentriert und worauf es einzig ankommt.

Mit einer kaum mehr steigerungsfähigen Intensität hat Wagner in dieser großen
Liebesszene komponiert, was er Jahre zuvor bereits in seinen drei großen politisch-
ästhetischen Schriften des Züricher Exils postuliert hatte: daß die ›wahre Liebe‹ eine
von allen Entfremdungen des Lebens und der Gesellschaft befreite sein müsse, ein
transzendenter Zustand der Schwerelosigkeit und Erfüllung im Elend des Faktischen, ein utopisches Gegenkonzept zu den so ganz und gar nicht utopischen Zuständen alltäglicher Lebenspraxis. Wagners Liebesbegriff ist von außerordentlichem
Anspruch: er enthält das – allerdings nicht wirklich ausgeführte – Gegenkonzept
zur realen gesellschaftlichen wie politischen Welt. Liebe will eine Welt bezeichnen,
in der es keine Politik, keine von Machtstrukturen durchsetzte Gesellschaft mehr
gibt. Schon in einer Notiz zu dem geplanten, aber nie ausgeführten Dramenentwurf über *Jesus von Nazareth* aus dem Jahre 1849 schreibt Wagner: »Das Gesetz ist
die Lieblosigkeit, und selbst da, wo es die Liebe gebieten würde, würde ich in seiner
Befolgung nicht Liebe üben, denn die Liebe handelt nur aus sich selbst, nicht nach
einem Gebot. Die Versöhnung der Welt ist daher nur durch die Aufhebung des
Gesetzes zu bewirken«[45].

Aufhebung des Gesetzes – diese anarchisch inspirierte Forderung zielt auf einen
Zustand, in dem einzig die Liebe, die bei Wagner stets in Opposition zu Macht, zu
Herrschaft, zu Politik und Gesellschaft gesetzt wird, das für die menschlichen Beziehungen entscheidende Medium sein soll. Liebe zielt auf die Möglichkeiten eines
autonomen, von allen äußeren Bedingungen freigesetzten Leben, sie ist bei Wagner
ein alles umfassender Begriff, der die Totalität aller Lebensäußerungen einbeschließt.
Es war Wagners tiefste Überzeugung, daß eine solchermaßen sich von allen Repressionen befreit fühlende Liebe unter den gegebenen politischen wie gesellschaftlichen Verhältnissen nicht entstehen könne, weil die Moderne, vor allem der moderne Kapitalismus mit seiner immer weitergehenden Durchrationalisierung aller Lebensbereiche zur Verkrüppelung der wahren Natur des Menschen geführt habe.
Diese bis an sein Lebensende eingewurzelte Gewißheit von einer fundamental schief-
laufenden Gesellschaftsentwicklung, die Wagner als Anhänger einer von Rousseau

---

45   Jesus von Nazareth, in: GSB, Bd. 6, S. 230.

inspirierten Kritik des modernen Zivilisationsprozesses ausweist, ist die Negativfolie, auf der die gesellschaftssprengende Kraft seines Liebesbegriffs gesehen werden muß.

Dort aber, wo Liebe zwischen Mann und Frau sich ereignet, dort steht sie zugleich für die Vision, die – wie es in *Oper und Drama* heißt –, »den Menschen als Gattung und in seinem Zusammenhang mit der ganzen Natur« vorführt, in der sich das »Aufgehen nicht in der Liebe zu diesem oder jenem Gegenstand, sondern nur in der Liebe überhaupt« vollzieht, der Mensch nur noch »das Allgemeine, Wahre, Unbedingte« will und somit »der Egoist Kommunist, der Eine Alle, der Mensch Gott, die Kunstart Kunst« werden können[46]. Liebe ist hier ein auf Ganzheit ausgelegter, ein holistischer Begriff, mit dem Wagner alle Vorbehalte und kleinlichen Einschränkungen des alltäglichen Lebens, alle Differenzierungen der Moderne hinter sich läßt, sie bezeichnet eine Gefühlshaltung, die durch die Radikalität ihres Wollens wie durch die Unbedingtheit ihrer Forderungen alle Relativierungen und rollenspezifischen Segmentierungen des Alltags negiert – im Liebesverständnis ist Wagners Vorstellung einer zukünftigen Utopie aufgehoben.

Diese Unbedingtheit der Liebe, die sich als Gegenentwurf zur Bedingtheit einer vielfach gebrochenen und den Menschen krank machenden Realität versteht, wird in ihrer begrifflichen Radikalität von Wagner immer wieder in einen politik- und gesellschaftstheoretischen Zusammenhang gestellt. An einer oft überlesenen Stelle der 1848 verfaßten Schrift *Die Kunst und die Revolution* finden sich Formulierungen, welche die politik- wie gesellschaftstheoretischen Implikationen des Wagnerschen Liebesbegriffs festhalten. Es heißt da: »Die Liebe der Schwachen unter sich kann sich nur als Kitzel der Wollust äußern; die Liebe des Schwachen zum Starken ist Demut und Furcht; die Liebe des Starken zum Schwachen ist Mitleid und Nachsicht: nur die Liebe des Starken zum Starken ist Liebe, denn sie ist freie Hingabe an den, der uns nicht zu zwingen vermag. In jedem Himmelstriche, bei jedem Stamme, werden die Menschen durch die wirkliche Freiheit zu gleicher Stärke, durch die Stärke zur wahren Liebe, durch die wahre Liebe zur Schönheit gelangen können: die Tätigkeit der Schönheit aber ist die Kunst«[47].

Es mag nicht sofort auffallen, daß hier die entscheidende Begriffsverbindung jene von »wirklicher Freiheit«, »gleicher Stärke« und »wahrer Liebe« ist, entscheidend deshalb, weil mit den beiden ersten Begriffen, »Freiheit« und »Gleichheit«, politische Begriffe zur Grundlage der »wahren Liebe« gewählt werden, und diese »wahre Liebe« somit etwas bezeichnet, was über den rein privaten Bereich des Menschen hinausgeht. Vor dem Hintergrund des sich in jenen Jahren entfaltenden politisch-ästhetischen Denkens Wagners, vor dem Hintergrund seiner Nähe zu anarchistisch-sozialistischen wie radikaldemokratischen Strömungen, ist es außerordentlich bemerkenswert, welche Gedankenkette hier von ihm entwickelt wird. Freiheit und Gleichheit sind in einen strikten Gegenseitigkeitsbezug gebracht, sie sind keine

---

46 Richard Wagner, Oper und Drama, in: GSD, Bd. 4. S. 66 ff.
47 Richard Wagner, Die Kunst und die Revolution, in: GSD, Bd. 3, S. 34.

unvereinbaren Gegensätze. Freiheit wird verstanden als die »freie Hingabe an den, der uns nicht zu zwingen vermag«, meint also eine zwangfreie Beziehung zwischen Menschen, ohne alle Unterdrückung oder Herrschaft. Gleichheit ergibt sich aus der »gleichen Stärke«, was nicht nur als physische Gleichheit zu verstehen ist, sondern auch die Gleichheit der Fähigkeiten, der Hoffnungen, des moralischen Strebens und letztlich des Umgangs der Menschen miteinander einschließt. Wagner denkt hier also zwei Begriffe zusammen, die sich in der vorherrschenden Politiktheorie des 19. Jahrhunderts ausschließen, im demokratischen Diskurs bestenfalls ergänzen, aber auch hier nie gleichgewichtet und als kompatibel angesehen werden, und er läßt beide sich im Begriff der »wahren Liebe« harmonisieren – Konsequenz eines Denkens, das von ›links‹ entscheidend beeinflußt ist.

Solche ›wahre Liebe‹ geht aufs Ganze. Sie übersteigt das rein sexuelle Begehren zwischen Mann und Frau, sie will den gesellschaftlichen Status quo dauerhaft verlassen, um eine vollkommen neue Qualität der Beziehungen zwischen den Geschlechtern zu erreichen. In gesellschaftstheoretischer Perspektive ist der Begriff der ›wahren Liebe‹ Wagners Metapher für einen restriktionslosen interpersonalen Kommunikationszusammenhang, der durch die Freiheit der Hingabe wie durch die Gleichheit der Partner in seinem Wesen charaktersisiert wird. Es ist eine Vorstellung, in der alle konkreten gesellschaftlichen Behinderungen transzendiert sind, die das Leben von Menschen unfrei machen – eingehegt in gesellschaftliche Regeln und Rituale, in politische Organisationen wie Institutionen, kontrolliert durch tradierte Herrschaftsmechanismen, bedroht durch Sanktionen, die Folgsamkeit und Anpassung erzwingen. Aus dieser gesellschaftlichen Deformation, die Wagner als die »abgestumpfte, entstellte, bis zur Ausdruckslosigkeit geschwächte Physiognomie der Geschichte«[48] beschreibt, soll die ›wahre Liebe‹ herausführen: sie bezeichnet das Muster von Zweierbeziehungen, in der die Beteiligten in allem, was sie tun, absolut gleichberechtigt sind. Aber zugleich weist diese interpersonale Gleichberechtigung über sich hinaus, in den sozialen Bereich, in die Gemeinschaft. Denn dieses Muster vermittelt zugleich die Grundidee einer sehr viel weitergehenden gesellschaftlichen Konstruktionsvorstellung: der Idee der freien Assoziation von autonomen Individuen, die in einem Netzwerk von freiwilligen Vereinigungen leben, von denen Wagner meint, sie seien strukturell das genaue Gegenteil der gegebenen bürgerlichen Gesellschaft – Gemeinschaften eben, in denen jeder mit jedem auf der Basis allgemeiner Freiheit und Gleichheit verkehren kann.

Dieser gesellschaftspolitische Anspruch der ›wahren Liebe‹ erinnert an neuere Entwürfe der politischen Philosophie. Der Gedanke an ›herrschaftsfreie Kommunikation‹ und darauf aufgebauter demokratischer Organisationsstrukturen, wie ihn Jürgen Habermas[49] seiner kritischen Gesellschaftstheorie zugrunde gelegt hat, kommt in den Sinn, und die Erinnerung an Max Horkheimer, der einmal schrieb: »Das moralische Gefühl hat etwas mit Liebe zu tun. Aber diese Liebe betrifft nicht die

---

48 Richard Wagner, Oper und Drama, in: GSD, Bd. 4, S. 51.
49 Jürgen Habermas, Theorie des kommunikativen Handelns, 2 Bde., Frankfurt/M. 1981.

Person als ökonomisches Subjekt oder als einen Posten im Vermögensstand des Liebenden, sondern als das mögliche Mitglied einer glücklichen Menschheit. Ohne daß die Richtung auf ein künftiges glückliches Leben aller Menschen, die sich freilich nicht aufgrund einer Offenbarung, sondern aus der Not der Gegenwart ergibt, in die Beschreibung dieser Liebe aufgenommen wird, läßt sie sich keinesfalls bestimmen«[50]. Das klingt wie eine Paraphrase auf die Vorstellungen Wagners, klingt wie die Auslegung von dessen utopischem Liebesbegriff, klingt auch wie eine Interpretation des *Tristan*, die über die reine, allzu provinzielle Textimmanenz hinausführt und das Werk in jenen gesellschaftstheoretischen Zusammenhang stellt, den Wagners Denken zwingend vorschreibt.

»Mitglied einer glücklichen Menschheit« – diese Horkheimersche Bestimmung einer gesellschaftsopponierenden Liebe, die auch die Wagnersche Intention vollkommen trifft, ist nach Vorstellung des Komponisten einzig die Sache der Frau. Den Frauen mutet Wagner die Aufgabe zu, die bestehende ›lieblose‹ Gesellschaft zu verändern und in einen Zustand zu überführen, dessen gesellschaftstheoretische Ideale an anarchistischen, sozialistischen und radikal-demokratischen Vorstellungen ausgerichtet sind. »Die Natur des Weibes ist die Liebe«, schreibt Wagner, eine »empfangende und in der Empfängnis sich rückhaltlos hingebende« Liebe, und wo das Weib liebt, »da empfindet es einen ungeheuren Zwang, der zum ersten Mal auch seinen Willen entwickelt. Dieser Wille, der sich gegen den Zwang auflehnt, ist die erste und mächtigste Regung der Individualität des geliebten Gegenstandes, die durch das Empfängnis in das Weib gedrungen, es selbst mit Individualität und Willen begabt hat«[51]. Was hier, in *Oper und Drama*, für heutige Ohren in vielleicht mißverständlichen, sicherlich leicht mißzuverstehenden Wendungen formuliert ist, meint einen doppelten Sachverhalt: Die Liebe der Frau, ihr sich entschieden Bahn brechender Wille bilden sich erst in der Begegnung mit dem Mann, aber zugleich wird dabei auch der Zwang gegen eine willenlose Hingabe aktiviert. Erst in der auch kritischen Auseinandersetzung mit dem Mann kommt es zu jener ›empfangenden‹ Liebe, zu der einzig die Frau fähig ist und aus der sie, und dies als Akt der Abgrenzung gegen den Mann, dann ihre Individualität und Identität gewinnt. Was Wagner hier beschreibt und meint, läßt sich, modern und in Bezug auf das darin implizierte gesellschaftstheoretische Moment gesprochen, auch als ein Kommunikationsverhältnis begreifen, als Ausdruck der Überzeugung, daß Liebe, obwohl die stärkste aller Emotionen, weder der Frau noch dem Mann von vornherein und durch Geburt zu eigen ist. Daß sie vielmehr eine Fähigkeit beider Geschlechter ist, die sich erst in der gegenseitigen Begegnung allmählich auszubilden vermag, die erworben werden und sozial eingeübt werden muß, eine Qualität, die sich, wie andere Qualitäten des Menschen auch, im Laufe des Lebens erst entwickelt und entfaltet. Die aber dort, wo dieser Prozeß eine bestimmte Stufe erreicht hat, auch einen Quali-

50 Max Horkheimer, Materialismus und Moral (1933), in: derselbe, Gesammelte Schriften, Bd. 3, Schriften 1931–1936, hg. von Alfred Schmidt, Frankfurt/M. 1988, S. 134.
51 Richard Wagner, Oper und Drama, in: GSD, Bd. 3, S. 316 ff.

tätsumschlag sowohl für die Liebenden als auch für deren soziales Umfeld bedeutet. Erst dort, wo die Frau zur liebenden Frau wird, gewinnt sie dann ihre unverwechselbare Identität, und dasselbe gilt vom Mann – im Verschmelzen beider, im Einswerden liegt zugleich das ihnen je Eigene, Charakteristische.

Solche Vorstellungen werden im *Tristan* nicht zufällig in der Perepetie des Werkes, in seinem Höhepunkt deutlich: »Tristan du, ich Isolde, nicht mehr Tristan!/Du Isolde, Tristan ich, nicht mehr Isolde/Ohne Nennen, ohne Trennen, neu Erkennen, neu Entbrennen: ewig endlos, einbewußt« – das sind keine Sprachspiele, sind nicht jene dialektischen Wendungen, die den genauen Sinn analytischer Trennungen aufheben und den Zuhörer ratlos zurücklassen, weil im Aufgehen des einen im anderen die sinnhafte Orientierung zu entschwinden scheint. Es sind vielmehr genaue sprachliche Entsprechungen jenes systemtranszendierenden Liebesbegriffs, den Wagner selbst in seinen Schriften mit der Perspektive einer neuen anti-politischen Gesellschaft verbunden hat – am Ende seines Lebens spricht er in diesem Zusammenhang von einer »ästhetischen Weltordnung«[52]. Ich und Du, so muß man diese Zeilen lesen, sind hier austauschbar geworden, und gerade daraus ergibt sich ein ›neu Erkennen« des je Eigenen der Liebenden, das sich vom Zustand zuvor eindeutig abhebt. Wagner hat hier, im zweiten Aufzug des Tristan, eine neue Qualität von Liebe zu beschreiben – und natürlich auch zu komponieren – versucht, die als eine gleichsam immerwährende, harmonische und konfliktfreie Freiheit begriffen werden kann, als eine Emanzipation der beiden Geschlechter aus den üblichen sozialen Rollenzuweisungen, die dann erreicht wird, wenn alle bestehenden gesellschaftlichen Restriktionen beiseitegeräumt werden, und sei's nur im Traum. Für einen langen Augenblick taucht der Hörer dieser Passagen des *Tristan* in eine andere Welt ein, nimmt er Teil am Aufschwung jenes Gefühls, das sich musikalisch wie schwebend zu einer neuen Freiheit der Protagonisten zu entfalten scheint, mag er sich die ›Gefühlswerdung des Verstandes‹ als neue soziale Qualität selbst imaginieren. Wie sonst nirgends in seinem Werk hat Wagner hier, in der ›Nacht der Liebe‹, seine utopische Vision von einer besseren Welt in Musik umgesetzt, mit einer Verführungskraft, aber auch emotionalen Bestimmtheit, die den Zuhörer fast schon in eine Gefühlsdiktatur hineinzwingt. Die aber im Sog ihrer sehrenden Mächtigkeit etwas von jener transzendenten Sphäre ahnen läßt, die alltagsbefreite Träume von Zeit zu Zeit freigeben. Und diese politisch-ästhetische Perspektive: die Sehnsucht nach der Aufhebung von Entzweiung in einer sich selbst entfremdeten Welt durch Rückkehr zu einer verlorenen Einheit des Menschen mit sich selbst und mit der Natur unterscheidet zugleich Wagners Denken von Schopenhauers Pessimismus. Es ist eben nicht die Verneinung allen Willens und Lebens, sondern nur die Verneinung der konkreten Gegenwart, die Wagner meint, und zugleich deren Überwindung durch Entsagung und Verzicht auf diese Gegenwart. Anders und mit Nietzsche formuliert: es ist die »Mysterienlehre« des *Tristan*, daß »die Grunderkenntnis von der Einheit alles Vor-

---

52 Richard Wagner, Heldenthum und Christenthum, in: GSD, Bd. 10, S. 284.

handenen, die Betrachtung der Individuation als des Urgrundes des Übels, die Kunst als die freudige Hoffnung, daß der Bann der Individuation zu zerbrechen sei, als die Ahnung einer wiederhergestellten Einheit«[53].

V

Doch Träume bleiben Träume, und der lange Augenblick der Liebe läßt sich am Ende dann doch nicht dauerhaft festhalten. Die Utopie ist ein schöner Gedanke, ihre Einlösung nicht umstandslos möglich, und man mag fragen, ob überhaupt wünschenswert. So wie Tannhäuser am Ende den Venusberg verläßt, weil eine Liebe, die ununterbrochen eingelöst werden muß, alle menschlichen Kräfte weit übersteigt, so läßt die ›Nacht der Liebe‹ am Ende Tristan und Isolde nur den Ausweg, den Tod zu suchen oder in die Banalität des Alltags zurückzukehren. Beides kommt freilich auf dasselbe hinaus, denn der Alltag ist zugleich der Tod, weil er das Ende der von Tristan wie Isolde geträumten und gefühlten Liebe besiegelt, er ist die Rückkehr in lieblose Verhältnisse, in Zwänge und Täuschungen, die zuvor bestanden und nun wieder Dominanz gewinnen. So wird der Gang der weiteren Handlung auch vorhersehbar, weil alternativlos. »Wer einmal auf dem Dreifuß (der delphischen Pythia) saß, kann nicht wieder Priester werden; er stand der Gottheit zu nahe«[54], schreibt Wagner in einem Brief an Mathilde Wesendonck, wenige Wochen nachdem er die Partitur zu diesem zweiten Aufzug fertiggestellt hatte, und man kann diese Wendung ganz umstandslos auf den *Tristan* beziehen. Auf die Tatsache eben, daß beide Protagonisten nach ihrer Rückkehr aus der geträumten Gemeinsamkeit ohne wirkliche Wahl sind. Denn die Verhältnisse, in die sie zurückkehren, sind nicht so, wie sie sein sollten; es sind die alten Zustände, sie fordern ihren Tribut der Unterwerfung, wollen, daß sich wieder ein- und anpaßt, was sich einmal aus ihnen hervorgewagt hatte, sie wollen den revolutionären Keim, der im Aufstand der Liebe steckte, erstikken, sie wollen die Restitution der institutionell befestigten Macht, die unangefochtene Herrschaft des Königs, die Geltung seines Willens und den Fortbestand der hierarchischen Ordnung. Angesichts solcher Gegebenheiten steht am Ende der Tod, Konsequenz jenes versuchten Ausbruchs aus der Gesellschaft, der allerdings nicht nur die Ausgebrochenen trifft, sondern auch deren Gegner. Wie jede Revolution eben alle Seiten beschädigt und dafür sorgt, daß selbst im Falle der Niederlage die Wiederherstellung der Ordnung nicht mehr im Status quo ante mündet. Deshalb auch war Tristans und Isoldes Versuch nicht umsonst, auch nicht folgenlos. Denn

---

53 Friedrich Nietzsche, Nachgelassene Fragmente 1887–1889, in: Sämtliche Werke, Kritische Studienausgabe in 15 Bänden, hg. von Giorgio Colli und Mazzino Montinari, München/Berlin/New York 1980, Bd. 13, S. 314. Vgl. zu diesem Themenkomplex auch Andreas Dorschel, Die Idee der ›Einswerdung‹ in Wagners Tristan, in: Richard Wagner, Tristan und Isolde, Musik-Konzepte 57/58, hg. von Heinz-Klaus Metzger und Rainer Riehn, München 1987, S. 3 ff., bes. S. 32.

54 Richard Wagner an Mathilde Wesendonk, Tagebuchblätter und Briefe, S. 170 (Brief vom 24. August 1859).

was passiert ist, läßt sich zwar zurücknehmen, zurechtstutzen auf ein soziales Durchschnittsmaß – vergessen läßt es sich nicht. Es bleibt, um mit Ernst Bloch zu reden, als vorausweisende Spur des ›Noch-Nicht‹ in Erinnerung und wartet darauf, erneut in die vermeintlich so stabile Realität einbrechen zu können.

Der Ring des Nibelungen

Anfang und Ende aller Politik

I

Jeder Versuch einer Interpretation von Wagners *Ring des Nibelungen* sieht sich einer Fülle kaum mehr überschaubarer Deutungen und Auslegungen gegenüber. Wie kein anderes Werk des Musiktheaters hat der *Ring* seit den Tagen seiner Uraufführung die Meinungen polarisiert, hat er Anhänger wie Kritiker gegeneinander aufgebracht und alle nur denkbaren Exegesen durchlaufen. An ihnen läßt sich der Aspektenreichtum der Tetralogie eindrucksvoll ablesen: sozial-utopische und sozialistische[1], mythologisch-archetypische[2], philosophische[3], psychoanalytische[4], feministische[5], nationalistische[6] und rassistische[7] Interpretationen stehen nebeneinander, gegeneinander oder lösen einander ab, die Betonung des Märchenhaften[8] wird gegen das Politische ausgespielt, das Musikalische[9] oder die Theaterszene[10] werden hervorgehoben und indirekt ihrer gesellschaftlichen Einbindung entkleidet – nahezu alles

1 Für viele George Bernhard Shaw, The Perfect Wagnerite, London 1898, deutsch: Ein Wagner-Brevier. Kommentar zum Ring, Berlin 1908 und Frankfurt/M. 1973. Martin Gregor-Dellin, Richard Wagner. Die Revolution als Oper, München 1973.
2 Richard Oberkogler, Richard Wagner. Vom Ring zum Gral. Wiedergewinnung seines Werkes aus Musik und Mythos, Stuttgart 1978; Kurt Hübner, Die Wahrheit des Mythos, München 1985; Dieter Borchmeyer (Hg), Die Wege des Mythos in der Moderne. Richard Wagners *Der Ring des Nibelungen*, München 1987; derselbe, Richard Wagner, Frankfurt/M. 2002; Petra-Hildegard Wilberg, Richard Wagners mythische Welt. Versuche wider den Historismus, Freiburg/Br. 1996.
3 Sandra Corse, Wagner and the New Consciousness. Language and Love in the *Ring*, London/Toronto 1990; Bryan Magee, Wagner and Philosophy, London 2000.
4 Robert Donington, Richard Wagners Ring des Nibelungen und seine Symbole, Stuttgart 1976; Dieter Schickling, Abschied von Walhall. Richard Wagners erotische Gesellschaft, Stuttgart 1983.
5 Sabine Zurmühl, Leuchtende Liebe – lachender Tod. Zum Töchter-Mythos Brünnhilde, München 1984. Susanne Vill (Hg), ›Das Weib der Zukunft‹. Frauengestalten und Frauenstimmen bei Richard Wagner, Stuttgart/Weimar 2000.
6 Houston Stewart Chamberlain, Richard Wagner, München 1896; vgl. auch Hartmut Zelinsky, Richard Wagner – ein deutsches Thema. Eine Dokumentation zur Wirkungsgeschichte Richard Wagners 1876–1976, Frankfurt/M. 1976.
7 Hartmut Zelinsky, Die ›feuerkur‹ des Richard Wagner oder die ›neue Religion‹ der ›Erlösung‹ durch ›Vernichtung‹, in: Heinz-Klaus Metzger und Rainer Riehn (Hg), Richard Wagner. Wie antisemitisch darf ein Künstler sein? Musik-Konzepte Bd. 5, München 1978; derselbe, Sieg oder Untergang. Kaiser Wilhelm II., Die Werk-Idee Richard Wagners und der ›Weltkampf‹, München 1990; Marc A. Weiner, Antisemitische Fantasien. Die Musikdramen Richard Wagners, Berlin 2000.
8 Vgl. die Interpretation des Siegfried bei Carl Dahlhaus, Richard Wagners Musikdramen, Zürich 1985, S. 124 ff.
9 Curt von Westernhagen, Wagner, Zürich 1979; derselbe, die Entstehung des *Ring*, Zürich/Freiburg 1973.
10 Dietrich Mack (Hg), Theaterarbeit an Wagners Ring, München/Zürich 1978.

ist denkbar, und scheinbar gibt es für alles auch Anknüpfungspunkte. Gewiß zeichnen sich große Kunstwerke gerade dadurch aus, daß sie sich nicht ein für allemal in einem strikten Sinne verbindlich verstehen lassen, sondern offen sind für unterschiedliche Lesarten, daß sie sich im Wandel der Zeiten produktiv aufschließen lassen durch neue Fragen, sich ändernder Rezeption und ungewöhnlichen Sichtweisen nicht verschließen. Doch heißt das nicht, daß damit Beliebigkeit der Auslegung erlaubt wäre. Vielmehr hat jede Ausdeutung von einem inhaltlich stabilen Kern auszugehen, der durch die unterschiedlichen Aneignungsversuche hindurch identifizierbar bleiben muß. Wagner selbst hat auf diesem Gedanken mit Nachdruck bestanden; die in seinen zahlreichen Schriften immer wieder vorgetragenen Selbstauslegungen seiner Werke sind ein eindrucksvoller Beweis dafür, daß er mit jedem seiner Musikdramen eine von ihm als unverzichtbar empfundene Intention verband, und damit hat er auch für die nachfolgenden Interpreten verbindliche Vorgaben formuliert. Zum *Ring* heißt es wenige Monate vor dem Abschluß der Dichtung in einem Brief: »Ich bin wieder mehr wie je ergriffen von der umfassenden großartigkeit und schönheit meines Stoffes: meine ganze weltanschauung hat in ihm ihren vollendetsten künstlerischen Ausdruck gefunden. ... Nach diesem werke werde ich wohl nicht wieder dichten! Es ist das höchste und vollendetste, was meiner Kraft entquillen konnte«[11].

Um Weltanschauung also geht es im *Ring*, nicht im Sinne von Ideologie, schon gar nicht im Sinne eines »die Möglichkeit des richtigen Denkens« leugnenden totalen Ideologiebegriffs[12], auch nicht von falschem Bewußtsein und falscher Einschätzung der Welt[13], sondern um deren interpretierende Anschauung und um die fundamentalen Probleme der Zeit, und das heißt in Wagners Verständnis: um Politik und Gesellschaft, um Macht und Ohnmacht, aber auch um Liebe und Leid. Wagners eigene Weltanschauung ist zu der Zeit, da er den *Ring* konzipiert und an ihm zu arbeiten beginnt, mit revolutionärer Sicht auf Politik und Gesellschaft bis zum Bersten aufgeladen. Faßt man zusammen, was sich in zahllosen Briefen und vielen Essays an Politik- und Gesellschaftsanalyse bei Wagner findet, so zeigt sich in Umrissen ein auf radikale Veränderung der Verhältnisse abzielender Wille, der auf die Umgestaltung aller bürgerlichen Verhältnisse und die Abschaffung des Staates in seiner überkommenen Form ausgeht, auf die Aufhebung des privaten Eigentums und die Vernichtung der Macht des Kapitals, auf die Abschaffung der Ehe als eines ökonomischen Zwangsverhältnisses, die Ausbildung einer neuen, moralischen Weltordnung, die auf gegenseitiger Solidarität, auf echter Liebe zwischen den Geschlechtern und neuen, assoziativen Formen der Vergemeinschaftung – »künstlerischen

11 Richard Wagner, SB, Bd. IV, S. 385 (Brief an Theodor Uhlig vom 31. Mai 1852).
12 Dazu Karl Mannheim, Ideologie und Utopie, Frankfurt/M. 1965, S. 56 ff.; das Zitat S. 64.
13 Vgl. dazu den Artikel ›Ideologie‹ in: Otto Brunner/Werner Conze/Reinhart Koselleck (Hg), Geschichtliche Grundbegriffe. Historisches Lexikon zur politisch-sozialen Sprache in Deutschland, Stuttgart 1982, Bd. 3, S. 131 ff., bes. S. 141 ff.; ebenso in Joachim Ritter/Karlfried Gründer (Hg), Historisches Wörterbuch der Philosophie, Basel 1976, Bd. 4, Sp. 158 ff., bes. Sp. 164 ff.

Genossenschaften« – beruhen soll[14]. Um all dies zu erreichen, bedarf es nach Wagners Überzeugung einer weitreichenden Revolution: »Ich verlange mit Leidenschaft nach der Revolution und nur die Hoffnung, sie noch zu erleben und sie mitzumachen, gibt mir eigentlich Lebenslust«[15], heißt es in einem Brief vom Juli 1851 an Benedikt Kietz, und im Dezember desselben Jahres, ebenfalls an Kietz, schreibt er: »Meine ganze Politik ist nichts weiter als der blutigste Haß unserer ganzen Zivilisation ... Nur die furchtbarste und zerstörendste Revolution kann aber aus unseren zivilisierten Barbaren wieder ›Menschen‹ machen«[16]. Äußerungen dieser Art ließen sich noch viele beibringen. Sie alle sind geboren aus Wagners tiefer Verachtung der zeitgenössischen Politik und Kultur, und sie zeigen seine Sympathie zu anarchistischen und sozialistischen Theoriekonzepten, auf die er seine Hoffnung für eine fundamentale Umwälzung der gegebenen Zustände setzt.

Das Hoffen auf die Revolution in Politik, Gesellschaft und Kunst, auf den Umsturz aller Lebensumstände, bleibt auch während der Zeit des Schweizer Exils ganz ungebrochen erhalten. Es wäre deshalb verwunderlich, würde sich dies nicht im *Ring* niederschlagen und in dessen Handlung und Dramaturgie wiederfinden lassen. So kann kein Zweifel sein: der *Ring* ist Wagners großes Weltgemälde, er ist die monumentale Theatralisierung seiner Anschauungen von der geschichtlichen Welt und der Welt seiner Tage, die radikale Abrechnung mit ihren vermeintlichen Fehlern und Gebrechen und schließlich die Forderung, mit all dem, mit Politik, Gesellschaft und bisheriger, der Politik, Gesellschaft und Wirtschaft verhafteter Kultur Schluß zu machen, also radikal aufzugeben, was einem Neuanfang im Wege steht. Der *Ring* ist eine politische Parabel, er erzählt die Geschichte einer durch Politik ruinierten Welt, die Geschichte von Politikern, die von Macht und Machtgewinn besessen sind, deren Denken sich an Herrschafts- und Ordnungsphantasien berauscht und die für die Verfolgung ihrer Obsessionen jedes Risiko in Kauf nehmen, im Zweifelsfalle selbst das des eigenen Untergangs. Eine von Grund auf böse Geschichte, in der es nur wenig Licht gibt, wenig, was Hoffnung macht, und die selten aufkeimenden Hoffnungen werden am Ende nicht eingelöst. Überdies eine komplexe Geschichte, in der ein ordnungsbesessener, tragisch verblendeter Gott seine patriarchalischen Allmachtsphantasien in konkrete Herrschaft überführen möchte, nachdem er – bei Alberich in Nibelheim – erfahren hat, wie Herrschaft funktionieren kann. So kämpfen denn ›Oben‹ und ›Unten‹ um die Herrschaft über die Welt, und diesem politischen Kampf stellt sich alsbald der Kampf der Geschlechter zur Seite. Starke Frauen treten gegen schwache Männer an – und verlieren doch Leib und Leben. Asozial aufgewachsene Helden fechten für die Freiheit, aber da sie die Re-

---

14 Vgl. dazu Udo Bermbach, Der Wahn des Gesamtkunstwerks. Richard Wagners politisch-ästhetische Utopie, Frankfurt/M. 1994, S. 249 f. (›Revolutionäre Traktate‹).

15 Richard Wagner, SB, Bd. IV, S., 70 (Brief an Ernst Benedikt Kietz vom 2. Juli 1851).

16 Werner Otto (Hg), Richard Wagner, Briefe 1830–1883, Berlin-Ost 1986, S. 110 (Brief an Ernst Benedikt Kietz vom 30. Dezember 1851). Vgl. auch Martin Gregor-Dellin, Wagner-Chronik, München 1983, S. 64.

geln jener Gesellschaften nicht kennen, in die sie hineingestellt sind, verlieren sie Kampf und Leben. Der Wunsch nach Herrschaft der einen über die anderen verformt die Charaktere, entfremdet die handelnden Akteure sich selbst wie ihrer Umwelt, schafft ausweglose Situationen. Fast alle Figuren des *Ring*, Götter, Riesen, Menschen und Zwerge, sind manipuliert, verfangen sich in selbst gestellten Fallen oder werden durch andere schließlich zur Strecke gebracht. In der Politik, in die sie alle, willentlich oder auch unwillentlich, hineingeraten, verlieren sie ihre Identität, verlieren sie die Übersicht, denaturieren sie zu bloßen Strategen und schaffen, oft gegen ihre eigentliche Absicht, die Bedingungen ihres eigenen Endes. Darüberhinaus: im *Ring* verkehren sich Räume, was oben war, geht nach unten, und das Untere steigt nach oben – und in solcher Verkehrung symbolisiert sich der Verlust der Ordnung. Ein Prozeß der Destruktion wie der Selbstdestruktion in allen Bereichen und auf allen Ebenen vollzieht sich über vier Abende auf der Bühne, ein Prozeß, der schließlich nicht nur die Akteure, sondern auch die Natur unheilbar in Mitleidenschaft zieht. Denn auch sie gerät außer Kontrolle, nachdem der vorzivilisatorische Urzustand verletzt worden und nun durch die Welt der Gesetze und der Herrschaft auf immer beschädigt ist. Überall im *Ring* ist Gewalt, zwischen den Göttern, den Riesen, den Menschen und Zwergen ebenso wie zwischen ihnen allen und der Natur. Gewiß gibt es Ambivalenzen, gibt es Zwischentöne, die in den eben formulierten harten, antagonistischen Gegensätzen und in düsteren schwarz-weiß Zeichnungen nicht völlig aufgehen. Sie sind in den vielen kleineren Episoden, in denen die Akteure ihr Handeln reflektieren, in denen sie nachdenken über sich selbst, über ihr Verhältnis zu anderen oder zur Umwelt, ebenso präsent wie in jenen großen Szenen, in denen die Liebe zum Durchbruch kommt. Denn diese Liebe – zwischen Siegmund und Sieglinde, zwischen Siegfried und Brünnhilde – ist für Wagner das Gegenprinzip zu Gesetz, Macht und Politik. Liebe ist spontanes, weil emotionales Verhalten und damit der Widerpart zu einer Rationalität, die für Wagner aufs Kalkül, auf pure Zweckerreichung ausgerichtet und damit zum bloßen Instrumentalismus verkommen ist. Reiner Verstand, reines Zweckstreben, das Absehen von allen zwischenmenschlichen Beziehungen, eben von jeglicher Emotionalität – das alles sind Elemente eines Rationalitätsverständnisses, das Wagner als einen unvereinbaren Gegensatz zur Liebe auffaßt. Liebe hat für ihn nur positive Konnotationen: sie ist Bezeichnung für eine emotional ungebrochene, nicht auf Berechnung ausgehende Zuneigung, für zweckfreies Miteinanderlebenwollen, für das Ineinanderaufgehen – wie es am eindrucksvollsten der zweite Aufzug von *Tristan und Isolde* zeigt –, ist am Ende Metapher für eine umfasssende Vision, den »Menschen als Gattung in seinem Zusammenhange mit der ganzen Natur«[17] zu begreifen. Liebe ist, so gesehen, zugleich auch immer Metapher für eine neue, erst noch zu gewinnende Freiheit, für die Abwesenheit jeglicher Herrschaftsansprüche, im privaten Bereich wie im öffentlichen.

---

17 Richard Wagner, Das Kunstwerk der Zukunft, in: GSD, Bd. 3, S. 68.

Das alles ist auch im *Ring* präsent, oft nur ansatzweise, in einigen Szenen allerdings deutlich und kraftvoll. Doch der Hauptakzent der *Ring*-Handlung liegt eindeutig auf dem Nachweis der Destruktionskraft von Politik, so wie Wagner sie verstand, wie er sie sich historisch selbst zurechtlegte und für seine Zeit interpretierte. Ihr Versagen will er vorführen, mit ihr und dem durch sie erzeugten und von ihr zu verantwortendem Leid will er abrechnen und im *Ring* auf diese Weise den theatralen Nachweis wie die Rechtfertigung für die Unvermeidbarkeit eines revolutionären Umsturzes liefern. »An eine Aufführung (des *Ring*, U.B.) kann ich erst nach der Revolution denken, erst die Revolution kann mir die Künstler und Zuhörer zuführen«[18], schreibt er in einem Brief an Theodor Uhlig, und dahinter steht die Überzeugung, daß erst ein nachrevolutionäres Publikum, das mit der politischen Vergangenheit schonungslos abgerechnet und daraus ein neues, individuelles wie gesellschaftliches Bewußtsein gewonnen hat, den auf der Bühne noch einmal dargestellten Prozeß des Niedergangs in seinen vollen Dimensionen wirklich erfassen kann. In diesem Sinne schreibt Wagner auch im selben Brief: »Mit dieser meiner neuen konzeption trete ich gänzlich aus allem Bezug zu unserem heutigen theater und publikum heraus: ich breche bestimmt und für immer mit der formellen gegenwart«[19] – was heißt, daß der *Ring* nicht nur Drama um seiner selbst willen sein soll, nicht ein zu genießendes Theaterereignis wie andere auch, sondern Parabel und damit Verweis auf die Realität jenseits des Theaters, ›Versinnlichung‹ und ›Vergegenwärtigung‹ – um Wagners eigene Begriffe zu benutzen – eines die Gesellschaft in ihren Grundlagen fundamental verändernden Strukturbruchs, Rechtfertigung einer alles umfassenden Revolution. Das Theater soll so, nach dem Willen Wagners, zum Medium der revolutionären Erneuerung der Gesellschaft werden, und indem es mit der alten Welt abrechnet und diese zugleich überlebt, soll es für die neue, postrevolutionäre Gemeinschaft »künstlerischer Genossen«[20] – so die aus der sozialistisch-anarchistischen Theorietradition stammende Vokabel Wagners – zum zentralen Medium einer gelingenden Lebensführung avancieren. Bevor dies aber geschieht, muß sich im revolutionären Akt, der von Wagner zu einem Fest stilisiert wird, die unmittelbare Sinnhaftigkeit des ganzen Unternehmens dann wie von selbst dem Publikum mitteilen. »Aus den trümmern (der alten Gesellschaft, U.B.) rufe ich mir dann zusammen, was ich brauche: ich werde, was ich bedarf, dann finden. Am Rhein schlage ich dann ein theater auf, und lade zu einem großen, dramatischen feste ein: nach einem jahr vorbereitung führe ich dann im laufe von vier tagen mein ganzes Werk auf: mit ihm gebe ich den Menschen der Revolution dann die bedeutung dieser Revolution, nach ihrem edelsten sinne, zu erkennen. Dieses publikum wird mich verstehen: das jetzige kann es nicht«[21].

Im Zentrum der Handlung des *Ring* also steht die Politik, freilich nicht verstanden als Tagespolitik im Sinne kurzfristiger Debatten und schneller Lösungen, auch

18 Richard Wagner, SB, Bd. IV, S. 176 (Brief an Theodor Uhlig vom 12. November 1851).
19 Ebenda, S. 175.
20 Richard Wagner, Eine Mittheilung an meine Freunde, in: GSD, Bd. 3, S. 343.
21 Ebenda, S. 176.

nicht im Sinne eines strategischen Kalküls, sondern in einer aufs Prinzipielle zielenden Dimension: Politik meint für Wagner alles, was zwischen Menschen durch psychische, vor allem auch physische Gewaltandrohung oder Gewaltanwendung auf
die Herstellung eines Gehorsamsverhältnisses zielt, was Hierarchien aufbaut und es
erlaubt, daß einzelne Mächtige bei Schwächeren Folgsamkeit erzwingen und folglich immateriellen wie materiellen Gewinn einfahren können. Darüber hinaus meint
Politik aber auch die Konsequenzen aus solchen Erfahrungen für den privaten Bereich, den Durchgriff der Macht auf die einzelnen Akteure, meint die Folgen, die es
hat, wenn sich nahezu alles um das Streben nach Macht dreht, um das Durchsetzen
der eigenen Machtansprüche gegen Konkurrenten und wenn folglich alle übrigen
Bedürfnisse zugunsten erhoffter Machtgewinne zurückgenommen oder verdrängt
werden. Beide Sphären, die öffentliche wie die private, greifen ineinander, bedingen
sich, zeitigen Folgen für den je anderen Bereich: die aufs Ganze zielende Absicht
Wotans, der Welt eine Ordnung zu geben, betrifft nicht nur die ganze Welt, sondern
zeugt auch Folgen innerhalb der privaten Sphäre der unterschiedlichen Akteure,
wie umgekehrt deren private Absichten die ins Große zielenden Pläne Wotans nachhaltig betreffen. Die Welt des *Ring* ist eine durch und durch politische Welt, und sie
ist dies, aller gegenteiligen Einschlüsse von Liebe und den daraus ahnbaren Zukunftsperspektiven zum Trotz, mit solcher Ausschließlichkeit und Intensität, daß es
in der Geschichte der Oper und des Musiktheaters kein zweites Beispiel gibt, das in
gleich radikaler Weise die politische Existenz des Menschen auf die Bühne bringt
wie die Tetralogie.

II

Wie zu fast allen seinen Musikdramen hat Wagner auch zur Entstehung seines größten
Werk, zum *Ring des Nibelungen*, eine Inspirationslegende geliefert. In seiner Autobiographie berichtet er von einer Italienreise im Herbst 1853, während der er La
Spezia besuchte, wo er nach Seekrankheit und Erschöpfung, nach Schlaflosigkeit
und Fieber die »äußerste Stille« suchte. Von einem Ausflug durch eine nackte und
öde Gegend erschöpft nach Hause gekehrt, suchte er anschließend Schlaf, fand ihn
aber nicht und versank statt dessen »in eine Art von somnambulem Zustand, in
welchem« – wie er schreibt – »ich plötzlich die Empfindung, als ob ich in ein stark
fließendes Wasse versänke, erhielt. Das Rauschen desselben stellte sich mir bald im
musikalischen Klange des Es-dur-Akkordes dar, welcher unaufhaltsam in figurierter
Brechung dahinwogte, diese Brechungen zeigten sich als melodische Figurationen
von zunehmender Bewegung, nie aber veränderte sich der reine Dreiklang von Es-
dur, welche durch seine Andauer der Elemente, darin ich versank, eine unendliche
Bedeutung geben zu wollen schien. Mit der Empfindung, als ob die Wogen jetzt
hoch über mich dahinbrausten, erwachte ich in jähem Schreck aus meinem Halb-
schlaf. Sogleich erkannte ich, daß das Orchestervorspiel zum *Rheingold*, wie ich es in
mir herumtrug, doch aber nicht genau hatte finden können, mir aufgegangen war.«

Und: »Sogleich beschloß ich, nach Zürich zurückzukehren und die Komposition meines großen Gedichtes zu beginnen«[22].

Man mag das als eine nachgeschobene Stilisierung des Beginns der Kompositionsarbeit verstehen, mit der eine lange Zeit des Planens und Entstehens der Tetralogie auf einen Augenblick spontaner Kreativitätsauslösung zusammengezwungen wird. Denn tatsächlich hat Wagner an keinem seiner anderen Werke so lange gearbeitet wie am *Ring*: über ein Vierteljahrhundert hat es gedauert, bis dieses monumentale und wohl bedeutungsschwerste Stück des Musiktheaters aus ersten Ideen zur Vollendung gedieh. Die erste und wohl eher flüchtige Beschäftigung mit dem Stoff reicht vermutlich bis in die Zeit jenes so fruchtbaren und inspirierenden Marienbader Kuraufenthaltes vom Sommer 1845 zurück, während der Wagner sich erstmals intensiv mit mittelalterlicher Literatur beschäftigte und daraus die Anregung zu fast allen seinen späteren Werken holte – auch zum *Ring*. Wie nachhaltig damals sein Interesse für die Welt des Mittelalters gewesen ist, zeigen zum einen die Bestände seiner seit 1842 zusammengestellten ›Dresdner Bibliothek‹, die zum größten Teil Texte, Übersetzungen und wissenschaftliche Werke zur Antike und zum Mittelalter enthielt[23], zum anderen der Prosaentwurf eines fünfaktigen Dramas zu Kaiser Friedrich I.[24]. Als Resultat der Beschäftigung mit Friedrich Barbarossa und dem Barbarossa-Mythos verfaßte Wagner im Spätsommer des Revolutionsjahres 1848 eine kleine Schrift, *Die Wibelungen. Weltgeschichte aus der Sage*, in der er, angeregt durch zeitgenössische Arbeiten, eine Verbindung des fränkischen Königsgeschlechts mit den Nibelungen zu belegen suchte[25]. Damit war erstmals das Nibelungen-Thema explizit angeschlagen, und das führte noch im selben Jahr 1848, gleichsam folgerichtig, zur Niederschrift von *Die Nibelungensage. Mythus*, später veröffentlicht unter dem Titel *Der Nibelungen-Mythos. Als Entwurf zu einem Drama*[26]. Bereits hier sind alle wesentlichen Inhalte der späteren Tetralogie präsent, sind in der mythischen Erzählung die politischen und sozialen Probleme eingebettet, die dramatischen Situationen wie Charaktere schon scharf umrissen: das Zwergengeschlecht der Nibelungen, das »dem Schoße der Nacht und des Todes entkeimte«, »in unterirdischen düsteren Klüften und Höhlen wohnt«, in »unsteter, rastloser Regsamkeit« ... »(gleich Würmern im toten Körper) die Eingeweide der Erde« durchwühlt und harte Metalle schmiedet. An dessen Spitze Alberich, der sich des Rheingolds bemächtigt und »mit

---

22   Richard Wagner, ML, S. 580. Vgl. dazu auch Peter Wapnewski, Weißt Du wie das wird ...? Richard Wagner Der Ring des Nibelungen, München 1995, S. 101.
23   Curt von Westernhagen, Richard Wagners Dresdner Bibliothek 1842–1849, Wiesbaden 1966, S. 84 ff. Diese Bibliothek mußte Wagner bei seiner Flucht aus Dresden 1849 zurücklassen, sie befand sich dann im Besitz seines Schwagers Brockhaus und ist heute Teil der Sammlungen des Wahnfried-Archivs.
24   Richard Wagner, Friedrich I. in 5 Akten, in: GSD, Bd. 11, S. 270 ff.
25   Richard Wagner, Die Wibelungen. Weltgeschichte aus der Sage, in: derselbe, GSB, Bd. 6, S. 99 ff. Vgl. dazu auch Dieter Borchmeyer, Richard Wagner, Frankfurt/M. 2002, S. 279.
26   Richard Wagner, Der Nibelungen-Mythos. Als Entwurf zu einem Drama (1848), in: derselbe, GSB, Bd. 6, S. 139 ff.

listiger Kunst« einen Ring geschmiedet hat, durch den er Herr aller Nibelungen geworden ist. Er hütet nun den »unermeßlichen« Nibelungenhort, zwingt den eigenen Bruder Reigin (Mime-Eugel), ihm den Tarnhelm zu schmieden und die Nibelungen, ausschließlich nur noch für ihn zu arbeiten. »Und so ausgerüstet, strebt Alberich nach der Herrschaft über die Welt und alles in ihr Enthaltene.«

Daneben gibt es die Riesen, die sich durch die wachsende Macht Alberichs bedroht fühlen, aber wissen, daß sie sich alleine gegen ihn nicht behaupten können. Diese Furcht kennt »das zur Allherrschaft erwachsende Geschlecht der Götter«[27], deren oberster Gott Wotan die Chance nutzt, um sich von den Riesen Walhall erbauen zu lassen, das er, nachdem er Alberich gefangen hat, mit dem geraubten Hort bezahlt. Nur den Ring, der zum Hort gehört, und den Alberich verflucht hat, will er behalten, um sich selbst seine »Allherrschaft« zu sichern. Doch der Plan mißlingt, er verliert den Ring wieder an die Riesen und diese lassen anschließend den Hort durch einen »ungeheuren Wurm« bewachen. »Durch den Ring bleiben die Nibelungen mit Alberich zugleich in Knechtschaft. Aber die Riesen verstehen nicht, ihre Macht zu nützen; ihrem plumpen Sinne genügt es, die Nibelungen gebunden zu haben.« Die Götter dagegen ordneten nun »in hoher Tätigkeit ... die Welt, banden die Elemente durch weise Gesetze und widmeten sich der sorgsamsten Pflege des Menschengeschlechts. Ihre Kraft steht über allem. Doch der Friede, durch den sie zur Herrschaft gelangten, gründet sich nicht auf Versöhnung: er ist durch Gewalt und List vollbracht. Die Absicht ihrer höheren Weltordnung ist sittliches Bewußtsein: das Unrecht, das sie verfolgen, haftet aber an ihnen selber«[28].

Aus dieser Ausgangskonstellation entwickelt sich all das, was später auch im *Ring* sich vollzieht. Die ausgeübte Gewalt erzeugt Bedrohung, doch Wotan selbst kann das Unrecht, das er begangen hat, nicht tilgen, ohne neues Unrecht zu begehen. »Nur ein von den Göttern selbst unabhängiger, freier Wille, der alle Schuld auf sich selbst zu laden und zu büßen imstande ist, kann den Zauber lösen, und in den Menschen ersehen die Götter die Fähigkeit zu solchem freien Willen. In den Menschen suchen sie also ihre Göttlichkeit überzutragen, um seine Kraft so hoch zu heben, daß er, zum Bewußtsein dieser Kraft gelangend, des göttlichen Schutzes sich selbst entschlägt, um nach eigenem freien Willen zu tun, was sein Sinn ihm eingibt. Zu dieser hohen Bestimmung, Tilger ihrer eigenen Schuld zu sein, erziehen nun die Götter den Menschen, und ihre Absicht würde erreicht sein, wenn sie in dieser Menschenschöpfung sich selbst vernichteten, nämlich in der Freiheit des menschlichen Bewußtseins ihres unmittelbaren Einflusses sich selbst begeben müßten«[29]. So erwachsen mächtige menschliche Geschlechter, die im Kampf sich erproben, beschützt von Walküren, welche die gefallenen Helden nach Walhall bringen. Doch der rechte Held ist noch nicht geboren. Deshalb befruchtet Wotan ein unfruchtbares Paar aus dem Geschlecht der Wälsungen, das die Zwillinge Siegmund und Sieglinde gebiert. Beide nehmen

27 Ebenda, S. 140.
28 Ebenda, S. 141.
29 Ebenda.

sich Ehegatten, aber auch diese Ehen bleiben unfruchtbar, so daß sich beide ent-
schließen, miteinander – im Inzest – einen echten Wälsung zu zeugen.

In der Wildnis bringt Sieglinde dann Siegfried (»der durch Sieg Frieden bringen
soll«) zur Welt, auf den die Götter nun ihre Hoffnung setzen. Doch die erfüllt sich,
wie man weiß, nicht. Die Tragödie nimmt ihren Fortgang, und am Ende, nach
Siegfrieds Ermordung, wählt Brünnhilde, von Wotans Wille nun frei geworden, den
Tod, um sich mit Siegfried zu vereinen: »Hört denn, ihr herrlichen Götter, euer
Unrecht ist getilgt: dankt ihm, dem Helden, der eure Schuld auf sich nahm. Er gab
es nun in meine Hand, das Werk zu vollenden: gelöset sei der Nibelungen Knechtschaft, der Ring soll sie nicht mehr binden. Nicht soll ihn Alberich empfangen; der
soll nicht mehr euch knechten; dafür sei er aber selbst auch frei wie ihr. Denn diesen
Ring stelle ich euch zu, weise Schwestern der Wassertiefe; die Glut, die mich verbrennt, soll das böse Kleinod reinigen; ihr löset es auf und bewahret harmlos, das
Rheingold, das euch geraubt, um Knechtschaft und Unheil daraus zu schmieden.
Nur einer herrsche, Allvater, herrlicher du! Daß ewig deine Macht sei, führ' ich dir
diesen zu: empfange ihn wohl, er ist dess' wert!« ... – »über einem düstern Wolken-
saume erhebt sich der Glanz, in welchem Brünnhild, im Waffenschmuck zu Roß, als
Walküre Siegfried an der Hand von dannen geleitet« [30].

Unmittelbar nach der Niederschrift dieser schon sehr genauen, detailreichen
und umfänglichen Inhaltsskizze zu einem – hier noch positiv endenden – Nibelun-
gendrama verfaßte Wagner dann im Oktober 1848 zunächst den Prosaentwurf zu
Siegfrieds Tod, anschließend, im November desselben Jahres, dazu die Versdichtung,
die im wesentlichen, bis in Teile des Textes hinein, der späteren *Götterdämmerung*
entsprach [31]. Aber zugleich war deutlich, daß diese erste dramatische Ausarbeitung
des Nibelungenstoffes noch sehr inkohärent geriet: Heldengeschichte und Göttermythos standen nebeneinander, die Vorgeschichte war nicht in die Handlung inte-
griert, epische Teile mit den dramatischen nicht wirklich verbunden. So erstaunt es
denn wenig, daß Wagner selbst, als er 1851 in Zürich den Text zu vertonen suchte,
sehr schnell zu der Überzeugung kam, er müsse vor allem die Vorgeschichte in
einem eigenen Drama erzählen. Im Mai dieses Jahres entstand deshalb der Prosaentwurf zu *Der junge Siegfried*, dem unmittelbar die Versdichtung folgte [32]. »Der *Junge
Siegfried* hat den ungeheuren Vorteil, daß er den wichtigen Mythos dem Publikum
im spiel, wie einem kinde ein märchen, beibringt. Alles prägt sich durch scharfe
sinnliche Eindrücke plastisch ein, alles wird verstanden, – und kommt dann der
ernste *Siegfried's Tod*, so weiß das publikum Alles, was dort vorausgesetzt oder eben
nur angedeutet werden mußte ...« – so schreibt Wagner, seine Absichten erläuternd,
an seinen Freund Theodor Uhlig [33].

30 Ebenda, S. 149 f.
31 Richard Wagner, Siegfrieds Tod, in: GSB, Bd. 6, S. 150 ff.
32 Der Text findet sich in Otto Strobel (Hg), Richard Wagner, Skizzen und Entwürfe zur Ring-
    Dichtung, München 1930, S. 63 ff.
33 Richard Wagner, SB, Bd. IV, S. 44 (Brief an Theodor Uhlig vom 10. Mai 1851).

Doch war seine Überzeugung, daß nunmehr die Geschichte Siegfrieds für die Zuhörer nachvollziehbar sein würde, offenbar nur von kurzer Dauer. Denn schon im Oktober 1851 heißt es in einem weiteren Brief an Uhlig: »Mit dem Siegfried noch große Rosinen im kopfe: drei Dramen, mit einem dreiaktigen Vorspiele«[34]. Schon einen Monat später entwarf Wagner die erste Prosaskizze zum *Rheingold*. Das Jahr 1852 stand dann ganz im Zeichen der Arbeit am entstehenden *Ring*: im März wurde der Prosaentwurf zum *Rheingold* formuliert – zunächst unter dem Titel: *Der Raub des Rheingolds* –, im Mai der zur *Walküre*; im Juni und Juli arbeitete Wagner die Urschrift der Dichtung zur *Walküre* aus, ab September die des *Rheingold*. Danach begann die Überarbeitung der beiden Siegfried-Dramen. Schließlich wurde im Dezember die gesamte Dichtung des *Ring* abgeschlossen, deren Titel ursprünglich *Das Gold des Nibelungen*, dann *Der Reif des Nibelungen* lauten sollte. Im Februar 1853 ließ Wagner 50 Exemplare seines *Ring des Nibelungen* als Privatdruck anfertigen, die er an seine Freunde verteilte.

Nachdem die Dichtung abgeschlossen war (*Der Junge Siegfried* und *Siegfrieds Tod* wurden erst 1856 in *Siegfried* und *Götterdämmerung* umbenannt), blieb der Text zunächst liegen. Erst im Herbst 1853 begann Wagner, wie eingangs zitiert, mit der Komposition der Tetralogie, zunächst mit der des *Rheingold*. Im Juni 1854 folgte die Vertonung der *Walküre*, deren Partitur zwei Jahre später, im März 1856, abgeschlossen wurde. Nach einem weiteren halben Jahr wandte sich Wagner seinem *Siegfried* zu, den er dann allerdings nach Abschluß des zweiten Aufzugs abbrach. In einem oft zitierten Brief an Liszt schreibt er zu dieser gravierenden Unterbrechung: »Mit Härtels[35] werde ich nun keine Noth mehr haben, da ich mich endlich dazu entschlossen habe, das obstinate Unternehmen der Vollendung meiner Niebelungen (sic!) aufzugeben. Ich habe meinen jungen Siegfried noch in die schöne Waldeinsamkeit geleitet; dort hab' ich ihn unter der Linde gelassen und mit herzlichen Thränen Abschied genommen: – er ist dort besser dran als anders wo. – Soll ich das Werk wieder einmal aufnehmen, so müßte mir diess entweder sehr leicht gemacht werden oder ich selbst müsste es mir bis dahin möglich machen können, das Werk im vollsten Sinne der Welt zu schenken«[36].

Mehr als sieben Jahre – in denen *Tristan und Isolde* sowie *Die Meistersinger* entstanden – ruhte nun die Arbeit am *Ring*. Im Dezember 1864 wandte sich Wagner erneut der Tetralogie zu, nahm sich den *Siegfried* wieder vor, beendete aber erst 1871 die Partitur des Werks. Man kann diese Unterbrechung musikalisch hören, denn der hochdramatische Beginn des dritten Aufzugs weist in Tongebung und Instrumentation, auch im thematischen Material bereits deutlich auf die *Götterdämmerung* voraus, und doch ist die »Kontinuität eines schöpferischen Willens«[37] in der musikalischen Verbindung der Teile weitaus stärker als die Diskontinuität und der Neube-

---

34 Ebenda, S. 131 f (Brief an Theodor Uhlig zwischen dem 7. und 11. Oktober 1851).
35 Gemeint ist der Musikverlag Breitkopf und Härtel in Leipzig.
36 Richard Wagner, SB, Bd. VIII, Leipzig 1991, S. 354 (Brief vom 28. Juni 1857).
37 Peter Wapnewski, Weißt du wie das wird ...?, S. 187.

ginn. Nach der Beendigung des *Siegfried* folgte dann, durch keine größeren Zeitabschnitte unterbrochen, die *Götterdämmerung*, unter deren dritten Aufzug der Komponist die Worte schrieb: »Vollendet in Wahnfried am 21. November 1874. Ich sage nichts weiter!! R.W.«

Schon allein diese schlichte Aufzählung der wichtigsten Daten zur Entstehung des *Ring*[38] macht die Dimensionen deutlich, mit denen sich Wagner konfrontiert sah: mehr als ein Drittel seines Lebens war er mit diesem riesigen Projekt beschäftigt, immer wieder gab es Anläufe zu Textentwürfen, gab es Veränderungen des bereits Fixierten und früh schon musikalische Studien, die dann wieder verworfen wurden – wie etwa 1850 einen Entwurf zur Nornenszene. Und es gab frühzeitig schon, nach dem Abschluß des *Lohengrin* und also in der von politischen Revolutionswünschen bestimmten Dresdner Zeit, sehr gezielt ausgedehnte Quellen- und Materialstudien. Wagner hat in einem 1856 geschriebenen Brief benannt, was er für seinen *Ring* gelesen hat: das von Lachmann herausgegebene *Nibelungen-Epos* (»Der Nibelunge Noth u. die Klage«) sowie dazu entsprechende Erläuterungen; Wilhelm Grimms *Deutsche Mythologie*; *Lieder-Edda* und *Prosa-Edda*; *Wilkina-* und *Niflungasage* sowie die *Völsunga-Saga* (in der Übersetzung von Hagen-Breslau); das *deutsche Heldenbuch* (alte Ausgabe, erneuert von Hagen und in 6 Bänden bearbeitet von Simrock); *die deutschen Heldensagen* von Wilhelm Grimm; *Untersuchungen zur deutschen Heldensage* (von Mone, die als »sehr wichtig« bezeichnet werden); schließlich die *Heimskringla* (»übersetzt von Mohnike – glaub' ich! – nicht von Wachter – schlecht«), daneben eine Fülle wissenschaftlicher Literatur[39]. In seiner Autobiographie *Mein Leben* hat er berichtet, er habe zunächst das *Nibelungenlied* und das *Heldenbuch* gelesen und danach die wissenschaftlichen Untersuchungen der Gebrüder Grimm und von Franz Joseph Mone, wobei die Lektüre der *Völsunga-Saga* entscheidend gewesen sei[40]. Das wohl deshalb, weil er in diesen skandinavischen Quellen jenes Handlungsgerüst und jenes ›Personal‹ fand, das ihm für den *Ring* tauglich schien, vor allem jene germanischen Götter, die mit ihrem so menschlichen Wesen und Verhalten seiner Absicht entgegenkamen, in der Tetralogie die Geschichte der bisherigen Menschheit im Mythos zu gestalten[41]. Bei Jacob Grimm hatte Wagner lesen kön-

---

38 Die Entstehung des Ring des Nibelungen kann hier natürlich nicht im Detail nachvollzogen werden. Vgl. dazu die eingehenden ›Erläuterungen‹ in: WWV, Mainz/London/New York/Tokyo 1986, S. 404 ff. sowie RWGA, Bd. 29/I Dokumente zur Entstehungsgeschichte des Bühnenfestspiels Der Ring des Nibelungen, hg. von Werner Breig und Hartmut Fladt, Mainz 1976. Zusätzlich sei verwiesen unter anderem auf: Otto Strobel (Hg), Richard Wagner. Skizzen und Entwürfe zur Ring-Dichtung, München 1930; Peter Wapnewski, Musikdrama, in: Ulrich Müller/Peter Wapnewski, Richard-Wagner-Handbuch, Stuttgart 1986, S. 269 ff; Peter Wapnewski, Weißt Du wie das wird ...?, S. 30 ff; Curt von Westernhagen, Die Entstehung des Ring, Zürich 1973.
39 Richard Wagner, SB, Bd. VII, S. 336 f. (Brief an Franz Müller vom 9. Januar 1856).
40 Richard Wagner, ML, S. 356 f.
41 Zur Quellen- und Literaturgrundlage für den *Ring* siehe u. a.: Volker Mertens, Richard Wagner und das Mittelalter, in: Ulrich Müller/Peter Wapnewski (Hg), Richard-Wagner-Handbuch, S. 19 ff; Peter Wapnewski, Musikdrama, ebenda, S. 276 ff.; Ursula und Ulrich Müller (Hg), Richard Wagner und sein Mittelalter, Anif/Salzburg 1989; Ulrich Müller/Oswald Panagl (Hg), Ring und Gral. Texte,

nen: »Götter, d.i. vervielfachung der einen, höchsten unerfaßlichen Gottheit sind nur als menschlich gestaltet zu fassen und himmlische Wohnungen gleich irdischen Häusern werden ihnen beigelegt«[42], und man darf sicher annehmen, daß diese Parallele zwischen Göttern und Menschen dem glühenden Verehrer Ludwig Feuerbachs, der seinerseits in seinen Werken die Religion als eine Projektion menschlicher Bedürfnisse dargestellt, kritisch beurteilt und als ideologische Konstruktion einer erlösungsbedürftigen Kreatur verstanden hatte, sehr entgegenkam und sehr dem eigenen Denken entsprach.

Während Teile der Nibelungen-Sage den Stoff für *Siegfrieds Tod* – später *Götterdämmerung* – abgaben, bezog Wagner sich mit *Rheingold* und *Walküre* eher auf die skandinavischen Quellen. Am Ende eines komplizierten Schaffensprozesses stellte der fertige *Ring*-Text eine Kompilation aus den verfügbaren Vorlagen dar, ein Zusammenfügen von Inhalts- und Erzählfragmenten, das gelegentlich so charakterisiert worden ist: immer stärkere Reduktion der Vorlagen und Konzentration auf wenige Aspekte und Teile der Handlung; zunehmende inhaltliche Veränderung der mittelalterlichen Quellen durch die eigene Arbeit bis hin zur Verkehrung der Inhalte ins Gegenteil; schließlich eine Tendenz zur »thesenartigen Botschaft«, die Entwicklung von der »dramatischen Erzählung zur dramatisch-theatralischen Verkündigung einer Botschaft«, woraus folgt, »daß das spezifisch Mittelalterliche im Laufe der Musikdramen immer mehr zurücktritt und die neue Aussage immer wichtiger wird«[43]. Wie in allen anderen Fällen auch gaben Quellen wie Literatur für Wagner eben nur Vorlagen für den *Ring* ab, die er, gleichsam collagehaft, nutzte, um seine eigenen Intentionen mit ihrer Hilfe und durch sie zu realisieren. Denn: »Er wollte seinen eigenen Mythos, und zu dessen äußerer Legitimation gab er dem Neuen die alten Namen«[44]. Und er fügte diesen Kunst-Mythos, über den noch zu reden sein wird, in die Tradition der griechischen Tragödie ein, die für ihn ein Leben lang das entscheidende Vorbild für das eigene musikdramatische Schaffen blieb. »Das Auffallendste« – so schrieb er noch vom Schweizer Exil aus – »... mußte ich endlich an meiner Nibelungen-Dichtung erleben: ich gestaltete sie zu einer Zeit, wo ich mit meinen Begriffen nur eine hellenistisch-optimistische Welt aufgebaut hatte, deren Realisierung ich durchaus für möglich hielt, sobald die Menschen nur wollten, wobei ich mir selbst über das Problem, warum sie denn eigentlich doch nicht wollten, ziemlich kunstreich hinwegzuhelfen suchte«[45].

Kommentare und Interpretationen zu Richard Wagners Der Ring des Nibelungen, Tristan und Isolde, Die Meistersinger von Nürnberg und Parsifal, Würzburg 2002; William O. Cord, The Teutonic Mythology of Richard Wagner's The Ring of the Nibelung, 4 Bde., Lewistone/Queenstone 1989 ff; Elizabeth Magee, Richard Wagner and the Nibelungs, Oxford 1990.
42 Jacob Grimm, Deutsche Mythologie, Nachdruck der 4. Auflage von 1875/78, Graz 1968, Bd. I, S. XXXVIII (Vorrede 1854).
43 Ulrich Müller, Die mittelalterlichen Quellen zu Richard Wagners Ring-Dichtung: Kommentar und Thesen, in: Ulrich Müller/Oswald Panagl (Hg), Ring und Gral, S. 74.
44 Peter Wapnewski, Weißt du wie das wird ... ?, S. 40.
45 Richard Wagner, SB, Bd. VIII, S. 153 (Brief an August Röckel vom 25./26. August 1856).

III

Während der Text der *Ring*-Dichtung über *Siegfrieds Tod*, dann *Der Junge Siegfried* bis schließlich zu *Rheingold* und *Walküre* gleichsam rückwärts entstand, weil immer neue Erklärungen von Handlungsverläufen und Handlungsmotiven notwendig wurden, gilt für die Komposition der vier Teile dieses Werkes das Gegenteil: sieht man von einzelnen, schon früh entstandenen und später verworfenen Kompositionsskizzen ab – etwa dem schon erwähnten, 1850 entstandenen Entwurf zur Nornenszene[46] – , so entwickelte sich die Musik gleichsam chronologisch über die Jahre hinweg, vom *Rheingold* bis zur *Götterdämmerung*.

Ohne hier auf die Musik und die musikalische Struktur des *Ring* auch nur skizzenhaft eingehen zu können, soll doch darauf hingewiesen werden, daß Wagner mit dem *Ring* in seiner musikalischen Sprache entscheidend über alle seine bisherigen Werke hinausging. Ohne Zweifel stellt die Tetralogie musikalisch und kompositorisch das bis dahin avancierteste Musikdrama dar. Man kann diese neue Qualität der Kompositionstechnik sehr vereinfachend in drei Punkten zusammenfassen:

Da ist zunächst ein neues Verhältnis von Text und Musik. Erstmals nutzte Wagner für den *Ring* den in den nordischen Quellen vorgefundenen Stabreim und schrieb Verse, die sich vor allem durch ihren Sprachrhythmus zur Vertonung anboten. Was in *Oper und Drama* 1850/51 gleichsam retrospektiv als eine neue Poetologie von Wagner für das Musikdrama entworfen wurde: die Vorstellung nämlich, daß aus der dichterischen Sprache eine ›Urmelodie‹ entsteht, daß die Musik, daß der »Gesangston« sich als Konsequenz des »rhythmisch accentuierten Sprachverses« ergibt[47], ist im *Ring* über große Teile des Dramas bereits vorweggenommene Praxis – vielleicht am eindrucksvollsten im Beginn des *Rheingold*. Die poetische Form des Textes der Tetralogie ist spürbar aus dem Geist der Musik geboren, und vor allem in den großen Monologen der Akteure läßt sich das »Wachsen der musikalischen Melodie aus dem Sprachvers«[48] unmittelbar nachvollziehen – ein besonders prägnantes Beispiel hierfür ist Wotans Monolog nach seiner Auseinandersetzung mit Fricka[49]. Wagner selbst hat immer wieder, in unterschiedlichen Schriften und zu unterschiedlichen Zeiten, auf diesen für den *Ring* konstitutiven Verweisungszusammenhang von Text und Musik hingewiesen und in einem Brief an Liszt bemerkt: »Sonderbar! Erst beim Komponieren geht mir das eigentliche Geheimnis meiner Dichtung auf: überall entdecken sich mir Geheimnisse, die mir selbst bis dahin noch verborgen blieben«[50]. Dagegen verschlägt es nicht viel, daß gelegentlich darauf verwiesen worden ist, die Selbstauslegung Wagners in Hinsicht auf diesen Zusammenhang lasse sich in den

---

46 Dazu Carl Dahlhaus, Richard Wagners Musikdramen, S. 87. Zu den musikalischen Einzelskizzen siehe WWV, S. 380 ff.
47 Richard Wagner, Oper und Drama, in: GSD, Bd. 4, S. 126.
48 Ebenda.
49 Die Walküre, Zweiter Aufzug, zweite Szene (»Als junger Liebe/Lust mir verblich«)
50 Richard Wagner, SB, Bd. VIII, S. 219 (Brief an Franz Liszt vom 6. Dezember 1856).

Partituranalysen der einzelnen Stück der Tetralogie nicht immer bestätigen[51]. Das mag im Einzelfall richtig sein, verkennt aber, daß ein Prinzip, auch wenn es nicht durchgängig angewandt wird, doch für große Teile des gesamten Werks kompositionsbestimmend bleibt und seine zentrale Bedeutung für den musikalischen Gesamteindruck behält. Und entscheidend ist, daß mit dem Gedanken, die Musik habe sich aus dem Text zu entwickeln und der Stabreim entfalte »von sich aus diese zeugende Kraft in das weibliche Element der Musik«[52] hinein, ein für Wagners Vorstellungen vom Musikdrama und seine Abgrenzung zur herkömmlichen Oper neuer und folgenreich konstruktiver Gedanke formuliert ist, auch wenn er nicht immer eine konsequente Umsetzung erfahren hat.

Zugleich verließ Wagner mit dem *Ring* endgültig die traditionelle Opernform und antizipierte das in *Oper und Drama* entwickelte Konzept des Musikdramas. Entscheidend für diesen Schritt weg von der Oper und hin zu einer neuen Form des Musiktheaters war die Einführung des musikalischen Leitmotivs, das als strukturelles Ordnungsprinzip an die Stelle der traditionellen Formprinzipien der Oper: Rezitativ, Arie und Ensembles trat. Wagner ordnete den Handlungs- und Entwicklungsabläufen, aber auch den symbolischen Gegenständen und Ideen markante, elementare musikalische Motive zu, die sich im Laufe der weiteren musikalischen Entwicklung einerseits wiederholen, andererseits aber auch verändern, umkehren oder mit anderen Motiven verbinden und auf diese Weise sich zu einem alle vier Teile des *Ring* überspannenden Netz entwickeln, zu einem »symphonischen Gewebe« von »charakteristischer Verbindung und Verzweigung der thematischen Motive«, wie Wagner es selbst formuliert[53]. In *Oper und Drama* spricht er in Bezug auf diese für sein Komponieren grundlegende ›Erfindung‹ von einem »architektonischen« Prinzip, vom »unermeßlichen Ausdehnungs- und Verbindungsvermögen«[54] hinsichtlich der inneren Kombinations- und Entwicklungsmöglichkeit des musikalischen Materials, also von der differenzierenden Vernetzung und variierenden Kombination der Motive, die aus sich heraus die Musik immer weiter vorantreiben. Was sich in den vorausgegangenen Werken, im *Fliegenden Holländer*, *Tännhäuser* und *Lohengrin* mehr und mehr angedeutet, aber doch – wie Wagner selbst im Nachhinein meinte – »nur erst eine sehr bedingte Anwendung«[55] gefunden hatte, wurde nun im *Ring* zu einem zentralen musikalischen Struktur- und Organisationsprinzip. Dieses System der Leitmotive[56] sorgt vielleicht am Nachhaltigsten für den Eindruck der musikalischen Einheitlich-

51 So vor allem Carl Dahlhaus, Wagners Konzeption des musikalischen Dramas, Regensburg 1971, bes. S. 47 ff.

52 Richard Wagner, Eine Mittheilung an meine Freunde, in: GSD, Bd. 4, S. 329.

53 Ebenda, S. 322.

54 Richard Wagner, Oper und Drama, in: GSD, Bd. 4, S. 149.

55 Richard Wagner, Zukunftsmusik, in: GSD, Bd. 7, S. 118.

56 Der Begriff ›Leitmotiv‹ ist bekanntlich von Hans von Wolzogen geprägt worden. Vgl. Hans von Wolzogen, Thematischer Leitfaden durch die Musik zu Richard Wagners Festspiel Der Ring des Nibelungen, Leipzig 1876. Vgl. auch Richard Wagner, Über die Anwendung der Musik auf das Drama, in: GSD, Bd. 10, S. 185. Siehe allgemein das Stichwort ›Leitmotiv‹ in: Hans-Joachim Bauer, Richard-Wagner-Lexikon, Bergisch-Gladbach 1988, S. 234 ff.

keit und Geschlossenheit des *Ring*, unbeschadet mancher ›Brüche‹, die eine genauere Analyse erkennen läßt. Und zugleich verweist dieses System der Leitmotive auf den außermusikalischen, auf den politischen Bereich. Denn dieses ›System der Leitmotive‹ läßt sich, was in musikwissenschaftlichen Analysen übersehen worden ist, als eine Strukturanalogie zu anarchistischen Organisationsprinzipien verstehen. Ganz so, wie Wagner in seiner Arbeit mit Leitmotiven und deren Kombination und Verbindung ein musikalisches Netz wirkt, das die Einheit des *Ring* herstellt, geht der radikale Anarchismus in seinen ordnungspolitischen Zukunftsentwürfen von kleinsten Organisationselementen aus, von Basiseinheiten, die sich wechselweise vernetzen und so größere Einheiten bilden sollen, um am Ende ein stabiles Ganzes herzustellen[57]. Wagner selbst hat diese hier gezogene Parallele zwischen ästhetischem und politischem Strukturprinzip nahegelegt, denn zum einen glaubte er fest, die Kunst und ihre Institutionen könnten »zum Vorläufer und Muster aller künftigen Gemeindeinstitutionen werden«[58]; zum anderen sprach er im Zusammenhang mit einer von ihm erhofften nachrevolutionären Neuorganisation der Gesellschaft von kommenden freien Vereinigungen, die »so wechseln, neu sich gestalten, sich lösen und wiederum knüpfen, als die Bedürfnisse wechseln und wiederkehren«, die sich »immer neu gestalten, in immer mannigfaltigerem und regerem Wechsel sich kundgeben« und »in ihrem flüssigen Wechsel bald in ungemeiner Ausdehnung, bald in feinster naher Gliederung das zukünftige menschliche Leben selbst darstellen«[59]. Diese Beschreibung der Bausteine eines zukünftigen, netzartig aufgebauten gesellschaftlichen Zukunftsmodells charakterisiert zugleich präzise die Verwendung der Leitmotive im *Ring*, die sich in ihrer variierenden Veränderung und ihrer gegenseitigen Durchdringung zu einem die Einheit des Werks herstellenden Netz verbinden. Die Analogie von ästhetischem und politischem Strukturprinzip als einem, wie Wagner es selbst formuliert, ›architektonischen‹ ist offensichtlich und unbestreitbar.

Durch die im Laufe der *Ring*-Komposition sich hörbar verfeinernde Leitmotiv-Technik tritt das Orchester aus einer rein begleitenden Funktion heraus und gewinnt im Rahmen des Bühnengeschehens eine eigene, selbständige Stellung. Dies vor allem durch zwei Entwicklungen: zum einen durch die »Verdichtung der Glieder des vertikalen Akkordes zur selbständigen Kundgebung ... nach einer horizontalen Richtung hin«[60] – damit meint Wagner die musikalische Struktur des Musikdramas; zum anderen durch die Zusammenfassung von »Instrumentalfamilien«, die Zusammenfassung vieler einzelner Instrumente mit je eigenem, individuellem Charakter und Ton, deren jeweilige Instrumentalsprache und Instrumentalfarbe sich mit der menschlichen Sprache vergleichen lassen, zu wechselnden Gruppen – und dies verweist auf wechselnde, changierende Klangfarben, die für Wagner eines der wich-

57 Vgl. dazu Udo Bermbach (Hg), Theorie und Praxis der direkten Demokratie. Texte und Materialien zur Räte-Diskussion, Opladen 1973.
58 Richard Wagner, Die Kunst und die Revolution, in: GSD, Bd. 3, S. 40 f.
59 Richard Wagner, Das Kunstwerk der Zukunft, in: GSD, Bd. 3, S. 168.
60 Ebenda, S. 165.

tigsten emotionalen Ausdrucksmittel sind. Aus dem Zusammenspiel beider Momente entwickelt das Orchester – so sieht es Wagner – jenes »individuelle Sprachvermögen«[61], das sich dann – in Analogie zum Sprachvers der Dichtung – in den »Tonfiguren«[62], also in Leitmotiven konkretisiert. Klangfarbe wie Leitmotive und deren Variation in symphonischer Vernetzung charakterisieren das *Ring*-Orchester, das als ein eigenständiger Akteur das Bühnengeschehen und die Charaktere der Figuren kommentiert, antizipiert oder auch erinnernd begleitet. Und darüber hinaus – sieht man von der *Götterdämmerung* ab – nach dem Willen Wagners auch an die Stelle des alten Opernchors tritt.

Diese musikalische Grundstruktur ist nun ihrerseits wieder in großen musikalischen Perioden zusammengefaßt, welche die einzelnen Werke übergreifend gliedern. Man hat heftig darüber gestritten, ob und wie solche periodischen Einteilungen vorzunehmen sind, hat sie gelegentlich schematisch, gelegentlich aber auch durchaus flexibel verstanden[63]. Insgesamt hat sich diese Diskussion allerdings doch sehr stark an Wagners eigenem Begriff der »dichterisch-musikalischen Periode«[64] orientiert. Einerseits sind solche Perioden in sich noch einmal streng nach dichterischen und musikalischen Formenprinzipien untergliedert worden[65], andererseits ist dieses Verfahren bestritten worden mit dem Hinweis darauf, daß detailgenaue Analysen der Komposition doch große Unterschiede innerhalb und zwischen einzelnen Perioden zutage fördern, sich Motive zwar zu Motivkomplexen oder Motivgruppen zusammenschließen lassen, diese wiederum zu Perioden und die Perioden dann zu Szenen oder Szenenteilen, daß aber eine für alle Teile der Tetralogie geltende Geschlossenheit der Form nicht nachgewiesen werden könne[66]. Wie immer diese Frage im Detail entschieden werden mag, daß Wagner die von ihm perfektionierte Leitmotivtechnik in übergreifende Formzusammenhänge gestellt hat, ist weithin unstrittig, und aus diesem Befund darf mit einigem Recht geschlossen werden, daß er damit auch musikalisch die Einheit des Werkes nachhaltig betonen wollte.

IV

In *Oper und Drama* schreibt Wagner in einer immer wieder zitierten Definition: »Das unvergleichliche des Mythos ist, daß er jederzeit wahr, und sein Inhalt, bei dichtester Gedrängtheit, für alle Zeiten unerschöpflich ist«[67]. Drei Einzelaspekte sind hier angesprochen: zum ersten die durch keine zeitliche Eingrenzung beschränkte

61 Ebenda, S. 166.
62 Ebenda, S. 179.
63 Dazu im Überblick Werner Breig, Wagners kompositorisches Werk, S. 414 ff.
64 Richard Wagner, Oper und Drama, in: GSD, Bd. 3, S. 154.
65 So von Alfred Lorenz, Der musikalische Aufbau des Bühnenfestspiels Der Ring des Nibelungen, Tutzing 1966.
66 Carl Dahlhaus, Wagners Konzeption des musikalischen Dramas, S. 84.
67 Richard Wagner, Oper und Drama, S. 64.

Wahrheit des Mythos, sein zeitübergreifender Geltungsanspruch und damit seine Fähigkeit, die Wirklichkeit in ihrer grundsätzlichen Bedeutung aufzuschlüsseln und erklären zu können. Zum zweiten seine durch die »dichteste Gedrängtheit« charakterisierte Binnenstruktur, die komprimierende Zusammenfassung eines weitverzweigten und hochkomplexen Erzählfeldes, das im Mythos geordnet, strukturiert und damit zugleich auch beispielhaft verdichtet, d. h. auf zentrale Tatbestände hin reduziert wird. Schließlich die »Unerschöpflichkeit« seiner Auslegung, die besagt, daß der Wahrheitsanspruch des Mythos niemals nur in einer einzigen Auslegung, in einer einzigen Interpretation für alle Zeiten aufgeht. Zwar hat die mythische Erzählung einen harten, narrativen Kern, der in seiner Unveränderlichkeit die Identität des Mythos verbürgt; aber zugleich bedarf dieser narrative Kern in wechselnden Zeiten auch wechselnder Auslegung, muß immer wieder neu erzählt werden, um sich so den verändernden Lagen und Situationen der Geschichte neu anpassen zu können. Der Mythos ist also zugleich beständig und flexibel, er ist Darstellung des Archetypischen und hierin die Abbreviatur menschlicher Grunderfahrungen, die in immer neuen Varianten und Aneignungen erzählt werden können; er ist schließlich insofern ›wahr‹, als in ihm die historischen Erfahrungen von Generationen unter je verschiedenen und kontingenten Bedingungen scheinbar in einer allgemeingültigen, zeitenthobenen Form konzentriert sind und damit leichter, als jede sonstige Dichtung das vermag, an die Nachgeborenen vermittelt werden kann.

In diesen Qualitäten des Mythos[68] sah Wagner die idealen Voraussetzungen dafür, sein Verständnis von Politik und seine Sicht der gesellschaftlichen Probleme seiner Zeit in einem grundsätzlichen Sinne explizieren zu können. Um aber seine Absichten zu erreichen, konnte er vorhandene und ihm bekannte Mythen nicht einfach übernehmen und nacherzählen, sondern mußte sie zu seinen Zwecken bearbeiten und sich folgerichtig selbst als Mythen-Konstrukteur betätigen[69]. So montierte er im *Ring*, wie schon erwähnt, verschiedene Mythenkomplexe ineinander, verschränkte – vereinfacht gesprochen – den Heldenmythos Siegfried mit dem Göttermythos der nordischen Göttersagen, die beide jeweils für sich wiederum Konglomerate höchst differenzierter und vielfach miteinander verwobener Mythen und Mythenkerne sind. Betrachtet man den *Ring* unter diesem Aspekt seiner Konstruktion, so

---

68   Zur neueren Mythos-Forschung, die Wagners Begriff und Vorstellung des Mythos in den großen Zügen im wesentlichen bestätigt hat, vgl. u. a. Kurt Hübner, Die Wahrheit des Mythos, München 1985; Gerhart von Graevenitz, Mythos. Zur Geschichte einer Denkgewohnheit, Stuttgart 1987; Mircea Eliade, Mythos und Wirklichkeit, Frankfurt/M. 1988; Herfried Münkler, Odysseus und Kassandra. Politik im Mythos, Frankfurt/M. 1990; Petra-Hildegard Wilberg, Richard Wagners mythische Welt. Versuche wider den Historismus, Freiburg/Br. 1996.

69   Daß Wagner mit der Konstruktion seines *Ring*-Mythos auf nordische und deutsche mittelalterliche Helden- und Göttermythen zurückgriff und nicht – wie die Oper der Barock-Zeit – die griechischen und römischen Göttermythen nutzte, hängt wohl mit mehreren Faktoren zusammen: mit der Entdeckung einer deutschen Literatur des Mittelalters in der ersten Hälfte des 19. Jahrhunderts, mit den Auseinandersetzungen um einen deutschen Nationalstaat und dessen historische Legitimierung, mit Wagners Hoffnung, eine erneuerte deutsche Kunst stiften zu können, wohl auch mit der Frische der bis dahin noch wenig genutzten nordisch-germanischen Stoffvorlagen.

zeigt sich, daß der Siegfried-Mythos ursprünglich der Ausgangspunkt war, später aber, in der Endfassung des Textes zurücktrat und »eine entscheidende Bedeutungswendung durch die Einbettung in den Gesamtzusammenhang eines Göttermythos«[70] erhielt. Eine Bedeutungswendung, die darin lag, daß es Wagner, je länger er sich mit dem *Ring*-Stoff beschäftigte, immer weniger um die Abenteuer Siegfrieds zu tun war, sondern zunehmend die Geschehnisse um den Nibelungenhort und den Ring ins Zentrum seiner Aufmerksamkeit rückten. Beides aber, Hort wie Ring, sind Symbole für Geld und Macht, und der Kampf um beides mußte deshalb auch im *Ring* als strategisch-politisches Handeln in Szene gesetzt werden. Zwangsläufig trat damit auch die Bedeutung von Siegfried als des zentralen Akteurs der Handlung zurück und an seiner Stelle wurde Wotan zur beherrschenden Figur.

Diese hier nicht weiter zu beschreibende, komplizierte und komplexe Mythenkonstruktion, die Wagners ureigenste, ingeniöse literarische ›Erfindung‹ ist[71], macht zweifelsfrei deutlich, daß Wagner seinen *Ring* bewußt als einen Kunst-Mythos gebaut hat, der allerdings in seiner Binnenlogik ganz den Gesetzen tradierter Mythen folgt. So läßt sich das Prinzip der variierenden Erzählung des mythischen Kerngeschehens auch im *Ring* klar erkennen in den zahlreichen epischen ›Berichten‹, in denen gleichsam dasselbe Geschehen aus den unterschiedlichen Perspektiven der Akteure immer wieder neu und anders präsent gemacht wird: in den verschiedenen, Rückschau haltenden Monologen Wotans, in den Berichten von Sieglinde und Brünnhilde, in der ›Wissenswette‹ von Wotan mit Mime, in der Erzählung der Nornen – um nur die wichtigsten Beispiele zu nennen. Schon darin wird deutlich, daß auch Kunstmythen, also Nachahmungen des Mythos mit Kunstmitteln und kunstvoll zusammengefügte Mythenteile, den Gesetzen tradierter Mythen insoweit folgen, als sie niemals nur »reine Phantasie« sind, »sondern die Ausgestaltung elementarer Grundfiguren«[72]. In ihrem Entwurf verfolgt der Autor die Absicht, die Vielfalt der Erscheinungen zu reduzieren, um die fundamentalen Fragen menschlicher Existenz um so einsichtiger zur Erscheinung bringen und das Interesse auf jeweils besonders prominente Themen lenken zu können. Wagners zentrales Motiv für für Kompilation seines Kunst-Mythos aus vorhandenen Mythen lag in seiner Intention, diesen ›eigenen‹ Mythos als ein Beispiel zu nutzen, um die Rolle der modernen Politik vorzuführen. Anders formuliert: er wollte die Vieldeutigkeit des Mythos mit der Eindeutigkeit des modernen Verständnisses von rationaler Politik zusammenzubringen, ganz so, wie es vor ihm bereits bedeutende Theoretiker der Politik für die Moderne getan hatten[73]. In diesem Sinne ist der *Ring*-Mythos von vornherein als eine politische Parabel, als

---

70 Dagmar Ingenschay-Goch, Richard Wagners neu erfundener Mythos. Zur Rezeption und Reproduktion des germanischen Mythos in seinen Operntexten, Bonn 1982, S. 48 ff.

71 Dazu Martin Geck, Wagner – vom Ring her gesehen, in: derselbe, Von Beethoven bis Mahler. Die Musik des deutschen Idealismus, Stuttgart/Weimar 1993, S. 311, bes. S. 313.

72 Hans Blumenberg, Arbeit am Mythos, Frankfurt/M. 1979, S. 194.

73 Vgl. dazu genauer Udo Bermbach, Politik und Anti-Politik im Kunst-Mythos, in: Udo Bermbach/ Dieter Borchmeyer (Hg), Richard Wagner ›Der Ring des Nibelungen‹. Ansichten des Mythos. Stuttgart/Weimar 1995, S. 39 ff.

eine politisch-gesellschaftliche Allegorie seiner Zeit konzipiert und ausgeführt worden, und die These, wonach die sozialen und politischen Ereignisse lediglich »Reaktualisierungen der vom Mythos vorgezeichneten Ereignismuster« seien, »Reaktualisierungen seiner Ursprungsgeschichten«[74], scheitert an den Fakten der Entstehungsgeschichte und den nachvollziehbaren Konstruktionsprinzipien von Wagners Mythenarbeit, wie auch an den expliziten Intentionen des Komponisten, die sich in seinen Briefen und Schriften nachlesen lassen. So etwa in einem Brief an August Röckel, in dem es heißt:»Mehr aber glaubte ich mich deutlich auszudrücken in der Darstellung des ganzen Nibelungen-Mythos, mit der Aufdeckung des ersten Unrechtes, aus dem eine ganze Welt des Unrechtes entsteht, die deshalb zu Grunde geht, um – uns eine Lehre zu geben, wie wir das Unrecht erkennen, seine Wurzel ausrotten und eine rechtliche Welt an ihrer Stelle gründen sollen«[75].

Eine entscheidende Folgerung daraus, daß der *Ring*-Mythos zwingend als eine politische Parabel und Allegorie zu verstehen ist, hat Wagner selbst gezogen. In *Oper und Drama* heißt es, der Mythos sei »Anfang und Ende der Geschichte«[76]. Das meint unzweifelhaft, daß im *Ring* auch das Ende aller Politik erzählt wird, insofern Politik denn Teil der Geschichte, sogar der die Geschichte selbst am stärksten gestaltende Teil ist. Gleichsam im Umkehrschluß war für Wagner die Politik denn auch ein geschichtliches, also zeitlich begrenztes Phänomen, das deshalb zwangsläufig enden mußte, sobald auch die im Mythos situierte Geschichte selbst an ihr Ende kam. Wenn also die erzählte Parabel vom Untergang (fast) aller Akteure des *Ring* mit dem Ende der *Götterdämmerung* abgeschlossen wird, dann hat mit der Politik auch der Mythos sein definitives Ende gefunden. Was sich im Laufe von vier Abenden auf der Bühne bis dahin ereignet hat, ist vergangen und abgeschlossen, es läßt sich weder wiederholen noch erneut daran anknüpfen. Jedenfalls nach Wagners Überzeugungen nicht, und dies wiederum heißt, daß es am Ende des *Ring* keine Rückkehr zum Anfang gibt. Wagners Mythos entwickelt sich linear, zielgerichtet auf ein definitives Ende hin, denn Mythos, Geschichte und moderne Politik werden miteinander verwoben und so synthetisiert, daß sie voneinander kaum mehr unterschieden werden können. Es kann deshalb auch keine Rede davon sein, daß sich die »lineare Temporalität der Geschichte in die zirkuläre Temporalität des Mythos (verwandelt), ... die gerade Linie der fortschreitenden zum Kreis der wiederkehrenden Zeit, ... das historisch Einmalige zum Wiederholungsphänomen (wird)«[77]. Die Modernität des

---

74 So mehrfach Dieter Borchmeyer und zuletzt in Richard Wagner, S. 288.

75 Richard Wagner, SB, Bd.VIII, S. 153 (Brief an August Röckel vom 23.August 1856). Gegen die von Borchmeyer vertretene Auffassung des Ring-Mythos hat Manfred Frank den Einwand noch radikalisiert: Es gehe, so schreibt er, im Ring »nicht um Remythologisierung oder Wiederverzauberung der Welt, sondern um den Aufweis, daß sich die Ressourcen, aus denen der mythische Gedanke schöpft, selbst diskreditert, ja völlig erschöpft haben.« Manfred Frank, Der Ring-Mythos als ›Totschlägerreihe‹, in: Richard Klein (Hg), Narben des Gesamtkunstwerks. Wagners Ring des Nibelungen, Stuttgart 2001, S. 97.

76 Richard Wagner, Oper und Drama, in: GSD, Bd. 4, S. 91.

77 Dieter Borchmeyer, Richard Wagner, S. 289.

Wagnerschen Kunst-Mythos liegt gerade in seiner aus der Rationalität des modernen Politikverständnisses gewonnenen linearen Finalität und der darin implizierten Zeitlichkeit, die ein definitives Ende kennt.

Das Hineinnehmen von Politik in den Mythos, die Synthetisierung von beidem, war für Wagner die entscheidende Voraussetzung dafür, seine eigenen Auffassungen von Politik und Gesellschaft überhaupt erst theatralisieren zu können. Er tat dies unter zwei sich ergänzenden Gesichtspunkten – und diese bezeichnen zugleich auch Konstruktionsprinzipien seines Kunst-Mythos: er strukturierte zum einen das gesamte Handlungsfeld des *Ring* in drei räumliche Bereiche, in ›Oben‹, ›Mitte‹ und ›Unten‹ und ordnete dann diesen Bereichen jeweils unterschiedliche individuelle wie kollektive Akteure zu, die ihre je spezifischen Absichten verfolgen. ›Oben‹: das ist Walhall, sind die »wolkigen Höhn«, das Reich der Lichtalben, also Wotans Reich. ›Mitte‹: das ist der »Erde Rücken«, ›ist »Riesenheim«, das Land von Fasolt und Fafner, aber auch der Wälsungen und Gibichungen. ›Unten‹: das ist »Nibelheim«, Lebensraum der Schwarzalben, Mimes Revier und Alberichs Herrschaftsraum. Und diese drei räumlichen Handlungsfelder, auf die im *Rheingold* der Handlungsablauf fast noch ausgewogen und gleichgewichtig verteilt ist, werden mit der *Walküre*, und erst recht mit *Siegfried* und *Götterdämmerung* zunehmend verengt auf die ›Mitte‹ hin.

Denn in dem Maße, wie die Götter und die Nibelungen, wie Wotan und Alberich aus dem Geschehen zurückgenommen werden, treten die Wälsungen und Gibichungen in den Vordergrund und damit auch der ihnen zugewiesene Handlungsraum. Das Geschehen verlagert sich mehr und mehr auf die Erde, ein Konzentrationsprozeß – weg von den Göttern und Zwergen, hin zu den Menschen – , der nicht nur räumliche Konsequenzen hat, sondern auch parallel geht mit der Konzentration der Handlungsintentionen. Im *Rheingold* sind die drei Räume des ›Oben‹, der ›Mitte‹ und des ›Unten‹ noch mit jeweils distinkten Handlungsprogrammen versehen: für das ›Unten‹ gilt, daß Alberich, seit er das Gold gewann und damit die Knechtschaft der Nibelungen begann, seine Herrschaft zunächst in diesem umgrenzten Raum durchsetzt und sie erst danach, in einem zweiten Schritt, über seinen unmittelbaren und gesicherten Machtbereich hinaus auszudehnen sucht. In der ›Mitte‹ sind die Riesen von solchen raumgreifenden Absichten frei: ihnen geht es zuvörderst um Lohn, dann um Freia und erst später um den Ring, dessen politische Bedeutung sie freilich nicht so recht erkennen, jedenfalls nicht nutzen. Im Unterschied zu beiden – Alberich wie den Riesen – ist im ›Oben‹ Wotans Plan von Anfang an auf Herrschaft gerichtet, auch hier zunächst begrenzt auf den eigenen Bereich, doch sehr rasch schon versehen mit der Tendenz, sich auszudehnen und der »Welt Erbe« an sich zu reißen. So verschieden die Ausgangslagen dieser Handlungsprogramme anfangs sind, der ihnen allen gemeinsame Drang zur aggressiven Selbstausweitung und Globalisierung erzwingt allerdings rasch eine Vereinheitlichung der ursprünglich unterschiedlich akzentuierten Handlungsziele und damit natürlich auch eine Vereinheitlichung des Handlungsraumes wie der strategischen Mittel. In der Folge dieses Zwanges zur Konzentration entwickelt sich dann das vielfältig verschlungene Handlungsgeflecht des *Ring* folgerichtig zu einem komplexen politischen Szenario, innerhalb dessen die beteiligten Akteure primär nach politischen Gesichtspunkten handeln.

V

Der *Ring* ist vor allem die Tragödie des ›Politikers‹ Wotans, und so soll sich die folgende Interpretation auch auf ihn, seine Absichten und sein Verhalten konzentrieren. Denn er steht im Mittelpunkt des Geschehens, er initiiert die entscheidenden Ereignisse, und um ihn dreht sich nahezu alles. Fast alle anderen Akteure des *Ring* handeln aus einem direkten oder indirekten Bezug zu ihm heraus, sind entweder Sympathisanten oder Gegenspieler seiner Machtansprüche, Befehlsempfänger oder Opponenten, werden von ihm geliebt oder lieben ihn, begleiten seine Wege oder versuchen, ihn aufzuhalten und seine Pläne wie Aktionen zu durchkreuzen. Wie in einem Brennspiegel konzentriert sich das gewaltige Geschehen der Tetralogie in seiner Person, und selbst dort, wo er nicht mehr auftritt, ist er gleichwohl doch ständig präsent und lenkt, gleichsam als eine ›invisible hand‹ (Adam Smith), die Untergangsdramaturgie der *Götterdämmerung*. An seiner Person, an seiner Entwicklung, an seinen Erfolgen wie Mißerfolgen lassen sich die politischen Intentionen, die Wagner mit der Tetralogie verband, deshalb auch am nachhaltigsten verdeutlichen[78].

Aus der Lektüre von Feuerbach und aus den nordisch-germanischen Quellen hat Wagner sich seine Figur des Wotan zurechtgelegt. Aus Ludwig Feuerbachs 1841 erschienenem Werk *Das Wesen des Christentums* bezog er die ideologiekritische Überzeugung, wonach jede Religion eine Form der menschlichen Selbstinterpretation ist, »das Verhalten des Menschen zu sich selbst«. Folglich galt: das »göttliche Wesen ist nichts anderes als das menschliche Wesen oder besser: Das Wesen des Menschen, gereinigt, befreit von den Schranken des individuellen Menschen, verobjektiviert« und »alle Bestimmungen des göttlichen Wesens ... darum menschliche Bestimmungen«[79]. Als Medium der »Entzweiung des Menschen mit sich selbst«[80] und als Entwurf von Gegenbildern für eine bessere Welt ist für Feuerbach »Gott der Spiegel des Menschen«[81] und insoweit natürlich auch durch und durch menschlich. Gelegentlich ein Gott der Liebe, dessen Liebe sich »bewährt durch Leiden«[82], vor

---

78 Die folgenden Ausführungen folgen wesentlich meinem Essay: Wotan. Der Gott als Politiker, in: Udo Bermbach (Hg), ›Alles ist nach seiner Art‹. Figuren in Richard Wagners Der Ring des Nibelungen, Stuttgart/Weimar 2001, S. 27 ff. Darüber hinaus greife ich gelegentlich auf ältere Arbeiten zum Ring zurück.
79 Ludwig Feuerbach, Das Wesen des Christentums. Gesammelte Werke, hg. von Werner Schuffenhauer, Berlin-Ost 1974, Bd. V, S. 48 f.
80 Ebenda, S. 75.
81 Ebenda, S. 99.
82 Ebenda, S. 118.

allem aber ein Gott des Gesetzes und der Politik: »Der höchste Begriff, der Gott eines politischen Gemeinwesens, eines Volkes, dessen Politik aber in der Form einer Religion sich ausspricht, ist das Gesetz ....; der höchste Begriff, der Gott des unweltlichen, unpolitischen Gemüts, die Liebe ...«[83]. Das war keine singuläre Meinung, die Feuerbach da formulierte, sondern eine sich ausbreitende Vorstellung von kritischen Theologen und Philosophen des 19. Jahrhunderts, die ihre Vorläufer hatten. Und selbst jene nordisch-germanischen Götter, von den Jacob Grimm berichtete, wurden den Menschen ähnlich gedacht[84]. Wotan und die Götter des *Ring* – sie alle sind Projektionen menschlicher Befindlichkeit, denen als ›politische Götter‹ das Gesetz, und das heißt: die politische Macht und Herrschaft über alles andere geht und die daran am Ende scheitern.

In den nordisch-germanischen Mythen fand Wagner einen Wotan mit unterschiedlichen Eigenschaften[85]. Einen Gott des ungestümen, heftigen, aufbegehrenden Waltens und Verhaltens, aber zugleich auch einen von alles durchdringender, schaffender Kraft, der den Menschen die schönen Dinge wie Dichtung ebenso bringt, wie er zugleich auch Herr der Geschicke ist, vor allem Herr von Krieg und Sieg. Einerseits ein weiser, weltenlenkender Gott, andererseits ein kriegerischer Stratege, der die gefallenen Helden durch seine Walküren sammeln läßt, damit sie das letzte, entscheidende Gefecht für die Götter bestehen. Ein Wanderer, der die Welt beobachtet, überall Gefahren wittert, mal die Tapferen schützt, mal die Dinge treiben läßt. Und der weiß, daß am Ende das eigene Ende und das der Götter unausweichlich kommt.

Mit Feuerbach hat Wagner Wotan auf die Erde geholt, ihm menschliche Züge verliehen; aus den mythischen Vorlagen und seinen eigenen Zeiterfahrungen hat er dessen Charakter geformt. Der Wotan des *Ring* erscheint einerseits als ein strikter Machtpolitiker, aber zugleich wird er auch immer wieder von seinen Emotionen überwältigt, vor allem dann, wenn es um die Beziehung zu seiner Tochter Brünnhilde geht – was übrigens die Musik dadurch reflektiert, daß sie ihm nicht nur ein einziges Leitmotiv zuordnet, sondern mehrere, die in unterschiedlichen Situationen seines Auftretens unterschiedlich zitiert werden, häufig auch miteinander verwoben sind: das Vertrags-, Walhall-, Ring- und Wanderermotiv, um nur die wichtigsten zu nennen[86]. Schon diese musikalische Signatur macht die innere Zerrissenheit des ›Gottes‹ deutlich: Wotan ist ein ambivalenter Charakter, die Figur mehrschichtig gebrochen, auch wenn gewisse Züge hervortreten, die in den ersten drei Teilen des *Ring* dominieren – in der *Götterdämmerung* ist der resignierte und sein Ende herbei-

83 Ebenda, S. 219.
84 Vgl. Jacob Grimm, Deutsche Mythologie. Nachdruck der 4. Auflage von 1875/78, Graz 1968, Bd. I, S. XXXVIII (Vorrede von 1854).
85 Ausführlich dazu: Udo Bermbach, Wotan. Der Gott als Politiker, S. 31 f.
86 Zu den musikalischen Charakterisierungen Wotans, zu den ihn charakterisierenden Motiven und Motivverflechtungen, auf die hier nicht weiter eingegangen wird, vgl. Carl Dahlhaus, Richard Wagners Musikdramen, passim; Hans-Joachim Bauer, Richard Wagner, bes. S. 247 ff sowie Julius Burghold (Hg), Richard Wagner. Der Ring des Nibelungen, Mainz/München 1994.

sehnende Wotan ja nur noch indirekt in der Waltrauden-Erzählung und den immer wieder auftauchenden, ihm zugeordneten musikalischen Motiven, präsent. So ist Wotan zunächst und zu allererst Machtpolitiker, Herr der Verträge, der der Welt eine Ordnung schaffen möchte und darin sein primäres Ziel sieht. In überraschender Weise hat Wagner ihn als Machtpolitiker mit Robespierre, dem Theoretiker und terroristischen Praktiker der Französischen Revolution verglichen. »Dieser Typus« – heißt es in einem Brief an August Röckel, in dem der Komponist seinem Freund den *Ring* und die diesem zugrunde liegende Weltanschauung in großer Ausführlichkeit zu erklären sucht – »ist mir ebenso höchst unsympathisch, weil ich in den nach ihm gearteten Individualitäten nicht eine Ahnung von dem eigentlichen Inhalte des Strebens der Menschheit seit ihrer Entartung von der Natur entdecken kann. Das Tragische Robespierre's besteht eigentlich in der unglaublichen Jämmerlichkeit, mit der dieser Mensch, am Ziele seiner Machtbestrebungen, gänzlich ohne Wissen dastand, was er denn nun eigentlich mit dieser Macht anfangen soll. Er wird nur tragisch, weil er dies selbst eingesteht, und weil er an der Unfähigkeit, etwas zu machen, etwas Beglückendes in das Leben zu rufen, zu Grunde ging. Ich finde daher, daß es sich mit ihm gerade umgekehrt so verhält, wie Du es auffassest: ihm war nicht ein hoher Zweck bekannt, um dessen Erreichung willen er zu schlechten Mitteln griff; sondern um den Mangel eines solchen Zweckes, um seine eigene Inhaltslosigkeit zu decken, griff er zu dem ganzen scheußlichen Guillotineapparat; denn es ist erwiesen, daß die ›terreur‹ als reines Regierungs- und Behauptungsmittel, ohne alle eigentliche Leidenschaft, aus rein politischen – d. h. ehrgeizigen, selbstsüchtigen Gründen gehandhabt wurden. So hatte dieser höchst ärmliche Mensch – der endlich nur eine abgeschmackte ›vertu‹ auskramen konnte – eigentlich nur in den Mitteln seinen Zweck, und so geht es mit all diesen rein politischen Helden, die mit vollem Rechte an ihrer Unfähigkeit der Art zu Grunde gehen, dass hoffentlich diese ganze Gattung bald vollständig aus der Geschichte schwinden soll«[87].

Die assoziativen Verbindungen von Robespierre und Wotan liegen auf der Hand: im Kontext der Erläuterungen zum *Ring* denkt Wagner plötzlich in prinzipieller Weise über die Revolution nach, über ihr mögliches Verhältnis zum gerade entstehenden *Ring*, über die Frage, an welchen humanen Zielen sich Revolutionen und handelnde Revolutionäre ausrichten sollten, sich faktisch ausrichten, und mit welchen Mitteln sie diese Ziele zu erreichen suchen. Das vernichtende Urteil über die ›rein politischen Helden‹ der Revolution zielt auch auf den ›rein politischen‹ Wotan, den Revolutionär im Reich der Lichtalben, dem sein Schöpfer offenbar wünscht, was er sich von allen Politikern wünscht: daß es ihn als Typus bald nicht mehr geben wird.

Doch Wotan ist nicht nur Politiker, sondern er ist auch Vater von acht Walküren, wobei er zu Brünnhilde, seines »Herzens heiligster Stolz«[88], eine besondere Beziehung hat, deren Zerbrechen ihn am Ende selbst zerbricht. Schließlich ist er Ehegat-

---

87 Richard Wagner, SB, Bd. VI, S. 66 (Brief an August Röckel vom 25./26. Januar 1854).
88 Die Walküre, Dritter Aufzug, dritte Szene.

te, ein durchaus zweifelhafter, wie sich sehr bald zeigt, aber doch auch einer, der immer wieder zu Fricka zurückkehrt und daher in einem nicht so eng verstandenen Sinne auch treu ist. Und er ist Abenteurer, Betrüger, Lügner, resignierender Moralist, der permanent in den Lauf der Dinge interveniert, mit nur höchst begrenztem Erfolg. Er hetzt Menschen gegeneinander auf, verkuppelt solche, die sich nach herrschender Auffassung nicht miteinander verbinden dürfen, er instrumentalisiert die eigene Sippe und jeden, der ihm nützlich erscheint. Ein über weite Strecken skrupelloser Gott, besessen von Machtobsessionen, aber dann doch auch wieder »kein wild gewordener Despot, sondern die legale Verkörperung von Macht, Gesetz und Ordnung«, vielleicht sogar der »Normalfall und nicht die Ausnahme«[89].

Wenn das *Rheingold* beginnt, hat Wotan noch nicht gewirkt. Denn der fast unmerklich einsetzende, 136 Takte dauernde Es-Dur-Dreiklang kommt aus dem dunklen Nichts, eine langsame musikalische Wellenbewegung, die sich unaufhaltsam steigert und an Expressivität wie an kontinuierlicher Differenzierung des Klangs stetig gewinnt, um dann am Ende unvermittelt in die dadaistisch anmutenden Vokalisen der Rheintöchter umzuschlagen: »Weia! Waga!/Woge du Welle!/Walle zur Wiege!/ Wagalaweia!/Wallala weila weia!«[90]. Wie aus dem Contra-Es des ersten embryonalen Tones allmählich ein melodisches Klangbild zu wachsen und sich zu entfalten beginnt, so formt sich in nachgezogener Parallelität und durch die Alliteration sinnfällig unterstrichen die Sprache aus den ersten Versuchen einer fast rudimentären Artikulation – musikdramatische Illustration jener sprachtheoretischen Überlegungen, die Wagner in *Oper und Drama* zum Ausgangspunkt seiner politisch-ästhetischen Überlegungen zur Erneuerung des Musiktheaters macht[91]. Es ist ein wahrhaft grandioser Anfang, mit dem Wagner sein opus magnum beginnt, musik- und sprachgewordene Geburt der Welt aus Ort- und Zeitlosigkeit – scheinbar eine andere, eine ästhetische Genesis, ohne allen biblischen Schmerz, ein Zustand wie vor der Vertreibung aus dem Paradies.

Auf den ersten Blick mag es scheinen, daß da eine Welt der Zwecklosigkeit und des Spiels entsteht, aber merkwürdigerweise eine Welt im Wasser, aus dem zwar alles menschliche Leben kommt, in dem es sich aber nicht halten, schon gar nicht entfalten kann. Und überdies eine Welt voll dunkler Riffs und Schluchten, bedeckt von »garstig glattem glitschrigem Glimmer«, der allen Halt nimmt wie die Luft zum Atmen: »Feuchtes Naß/füllt mir die Nase:/verfluchtes Niesen!« – so Alberich gleich nach Beginn.

Sehr rasch wird klar: es ist ein Anfang in Gegensätzen, die Exposition eines Weltendramas, das sich in spürbarer Zwiespältigkeit entwickelt. Eine scheinbar heile und unversehrte Natur, die zum Spiel einlädt, zeigt zugleich ihre Abgründe, ihr

---

89   So Dieter Schickling, Abschied von Walhall. Richard Wagners erotische Gesellschaft, Stuttgart 1983, S. 50.
90   Das Rheingold, Erste Szene.
91   Richard Wagner, Oper und Drama, in: GSD, Bd. 4, S. 93 ff.; vgl. auch Udo Bermbach, Der Wahn des Gesamtkunstwerks, S. 194 ff (›Das Konzept des Musiktheaters‹).

zweites Gesicht. Und die vermeintliche Harmlosigkeit des Spiels der Rheintöchter hat, wie sich schnell herausstellt, eine andere, häßliche Seite. Mit dem Erscheinen Alberichs, der sich am Spiel harmlos beteiligen möchte, wird dieses Spiel sogleich zur bösen Tat: die Rheintöchter grenzen ihn aus, verlachen ihn, machen sich über ihn lustig. Gereizt wird einer, der sich zunächst nach Geselligkeit, später nach Liebe sehnt, geschmäht ein Verwachsener, der sich die eigene Häßlichkeit nicht ausgesucht hat. Es ist ein abgrundböses Verhalten, ein verletzendes Treiben, das sich die Rheintöchter gegenüber Alberich leisten, denn der, den es trifft, kann sich nicht dagegen wehren. Kein Wunder, wenn sich das so absichtsvoll aufs Höchste gesteigerte und sogleich enttäuschte Liebesverlangen dann in einem Fluch auf die Liebe Entlastung verschafft, wenn der Wunsch nach Macht alles übrige verdrängt, weil zu gewinnende Macht doch wenigstens Kompensation, vielleicht auch rächende Genugtuung für die erlittene Demütigung schaffen könnte:»Erzwäng' ich nicht Liebe,/doch listig erzwäng' ich mir Lust?«

Doch Alberichs Liebesfluch markiert nur vordergründig die Wende ins Desaströse, die Wende zum Kampf um die Weltherrschaft und den Weg in den Untergang. Denn die Politik kommt bereits in die Welt, noch bevor Alberich seinen Anspruch auf das Rheingold erhoben hat und so die Untergangsdramaturgie des Ganzen in Gang setzt. Irgendwo zwischen der musikalisch geschilderten Weltentstehung und Alberichs Auftauchen bei den Rheintöchtern hat Wotan sich aus der Weltesche einen Speer geschnitten, um der sich gebärenden Welt eine Ordnung zu geben. Das berichten in der *Götterdämmerung* die Nornen:

»Ein kühner Gott
trat zum Trunk an den Quell;
seiner Auge eines
zahlt' er als ewigen Zoll«[92]

– ein gewiß hoher Zoll, den einer nicht leichtfertig und schnell entrichtet. »Weisheit erkauft sich nur durch persönliche Opfer, durch den privaten Verlust, durch Erfahrung des Leids und des Verzichts: das Aug-Opfer«[93]. Das ist sicherlich auch Ausdruck dafür, daß solche Weisheit nach innen geht, »dem Unbewußten um den Preis abgekauft, daß die Sicht zur Hälfte nach innen – fort von der Außenwelt – gewandt wurde«[94]. Vielleicht aber wird die Verletzung der eigenen Person auch deshalb bewußt gesucht, um so zu demonstrieren, daß einem obersten Gott, einem Herrscher der Welt das eigene Wohl viel weniger bedeutet als das der anderen. Solch eine Geste kann Herrschaft legitimieren, kann dazu ermächtigen, dieser Welt eine neue und gerechte Ordnung zu geben. Erst durch dieses persönliche Opfer wird der Anspruch auf Weltherrschaft in seiner Ernsthaftigkeit glaubhaft. So darf auch

---

92 Götterdämmerung, Vorspiel.
93 Peter Wapnewski, Weißt du wie das wird ...?, S. 73.
94 Robert Donnington, Richard Wagners Ring des Nibelungen und seine Symbole, Stuttgart 1976, S. 42.

nicht unterstellt werden, daß Wotans erste Tat – den Speer aus der Weltesche zu brechen – schon mit eigensüchtigen Interessen verbunden ist; eher steht zu vermuten, daß der Gott sich aufgerufen fühlte, die entstehende Welt nach Recht und Gesetz zu ordnen. Das jedenfalls berichtet die zweite Norn:

> »Treu beratner
> Verträge Runen
> schnitt Wotan
> in des Speeres Schaft:
> den hielt er als Haft der Welt«[95]

und sie meint damit gewiß, der Gott habe etwas unternommen, was zumindest der Absicht nach recht und gerecht gewesen sei.

Modern gesprochen handelt Wotan hier mit seiner ersten Tat als ein Verfassungsgeber. Einer, wie er es wohl sieht, ungeordneten, anarchischen und daher auch unberechenbaren und gefährlichen Natur will er durch gesetztes Recht einen Rahmen schaffen, in dem Götter und Menschen, Riesen und Zwerge sich geordnet und sicher entfalten können, ohne durch dauernde Gewaltandrohung und Gewaltbereitschaft nur schwer oder beschwerlich zu überleben, wenn überhaupt. Ein Rahmen freilich, der ihm selbst die oberste Entscheidungsgewalt über den Lauf der Welt reserviert und einräumt. Wotan übt mit seinem ersten Akt hier, wie Juristen sagen, die ›pouvoir constitué‹ aus, die verfassungsgebende Gewalt, die durch Verträge und Vertragssysteme alle jene einbinden möchte, die bisher einfach nach eigenem Gutdünken vor sich hingelebt haben und dadurch potentiell miteinander in Konflikt geraten konnten. Das ist ein durchaus modernes Rechtsverständnis, das Wagner dem Gott zuschreibt und dem dieser zum Durchbruch verhelfen will. Es ist die stillschweigende Überzeugung – denn offen formuliert wird dies nicht –, daß sich aus einer obersten Rechtsnorm, aus einem höchsten Akt der Rechtssetzung, der rationale Entwurf eines stabilen und möglichst gewaltfreien Zusammenlebens aller organisieren lasse.

Doch diese Absicht Wotans birgt in ihren Voraussetzungen dialektisch ihr Gegenteil in sich. Denn das Brechen eines Astes der Weltesche, der zum Speer geschnitten wird, verletzt die Unversehrtheit des Baumes, verletzt damit unheilbar das Symbol einer intakten Natur und beschädigt deren Integrität. Was zuvor – so suggeriert es Wagner mit dem Beginn des *Rheingold* – in selbstgenügsamer Harmonie, ohne Macht und Herrschaft und in gegenseitigem Respekt, vielleicht sogar in Liebe sich entwickelt hatte, was seinen – um mit Kant zu reden – ›Zweck in sich selbst‹ fand und damit zugleich auch dem Prinzip einer »ästhetischen Weltordnung«[96] entsprach, wird nun zum Zweck einer anderen, ihm fremden, weil von außen oktroyierten Idee: der Idee, durch ein System von Verträgen eine die Welt umfassende Ordnung und Herrschaft begründen zu können. Damit aber begeht Wotan, so muß

---

95 Götterdämmerung, Vorspiel.
96 Richard Wagner, Heldenthum und Christenthum, in: GSD, Bd. 10, S. 285.

man Wagner verstehen, zwar in guter Absicht, aber mit verheerenden Folgen, die Ursünde aller Politik: indem er die Natur nicht so läßt, wie sie ist, sie vielmehr durch Eingriff verletzt, zerstört er ihre – von Wagner unterstellte – urspüngliche Harmonie. Eingriff in die Natur aber ist stets auch Naturbearbeitung, und diese, gemessen am Status quo ante, stets auch Naturzerstörung, zugleich aber auch eine der Voraussetzungen von Macht. Denn Aneignung und Bearbeitung von Natur sind die Grundlagen aller Herrschaft: diese Überzeugung ist feststehende Einsicht eines klassischen Topos der politischen Philosophie, Bestandteil eines radikalen gesellschaftskritischen Denkens des 19. Jahrhunderts, dem Wagner hier folgt, und das er im anarchistischen wie auch sozialistischen Diskurs kennengelernt hat.

Durchaus unbeabsichtigt steht so am Beginn aller Ordnungsleistung Gewalt, und wenn Wotan je gehofft hat, Gewalt vermeiden zu können, so zeigt die Logik dieses Vorgangs die Unmöglichkeit, seinen ursprünglichen Vorsatz einlösen zu können. Gewalt ist hier keineswegs die Voraussetzung für anschließende Gewaltlosigkeit, sondern zeugt im Gegenteil neue Gewalt. Und sie macht das Handeln zu einem bloß strategischen, einem von Moral entleerten, auch wider bessern Willen. Denn im *Rheingold* wird durch Wotans erste Tat dem anarchischen Prinzip eines ungeregelten, spontanen und glücklichen Lebens noch vor dem eigentlichen Handlungsbeginn der Tetralogie nicht nur der Gedanke einer fest eingeregelten Ordnung entgegengesetzt, sondern damit verbunden ist zugleich auch die Absicht, eine solche Ordnung auf Dauer festigen zu wollen. Das aber führt in der Folge bei Wotan zu einem primär strategischen Handeln, dessen höchstes Ziel die feste Ordnung der Verträge ist, und das deshalb Wotan wie auch die übrigen Hauptakteure geradezu unausweichlich in immer schärfere Konflikte hineinzwingt, die sich am Ende als unlösbar erweisen. Wagner exponiert hier mit der ersten Tat Wotans einen scharfen Grundkonflikt: für ihn zeigt sich an Wotan, daß strategisches Handeln, das nach einem ersten Gewaltakt sich nur noch an den bloß formalen Zielen des Machterwerbs, der Machterweiterung und der Machterhaltung orientiert und damit alle inhaltlichen Aspekte des menschlichen Zusammenlebens – bei Wagner vor allem: die Liebe – radikal verdrängt, unfähig ist, sinnvolle Lebensorientierung zu geben, unfähig auch zu demonstrieren, wie Menschen in gegenseitiger Achtung sozial angemessen miteinander umgehen können – eine der fundamentalen Voraussetzungen dafür, daß sich Gesellschaften überhaupt erfolgreich behaupten können. Wotans Tat, der Welt eine formale Ordnung zu schaffen und mit ihr eine Hierarchie der Macht zu etablieren, die ihm selbst die uneingeschränkte Herrschaft zuweist und sichert, die zwischen ›Oben‹ – Lichtalben/Göttern; der ›Mitte‹ – den Riesen und Menschen und ›Unten‹ – den Zwergen/Schwarzalben, klar unterscheidet und damit die gesellschaftlichen Positionen ein für allemal festschreiben will – dieser Versuch einer gesellschaftskonstituierenden Ordnungsleistung ist im *Ring* die Ursünde aller Politik. Es ist der Beginn eines antagonistischen, das heißt: nicht aufhebbaren Gegensatzes von unberührter, vorzivilisatorischer Natur – eine von Jean-Jacques Rousseau und dessen Philosophie des Naturzustandes gewonnene Perspektive glücklicher, wenngleich nicht reflexionsloser ›Primitivität‹ –, und der ›Welt der Verträge‹, der eingeregelten Ordnungen und subjektivitätsvernichtenden Formalisierungen zwischenmenschlicher Beziehungen. Eines Gegensatzes, der eines der zentralen, strukturierenden Prinzipien der Tetralogie darstellt und aus dem diese einen erheblichen Teil ihrer dramatischen Entwicklung und Spannung gewinnt.

★

Exkurs 1

Die von Wagner im *Rheingold* gleich anfangs exponierte antithetische Kontrastierung von vorpolitischer, unversehrter Welt und Natur mit der durch Politik in Gang gesetzten Denaturierung und allmählichen Zerstörung aller menschlichen Lebensbedingungen steht in einem direkten und scharfen Gegensatz zu einer zentralen und fundamentalen Überzeugung der Neuzeit; diese besagt, daß gerade ein vorgesellschaftlicher und rechtlich ungeregelter Naturzustand eine lebensbedrohende Situation darstellt, weil es keine den einzelnen Menschen schützende politische Macht gibt, kein zentralisiertes »Monopol legitimer physischer Gewaltsamkeit«[97]. Deshalb, so die Überlegung, müsse der Naturzustand möglichst überwunden und an seine Stelle eine auf Recht basierte Gesellschaft gesetzt werden, die ihrerseits im politischen Staat ihren Handlungsrahmen findet. Die Notwendigkeit von Gesellschaft und Staat ergibt sich dieser These zufolge aus der Notwendigkeit, das Überleben aller organisieren zu müssen, und das wichtigste Mittel dieser Organisation ist der Vertrag.

Die Theorie des Gesellschaftsvertrags, auch Kontraktualismus genannt, als eine gesellschaftskonstituierende Denkfigur ist allerdings keine neuzeitliche Erfindung. Spuren des Vertragsdenkens lassen sich schon in der Antike finden, und sowohl dem römischen Staatsdenken als auch dem mittelalterlich-feudalen war die Rechtsfigur des Vertrags als eines auch die Sphäre der Gemeinschaft regulierenden Rechtsprinzips durchaus bekannt[98]. Aber im Unterschied zu dem eher unscharfen und mehrdeutigen Vertragsverständnis des Mittelalters, das durch Elemente sehr anders gearteten, alttestamentarischen Bundes-Gedankens wesentlich mitcharakterisiert wurde[99], macht die neuzeitliche politische Philosophie etwa seit dem 17. Jahrhundert den Vertrag zu ihrer zentralen Begründungs- und Legitimitationsfigur. Und zwar in doppelter Weise: zum einen als Gesellschaftsvertrag, der die im vorgesellschaftlichen Naturzustand isoliert nebeneinander herlebenden Individuen verge-

---

97   So die berühmte Definition des Staates von Max Weber, Wirtschaft und Gesellschaft, Tübingen 1985, S. 29 f; S. 516 f; S. 518 f; S. 821 f; S. 824.

98   Vgl. dazu einführend Alfred Voigt (Hg), Der Herrschaftsvertrag. Neuwied 1965; Michael Lessnoff, Social Contract, London 1986. Grundlegend in historischer wie systematischer Hinsicht ist die Arbeit von Wolfgang Kersting, Die politische Philosophie des Gesellschaftsvertrags, Darmstadt 1994.

99   Vgl. dazu mit weiterführenden Literaturangaben Udo Bermbach, Widerstandsrecht, Souveränität, Kirche und Staat: Frankreich und Spanien im 16. Jahrhundert, in: Iring Fetscher/Herfried Münkler (Hg), Pipers Handbuch der politischen Ideen, München 1985, Bd. 3, S. 101 ff.

sellschaftet, zum anderen als ein von den bereits vergesellschafteten Bürgern in freier Übereinkunft gegenseitig vereinbarter und abgeschlossener Herrschaftsvertrag. Während also im mittelalterlichen Denken Verträge – etwa als Königseide, die gegenüber den Ständen abgegeben wurden – ein gleichsam ›natürliches‹ Herrschaftsverhältnis nur immer wieder neu bestätigten, wird der Vertrag in der bürgerlichen Philosophie der Neuzeit als »ein Medium verstanden, in dem der Konsens ursprünglich gleicher und freier Individuen politische Herrschaft überhaupt erst hervorbringt«[100]. Damit wird der Vertrag zur wichtigsten Legitimationsquelle neuzeitlicher Gesellschaften.

Die historische Herausbildung dieses neuzeitlichen Kontraktualismus war die Folge eines fundamentalen Wandels in der Rechtfertigung von Prozessen der Vergesellschaftung und von Gesellschaften. Während im Mittelalter vor allem religiöse Begründungen für die Existenz und Ausgestaltung der gesellschaftlichen Organisationsformen maßgeblich waren und die weltliche Herrschaft – die ›civitas terrena‹ – im Grund die Aufgabe hatte, den von Gott in der Bibel offenbarten, daher auch unbezweifelbaren göttlichen Heilsplan so weit es irgend ging in die Lebenspraxis umzusetzen, und dies hieß: sich dem – allerdings prinzipiell unerreichbaren – Vorbild der göttlichen Ordnung, der ›civitas dei‹, möglichst anzunähern, galt diese heteronome, sich auf Gott als den Schöpfer aller Dinge, also auch der weltlichen Ordnung berufende Rechtfertigung der weltlichen Herrschaft spätestens seit der Reformation nicht mehr unbestritten und nicht mehr uneingeschränkt. Vor allem deshalb nicht, weil sie ihre Eindeutigkeit verloren hatte. Denn mit dem Zerbrechen der religiösen Einheit der Christenheit zerbrach auch das religiöse Interpretationsmonopol der römischen Kirche und des Papstes. Die Folge war eine Pluralisierung religiöser Weltauslegungen, die miteinander konkurrierten. So konnte sich auch das politische Denken nicht mehr frag- und umstandslos auf eine von allen Menschen geteilte, einheitliche religiöse Grundauffassung des Lebens beziehen. Begründungen, Rechtfertigungen und normative Orientierungen für die politische Ordnung wurden in der Folge zur Diskussion gestellt. Mit den rivalisierenden theologischen Vorstellungen von Gott und der von ihm geschaffenen Welt, vom Sinn des Lebens wie des Todes und dem richtigen Glauben, mit der Pluralisierung und in deren Gefolge der Säkularisierung von ehedem religiös ausgelegten Weltbildern ergab sich nun die Notwendigkeit, ja der Zwang, den Zusammenschluß von Menschen in Gesellschaft und Staat neu und anders als bisher, nämlich aus sich selbst heraus, zu begründen. Es waren die großen politischen Denker des 16. und 17. Jahrhunderts, allen voran Thomas Hobbes und John Locke in England[101], mit denen die Theorie

100 Richard Saage, Vertragsdenken als frühbürgerliche Gesellschaftstheorie, in: derselbe, Vertragsdenken und Utopie. Studien zur politischen Theorie und zur Sozialphilosophie der frühen Neuzeit, Frankfurt/M. 1989, S. 48.

101 Vgl. dazu allgemein Thomas Hobbes, Leviathan oder Stoff, Form und Gewalt eines bürgerlichen und kirchlichen Staates, hg. und eingeleitet von Iring Fetscher, Neuwied/Berlin 1966; ebenso John Locke, Zwei Abhandlungen über die Regierung, hg. von Walter Euchner, Frankfurt/M.

der modernen bürgerlichen Gesellschaft begann. Sie entwarfen die für den modernen Kontraktualismus so kennzeichnende Vorstellung eines vorzivilisatorischen
Naturzustandes, in dem es weder eine feste Organisation noch klare Institutionen
gibt. In dieser Situation – so die Annahme dieser Philosophen – lebten die Menschen isoliert, zwar mit natürlichen Rechten ausgestattet, aber zugleich doch ohne
wirkliche Sicherheit des Überlebens. Denn da es kein positives und vor allem kein
sanktionierbares Recht gab, das sie schützte und auf das sie sich berufen konnten,
war jeder einzelne von ihnen der Willkür jedes anderen ausgesetzt.

Wie immer dieser Naturzustand gedacht wurde, ob als eine lediglich denk- und
begründungstheoretisch notwendige Fiktion – wie etwa bei Thomas Hobbes –
oder ob als Beschreibung eines vermeintlich wirklich einmal existiert habenden
historischen Urzustandes – wie bei John Locke –, immer fungierte die Vorstellung
des Naturzustandes als zentrale Ausgangshypothese für die Behauptung, die organi-
sierte Gesellschaft und der Macht zentralisierende Staat seien notwendige und unverzichtbare Einrichtungen. Denn ohne beides, so glaubte man, war der Mensch
dem Menschen ein potentieller Feind – ›homo homini lupus‹ –, war auch der Stärkste
vor dem Schwächsten nicht wirklich sicher, weil er, wie etwa Thomas Hobbes
argumentierte, im Schlaf überrascht und umgebracht werden konnte. Diese Grund-
annahme, die sich im Kontraktualismus zu einer anthropologischen Überzeugung
verfestigte, avancierte am Beginn der Moderne zu einer weit geteilten Prämisse der
bürgerlichen Gesellschaftstheorie, und aus ihr ergab sich, konsequent zu Ende gedacht, zwingend die Notwendigkeit eines rechtlich geordneten, gesellschaftlichen
Zusammenschlusses. Erst in der gelungenen Überwindung des gleichsam rechts-
freien, vorgesellschaftlichen Naturzustandes, in dem jeder Einzelne ein von ihm
selbst beanspruchtes ›Recht‹ auf alles geltend machen konnte, sofern er sich dieses
›Recht‹ nur mit Gewalt zu verschaffen verstand, lag für das politische Denken der
Neuzeit die Chance eines geregelten, friedlich gesicherten Nebeneinanders aller
Menschen. In dieser Überlegung und Argumentation, in der unterstellten Isolation
und lebensbedrohenden Konkurrenz der Menschen im Naturzustand lag das entscheidende Motiv für politische Ordnungsleistungen schlechthin. Der aus seinen
religiösen Einbindungen entlassene und über seine ›wahre‹ Natur aufgeklärte Mensch
begriff nun die Einrichtung der Gesellschaft und des Staates und deren Sicherung
als seine wichtigste Aufgabe, als die Bedingung seines eigenen Überlebens, das er
selbst zu organisieren hatte. Damit wurde die moderne ›Politik‹ sowohl Voraussetzung wie Ergebnis der öffentlichen Neutralisierung von religiös-ideologisch aufge-
ladenen und konfligierenden Interessen, und sie hatte die Aufgabe, die unverzicht-
baren Bedingungen für eine erfolgreiche Vergesellschaftung zu schaffen. Entlassen
aus der religiösen Glaubensgewißheit, aber auch aus der daraus resultierenden Be-

---

1967. Vgl. als Überblick und Einführung die entsprechenden Artikel in Iring Fetscher/Herfried
Münkler (Hg), Pipers Handbuch der politischen Ideen, Bd. 3 Neuzeit: Von den Konfessionskrie-
gen bis zur Aufklärung, München 1985 sowie Wolfgang Kersting, Die politische Philosophie des
Gesellschaftsvertrags, S. 59 ff. und die in beiden Werken angegebene weiterführende Literatur.

vormundung, wurde der Mensch der Neuzeit und der Aufklärung so zu einem autonomen Subjekt, das seine persönliche Sicherheit und die daraus resultierende Freiheit, seine Sozialität nur durch Politik und deren Organisationsleistungen realisieren konnte.

Als ein entscheidendes Mittel und Instrument, diese freiheitsverbürgende gesellschaftliche Ordnung zu schaffen und autonom zu begründen, fungiert dabei in der politischen Philosophie der Neuzeit der ›Gesellschaftsvertrag‹, der in verschiedenen Formen: als Herrschafts- und Unterwerfungsvertrag wie als Vereinbarungsabsprache auftritt[102]. Ungeachtet solcher unterschiedlichen Varianten, deren differenzierende Einzelheiten hier vernachlässigt werden können, sind allen Theorien des Gesellschaftsvertrags einige Grundüberzeugungen gemeinsam: zunächst einmal die Unterstellung, daß alle Betroffenen aus Einsicht in ihre potentiell prekäre Lebenssituation durch Vertragsschluß den bedrohlichen Naturzustand überwinden wollen; sodann, daß im Akt des Vertragsschließens, den jeder mit jedem begeht, sich alle zugleich als gleiche Rechtssubjekte gegenseitig anerkennen und die so konstituierte Gesellschaft auf der rechtlichen Gleichheit ihrer Mitglieder aufbaut; des weiteren, daß sich durch diesen Gesellschaftsvertrag die Formen der Organisation und der Regierung der Gesellschaft vereinbaren und festlegen lassen; schließlich, daß dadurch Handlungs- und Entfaltungsräume für die private Betätigung der einzelnen Individuen geschaffen werden, die Normen des zukünftigen sozialen Zusammenlebens festgelegt werden können, so daß am Ende auch die im Naturzustand unkalkulierbaren Macht- und Durchsetzungschancen der jeweils Stärkeren und Brutaleren durch die Einschränkung individueller Freiheiten effektiv begrenzt und auf diese Weise eine rechtlich gesicherte Existenz aller Bürger durch das Einsetzen eines mit dem Monopol der Machtausübung ausgestatteten Staates geschaffen und garantiert wird.

Wagner hat diese konstitutive Bedeutung des Gesellschaftsvertrags für die Begründung und Ausgestaltung der modernen Gesellschaften wie des modernen Staates sehr genau gekannt. Im Staat – so schreibt er noch 1864, und dies klingt wie eine Paraphrase auf entsprechende Passagen bei Thomas Hobbes und John Locke – »drückt sich das Bedürfniß als Nothwendigkeit des Übereinkommens des in unzählige, blind begehrende Individuen getheilten, menschlichen Willens zu erträglichem Auskommen mit sich selber aus. Er ist ein Vertrag, durch welchen die einzelnen, vermöge gegenseitiger Beschränkung, sich vor gegenseitiger Gewalt zu schützen suchen.« Um seiner Sicherheit willen »opfere im Staat der einzelne so viel von seinem Egoismus, als nöthig erschien, um die Befriedigung des großen Restes desselben sich zu sichern.« Dies wiederum erfordere eine gewisse Unveränderlichkeit der Verhältnisse: »Stabilität ist daher die eigentliche Tendenz des Staates«[103]. Das ist, Punkt für Punkt, die Argumentation der klassischen, bürgerlich-liberalen Staatstheorie.

---

102 Vgl. neben den bereits genannten Arbeiten auch noch die klassische Studie von J. W. Gough, The Social Contract. A Critical Study of its Development, Oxford 1936.
103 Richard Wagner, Über Staat und Religion (1864), in: GSD, Bd. 8, S. 8 f.

Mit Nachdruck muß darauf hingewiesen werden: mit der Figur des Gesellschaftsvertrags, der dem privatrechtlichen Vertrag nachgebildet wurde[104], ist eine jener Fun-
damentalinstitutionen der bürgerlichen Gesellschaft bezeichnet, auf der eine Vielzahl weiterer bedeutsamer Institutionen – von der Ehe bis zur Regierung – aufru-
hen, die alle ihrerseits wieder durch jene grundlegende Rechtsfigur gerechtfertigt
werden können. Denn die Ausdifferenzierung der Gesellschaft, ihre institutionelle
wie organisationstechnische Einrichtung wird, einem Hauptstrang des liberalen theoretischen Selbstverständnisses entsprechend, durch den Gesellschaftsvertrag prinzipiell geregelt. Der Vertrag wird deshalb zum rechtlichen Fundament der bürgerlichen Gesellschaft, die Theorie des Gesellschaftsvertrags im Laufe der Zeiten ständig
weiter ausformuliert und verfeinert. Spätestens seit dem 17. Jahrhundert fungiert
der Kontraktualismus als ein zentrales Grundtheorem des liberalen politischen Denkens, gewiß nicht unbestritten, wie etwa schon die frühen Vorbehalte von David
Hume im 18. Jahrhundert zeigen, der meinte, die Vertragstheorie sei eine »leere
Fiktion«, ein bloß »spekulatives Prinzip«, das der historischen Wirklichkeit nicht
entspräche und deshalb auch zur Legitimierung von bürgerlicher Herrschaft nicht
tauge[105]. Und doch bleibt, trotz solcher Einwände und Gegenpositionen, die zunehmend einfallsreicher ausgearbeitet und vorgebracht werden, das vertragstheoreti-
sche Denken auch im modernen politischen Denken von grundsätzlicher und un-
überholbarer Bedeutung für die Existenz, die Legitimation und Interpretation der
bürgerlichen Politik, ihrer gesellschaftlichen wie staatlichen Institutionen. Selbst noch
der heutige Verfassungsstaat, der seinen eigenen Gründungsakt im freilich fiktiv
unterstellten Vertragsabschluß aller Bürger miteinander konkretisiert sieht, interpretiert seine eigene Verfassung – spätestens seit der amerikanischen Unabhängigkeits-
erklärung von 1776 und der französischen Menschenrechtserklärung von 1789 – als
den Akt eines von allen Bürgern mit sich selbst abgeschlossenen Bürgervertrags.

Man muß diese tief verwurzelte philosophische und politiktheoretische Denktradition vor Augen haben, um die Schwere und Reichweite der negativen Abqualifizierung des ›Vertragsthemas‹ im *Ring* einschätzen und bewerten zu können. Denn
Wagner greift im *Ring* diesen liberalen Kontraktualismus und damit eine der wichtigsten theoretischen Grundlagen der bürgerlichen Gesellschaft überhaupt frontal
an. Seine Kritik zielt darauf, den Vertrag als ein Instrument der Lüge und, schlimmer
noch, der destruktiven, weil freiheitsvernichtenden Selbstfesselung zu charakterisieren und zu denunzieren, ihn als eine bloß formelle Rechtsfigur zu behandeln, die
sich mit völlig unterschiedlichen Inhalten verbinden kann. Sieht man sich Wagners
Kritik auf dem Hintergrund unterschiedlicher ideenpolitischer Traditionen an, so

---

104 Vgl. dazu Richard Saage, Vertragsdenken und Utopie, S. 47.
105 David Hume, Über den ursprünglichen Vertrag, in: Udo Bermbach (Hg), Politische und ökono-
     mische Essays, Hamburg 1988, Bd. I, S. 301 ff. sowie die Einleitung zu diesem Band, S. XVI f. Vgl.
     auch das Kapitel ›Die Vertragstheoretiker und ihre Kritiker‹ in: Iring Fetscher/Herfried Münkler
     (Hg), Pipers Handbuch der politischen Ideen, Bd. 3, S. 353 ff. sowie Wolfgang Kersting, Die poli-
     tische Philosophie des Gesellschaftsvertrags, S. 250 ff.

muß man sagen, daß sie eindeutig anarchistisch inspiriert ist. Denn Wagner geht von einem über sich selbst frei verfügenden und durch keinerlei soziale Schranken gebundenen Individuums aus, von einem Menschen, der losgelöst von allen persönlichen wie überpersönlichen Bindungen nur aus sich selbst heraus seine Wünsche und Bedürfnisse definieren und so seine Selbstbestimmung finden will. Aus dieser Perspektive erscheinen dann die bestehende Gesellschaft wie der Staat als ausschließlich repressive Strukturen der Unterdrückung und Entfremdung, als Apparate der Ausbeutung und Ursache materieller Verelendung.

Die von Wagner vorgetragene Kritik kann gewiß keinen Originalitätsanspruch erheben, denn sie hat eine lange Reihe prominenter Vorläufer in der Geschichte. Einer von ihnen, der Wagner sichtlich beeinflußt hat, war Jean-Jacques Rousseau, der in seiner viel gelesenen und heftig diskutierten Abhandlung über den *Ursprung der Ungleichheit unter den Menschen*[106] die Gesellschaft und den Staat aus einem betrügerischen Vertrag hatte hervorgehen lassen – betrügerisch deshalb, weil, wie Rousseau argumentierte, die Reichen den Armen und Besitzlosen einreden wollten, ein Vertragsabschluß zum Zwecke der Staatsgründung läge im allgemeinen Interesse, wohingegen er faktisch einzig doch nur im Interesse der Reichen lag, deren Eigentum er schützen sollte. In die klassische, politisch-philosophische Begründung des Gesellschaftsvertrags, die vor allem auf den Sicherheits- und Überlebensaspekt abgehoben hatte, wird mit dieser Begründung ein sozial-ökonomisches Argument als entscheidend eingeführt, das Wagner nun seinerseits übernimmt, im *Ring* aber noch radikalisiert. Denn er verkehrt – und darin folgt er, weit über Rousseau hinaus, den Hauptargumenten der Institutionenkritik des Anarchismus – den Zusammenhang von Vertrag und Gesellschaft, wie ihn der Kontraktualismus feststellt, ins genaue Gegenteil bürgerlicher Selbstinterpretation, indem er behauptet, der Gesellschaftsvertrag sei nicht nur repressiv, sondern dessen Repressivität die einzige Ursache aller politischen und sozialen Unterdrückungsmechanismen von Gesellschaft und Staat.

Wagners Behauptung läßt sich im *Ring* am deutlichsten in der Auseinandersetzung Wotans mit den Riesen um die Einlösung des vereinbarten Lohns für den Bau von Walhall nachvollziehen. Denn in der zweiten Szene des *Rheingold* illustriert und kritisiert er die liberale Vertragstheorie in einer beispiellosen Schärfe. Wohl kaum je zuvor und kaum je danach ist ein politiktheoretisches Fundamentalproblem der Neuzeit im Musiktheater in so prinzipieller Weise auf die Bühne gestellt und abgehandelt worden, wie dies hier geschieht. Wotans Versuch, durch ein Netz von Verträ-

---

106 Jean-Jacques Rousseau, Schriften zur Kulturkritik, hg. von Kurt Weigand, Hamburg 1971. Der Discours sur l'origine et les fondaments de l'inégalité parmi les hommes hier ab S. 62 ff., die Vertragskritik ab S. 245 ff. Rousseau hat später, im ›Contrat social‹ eine völlig andere Position eingenommen. Vgl. Jean-Jacques Rousseau, Vom Gesellschaftsvertrag oder Prinzipien des Staatsrechtes, in: derselbe, Politische Schriften, Bd. I, Paderborn 1977. Zu Rousseau vgl. auch die Arbeit von Iring Fetscher, Rousseaus politische Philosophie. Zur Geschichte des demokratischen Freiheitsbegriffs, Frankfurt/M. 1978 sowie Wolfgang Kersting, Jean-Jacques Rousseaus ›Gesellschaftsvertrag‹, Darmstadt 2002.

gen seine zu Beginn des *Rheingold* erbrachte Ordnungsleistung abzusichern und sich zugleich die Herrschaft über die Welt zu sichern, wird hier – in der Auseinandersetzung mit den Riesen – demonstrativ enttarnt. Denn der mit den Riesen geschlossene Vertrag zum Bau von Walhall – als der sichtbaren Befestigung göttlichpolitischer Macht und ihrer nach außen gerichteten Repräsentation – steht von Anfang an unter einer folgenschweren ›reservatio mentalis‹ seitens des Gottes: Wotan negiert, verdrängt oder unterschlägt die entscheidende, stillschweigend gemachte Bedingung jedes Vertragsabschlusses, daß ein Vertrag immer die Gleichheit der Vertragsschließenden in ihrer Eigenschaft als Rechtssubjekte voraussetzt. Diese Voraussetzung ist in der bürgerlichen Rechtstheorie ihrerseits Ausdruck der Unterstellung eines gerechten Tausches, durch den die formale Rechtsgleichheit der Vertragspartner mit der inhaltlichen Gleichwertigkeit der zu regelnden Materie zusammengeschlossen werden soll.

Gerade dies aber hat Wotan nicht im Sinn. Nichts liegt ihm ferner, als die Riesen, seine Vertragspartner, als gleichwertig anzuerkennen und zu behandeln. Das ergibt sich bereits aus dem Vertragsinhalt: Wotan hat den Riesen nämlich kein Geld versprochen – das existiert zu diesem Zeitpunkt im *Rheingold* noch nicht; deshalb sind auch alle Interpretationen falsch, die meinen, Wotan könne nicht zahlen, er sei pleite. Er hat ihnen vielmehr Freia zugesichert, denn Fasolt sagt:

»Bedungen ist's
was tauglich uns dünkt:
gemahnt es dich so matt?
Freia, die holde,
Holda, die freie,
vertragen ist's –
sie tragen wir heim«[107].

Da Freia aber mit ihren goldenen Äpfeln als einzige Göttin die ewige Jugend der übrigen Götter zu garantieren und damit ihr Altern sowie ihren Tod zu verhindern vermag, kann diese Vereinbarung von Wotan nicht ernst gemeint sein. Es sei denn, er hätte die Absicht gehabt, sich selbst und seiner Sippe der ›Lichtalben‹ die Lebensgrundlage zu entziehen – eine Vermutung, die keinerlei Plausibilität für sich in Anspruch nehmen kann.

Also ist der Vertrag mit den Riesen von Anfang an in der Absicht geschlossen worden, diese zu täuschen. Wotan will durch seine Strategie des Irreführens Fasolt und Fafner an sich binden, will sie unterwerfen, ihre Arbeitskraft ausbeuten – »durch Vertrag zähmt ich ihr trotzig Gezücht«[108], erklärt er gegenüber Fricka – , um nach gelungener Tat dann selbst frei disponieren zu können. Doch damit entzieht er, was er offenbar nicht bedacht hat oder was ihm nicht bewußt geworden ist, dem eige-

107 Das Rheingold, Zweite Szene. Vgl. David A. White, The Turning Wheel. A Study of Contracts and Oaths in Wagner's Ring, London/Toronto 1988, S. 40 ff.
108 Ebenda.

nen Vertragssystem die rechtliche Legitimität. Unterstellt man, er habe die Folgen seines Verhaltens unabsichtlich übersehen, dann offenbart sich hier ein Mangel an Intelligenz: denn Wotan wäre dann offensichtlich unfähig, die von ihm selbst entworfene Ordnung – der Bau von Walhall durch die Riesen ist ein Teil derselben – systematisch auf ihre eigenen Voraussetzungen und Konsequenzen hin zu durchdenken, aller Weisheit zum Trotz, die er schon früh erworben hat. Nimmt man dagegen an, er habe solche Konsequenzen bewußt verdrängt, weil er von Anfang an das von ihm gesetzte Recht schon immer als Instrument seiner Herrschaftspläne in Dienst zu nehmen beabsichtigt hat, dann ergäbe dies einen schwerwiegenden Charaktermangel, wäre ein moralischer Defekt, der als solcher auch auf das von Wotan eingerichtete Rechtssystem zurückfallen müßte.

Wie auch immer die Motive liegen mögen: faktisch suspendiert Wotan die moralischen Grundlagen seines eigenen Handelns wie die seines angestrebten Rechtssystems zugunsten der Durchsetzung bloßer Machtinteressen. Deshalb ist sein Vertrag mit den Riesen von Anfang an Täuschungs-, Unterwerfungs- und Herrschaftsvertrag in einem, damit aber auch das Gegenteil dessen, was bürgerliche Gesellschaftstheorie mit der Idee des Gesellschaftsvertrags verbindet. Es sind die Riesen, die in der Auseinandersetzung mit Wotan die Position des bürgerlichen Kontraktualismus – und damit die Forderungen des Rechts gegen den obersten Hüter dieses Rechts – konsequent vertreten. So erinnert Fasolt den Gott nüchtern daran: »Was du bist/bist du nur durch Verträge« und er gibt dabei ironisch zu verstehen, daß wenn schon er – ein »dummer Riese« – diese Einsicht in die Grundlage der politischen Macht hat, sie Wotan um so präsenter sein sollte. Mit diesem nachhaltigen Hinweis auf den Zusammenhang von politischer Macht und dem System der Verträge –

»bedungen ist,
wohl bedacht deine Macht.
... ehrlich und frei
Verträgen zu wahren die Treu!«

– appelliert Fasolt allerdings nicht nur an die Moral Wotans, sondern, weil beides zusammenhängt, zugleich auch an dessen strategische Intelligenz, nachdem er zuvor schon den prinzipiellen Gesichtspunkt, daß Wotan als oberster Gott zugleich auch Hüter des Rechts ist, vergeblich moralisch geltend gemacht hat:

»Was sagst du? Ha
sinnst du Verrat?
Verrat am Vertrag?
Die dein Speer birgt, sind sie dir Spiel,
des beratenen Bundes Runen?«[109].

---

109 Alle Zitate, auch die folgenden: Das Rheingold, Zweite Szene.

Doch Wotan – ganz das Sprachrohr Wagners – verwirft die prinzipielle Bedeutung des Vertrags zugunsten seiner strategischen Ziele. Verträge sind für ihn ausschließlich Täuschungs- und Unterdrückungsinstrumente – »Wie schlau für Ernst du achtest,/ was wir zum Scherz nur beschlossen!« –, die man dann einsetzt, wenn dies Vorteile verspricht. Hatte er anfangs noch – mit dem Brechen des Astes der Weltesche und den in den Speer eingravierten Runen – offenbar ein Rechtssystem gewollt, dessen Ziel eine materiell gerechte Ordnung sein sollte, klar und einfach konstruiert und für jedermann durchschaubar und nachvollziehbar, so zeigt sich jetzt, daß der Vorbehalt, sich als oberster Rechtsherr selbst des Rechts zu eigenen Zwecken zu bedienen, sich also über das selbstgesetzte Recht zu stellen und dessen generelle Bindungswirkung für sich selbst nicht bedingungslos zu akzeptieren, fatale Folgen zeitigt. Denn das ist Wotans grundlegender Fehler, aus dem sich alle weiteren desaströsen Entwicklungen ergeben: Wotan vergißt, verdrängt oder umgeht jene alte politische Erfahrung, jene eiserne Regel legitimer politischer Herrschaft seit der Antike, die selbst noch in autoritär geführten Regimen zumeist rudimentär und wenigstens formell beachtet wird, daß nur ein Gesetzgeber, der sich den von ihm erlassenen Gesetzen selbst vorbehaltlos unterstellt und sein eigenes Handeln strikt daran ausrichtet, von den Beherrschten als legitim anerkannt und akzeptiert werden kann. Zu spät bemerkt er die Folgen seines Fehlverhaltens, die er nun nicht mehr ändern kann; in seinem großen Monolog vor Brünnhilde im zweiten Aufzug der *Walküre* beklagt er diese von ihm selbst verschuldete Situation einer ›Selbstfesselung‹ durch Recht:

»die durch trüber Verträge
trügende Bande
zu blindem Gehorsam
wir uns gebunden«
und:
»der durch Verträge ich Herr
den Verträgen bin ich nun Knecht«[110].

Wotan – und mit ihm Wagner – differenziert in diesem Ausbruch von Selbstmitleid nicht zwischen gewollter Selbstbindung und nicht gewollter Selbstfesselung. Was der Gott als unerträgliche, ja unerlaubte Einschränkung seiner Macht empfindet, ist im Grunde nur die durch das Vertragsprinzip geforderte Selbstbindung an Regeln und Inhalte, die für alle Vertragspartner gleichermaßen gelten. Daß der Staat als die Institutionalisierung der Idee der Selbstbindung seiner Bürger verstanden werden kann, eine Selbstbindung, die durch Vertrag herbeigeführt wird und in deren Folge sich Freiheit sichern läßt und Freiheitsgewinne verbuchen lassen, ist ein Gedanke, den der Politiker Wotan ebenso wenig zu fassen vermag, wie sein Schöpfer Wagner ihn als gesellschaftstheoretisches Konstitutionsprinzip zu akzeptieren bereit war.

110 Die Walküre, Zweiter Aufzug, zweite Szene.

Wagner interpretiert vielmehr – wie Wotan – Verträge ausschließlich unter hand-
lungsrestriktiven Gesichtspunkten, und daraus ergeben sich im *Ring* die weiteren
Handlungsabläufe mit einer gewissen Folgerichtigkeit. Nach dem Versuch, den mit
den Riesen geschlossenen Vertrag zu brechen, wird Wotan durch die Geiselhaft von
Freia zur Kompensation des Lohns gezwungen. Das wiederum verursacht einen
neuen, schweren Rechtsbruch: nur durch Betrug und Raub, durch brutal geübte
Gewalt kann er Alberich zur Herausgabe des von diesem allerdings ebenfalls geraubten Goldes zwingen. Immerhin macht der Räuber des Rheingoldes den Hüter
des Rechts nun seinerseits zum Räuber. Und diesem bereits zweiten Rechtsbruch
Wotans folgen die nächsten dann nach: Siegmund, der sich auf das Schutzverspre-
chen des Vaters verlassen hatte, wird in dem entscheidenden Kampf mit Hunding
von ihm verraten; die von Fricka erpreßte Zusage, Hundings Ehe gegen den Ehebrecher Siegmund zu verteidigen, kollidiert mit dem gegebenen Versprechen, das
göttliche Schwert Nothung werde dem existentiell bedrohten Sohn zur rechten
Zeit helfen. Das Brechen dieser Zusage führt dann bei Brünnhilde zu dem Entschluß, sich dem Willen des Vaters, der für sie normalerweise bindendes Gesetz ist,
zu widersetzen, um dem durch Wotan selbst verletzten Recht zum Durchbruch zu
verhelfen. Wie schon bei Wotans Verhalten gegenüber Alberich stehen auch in diesen Konflikten jeweils widerstreitende Rechtsnormen in scheinbar unauflösbarem
Widerspruch: von Wotan gesetztes Recht wird durch neue, widersprechende Anordnungen von ihm konterkariert, und den daraus resultierenden Konflikt kann der
Gott aus eigener Kraft nicht lösen. Denn wie immer er sich entscheidet, er verletzt
Recht, das er selbst gesetzt hat, das sein Recht ist und das er schützen soll. Dieser
Aporie kann er nicht entgehen, und so macht ihn denn auch die von ihm schließlich akzeptierte Lösung, dem Wunsch Frickas zu entsprechen und Siegmund durch
Hunding für den Inzest richten zu lassen, nach seinen eigenen rechtlichen Maßstäben zum Mörder. Darüber hinaus: ohne Anlaß und wider alles Recht stirbt durch
ihn dann auch Hunding, der seinerseits doch nur verteidigt hatte, worauf er mit
gutem Grund bestand und was er als sein gutes Recht ansah: die eigene Ehe, wie
immer diese praktisch auch gelebt worden sein mag.

Wotans Kalkül, als er sich aus der Weltesche seinen Speer brach und ihn mit
Runen versah, mag wohl gewesen sein, eine gerechte Ordnung einzuführen, aber
dieses Kalkül geht aus einem doppelten Grunde nicht auf: zum einen wegen seines
eben geschilderten Verhaltens gegenüber den Riesen, zum anderen aber auch, weil
der Gedanke einer solchen Rechtsordnung selbst von der eigenen Sippe nicht widerspruchslos geteilt wird. So hält Fricka in konservativer Manier an den gewachse-
nen Traditionen fest, an dem, was Haus, Hof, Sippe und Ehe ihr von jeher waren[111],
verwirft also Wotans neue Gesetze. Und Donner neigt im Konflikt mit den Riesen
zu einer gewaltsamen Lösung, will außerhalb allen Rechts mit Kampf den Streit mit

---

111 Dazu Herfried Münkler, Macht durch Verträge. Wotans Scheitern in Wagners *Ring*, in: Michael
Th. Greven/Herfried Münkler/Rainer Schmalz-Bruns (Hg), Bürgersinn und Kritik. Festschrift
für Udo Bermbach zum 60. Geburtstag, Baden-Baden 1998, S. 337.

Fafner und Fasolt beenden, was Wotan nur dadurch verhindern kann, daß er selbst massiv und gewaltsam gegen ihn einschreitet:

»Halt, du Wilder!
Nichts durch Gewalt!
Verträge schützt
meines Speeres Schaft:
spar deines Hammers Heft!«[112]

Hier also, gegen andere, wenn es ihn selbst nicht betrifft, besteht Wotan plötzlich auf der Einhaltung des geltenden Rechts. Ganz anders im Falle Loges, dessen Täuschungstricks und Lügen er toleriert, weil der Halbgott sie zu seinen Gunsten einsetzt. Frickas Festhalten an alten Ordnungsvorstellungen, Donners Gewaltbereitschaft und Loges Täuschungen aber sind Ausdruck eines traditionalen und attavistischen Rechtsverständnisses, das Wotan anfangs gerade zu überwinden suchte. Doch sein Versuch wird von denen, die er einbinden will, nicht einfach widerspruchslos hingenommen. Auch nicht von anderen Betroffenen, etwa von Alberich, Brünnhilde, Siegmund und Siegfried – um nur die wichtigsten Akteure zu nennen, mit denen Wotan in schwere Konflikte gerät. Aus solchen Reallagen entsteht bei Wotan ein ambivalentes, gespaltenes Rechtsbewußtsein, das – so sieht es Wagner und dies versucht er klar zu machen – für das Verhalten von Politikern typisch ist. Mehrfach hat Wagner seine Überzeugung formuliert, daß der moderne Staat aus einem betrügerischen Vertragsabschluß hervorgegangen sei, daß die – etwa in Verfassungen suggerierte – Gleichheit aller Vertragsteilnehmer, wie sie der neuzeitliche Kontraktualismus unterstellt, eine Fiktion, ein besonders infames Täuschungsmanöver der Herrschenden sei[113].

Wenn Wagner also in der Auseinandersetzung Wotans mit den Riesen – eine der Schlüsselszenen im *Ring* – den Vertragsbruch zum Ausgangspunkt aller weiteren Entwicklungen macht, dann inszeniert er eine radikale Kritik an der modernen, für die Politik zentralen Vertragstheorie, führt er die Verkehrung des Vertrags vom ordnenden Rechtsprinzip zu einem destruktiven Vernichtungsinstrument vor – und diese These von der Verlogenheit des modernen Rechts und der auf ihm ruhenden Politik durchzieht die gesamte Tetralogie. Denn wo immer Verträge handlungsbestimmend werden, führen sie zu Leid und Zerstörung. Um es aus dieser Perspektive noch einmal zu wiederholen: Siegmunds Tod ist die von Wotan nicht gewollte Folge eines von Fricka mit dem Hinweis auf die gesellschaftsstabilisierende Institution der Ehe – auch sie ein Vertrag – erzwungenen Versprechens, das seinerseits zum Bruch eines göttlichen Versprechens und des zuvor gegebenen Befehls an Brünnhilde führt, den Wälsung zu retten. Die wiederum von Wotan darauf gegründete Strafe der Entgöttlichung Brünnhildes, ihre Freigabe für Siegfried, kann ebenfalls als eine

---

112 *Das* Rheingold, Zweite Szene.
113 Dazu ausführlich Udo Bermbach, Der Wahn des Gesamtkunstwerks, S. 119 ff. (›Gesellschafts- und Staatskritik‹).

Entscheidung verstanden werden, die Wotan gegen seinen eigenen Wunsch vollziehen muß als Konsequenz aus der Tatsache, daß sich zwei Befehle des Gottes widersprachen und der zuletzt erteilte – Siegmund nicht länger zu schützen – den eigentlichen Handlungsintentionen Wotans zuwiderlief, was Brünnhilde weiß, da sie ja Wotans Wille ist. Darüber hinaus: Brünnhildes und Siegfrieds Verbindung zerbricht an der durch die Manipulation Hagens herbeigeführten Blutsbrüderschaft, ein Eid und damit ein Vertrag, der ebenfalls von vornherein nicht ehrlich gemeint ist, sondern einzig zum Zwecke der Täuschung vollzogen wurde. Und so muß Siegfried auch deshalb sterben, weil er, dem Macht nichts bedeutet und der deshalb auch Verträge einhält, der Macht und dem Vertragsbruch im Wege steht.

Doch auch andere werden getäuscht. Alberich wird durch Täuschung entmachtet, kaum daß er die Macht gewonnen zu haben glaubt, und der Versuch des Gibichungen Gunther, sich an die Spitze der Machtpyramide der Menschen zu stellen, endet mit seinem und seiner Familie Untergang. Politischer Machtanspruch – so will es Wagner – , der nur durch Vertragsbruch und Bruch aller gegebenen Versprechungen, durch kriminelles Verhalten also, geltend gemacht werden kann, vernichtet – dies ist eine Botschaft des *Ring* – eben nicht nur diejenigen, die ihn durchzusetzen versuchen; er zerstört letztlich auch das, worin er gründet: das hierarchisch geordnete Herrschaftsgefüge, er nivelliert, entgegen den Intentionen derer, die ihn erheben und verfolgen, die gegebenen gesellschaftlichen und politisch-institutionellen Strukturen.

Eine mögliche Alternative zu diesem politischen Horror-Szenario wird im *Rheingold* von Fasolt angedeutet, freilich nur einmal und wie nebenbei:

»Die ihr durch Schönheit herrscht
schimmernd hehres Geschlecht,
wie törig strebt ihr
nach Türmen von Stein,
setzt um Burg und Saal
Weibes Wonne zum Pfand«[114].

›Durch Schönheit herrschen‹ – das eben wäre die Alternative zu Wotans Machtpolitik, wäre eine repressionsfreie Alternative, die sich allerdings auf das von den Göttern gelebte Vorbild eines gelingenden Lebens verlassen müßte. Auf Götter also, die nicht anordnen und befehlen, wohl aber überzeugen: der zwanglose Zwang des Schönen – darin besteht die geheime Lebenssehnsucht Wagners, das Ziel all seines revolutionären Engagements und Denkens. Sein Traum einer ästhetisch motivierten Lebensführung wird hier von Fasolt angesprochen, seine grundlegende Hoffnung auf eine gewaltfreie Sphäre mitmenschlicher Kommunikation und Verbindung, die Kunst zu schaffen hätte – wie dies in den *Meistersingern* gleichsam konkret, im *Parsifal* prinzipiell thematisiert wird. Deutlich wird in diesem Hinweis Fasolts auch, daß Wagner glaubt,

---

114 Das Rheingold, Zweite Szene.

mit dieser Ästhetisierung der Lebensführung könnten die Menschen aus dem verheerenden Status quo in ein ursprünglicheres Leben zurückfinden. Es ist kein Zufall, daß ausgerechnet der plumpe Riese Fasolt auf diese Perspektive einer ›ästhetischen Weltordnung‹ hinweist: denn die elementare Naturkraft der Riesen, die von jeglicher Zivilisation noch unbeschädigt ist, drängt zur Liebe hin, zum Weib, »das wonnig und mild/bei uns Armen wohne«. Also zum Gegensatz von Politik, zu dem, was ursprünglich, authentisch und mit sich selbst noch identisch ist, utopischer Gegenentwurf zu einer als schlecht empfundenen Realität, und für diese Vision hat Wagner eines seiner schönsten und berührendsten musikalischen Motive des *Ring* geschrieben.

Die Selbstdestruktion des Vertrags, die sich schon im musikalischen Leitmotiv ausdrückt – eine über eineinhalb Oktaven, Ton für Ton *abwärts* schreitende Sequenz –, hängt ganz entscheidend damit zusammen, daß Macht und Moral, Politik und Ethik im *Ring* nirgendwo miteinander verbunden sind. Wagners Kritik an der Gesellschaft seiner Zeit, seine tiefe Verachtung gegenüber aller konkreten Tages-Politik, findet hier ihren konsequentesten Niederschlag. Vertrag, Versprechen und Eide gelten offenbar dort nichts, wo eine Politik ins Spiel kommt, die auf jegliche Moral verzichtet, die ihre Inhalte nicht moralisch, sondern nur strategisch definiert und der es einzig um Machterwerb und Machterhalt geht. An Wotan ist deshalb auch, so will es Wagner, das Scheitern moderner Machtpolitik exemplarisch abzulesen. Er, der als erster die Politisierung der Welt betrieb und sich an der Wunschvision einer im Traum erlebten und offensichtlich genossenen, ungeheuren Machtfülle berauscht: »Mannes Ehre, / ewige Macht / ragen zu endlosem Ruhm«[115], verfängt sich in dem von ihm inaugurierten Prozeß der Hierarchisierung, Zentralisierung und Akkumulierung von Macht wohl schneller als er es erwartet hat. Die übrigen Götter versagen ihm schon sehr rasch die Gefolgschaft und Fricka, die eigene Frau, geht zu ihm in Fundamentalopposition.

★

Als Machtpolitiker denkt Wotan freilich nicht daran aufzugeben, denn das Vertragssystem hat trotz aller moralisch problematischen Implikationen zunächst dem Gott und den Göttern Vorteile verschafft: Walhall ist erbaut, die Götter befinden sich, wie es scheint, in einer komfortablen Lage. Doch die mangelnde moralische Sensibilität gegenüber dem Imperativ gesetzlicher Selbstbindung hat Wotan einen schweren und folgenreichen Fehler begehen lassen: er hat übersehen, den Herrscher der Nibelungen, Alberich, in sein System mit einzubinden[116]. Wenn die Welt, wie Wotan selbst sagt, aus den Göttern, den Riesen und Zwergen besteht, die in wolkigen Höhen, auf der Erde Rücken und in der Erde Tiefe leben, so hat er schlicht einen entscheidenden Teil dieser Welt aus seiner Vertragskonstruktion ausgeblendet. Das aber schafft ihm in dem Augenblick Probleme, da Alberich das Gold geraubt, Mime

---

115 Ebenda.
116 Dazu Herfried Münkler, Macht durch Verträge, S. 384.

ihm daraus den die Weltherrschaft gewährenden Ring geschmiedet hat und durch beides Wotans Stellung als oberster Gesetzgeber und Herrscher der Welt massiv bedroht wird. Wenn er in der sogenannten ›Wissenswette‹ zu Mime also rückblickend berichtet:

»mit seiner Spitze
sperrt Wotan die Welt.
Heil'ger Verträge
Treue-Runen
schnitt in den Schaft er ein.
Den Haft der Welt
hält in der Hand,
wer den Speer führt,
den Wotans Faust umspannt.
Ihm neigt sich
der Nibelungen Heer;
der Riesen Gezücht
zähmte sein Rath:
ewig gehorchen sie alle
des Speeres starkem Herrn« [117]

dann stimmt diese Aussage nicht, und zwar von Anfang an nicht. Sie ist blanke Ideologie, Selbsttäuschung oder Selbstbetrug, vielleicht auch Selbstberuhigung. Denn es kann keine Rede davon sein, daß Alberich und seine Nibelungen Teil des göttlichen Imperiums sind, daß Wotan sie jederzeit unter seinen Willen zu beugen vermag, ganz abgesehen davon, daß er hier, in dieser Erzählung, auf den Raub des Rings nicht zu sprechen kommt – Absicht oder erneute Vergeßlichkeit?

Daß Wotan Alberich nicht in sein System der Verträge und in das geplante Herrschaftssystem eingebunden hat, erweist sich insofern als ein schwerer Fehler, weil der Zwerg erst dadurch die Möglichkeit erhält, nach der erotisch-sexuellen Zurückweisung durch die Rheintöchter den Plan zur Weltherrschaft zu fassen, das Gold zu stehlen und sich den Ring durch Mime schmieden zu lassen, der ihm ›maßlose Macht‹ verleihen soll; Alberich wird so, durch Wotans Schuld, zu dessen Gegenspieler und Feind. Loges Rat, diesen Fehler nachträglich zu beheben, indem der Gott dem Zwerg den Ring entwendet, und die dabei gegebene, dialektisch formulierte Beruhigung des zweifelnden Wotan: »was ein Dieb stahl, / das stiehlst du dem Dieb: / ward leichter ein Eigen erlangt?« [118] macht den Gott, indem er Loges Rat folgt, zu einem schäbigen Täuscher und Räuber. Moralisch ist er nun für alle Zeiten beschädigt, sein Wort kann eigentlich nichts mehr gelten. Nicht nur das moralische Defizit seines Vertragsverständnisses, auch die Lückenhaftigkeit seines Vertragssystems ist nun gegen ihn selbst zurückgeschlagen, die umgangene Selbst-

---

117 Götterdämmerung, Erster Aufzug, zweite Szene (›Wissenswette‹).
118 Das Rheingold, Zweite Szene.

bindung an das Gesetz schlägt zur Selbstfesselung durch das Gesetz aus. Solche Defizite erlauben Wotan freilich dann, seinem Hang zur Macht nachzugeben. Schon sein erstes Auftreten im *Ring*, sein erster Gedanke formuliert die Wunschvision einer im Traum erlebten und offensichtlich genossenen ungeheuren Machtfülle: »Mannes Ehre/ewige Macht/ragen zu endlosem Ruhm!«[119].

Frickas nüchternen Appell, endlich zu erwachen und die Realitäten zur Kenntnis zu nehmen, überhört Wotan; er berauscht sich an Walhall, dem Stein gewordenen Symbol seiner neuen Macht und Weltordnung, er verdrängt die Kosten, die damit verbunden sind. Er glaubt sich auf sicherem Grund, so lange jedenfalls, bis ihm die Rechnung präsentiert wird. Da er den verlangten Preis nicht bezahlen kann, sinnt er auf einen günstigen Ausweg. Der erste Versuch, sich in den Besitz des alle Macht gewährenden Rings zu bringen, scheitert – er geht zugunsten der Riesen aus, genauer zugunsten Fafners, der, im Besitz allen Goldes, die Götter in ihre Burg ziehen läßt. Doch Wotan ist immerhin sensibel genug, um die prekäre Grundlage, auf der sich dieser Einzug abspielt, genau zu empfinden: schon als Freia mit dem Gold gelöst werden soll, als die Riesen noch um das letzte Geschmeide feilschen, bekennt er, wie ungemütlich ihm die Situation ist:

> »Eilt mit dem Werk:
> widerlich ist mirs’
>
> ...
>
> Tief in der Brust
> brennt mir die Scham«[120] –

und aus »Bangen, Sorg und Furcht«[121] vor den Konsequenzen seines Handelns befragt er Erda, schlägt aber ihren Rat, den Ring zu meiden, in den Wind. Durchaus gegen eigene Selbstzweifel bezieht er mit den übrigen Göttern die Burg – »von einem großen Gedanken ergriffen«, wie Wagners Regie-Anweisung lautet.

Dieser ›große Gedanke‹ impliziert möglicherweise zweierlei: zum einen das durch Erda vermittelte Gefühl des Gottes, seine Position könne wohl nicht auf Dauer als unangefochten gelten, wohl auch kaum in Walhall auf Dauer gesichert werden; zum anderen aber doch die Hoffnung, es werde sich aus der bereits jetzt verfahrenen Situation ein Ausweg finden lassen. Das aber heißt: Wotan weiß bereits jetzt, da er seine neue Machtzentrale bezieht, daß er einen Helden braucht, der außerhalb des von ihm ersonnenen und praktizierten Vertragssystems steht, der unabhängig von ihm ist und dennoch tut, was er begehrt. In diesem Augenblick, mit diesem ›großen Gedanken‹ wird Siegmund gleichsam geboren, bricht die Hoffnung auf einen Sohn durch, der dem Vater vielleicht aus allen Schwierigkeiten helfen kann.

Indem er diesen Rettungsgedanken faßt, wird Wotan hier, am Ende von *Rheingold*, zu einem weit ins Voraus disponierenden politischen Strategen, dem es nun um

---

119 Ebenda.
120 Ebenda, 4. Szene.
121 Ebenda.

die langfristige Verfolgung seines Ziels der Selbstbehauptung geht, der Selbstbehauptung sowohl seiner Person als auch der übrigen Götter. Ob sein Plan, der sich bis in die *Götterdämmerung* hinein verfolgen läßt, wie die sogenannte ›Waltrauden-Erzählung‹ zeigt[122], in diesem Moment allerdings bereits mit allen Details in seinem Kopf fertig entsteht, läßt sich nicht sicher sagen. Doch in der *Walküre* zeigt sich deutlich das Ergebnis von Wotans blitzartiger Intuition am Ende des *Rheingold*: er hat mit einem Menschenweib inzwischen ein Geschwisterpaar gezeugt, und seine ganze Hoffnung ruht nun auf Siegmund, seinem Sohn. Ihm gibt er ein unbesiegbares Schwert an die Hand, ihn führt er zur Schwester und Braut, vielleicht in der Absicht, daß beide eine personale Reserve produzieren: Siegfried, den Enkel, der für den Fall aller Fälle als potentieller Nachfolger Siegmunds bereitstehen könnte.

★

Exkurs 2

Die Radikalität, mit der Wagner im *Ring* die destruktiven und selbstnegatorischen Folgen des Gesellschaftsvertrags als eine der zentralen politisch-rechtlichen Konstitutions- und Legitimationsfiguren der bürgerlich-liberalen Gesellschaftstheorie vorführt, wiederholt sich in vergleichbar radikaler Weise hinsichtlich einer zweiten, wohl ebenso fundamentalen Sozialinstitution des bürgerlichen Denkens: der Ehe, die durch den Inzest zwischen Siegmund und Sieglinde völlig infrage gestellt, ja beiseite gefegt wird. Auch die Ehe läßt sich unter rechtlichen Gesichtspunkten als ein Vertrag verstehen, der allerdings – legt man die übliche rechtsdogmatische Einteilung zugrunde – privatrechtlicher Natur ist. So jedenfalls ist die Ehe in großen rechtstheoretischen Entwürfen des liberalen Denkens immer gesehen und systematisch bewertet worden. Um ein Beispiel zu geben: Kant hat die Ehe in seiner Rechtsphilosophie stets als Vertrag verstanden, hat sie unter vertragsrechtlichen Gesichtspunkten definiert als »die Verbindung zweier Personen verschiedenen Geschlechts zum lebenswierigen wechselseitigen Besitz ihrer Geschlechtseigenschaften«, und hat erläuternd hinzugesetzt, die Ehe sei »kein beliebiger, sondern durch Gesetz der Menschheit notwendiger Vertrag, d. i. wenn Mann und Weib einander ihren Geschlechtseigenschaften nach wechselseitig genießen wollen, so *müssen* sie sich notwendig verehelichen, und dieses ist nach Rechtsgesetzen der reinen Vernunft notwendig«[123]. Diese von Kant formulierte vertragsrechtliche Vorstellung der Ehe als einer Basisinstitution der bürgerlichen Gesellschaft ist nicht nur paradigmatisch für das moderne bürgerliche Gesellschaftsdenken, sondern gilt im Prinzip auch noch heute; denn nicht wenige westliche Verfassungen, so etwa auch das deutsche Grundgesetz, stellen die Ehe unter den besonderen Schutz des Staates, weil sie in ihr die

---

122 Götterdämmerung, Erster Aufzug, dritte Szene.
123 Immanuel Kant, Die Metaphysik der Sitten, Eherecht § 24, in: derselbe, Werke, hg. von Wilhelm Wieschedel, Darmstadt 1963, Bd. IV, S. 390.

›Keimzelle‹ der Gesellschaft und die Bedingung ihres eigenen Fortbestehens erblicken.

Wagner selbst dachte in diesem Punkt anders. Er hat, wie man weiß, die Ehe gelegentlich als einengende Belastung empfunden, mehr noch: als Ausdruck bürgerlichen Besitzdenkens und als Folge der fehlenden wirtschaftlichen Absicherung der Frauen vor materiellem Elend. »Das ist Eigentum! Der Grund allen Verderbens, ... das Eigentum bedingt die Ehen in Rücksicht darauf und dadurch die Degeneration der Race«[124], meinte er noch kurz vor seinem Tode in Venedig. Und so kommen denn auch im *Ring* Ehepaare kaum vor. Wo es sie gibt, sind es problematische, fast zerstörte Verhältnisse: Hunding hat Sieglinde ohne deren Zustimmung, ja gegen ihren Willen von Räubern gewonnen – »er freite ein Weib,/das ungefragt/Schächer ihm schenkten zur Frau«[125] – und Liebe kann jedenfalls nicht die Grundlage ihrer ehelichen Beziehung sein; Wotan und Fricka leben in dauerndem Streit, was Wotan auch immer tut, es findet fast stets Frickas scharfe Mißbilligung: »Nur Wonne schafft dir/was mich erschreckt?«[126]. Die kurze Ehe von Siegfried und Gutrune verdankt sich der Täuschung Siegfrieds und Brünnhildes gleichermaßen, sie endet mit dem Erschlagen des Ehemanns. Darüber hinaus bleiben alle Ehen kinderlos, auch die von Wotan mit Fricka, der Hüterin der Ehe[127].

Um die Ehen im *Ring* wirklich einigermaßen zutreffend zu charakterisieren – was hier nicht geschehen kann –, wäre freilich darauf hinzuweisen, daß es jeweils zwei Perspektiven des Urteilens gibt: aus der Sicht Hundings funktioniert seine Ehe mit Sieglinde insoweit korrekt und beanstandungslos, als er nach dem für ihn verbindlichen Sittenkodex die »ihm ohne Erbe und Mitgift ins Haus gebrachte Sippenlose bei sich aufgenommen und geheiratet«, sie stets korrekt behandelt hat, also nicht in einem Unrechts- oder physischen Gewaltverhältnis mit ihr lebt[128]. In diesem Sinne läßt sich auch die Kinderlosigkeit beider deuten, denn sie läßt den Rückschluß zu, daß Hunding »die unwillige Sieglinde weder mit Gewalt noch mit List zur Gebärerin von die Sippe fortführenden Söhnen und Töchtern gemacht hat«[129]. Im Falle Wotan und Fricka ließe sich zugunsten Frickas anführen, daß Wotan nach offenbar anfänglicher Liebe zunehmend andere Liebesverhältnisse hatte, was Fricka tief verletzen muß, weil sie, die Hüterin der Ehe, sich um die Familie und »um den Erhalt traditioneller Lebensformen« sorgt, weil sie im Horizont »eines intakten, unauflöslichen Familienverbandes« denkt, an die Stärke eines »autarken Hauses«[130]. Ganz gefangen in der Vorstellung einer intakten patriarchalischen Ordnung der

---

124 Cosima Wagner, TB, Bd. II, S. 1107, Anmerkung (5. Februar 1883).
125 Die Walküre, Erster Aufzug, dritte Szene.
126 Das Rheingold, Zweite Szene.
127 Dazu ausführlicher Dieter Schickling, Abschied von Walhall, S. 29.
128 Dazu ausführlich Herfried Münkler, Hunding und Hagen, in: Udo Bermbach (Hg), ›Alles ist nach seiner Art‹, S. 153.
129 Ebenda, S. 154.
130 Barbara Zuber, Fricka. Eine Frau des 19. Jahrhunderts, in: Udo Bermbach (Hg), ›Alles ist nach seiner Art‹, S. 60.

Familie, kämpft sie gegen die Mißachtung dieser Strukturen seitens Wotans und gegen die Folgen, die daraus entstehen, bemüht sich um dessen Zuneigung und fühlt sich jedenfalls mit ihrer Position im Recht.

»Die furchtbarste Entsittlichung unserer heutigen sozialen Zustände ..., durch eine barbarische Polizei geltend erhalten ...«[131], hat Wagner dafür verantwortlich gemacht, daß die freie Liebe, »die höchste Kraftentfaltung unseres individuellen Vermögens«[132], sich nicht verwirklichen und leben lasse, daß Ehe und Liebe oppositionelle und unversöhnliche Gegensätze bezeichnen. Und so erscheinen denn folgerichtig im *Ring* die wenigen Ehen als Zwangs- und Gewaltverhältnisse: Sieglinde fühlt sich von Hunding so sehr unterdrückt, daß sie sogleich, nachdem sie Siegmund getroffen hat, den Gedanken an Flucht zu fassen beginnt. Fricka kämpft immerzu um Wotan, versucht, den vagabundierenden Ehemann mit Gemütlichkeitsversprechungen an sich zu binden:

»Um des Gatten Treue besorgt
muß traurig ich wohl sinnen,
wie an mich er zu fesseln,
zieht's in die Ferne ihn fort;
herrliche Wohnung,
wonniger Hausrat,
sollten dich binden
zu säumender Rast«[133],

doch der ist alles andere als ein liebender, häuslicher Ehemann. Wotan, der Rechts- und Ehebrecher, gibt vielmehr in der *Walküre* den Anstoß zum Inszest, aus dem er sich den Helfer für die Entledigung seiner Selbstfesselung durch die Verträge erhofft, den Befreier der Welt.

Die inzestuöse Verbindung von Siegmund und Sieglinde darf wohl als die schärfste Negation der bürgerlichen Ehe gelten, die denkbar ist, und damit zugleich auch als ein Totalangriff auf eine der Basis-Institutionen der bürgerlichen Gesellschaft insgesamt. Denn dem bürgerlichen Denken der Neuzeit galten Ehe und eine funktionsfähige Familie – damit aber auch das Verbot des Inzestes – nicht nur als Grundlage, sondern vielfach auch als Modell einer sittlich geordneten Gesellschaft. Schon mit Beginn der bürgerlichen Gesellschaftstheorien im 17. Jahrhundert wird dem patriarchalischen Ehemodell eine Vorbildfunktion für die Gesellschaft zugesprochen, wird die kleinste soziale Organisationseinheit dadurch besonders hervorgehoben, daß sie als der Ort eines institutionell verfestigten, moralisch legitimierten Erziehungsmodells ausgezeichnet wird: »Gott hat die Eltern zu Werkzeugen seiner großen Absicht gemacht, das Menschengeschlecht und die Lebenschancen für ihre Kinder fortdauern zu lassen und ihnen die Verpflichtung auferlegt, ihre Nachkommen zu

---

131 Richard Wagner, Oper und Drama, in: GSD, Bd. 4, S. 206.
132 Ebenda.
133 Das Rheingold, Zweite Szene.

ernähren, zu erhalten und aufzuziehen«[134]. Die hier implizit formulierte These, wonach die Ehe die entscheidende Grundlage der Gesellschaft ist, Reproduktions- und Erziehungsinstitution in einem – eine These, die für die antike Sozialphilosophie und auch für große Teile des mittelalterlichen Denkens über die Gesellschaft so nicht gilt –, zieht sich durch nahezu alle bedeutenden gesellschaftstheoretischen Konzepte des bürgerlich-liberalen Denkens der Neuzeit. Entsprechende Belege ließen sich auch für das deutsche politische Denken spätestens seit den Aufklärungsphilosophen des 18. Jahrhunderts beibringen. Hingewiesen sei hier nur auf das besonders bedeutsame, weil wirkungsmächtige Beispiel Hegels, der Ehe und Familie zur – seiner Meinung nach allerdings nicht auf Vertrag beruhenden – sittlichen Grundlage von Gesellschaft und Staat macht. Für Hegel ist die Ehe »das unmittelbar sittliche Verhältnis«, das sich als Resultat der »besonderen Neigung beider Personen, die in dieses Verhältnis treten« ergibt, also »die freie Einwilligung der Personen und zwar dazu, *Eine Person auszumachen*, ihre natürliche und einzelne Persönlichkeit in jener Einheit aufzugeben, welche nach dieser Rücksicht eine Selbstbeschränkung, aber eben, indem sie in ihr ihr substantielles Selbstbewußtsein gewinnen, ihre Befreiung ist«[135]. So verstanden ist die Ehe eine Institution der Freiheit, aber zugleich ist sie auch Voraussetzung und Vorstufe zur Gründung einer Familie. In geradezu idealtypischer Weise bestimmt Hegel auf der Grundlage von privatem Eigentum den Zweck der Ehe in der Zeugung von Kindern und deren Erziehung als die zentrale Aufgabe der Eltern. Wobei das Ziel dieser Erziehung die Ablösung der Kinder vom Elternhaus ist, weil ihr Selbständigwerden als Akt der »Vollendung«[136] des Familienzweckes gesehen wird.

Für die auf solche Weise herausgehobene Institution der Ehe – und damit verbunden der Familie – spielt das Inzestverbot eine zentrale Rolle, auch wenn es im Kontext der gesellschaftstheoretischen Fundierung der Ehe zumeist nicht thematisiert wird. Dies wohl vor allem deshalb nicht, weil es dem neuzeitlichen Denken völlig selbstverständlich erscheint. Zwar gab es bereits in der Antike dieses Verbot – Ausnahmen galten nur im alten Ägypten, wo der ›dynastische Inszest‹ dafür sorgen sollte, »das göttliche Charisma« rein zu halten und die »übernatürliche Herkunft des königlichen Geblüts ... nicht durch eine Mesalliance mit ›Minderwertigen‹ verloren gehen«[137] zu lassen –, aber erst mit der Entwicklung und Verfeinerung der bürgerlichen Gesellschaftstheorie gewann dieses Verbot seine konstitutive Bedeutung. Die Entstehung und Begründung des Inzestverbots in der Geschichte der Menschheit

134 John Locke, Zweite Abhandlung über die Regierung, § 66, in: derselbe, Zwei Abhandlungen über die Regierung, hg. von Walter Euchner, Frankfurt/M. 1967, S. 243.
135 Georg W.F. Hegel, Grundlinien der Rechtsphilosophie, hg. von Johannes Hoffmeister, Hamburg 1955, § 161/162.
136 Ebenda, § 160.
137 Christine Emig, Arbeit am Inzest. Richard Wagner und Thomas Mann, Frankfurt/M./Berlin/et al. 1998, S. 10. In dieser Arbeit findet sich auch ein kursorischer Überblick über die Entwicklung des Inzestverbots sowie eine – allerdings in vielen Einzelheiten problematische – Interpretation des Inzests im Ring, auf die hier nicht eingegangen werden kann.

ist allerdings nicht unumstritten und keineswegs restlos geklärt. Doch es gibt, vor allem seitens der Sozialwissenschaften, eine Reihe allgemein akzeptierter, funktionaler Erklärungsvorschläge, die – und darauf kommt es im Zusammenhang mit dem *Ring* an – die fundamentale Rolle des Verbots für die Herausbildung und die Stabilisierung von Familien-, Verwandtschafts- und Gesellschaftsstrukturen plausibel deuten.

Sieht man die Literatur[138] durch, so fallen im wesentlichen folgende Begründungen auf: durch das Inzestverbot sollen zunächst einmal innerfamiliäre sexuelle Rivalität und daraus entstehende Eifersucht verhindert werden, in deren Gefolge zugleich auch die festgelegten familialen Rollen und Positionen durcheinander geraten könnten, was wiederum die Gefahr einer dauerhaften, am Ende zerstörerischen Destabilisierung der Familie nach sich ziehen könnte. Darüber hinaus dient das Verbot dazu, die heranwachsenden Kinder zu motivieren, sie letztlich zu zwingen, mit dem Eintritt in das Erwachsenenalter ihre Elternfamilie zu verlassen, und – wenn irgend möglich – eine eigene Familie zu gründen. Denn das Verbot will zwischen Vater und Tochter, zwischen Mutter und Sohn, aber auch zwischen Geschwistern unübersteigbare Schranken aufrichten, damit die heranwachsenden Jugendlichen veranlaßt werden, sich außerhalb der eigenen Familie andere Sexualpartner zu suchen. So erzwingt das Inzestverbot zugleich auch Kontakte zwischen verschiedenen Familien, die sonst eher in der Gefahr stünden, sich von einander zu isolieren, es erzwingt damit zugleich auch die Erweiterung der verwandtschaftlichen Beziehungen und schafft ein Netz sozialer Verbindungen. Anders formuliert: das Inzestverbot befördert die gesellschaftliche Ausdifferenzierung, es veranlaßt die Ausweitung der wirtschaftlichen und sozialen Kontakte und nicht zuletzt auch die Erweiterung der biologischen Reproduktionsbasis. An all diese Entwicklungen kann dann auch politische Herrschaft anknüpfen, indem sie diese sich ausdifferenzierenden Strukturen in ordnungspolitische Modelle einbringt. Unter diesem Aspekt zeigt sich, daß das Inzestverbot ein zentrales Element der Hervorbringung von politischer Herrschaft ist, weil seine Einhaltung und Überwachung eine politische Ordnungsleistung zwingend erforderlich macht – ein Aspekt, der für den *Ring* von gewichtiger Bedeutung ist.

Im 16. Jahrhundert taucht in Europa zusätzlich – und sicherlich nicht zufällig zu der Zeit, da die bürgerliche Gesellschaft ihr modernes Gesicht zu formen beginnt und die großen theoretischen Selbstauslegungen von Autoren erscheinen, die diese bürgerliche Gesellschaft als politische Erscheinung deuten – die Behauptung auf, die Nichtbeachtung des Inzestverbots führe zu einer biologischen Degeneration[139]. Diese Argumentation, die sich während der folgenden Jahrhunderte mehr und mehr

---

138 Vgl. Heinrich Többen, Über den Inzest, Leipzig/Wien 1925; Norbert Bischof, Das Rätsel Ödipus. Die biologischen Wurzeln des Urkonflikts von Individualität und Autonomie. München 1985; Jörg Klein, Inzest: Kulturelles Verbot und natürliche Scheu, Opladen 1991; Karlheinz Messelken, Inzesttabu und Heiratschancen. Ein Versuch über archaische Institutionenbildung, Stuttgart 1974.
139 Karlheinz Messelken, Inzest. Kulturelles Verbot und natürliche Scheu, S. 16 ff.

durchsetzen konnte, verschärfte das bis dahin ausschließlich sozial interpretierte Inzestverbot drastisch, ließ sich allerdings für die institutionelle Verfestigung und Immunisierung von Ehe und Familie besonders gut in Dienst nehmen. Denn die – wie auch immer faktisch zu belegende oder auch zu widerlegende – These, der Inzest führe zu physischen wie psychischen Defekten, erschien als eine durch gesellschaftstheoretische Aufklärung nicht zu verändernde ›harte‹ Tatsache der Natur, war damit anscheinend ein unhintergehbares Argument zugunsten des Inzestverbots. Dadurch eröffnete sich die Möglichkeit, biologische, soziale und ökonomische Argumente zugunsten der Institutionen von Ehe und Familie zusammenzuführen, weil sie sich gegenseitig zu stützen und zu ergänzen schienen. Hinzu kam, daß auch das Christentum das Inzestverbot als gleichsam göttliches Gebot verkündete und diese religiöse Wahrheit sich ebenfalls aller Kritik entzog. Das gesamte Bündel der sich daraus ergebenden Argumente machte am Ende Ehe und Familie zu eben jener Fundamentalinstitution der bürgerlichen Gesellschaft, deren fragloses Akzeptieren ihre Stabilität und Kontinuität verbürgte, deren Problematisierung oder gar Infragestellen sofort die Auflösung der überlieferten Sozialstrukturen und der Gesellschaft signalisierten.

Wenn Wagner nun im *Ring* den Inzest nicht nur zuläßt, sondern ihm und seinen Folgen eine für die gesamte Tetralogie zentrale und handlungsbestimmende Funktion zumißt, wenn er Siegfried, das Produkt dieses Inzestes, als den »hehrsten Helden der Welt« feiert, der »der von uns gewünschte, gewollte Mensch der Zukunft ist, der aber nicht durch uns geschaffen werden kann, und der sich selbst schaffen muß durch unsere Vernichtung«, wenn er meint, er habe »den mir begreiflichen vollkommensten Menschen darzustellen gesucht«[140], dann können solche Charakterisierungen und Selbstwertungen nicht anders gedeutet werden denn als Negation aller sozialen Stabilisierungsleistungen, die dem Inzestverbot zugeschrieben werden. Wagner feiert den Inzest von Siegmund und Sieglinde als das »hehrste Wunder«[141], er preist deren Sohn Siegfried als den »stärksten Held«[142], und noch am Ende, nach allem Verrat, besingt die selbst verratene Brünnhilde den toten Siegfried als den Reinsten, Treuesten und Lautersten aller Liebenden. Das alles kann nicht anders verstanden werden als ein Votum Wagners für die radikale Zerstörung aller überkommenen Gesellschaftsstrukturen zum Zwecke der Errichtung einer neuen und freien, auf Liebe gegründeten Gemeinschaft. An August Röckel schreibt er in einem langen, den *Ring* kommentierenden Brief: »Der Fortgang des ganzen Gedichts zeigt demnach die Nothwendigkeit, den Wechsel, die Mannigfaltigkeit, die Vielheit, die ewige Neuheit der Wirklichkeit und des Lebens anzuerkennen und ihr zu weichen. Wodan schwingt sich auf bis zur tragischen Höhe, seinen Untergang – zu wollen. Dies ist alles, was wir aus der Geschichte der Menschheit zu lernen haben: *das Nothwendige zu wollen* und selbst zu vollbringen. Das Schöpfungswerk dieses höch-

140 Richard Wagner, SB, Bd. IV, S. 69 (Brief an August Röckel vom 25./26. Januar 1854).
141 Die Walküre, Dritter Aufzug, erste Szene (›Sieglinde‹)
142 Götterdämmerung, Erster Aufzug, erste Szene (›Hagen‹).

sten, selbstvernichtenden Willens ist der endlich gewonnene, *furchtlose*, stets liebende Mensch: *Siegfried*«[143].

Wenn also richtig ist, »daß die Funktion oder Funktionen des Inzestverbots von grundlegender Bedeutung für den Bestand der menschlichen Gesellschaft sind, ja daß das Inzestverbot die eigentliche Grundregel der Gesellschaft darstellt«[144], was heißt: daß seine gesellschaftskonstituierende Bedeutung die des Gesellschaftsvertrags noch weit übersteigt, weil der Inzest für alle Gesellschaftsbildung von fundamentaler Wichtigkeit ist, der Gesellschaftsvertrag aber nur die modernen, bürgerlich-liberalen Gesellschaften legitimiert, dann muß das bewußte Infragestellen, die bewußte Übertretung dieses Verbots, muß die Koppelung von Inzest und Freiheitsgewinn, wie Wagner sie vornimmt, noch sehr viel prinzipieller und fundamentaler wider die moderne Gesellschaft gerichtet sein als seine Vertragskritik. Sie wird denn auch mit einer Radikalität vorgetragen, wie sie selbst in den anarchistischen Vorstellungen einer auf freien Liebe gegründeten, zukünftigen neuen Gesellschaft nicht einmal auch nur ansatzweise überlegt und propagiert worden ist, weil dort in allen Konzepten von freier Liebe der Inzest nie mitgedacht, geschweige denn bewußt gewollt worden wäre.

Für diese hier vorgeschlagene radikale und systemsprengende Auslegung der Wagnerschen Intentionen spricht auch, daß dieser selbst sich am Beispiel des Ödipus-Mythos eingehend mit dem Inzestproblem beschäftigt hat. Und zwar in einer für seine Zeit und deren moralische Vorstellungen ganz ungewöhnlichen Weise mit noch ungewöhnlicherem Ergebnis. Wagner kommt nämlich, nachdem er die einzelnen Fakten der Ödipus-Sage rekapituliert hat, zu dem äußerst überraschenden Schluß, Ödipus habe sich in seinem Verhalten, zunächst den Vater zu erschlagen und anschließend die eigene Mutter zu ehelichen, nicht gegen die »menschliche Natur« vergangen, sondern nur gegen die »gewohnten Beziehungen«, die von einem Staat garantiert und sanktioniert worden seien, der selbst »zum Vertreter dieser Gewohnheit insofern wurde, daß er eben nur sie, die abstrakte Gewohnheit, deren Kern die Furcht und der Widerwille gegen das Ungewohnte ist, vertrat«[145].

Es lohnt sich, der Argumentation Wagners kurz zu folgen, denn sie stimmt in ihrer Logik in bemerkenswerter Weise mit dem überein, was auch heute noch immer als relativ gesichertes Wissen über das Inzestverbot gilt. Doch zunächst kurz zur Geschichte des Ödipus. Dieser war von seinem Vater mit durchstoßenen Füßen als Kind ausgesetzt worden, in der Hoffnung, er werde sterben. Hirten fanden den Knaben, ein fremder König nahm ihn an Kindes statt auf. Als dem Jüngling geweissagt wurde, er werde den eigenen Vater erschlagen und die eigene Mutter heiraten, verließ er die Pflegeeltern, die er als seine richtigen Eltern ansah. Unterwegs begegnete er einem Wagen, dessen Insasse ihn vom Wege abdrängen wollte, ihn sogar körperlich angriff, so daß er sich wehren mußte und dabei den Gegner erschlug.

---

143 Richard Wagner, SB, Bd. IV, S. 68 (Brief an August Röckel vom 25./26. August 1854).
144 So Jörg Klein, Inzest: Kulturelles Verbot oder natürliche Scheu, S. 8.
145 Richard Wagner, Oper und Drama, in: GSD, Bd. 5, S. 58.

Erst nachdem er später Jokaste geheiratet hatte, erfuhr er, daß der Erschlagene sein leiblicher Vater gewesen war, seine Ehefrau die leibliche Mutter.

Wagner rechtfertigt nun die Taten des Ödipus zunächst mit dem Argument, dieser habe den fremden Mann, den er nicht als seinen leiblichen Vater erkennen konnte, in Notwehr erschlagen und die eigene Mutter, die für ihn eine fremde Frau war, durchaus ehelichen können. Der Tod des leiblichen Vaters erscheint Wagner insofern als eine gerechte Strafe, als dieser einst seinen eigenen Sohn durch Aussetzen töten wollte. Und doch – so meint Wagner – erwecke der Vatermord Abscheu, wie auch die Heirat der leiblichen Mutter und der damit verbundene Inzest. Den Grund für diesen Abscheu sieht Wagner allerdings nicht in einem den Menschen innewohnenden natürlichen Instinkt, sondern in dem durch Sozialisation anerzogenen und verinnerlichten »öffentlichen Widerwillen.« Die an dieses Argument anschließende Passage Wagners liest sich in ihren Thesen, als sei sie von einem heutigen Soziologen geschrieben: »Im Familienleben, der natürlichsten, aber beschränktesten Grundlage der Gesellschaft, hatte es sich ganz von selbst herausgestellt, daß zwischen Eltern und Kindern, sowie zwischen den Geschwistern selbst eine ganz andere Zuneigung sich entwickelt, als sie in der heftigen, plötzlichen Erregung der Geschlechtsliebe sich kundgibt. In der Familie werden die natürlichen Bande zwischen Erzeugern und Erzeugten zu den Banden der Gewohnheit, und nur aus der Gewohnheit entwickelt sich wiederum eine natürliche Neigung der Geschwister zueinander. Der erste Reiz der Geschlechtsliebe wird der Jugend aber aus einer ungewohnten, fertig aus dem Leben ihr entgegentretenden Erscheinung zugeführt; das Überwältigende dieses Reizes ist so groß, daß er das Familienmitglied eben aus der gewohnten Umgebung der Familie, in der dieser Reiz sich nie darbot, herauszieht und zum Umgang mit dem Ungewohnten fortreißt. Die Geschlechtsliebe ist die Aufwieglerin, welche die engen Schranken der Familie durchbricht, um sie selbst zur größeren menschlichen Gesellschaft zu erweitern«[146].

Das ist eine ganz und gar erstaunliche Passage, deren Grundthese, wonach das Inzestverbot wesentlich daraus resultiert, daß eine latent vorhandene, natürliche Inzestscheu durch das enge Miteinander von Menschen sich sozial ausprägt und verfestigt, das Inzestverbot also eine Folge enger persönlicher Vertrautheit ist und damit die Folge eines Sozialverhältnisses und nicht der biologischen Blutsverwandtschaft, auch heute noch gilt[147]. Wagner verstärkt dieses Argument noch durch den Hinweis, daß der Verbindung von Ödipus mit seiner Mutter Jokaste »eine Bereicherung der menschlichen Gesellschaft in zwei kräftigen Söhnen und zwei edlen Töchtern entsprossen«[148] war, was die Natur wohl kaum zugelassen haben würde, wenn der Inzest im biologischen Sinne, also von Natur aus, ›widernatürlich‹ gewesen wäre.

Das Inzestverbot wird von Wagner also als ein primär gesellschaftlich begründetes, durch die Gesellschaft erzwungenes Verbot aufgefaßt, und deshalb stellt seine

---

146 Ebenda, S. 56.
147 Jörg Klein, Inzest: Kulturelles Verbot und natürliche Scheu, S. 8 ff. und S. 186 ff.
148 Richard Wagner, Oper und Drama, in: GSD, Bd. 4, S. 57.

Durchbrechung im *Ring* sich als ein Akt der Befreiung von aller gesellschaftlichen Repressivität dar. Zugleich ist es Ausdruck der innigsten Liebe und intensivsten Beziehung zwischen zwei Menschen. Indem Wagner den Inszest in dieser Weise versteht und auf die Bühne bringt, verkehrt er die Fronten der geltenden gesellschaftlichen und religiösen Normen und Auffassungen in ihr Gegenteil. Der gesellschaftliche Normalfall der Ehe – von Hunding mit Sieglinde, von Wotan mit Fricka – erweist sich als gegen die Natur gerichtet, als eingeregelte und lediglich rechtlich fixierte Lieblosigkeit und muß zwar als legal, aber moralisch doch absolut fragwürdig und daher auch in einem höheren Sinne als illegitim gelten; der illegale Inzest dagegen kann als der eigentlich moralische Akt gelten, weil er eben nicht ›widernatürlich‹ ist, sondern die höchste Nähe und Intensität zweier sich von Natur aus bereits nahe stehender Menschen bezeichnet. Mit dem Inzest werden daher auch die aus der Sicht Wagners falschen rechtlichen Konventionen zerstört, wird die individuelle wie soziale Entfremdung aufgehoben und werden – so will es Wagner – jenseits der gegebenen gesellschaftlichen Strukturen neue Freiheitsperspektiven eröffnet.

★

Zurück zu Wotan! Dessen erster strategischer Versuch, den Ring zurückzugewinnen, nachdem er ihn an Fafner verloren hatte, besteht darin, Siegmund für seine Absichten auszubilden, ihn zu seinem Instrument zu machen. Deshalb zieht er den Sohn selbst auf, bereitet ihn gezielt auf seine Rolle vor, ohne daß diesem das klar wird, und führt ihn schließlich zu Sieglinde, wo er das Schwert des Vaters findet, das ihm jeden Sieg garantieren soll. Der Sohn wird dazu bestimmt, so muß man schließen, als Stellvertreter des Vaters für diesen den Kampf um die Herrschaft der Welt zu führen und zu gewinnen.

Mit Siegmund verbindet Wotan die Hoffnung seiner Rettung aus der durch ihn selbst verursachten Lage. Siegmund ist der Vorläufer Siegfrieds, nicht, weil er dessen Vater ist, sondern weil er von Wotan als Helfer dazu bestimmt ist, dem Gott aus der selbstverschuldeten Abhängigkeit herauszuhelfen. Alles andere als ein Repräsentant von »Wagners Charakterlosigkeit«, der »durch Appell ans Mitleid die Herrschenden anerkennt und mit ihnen sich identifiziert«[149], ist er eher das Gegenteil: ein von seinem Vater abseits aller Zivilisation, ohne Mutter Aufgezogener, ein A-Sozialer im wahrsten Sinne des Wortes, ein ewig Gejagter, Verfolgter und dann auch Geächteter, einer schließlich, der nicht weiß, wer er ist – ein fast sozial-autistischer Fall. Friedmund wäre er gern, Frohwalt möchte er sein, doch die Biographie steht dagegen. »Wehwalt mußt ich mich nennen«[150], gesteht er schließlich, und daran ist nicht nur bemerkenswert, daß der Name auf ein schweres Leben deutet, sondern mehr noch,

---

149 So Theodor W. Adorno, Versuch über Wagner, in: Gesammelte Schriften Bd. 13, Frankfurt/M. 1971, S. 15.
150 Die Walküre, Erster Aufzug, zweite Szene.

daß er sich von seinem Träger selbst gegeben wird. Denn wer sich selbst den Namen gibt, kann keine Identität gewinnen. Identität resultiert aus Differenzerfahrungen, aus der Abgrenzung wie aus dem sich in Beziehung setzen zu anderen, und an beidem mangelt es Siegmund gleichermaßen. Frühe Erinnerungen, wie sie in seinem Bericht über seine Herkunft anklingen, bleiben unscharf, erschöpfen sich in der Schilderung des individuellen Überlebenskampfes. Erst in der Annäherung an Sieglinde, als beiden immer stärker bewußt wird, Bruder und Schwester zu sein, mehr noch: sich zu lieben, gibt Sieglinde dem Bruder und Geliebten auf dessen Wunsch hin seinen Namen: »Nenne mich du,/wie du liebst, daß ich heiße:/den Namen nehm ich von dir!«[151]. Und mit dem Namen gibt sie ihm zugleich seine Identität, macht sie ihn zu einer unverwechselbaren Person, zu einem selbstbewußten Mann, der nun bereit ist, den Kampf gegen Hunding als dem machtvollen Vertreter des Status quo aufzunehmen. Es wird einer der Stellvertreterkämpfe, die im *Ring* geführt werden.

An diesem Kampf, der zunächst ganz im Interesse Wotans liegt, hält Siegmund allerdings noch fest, als Brünnhilde ihm den nahen Tod verkündet. Da stimmt dann plötzlich sein Ziel mit dem Wotans nicht mehr überein. Während Wotan aus strategischen Gründen seiner Herrschaftssicherung zunächst den Tod Hundings will – jedenfalls so lange Fricka »den eigenen Sinn« ihm nicht »entfremdet« hatte[152], wie Brünnhilde sarkastisch bemerkt – , dann aber umschwenkt, geht es für Siegmund, der von Wotans Plänen nichts weiß, ausschließlich um das eigene Überleben wie um die Rettung seiner Liebe zu Sieglinde, geht es um die freie Liebe eines freien Paares für eine freie Zukunft. Aus diesem Motiv heraus opponiert er gegen die ›Todesverkündigung‹, diese Folge von Wotans Sinneswandel, verzichtet er auf die ihm verheißene Aussicht, in Walhall ein angenehmes Leben führen zu können, inmitten der dort versammelten Helden und Wunschesmaiden, versorgt mit allen Annehmlichkeiten materiellen Wohlstandes und überdies beim Vater. Doch diesen göttlich verbrämten Abglanz der bürgerlichen Gesellschaft verschmäht er und verflucht seiner Liebe zu Sieglinde wegen die versprochene Idylle, verweigert sich Walhall, will lieber zur Hölle gehen, als der etablierten Ordnung seinen Tribut zu zahlen. Solchem Aufstand gegen die Pläne Wotans folgt dessen Strafe: der Vater verrät den Sohn, und dieser Verrat kostet den Sohn das Leben. Aber sein Tod bleibt nicht folgenlos, er bringt die bestehende Gesellschaft ins Wanken. Denn erstmals kehrt sich Brünnhilde nun gegen Wotan und sein Gebot, folgt sie eigener Einsicht, verweigert den Befehl, so daß Wotan selbst intervenieren muß, um den Tod Siegmunds zu bewirken: »Zurück vor dem Speer!/In Stücken das Schwert!«[153].

Siegmund ist eine »Figur des Einspruchs«[154], die Aufkündigung des gesellschaftlichen Konsenses, Vorahnung dessen, was möglich, aber auch notwendig ist, zusam-

151 Ebenda, Erster Aufzug, dritte Szene.
152 So Brünnhilde in Die Walküre, Dritter Aufzug, dritte Szene.
153 Die Walküre, Zweiter Aufzug, fünfte Szene (Ende).
154 Dieter Schickling, Abschied von Walhall, S. 250.

men mit Sieglinde die Vorwegnahme der auf ›freiester Liebe‹ gegründeten, von Wagner erhofften ›anderen Welt‹, wie sie im ekstatischen Inzest – Schluß des ersten Aufzugs der *Walküre* – »Braut und Schwester/bist du dem Bruder –/so blühe denn, Wälsungenblut!« – schon aufleuchtet. Siegmund ist einer, der die Gefolgschaft verweigert, der Gehorsam nicht kennt, keine Götter über sich akzeptiert, ein Individualist durch und durch, aber gerade auch deshalb am Ende ein Scheiternder. Denn als Einzelner ist er zu schwach, um gegen alle anderen zu siegen, aber andererseits ist er schon stark genug, um die bestehenden Normen und Herrschaftsstrukturen empfindlich zu treffen, die Herrschenden in tiefste Unruhe zu versetzen. Bei Brünnhilde bringt er durch seine Weigerung, der Anordnung Wotans zu folgen, den Prozeß der Selbstaufklärung in Gang, und dies ist der Grund, weshalb Wotan während seiner Suche nach seiner, ihm nun zur ›Verbrecherin‹ gewordenen ›Wunschmaid‹ in helle Aufregung gerät. Wie tief Siegmunds Widerspruch und Widerstand den Mächtigen trifft, macht Wotans drastische Reaktion gegenüber Brünnhilde klar: er verstößt sie, weil sie, die die Schwächen der Herrschenden miterlebt und durchschaut hat, zur weiteren vertrauensblinden Verteidigung von Macht und Herrschaft nicht mehr taugt.

Wenn Wotan diesen Siegmund opfert, dann sicherlich auch deshalb, weil er weiß, daß es einen neuen Helden geben wird, der den verratenen Vater ersetzt – Siegfried. Mit ihm gewinnt der Gott eine zweite strategische Chance im Kampf um den Ring, denn dieser im Inzest gezeugte Held, dessen Zeugung und Geburt schon gegen alle Normen und Regeln verstößt, wird, das weiß Wotan, freier sein als er, der Gott[155]. Zu Wotans Lage nach Siegmunds Tod hat Wagner bemerkt: »Wodan ist nach dem Abschied von Brünnhilde in Wahrheit nur noch ein abgeschiedener Geist: seiner höchsten Absicht nach kann er nur noch gewähren lassen, es gehen lassen wie es geht, nirgends mehr aber bestimmt eingreifen; deswegen ist er nun auch ›Wanderer‹ geworden«[156]. Das erscheint als Paraphrase zur Aussage Wotans in seinem großen Monolog vor Brünnhilde, in dem er seine Lage als »gräßliche Schmach« beschreibt, sich selbst als ein »Ekel« empfindet und emphatisch meint:

»Fahre denn hin,
herrische Pracht,
göttlichen Prunkes
prahlende Schmach!
Zusammenbreche,
was ich gebaut!
Auf geb ich mein Werk;
Nur noch eines will ich noch:
Das Ende – das Ende!«[157]

155 Die Walküre, Dritter Aufzug, dritte Szene (›Wotans Abschied‹).
156 Richard Wagner, SB, Bd. VI, S. 69 (Brief an August Röckel vom 25./26. Januar 1954).
157 Die Walküre, Zweiter Aufzug, zweite Szene.

Doch diese Aussage läßt sich auch anders lesen und verstehen – als blanke Rhetorik. Denn Wotans unmittelbar danach formulierter Hinweis, Alberich werde für das Ende sorgen, weshalb er ihm fast spöttisch sein ›Erbe‹ schenkt –

> »So nimm meinen Segen,
> Nibelungen-Sohn!
> Was tief mich ekelt,
> dir geb ich's zum Erbe«

– verträgt sich schlecht mit der Tatsache, daß der Gott mittlerweile acht Walküren gezeugt hat, einzig zu dem Zweck, ihm eine ausreichende Anzahl von Kämpfern für die letzte, entscheidende Auseinandersetzung mit seinem schärfsten und gefährlichsten politischen Rivalen herbeizuschaffen, mit Alberich. Wenn Wotan dennoch nach seiner verlorenen Auseinandersetzung mit Fricka in seinem großen Monolog vor Brünnhilde sein Werk aufgeben will, wenn er sich als ein aktiv Handelnder aus dem weiteren Geschehen der Tetralogie zurückziehen möchte, dann erleidet er, was man eine tiefe ›Situationsdepression‹[158] nennen könnte, weil er in diesem Augenblick scheinbar keine Chance für einen politischen Sieg sieht – aber eben nur in diesem Augenblick und deshalb auch nur scheinbar. Denn kurze Zeit später, nach Siegmunds Tod, ist er in der Aussprache mit Brünnhilde wieder der alte Kämpfer, der zusammen mit seiner Tochter seinen nächsten Schritt gegen Alberich vorbereitet: Siegfried als den wahren Helden auf das Ziel hin zu programmieren, den Ring zu gewinnen. Und dieses Ziel verfolgt er im *Siegfried* dann mit einer überraschend beharrlichen Konsequenz. »Durch die Trennung von Brünnhilde schon wie erloschen, bäumt sich dieser Wille noch einmal, lodert auf in der Begegnung Siegfrieds, flackert in der Sendung der Waltraute, bis wir ihn ganz erloschen sehen in Walhall am Schluß«[159] – hat Wagner gegenüber Cosima geäußert, und man muß diese Äußerung nicht im Sinne der Willensverneinung Schopenhauers lesen, sondern kann sie durchaus auch als eine verklausulierte Bestätigung der langfristigen Strategie von Wotan verstehen.

Man hat zumeist – manchen späteren Selbstaussagen Wagners folgend – den ›Wanderer‹ im *Siegfried* als einen resignierten und passiven Beobachter gesehen, als einen Gott, der in der *Walküre* abgetreten ist und sich danach zurückgezogen hat[160]. Tatsächlich greift er in das Geschehen im *Siegfried* auch nicht mehr aktiv ein – »Zu schauen kam ich,/nicht zu schaffen«[161], sagt er zu Alberich, – sondern läßt gewähren. Aber der zum Gegner gesprochene Satz läßt sich auch anders verstehen, gegen

---

158   Vgl. dazu meinen Beitrag ›Der Welt melden Weise nichts mehr‹. Zum Inszenierungskonzept des neuen Bayreuther Ring, in: Udo Bermbach/Hermann Schreiber (Hg), Götterdämmerung. Der neue Bayreuther Ring S. 17 ff. Der Begriff der ›Situationsdepression‹, Berlin 2000, auf S. 21.

159   Cosima Wagner, TB, Bd. 2, S. 73 (29. März 1878).

160   Ich selbst habe diese Interpretationslinie anfangs verfolgt; vgl. Die Destruktion der Institutionen. Zum politischen Gehalt des Ring, in: Udo Bermbach (Hg), In den Trümmern der eignen Welt. Richard Wagners Der Ring des Nibelungen, Berlin/Hamburg 1989, S. 111 ff, sowie in: Der Wahn des Gesamtkunstwerks, S. 290 (›Ehe und Inzest‹).

161   Siegfried, Zweiter Aufzug, zweite Szene (›Vor Neidhöhle‹).

die Selbstauslegung Wagners, nicht als Ausdruck der Resignation, sondern als indirekt formulierte Gewißheit, daß ein neuer Anlauf zur politischen Ausschaltung Alberichs aussichtsreich bereits unternommen worden ist, daß es um Wotans Plan, die Weltherrschaft zu erobern, angesichts der Entwicklung, die Siegfried nimmt, nicht schlecht steht. Das läßt auch die Musik hören, die ihm als Wanderer ein neues Motiv gibt, welches mit den ihm bisher zugeordneten Motiven: dem Vertrags-, Walhall- oder auch Ring-Motiv keine Ähnlichkeit hat. Schon dies zeigt, daß Wotan als Wanderer eine neue Eigenständigkeit gewinnt, daß er nicht resigniert hat, nicht ohne Hoffnung auf eine Wende seines und der Götter Schicksal ist – die Musik spricht mit ihren festen, akkordischen Schritten eher von solidem Selbstvertrauen. Durchaus zurecht, denn es läuft alles nach Plan, nach seinem Plan, den er im entscheidenden Punkt mit Brünnhilde gemeinsam ausgedacht, strategisch sich danach selbst zurecht gelegt hat. Scheinbar mühelos realisiert sich sein Ziel, Siegfried als einen freien Helden heranwachsen zu lassen, der gegen alle Widerstände, auch die des obersten Gottes, am Ende den Ring gewinnt. Verfolgt man Wotans politische Strategie vom *Rheingold* über *Die Walküre* bis hin zum *Siegfried*, so befindet er sich hier, im dritten Teil der Tetralogie, auf dem Höhepunkt seiner Macht[162], und sieht man genau hin, so lassen sich die einzelnen Abschnitte seines Erfolges sehr deutlich von einander abgrenzen[163].

Zunächst erfüllt sich der Vorsatz Wotans, den kleinen und jungen Siegfried außerhalb jeder Gesellschaft aufziehen zu lassen. Daß dies durch Mime geschieht, Alberichs Bruder, kann Wotans Plänen nur gelegen kommen. Und das in doppelter Hinsicht: denn zum einen macht Mime sich Hoffnung, den erwachsenen Helden zu seinen Zwecken mißbrauchen zu können; zum anderen kann Alberich darauf hinarbeiten, Mime im gegebenen Augenblick auszuschalten, um sich der Kraft Siegfrieds selbst zu bedienen. Darüber hinaus aber tarnt der Aufenthalt Siegfrieds bei Mime den Plan Wotans und verbirgt ihn vor all zu früher Entdeckung durch Mime oder Alberich, verhindert, daß Wotans Absicht, Siegfried für sich einzusetzen, vorzeitig entdeckt wird. Schließlich mag Wotan darauf hoffen, Alberichs aggressive Vorbereitungen gegen sich so lange zu beruhigen, vielleicht sogar zu neutralisieren, als dieser gezwungen ist, sich auf die Beseitigung Mimes konzentrieren zu müssen, um an Siegfried heranzukommen; denn er weiß ja nicht, daß Siegfried Mime erschlagen wird. Die Tatsache also, daß Siegfried bei Mime aufwächst, ohne seinen Vater und seine Mutter zu kennen, ohne zu anderen Menschen Kontakt zu haben, alleine

---

162 Ich folge hier Herfried Münkler, Macht durch Verträge, S. 396, der Wotan im Siegfried ebenfalls auf dem Höhepunkt seiner Macht sieht, dies aber anders begründet.

163 Man hat gelegentlich den Siegfried als das ›Scherzo‹ der Tetralogie bezeichnet, doch verfehlt diese Charakterisierung, die sich auf eher peinliche Versuche eines mißlingenden Humors beziehen – die Szene Siegfried und der Bär; Siegfried und Mime; Siegfried und sein Versuch, die Sprache der Vögel nachzuahmen – die dramatische Stellung dieses Stücks innerhalb des Ring: es geht mit dem Mord an Fafner, dem Totschlag von Mime, dem Zerschlagen von Wotans Speer und der Befreiung Brünnhildes um einen bitter ernsten Entwicklungsabschnitt des Ganzen, um »ein Drama inmitten des Dramas«; vgl. Peter Wapnewski, Weißt du wie das wird ...?, S. 157.

gelassen mit sich selbst und den Tieren des Waldes, konfiguriert für Wotans Pläne eine optimale strategische Ausgangsposition. In Siegfried hat Wotan einen, darauf kann er mit guten Gründen hoffen, der frei von allen sozialen und rechtlichen Bindungen zu gegebener Zeit seinem Willen folgen wird.

In der sogenannten ›Wissenswette‹ testet Wotan dann die Plausibilität und voraussichtliche Durchführbarkeit seines Plans, will er wissen, wie weit die Gegenseite in sein Vorhaben eingeweiht, bzw. wie weit sie dieses zu erraten in der Lage ist. Deshalb prüft er, ob Mime etwas von seiner beabsichtigten Manipulation Siegfrieds ahnt, was dann der Fall wäre, wenn Mime die Frage, wer Nothung neu schmieden werde, richtig beantworten könnte. Doch Mime scheint ahnungslos, oder tut zumindest so, vielleicht, um seinerseits die eigenen Absichten vor dem Gott, den er erkannt hat, zu verbergen? Wie immer man die Konstellation zwischen Mime und Wotan auch beurteilen mag, am Ende weiß Wotan, daß Mime die Siegfried zugedachte Rolle nicht kennt, und so kann der Gott beruhigt und zufrieden, voller Hoffnung und Optimismus weiter ziehen.

Daß Siegfried dann das zerbrochene Schwert seines Vaters, das Schwert Wotans, neu schmiedet, nachdem er es zuvor vollständig zerfeilt hat – Ausdruck der anarchistischen Überzeugung Wagners, erst müsse alles Alte völlig zerstört werden, bevor sich Neues aufbauen lasse –, liegt in dem Wunsch begründet, das Fürchten kennenzulernen, ein Wunsch, den ihm Mime eingegeben hat, um ihn für den Kampf mit Fafner um den Hort zu stimulieren[164]. Furcht aber ist nicht nur eine grundlegend menschliche Eigenschaft, sie hat auch weitreichende gesellschaftliche und politische Konsequenzen. Hinter aller Furcht steht die Angst vor dem Tod, und diese Todesangst gebiert die Fügsamkeit in die gegebenen gesellschaftlichen und politischen Verhältnisse, gebiert in der neuzeitlichen politischen Theorie sogar den modernen Staat. Todesangst macht in aller Regel kompromißbereit. Umgekehrt aber gilt: wer keine Angst vor dem Tod hat, dem fehlt auch die Furcht vor der Macht, vor Herrschaft und Unterdrückung, der setzt sich im Zweifelsfalle über alles hinweg. »Wir müssen sterben lernen, und zwar sterben, im vollständigsten Sinne des Wortes; die Furcht vor dem Ende ist der Quell aller Lieblosigkeit, und sie erzeugt sich nur da, wo selbst bereits die Liebe erbleicht«[165], schrieb Wagner an seinen Freund August Röckel. Lernt Siegfried also das Fürchten, so ist er für Wotan verloren; bleibt er indessen furchtlos, dann wird er zu Wotans Instrument. Vor Neidhöhle zeigt sich dann ein furchtloser Siegfried, und damit hat Wotans Plan ein weiteres Mal funktioniert. Erst als Siegfried später dann auf die noch schlafende Brünnhilde trifft und nicht recht weiß, wie er sie aufwecken soll, als er die Mutter um Hilfe anruft und eingesteht: »Im Schlafe liegt eine Frau:/die hat ihn das Fürchten gelehrt!«[166], erst in

---

164 Im Privatdruck des Ring des Nibelungen von 1853 hat Wagner über die ›Furcht‹ einen langen, später nicht vertonten Dialog zwischen Mime und Siegfried geschrieben, abgedruckt in: DS, Bd. III, S. 315 ff.

165 Richard Wagner, SB, Bd. VI, S. 67 (Brief an August Röckel vom 25./26. Januar 1854).

166 Siegfried, Dritter Aufzug, dritte Szene.

diesem ganz unerwarteten und unvorhersehbaren Augenblick hat Wotan seinen Kampf gegen Alberich endgültig verloren. Aber eben erst dann, am Ende von *Siegfried*, nicht schon zuvor in der *Walküre*.

Vor dieser Erfahrung des Fürchtens aber gibt es für Wotan noch ein letztes positives Erlebnis, das ihn durchaus mit Grund auf seinen Sieg hoffen lassen kann. Nach seiner Begegnung mit Erda, die er, weil sie ihm unbequeme Wahrheiten sagt, sehr rasch wieder unwillig in die Erde zurückschickt, trifft er auf Siegfried, der gerade den Hort erobert und Mime erschlagen hat, den der Waldvogel – wohl in seinem Auftrag? – zu Brünnhilde führen will. Im Gespräch mit seinem Enkel, dem er sich verklausuliert zu erkennen gibt, ohne daß dieser ihn erkennt:

>»Mit dem Auge,
> das als andres mir fehlt,
> erblickst du selber das eine,
> das mir zum Sehen verblieb«[167],

tut Wotan alles, den jungen Helden für die schlafende Brünnhilde zu interessieren. Er reizt ihn, provoziert seinen Mut und die Abenteuerlust, bis er schließlich erreicht, was er sich vorgenommen hat: Siegfried geht gegen ihn los, zerschlägt seinen Speer, beseitigt damit die göttliche Ordnung, das alte System der Verträge – und stürmt zu Brünnhilde. Es ist eine Art letzter Test, den Wotan hier vornimmt, um zu überprüfen, daß Siegfried auch tatsächlich jener Held ist, von dem er zu Fricka gesagt hatte:

>»Not tut ein Held,
> der, ledig göttlichen Schutzes,
> sich löse vom Göttergesetz«[168],

weil er weiß:

>»Nur einer könnte,
> was ich nicht darf:
> ein Held, dem helfend
> nie ich mich neigte;
> der fremd dem Gotte,
> frei seiner Gunst,
> unbewußt,
> ohne Geheiß,
> aus eigner Not,
> mit der eignen Wehr
> schüfe die Tat,
> die ich scheuen muß,

---

167 Ebenda, Dritter Aufzug, zweite Szene.
168 Die Walküre, Zweiter Aufzug, erste Szene.

die nie mein Rat ihm riet,
wünscht sie auch einzig mein Wunsch!«[169]

Der Test freilich geht glücklich aus, ein letztes Mal hat sich Wotans Plan bestätigt, hat der Gott sich als ein glänzender politischer Stratege erwiesen, dem gelang, worauf er so sehr gehofft und seit dem Konflikt mit den Riesen hingearbeitet hat[170]. Erst jetzt ist er auch innerlich so weit, daß stimmen könnte, was Wagner von ihm meint: »Wodan schwingt sich bis zur tragischen Höhe, seinen Untergang – zu wollen … Das Schöpfungswerk dieses höchsten, selbstvernichtenden Willens ist der endlich gewonnene furchtlose, stets liebende Mensch: Siegfried«[171]. Aber Wotans Untergang ist der Untergang des Gottes als Herrscher, es ist das Ende der Götterherrschaft, deren Zurücktreten zugunsten von Siegfried; es ist nicht der Untergang der Welt insgesamt und noch nicht der Untergang aller Ordnung. Daß sich Siegfried als furchtlos erwies, selbst vor dem höchsten Gott, erscheint Wotan als ein Sieg gegen Alberich, und deshalb kann er nun beruhigt seinem Enkel die Nachfolge überlassen:

»Was in des Zweifels wildem Schmerze
verzweifelnd einst ich beschloß,
froh und freudig
führe frei ich nun aus.
Weiht' ich in wütendem Ekel
Des Nibelungen Neid schon die Welt,
dem herrlichsten Wälsung
weis ich mein Erbe nun an«[172].

VI

Doch wer ist eigentlich dieser Siegfried, dem Wagner einen eigenen Abend in seiner Tertralogie gewidmet hat? Welche Eigenschaften bringt er mit, von welcher Statur ist er, auf den der Gott alle Hoffnungen zur Rettung der Welt setzt? Und warum versagt er am Ende?

Siegfrieds Bild schwankt bei den Interpreten sehr stark. Nietzsche sah in ihm den »typischen Revolutionär«[173], George Bernard Shaw beschrieb ihn als ein »völlig

169 Ebenda, Zweiter Aufzug, zweite Szene.
170 Eine konträre Interpretation dieser Szene, die in Wotan den ohnmächtigen Verlierer sieht, gibt Dieter Borchmeyer, Siegfried, in: Udo Bermbach (Hg), ›Alles ist nach seiner Art‹, S. 76 und ähnlich derselbe, Richard Wagner, S. 300. Eine solche Interpretation blendet allerdings die strategische Gesamtperspektive im Ring aus und ignoriert Wotans lang angelegtes und weit operierendes, gerade im Siegfried erfolgreiches Konzept.
171 Richard Wagner, SB, Bd. VI, S. 68 (Brief an August Röckel vom 25./26. Januar 1854).
172 Siegfried, Dritter Aufzug, erste Szene.
173 Friedrich Nietzsche, Der Fall Wagner, in: Werke, hg. von Karl Schlechta, München 1960, Bd. II, S. 910.

amoralisches Geschöpf, der geborene Anarchist, das Idealbild von Bakunin, eine Vorahnung von Nietzsches ›Übermenschen‹«[174], für Thomas Mann war er »Hanswurst, Lichtgott und anarchistischer Sozialrevolutionär auf einmal«[175]. Für neuere Exegeten ist er einer, der »seine Herrenmoral schmetternd in Wald und Welt hämmert«[176], oder auch einer, der in das Heldenschema der modernen Sagenforschung paßt: seine Herkunft sprengt die menschliche Normalität, der Ort seiner Geburt liegt im Dunkeln, erzogen wird er von einer halbmythischen Gestalt und schon früh zeigt sich seine außergewöhnliche Kraft; in seinem Leben bezwingt er ein übergroßes Untier, er ist unverwundbar und gewinnt einen unermeßlichen Schatz, er überwindet eine ungewöhnliche Gefahr, um eine Jungfrau zu befreien, wird schließlich nicht im offenen Kampf, sondern durch Hinterhalt und Heimtücke ermordet[177]. Oder er ist gar die Hauptfigur der Tetralogie – und dann zum einen Allegorie für revolutionäre Volksbewaffnung, wie sie Wagner in seinen Dresdner Tagen als Programm vertrat, zum anderen »Chiffre für Militarisierungstendenzen« und Allegorie der verführerischen Maskierung technischer Errungenschaften«[178] des 19. Jahrhunderts. Und in dieser Sicht zugleich eine Person, die um ihre Emanzipation aus den Zwängen der von Wotan errichteten Welt kämpft, in ihrer Auseinandersetzung mit Mime, in ihrem »Partisanenkampf« gegen Fafner und in ihrer generellen Abwehr gegen Wotan – in all diesen Aktionen zugleich die »bürgerliche Utopie des ganzen Menschen, der die Pathologien moderner Arbeitsteilung und Professionalisierung heroisch überwinden will«[179]. Daß dieser Siegfried darüber hinaus auch ein Naturmensch ist, ein besonderes Verhältnis zu Tieren und Pflanzen hat, widerspricht all diesen Charakterisierungen nicht.

Aus der Sicht Wotans ist Siegfried freilich vor allem eins: erhoffter Retter der Welt, und für diese Aufgabe wird er ausgebildet. Ähnlich wie Siegmund wächst er mutterlos auf, isoliert von anderen Menschen, ohne eine einsozialisierte menschliche Moral. Daß er die Furcht nicht kennt – was ihn von Siegmund unterscheidet –, sich selbst nicht entfremdet erscheint, naiv und dumm wirkt, ist Folge bewußter Manipulation, von Wotan gewollt, von Mime ausgeführt. All dies macht ihn scheinbar zu einem idealen, weil voraussetzungslosen Freiheitskämpfer. Zugleich führt ihn das in eine paradoxe Situation: Siegfried ist der Enkel Wotans, aber er darf über Wotan nichts erfahren, darf mit ihm nichts zu tun haben. Er ist der Sohn Siegmunds und soll dessen gescheiterten Versuch des Widerstands gegen die bestehende Ordnung wiederholen, kennt aber den Vater und dessen Schicksal nicht. Er ist Teil einer Tradition, die ihm deshalb nicht vermittelt wird, damit er sie unbewußt und unvor-

---

174 Georg Bernard Shaw, Wagner-Brevier, S. 72.
175 Thomas Mann, Leiden und Größe Richard Wagners, in: Gesammelte Werke, Frankfurt/M. 1974, Bd. IX, S. 402.
176 Peter Wapnewski, in: Ulrich Müller/Peter Wapnewski (Hg), Wagner-Handbuch, S. 292.
177 Dieter Borchmeyer, Siegfried, in: Udo Bermbach (Hg), ›Alles ist nach seiner Art‹, S. 73.
178 Lutz Köpnick, Nothungs Modernität. Wagners ›Ring‹ und die Poesie der Macht, München 1994, S. 40.
179 Ebenda, S. 74.

eingenommen zerstören kann, um daraus eine neue Welt aufzubauen. Und er soll dies alles leisten, ohne daß er diese Zerstörung wirklich als solche empfindet. Das alles sind Bedingungen seiner menschlichen Existenz und seiner Entwicklung, die mit einer gewissen Wahrscheinlichkeit zu seinem Scheitern als Held führen müssen.

Denn die Freiheit von allen sozialen Bindungen, das Unwissen über die eigene Herkunft, die ausschließliche Selbstbezogenheit machen Siegfried zum Instrument von Mime und Wotan und damit zum Gegenteil eines wirklich ›Freien‹. Wotan antizipiert diese Situation, lange bevor Siegfried überhaupt geboren ist: »selbst muß der Freie sich schaffen;/Knechte erknet ich mir nur!«[180], und zugleich formuliert er seine Einsicht in diese unheilvolle Dialektik mit dem Satz: »einen Freien kann ich nicht wollen«[181]. Denn wäre Siegfried wirklich der ›freie Held‹, den Wotan sich ersehnte, wäre er auch von Wotans Plan unabhängig und könnte folglich nicht das Instrument des Gottes sein. Also ist die Bedingung, die Wotan für die Rettung der Welt setzt: ein Freier, der in seinem Handeln nur den eigenen Imperativen folgt, zugleich aber Wotans Plan, den Ring zurückzugewinnen, erfolgreich einlöst, ein Widerspruch in sich selbst. So gesehen setzt Wotans Strategie, die bis zum Ende des *Siegfried* so erfolgreich zu verlaufen scheint, auf eine nicht einlösbare Prämisse, weshalb ihr der Mißerfolg eingeschrieben ist.

Wie Siegmund ist auch Siegfried der von außen an die Gesellschaft herangeführte Rebell, geschichtslos und ohne Bezug zur gesellschaftlichen Realität, gebrochener Reflex jenes ›edlen Wilden‹, der als eine zivilisationskritische Romanfigur seit dem Ende des 17. Jahrhunderts in der europäischen Literatur an den vermeintlich unschuldigen und glücklichen Zustand des Paradieses erinnert[182].

> »Nicht Land noch Leute biet' ich,
> noch Vaters Haus und Hof:
> einzig erbt' ich den eigenen Leib
> lebend zehr' ich den auf«[183]

– so führt Siegfried sich am Hof der Gibichungen ein. Frei von Eigentum, frei von Bindungen, frei von Machtansprüchen und einer auf diese verpflichtenden Moral, ist er die personale Verkörperung der Grundprinzipien und Grundforderungen des politischen Anarchismus und in diesem Sinne auch die Verkörperung utopischer Hoffnungen des Revolutionärs Wagner.

Aus diesen Gründen mangelt es ihm aber auch an der Fähigkeit zu einer verbindenden und verbindlichen Kommunikation – daher die Ausbrüche von Aggressivität und Brutalität gegenüber Mime, die man auch als unbewußte Kompensation

---

180 Die Walküre, Zweiter Aufzug, zweite Szene.
181 Ebenda.
182 Der erste Roman, der den ›edlen Wilden‹ als eine zivilisationskritische Figur in die europäische Literatur einführte, ist wohl der von der englischen Schriftstellerin Aphra Behn verfaßte Roman Oroonoko oder die Geschichte des königlichen Sklaven (1688), deutsch: Frankfurt/M. 1966.
183 Die Götterdämmerung, Erster Aufzug, zweite Szene.

von sozialer wie kommunikativer Hilflosigkeit verstehen kann. Und es mangelt, was folgenreicher ist, an kritischer Selbstreflexion der eigenen Person wie des eigenen Tuns, weshalb seine Opposition auch stecken bleibt »im Systemzwang der bürgerlichen Gesellschaft, weil sie sich nicht selbst aus dem gesellschaftlichen Prozeß entwickelt«[184]. Von ungebremster Spontaneität, unausgeglichenem Charakter, ohne feste Lebensziele und eine daraus gewonnene Lebensperspektive wird er folgerichtig zum Spielball der politisch Mächtigen. Stets auf dem Weg und nirgends wirklich zu Hause, kann ihn selbst seine Liebe zu Brünnhilde nicht auf Dauer bei ihr halten. ›Neuer Taten‹ wegen verläßt er die Geliebte, ohne sich zuvor ein Ziel gesetzt zu haben, will sich als Held in Konflikten bewähren, die vermutlich nicht von ihm ausgelöst sind, mit ihm im Grunde nichts zu tun haben, zieht eher planlos in die Welt, ein Abenteurer eben, der sich nicht einmal das, was er erleben wird, selbst zurechnen lassen will:

»Meine Kämpfe kiesest du,
meine Siege kehren zu dir:
auf deines Rosses Rücken,
in deines Schildes Schirm, –
nicht Siegfried acht ich mich mehr,
ich bin nur Brünnhildes Arm«[185].

Da er nicht weiß, was Macht und Herrschaft bedeuten, kann er auch mit dem Hort und dem Ring nichts anfangen:

»Des Schatzes vergaß ich fast:
so schätz ich sein müß'ges Gut!
In einer Höhle ließ ich's liegen
wo ein Wurm es einst bewacht'«[186].

Der Hort und der Ring werden ihm nicht Mittel zur befreienden Tat, vielmehr zwingt ihn seine soziale wie politische Ignoranz in jenes Netz der Politik hinein, deren Opfer er dann wird: als Blutsbruder Gunthers, getäuscht von Hagen, wird er zu deren willigem Helfer. So zeigt sich gleichsam rückblickend: »Siegfrieds eigentliche Untat, zwanghaft die Katastrophe auslösend, ist seine Trennung von Brünnhilde (und damit von Wotan, denn Brünnhilde ist dessen bestes Teil)«[187].

Daß Siegfried sich sofort nach seiner Ankunft am Gibichungenhof in Hagens Plänen, die dieser zuvor mit Gunther besprochen und abgestimmt hat, verfängt, ist allerdings nicht nur seiner gesellschaftlichen und politischen Unerfahrenheit zuzu-

---

184 Theodor W. Adorno, Versuch über Wagner, S. 124.
185 Götterdämmerung, Vorspiel. Man kann diese Stelle natürlich auch anders interpretieren, als wechselseitigen Identitätsaustausch nämlich, der vor dem Abschied vollzogen wird, und in dem sich das Liebesprinzip Wagners, wonach der eine im anderen vollständig aufgehen soll, ausdrückt.
186 Götterdämmerung, Erster Aufzug, zweite Szene.
187 Peter Wapnewski, Weißt du wie das wird ...?, S. 242.

schreiben, seinem Mangel an Wissen, was Macht ist, sondern vor allem auch das Ergebnis einer klugen Strategie von Hagen[188]. Hagen, der Sohn Alberichs, ist von diesem ausschließlich gezeugt worden, um den Ring wieder zurückzugewinnen – und Wotan weiß das schon sehr früh:

> »Vom Nibelung jüngst
> vernahm ich die Mär,
> daß ein Weib der Zwerg bewältigt,
> des Gunst Gold ihm erzwang:
> Des Hasses Frucht
> hegt eine Frau,
> des Neides Kraft
> kreißt ihr im Schoß«[189].

Zu Haß erzogen und ganz auf die Weltherrschaft programmiert – »Ich – und du!/ Wir erben die Welt«[190], flüstert ihm Alberich ein – wird er zum wirkungsvollen Gegenspieler Siegfrieds. Vor allem deshalb, weil er hervorragend informiert ist. Er kennt Siegfrieds Vorgeschichte und Taten, kennt die Vergehen der Götter, die Selbst-fesselung Wotans, die Bedeutung des Hortes und des Rings, und dieses Wissen, über das Gunther nicht verfügt, macht ihn zum geheimen, aber eigentlichen Herren der Gibichungen. Durch Geburt direkt mit der Welt der Nibelungen verbunden und durch Alberichs Wissen indirekt mit der der Götter, verfügt er über so eingehende Kenntnisse, daß er zum entscheidenden Akteur in der *Götterdämmerung* avancieren kann. Charakterlich das Gegenteil von Siegfried, lebt er als ein aufgeklärter, taktisch abwägender und strategisch kalkulierender Held bei den Gibichungen, instrumen-talisiert alle und alles, um seinem einzigen Lebensziel, den Ring zu erlangen, näher zu kommen. Selbst die Religion und die religiösen Gebräuche nutzt er strategisch: als er vom zurückkehrenden Siegfried erfährt, daß Brünnhilde kommt, gibt er sei-nen Mannen die Weisung, zu deren Begrüßung Tiere zu opfern. Doch Religion bedeutet ihm selbst nichts: er spottet über Fricka: »Schafe aber/schlachtet für Frik-ka,/daß gute Ehe sie gebe«[191], spottet über eine Göttin, von der er weiß, daß deren eigene Ehe alles andere als gut ist. Das religiöse Ritual ist ihm überdies nur Vorwand dafür, den Mannen die Möglichkeit zu einem großen Fest zu schaffen, dessen Kol-lektiverlebnis ihm dann zugute kommen soll: »Rüstig gezecht,/bis der Rausch euch zähmt«[192].

Es ist Hagen, der Siegfried über den Hort informiert, der ihn über die Eigen-schaften des Tarnhelms aufklärt und diesen ahnungslosen Helden dann einer Ge-

---

188   Zum folgenden vgl. auch Herfried Münkler, Hunding und Hagen, in: Udo Bermbach (Hg), ›Alles ist nach seiner Art‹, S. 157 ff.
189   Die Walküre, Zweiter Aufzug, zweite Szene.
190   Götterdämmerung, Zweiter Aufzug, erste Szene.
191   Ebenda, Zweiter Aufzug, dritte Szene.
192   Ebenda.

hirnwäsche unterzieht. Im Verhältnis von Hagen zu Siegfried zeigt sich, daß die Potenz der Macht – bei Siegfried der Ring, dessen Geheimnis er aber nicht kennt – dem Wissen von und über die Macht – bei Hagen seine Kenntnisse und strategischen Fähigkeiten – unterlegen ist, daß Wissen eben Macht sein kann. Man hat das strategische Vorgehen Hagens in vier großen Schritten zusammengefaßt[193]: zunächst entwirft Hagen für Gunther und Gutrune ein Heiratsprojekt, bei dem sowohl Siegfried als auch Brünnhilde – als vorgesehene Partner der beiden Gibichungen Gunther und Gutrune – entscheidend beteiligt sein sollen. Nachdem dieser Plan von den Geschwistern akzeptiert ist, gelingt es Hagen in einem zweiten Schritt, durch den Begrüßungstrunk für Siegfried, der ein Vergessens- und Manipulationstrunk ist, dessen Interesse auf Gutrune zu lenken und anschließend zwischen Gunther und Siegfried Blutsbrüderschaft zu stiften, ohne selbst an deren Eid – einem Vertrag – teilnehmen zu müssen, weil er sich so seine Handlungsfreiheit bewahren kann. »Damit bereits ist Siegfried in die Falle Hagens gegangen, denn in Verbindung mit dem Vergessenstrunk muß die im Blutsbrüdereid ausgesprochene Selbstverfluchung des Helden zwangsläufig wirksam werden«[194]. Was immer Siegfried nun in der Folge tut, er kann nur verlieren, während Hagen selbst durch alles, was geschieht, nur noch gewinnt. Selten ist die Überlegenheit des Wissens über potentielle Macht auf der Bühne so eindeutig demonstriert worden wie hier[195].

Mit dem folgenden Schritt versucht Hagen, die Entwicklung zu beschleunigen, indem er einerseits bei Brünnhilde, nachdem diese Siegfried erkannt hat, dieser sich aber nicht an sie erinnern kann, den Argwohn anstachelt und den Verdacht auf Betrug vorsichtig lanciert, andererseits auf den sich abzeichnenden Konflikt seiner Mannen hinweist – »Jetzt merket klug/was die Frau euch klagt!«[196] –, um so ›Öffentlichkeit‹ herzustellen und Zeugen zu haben. Mit scheinbar unverfänglichen Fragen heizt er den Konflikt immer weiter an, bringt Siegfried und Brünnhilde in eine Lage, in der sie beide als Lügner erscheinen und deshalb jeweils ihre Aussagen beeiden wollen. Der auf Hagens Speerspitze geleistete Eid Siegfrieds wie Brünnhildes ist dann der abschließende Schritt in Hagens Strategie, mit dem er seinen Plan erfolgreich krönt: nachdem er Brünnhilde und Gunther suggeriert hat, nur der Tod Siegfrieds könne Gunthers Schande und Brünnhildes Demütigung sühnen, ist Brünnhilde dann bereit ihm zu verraten, an welcher Körperstelle Siegfried tödlich verwundbar ist. Hagen hat damit sein Ziel erreicht – soweit dieses Ziel geplant werden konnte.

So zeigt sich, daß Siegfried, der mit dem Hort und dem Ring potentiell mächtigste Held der Welt, von Hagen, der nur über sein Wissen verfügt, planvoll zu Fall

193 Herfried Münkler, Hunding und Hagen, S. 160 f.
194 Ebenda, S. 161.
195 Martin Geck hat darauf hingewiesen, daß Siegfried – jenseits der hier angestellten ›strategischen‹ Erwägungen – nicht erst am Gibichungenhof scheitert, sondern seine Gegenspieler bereits im mythischen Bereich hat; zwar kann er Mime »als lästige Unperson« erschlagen, doch verfolgt ihn bis zum Ende der gold- und machtgierige Alberich. Martin Geck, Wagner – vom Ring her gesehen, S. 307.
196 Götterdämmerung, Zweiter Aufzug, vierte Szene.

gebracht wird. Wer, wie Siegfried, nicht weiß, wer er ist und woher er kommt, wer geschichtsvergessen und reflexionslos nur dem Augenblick lebt, wer sich keine Ziele setzt und sie konsequent verfolgt, hat kaum eine Chance, gegen festgefügte und zielorientierte Interessen und Machtkonstellationen erfolgreich zu sein oder diese gar nach seinem Sinne ändern zu können. Er taugt nicht zum Revolutionär, nicht einmal zum Reformer, sondern wird zum Spielball gesellschaftlicher und politischer Machtprozesse, als deren Opfer er endet. Wagner hatte sich das ursprünglich anders gedacht: »Eigentlich hätte Siegfried Parsifal werden sollen und Wotan erlösen, auf seinen Streifzügen auf den leidenden Wotan (Amfortas) treffen – aber es fehlte der Vorbote, und so mußte das wohl so bleiben[197].«

VII

Macht in jeglicher Form und in allen Lebensbereichen, das war Wagners tiefe Überzeugung, ist das Gegenteil von Liebe, weil Macht immer Herrschaft und Abhängigkeit, Ungleichheit und Unfreiheit bedeutet, während Liebe die emotionale Hingabe eines Menschen an einen anderen ohne alle Vorbehalte meint, damit auch Freiheit und Gleichheit der Partner, die durch wechselseitig bedingungsloses Aufgehen des einen im anderen charakterisiert ist. Liebe und Macht sind für Wagner antagonistische Begriffe, sie bezeichnen immer Zustände, die sich nie miteinander verbinden, gar versöhnen lassen, sondern prinzipiell ausschließen. Wenn im *Ring* vor allem Herrschaft und Macht, wenn Politik in ihren desaströsen Folgen vorgeführt werden, so heißt das nicht, daß Liebe nicht vorkommt. Sie gibt es sehr wohl, und sie erfaßt auch die Mächtigen, zumindest von Zeit zu Zeit, aber sie kann gegenüber deren Machtobsessionen, die immer wieder dominant durchbrechen, ihr visionäres Potential, ihre befreiende Kraft auf Dauer nicht entfalten.

Auch Wotan ist sich dieses Gegensatzes völlig bewußt, er lebt damit, aber er entscheidet sich im Zweifel doch immer wieder für politische Macht- und Herrschaftsansprüche. Der Verzicht auf die Liebe, auch auf die Unfähigkeit zu lieben – das ist sein eigentliches Motiv, der Herrschaft über die Welt nachzujagen:

»Als junger Liebe
Lust mir verblich,
verlangte nach Macht mein Mut:
von jäher Wünsche
Wüten gejagt,
gewann ich mir die Welt«[198]

verrät er Brünnhilde und deckt damit das zentrale Motiv seines politischen Handelns auf. Macht als Kompensation von Liebe, genauer: von vergehender und ver-

---

197   Cosima Wagner, TB, Bd. II, S. 339 (29. April 1879).
198   Die Walküre, Zweiter Aufzug, zweite Szene.

gangener Liebe; der Wille zum rationalen Kalkül und der Genuß der Herrschaft, der die emotionale Hingabe an eine geliebte Person ersetzen soll. Wenn Alberich die Liebe, nachdem sie ihm von den Rheintöchtern verweigert worden ist, auf der Stelle verflucht, um das Gold sofort und die Herrschaft über die Welt danach zu gewinnen, so geht auch Wotan einen ähnlichen Weg, wenngleich nicht ganz so abrupt und aus einer mißlichen Situation heraus. Denn zumindest für Fricka hatte er einst wohl wirklich Liebe empfunden, woran er diese in der ersten Auseinandersetzung um den Bau von Walhall erinnert: »Um dich zum Weib zu gewinnen, / mein eines Auge / setzt' ich werbend daran«[199].

Nimmt man diese Aussage ernst – die Stelle läßt sich für viele Interpreten mit der Aussage der ersten Norn in der *Götterdämmerung* nur schwer vereinbaren[200] – , dann war Wotan in seinen frühen Jahren ein um jeden Preis Liebender. Doch solche Zeiten sind lange vorbei, denn inzwischen hat Wotan die Ehe mit Fricka mehrfach gebrochen, hat elf uneheliche Kinder gezeugt: die Zwillinge Sieglinde und Siegmund mit einer Menschenfrau; die acht Walküren, deren Mutter oder Mütter nicht genannt werden; und mit Erda, der Urwala, die Lieblingstochter Brünnhilde. Wobei vermutlich diese letzte Beziehung zwischen Wotan und Erda keine ganz freiwillige war, denn Wotan selbst gibt zu: »mit Liebeszauber / zwang ich die Wala«[201]. Ob der Gott je eine längere, intensive und glückliche Liebesbeziehung eingegangen ist, bleibt ungewiß[202]. Gewiß dagegen ist, daß er auch nach dem ›Verbleichen der jungen Liebe‹ und seinen erwachenden politischen Ambitionen auf Liebe nicht wirklich verzichten, sondern beides, Liebe und Macht, zusammenzwingen möchte.»Von der Liebe doch / mocht' ich nicht lassen, / in der Macht verlangt' ich nach Minne«[203]. Es ist – um mit Wagner zu reden – die Suche nach der ›wahren Liebe‹[204], die Wotan umtreibt, die er aber nicht findet, so wenig, wie seine Suche nach Macht und Herrschaft definitiv befriedigt wird.

199 Das Rheingold, Zweite Szene.
200 Eine Möglichkeit, den scheinbaren Widerspruch beider Aussagen: Verlust des Auges, um Fricka zu gewinnen; Verlust des Auges, um Weisheit zu erlangen – zu entschärfen, besteht darin, daß es sich in beiden Fällen um die Einsicht in den Zwang zur institutionellen Bindung handelt. Das Hineinbegeben Wotans in die Ehe – als einer Institution – wie die nach dem »Trunk aus der Quelle« gewonnene Einsicht, der Welt eine Ordnung geben zu müssen, der sofort die Tat folgt, den Speer aus der Weltesche herauszuschneiden, bezeichnen beides Prozesse notwendiger Institutionalisierung, die mit dem Verlust des Auges als dem Symbol von Freiheits- und Ganzheitsverlusten repräsentiert werden.
201 Die Walküre, Zweiter Aufzug, zweite Szene.
202 Schickling meint, Wotan habe wohl länger mit der Mutter von Sieglinde und Siegmund zusammengelebt. Doch das kann man bezweifeln, denn Siegmund berichtet der Schwester, die Mutter habe er kaum gekannt, nur mit dem Vater sei er zur Jagd gegangen. Vgl. Dieter Schickling, Abschied von Walhall, S. 55 und Die Walküre, Erster Aufzug, zweite Szene.
203 Die Walküre, Zweiter Aufzug, zweite Szene.
204 Vgl. dazu Udo Bermbach, Scheitern durch Liebe. Über einen Aspekt bei Richard Wagners Frauengestalten, in: derselbe, Wo Macht ganz auf Verbrechen ruht. Politik und Gesellschaft in der Oper, Hamburg 1997, S. 271 ff.

Doch es gibt eine Person im *Ring*, die Wotan, der Machtversessene und Liebesbe-
dürftige, wirklich liebt, wenngleich auf eigene Weise: Brünnhilde[205], die »Wunsch-
Maid«, die »Schild-Maid«, die »Los-Kieserin«, die »Helden-Reizerin«, Wotans »kühnes,
herrliches Kind«, seines »Wunsches schaffender Schoß« und »Herzens heiligster Stolz«[206]
– gar seines »Wunsches Braut«[207], wie Fricka spitz bemerkt. Es ist ein einzigartiges und
unvergleichbares Verhältnis zwischen den beiden, aber ob – wie gelegentlich unterstellt worden ist – auch inzestuöse Wünsche Wotans dieses Verhältnis mitbestimmen,
ist nicht zu entscheiden, bleibt bloße Spekulation. Wohl eher handelt es sich um eine
sehr enge Vater-Tochter-Beziehung[208], die den Gott von einer Seite zeigt, welche der
Stratege und Politiker sonst erfolgreich verbirgt. Der Konflikt um Siegmund bringt es
an den Tag: in der schwersten Prüfung ihrer gegenseitigen Beziehungen offenbart sich
Wotan wie nie zuvor, legt er sein Innerstes in einer Weise bloß, die den die Welt
beherrschen wollenden Gott fast schutzlos werden läßt. In dieser Situation, beim endgültigen Abschied von Brünnhilde, kann diese ihm dann jenes, den weiteren Gang der
Dinge entscheidende Einverständnis abgewinnen, daß nur einer, der die Furcht nicht
kennt, die schlafende Walküre erwecken darf. Später, im *Siegfried*, zeigt sich allerdings,
daß Brünnhildes Vorschlag, zu dem sie scheinbar nur schwer die Zustimmung Wotans
gewinnen konnte, nun zu dessen eigenem Vorteil ausschlägt. Vielleicht darf man sogar
vermuten, Wotan selbst habe diesen Plan schon als ein mögliches Szenario mitbedacht, als er Fricka sein Einverständnis zur Ermordung Siegmunds gab.

Brünnhilde ist die ›andere Seite‹ Wotans und dessen Liebe zu ihr läßt sich als eine
Form der Selbstliebe begreifen. Die Walküre sieht sich selbst als Wotans »eigene
Hälfte«, als sein »ewig Theil« und formuliert ganz unzweifelhaft:

»Zu Wotans Wille sprichst du,
sagst du mir, was du willst;
wer bin ich,
wär' ich dein Wille nicht?«[209]

Wotan seinerseits ist sich dieser innigen Verbindung sehr bewußt, denn: »mit mir
nur rat ich,/red ich zu dir«[210]. So bestimmen beide zu Beginn der *Walküre* ihre
Beziehungen zueinander: Brünnhilde ist der Reflex Wotans, sie ist der Spiegel seiner Gedanken, Wünsche und Befehle, sein altera pars und seine »anima«[211], deshalb

205 Zu Brünnhilde vgl. Ulrike Kienzle, Brünnhilde – das Wotanskind, in: Udo Bermbach (Hg), ›Alles
     ist nach seiner Art‹, S. 81 ff.
206 Die Walküre, Dritter Aufzug, zweite Szene.
207 Ebenda, Zweiter Aufzug, erste Szene.
208 Zum Verhältnis von Wotan und Brünnhilde vgl. Sabine Zurmühl, Leuchtende Liebe, lachender
     Tod. Zum Tochter-Mythos Brünnhildes, München 1984, und dieselbe: Brünnhilde – Tochter im
     Tode im Leben. Eine feministische Interpretation, in: Udo Bermbach (Hg), In den Trümmern der
     eignen Welt. Richard Wagners Der Ring des Nibelungen, Berlin/Hamburg 1989, S. 181 ff.
209 Die Walküre, Zweiter Aufzug, zweite Szene.
210 Ebenda.
211 Robert Donington, Richard Wagners Ring des Nibelungen, S. 110 ff. und S. 132 ff.

auch integraler Teil des Vaters selbst. Mehr als eine bloße Tochter, mehr auch als Fricka kennt sie zunächst keine individuelle Eigenständigkeit, sondern nur die Einheit in der Zweiheit – das aber verschafft ihr von Anfang an eine Sonderstellung unter allen Walküren, auch gegenüber Fricka. Und es macht Wotan verletzbar, denn was sie tut, muß er sich zurechnen, und was ihr angetan wird, ist ein Angriff auch auf ihn. Weil er sich eins mit ihr fühlt und auch ist, offenbart er sich ihr fast immer vorbehaltlos. Ihr gegenüber zeigt er alle seine Emotionen, alles, was sonst durch sein auf rationales Handeln, auf Macht und Machtgewinn hin angelegtes Handeln und Verhalten unterdrückt wird. In der emotionalen Zuwendung zu ihr gibt es für Wotan keine auf strategischem Kalkül beruhenden Vorbehalte, sondern nur absolute Offenheit, damit aber auch das Risiko der eigenen Gefährdung, dem er schneller ausgesetzt wird, als er wohl vermutet hatte.

Denn die innige Verbindung der beiden, ihre Willens- und Seeleneinheit geht bereits in der *Walküre* verloren – psychanalytisch läßt sich dies als ein Prozeß der Identitätsspaltung Wotans verstehen, der in der Folge den Verlust der politischen Autorität und Macht des Gottes begleitet, vielleicht sogar einleitet. Brünnhilde erlebt mit Siegmunds Weigerung, Sieglinde zu verlassen, die Kraft der reinen Liebe, und dieser Eindruck ist so stark, daß sie – »erschüttert«, »in wachsender Ergriffenheit« und »im heftigsten Sturm des Mitgefühls«, wie es in den Regie-Anweisungen heißt – sich auf dessen Seite schlägt. Sie kann dies zunächst deshalb, weil sie als Teil Wotans seinen innersten Wunsch zu kennen glaubt, seine Hoffnung, durch Siegmund den Konsequenzen des eigenen Vertragssystems entkommen zu können. Doch sie übersieht die Aporie der Situation: Wotan, der Knecht der Verträge, erhofft sich von seinem Sohn einen Neuanfang, aber zugleich soll er, so will es Fricka, diesen Neuanfang verhindern, weil das von ihm gesetzte Recht nicht beschädigt werden darf. Wenn Brünnhilde also Siegmund schützt, denn kehrt sich der Wille Wotans gleichsam gegen sich selbst, muß Wotan die Entscheidung in sich selbst austragen. Denn durch die Abwendung Brünnhildes hat er seine Selbstkorrektur verloren, gibt es für ihn nicht länger mehr die Möglichkeit, im Gespräch mit ihr seine Situation und sein Handeln reflektieren zu können. Dieser Verlust der kritischen Selbstreflexion trifft ihn so sehr, daß er bei seinem Abschied von Brünnhilde mit ihr nur noch in der Vergangenheitsform spricht. Und doch: Der »väterliche Zorn verläuft in Wellen, in Eruptionen – und verwandelt sich aus Jähzorn und Wegstoßen in eine Liebeserklärung an die Tochter, in der dennoch – oder gerade – auf der Trennung von Tochter und Vater beharrt werden muß«[212].

Diese letzte Begegnung des Gottes mit seiner Tochter, ›Wotans Abschied‹, zeigt ihn emotional zerrissen wie niemals zuvor und nie wieder danach. Immer wieder kann Brünnhilde seinen Willen zur harten Strafe erweichen, immer wieder scheint Wotan bereit nachzugeben, um sogleich alle Kompromisse abrupt abzulehnen. Es ist ein intensives Gespräch, das die beiden führen, und in dem es Brünnhilde schließlich

---

212 Sabine Zurmühl, Brünnhilde – Tochter im Tode im Leben, S. 185.

gelingt, Wotan zum offenen Eingeständnis seiner Schuld zu bewegen, ja zum Auf-
schrei, »in den Trümmern der eignen Welt/meine ew'ge Trauer zu enden«[213]. Spürbar wird da, daß dieser sonst eher kalte Stratege noch über intensive Gefühle verfügt, sicherlich auch über Verlustängste, aber gewiß über ebenso viel Zuneigung,
Sympathie und Liebe. Alles vermengt sich in diesem Eingeständnis, die Tochter
habe getan, »was so gern zu tun ich begehrt,/doch was nicht zu tun/die Not zwie-
fach mich zwang?« Dem Schmerz darüber, daß Brünnhilde bei Siegmund und Sieglinde die »selige Lust«, »wonnige Rührung«, »üppigen Rausch« der Liebe mit ansehen und erleben durfte, während ihm selbst die »göttliche Not/nagende Galle ge-
mischt«[214], folgt der Anflug von Verzweiflung. Doch alle Emotionen, wie heftig sie
auch immer sind, können selbst in solcher Situation das strategische Kalkül nicht
völlig außer Kraft setzen. Die spontan erdachte Strafe, die Walküre jedem beliebigen
Freier als Frau, als Opfer zu geben, wird auf Bitten der Tochter gemildert, nachdem
sie dem Vater die Schwangerschaft Sieglindes verraten hat. Denn Wotan kann sofort
Brünnhildes Mitteilung: »der weihlichste Held – ich weiß es – /entblüht dem Wälsun-
genstamm!«[215] in ihrer vollen Tragweite für sich selbst einschätzen, und die nachgeschobenen Erläuterungen der Walküre bestätigen nur, daß seine Hoffnungen aufgegangen und es für ihn eine zweite Chance gibt. Scheinbar zögernd, in Wirklichkeit
aber kühl kalkulierend, läßt er sich deshalb auf Brünnhildes Vorschlag ein, nur der
»furchtlos freieste Held«[216] dürfe sie einst auf dem Felsen finden und erwecken.
Diesem Wunsch Brünnhildes stimmt er nun deshalb vorbehaltlos zu, weil es zugleich auch sein eigener Wunsch ist, seit dem Inzest von Siegmund und Sieglinde
sein eigener Plan. Gewiß geschieht solche Zustimmung nicht ohne emotionale
Bewegung, nicht ohne tiefen Schmerz des Abschieds – wovon die Musik in ihrer
zunächst aufschäumenden, dann elegisch dahinströmenden Melancholie spricht, die
alle Selbstdisziplin, alles Kalkül und alle Strategie hinwegzuschwemmen scheint.
Aber Wotan spricht selbst in diesem Augenblick tiefster Bewegung noch von dem
ersehnten Helden, der »freier, als ich, der Gott« – und also von seiner Hoffnung, die
politische Herrschaft über die Welt für sich doch noch retten zu können.

VIII

Daß Siegfried und Brünnhilde sich (begrenzt) ineinander verlieben würden, war von
Wotan vorbedacht und gewollt worden, weil nur Brünnhilde den naiven Helden
über die Bedeutung des Horts und des Rings aufklären und danach den Ring an
Wotan zurückgeben konnte. Denn »Siegfried allein (der Mann allein) ist nicht der
vollkommene ›Mensch‹; er ist nur die Hälfte, erst mit Brünnhilde wird er zum Erlö-

---

213 Die Walküre, Dritter Aufzug, dritte Szene.
214 Ebenda.
215 Ebenda.
216 Ebenda.

ser; nicht einer kann Alles; es bedarf Vieler, und das leidende, sich opfernde Weib wird endlich die wahre wissende Erlöserin: denn die Liebe ist eigentlich ›das ewig Weibliche‹ selbst«[217]. Insoweit Siegfried also durch das Feuer hindurch zur schlafenden Brünnhilde vordrang, war Wotans Plan zunächst aufgegangen. Doch daß der Held dann, vor Brünnhilde stehend, von Furcht ergriffen wird, daß er hier plötzlich das Fürchten lernt, hatte Wotan nicht vorausgesehen, vielleicht auch nicht voraussehen können.

Siegfrieds plötzliche Furcht bezeichnet das Ende aller Pläne Wotans. Denn ein furchtsamer Held ist nicht imstande, sich über alle bestehenden Normen und Regelungen bedenkenlos hinwegzusetzen, wie es Siegfried bis zu seiner Begegnung mit Brünnhilde getan hatte. Ein furchtsamer Held kann zwar überaus kräftig und mutig sein, aber die Furcht selbst muß ihn früher oder später zu Kompromissen und zur Anpassung an die bestehenden Verhältnisse zwingen. Kommt hinzu, daß die zwischen Brünnhilde und Siegfried erwachende Liebe das Problem Wotans verschärft: denn ein liebender Held lebt nicht mehr nur für sich allein; er bezieht sich in seiner Existenz auch immer auf die Geliebte und die Liebe macht, das wußte auch Wotan, unberechenbar. Durch beides also, durch Furcht wie durch Liebe, werden Wotans Pläne nun zunichte gemacht. Ein liebender Siegfried ist für den Gott ebenso wertlos wie die liebende Brünnhilde, deren tatkräftige Mithilfe er für die Verwirklichung seines Planes – den Ring zurückzugewinnen – nicht mehr sicher sein kann.

Mit Brünnhildes Liebe zu Siegfried, durch die alle gegenüber dem Vater abgesprochenen und eingegangenen Verpflichtungen hinfällig werden – »Lachend muß ich dich lieben/lachend will ich erblinden,/lachend laß uns verderben,/lachend zugrunde gehen!« – und ihrer Absage an den Plan des Vaters:

»töriger Hort!
...
Fahr hin, Walhalls
leuchtende Welt!
Zerfall in Staub
Deine stolze Burg!
Leb wohl, prangende
Götterpracht!
End in Wonne,
du ewig Geschlecht!
Zerreißt, ihr Nornen,
das Runenseil!
Götterdämm'rung
Dunkle herauf!
Nacht der Vernichtung,
neble herein!«[218]

---

217 Richard Wagner, SB, Bd. VI, S. 68 (Brief an August Röckel vom 25./26. Januar 1854).
218 Siegfried, Dritter Aufzug, dritte Szene (Schluß).

muß Wotan sein Projekt endgültig begraben. Er ist nun allein, hat niemanden mehr, der ihm zu Hilfe kommen könnte, ein endgültig Gescheiterter. Deshalb tritt er auch in der *Götterdämmerung* nicht mehr auf, wenngleich er musikalisch in den ihn schon bisher charakterisierenden, immer wieder abgewandelten Leitmotiven präsent bleibt. In Walhall aber ist er verstummt, verschmäht die lebensspendenden Äpfel der Freia und zeigt alle Anzeichen tiefer Resignation. Doch restlos aufgegeben hat er noch nicht. Den von Siegfried inzwischen an Brünnhilde geschenkten Ring, der nun vom Symbol der Weltherrschaft zu dem der unverbrüchlichen, gegenseitigen Liebe und Treue wird, hat er im Sinn, wenn er der Walküre Waltraude erklärt, der Ring müsse, wenn schon nicht ihm, dann den Rheintöchtern zurückgegeben werden:

»Des tiefen Rheines Töchtern
gäbe den Ring sie wieder zurück,
von des Fluches Last
erlöst wär' Gott und die Welt.«[219]

Waltraude versteht dies als Auftrag. Für Wotan ist es die letzte Chance, zumindest Alberichs Herrschaftspläne zu verhindern – eine Minimallösung, gemessen an den Hoffnungen, die er einst zunächst auf Siegmund, dann auf Siegfried gesetzt hatte. Eine Lösung, der Brünnhilde zunächst aus Liebe zu Siegfried, die sie politisch blind gemacht hat, nicht zustimmen kann, die sie aber später dann selbst betreibt, nachdem Siegfried sie, manipuliert durch Hagens Vergessenstrunk, verraten zu haben scheint. Doch zuvor hat Wotan sein eigenes Ende und das der Götter bereits vorbereitet: die Weltesche ist gefällt und in Scheite gespalten, der Rat der Götter einberufen, die von den Walküren nach Wahlhall versammelten Helden haben sich um ihn, der den ›heiligen Hochsitz‹ stumm und ernst eingenommen hat, aufgestellt – doch Wotan gibt kein Zeichen für den letzten Kampf, sondern ist auf Untergang eingestimmt. Der wird dann herbeigeführt von Brünnhilde, die ein letztes Mal dem Willen des Vaters entspricht, da er selbst zu dieser letzten Handlung nicht mehr fähig ist und es deshalb der entgöttlichten Walküre überläßt, den Ring, der noch immer von Alberich bzw. Hagen gewonnen werden kann, zurückzuholen. In der *Götterdämmerung* vollzieht sich die Kapitulation des Gottes und Machtpolitikers, der einmal angetreten war, der Welt Gerechtigkeit und Ordnung zu geben, später dann die Macht über sie zu gewinnen – und der all dies durch eigene Schuld verspielt hat. Brünnhilde führt den Untergang der Götter herbei, das Ende von Walhall, gibt den Ring den Rheintöchtern zurück und neutralisiert damit Alberich, der nun nur noch als ein Machtloser die Schlußkatastrophe überlebt. So schafft sie Platz für das Neue, das gewiß nicht die Wiederkehr des Alten sein kann.

219 Götterdämmerung, Erster Aufzug, dritte Szene.

IX

An Wotan führt Wagner das Versagen des modernen Politikers vor. »Sieh Dir ihn recht an! Er gleicht uns auf's Haar; er ist die Summe der Intelligenz der Gegenwart«[220] – hat er über ihn vernichtend geurteilt, und dieses Urteil ist zugleich auch ein Urteil über die Politik insgesamt. Der in der Tetralogie ablaufende Prozeß einer durch die machtpolitischen Ambitionen von Wotan verursachten Selbstzerstörung von rechtlichen Institutionen, politischen Hierarchien und Ordnungen und einer auf Wahrhaftigkeit abzielenden Kommunikation beherrscht alle Handlungsszenarien wie die konkreten Aktionen der handelnden Personen, denn alles gehorcht dem Gesetz der gewollt-ungewollten Selbstvernichtung. Wotan spricht dies mehrfach aus, am eindrücklichsten gegenüber Brünnhilde – also auch gegenüber sich selbst:

»Wo gegen mich selber
ich sehend mich wandte,
aus Ohnmachtsschmerzen
schäumend ich aufschoß
wütender Sehnsucht
sengender Wunsch
den schrecklichen Willen mir schuf
in den Trümmern der eignen Welt
meine ew'ge Trauer zu enden«[221].

Wo alle Handlungen nur noch aufs Überleben gerichtet sind, wo aller Wille auf Macht und Herrschaft focussiert ist, treiben die konkreten Entscheidungen der Protagonisten diese oft in gegensinnige und nicht gewollte Situationen hinein. Was für die Akteure gilt, gilt auch für die Symbole. Sie sind im *Ring* von einer bemerkenswerten und auffallenden Doppeldeutigkeit. Sie verweisen fast immer auf das Gegenteil dessen, wofür sie zu stehen vorgeben, und sie leisten deshalb nicht, was der Text ihnen vordergründig zuschreibt.

Das beginnt mit dem zentralen Symbol des Rings, der, so jedenfalls suggeriert es der Text, ›maßlose Macht‹ verspricht und damit den üblichen semantischen Sinn des Symbols ins genaue Gegenteil verkehrt. Denn üblicherweise steht der goldene Ring, etwa als Ehe-Ring, für die Liebe zweier Menschen zueinander, symbolisiert ihren Willen zur Treue und das Versprechen, für immer zusammenbleiben zu wollen. In der europäischen Literatur werden Liebe und Gold fast immer zusammengedacht und Gold wird stets als Sinnbild und Metapher für eine lebenslange Beziehung gebraucht, ja sogar für mehr, denn »Gold meint für das naive Verstehen nicht einfach Dauer, sondern Dauer über den Tod hinaus«[222], meint ewige Liebe, die der Ring, der keinen Anfang und kein Ende kennt, symbolisiert. Selbst im Herrschaftsring der

---

220 Richard Wagner, SB, Bd. VI, S. 69 (Brief an August Röckel vom 25./26. Januar 1854).
221 Die Walküre, Dritter Aufzug, dritte Szene.
222 Peter von Matt, Liebesverrat. Die Treulosen in der Literatur, München 1989, S. 19.

Päpste oder der Monarchen, der in der Annäherung vom Beherrschten demutsvoll und gebeugt geküßt wird, bewahrt sich in eben diesem Kuß noch ein Rest ursprünglich liebevoller Zuneigung. Bei Wagner indessen sind diese in der Literatur sonst üblichen Konnotationen des Symbols nur ein einziges Mal angedeutet, nicht wirklich voll ausgesprochen: wenn Siegfried nämlich – im Vorspiel der *Götterdämmerung* – Brünnhilde beim Abschied den Ring aus dem Hort als »Weihegruß meiner Treu'«[223] gibt, mit der Bitte, sie möge nun dessen Kraft wahren, dann mag diese Formulierung, wohlwollend verstanden, auch einschließen, daß er ihr den Ring als Pfand seiner Liebe läßt, als Hoffnung auf den Bestand einer Liebe, deren Scheitern in diesem Augenblick, da der Held sich ziellos davon macht, schon zu ahnen ist.

Der aus dem Rheingold geschmiedete Ring also will Macht verheißen, doch er kann diese nicht verbürgen. Wer immer ihn besitzt, wird nicht zum Herrscher der Welt, sondern nimmt persönlichen Schaden. So Alberich, der die Liebe verflucht, um das Gold und die damit verheißene Herrschaft zu gewinnen, der am Ende allerdings dann ohne beides dasteht: Ring, Tarnkappe und Hort sind weg, die Macht über sein eigenes Nibelungen-Reich hat er nicht wirklich gesichert, denn als Herrscher der Nibelungen tritt er nach dem *Rheingold* nicht mehr auf. Und ähnlich ergeht es Fafner, der Ring und Hort zwar gewinnt, aber alles andere als ein Herrscher der Welt wird: zurückgezogene Trägheit, stumpfe Besitzgier, die nichts anzufangen weiß mit dem, was sie besitzt – »ich lieg und besitz – /laßt mich schlafen!«[224]. Das erinnert an die scharfe Verurteilung des nicht arbeitenden ›toten Kapitals‹ durch den französischen Frühsozialisten Proudhon, den Wagner in seiner Pariser Zeit gelesen hatte. Und schließlich Fasolt, für den sich Alberichs Fluch auf den Ring sogleich erfüllt, wie ja auch der Mord an Siegfried, der Untergang Gunthers und Hagens Beispiele dafür sind, daß der Ring das Gegenteil seiner ihm symbolisch zugeschriebenen Repräsentation exekutiert, daß er niemals Macht verleiht, sondern lähmende Ohnmacht hervorruft, die am Ende tödlich wirkt.

Ähnlich wie mit dem Ring verhält es sich auch mit dem Speer, dem zweiten zentralen Symbol der Tetralogie. Verträge und die durch sie geschaffene Ordnung soll er garantieren – »Verträge schützt/meines Speeres Schaft«[225], sagt Wotan –, Rechtssicherheit wahren und Herrschaft symbolisieren, Weltherrschaft gar; und bewirkt doch das genaue Gegenteil, denn er kaschiert den Vertrags-, den Rechtsbruch. Und in Hundings und Hagens Hand verwandelt sich dieser Speer, der »keine Nahkampfwaffe im Fußkampf ist, sondern der seinen Träger kennzeichnet als den Mann, der ein Wild zu jagen auszog«[226], in eine blanke Mordwaffe. Nicht erst Siegfried, der Wotans Speer zerschlägt, sorgt dafür, daß, wie die zweite Norn singt, »in Trümmern sprang/der Verträge heiliger Schaft«[227], sondern Wotan selbst setzt sich als erster über

223 Götterdämmerung, Vorspiel.
224 Siegfried, Zweiter Aufzug, erste Szene.
225 Das Rheingold, Zweite Szene.
226 Peter Wapnewski, Weißt du, wie das wird …?, S. 135
227 Götterdämmerung, Vorspiel.

die rechtswahrende Funktion des Speeres hinweg; er läßt Siegmunds Schwert an seinem Speer zerbrechen – ein doppelter Rechts- und Symbolbruch. Denn Siegmunds Schwert war von Wotan ursprünglich zur Rettung des Sohnes vorgesehen. Zu diesem Zwecke hatte der Gott es in den Stamm der Esche gestoßen, in höchster Not sollte der Sohn eine unbesiegbare Waffe finden. Doch dieses feste Versprechen brach Wotan wie andere Versprechen auch. Und so versagt das Schwert im alles entscheidenden Kampf gegen Hunding, wird später – anarchischer Akt einer radikalen Destruktion – von Siegfried vollständig zerfeilt und damit auch vollständig zerstört, um dann als ein neues Schwert wieder geschaffen zu werden, ein Schwert, das nun mit Wotan nichts mehr zu tun hat. Erst als neues Schwert taugt es dazu, den Speer Wotans zu zerschlagen – aber zugleich kehrt es sich damit gegen seine ursprüngliche Bestimmung, kehrt es sich auch gegen seinen ursprünglichen Besitzer. Später dann, wenn Siegfried, als Gunther getarnt, Brünnhilde besiegt, soll dieses Schwert dafür sorgen, daß »ich in Züchten warb./Die Treue wahrend dem Bruder«[228] – wie Siegfried singt. Doch in der Auseinandersetzung zwischen Siegfried, Gunther, Hagen und Brünnhilde ist es am Ende ein ganz und gar untaugliches Beweisstück für Siegfrieds behauptete sexuelle Zurückhaltung[229].

Der Tarnhelm schließlich, gedacht als Mittel der herrschaftlichen Omnipräsenz und als Instrument einer nie nachlassenden Furcht vor dem, der sich seiner bedient, funktioniert allenfalls ganz am Anfang in Nibelheim. Doch schon dort macht er seinen Besitzer Alberich klein, liefert ihn seinen Feinden aus, schafft so die Voraussetzung für seine Gefangennahme und Entmachtung, bewirkt also das Gegenteil von unbezwingbarer, weil unsichtbarer Macht, und später schützt er zwar Siegfried in Gestalt Gunthers vor Brünnhildes Erkennen, kann aber dann die Entdeckung des Komplotts am Gibichungenhof nicht verhindern.

So offenbaren die zentralen Symbole der Tetralogie allesamt eine überraschende Dysfunktionalität. Sie verweisen innerhalb ihres allegorischen Sinns auf das je Gegenteilige, korrespondieren damit sehr genau mit den Tendenzen der Depotenzierung und Destruktion des Vertrags und der Ehe und verdeutlichen so ein weiteres Mal jenen ständig hervortretenden Grundzug der Tetralogie: die Zerstörung und Selbstzerstörung eines sozialen und gesellschaftlichen Modells, das auf den Prinzipien der bürgerlichen Gesellschaft basiert. »Der verhängnisvolle Ring des Nibelungen, als Börsen-Portefeuille dürfte das schauerliche Bild des gespenstigen Weltbeherrschers zur Vollendung bringen«[230], hat Wagner noch zwei Jahre vor seinem Tod bemerkt und damit die hier bezeichnete Grundtendenz gemeint.

228 Ebenda, Erster Aufzug, dritte Szene.
229 Eine sehr viel weitergreifende Interpretation von Nothung gibt Lutz Köpnick: für ihn kann Siegfrieds Schwert zum einen Symbol der Volksbewaffnung und Mittel eines emanzipatorischen Partisanenkampfes gegen politische wie ökonomische Herrschaft sein, zum anderen aber auch für Gerechtigkeit stehen, gegen die korrupte kapitalistisch-industrielle Gegenwart, für die Beseitigung der Entfremdung, Unterdrückung oder auch eigene Selbstaufhebung. Immer aber ist es auch ein Medium, die »Entpoetisierung der Politik« ... »durch ästhetische Ressourcen zu kompensieren.« Lutz Köpnick, Nothungs Modernität, S. 118 f.
230 Richard Wagner, Erkenne Dich selbst (1881), in: GSD, Bd. 10, S. 268.

Die Liebe freilich kommt im *Ring* ganz ohne alle Symbole aus. Für sie gibt es kein feststehendes Zeichen, an dem sie zu erkennen wäre. Sie ist das eigentliche utopische Universalprinzip, Opposition zu Macht und Herrschaft, zu Betrug und Täuschung, Metapher für die vorzivilisatorische Harmonie von Mensch und Natur, von Mensch und Tier: »in Wasser, Erd und Luft/lassen will nichts/von Lieb und Weib«[231] – so Loge, der selbst nirgends dazugehört, einer der rät und handelt, aber nie für sich selbst, aus der Distanz heraus ein Wissender[232]. Liebe ist Chiffre für jene im Mythos aufbewahrte Unversehrtheit der menschlichen Natur, sie ist Einheit des Menschen mit sich selbst und mit anderen, Versöhnung der Geschlechter, Absage an alle Konflikte und gewaltsamen Auseinandersetzungen, kurz: die eigentlich kritische Folie, gegen welche die desaströsen Zustände der Welt gespiegelt und als solche auch erkannt werden. Die Verweigerung von Liebe führt zwangsläufig zur Kompensation durch Macht, und so kommt das Elend der Politik nicht nur durch Wotan in die Welt, sondern auch durch die vermeintlich so harmlosen Rheintöchter, deren erotisch-sexuelle Aufreizungen Alberichs nur schlimmes Spiel bleiben, diesen aber dann zu seinem Fluch treiben. Mit Liebe aber spielt man nicht, dazu ist die Sache selbst zu ernst. Wo das Spiel um die Liebe in Ernst umschlägt, dieses Umschlagen selbst aber nicht ernst genommen wird, sind die Konsequenzen unabwendbar – das gilt für Alberich ebenso wie für Wotan. Erda sagt es dem Gott schon sehr früh: »Alles was ist, endet./Ein düstrer Tag/dämmert den Göttern«[233].

X

Der *Ring* ist eine politische Untergangsparabel. Er gewinnt seine dramatische Spannung und seine Handlungsentwicklung aus dem unaussöhnbaren Gegensatz von vorzivilistaorischem Naturzustand und einer die Natur vergewaltigenden politischen Ordnung, die auf Eigentum gründet, die Recht zu Unrecht pervertiert, die Machterwerb, Machtakkumulation und Machterhalt zum primären Ziel gesellschaftlichen Handelns werden läßt. Demgegenüber erweist sich das utopische ›Prinzip Liebe‹, auf das der Feuerbachianer Wagner zunächst seine Hoffnung setzte, als schließlich zu schwach für eine konstruktive Lösung, zu schwach auch, um das absehbare Ende aufzuhalten und ins Bessere zu wenden. Wer immer im *Ring* sich zur Liebe neigt, wer versucht, der Liebe und in Liebe zu leben, wer von der Politik Abstand nimmt, Macht und Herrschaft verschmäht, geht ebenso unter wie die Politiker selbst: Siegmund stirbt durch Wotan, den eigenen Vater; Sieglinde bei der Geburt Siegfrieds; Brünnilde aber, die durch Liebe Wissende – »doch wissend bin ich/nur – weil

---

231 Das Rheingold, Zweite Szene.
232 Zu Loge vgl. Sven Friedrich, Loge – der progressive Konservative, in: Udo Bermbach (Hg), ›Alles ist nach seiner Art‹, S. 178 ff.
233 Das Rheingold, Vierte Szene.

ich dich liebe«[234] –, die die ungeheuren Implikationen einer liebenden Hingabe an Siegfried sogleich übersieht, davor zeitweise zurückzuweichen sucht und Siegfried warnt:

»Sieh meine Angst!

...

Nahe mir nicht/
mit der wütenden Nähe!
Zwinge mich nicht/
mit dem brechenden Zwang,/
zertrümmre die Traute dir nicht!«[235] –

Brünnhilde wird im Bund mit Gunther und Hagen zum ›politischen Weib‹, ihr bleibt zum Schluß nur, was sie zu Anfang schon sah: »leuchtende Liebe, lachender Tod!«[236]. »Ein politischer Mann ist widerlich« – schreibt Wagner 1852 an Franz Liszt – »ein politisches Weib aber grauenhaft«[237].

Der *Ring* ist die Tragödie Wotans und Wotan zweifellos die Hauptfigur der Tetralogie. Das Scheitern des Gottes als Politiker, als Stratege der Macht, sein am Ende unvermeidlicher Untergang macht auch die Tetralogie insgesamt zu einer politischen Untergangsparabel, die keinen versöhnlichen Schluß kennt, auch keine Perspektive der Rückkehr zu einem erneuten Versuch mit Politik. Dies zu leugnen heißt, den Entstehungshintergrund des Werks und Wagners eigene politische Intentionen zu verdrängen oder auszublenden. Im *Ring* wird eine Welt vorgeführt, die auf Macht und Herrschaft basiert, in der es an durchsetzungsfähiger, den Handlungsablauf bestimmender Liebe als einer korrigierenden Gegenkraft fehlt und die sich deshalb notwendigerweise selbst zerstören und untergehen muß. Der *Ring* ist – nach Wagners immer wieder bekundeten Vorstellungen und Absichten – revolutionäres Musiktheater, in dem die Ideen von Feuerbach und Bakunin, von Proudhon und anderen französischen Frühsozialisten den weltanschaulichen Kern bilden, auch wenn dies immer wieder geleugnet worden ist. Nietzsche hat mit solcher Leugnung des revolutionären Charakters der Tetralogie begonnen, hat gemeint, Wagner habe »sein halbes Leben lang an die Revolution geglaubt, wie nur irgend ein Franzose an sie geglaubt hat. Er suchte nach ihr in der Runenschrift des Mythus, er glaubte in Siegfried den typischen Revolutionär zu finden«[238], um dann, nach der Lektüre von Schopenhauers Philosophie, den »*Ring* ins Schopenhauersche« zu übersetzen: »Alles läuft schief, alles geht zugrunde, die neue Welt ist so schlimm wie die alte. ... Brünnhilde, die nach der älteren Absicht sich mit einem Liede zu Ehren der freien Liebe zu verabschieden hatte, die Welt auf eine sozialistische Utopie vertröstend, mit der

---

234 Siegfried, Dritter Aufzug, dritte Szene.
235 Ebenda.
236 Ebenda.
237 Richard Wagner, SB, Bd. IV, S. 273 (Brief an Franz Liszt vom 30. Januar 1852).
238 Friedrich Nietzsche, Der Fall Wagner, in: Werke, Bd. 2, S. 910.

›alles gut wird‹, bekommt jetzt etwas anderes zu tun. Sie muß erst Schopenhauer studieren«[239].

Dagegen ist einzuwenden, daß die Entstehungsgeschichte des *Ring* eine solche Interpretation nicht zuläßt, daß Wagner erst 1854, also lange nach der Beendigung der *Ring*-Dichtung, Schopenhauers Philosophie kennenlernte und er selbst noch Jahre später gegenüber Cosima äußerste, er habe die Tetralogie ohne Kenntnis Schopenhauers entworfen: »Hätte ich es (das Schopenhauer'sche System, U.B.) gekannt, so wäre ich weniger unbefangen in der Wahl des Ausdrucks gewesen«[240]. Ähnlich schreibt er in seiner Autobiographie: »Ich blickte auf mein Nibelungen-Gedicht und erkannte zu meinem Erstaunen, daß das, was jetzt in der Theorie so befangen machte, in meiner eigenen poetischen Konzeption mir längst vertraut gewesen war«[241].

Und schließlich spricht entschieden gegen Nietzsches These, daß Wagner den 1852 entworfenen ersten Schluß, der in dem Prosaentwurf von 1848 bereits vorgesehen war, auch am Ende komponiert hat[242]. Dazwischen lagen zwar Änderungen: einige 1852 formulierte Verse, die noch einmal den Gegensatz von Gesetz und Liebe betonten:

»Nicht Gut, nicht Gold,
noch göttliche Pracht;
nicht Haus, nicht Hof,
noch herrischer Prunk;
nicht trüber Verträge
trügender Bund,
nicht heuchelnde Sitte
hartes Gesetz:
selig in Lust und Leid
läßt – die Liebe nur sein«[243]

und so eine Utopie nach dem Untergang der Welt der Götter aufscheinen ließen, hat Wagner gestrichen, wohl auch deshalb, weil er zum einen – wie er an August Röckel schrieb – darin eine »tendenziöse Schlußphrase« sah, deren Botschaft aus der Tetralogie insgesamt hervorgehen sollte, also nicht noch einmal in pädagogisierender Absicht mitgeteilt werden mußte; weil er zum anderen meinte, im *Ring* seien Brünnhilde und Siegfried mit dieser Liebe leider nicht »ins Reine« gekommen, so daß man die

239 Ebenda, S. 911.
240 Cosima Wagner, TB, Bd. I, S. 879 (22. Dezember 1874). Vgl. auch Hartmut Reinhardt, Richard Wagner und Schopenhauer, in: Ulrich Müller/Peter Wapnewski, Richard-Wagner-Handbuch, S. 109.
241 Richard Wagner, ML, S. 593.
242 Wagner hat die Schlußvarianten mitgeteilt in: GSD, Bd. 6, S. 254 ff. Vgl. zum Schluß der Götterdämmerung, dessen erste Textentwürfe wie verschiedene Varianten: Otto Strobel, Skizzen und Entwürfe zur Ring-Dichtung, München 1930; Carl Dahlhaus, Über den Schluß der Götterdämmerung, in: Richard Wagner. Werk und Wirkung, hg. von Carl Dahlhaus, Regensburg 1971, S. 97 ff. sowie derselbe, Richard Wagners Musikdramen, S. 137 ff.
243 Carl Dahlhaus, Richard Wagners Musikdramen, S. 138.

Liebe im Verlaufe des Mythos »eigentlich doch als recht gründlich verheerend auftreten«[244] sah. Keine Rede kann davon sein, daß Siegfried und Brünnhilde »inmitten einer korrumpierten Welt noch die Integrität des mythischen Urzustandes«[245] verkörperten, sondern richtig ist vielmehr, daß beide auch mit ihrer Liebe entscheidend in den Gang der Handlung selbst unheilvoll verstrickt sind und daran mitwirken.

Auch der unter dem Einfluß Schopenhauers verfaßte Schlußgesang Brünnhildes:

»Aus Wunschheim zieh ich fort,
Wahnheim flieh ich für immer;
Des ew'gen Werdens
Offene Tore
Schließ' ich hinter mir zu:
Nach dem wunsch- und wahnlos
Heiligsten Wahlland,
der Weltwanderung Ziel,
von Wiedergeburt erlöst,
zieht nun die Wissende hin.
Alles Ew'gen
Sel'ges Ende,
wißt ihr, wie ich's gewann?
Trauernder Liebe
Tiefstes Leiden
Schloß die Augen mir auf:
Enden sah ich die Welt.«[246]

wurde von Wagner ebenfalls wieder verworfen, wohl deshalb, weil sich dessen Inhalt mit der Werkintention einer revolutionären Abrechnung mit einer falschen, weil politischen Welt und deren Überwindung nicht bruchlos vereinbaren ließ. So blieb am Ende eine Version, in der Brünnhilde – in vollkommener Übereinstimmung mit Wagners Ausgangsintentionen der revolutionären Jahre in Dresden und der ersten Zeit seines Züricher Exils – den Göttern ihre »ewige Schuld« vorhält, sie für ihr »blühendes Leid« verantwortlich macht, Siegfried als tragischen Helden, als verführten Verführer und verratenen Verräter beklagt, Walhall in Brand setzt, um Wotans Ende und das der Götter herbeizuführen, den Ring als ihr Erbe nimmt und ihn den Rheintöchtern zurückgibt, damit sie ihn vom Fluch reinigen, in den Fluten auflösen und als »lichtes Gold« bewahren.

Doch das ist kein versöhnlicher Schluß, kein »Weltenbrand als Weltschöpfung«[247], schon gar nicht die »Preisgabe der Revolution«[248], auch nicht die »musikalisch-

---

244 Richard Wagner, SB, Bd. VIII, S. 153 (Brief an August Röckel vom 23. August 1856).
245 Dieter Borchmeyer, Richard Wagner, S. 300.
246 Carl Dahlhaus, Richard Wagners Musikdramen, S. 138.
247 Dieter Borchmeyer, Richard Wagner, S. 304 ff.
248 Theodor W. Adorno, Versuch über Wagner, S. 125.

dramatische Verwirklichung einer politischen Utopie. Ein neuer Weltentwurf«[249].
Bei allen Änderungen, die Wagner an den Schlußversen vornahm und den damit
signalisierten Schwierigkeiten: die von Feuerbach und Bakunin inspirierte Selbstvernichtung der Götter – ins Werk gesetzt von Brünhilde, die gleichsam in dieser
letzten Handlung wieder zur Walküre wird, auch zum ›Willen‹ Wotans – ist nicht
der Aufgang einer neuen, anderen oder gar besseren Welt, denn »Wotans Geschlecht,
Repräsentant einer allein den Besitz schützenden Gesellschaftsordnung, Inbegriff
des verderblichen Staates, muß im alles vernichtenden Weltenbrand untergehen«[250].
Es ist das Schauspiel einer totalen Katastrophe, dem »die Männer und Frauen (des
Gibichungenvolkes, U.B.) in höchster Ergriffenheit zu(sehen)« – wie es in der letzten Regie-Anweisung heißt – , aber was sie sehen, ist der Untergang der alten ›Welt
der Verträge‹, und was fehlt, ist die Perspektive einer zukünftigen neuen menschlichen Ordnung, der Umriß jener ›ästhetischen Weltordnung‹, von der Wagner träumte
und die er erst in den *Meistersingern* und im *Parsifal* zu verdeutlichen suchte. Dem
ruinösen Versagen der bisherigen Politik folgt hier noch keine positive Utopie, kein
Ausblick auf freies Feld, kein Hinweis auf die von Wagner so oft beschworenen
freien künstlerischen Genossenschaften, die er als ein kommunikatives Organisationsmodell der Zukunft betrachtete.

Dagegen kann auch der immer wieder vorgetragene Verweis nicht aufhelfen, das
im musikalischen Epilog der *Götterdämmerung* erklingende ›Erlösungsmotiv‹ lege
einen positiven Ausgang der Tetralogie nahe. Denn dieses Motiv, das zuvor im *Ring*
nur einmal erklungen war, gesungen von Sieglinde, nachdem ihr von Brünnhilde
die Geburt Siegfrieds verheißen worden war, ist zuvörderst ein Erinnerungsmotiv
an das, was anfangs von Wotan an Hoffnungen mit Siegfried verbunden wurde, was
möglich gewesen wäre, wenn die Selbstfesselung der Akteure und die Rahmenbedingungen ihres Handelns nicht doch am Ende stärker gewesen wären. Wagner
selbst spricht in *Oper und Drama*[251] bezüglich der musikalischen Motive zwar von
»Ahnung oder Erinnerung«, so daß es nahe liegen könnte, die »Ahnung« als »Vorahnung« zu interpretieren, wie dies vielfach geschieht. Da es im Text aber präzise
heißt, daß diese »melodischen Momente« ... »als Ahnung oder Erinnerung unser
Gefühl immer einzig nur auf die dramatische Person und das mit ihr Zusammenhängende oder von ihr Ausgehende hinweisen«, verbietet sich für den Schluß der
Götterdämmerung eine positive Interpretation, die einen neuen Anfang in Aussicht
stellt. Denn hier gibt es am Ende keine »dramatische Person«, die das Geschehen
überlebt, auf die sich positive Zukunftshoffnungen gründen ließen und mit der das
›Erlösungsmotiv‹ verbunden werden könnte. Auf Alberich jedenfalls, der als Einziger den Weltuntergang übersteht, wird man dieses Motiv nicht beziehen können.

---

249 Peter Wapnewski, Der traurige Gott. Richard Wagner in seinen Helden, Berlin 2001, S. 148.
250 Martin Geck, Wagner – vom Ring her gesehen, S. 307. Hier findet sich auch eine Auseinanderset-
      zung mit den verschiedenen Schlüssen des Ring.
251 Richard Wagner, Oper und Drama, in: GSD, Bd. 4, S. 200.

Aus diesem Grunde erscheint auch eine Auffassung, die die Semantik und den Verweischarakter des ›Erlösungsmotivs‹ zu einem »Motiv der Geburt und Wiedergeburt« erweitert und es sodann als »Gründungsmotiv« auffaßt, in dem sich »wahrhaft der Kreis der Tetralogie« schließt und die »Reinigung der Welt«, die ›restitutio in integrum‹ verkündet wird, Hoffnung »auf eine neue Welt über der Stätte der apokalyptischen Verwüstung«[252], nicht haltbar und inhaltlich abwegig. Eine solche Interpretation widerspricht nicht nur der inneren Verlaufslogik des *Ring*, sondern auch den dezidiert politischen Intentionen Wagners, und sie widerspricht Wagners eigener Aussage, der während der Arbeiten an diesem Schluß bemerkte: »Ich bin froh, daß ich Sieglinden's Lob-Thema auf Brünnhilde mir reserviert habe, gleichsam als Chorgesang auf die Heldin«[253]. Wagner hat die auf das überlieferte Instrumentarium der europäischen Politik zielende Vernichtungsradikalität des Schlusses der *Götterdämmerung* noch am Ende seines Lebens bekräftigt und damit allen Versuchen, die Utopie eines besseren Lebens bereits in den Schluß der Tetralogie hineinzulegen, eine Absage erteilt:»In diesen Tagen freut sich R.« – so notiert Cosima im Februar 1881 – , »im Ring des Nibelungen das vollständige Bild des Fluches der Geld-Gier gegeben zu haben und des *Unterganges*, welcher daran geknüpft ist«[254], und in eben diesem Sinne finden sich noch weitere Äußerungen[255].

So lassen sich alle Versuche, den Schluß der *Götterdämmerung* auf den Anfang des *Ring* zu beziehen oder ihm eine positive utopische Perspektive einzuschreiben, nicht halten. So wenig wie die These vom »dreifachen Schluß«, in dem »Rousseau plus Bakunin plus Ludwig Feuerbachs Vision vom neuen, nachrevolutionären Menschen«[256] exponiert werden. Denn wie wäre dieser neue Mensch beschaffen? Welcher Moral würde er folgen? Welches wären die tragenden und tragfähigen gesellschaftspolitischen Prinzipien und wie sähe eine darauf gegründete nicht-politische Ordnung aus? Und in welcher Verfassung müßte ein Volk sein, das jetzt vom Untergang zwar ergriffen, aber doch auch rat- und führungslos ist und von dem durchaus unsicher ist, ob es den Gang der Ereignisse, die sich da vor seinen Augen in höchster Dramatik abgespielt haben, überhaupt verstanden hat und produktiv zu verarbeiten in der Lage ist oder im bloßen Staunen und in der Ergriffenheit erstarrt. Denn die Rückgabe des Rings an die Rheintöchter, an Naturwesen also, und die damit sym-

---

252 Dieter Borchmeyer, Richard Wagner, S. 306.

253 Cosima Wagner, TB, Bd. I, S. 552 (23. Juli 1872). Im TB steht ›Helden‹ statt ›Heldin‹, doch ist dies nachweislich ein Fehler von Cosima. Vgl. dazu Peter Wapnewski, Weißt du wie das wird ...?, S. 309.

254 Cosima Wagner, TB, Bd. II, S. 692 f. (16. Februar 1881).

255 So am 23. März 1881:»Er bedauert es, daß seine Dichtungen nicht in einem etwas weiteren Sinne besprochen worden sind, z. B. der Ring nach der Bedeutung des Goldes und des Unterganges einer Race daran.« Cosima Wagner, TB, Bd. II, S. 715. Am 13. Oktober 1882 spricht Wagner in Bezug auf den Ring von »dieser Darstellung des Untergangs einer Gattung«; Cosima Wagner, TB, Bd. II, S. 1022. Immer spricht Wagner vom Untergang, wenn er sich auf das Ende des Ring bezieht.

256 Hans Mayer, Anmerkungen zu Wagner, Frankfurt/M. 1966, S. 105; ähnlich derselbe, Richard Wagner, Frankfurt/M. 1998, S. 169 f.

bolisierte Rückkehr zur Natur ist keineswegs eine Rückkehr in eine heile Welt, in einen Zustand, der vor Beginn des *Rheingolds*, vor aller gesellschaftlichen Zivilisation und der Geburt der Politik aus dem Wunsch, der Welt eine vertraglich gegründete Ordnung zu geben, bestanden hat. Dieser Zustand läßt sich nicht mehr wiederherstellen, nachdem die Weltesche, in Walhall schon lange vor dem Ende in Scheite gespalten, im Weltenbrand verglüht ist, Walhall niedergebrannt, das Seil der Geschichte in der Hand der Nornen gerissen und damit das historische Selbstbewußtsein der noch lebenden ›Männer und Frauen‹ der Gibichungen verloren zu gehen droht. Zwar wird der Ring den Rheintöchtern zurückgegeben, mit dem ausdrücklichen Auftrag, ihn wieder in reines Gold zurückzuverwandeln, aber ob dieser Auftrag auch vollzogen wird und vor allem: wie, bleibt ungewiß. Auf der Bühne jedenfalls wird Brünnhildes Anweisung nicht mehr erledigt, und so läßt Wagner diese entscheidende Frage offen. In der Regieanweisung ist davon keine Rede; da heißt es: »Floßhilde ... hält jubelnd den gewonnenen Ring in die Höhe« und »man sieht die drei Rheintöchter auf den ruhigeren Wellen ... lustig mit dem Ring spielend, im Reigen schwimmen.« Also bleibt der Ring, zumindest für den Zuschauer, in jenem Zustand, in dem er seit Alberichs Fluch im *Rheingold* das Symbol des Macht- und Herrschaftswahns gewesen ist. Darüber hinaus: Der über die Ufer getretene und dann »allmählich wieder in sein Bett zurücktretende Rhein« – so die Regie-Anweisung – hinterläßt ein mit Toten und Trümmern übersätes Land. Nichts ist mehr so, wie es zu Beginn einmal war, und vor allem: nichts wird je wieder so sein, wie es einmal war. Die Rückkehr zur Politik und ihren Mitteln, die Zuhilfenahme ihrer Ordnungsmodelle und Ordnungsmöglichkeiten, der erneute Rückgriff auf die klassischen Mittel des bürgerlichen Staates und der bürgerlichen Gesellschaften erscheinen nach den gemachten Erfahrungen ausgeschlossen. Nicht ausgeschlossen ist allerdings das Entstehen einer ›ganz anderen Welt‹, der Aufschein einer nicht-politischen oder meta-politischen Utopie, die Arbeit an der schon zitierten ›ästhetischen Weltordnung‹, die auf der ›tabula rasa‹ aufbaut, welche die Politik hinterlassen hat[257].

Wagners radikale Absage an die überkommene Politik und deren Perspektivlosigkeit ist die Konsequenz jener ursprünglichen revolutionären Intention, die den Plan zum *Ring* motiviert und dessen Entstehung begleitet hat. Zugleich ist sie die andere Seite eines kompromißlosen, individual-anarchistischen Fundamentalismus, der alle politischen Ordnungen nur als repressiv versteht und sie deshalb auch bedingungslos verwirft. Sie ist auch die Konsequenz aus der realitätsfernen Vorstellung, menschliches Zusammenleben und menschliche Gemeinschaften ließen sich auf

257 Martin Geck hat zum Schluß der Götterdämmerung bemerkt: »Der Ring kennt keine Lösung. Das ist seine Schwäche, wenn man von Kunst erwartet, was Religion, Philosophie und Politik bis heute nicht haben leisten können: die gesellschaftliche Vorstellung des freien, liebenden und mit sich selbst identischen Menschen. Es ist seine Stärke, wenn man statt dessen Kunst als einen Kristallisationspunkt für die Unendlichkeit menschlicher Denk- und Lebensentwürfe ansieht.« Martin Geck, Wagner – vom Ring her gesehen, S. 311.

unstrukturierter, emotionaler Zuneigung der Menschen unter- und zueinander begründen, auf Liebe also, bedürften daher auch des stets mit Macht und Herrschaft verbundenen, ordnenden Eingriffs der politischen Institutionen des Staates nicht. Hinter solchen Überzeugungen steht der Ekel und die Abkehr von einer Welt, die als eine total verdinglichte, also entfremdete empfunden wird und für deren fundamentale Änderung Authentizität und Liebe zum Nächsten eingefordert werden. Das alles charakterisiert eine Haltung, die sich einerseits einem linken anarchistisch-sozialistischen Denken verdankt, die aber zugleich in ihrer Anti-Modernität, in ihrer Ablehnung einer sich industrialisierenden Gesellschaft mit allen folgenden sozialen Verwerfungen auch für rechte und reaktionäre, völkische Vorstellungen anschlußfähig ist, weil sie in einem »ästhetischen Fundamentalismus« gründet[258].

Wagner hat seine Hoffnungen auf eine wiederherzustellende authentische Gesellschaft in einem Brief an seinen engen Freund August Röckel formuliert, und sie lesen sich wie die skizzenhafte Umschreibung einer Vision, die er nach dem Ende der politischen Welt erhoffte: »Eines steht über allem: die Freiheit. Was ist aber ›Freiheit‹? Etwa – wie unsere Politiker glauben – ›Willkür‹? – gewiss nicht? Die Freiheit ist: Wahrhaftigkeit. Wer wahrhaft, d. h. ganz seinem Wesen gemäss, vollkommen im Einklang mit der Natur ist, der ist frei; der äußere Zwang ist nur dann (seinem Sinne nach) erfolgreich, wenn er die Wahrhaftigkeit des Bezwungenen tödtet, wenn dieser heuchelt, und sich wie anderen glauben machen will, er sei ein anderer als er wirklich ist. Das ist die wahre Knechtschaft. Zu dieser braucht es aber der Gezwungene dennoch nicht kommen lassen: und wer – selbst unter dem Zwange – seine Wahrhaftigkeit sich wahrt, der wahrt sich imgrunde auch seine Freiheit; wenigstens gewiss mehr als der, der einen Zwang – wie ihn unsere ganze Welt enthält – gar nicht mehr merkt, weil er sich mit seinem eigenen Wesen ihm schon ganz gefügt, sich ihm zu Liebe entstellt hat.« Wahrhaftigkeit aber erfüllt sich in der Liebe zwischen Mann und Frau, zwischen den Menschen: »Höchste Befriedigung des Egoismus finden wir nur im vollsten Aufgehen desselben, und dieses findet der Mensch durch die Liebe: allein der wirkliche Mensch ist Mann und Weib, und nur in der Vereinigung von Mann und Weib existiert erst der wirkliche Mensch, erst durch die Liebe wird daher der Mann wie das Weib – Mensch. ... In Wahrheit hört der Egoismus nur beim Aufgehen des ›Ich‹ in das ›Du‹ auf. ... So wenden wir uns dem Ganzen der Menschheit zu, ... weil wir erkennen, dass nicht der Einzelne für sich glücklich sein kann, sondern nur, wenn Alle glücklich sind, er auch sich befriedigt fühlen darf«[259].

258 Dazu Stefan Breuer, Moderner Fundamentalismus, Berlin 2002, S. 73 ff. Vgl. derselbe, Ästhetischer Fundamentalismus. Stefan George und der deutsche Antimodernismus, Darmstadt 1995.
259 Richard Wagner, SB., Bd. VI, S. 60 ff. (Brief an August Röckel vom 25./26. Januar 1854).

Die Meistersinger von Nürnberg

Poetische Regeln demokratischer Selbstregierung

I

Für viele Interpreten Wagners nehmen *Die Meistersinger von Nürnberg* insoweit eine Sonderstellung innerhalb seines Schaffens ein, als sie neben dem *Rienzi* sein einziges Werk sind, »für dessen Handlung es entscheidend ist, daß sie in der datierbaren Geschichte, nicht in mythischer oder legendärer Vorzeit, spielt«[1]. Daraus wird gefolgert, die *Meistersinger* seien »genau umgekehrt konzipiert (worden) wie die anderen Werke: eine nicht mehr mythische, sondern deutlich von der Operntradition der Zeit geprägte, erfundene Handlung wird in einen alten Rahmen montiert: etwas ganz anderes als die Gewinnung des mythischen Substrats aus den von zeitgenössischen Details überwucherten mittelalterlichen Geschichten«[2]. Diese vielfach vertretene Ansicht steht allerdings im Gegensatz zu Wagners eigenen Überlegungen: denn in *Oper und Drama* hatte er ausführlich – und in entschiedener Wendung gegen die bekämpfte Grand Opéra mit ihren historischen Stoffen und Tableaus – zu erklären versucht, weshalb sich seiner Meinung nach Geschichte und geschichtliche Stoffe nicht zur Vorlage musikdramatischer Werke eigneten. Den Grund sah er im Charakter der Geschichte selbst. Denn Geschichte sei nur dadurch Geschichte – so schrieb er – , »daß sich in ihr mit unbedingtester Wahrhaftigkeit die nackten Handlungen der Menschen uns darstellen« und sie »uns nicht die inneren Gesinnungen der Menschen (gebe), sondern uns aus ihren Handlungen erst auf diese Gesinnungen schließen (lasse)«[3]. Hinzu kam die von ihm immer wieder vertretene Auffassung, alle geschichtlichen Stoffe seien zeitgebunden, entbehrten also jener überzeitlichen Qualitäten und ewig gültigen Wahrheiten, die zu vermitteln die Aufgabe seiner Ideendramen sein sollte. Aus beiden Überlegungen zog er den Schluß, historische Stoffe taugten in der Moderne nur noch für Romane, während die dramatische Kunst sich auf Mythen zurückzubesinnen habe, weil nur der Mythos »jederzeit wahr, und sein Inhalt, bei dichtester Gedrängtheit, für alle Zeiten unerschöpflich ist«[4].

Sieht man genauer hin, so zeigt sich sehr rasch, daß die *Meistersinger* nur bedingt, wenn überhaupt, ein historisches Stück sind. Zwar ist richtig, daß die von Wagner erfundene Handlung um Hans Sachs, Walther von Stolzing und Eva Pogner in historisch getreue Details der alten Meistersinger-Bräuche eingebettet worden ist –

1 Carl Dahlhaus, Richard Wagners Musikdramen, Zürich/Schwäbisch-Hall 1985, S. 73.
2 Volker Mertens, Richard Wagner und das Mittelalter, in: Ulrich Müller/Peter Wapnewski (Hg), Richard-Wagner-Handbuch, Stuttgart 1986, S. 46 f.
3 Richard Wagner, Oper und Drama, in: GSD, Bd. 4, S. 24.
4 Ebenda, S. 64.

und insoweit ist das Stück eben nur zum Teil erfunden. Aber zugleich ist der ›alte Rahmen‹ von Nürnberg als Ort der Handlung so stark stilisiert und von der realen Geschichte der Stadt so weit abgehoben, daß ihm aller scheinbaren historischen Verortung zum Trotz eine mythische Qualität zukommt. Das Nürnberg der *Meistersinger* ist, trotz der historischen Figur von Hans Sachs, keine im historischen Sinne genau lokalisierbare Stadt, sondern erweist sich bei näherem Zusehen als ein utopischer Ort, mit dem Wagner zu zeigen hofft, wie durch eine dem Volk verbundene und aus diesem herauswachsende Kunst eine neue Gemeinschaft entsteht, die ohne alle Politik auskommt. Die *Meistersinger* stehen damit in der Tradition jener politisch-ästhetischen Überlegungen, wie sie Wagner im Vorfeld der revolutionären Bewegungen von 1848/49 entwickelt und nach seiner Flucht ins Schweizer Exil in den ›Zürcher Kunstschriften‹ niedergelegt hatte.

II

Die Idee zu den *Meistersingern* entstand in jenem außerordentlich produktiven Jahr 1845, in dem Wagner den *Tannhäuser* beendete und zugleich den Plan zum *Lohengrin* faßte[5]. Im Kontext seiner Studien zu *Lohengrin* las er auch die *Geschichte der poetischen Nationalliteratur* von Georg Gottfried Gervinus und fand hier in »wenigen Notizen«[6] den Stoff zu einer »komischen Oper«, die ihm »den Zutritt zu den deutschen Theatern verschaffen, und so für meine äußeren Verhältnisse einen Erfolg herbeiführen sollte«[7]. Wie im antiken Theater, in dem nach der Tragödie eine Satire aufgeführt wurde, sollte nun dem ernsten *Tannhäuser* eine Komödie nachfolgen, ein »komisches Spiel, das in Wahrheit als beziehungsvolles Satyrspiel meinem ›Sängerkrieg auf der Wartburg‹ sich anschließen konnte«[8].

Auch zu den *Meistersingern* gibt es, wie zu fast allen Stücken Wagners, eine Inspirationslegende, die den Plan zum Werk und die Umrisse zu der Ausführung auf einen kurzen Moment der Eingebung des Komponisten zusammendrängt. In der Autobiographie heißt es dazu: »Ohne irgend Näheres von Sachs und den ihm zeitgenössischen Poeten noch zu kennen, kam mir auf einem Spaziergange die Erfindung einer drolligen Szene an, in welcher der Schuster, mit dem Hammer auf den Leisten, dem zum Singen genötigten Merker zur Revanche für von diesem verübte pedantische Untaten als populär handwerklicher Dichter eine Lektion gibt. Alles konzentrierte sich vor mir in den zwei Pointen des Vorzeigens der mit Kreidestri-

---

5 Zur Entstehung der Meistersinger vgl. u. a. WWV 96, S. 466 ff; Peter Wapnewski, Die Meistersinger von Nürnberg, in: Ulrich Müller/Peter Wapnewski, Richard-Wagner-Handbuch, S. 318 ff; Attila Csampai/Dietmar Holland (Hg), Richard Wagner. Die Meistersinger von Nürnberg. Texte, Materialien, Kommentare, Reinbek bei Hamburg 1987, S. 141 ff.; Hans Joachim Bauer, Richard Wagner, Stuttgart 1992, S. 323 ff.
6 Richard Wagner, ML, S. 357.
7 Richard Wagner, Eine Mittheilung an meine Freunde, in: GSD, Bd. 4, S. 284.
8 Ebenda.

chen bedeckten Tafel von seiten des Merkers und des die mit Merkerzeichen gefertigten Schuhe in die Luft haltenden Hans Sachs, womit beide sich anzeigten, daß ›versungen‹ worden sei. Hierzu konstruierte ich mir schnell eine enge, krumm abbiegende Nürnberger Gasse mit Nachbarn, Alarm und Straßenprügelei als Schluß eines zweiten Aktes – und plötzlich stand meine ganze Meistersingerkomödie mit so großer Leichtigkeit vor mir, daß ich, weil dies ein besonders heiteres Sujet war, es für erlaubt hielt, diesen weniger aufregenden Gegenstand trotz des ärztlichen Verbotes zu Papier zu bringen«[9]. ›Krumme Gasse‹ wie ›Strassenprügelei‹ mögen dabei eine Reminiszenz an Erlebnisse anläßlich eines früheren Nürnberg-Besuches von 1835 gewesen sein, bei dem Wagner auch einen Tischlermeister kennenlernte, der sich einbildete, ein »vortrefflicher Sänger zu sein«[10].

Noch in Marienbad entwarf Wagner eine erste Prosaskizze, in welche die eben erwähnten Handlungselemente eingingen, die allerdings noch wenig vom Meistergesang, seinen Regeln und den Konsequenzen für das Leben in Nürnberg enthielt. Erst in seinen 1851 verfaßten *Mittheilungen an meine Freunde* ging er inhaltlich über diese erste Skizze hinaus und umriß nunmehr den endgültigen Inhalt des Stückes sehr viel präziser mit genauen Einzelheiten. Doch danach ruhte die Arbeit an diesem Stück für lange Jahre, und erst 1861 nahm sich Wagner seinen alten Plan wieder vor. Nachdem er die Komposition des *Ring* nach dem zweiten Aufzug von *Siegfried* abgebrochen hatte und der dazwischen geschobene *Tristan* 1859 abgeschlossen worden war, entstanden zwei weitere Prosaentwürfe zu den *Meistersingern*, denen intensive Literaturstudien vorausgegangen waren. Wagner hatte Johann Christoph Wagenseils *Buch von der Meistersinger holdseliger Kunst* aus dem Jahre 1861 gründlich gelesen und hier die Regeln des Meistergesangs, dessen Praxis und Tradition genau kennengelernt, so daß er aus diesem Buch manches wörtlich in seinen Text übernahm[11]. Hinzu kamen als Quellen Jacob Grimms *Über den altdeutschen Meistergesang*, 1811; Friedrich Furchaus *Hans Sachs*, 1820; sowie Ludwig Deinhardsteins Drama *Hans Sachs* von 1827, das für Albert Lortzings gleichnamige Oper von 1840 die Vorlage abgegeben hatte. Weitere Anregungen fand er bei Goethe und E.T.A. Hoffmann[12]. Im Dezember 1861 begann er in Paris, wo er sich in einem kleinen Hotel eingemietet hatte, mit der Niederschrift des Textes und schloß diese im Januar 1862 ab. Im Oktober 1867 lag dann die Partitur vor, und im folgenden Jahr erlebten die *Meistersinger* in München ihre Uraufführung.

Für den Charakter der *Meistersinger* gilt, »daß Wagner von einer Werkidee ausging, deren musikalische wie dichterische Momente sich nicht eindeutig in ein

---

9 Richard Wagner, ML, S. 357.
10 Ebenda, S. 128.
11 Volker Mertens, Richard Wagner und das Mittelalter, S. 47.
12 Zu nennen wären hier: Goethes Gedicht ›Erklärung eines alten Holzschnittes vorstellend Hans Sachsens poetische Sendung‹ von 1776; E.T.A. Hoffmanns Novelle ›Meister Martin der Küfer und seine Gesellen‹ aus den Serapions-Brüdern von 1819/21; und hinzuweisen wäre auf die Vorbereitung der Aufführung einer Sachs-Oper in Dresden 1834 von Adalbert Gyrowetz, die allerdings dann nicht aufgeführt wurde.

Früher und Später auseinanderlegen lassen. Es war gerade die Sicherheit der musikalisch-dramatischen Gesamtvorstellung, die das Nebeneinander von dichterischen und kompositorischen Konzeptionen, deren Getrenntheit bloßer Schein ist, möglich machte«[13]. In diese Einheit der Werkidee sind die kompositorischen Erfahrungen mit dem *Ring* und mit *Tristan und Isolde* hörbar eingegangen, nachzuverfolgen im Wechselspiel zwischen Diatonik und Chromatik, das den Eindruck des Alten im Neuen erzeugt. Von »Stilisierungen« ist in diesem Zusammenhang gesprochen worden[14], und das meint: Stilisierung in eine Sphäre der diatonischen Einfachheit und Klarheit, die auf die Tradition, auch die musikalische Tradition etwa von Bach verweist, und eine Sphäre der Chromatik, die auf Neues hinweist und jener entgegengesetzt wird. Aus dem Ineinander zweier scheinbar unterschiedlicher Musikstile entsteht der Eindruck vertrauter musikalischer Tradition, der das Stück insgesamt prägt, und dem entspricht, daß auch Formen der traditionellen Oper zurückkehren: Lieder, Ensembles, Chöre und Tänze erinnern an die Grand Opéra. Aber das heißt nicht, »daß Wagner die Idee der Oper als Drama preisgegeben und das Drama in die Oper zurückverwandelt hätte, sondern gerade umgekehrt, daß er des dramatischen Charakters seiner Musik sicher genug war, um ihr zuzutrauen, sie werde den dramatischen Gehalt auch der scheinbar undramatischen Form sinnfällig machen«[15].

III

Daß Wagner sich im Jahre 1861 erneut den *Meistersingern* zuwandte, hängt möglicherweise auch mit einem schon älteren, im Laufe der Jahre immer wieder erwogenen Plan zusammen, für seine Werke in Nürnberg eine eigene künstlerische Ausbildungsstätte zu schaffen, ein Zentrum »für die Kunst wie für die Künstler«[16]. 1866, also mitten in der Arbeit an den *Meistersingern*, schrieb er an Hans von Bülow: »Dagegen fasse ich Nürnberg immer schärfer in das Auge. ... Daß dieser eigentliche wahre und einzige ›deutsche‹ Kunstsitz, das protestantische Nürnberg, zur bayrischen Krone gekommen ist, ... ist wunderbar bedeutend. Dahin gehört die einstige ›Deutsche Akademie‹, dahin gehört alles, was in den verrotteten, undeutschen Residenzen unsrer kleinen Louis XIV nicht gedeihen kann, dahin die Blüthe des deutschen Vergesellschaftungswesens: dahin auch unsere Schule, an die sich endlich eine allgemeine Schule der Kunst und Wissenschaft, deutsch und unjüdisch, anbilden soll«[17].

13 Carl Dahlhaus, Richard Wagners Musikdramen, S. 72. Eine detaillierte musikwissenschaftliche Analyse gibt Paul Buck, Richard Wagners Meistersinger. Eine Führung durch das Werk, Frankfurt/M. 1990.
14 Werner Breig, Wagners kompositorisches Werk, in: Ulrich Müller/Peter Wapnewski (Hg), Richard-Wagner-Handbuch, S. 448 ff.
15 Carl Dahlhaus, Richard Wagners Musikdramen, S. 77.
16 Brief Richard Wagners vom 20. Februar 1866 an Hans von Bülow, zitiert nach Michael von Soden (Hg), Richard Wagner. Die Meistersinger von Nürnberg, Frankfurt/M. 1983, S. 357 ff.
17 Ebenda.

Als ›Nürnberg-Gedanke‹ ist diese weitreichende konzeptionelle Vorstellung der Verbindung von eigener Kunst, Kunstausübung, allgemeiner Bildung und Wissenschaft gelegentlich bezeichnet worden, der freilich noch einen weiteren Aspekt beinhaltet, an den Wagner – bewußt oder unbewußt – anknüpfte: die weitverbreitete Idee, Nürnberg stehe beispielhaft für die deutsche Kunstblüte im Mittelalter. Am wirkungsmächtigsten ist diese Idee in den 1797 erschienenen *Herzensergießungen eines kunstliebenden Klosterbruders* von Wilhelm Heinrich Wackenroder formuliert worden, in deren neuntem Absatz Nürnberg als ein identitätsstiftendes Symbol der deutschen Kunst gepriesen wird:

> »Nürnberg! Du vormals weltberühmte Stadt! Wie gerne durchwanderte ich Deine krummen Gassen; mit welcher kindlichen Liebe betrachtete ich deine altväterlichen Häuser und Kirchen, denen die feste Spur von unserer alten vaterländischen Kunst eingedrückt ist! Wie innig lieb ich die Bildungen jener Zeit, die eine so derbe, kräftige und wahre Sprache führen! Wie ziehen sie mich zurück in jenes graue Jahrhundert, da du, Nürnberg, die lebendigwimmelnde Schule der väterlichen Kunst warst, und ein recht fruchtbarer, überfließender Kunstgeist in deinen Mauern lebte und webte; – da Meister Hans Sachs und Adam Kraft, der Bildhauer, und vor allem, Albrecht Dürer mit seinem Freunde, Willibaldus Pirckheimer, und so viel andre hochgelobte Ehrenmänner noch lebten! Wie oft habe ich mich in jene Zeit zurückgewünscht! Wie oft ist sie in meinen Gedanken wieder von neuem vor mir hergegangen, wenn ich in deinen ehrwürdigen Büchersälen, Nürnberg, in einem engen Winkel, beim Dämmerlicht der kleinen, rundscheibigen Fenster saß, und über den Folianten des wackern Hans Sachs, oder über anderem alten, gelben, wurmgefressenen Papier brütete; – oder wenn ich unter den kühnen Gewölben deiner düstren Kirchen wandelte, wo der Tag durch buntbemalte Fenster all das Bildwerk und die Malereien der alten Zeit wunderbar beleuchtet!«[18].

Wackenroders Buch erwies sich sehr bald als eine der entscheidenden gesellschaftspolitischen Programmschriften der deutschen Romantik, nicht zuletzt deshalb, weil in dem zitierten Abschnitt das alte Nürnberg als Mythos geschaffen wurde, der weit über das 19. Jahrhundert hinauswirkte: es war der Mythos des schlechthin beispielhaften Modells einer deutschen Stadt im Mittelalter. Nürnberg gab das Symbol ab für eine überschaubare und wohlgeordnete Gemeinschaft, in der Handwerk, Wissenschaft und Kunst eine identitätsstiftende Symbiose eingingen, die von nachfolgenden Zeiten als vorbildlich betrachtet werden sollte. Was Wackenroder leistete, war die Stilisierung und mythische Überhöhung der Vergangenheit Nürnbergs zu einem Ort von Sicherheit und Wohlstand, von materiellem wie geistigem Reichtum, heimeliger Geborgenheit und vertrauter Nachbarschaft. Dem heutigen Be-

---

18   Wilhelm Heinrich Wackenroder, Herzensergießungen eines kunstliebenden Klosterbruders, Berlin 1797, in: Werke und Briefe, Gesamtausgabe in einem Band, Heidelberg 1967, S. 57.

trachter mag dies alles angesichts der durch die Französische Revolution verursachten tiefgreifenden Umbrüche der europäischen Gesellschaften als ideologische Regression, als Rückgriff auf Vertrautes in Zeiten der Unsicherheit und Geste der Abwehr erscheinen, in der sich zugleich eine Wunschprojektion für die Zukunft ausdrückte – die Wiederherstellung eines vermeintlich friedvollen und überschaubaren Zustandes. Die nachhaltige Verstörung gerade auch bei vielen deutschen Intellektuellen wie Kant, Hegel, Hölderlin und Schelling, die sich zunächst den Ideen der Französischen Revolution geöffnet und diese selbst offensiv vertreten hatten, sich aber nach den Erfahrungen des ›terreur‹ von 1792/93 von der Revolution abzuwenden begannen, um einen eigenen deutschen Weg in die Moderne zu suchen, sind ein beredtes Beispiel dafür, wie Enttäuschungen über radikale Modernisierungsprozesse in eine Verklärung der Vergangenheit umschlagen können. Die auch für intellektuelle Revolutionsenthusiasten unvorhersehbaren und mit Entsetzen und Schrecken wahrgenommenen innen- wie außenpolitischen Folgen der revolutionären Ereignisse in ganz Europa zerstörten sehr rasch die Hoffnung auf eine freie Gesellschaft, wie sie mit den Anfängen der Französischen Revolution verbunden war. Und dies umso mehr, als die auf dem Wiener Kongreß 1815 beschlossene Wiederherstellung der Kleinstaaterei mit ihren monarchischen Ordnungen in den deutschen Ländern die Erwartung, es werde zu einem politischen Wandel im Sinne des liberalen Konstitutionalismus kommen, endgültig begrub. Die so hoffnungsfroh aufgenommene Utopie einer Befreiung suchte sich jetzt einen neuen Platz in der Geschichte, sie verlangte nach einem bestimmbaren Ort, der ein Beispiel dafür abgeben konnte, daß das, was man für die Zukunft erhoffte, historisch schon einmal geglückt war und damit auch wieder glücken konnte.

Aus solchen Motiven vollzog sich in Deutschland die Wiederentdeckung der mittelalterlichen Welt, aber sie blieb nicht nur den Romantikern vorbehalten und beschränkte sich auch nicht nur auf die Idealisierung Nürnbergs. Sie griff sehr viel weiter, erhob identitätsstiftende Ansprüche für die noch zu bildende deutsche Nation. So erwuchs beispielsweise aus den Erfahrungen staatlicher Ohnmacht, wie sie die Befreiungskriege und die anschließende Enttäuschung über die politische Restauration den Deutschen drastisch vor Augen führten, die Beschreibung und Beschwörung eines starken *Staates des hohen Mittelalters*[19], den es so nie gegeben hatte; so wurden plötzlich die Spuren einer spezifisch deutschen Politiktradition entdeckt, in der die Gemeinschaft des Volkes als ein gewachsener Organismus erschien, als eine »leiblich und geistig geeinigte Persönlichkeit«[20] – eine Theorie, die aus den Fakten der Vergangenheit so nicht herausgelesen werden konnte. Und solche Rückprojektionen prägten sogar wissenschaftliche Disziplinen: etwa die neu entstehende

---

19   So der Titel einer 1940 erstmals erschienenen Arbeit von Heinrich Mitteis, Der Staat des hohen Mittelalters, Weimar 1962; allgemein vgl. George P. Gooch, Geschichte und Geschichtsschreiber im 19. Jahrhundert, Frankfurt/M. 1964.

20   Friedrich Christoph Dahlmann, Die Politik auf den Grund und das Maß der gegebenen Zustände zurückgeführt (1835), Berlin 1924, S. 53 f.

Germanistik, die in den deutschen Mythen, dem Nibelungen-Mythos, dem Hermann-Mythos oder auch dem Barbarossa-Mythos den Reflex einer nationalen Tradition sah, auf welche die Gegenwart sich ihrerseits wieder normativ beziehen sollte; die Geschichtswissenschaft, die die germanisch-deutsche Vergangenheit so typisierte, daß daraus das Programm einer erneuerten nationalen Einheit und Identität abgelesen werden konnte; die historische Rechtswissenschaft, die der Historisierung einer vermeintlich spezifisch deutschen Rechtstradition systembildende Funktionen für die weitere Rechtsentwicklung zuweisen wollte – die Beispiele ließen sich erweitern und ergänzen.

Das alles kann verstanden werden als ›Arbeit an einem deutschen Nationalmythos‹, einer Arbeit, die den Deutschen für die nach dem Wiener Kongreß erneut einsetzenden Einigungsbemühungen eine eigene politisch-kulturelle Tradition zuweisen wollte, um darauf auch ein neues kulturelles und politisches Nationalverständnis gründen zu können[21]. Übersehen wurde dabei häufig, daß die beschriebene Realität des Mittelalters zumeist sehr anders aussah, als sie jetzt dargestellt wurde. Das gilt ganz allgemein, gilt aber auch speziell für Nürnberg, das erst im 16. Jahrhundert – also nach dem Mittelalter, bereits zur Zeit des Übergangs in die frühe Neuzeit – seine höchste Blüte erlebte, um 1550 etwa 30.000 Einwohner zählte und damit neben Köln und Augsburg die größte Stadt Deutschlands war[22]. Durch den Handel, der diese Metropole mit nahezu allen damals bekannten Ländern verband[23], durch Handwerksbetriebe, die spezialisierte Produkte herstellten und exportierten[24], schließlich durch eine Reihe wichtiger Erfindungen[25] war die freie Reichsstadt Nürnberg zu einem wohlhabenden Gemeinwesen emporgestiegen, das freilich diejenigen, die ihm solchen Reichtum bescherten, an den öffentlichen Aufgaben, also an der Regierung der Stadt, nur begrenzt, wenn überhaupt, teilnehmen ließ.

Denn die vielfältige soziale Gliederung der Stadt spiegelte sich nicht in repräsentativer Weise in der Organisation der politischen Ordnung wieder. Nicht einmal Nürnbergs politisch und ökonomisch führende Oberschicht aus reichen Unternehmern, Großkaufleuten und Bankiers, aus Juristen und Beamten, aus Ärzten, wohlhabenden Handwerksmeistern und Künstlern, die etwa 8 Prozent der Gesamtbevölkerung ausmachte, war in die zentralen Regierungsgeschäften mit einbezo-

---

21 Vgl. dazu Otto W. Johnson, Der deutsche Nationalmythos. Ursprung eines politischen Programms, Stuttgart 1990.

22 Zu den folgenden Angaben vgl. u. a. Horst Brunner, Hans Sachs und Nürnbergs Meistersinger, in: Hans Sachs und die Meistersinger in ihrer Zeit, Germanisches Nationalmuseum Nürnberg (Ausstellungskatalog Bayreuth 26. Juli bis 30. August 1981), Nürnberg 1981, S. 9 ff; Gerhard Hirschmann, Aus sieben Jahrhunderten Nürnberger Stadtgeschichte, hg. von Kuno Ulshöfer, Nürnberger Forschungen, Bd. 25, Nürnberg 1988; Eugen Kusch, Nürnberg. Lebensbild einer Stadt, Nürnberg 1966.

23 Eugen Kusch, Nürnberg, S. 153 ff.

24 Ebenda, S. 173 ff.

25 Ebenda, S. 182 ff.

gen. Lediglich 43 Familien teilten sich die Macht in der Stadt, sogenannte ratsfähige Geschlechter, die sich nach 1521 mehr und mehr nach außen abschlossen und niemanden neu in ihren Kreis aufnahmen, so daß sich ihre Zahl im Laufe der weiteren Jahrhunderte auf 21 Familien reduzierte.

Dieses Patriziat, entstanden aus ehemals vom Kaiser beauftragten Ministerialen, aus Großkaufleuten und Großgrundbesitzern, die mit Privilegien versehen worden waren oder in die alten Familien eingeheiratet hatten, bildete die eigentliche Stadtregierung, den ›kleinen Rat‹, der alle wesentlichen Entscheidungen traf. Interessant – vor allem auch im Hinblick auf Wagners *Meistersinger* – ist dabei, daß dieser Rat eine Art rotierende, fast schon ›radikal-demokratische‹ Binnenstruktur hatte, die in der Literatur wie folgt beschrieben wird: »Der kleine Rat setzte sich aus 26 Bürgermeistern zusammen, welche wiederum in 13 Konsuln und 13 Schöffen unterteilt waren. Diese stattliche Zahl kam dadurch zustande, daß alle vier Wochen je ein Konsul und Schöffe mit der eigentlichen Geschäftsführung betraut wurden – teilweise aus Gründen der Vorsicht, nicht zuletzt aber, weil die dabei zu bewältigende Arbeit ganz erheblich war; einem alten Bericht zufolge hatten diese leitenden Bürgermeister damit zu rechnen, daß ihnen während der Amtswochen nachts nur wenig Zeit zum Schlafen blieb. Ferner wurde zwischen dem alten Bürgermeister unterschieden, dem Mann des Monats, und dem jungen als dessen engstem Mitarbeiter. Diese Einteilung hatte nichts mit dem Lebensalter der Betreffenden zu tun, denn auch sie wechselten als oberste Amtsträger untereinander ab, so daß jedes der 26 Mitglieder jährlich vier Wochen lang eigentlicher Lenker der Stadtgeschäfte war. Der alte Bürgermeister vertrat den Rat nach außen ..., öffnete die eingehenden Briefschaften und wußte durch entsprechende Vorschläge notwendige Entscheidungen der gesamten Körperschaft nahezubringen. Allein konnte er ... wenig unternehmen, da nur die Gesamtheit beschlußfähig war ...«[26].

Was hier als eine Form der Selbstregierung der Bürger beschrieben wird, erinnert in seiner Struktur an das Polismodell des antiken Griechenland, wie es Richard Wagner vorbildhaft vor Augen stand[27], auch an oberitalienische Stadtverfassungen wie die von Venedig oder Florenz, in denen das antike Erbe noch nachwirkte. Doch das ›Modell Nürnberg‹, dessen scheinbar demokratische Einrichtung einer rotierenden Exekutive auf einer nichtdemokratischen, ständisch gestuften Gesellschaftsorganisation basierte, war insgesamt weder demokratisch noch auch nur flexibel hinsichtlich seiner sozialen Durchlässigkeit. Nürnberg im 16. Jahrhundert war eine Stadt, in der die Trennungen der Stände scharf beachtet wurden. Gerade auch Mittelschichten, zu denen vor allem die Handwerker zählten, hatten keine politischen Mitspracherechte, obwohl sie doch 50 Prozent der Bevölkerung ausmachten. Zwar gab es neben jenem ›kleinen Rat‹ auch einen ›größeren Rat‹, der sich aus den ›Genannten‹ ehrbarer Familien rekrutierte und zwischen 300 und 400 Mitglieder

26 Ebenda, S. 64.
27 Vgl. dazu eingehend Udo Bermbach, Der Wahn des Gesamtkunstwerks. Richard Wagners politisch-ästhetische Utopie, Franfurt/M. 1994, S. 146 ff. (›Politik und Ästhetik‹).

umfaßte. Aber dieser ›größere Rat‹ trat lediglich einmal im Jahr zusammen, er schuldete dem ›kleinen Rat‹ Respekt und Gehorsam und sollte dort, wo es um die öffentlichen Angelegenheiten ging, beobachten, daß alles korrekt zuging, ohne freilich Kontroll- und Eingriffsrechte zu besitzen[28]. Er war folglich ein Gremium, in dem sich die soziale Repräsentation der Stadt mit politischer Machtlosigkeit verband.

So lag das Stadtregiment, dessen internes Leitungsgremium – der ›kleine Rat‹ – nach demokratischen Strukturprinzipien organisiert war, insgesamt in den Händen eines schmalen Patriziats, das seinerseits das öffentliche Leben streng reglementierte und darin alles andere denn demokratisch verfuhr. Kleidung und Schmuck, Ausgangs- und Öffnungszeiten der Wirtshäuser, öffentliche Feiern und Versammlungen, die Ausbildung von Lehrlingen, Gesellen und Meistern, selbst Korrespondenz nach außen – alles unterlag einer strikten obrigkeitlichen Kontrolle. Die Handwerker durften keine Zünfte bilden, wie andernorts längst üblich, sondern blieben der strengen Rechtsaufsicht des Rates unterworfen. Dieser bestimmte die Handwerksordnungen, die sich in anderen Städten die Zünfte selbst gaben, bestimmte auch die Lebensordnungen einer inhomogenen Unterschicht von ärmeren Handwerkern, von ungelernten Arbeitern und niederen Angestellten der Stadt, auch jener Armen, Kranken und Obdachlosen, jener Bettler und Dirnen, Spielleute und Bader, Henker und Schinder, die zumeist nicht einmal das Bürgerrecht besaßen und am Rande der Stadtgesellschaft dahinvegetierten.

Was Wackenroder also beschrieb, war fern aller mittelalterlichen Wirklichkeit. Aufgrund seines unmittelbaren persönlichen Eindrucks einer durch mittelalterliche Bauten bestimmten Stadtarchitektur und eines kleinwinkligen Gassengewirrs hatte er sich das Idealbild einer urbanen, einer sozial wie politisch hoch integrierten Lebensgemeinschaft imaginiert, die er in die Zukunft projizierte. Es sollte ein utopischer Gegenentwurf sein, Vorbild für eine Gegenwart, die als schlecht empfunden wurde und die überwunden werden sollte. Wackenroders Nürnberg war ein Bild von durch und durch mythischer Qualität, dessen Bezug zur tatsächlichen Wirklichkeit der Stadt weder den Autor noch seine Leser interessierte, sondern das zur Metapher für eine andere, für eine bessere Wirklichkeit hochstilisiert wurde. Nicht zuletzt in solcher Stilisierung und der dadurch ermöglichten musikdramatischen Verwendung mag für Wagner der Reiz gelegen haben, sich dieses Stoffes anzunehmen[29] – mit wirkungsmächtigen und verhängnisvollen Konsequenzen, weit über das Theater hinaus und in den Bereich der Politik hinein.

---

28 Gerhard Hirschmann, Aus sieben Jahrhunderten Nürnberger Stadtgeschichte, S. 126 f und Eugen Kusch, Nürnberg, S. 65.

29 Vgl. Oswald Georg Bauer, »Wie friedsam treuer Sitten, getrost in Tat und Werk«. Marginalien zum Nürnberg-Bild Richard Wagners, in: Programmhefte der Bayreuther Festspiele 1981 (Meistersinger), S. 30 ff.

IV

Die Stadt der kaiserlichen Reichstage, die Stadt eines reichen und kunstsinnigen Bürgertums, die Stadt Albrecht Dürers und des bis in das 18. Jahrhundert hineinreichenden Meistergesangs, die Stadt auch, in der bis zum Zusammenbruch des Heiligen Römischen Reiches Deutscher Nationen im Jahre 1806 die Reichskleinodien aufbewahrt wurden – diese Stadt einer scheinbar ungebrochenen historischen Kontinuität war vorzüglich geeignet, den ›Mythos Nürnberg‹ abzugeben und bot sich deshalb auch geradezu als jener utopische Ort und jenes Zentrum für die zukünftige Regeneration von Kunst und Wissenschaft an, wie sie Wagner seit seinen Dresdner Tagen in nie nachlassender Überzeugungskraft beschwor. ›Mythos Nürnberg‹: das hieß für Wagner, alle Zukunftshoffnung auf die Kunst zu setzen, sie als das entscheidende Medium radikaler gesellschaftlicher Selbsterneuerung zu positionieren und damit auch zu zeigen, daß die bisher praktizierte Politik überflüssig geworden war. Die Kunst, genauer: Wagners Kunst sollte eine neue, bessere Gemeinschaft aller Bürger hervorbringen, eine Gemeinschaft, in der Formen wie Inhalte durch die ästhetische Lebensführung jedes einzelnen Bürgers bestimmt werden sollten. Wie alle in der Dresdner Zeit konzipierten Werke Wagners sind auch die *Meistersinger* in sein damals entstehendes politisch-ästhetisches Revolutionskonzept eingebunden. Die *Meistersinger* sind von allen Werken vielleicht sogar jenes, in dem er sich am unmittelbarsten als »Ästhetiker, Moralist, Pädagoge und politischer Denker«[30] ausspricht. Denn in ihnen macht er seine ästhetischen Grundüberzeugungen – und damit seine politischen Zukunftshoffnungen – zum Gegenstand eines Musikdramas. Die *Meistersinger* sind seine komponierte ästhetische Theorie und deshalb nimmt dieses Stück auch innerhalb des Gesamtwerkes von Wagner eine besondere, hervorgehobene Stellung ein. Das muß kurz erläutert werden.

Wenn es richtig ist, daß der *Ring* die Parabel einer durch Politik ruinierten Welt ist und wenn es stimmt, daß am Schluß der *Götterdämmerung* nichts von der bisherigen Welt übrigbleibt; daß – außer Alberich – alle Akteure der Tetralogie tot, die von ihnen vertretenen Moralvorstellungen gescheitert sind und die konventionelle Politik deshalb vollständig am Ende ist, weil sie sich in strategischen Erwägungen und taktischen Winkelzügen erschöpft hat; wenn also das Ende der *Götterdämmerung* einen Neuanfang mit den bis dahin bekannten Mitteln – den politischen – nicht mehr zuläßt, so gibt es einen Ausweg und die Chance eines Neubeginns nur außerhalb der üblichen Politik. Wagner liefert diesen Ausweg in doppelter Weise: zum einen zeigt er in den *Meistersingern* ein konkretes Modell für eine Gemeinschaft, die sich nicht mehr nach politischen Kriterien konstituiert, sondern ihre Selbstorganisation aus ästhetischen Maßstäben heraus – aus den Regeln des Meistergesangs – gewinnt und die damit offenbar ohne alle Politik auskommt. Prinzipien der ästhetischen Lebenserfahrung werden hier vorgeführt, die Gemeinschaft konstituieren und

---

30 Michael von Soden, Vorwort in: derselbe (Hg), Richard Wagner. Die Meistersinger von Nürnberg, S. 10.

zusammenhalten können und von denen Wagner glaubt, daß sie in einer nachrevolutionären Zukunft tragfähig sein werden. Zum anderen beschreibt er im *Parsifal* die Ästhetisierung der Politik durch Sakralisierung der Kunst, und dies zeigt er in einem langanhaltenden Lernprozeß des Protagonisten. Im *Parsifal* wird kein konkretes Modell der Selbstorganisation von Menschen geliefert, werden keine konkreten Organisationsfolgerungen gezogen, wird nicht über den Zusammenhang von ästhetischen und sozialen Regeln reflektiert, sondern der Weg zu einer Kunst beschrieben, die über den rein ästhetischen Bereich hinaus auch zur ›Idee‹ einer gelingenden sozialen Vergemeinschaftung werden kann. Anders in den *Meistersingern*. Deren zentrales Thema ist die Frage nach der direkten Verbindung von Kunst und Gesellschaft, nach der Vorbildfunktion der Kunst für die Gemeinschaft in einem sehr konkreten Sinne, die Frage nach den Bedingungen, die erfüllt sein müssen, damit Kunst als das entscheidende Medium einer zukünftigen gemeinschaftlichen Ordnung gelten und fungieren kann.

Schon eine erste Annäherung an den Inhalt des Werkes, ein erstes flüchtiges Lesen des Textes zeigt: in den *Meistersingern* fehlt die Politik. Jedenfalls nach klassisch-liberalem Verständnis, das auch das Verständnis von Richard Wagner war. Denn danach spielt sich Politik und politisches Handeln üblicherweise im Rahmen von speziell dafür vorgesehenen Institutionen ab, die in aller Regel in einer Verfassung aufgeführt werden: politische Parteien, Parlamente, Regierungen und Bürokratien, die das Substrat des modernen Staates ausmachen. In solchen Institutionen wird Politik für gewöhnlich von Mandatsträgern formuliert, debattiert und ausgeführt, die ihrerseits, wie auch immer bestimmt, ob durch Wahl oder Delegation, durch die feste Zugehörigkeit zu solchen Institutionen in ihrem Handeln legitimiert sind. Legt man dieses klassische und zu Wagners Zeiten geltende Politikverständnis zugrunde, so gibt es im Nürnberg der *Meistersinger* keine Politik. Das mag zunächst befremdlich sein, zumal Wagner selbst bekannte, es ginge ihm in seinem Werk um die »Wiederherstellung« und die »Erhebung des alten teuren Nürnberg«[31] – und dazu zählt notwendigerweise auch dessen politische Verfassung. Doch in den *Meistersingern* ist die Stadt Nürnberg ganz offensichtlich in einem politikfreien Zustand, denn es fehlt ihr alles, was aufgrund der Quellen, die Wagner doch studiert hatte, eigentlich vorhanden sein müßte: es gibt weder einen ›kleinen‹ noch einen ›größeren‹ Rat, es gibt kein organisiertes Stadt-Regiment, es fehlen Bürgermeister, Konsuln, Schöffen und sonstige Vertreter der städtischen Verwaltung, es fehlt die religiöse Obrigkeit und sogar die Polizei[32]. Lediglich der Stadtschreiber Beckmesser tritt auf, aber nicht in seiner amtlichen Funktion, sondern als Merker und Rivale von Walther. Erst spät, wenn er anläßlich seiner Bewerbung um Eva auf der Festwiese sein Lied

---

31 König Ludwig II. und Richard Wagner, Briefwechsel, hg. vom Wittelsbacher Ausgleichs-Fond und von Winifred Wagner, Karlsruhe 1936, Bd. II, S. 78 (Brief Wagners vom 24. Juli 1866).

32 Vgl. Dieter Borchmeyer, Nürnberg als ästhetischer Staat. Die Meistersinger: Bild und Gegenbild der Geschichte, in: derselbe, Richard Wagner, Frankfurt/M. 2002, S. 235 ff., dessen Interpretation sich in vielen Punkten mit der hier gegebenen berührt.

vortragen will, wird vom Volk ein ›Rat‹ der Stadt erwähnt: »Still! Macht keinen Witz:/der hat im Rathe Stimm' und Sitz«[33]. Zweimal betritt ein in der Ämterhierarchie auf der untersten Ebene angesiedelter Nachtwächter die Bühne – bezeichnenderweise vor und nach der Prügelei des zweiten Aufzugs, wenn alles, was zu regeln wäre und was er vielleicht anstelle der Polizei hätte regeln können, sich bereits selbst geregelt hat. Darüber hinaus: das Deutsche Reich, das durch Verfassung konstituierte, größte politische Imperium Europas, wird von Sachs in seiner Schlußansprache zwar beschworen, aber nur mit der Möglichkeit seines Untergangs. Daß Nürnberg zu diesem Reich, dessen Mitglied es immerhin ist, in irgendeinem politisch-rechtlichen Bezug stünde, wird nirgendwo deutlich[34].

Man wird dieses Fehlen aller politischen Institutionen und Amtspersonen, übrigens auch aller politischen Symbole – die Fahnen der Zünfte auf der Festwiese können als solche nicht angesehen werden, denn sie sind Zeichen der Stände – nicht als eine nur theater- oder bühnenbedingte Entscheidung Wagners interpretieren können, sondern muß es wohl eher als ein bewußtes Zeichen dafür verstehen, daß Wagner mit den *Meistersingern* ein Modell unpolitischer Selbstorganisation von freien Bürgern vorführen wollte, das sich wesentlich auf dem gemeinsamen Kunstverständnis wie der gemeinsamen Kunstausübung aller Beteiligten gründet, in dem also der Kunst die entscheidende und das allgemeine Wohl anleitende gesellschaftliche Ordnungsfunktion zufallen soll. In gewisser Weise nehmen die *Meistersinger* jene These vorweg, die Wagner erst 1849 in der Schrift *Die Kunst und die Revolution* formuliert hat: »Die Kunst und ihre Institutionen« – schreibt er hier – »können somit die Vorläufer und Muster aller künftigen Gemeindeinstitutionen werden: der Geist, den eine künstlerische Körperschaft zur Erreichung ihres wahren Zweckes verbindet, würde sich in jeder anderen gesellschaftlichen Vereinigung wiedergewinnen lassen ...; denn eben all' unser zukünftiges gesellschaftliches Gebahren soll und kann, wenn wir das Richtige erreichen, nur rein künstlerischer Natur sein, wie es allein den edlen Fähigkeiten des Menschen angemessen ist«[35].

Das Nürnberg der *Meistersinger* ist in der Tat eine Stadt, die entscheidend durch die Kunst bzw. die Kunstausübung ihrer Bürger geprägt ist, so sehr, daß offensichtlich sogar die soziale Rangordnung der Bürger dadurch festgelegt wird. Zwar gibt es – entgegen der historischen Überlieferung – die unterschiedlichen Zünfte der Schuster, Schneider und Bäcker, die am Ende, zusammen mit Frauen und Kindern,

33 Dritter Aufzug, fünfte Szene.
34 Das heißt freilich nicht, wie Borchmeyer meint, daß die Nürnberger »in einer Art ästhetischem Naturzustand, der sich selbst reguliert, ohne daß es noch eines ›contrat social‹ bedürfte«, lebten. Denn die Nürnberger leben nämlich durchaus nach Regeln, allerdings nicht nach politischen Regeln, sondern nach ästhetischen, die für die Kunstproduktion, für den Meistergesang, gelten und die auf die soziale Gemeinschaft übertragen werden. Der Naturzustand dagegen ist im politischen Denken der Neuzeit durchgängig dadurch charakterisiert, daß er keinerlei Regeln kennt, weder politische, noch soziale, noch ästhetische, sondern lediglich das ›Recht des Stärkeren‹. Dieter Borchmeyer, Richard Wagner. Ahasvers Wandlungen, Frankfurt/M. 2002, S. 237.
35 Richard Wagner, Die Kunst und die Revolution, in: GSD, Bd. 3, S. 40 f.

auf der Festwiese aufmarschieren – und darüber hinaus wohl noch weitere Zünfte, wie die Berufsbezeichnungen der Meister: Goldschmied, Kürschner, Spengler, Zinngießer, Würzkrämer, Seifensieder, Strumpfwirker und Kupferschmied vermuten lassen. Aber diese Berufsstände scheinen lediglich den Rahmen einer sozialen Ordnung und das ständische Grundmuster der Nürnberger Bürgergesellschaft abzugeben, sind aber nicht deren inhaltlich bestimmendes Moment. Es ist offensichtlich das Privileg der Meistersinger, jener kleinen Gruppe von zwölf Männern, die sich regelmäßig treffen, um ihre Kunst zu pflegen, die soziale Ordnung der Stadt mit Leben und Aktivitäten zu erfüllen. Sie sind der Impuls gebende Mittelpunkt des städtischen Lebens, sie regeln die öffentlichen Dinge der Stadt, sie sprechen alles, was wichtig ist, unter sich ab, und das greift, wie das Schicksal Evas zeigt, bis in die persönliche Sphäre einer Frau hinein. Der Einfluß der Meister erscheint als entscheidend und alles beherrschend, und er beruht wohl vornehmlich auf der selbst organisierten Kunstpflege und dem daraus gespeisten Ansehen beim Volk, bei einigen Meistern auch auf erworbenem Reichtum und den damit gegebenen Einflußmöglichkeiten. Das Volk seinerseits besteht offensichtlich aus den übrigen Mitgliedern der Zünfte, aus Lehrbuben und Gesellen, aus Frauen und Kindern.

Volk und Meistersinger stehen in keinem ganz spannungsfreien Verhältnis zueinander, wie sich gleich anfangs zeigt, als Sachs das Volk zum Schiedsrichter über den Sieger des geplanten Sängerwettstreits machen will und bei den übrigen Meistern nur Widerspruch findet[36]. Aber zugleich scheint das Volk für die Regelung der öffentlichen Dinge, auch der Kunst der Meister, eine doch ausschlaggebende Entscheidungskompetenz zu besitzen. Das zeigt sich am Ende des Stückes: es ist zuerst das auf der Festwiese versammelte Volk, das Walther den ausgesetzten Preis zuerkennt, es sind nicht die Meister, die in das Votum des Volkes erst nachträglich einstimmen, gleichsam als Bekräftigung eines bereits feststehenden Urteils. Adel gibt es in Wagners Nürnberg nicht, ein Faktum, das an die in den Revolutionsschriften von 1848/49 mehrfach formulierten Überlegungen erinnert, den Adel möglichst umgehend abzuschaffen, weil er eine parasitäre Existenz führt und den direkten Kontakt zwischen dem Volk und seinen Fürsten verhindert. Wer also als Adliger in das durch Bürger selbstregierte Nürnberg kommt, um dort seßhaft zu werden, wer also anerkannt und in die Gemeinschaft der Bürger aufgenommen werden möchte, muß selbst zum Bürger werden, wie Pogner dies von Walther berichtet:

>»Als seines Stammes letzter Sproß
>verließ er neulich Hof und Schloß
>und zog nach Nürnberg her,
>daß er hier Bürger wär'«[37].

Nur indirekt und gewiß sehr grob läßt sich das soziale Gefüge Nürnbergs in den *Meistersingern* aus dem Ablauf der Handlung, den agierenden Personen und ihren

---

36 Erster Aufzug, dritte Szene.
37 Ebenda.

gegenseitigen Beziehungen herausfiltern, nur indirekt auch der kommunikative Zusammenhang zwischen den gesellschaftlichen Differenzierungen seiner Bewohner und Bürger benennen. Das ist nicht nur der Tatsache geschuldet, daß Opern keine sozialen und politischen Traktate sind und es folglich auch nicht die Aufgabe eines Librettos ist, die Sozialstrukturen und politischen Institutionen, innerhalb derer eine Geschichte spielt, dem Zuschauer mitzuteilen. Es hat wohl auch damit zu tun, daß Wagner es offensichtlich bewußt vermied, die soziale und politische Einbettung der Meistersinger genauer darzustellen, vermutlich wohl deshalb, weil andernfalls die eigentliche Intention des Werkes: die Kunst als das alles bestimmende Lebensmedium zu zeigen, überdeckt oder in den Hintergrund gedrängt worden wäre. Denn in dem Maße, in dem die sozialen und politischen Momente zurücktreten, ja nahezu ganz fehlen, rückt für Wagner die Kunst ins Zentrum des Interesses, und die Art und Weise, wie deren ›Produktion‹ und ›Verwertung‹ durch die Meistersinger geregelt und organisiert wird, gibt zugleich Aufschluß darüber, inwieweit ihr eine gesellschaftliche und quasi-politische Vorbildfunktion zugesprochen wird. Für Wagner ist zweifelsfrei: wenn die Kunst an die Stelle der Politik tritt, dann übernimmt sie zwangsläufig auch deren Funktion, wird sie damit zum strukturgebenden Vorbild des gesellschaftlichen Lebens, indem sie »den Boden einer neuen moralischen Weltordnung«[38] bereitet. Nimmt man dies ernst, dann heißt es: das Nürnberg der *Meistersinger* wird zum modellhaften Vorgriff und zur theatralisierten Utopie einer ästhetisch angeleiteten, neuen moralischen Ordnung, die in der Praxis der Meistersinger, im Betrieb der Singschule und der öffentlichen Präsentation ihrer Sänger ihre praktische (Bühnen-)Verwirklichung erfährt.

Diese Utopie einer auf ästhetischen Produktionsregeln beruhenden ›Verfassung‹ Nürnbergs kann nun allerdings nicht mehr mit den politischen Begriffen einer zentralistischen Staatstradition beschrieben und angemessen erfaßt werden. Wagners Nürnberg ist deshalb auch kein ›ästhetischer Staat‹[39], weil der Begriff des Staates bei Wagner stets politisch, im Sinne eines hierarchisch strukturierten, bürokratisch geführten und zentralistisch kontrollierten Systems gebraucht wird. Daran än-

---

38 Richard Wagner, Was nützt diese Erkenntnis, in: GSD, Bd.10, S. 261.
39 So Dieter Borchmeyer, Richard Wagner, S. 236 ff. In seiner Anmerkung 26 auf S. 562 f. meint Borchmeyer, mein Einwand gegen seinen Begriffsgebrauch gehe von der Unterstellung aus, Schillers Begriff des ›ästhetischen Staats‹ sei politisch konnotiert. Daran ist richtig, daß auch Schillers Gebrauch des Staatsbegriffs in der deutschen Tradition eines zentralistischen Organisationsmodells steht, auch wenn die Politik darin keinen Platz mehr hat. Weil aber der Begriff des Staates, wie oben im Text erwähnt, im deutschen Denken nahezu durchgängig in diesem Sinne gebraucht wird, versucht die politische Linke im 19. Jahrhundert alternative Organisationsbegriffe zu finden wie z. B. den der Assoziation, der Genossenschaft oder des Gemeinwesens. Zur politischen Begriffsgeschichte vgl. Ludwig Weinacht, Staat. Studien zur Bedeutungsgeschichte des Wortes von den Anfängen bis ins 19. Jahrhundert, Berlin 1968, sowie den Artikel ›Staat und Souveränität‹ in: Otto Brunner/Werner Conze/Reinhart Koselleck (Hg), Geschichtliche Grundbegriffe. Historisches Lexikon zur politisch-sozialen Sprache in Deutschland, Stuttgart 1990, Bd. 6, S. 4 ff, bes. S. 31 ff; ›Staat‹ in: Joachim Ritter/Karlfried Gründer (Hg), Historisches Wörterbuch der Philosophie, Basel 1998, Bd. 10, Sp. 1 ff.

dert auch nichts, daß der von Kant und Schiller geprägte Ausdruck des ›ästhetischen
Staates‹ die Überwindung der Politik zugunsten der Ästhetik meint, denn dieser
Ausdruck bleibt noch immer auf den ›Staat‹ bezogen und denkt diesen, auch als
einen ästhetischen in den Strukturen eines zentralistischen Ordnungsmodells. Wagner aber stimmt gerade darin nicht mit Schiller überein, sondern orientiert seine
eigenen Vorstellungen einer nach-politischen oder auch meta-politischen, also: ästhetisch angeleiteten Form des Zusammenlebens von Menschen eher an links-hegel-
ianischen, sozialistischen und anarchistischen Konzepten einer unpolitischen Vergemeinschaftung, aber auch an konservativen Ideen der Selbstorganisation. Wo die
Kunst, wie in den *Meistersingern*, lebens- und organisationsbestimmend wird, stirbt
die Politik zwangsläufig ab und mit ihr auch der Staat, auch als ›ästhetischer Staat‹.
An dessen Stelle tritt bei Wagner, wenn er sich die Utopie einer direkt-demokratisch
organisierten Gesellschaft ausmalt, nicht zufällig der Begriff der ›Genossenschaft‹.
Das Nürnberg der *Meistersinger* läßt sich daher auch eher mit Begriffen und Vorstellungsgehalten beschreiben, die aus einer dem ›Staats‹-Denken entgegengesetzten
theoriengeschichtlichen Tradition der Genossenschaftsbewegung und des genossenschaftlichen Denkens herkommen[40], es entspricht in seinen umrißhaften, wenig
konkretisierten aber nachvollziehbaren Strukturen viel stärker jener Vision Wagners,
in der die »Genossenschaft aller Künstler« als »künstlerische Genossenschaften der
Zukunft« das Vorbild für die Verfaßtheit einer Kommune abgeben sollen, die sich
selbst dann als eine auf das praktische Leben zielende Spielart der »freien künstlerischen Genossenschaft«[41] versteht. Solche Genossenschaften aber, das zeigt sich ansatzweise auch bei den Meistern und ihren gegenseitigen Beziehungen und Stel-
lungen, haben eine direkt-demokratische Binnenstruktur[42].

40 Die Idee von freien Assoziationen, die zum Zwecke der genossenschaftlichen Selbsthilfe gegründet
    wurden, war im Vormärz und danach in der zweiten Hälfte des 19. Jahrhunderts weit verbreitet und
    wurde auch reichlich praktiziert, vor allem von der christlichen und liberalen Arbeiterbewegung.
    Vgl. einführend Wilfried Gottschalch/Friedrich Karrenberg/Franz Josef Stegmann, Geschichte der
    sozialen Ideen in Deutschland, München/Wien 1969, S. 346 ff.
41 Richard Wagner, Das Kunstwerk der Zukunft, in: GSD, Bd. 3, S. 108 und 162.
42 Hans Vaget, Wehvolles Erbe. Zur ›Metapolitik‹ der Meistersinger von Nürnberg, in: Musik & Ästhe-
    tik, Heft 22, Stuttgart 2002, S. 23 ff; hier S. 34, hat gegen diese These eingewandt, das Fehlen von
    politischen Regeln und Strukturen in den *Meistersingern* deute auf eine Volksgemeinschaft, die sich
    gegen universelle Werte abschließe, die korporatistisch sei und daher in »keinem prinzipiellen Ge-
    gensatz zu dem nationalsozialistischen Begriff der Volksgemeinschaft« stehe, weshalb sie sich nicht
    mit einer quasi-demokratischen Utopie der Selbstregierung freier Bürger vertrage. Dieser Einwand
    ist deshalb unzutreffend, weil er den ›genossenschaftlichen‹ Hintergrund von Wagners Nürnberg
    verkennt und gleichzeitig stillschweigend nur das Modell der westlich-parlamentarischen Demo-
    kratie als das einzige demokratische gelten läßt. Er übersieht damit, daß es in der deutschen Traditi-
    on des politischen Denkens im 19. Jahrhundert eine starke Strömung gibt, welche die Genossen-
    schaften gegen ein zentralistisches und konstitutionelles Staatsverständnis als eine eigenständige
    Form demokratischer Selbstverwaltung und damit auch als eine eigene demokratische Alternative
    zu westlich-parlamentarischen Verfassungsformen verstanden hat. Diese Genossenschaftsbewegung
    hat sich in ihrer praktischen Wirksamkeit der Gewerkschaftsbewegung zugerechnet. Als ein demo-
    kratisches Selbstorganisations- und Selbstverwaltungsmodell hat sich der Genossenschaftsgedanke

V

Daß die Kunst für das gesellschaftliche wie politische Selbstverständnis Nürnbergs diese zentrale Vorbildfunktion hat, daß sie das Selbstverständnis aller Beteiligten prägt, macht Pogner gleich anfangs in seinem großen Auftritt deutlich[43]. Als weitgereister Bürger beklagt er den Verfall der Kunst in »deutschen Landen« und setzt dagegen, daß allein Nürnberg noch eine rühmliche Ausnahme bildet, weil »wir im weiten deutschen Reich/die Kunst einzig noch pflegen.« Unangenehm, zumindest unzureichend erscheint ihm offenbar, was doch die entscheidende Vorbedingung für den Aufstieg des Bürgertums seiner Zeit war: die Fähigkeit, Handel und Wirtschaft zu organisieren und Kapital zu akkumulieren. Und so möchte er das Bild des Bürgers für seine Person korrigieren, möchte beweisen, daß ein zu Wohlstand gekommenes Bürgertum jenes Mäzenatentum pflegen kann, welches in vorbürgerlicher Zeit dem Adel zukam. Also will er ein Zeichen setzen, will der Welt zeigen, daß nicht nur »Schacher und Geld« das Handeln des Bürgers bestimmen, sondern bürgerlicher Kunstsinn zu großen Taten befähigt. Wenn er seine Tochter Eva demjenigen verspricht, der am folgenden Tag, am Johannistag, im Sängerwettstreit Sieger sein wird, dann setzt er sein höchstes Gut als Preis für eine künstlerische Leistung. Nicht das Geld soll ausschlaggebend sein dafür, wer der Mann seiner Tochter wird, nicht dessen Reichtum noch Herkunft, sondern allein die Qualität seines Gesangs – allerdings nicht ohne Zustimmung der Tochter.

Doch die Vorstellung, die Kunst könne »von der Welt der materiellen Güter geschieden«[44] werden, ist eine Selbsttäuschung Pogners wie der übrigen, dem Plan zustimmenden Meister – und es ist natürlich damit auch eine Selbsttäuschung Wagners. Denn die Bedingungen und Strukturen eines Wettbewerbs, auch wenn es ein Sängerwettstreit ist, sind denen des kommerziellen Marktes nachgebildet und dementsprechend gewinnt, wer den höchsten Preis für das angebotene Produkt bietet, anders formuliert: wer die nach allgemeiner Einschätzung höchste Leistung erbringt. Das aber entspricht der Logik des sich zu jener Zeit ausbildenden freien Marktes, auf dem die Waren zu einem Höchstpreis veräußert werden. Wenn es Wagners Intention war, in den *Meistersingern* zu zeigen, wie Kunst als Medium einer allgemeinen Vergesellschaftung nach eigenen, nicht-ökonomischen Gesetzen fungiert, so wird diese Intention hier in Frage gestellt, wenn nicht gar desavouiert; Pogners Vorschlag macht nämlich deutlich, daß auch die Kunst, sobald der ›Verkauf‹ ihrer Resultate über Wettbewerb organisiert wird, zur Ware werden muß und dann den

durchaus mit einem Begriff von Gemeinschaft verbunden, der allerdings nicht im geringsten rassistisch konnotiert oder eingefärbt war und somit auch nicht das Geringste mit dem Nationalsozialismus zu tun hat. Vgl. dazu einführend Otto von Gierke, Das deutsche Genossenschaftsrecht, 4. Bde., Berlin 1868 ff.; Eduard Heimann, Wirtschaftssystem und Gesellschaftssystem, Tübingen 1954 sowie den entsprechenden Artikel in Wilhelm Bernstorf (Hg), Wörterbuch der Soziologie, Stuttgart 1969.

43 Erster Aufzug, dritte Szene.
44 Egon Voss, Die Meistersinger als Oper des deutschen Bürgertums, in: Attila Csampai/Dietmar Holland (Hg), Richard Wagner, Die Meistersinger von Nürnberg. S. 18.

immanenten Gesetzen des Marktes folgt. Seine Absicht, den praktischen Kunstsinn der Meister durch eine besondere Tat zu ehren, erweist sich als ein ambivalentes und widersprüchliches Unterfangen.

Wie sehr in den *Meistersingern* Kunst und Kunstproduktion gleichsam unter der Hand solchen außerästhetischen Organisations- und Regulationsprinzipien verhaftet bleiben, wie sehr diese sogar für Wagners ›ästhetisches Modell Nürnberg‹ konstitutiv sind, läßt sich an den Prinzipien des Zusammenschlusses der Meistersinger selbst zeigen. Zunächst: die Meistersinger bilden in ihrer regelmäßigen Zusammenkunft eine eigene, was die innere Organisation betrifft lockere Assoziation, die Wagners Vision folgt, wonach die ›Kunst der Zukunft‹ durch »genossenschaftliche Vereinigungen« hervorgebracht werde, durch Vereinigungen, die »gerade so wechseln, neu sich gestalten, sich lösen und wiederum knüpfen, als die Bedürfnisse wechseln und wiederkehren«, und die »in ihrem flüssigen Wechsel bald in ungemeiner Ausdehnung, bald in feinster naher Gliederung das zukünftige menschliche Leben selbst darstellen, dem der rastlose Wechsel mannigfaltigster Individualität unerschöpflich reichen Reiz gewährt«[45]. Ganz im Sinne dieser Vorstellung stellen die Meistersinger einerseits einen festen und eigenen, sich gegenüber anderen abschließenden Kreis – eine Zunft über allen Zünften[46] – derjenigen dar, die als ›Singer und Dichter‹ bereits bestanden haben und deshalb auch ›Meister‹ geworden sind. Andererseits ist die Abgrenzung der Gruppe keineswegs undurchlässig, sondern offen für alle, die den gegebenen Eintrittsanforderungen genügen, die also bereits Meistersinger sind oder es ihrer künstlerischen Befähigung nach werden können. Soziologisch gesehen handelt es sich hier um eine ›offene Elite‹, welche die notwendige und auch praktizierte Selbst-Rekrutierung durch öffentlich bekannte Zugangsregeln festgeschrieben hat.

Diese Zugangsregeln bestehen nun darin, daß der, welcher Meister werden will, die ›Tabulatur‹ beherrschen muß. Was darunter im einzelnen zu verstehen ist, erklärt David dem staunend-unwissenden Walther gleich anfangs[47], und er offenbart dabei nur scheinbar einen Widerspruch: einerseits, so erklärt er, solle ein künftiger Meister all »der Meister Tön' und Weisen« beherrschen – und dies ist, wie die nachfolgende Aufzählung zeigt, eine lange Liste, damit aber auch eine einengende, weil weitgreifende Regelung, die viel Wissen und damit ein langes Studieren voraussetzt; andererseits aber solle sich im Meisterlied das eigene Talent entfalten und jenseits des Überlieferten auch etwas Neues hervorbringen:

> »Habt ihr zum Singer euch aufgeschwungen
> und der Meister Töne richtig gesungen;
> füget ihr selbst nun Reim und Wort',
> daß sie genau an Stell' und Ort
> paßten zu eines Meisters Ton, –
> dann trügt ihr den Dichterpreis davon«.

---

45 Richard Wagner, Das Kunstwerk der Zukunft, in: GSD, Bd. 3, S. 168 f.
46 Erster Aufzug, dritte Szene: Kothner ruft zur »Freiung und *Zunft*beratung«.
47 Erster Aufzug, zweite Szene.

Beide Forderungen scheinen auf den ersten Blick nur schwer miteinander vereinbar zu sein: denn die Freiheit des Dichters, die in der romantischen Ästhetik im Genie-Kult gipfelt, in der Vorstellung eines alle gesellschaftlichen wie poetologischen Konventionen sprengenden Künstlers, steht in einer Spannung zur Einsicht, sich in seinem individuellen Ausdruck, seiner eigenen künstlerischen Handschrift in die vorhandenen Regeln notwendigerweise einpassen zu müssen. In den *Meistersingern* ergibt sich diese Spannung, die sich zu einem Konflikt zuspitzen kann, aus einer Kunstauffassung, die insgeheim und erst auf den zweiten Blick sichtbar auf gesellschaftspolitischen Elementen gründet, strukturell ähnlich denen, die sich in den Programmen radikaler politischer Bewegungen des deutschen Vormärz für eine direkte Demokratie finden. Eine solche These mag als eine überraschende, vielleicht sogar unzulässige Verbindung zwischen ästhetischen und politischen Prinzipien empfunden werden, aber ein genaueres Hinsehen zeigt, daß eine solche Strukturäquivalenz durchaus vorhanden ist. Denn hinter dem Gedanken, nur durch die Kenntnis der ›Tabulatur‹ ließe sich meisterliche Kunst erzeugen, nur durch die Akzeptanz dieser ›Tabulatur‹ sei die Aufnahme in den Künstlerkreis zu rechtfertigen, steht die radikal-demokratische Idee einer kollektiven Kunstproduktion, und diese fordert zwangsläufig, daß die individuelle Phantasie und folglich auch die poetische Erfindungskraft und Variationsfähigkeit des Einzelnen in gewisse vorbestimmte Bahnen gelenkt wird. Nicht zuletzt deshalb, weil anders die individuellen künstlerischen Leistungen überhaupt nicht verglichen werden können. Wie wäre sonst ein Sängerwettstreit denkbar, bei dem es einen Sieger geben soll, wenn die erbrachten künstlerischen Leistungen von so einzigartiger – und das hieße: unvergleichbarer – Qualität wären, daß sie nicht gegeneinander abgewogen werden könnten. Allein der Gedanke des Wettstreits zwingt zur Herausbildung von Kriterien, die den Vergleich erst möglich machen und die es erlauben, Übereinstimmungen, aber auch Unterschiede festzustellen.

Doch diese durch das Prinzip der Kollektivität erzwungene Vergleichbarkeit bedroht nun ihrerseits wiederum die individuelle Kreativität, ohne die künstlerische Leistungen nicht denkbar sind. David formuliert gegenüber Walther das scheinbare Paradox:

> »Der Dichter, der aus eig'nem Fleiße,
> zu Wort' und Reimen, die er erfand,
> aus Tönen auch fügt eine neue Weise:
> der wird als Meistersinger erkannt!«[48]

Versteht man die ›Tabulatur‹, wie schon gesagt, nicht nur als ein ästhetisches Regelwerk sondern auch als eine organisatorische Formalisierung der Zugangsmöglichkeiten für Meistersinger-Aspiranten, dann beschreibt dieses scheinbare Paradox nicht nur ein Problem für alle zukünftigen Meistersinger und deren poetische Produkti-

---

48 Ebenda.

on, sondern auch ein zentrales Problem der Rekrutierung dieser Gruppe. Eine Funktionselite – wie die Meistersinger –, die ihre personale Ergänzung in ein für allemal feststehende und unabänderliche Kooptationsregeln festschreibt, die sich also nach Gesichtspunkten des Status quo ergänzt, beschwört mit Sicherheit die Gefahr herauf, daß solche Ergänzung in der Repetition der immer schon festliegenden Verfahren inhaltlich keine Erneuerung ermöglichen. Systemtheoretiker bezeichnen einen solchen Vorgang als »pathologisches Lernen«[49] und meinen damit, daß ein auf Informationsaustausch angelegtes gesellschaftliches wie politisches System dann, wenn es sich nach außen hin abschottet, nicht mehr alle zur Verfügung stehenden Informationen aufnimmt und vorurteilsfrei auswertet. Es verliert so seine Offenheit gegenüber Veränderungen, damit auch seinen Realitätsbezug und die notwendige Flexibilität zum Überleben. Infolge interessengeleiteter und somit verzerrter Selektivität der Informationsaufnahme wird nur noch das rezipiert, was in die vorgegebenen, bestehenden Strukturen paßt und diese bestätigt. Das aber führt zu einer einseitigen Informationsverarbeitung, führt überdies unweigerlich zu Fehlentwicklungen, letztlich zur Selbstzerstörung und zum Untergang des Ganzen. Für die Meistersinger und die Formen ihrer Selbstkooptation heißt das: in dem Maße, in dem sie ihre Rekrutierung durch erstarrte und deshalb mit der Veränderung der gemeinschaftlichen Lebensgrundlagen auch zunehmend weniger in Übereinstimmung zu bringenden Auswahlkriterien organisieren, wird die personale Ergänzung ihrer Gruppe zur bloßen Selbstreproduktion, zum Erstarren im Status quo. Das muß zwangsläufig die Offenheit für neue Kunstentwicklungen wie für neue ästhetische Erfahrungen gefährden, und es gefährdet damit zugleich auch die Gruppe insgesamt.

Es ist diese Gefahr einer ästhetischen und folglich auch sozialen Stagnation, ja einer selbstdestruktiven Regression, die Hans Sachs von allen Meistern am stärksten spürt und auf die er entsprechend reagiert – und dies zeichnet ihn vor allen anderen auch aus, weist ihm eine herausgehobene Position zu. Am Ende der Oper, auf der Festwiese, zeigt sich allerdings, daß neben Sachs auch das Volk nach einiger Unsicherheit dieses Problem intuitiv erkennt und sich dann entsprechend verhält. Doch zunächst ist es Sachs, der vorschlägt, dem Übel durch die – modern gesprochen – Prozeduralisierung des bestehenden Verfahrens zu begegnen. Darunter ist ein Reflexivwerden der geltenden Regeln zu verstehen, das heißt eine zeitlich festgelegte und in der Form vereinbarte, regelmäßige Überprüfung der praktizierten Verfahren. Sachs möchte, daß die ›Tabulatur‹, die die Meister sich selbst gegeben haben, von Zeit zu Zeit zur Disposition gestellt wird – ein Vorschlag, der in modernen politischen Theorien inzwischen für demokratisch verfaßte Gesellschaften weithin selbstverständlich geworden und zumeist auch institutionell abgesichert ist[50]. Solches Reflexivwerden kann auf zweierlei Weise geschehen: zum einen können die Regeln selbst regelhaft überprüft werden, und zwar durch einen externen Beob-

---

49 Grundlegend so erstmals in Karl W. Deutsch, The Nerves of Government, New York 1966.
50 Vgl. dazu für viele als ein neueres Beispiel Rainer Schmalz-Bruns, Reflexive Demokratie. Die demokratische Transformation moderner Politik, Baden-Baden 1995, bes. 159 ff.

achter wie durch ein externes Verfahren; zum anderen kann diese Überprüfung auch durch eine interne Kontrolle erfolgen, indem neue Mitglieder die alten gleichsam ›testen‹. Es ist bemerkenswert, daß Sachs, bewußt oder unbewußt, für beides votiert, denn beides zusammen stellt eine Optimierungsstrategie hinsichtlich der von ihm gewünschten Innovation dar.

Das erste Verfahren: die regelhafte externe Überprüfung der geltenden Regeln wird gleich zu Beginn, beim ersten Treffen der Meister in der Singschule, von Sachs unterbreitet:

> »Doch einmal im Jahre fänd' ich's weise,
> daß man die Regeln selbst probier',
> ob in der Gewohnheit trägem Geleise
> ihr' Kraft und Leben nicht sich verlier'
> Und ob ihr der Natur
> noch seid auf rechter Spur,
> das sagt euch nur,
> wer nichts weiß von der Tabulatur.
>
> ...
>
> Dem Volke wollt ihr behagen,
> nun dächt' ich, läg' es nah,
> ihr ließt es selbst euch sagen,
> ob das ihm zur Lust geschah!«[51]

Das Volk wird hier von Sachs gleichsam als ein kollektiver ›externer Beobachter‹ gewünscht und vorgeschlagen, dem die Befugnis zur Korrektur der Regeln zugestanden wird – und damit ein gravierender Eingriff in die Autonomie der Gruppe der Meister. Das Volk soll überprüfen und urteilen, ob die von den Meistern mithilfe der Regeln erbrachten Leistungen noch genügen, und es würde, käme ihm dieses Recht auch wirklich zu, damit implizit auch ein Urteil über deren personale Zusammensetzung fällen. Daß ein solcher Vorschlag, der das Prinzip der Selbstkooptation aushebelt, in der Gruppe der Meister nicht auf ungeteilte Zustimmung stößt, kann kaum verwundern. Kothner spricht die Vorbehalte ganz unverblümt aus: »Der Kunst droht allweil Fall und Schmach,/läuft sie der Gunst des Volkes nach.« Doch der Einwand verkennt völlig die Absichten von Sachs; er weiß offenbar, daß das Volk nur dann die Regeln unvoreingenommen prüfen kann, wenn es selbst nicht Nutznießer dieser Regeln ist, diese also auch nicht selbst anwendet und deshalb weder Vorteile aus ihnen ziehen noch Nachteile befürchten muß. Nur ein freier, von den Regeln selbst nicht betroffener Akteur – so das Argument von Sachs – verfügt über so viel ›natürliche Urteilskraft‹, daß er die Sinn- und Zweckhaftigkeit eines Regelwerks, in dem Spontaneität und Kunstsinn unmittelbar miteinander verbunden werden sollen, mit unverstelltem und uneigennützigem Blick zu überprüfen ver-

---

51 Erster Aufzug, dritte Szene.

mag. Deshalb impliziert der Vorschlag von Sachs für das Volk die ›Letztentscheidungskompetenz‹; die aber bringt es mit sich, daß das Volk den Meistern im Zweifel immer überlegen ist, von höherer Qualifikation und in seinem Urteil besser legitimiert, und dieser ›Legitimationsvorsprung‹ des Volkes bezieht sich nicht nur auf die Kunstproduktion, sondern gilt auch zugleich als ein ordnunspolitischer Bezug auf die demokratische Einrichtung und Ordnung des Gemeinwesens.

Im Vorgriff auf den späteren emphatischen Volksbegriffs, wie er in den ›Zürcher Kunstschriften‹ von Wagner entwickelt und vorgetragen wird[52], erscheint das Volk bereits in den *Meistersingern* als jener produktive Resonanzboden, ohne den die Kunst sowohl ihren ästhetischen wie ihren sozialen Bezug verlieren würde. Ganz im Sinne jener Konzeption, die erst im *Kunstwerk der Zukunft* ausführlich formuliert wird, stellt das Volk schon in den *Meistersingern* die »bedingende Kraft für das Kunstwerk«[53] dar, was sich spätestens auf der Festwiese zeigt, wenn dieses Volk sein Urteil über Beckmesser wie über Walther trifft. Obgleich der kollektive Akteur ›Volk‹ insgesamt nur selten auftritt – zumeist fungiert das Volk eher als eine Art kollektiver Resonanzkörper: so in der Kirchenszene gleich zu Anfang[54] oder zu Beginn der Festwiese[55], ausgenommen die Prügelszene[56] –, ist es dennoch der reflexive Bezugspunkt der ganzen Handlung, soweit sich diese auf die fundamentalen Momente des ›ästhetischen Modells Nürnbergs‹ bezieht. Und seine virtuell starke Position erinnert an jene starken Formulierungen, die Wagner noch in seinen späten Jahren gefunden hat, wenn er schrieb, ihm sei im Begriff des Volkes »auch ein sozial-politisches Ideal als Prinzip aufgegangen«, ... »nach welchem ich das ›Volk‹ in dem Sinne der unvergleichlichen Produktivität der vorgeschichtlichen Urgemeinschaftlichkeit auffaßte, und dieses im vollendetsten Maaß als gemeinschaftliches Wesen der Zukunft wieder hergestellt dachte«[57].

Als externer Kontrolleur der geltenden Regeln aber tritt das Volk zwangsläufig in einen engen Kommunikationszusammenhang mit den zu Kontrollierenden, und in diesem Wechselspiel von Urteil und Handeln wird zugleich die strikte Rollentrennung zwischen Kunstproduzent und Kunstkonsument eingeschränkt, am Ende, auf der Festwiese, sogar der Tendenz nach aufgehoben. Das ergibt sich aus einer einfachen Überlegung: wer die Regeln auf ihre Angemessenheit hin kontrolliert, bestimmt sie auch mit und bestimmt so auch, zumindest indirekt, das Produkt dieser Regeln. Allerdings kann solche Mitbestimmung nicht beliebig verfahren, sondern muß ›anschlußfähig‹ sein, das heißt: sie muß sich einlassen auf das, was vorgegeben

---

52 Vgl. Richard Wagner, Das Kunstwerk der Zukunft, in: GSD. Bd. 3, S. 53 f. Dazu auch zusammenfassend Udo Bermbach, Der Wahn des Gesamtkunstwerks, S. 246 ff. (›Das Gesamtkunstwerk‹).

53 Richard Wagner, Das Kunstwerk der Zukunft, in: GSD, Bd. 3, S. 47.

54 Erster Aufzug, erste Szene.

55 Dritter Aufzug, fünfte Szene.

56 Zweiter Aufzug, siebte Szene.

57 Richard Wagner, Einleitung zum dritten und vierten Band der GSD, Bd. 3, S. 5.

ist, um daraus dann das Neue zu begründen. Die ›Tabulatur‹ wird so also zum Ausgangspunkt aller Reformen, und im Idealfalle wäre ein Aushandeln der Veränderungen dieser ›Tabulatur‹ zwischen den Meistern und dem Volk jene Form interagierender Kommunikation, wie sie Wagners Konzept des Gesamtkunstwerks vorsieht[58].

Das zweite Verfahren: die Überprüfung der Regeln durch interne Kontrolle besteht im wesentlichen darin, daß Walther, der noch kein Meister ist und die Regeln des Meistergesangs nur flüchtig kennt, mit seinem ›Preislied‹ die bisherige Kunst auf die Probe stellen soll. Walther ist – wie viele von Wagners Figuren in seinen Musikdramen – ein Außenseiter, einer der unvorbelastet von Meistersinger-Bräuchen und Meistersinger-Regeln nach Nürnberg kommt, seinen Besitz der Kunst wegen aufgegeben hat und am Wettbewerb teilnehmen möchte, nicht weil er den Preis um des Preises willen gewinnen will, sondern weil er diesen Preis – Eva – liebt. ›Liebe‹, bei Wagner stets die Metapher für den Gegenpol zur Macht, zur Politik, zur Gesellschaft und zu allen Aspekten repressiver Herrschaftsausübung, ist also sein Motiv, sich als Künstler zu betätigen, und dem entspricht, daß seine Kunst sich zunächst allen Regeln der Meistersinger scheinbar entzieht. Sie scheint spontan, der Natur abgelauscht:

> »Was einst in langer Winternacht
> das alte Buch mir kundgemacht,
> das schallte laut in Waldespracht,
> das hört' ich hell erklingen:
> im Wald dort auf der Vogelweid'
> da lernt' ich auch das Singen«[59].

Für Walther ist Kunst zunächst einmal die unmittelbare Folge emotionaler Reaktion auf Naturerlebnisse, allerdings nicht völlig formlos, denn er beruft sich ja auf Walter von der Vogelweide als seinem Lehrmeister. Aber seine Form ist nicht die der Nürnberger Singschule und sein Begriff von Regel nicht der der Meistersinger. Sachs erkennt das sofort, wenn er meint:

> »Des Ritters Lied und Weise,
> sie fand ich neu, doch nicht verwirrt:
> verließ er unsre Gleise,
> schritt er doch fest und unbeirrt.
> Wollt ihr nach Regeln messen,
> was nicht nach eurer Regeln Lauf,
> der eig'nen Spur vergessen,
> sucht davon erst die Regeln auf!«[60]

---

58 Vgl. dazu ausführlicher Udo Bermbach, Der Wahn des Gesamtkunstwerks, S. 225 ff. (›Ästhetische Identität‹).
59 Erster Aufzug, dritte Szene.
60 Ebenda.

In solchen Worten drückt sich die Überzeugung aus, daß ästhetische Regeln immer auch Ausdruck von jenen historischen Bedingungen sind, unter denen sie entstehen und gelten[61], daß sie sich zwar aus dem schöpferischen Akt unmittelbar ergeben können, aber nicht in beliebiger Weise. Denn wenn ein aus ästhetischen Regeln erwachsendes Kunstwerk auch rezipiert werden soll, so müssen diese Regeln dem Rezipienten auch einsichtig sein. Das aber bedeutet, daß die Kunst ihren sozial bestimmbaren Ort haben muß, weil anders ihre Aussagen nicht verstanden, ihre Aufnahme gefährdet ist. Und dieser Zusammenhang von Ästhetik, Politik und Gesellschaft kann selbstverständlich auch umgekehrt und so interpretiert werden, daß von ästhetischer Erfahrung auf die gesellschaftliche und politische geschlossen wird.

Am Beispiel der *Meistersinger* bedeutet dies: die lockere, assoziative Organisation der Meisterzunft und die durch die ›Tabulatur‹ festgelegten Regeln der ästhetischen Produktion wie das mit der ›Tabulatur‹ vorgegebene Verfahren der Kooptation neuer Mitglieder in die Gruppe einerseits, die ständige Überprüfung von Regeln wie Kooptation auf soziale Angemessenheit andererseits bezeichnen zentrale Grundelemente der von Wagner so genannten »ästhetischen Weltordnung«[62] in nuce. Mit diesen Elementen ist in den *Meistersingern* gleichsam das Modell einer repressionsfreien, sich selbst ergänzenden und korrigierenden und auf diese Weise sich fortentwickelnden Gemeinschaft in groben Zügen strukturell umrissen. Es ist das Konzept einer Gemeinschaft, nicht: Gesellschaft[63], die sich nicht mehr explizit nach politischen Gesichtspunkten organisiert, sondern die ihre konstitutiven Elemente in ästhetischen Regeln findet; in Regeln, die zugleich als soziale interpretiert werden müssen. Das wird am Ende der Oper deutlich, wenn diese ›ästhetische Weltordnung‹ ihre theatralische Einlösung findet, wenn die damit verbundene Utopie einer das Leben anleitenden Kunst auf der Bühne szenisch lebendig wird.

VI

Bevor sich eine solche Einlösung auf der Festwiese aber ereignen kann, bedarf es zuvor noch der Realisierung einer weiteren Bedingung: der Vermittlung zwischen den Meistersingern und dem Volk, zwischen denen, welche die Regeln geben und tradieren, und denen, die sie überprüfen, akzeptieren oder korrigieren. Diese Vermittlung, die offenbar keine spontane und direkte ist, leistet Sachs, von dem Wagner sagte, er habe ihn »als die letzte Erscheinung des künstlerisch produktiven Volksgeistes«[64] aufgefaßt. Sachs stellt in den *Meistersingern* die Personalisierung des Prinzips der Vermittlung dar: Vermittlung von Tradition und Neuerung, von Leben und Kunst,

---

61 Vgl. Dieter Borchmeyer, Das Theater Richard Wagners, Stuttgart 1982, S. 214.
62 Richard Wagner, Heldentum und Christentum, in: GSD, Bd. 10, S. 284.
63 Zu diesem Unterschied vgl. Ferdinand Tönnies, Gemeinschaft und Gesellschaft. Grundbegriffe der reinen Soziologie, Berlin 1887.
64 Richard Wagner, Eine Mittheilung an meine Freunde, in: GSD, Bd. 4, S. 284.

Vermittlung zwischen Walther, dem Volk und den Meistern. »Ein Schuster in seinem Laden/zieht an des Wahnes Faden«[65], sagt er von sich selbst und damit charakterisiert er seine intermediäre Stellung, die Wagner in seinen politisch-ästhetischen
Schriften der Dresdner Jahre mit der Aufgabe und Rolle des Dichters immer wieder systematisch verbunden hat. Als Schuster und Poet vereint Sachs in seiner Person, was Wagner als Prinzip des ›Kunstwerks der Zukunft‹ formuliert hat: »Der
nächste und wahrhaftigste Kunsttrieb offenbart sich nur in dem Drange aus dem
Leben heraus in das Kunstwerk, denn es ist der Drang, das Unbewußte, Unwillkür-
liche im Leben sich als nothwendig zum Verständnis und zur Anerkennung zu bringen. Der Drang nach Verständigung setzt aber Gemeinsamkeit voraus: Der Egoist
hat sich mit Niemand zu verständigen. Nur aus einem gemeinsamen Leben kann
daher der Drang nach verständnisgebender Vergegenständlichung dieses Lebens im
Kunstwerke hervorgehen«[66].

Weil für Sachs Handwerk und Poesie, also Leben und Kunst, nicht getrennt sind
und er diese Einheit von sonst eher getrennten Sphären in Walthers Lied spürt,
verteidigt, ja lobt er es und sucht solches Lob den Meistern verständlich zu machen.
Weil aber Walthers Lied zugleich im Aufwallen der Gefühle die Regeln der Meister
verletzt, die nicht nur Regeln der Kunstproduktion sind, sondern auch struktureller
Vorgriff auf eine poetisch angeleitete Gemeinschaft, kann Sachs dieses Meisterlied
nicht vorbehaltlos akzeptieren. In seinem Gespräch mit Walther gibt er für seine
ästhetische Distanz bezeichnenderweise eine nicht-ästhetische, eine soziale Begründung:

»Eu'r Lied, das hat ihnen bang gemacht;
und das mit Recht: denn wohlbedacht,
mit solchem Dicht- und Liebesfeuer
verführt man wohl Töchter zum Abenteuer;
doch für liebseligen Ehestand
man andre Wort' und Weisen fand«[67].

Kunst ohne Regel, so die Botschaft dieses Arguments, führt zur Beschädigung der
personalen Integrität des anderen, zur Verletzung wichtiger sozialer Konventionen,
zur Auflösung der Gemeinschaft, die ihrerseits die Voraussetzung für ästhetische
Erfahrungen ist. Kunst ohne Regel ist das Produkt jenes von Wagner so apostro-
phierten Egoisten, der sich mit niemandem verständigen will. Doch für Sachs – wie
für Wagner – erwächst die Kunst der Zukunft aus der Gemeinschaft, und daher
bedarf sie der strukturierenden Form, nicht einer ein für allemal feststehenden, wohl
aber der Anerkennung ihrer prinzipiellen Notwendigkeit und also der Tatsache, daß
ohne Form Kunst nicht möglich ist. Deshalb rät Sachs:

65 Dritter Aufzug, erste Szene (›Wahnmonolog‹)
66 Richard Wagner, Das Kunstwerk der Zukunft, in: GSD, Bd. 4, S. 162 f.
67 Dritter Aufzug, zweite Szene.

»Die Meisterregeln lernt beizeiten,
daß sie getreulich euch geleiten
und helfen wohl bewahren,
was in der Jugend Jahren
mit holdem Triebe
Lenz und Liebe
euch unbewußt ins Herz gelegt,
daß ihr das unverloren hegt!«[68]

Aber ergänzend und nur in scheinbarem Gegensatz dazu gibt er auf die Frage Walthers: »Wie fang ich nach der Regel an?« die eindeutige Antwort: »Ihr stellt sie selbst und folgt ihr dann«[69] und verweist damit auf die Notwendigkeit von Erneuerung, die durch das Festhalten an der Tradition nicht verhindert werden darf – Beispiel eines dialektischen Denkens, das sich bei Wagner immer wieder findet.

Nach allen Seiten hin sucht Sachs diese Fundamentaleinsicht in ästhetische Produktion zu vermitteln. Walther erklärt er die Regeln des Meistergesangs, aber nicht nach immanent ästhetischen Gesetzen, sondern in Analogie zur gesellschaftlichen Institution der Familie: die beiden Stollen symbolisieren Mann und Frau, der Abgesang die Kinder – und auch hier zeigt sich wieder die enge Verbindung, das fast Ineinssetzen von ästhetischen und sozialen Prinzipien. Den Meistern rät er, die Kühnheit des Preisliedes zu erkennen, um sie für notwendige poetische Veränderungen empfänglich zu machen. Dem diesen poetischen Veränderungen zustimmenden Volk empfiehlt er, die Tradition des Meistergesanges nicht zu verachten. In der Interpretation und Weiterentwicklung der ›Tabulatur‹ – gesellschaftstheoretisch gesprochen: der organisierten Selbstregierung der Bürger – ist Sachs der große Kommunikator und Interpret. In dieser Haltung, einerseits die Tradition zu wahren und andererseits gegenüber dem Neuen offen zu sein, liegt zugleich auch der Grund dafür, daß Sachs sich schon zu Anfang gegen Beckmesser wendet: der müßte als Merker eigentlich zwischen Tradition und Aufbruch vermitteln, müßte Kreativität fördern und Neues begünstigen, versagt darin aber jämmerlich, weil er starrsinnig und engstirnig auf der überlieferten ›Tabulatur‹ beharrt und folglich unsensibel ist für das, was sich mit dem Preislied poetisch neu ereignet.

Sachs freilich ist sich darüber im Klaren, daß die Kommunikation innerhalb der Künstlergemeinschaft zwischen den Meistern wie die zwischen Künstler und Volk stets prekär bleibt, daß sie mißlingen, ja sogar ins Gegenteil ihrer Intention umschlagen kann. Das zeigen seine meditativen Reflexionen im ›Wahn-Monolog‹[70], in dem er sich Rechenschaft gibt über die Ambivalenz seiner eigenen Stellung innerhalb der Meister und der Nürnberger Gesellschaft. Was er hier beklagt: die destruktive Potenz eines Wahns, aufgrund derer »die Leut' sich quälen und schinden / in unnütz

---

68 Ebenda.
69 Ebenda.
70 Dritter Aufzug, erste Szene.

toller Wut«, einer Potenz, die zugleich jenen Gewaltausbruch verursacht hat, jene allgemeine Schlägerei am Ende des zweiten Aufzugs, in der »Mann, Weib, Gesell' und Kind« unmotiviert übereinander hergefallen sind, ist die eine, die bedrohliche Seite dessen, womit er als Vermittler zu rechnen hat. Daneben gibt es allerdings auch eine positive Wirkung des Wahns, welche die Dinge zum Guten wendet, die sich nutzen läßt, »ein edler' Werk zu tun«, und auf die er schließlich voll setzt und der er zum Durchbruch verhelfen möchte.

Die ambivalente Mehrdeutigkeit des ›Wahns‹, Chiffre für eine stets unsicher bleibende Zukunft und auch für die Unsicherheit des ›ästhetischen Modells Nürnberg‹, hat Wagner selbst ausführlich in seiner Schrift *Über Staat und Religion* entwickelt. Wahn ist ihm hier jene egoistische Eigenschaft, deren Befriedigung, obgleich sie dem einzelnen Individuum als eine ganz persönliche erscheint, doch auch eine der Gattung selbst ist. Und dieser Wahn erscheint ihm zugleich als eine Kraft, die unversehens ins Destruktive umschlagen kann: »Derselbe Wahn,« – so heißt es – »der den egoistischen Menschen zu den aufopferungsvollsten Handlungen bestimmt, kann durch Irreleitung ebenso zu den heillosesten Verwirrungen und der Ruhe schädlichsten Handlungen führen«[71]. Das gilt explizit auch für das politische Leben, wo der Wahn – so Wagner – als Patriotismus auftritt, mit Forderungen an den Bürger, die dieser nur deshalb zu erfüllen bereit ist, weil er sich über die Figur des Monarchen mit dem Staat zu identifizieren vermag. Einer solchen Vorstellung der Identifizierung des Bürgers mit seinem Gemeinwesen liegt Wagners Überzeugung zugrunde, daß abstrakte Institutionen keine ausreichende soziale Integrationskraft entfalten, daß sie vielmehr einer symbolisch überhöhten Person bedürfen, die solche Integration zu leisten vermag. Daher wird der König zur personalen Integrations- und Identifikationsfigur, die im Staate über allen partikularen Interessen stehen soll und so das »lebensvolle Verbindungsglied zwischen seiner idealen und der realistischen Tendenz des Staates«[72] abgeben kann. In den *Meistersingern* kommt Sachs diese schwierige Aufgabe zu, er ist in funktionaler Perspektive gesehen ein ›Künstler-König‹, der trotz aller Selbstzweifel am Ende zu aller Zufriedenheit seine Rolle als der integrative Kommunikator zu spielen vermag.

VII

Die Schlußszene der *Meistersinger* führt alle Elemente jener ›ästhetischen Weltordnung‹ zusammen, die bis dahin in dem Stück exponiert worden sind. Auf der Festwiese versammelt sich das Volk sowohl in der ständischen Gliederung der Zünfte als auch in freier Assoziation aller übrigen, es kommen die Meister als Repräsentanten der ›Tabulatur‹, es erscheinen Walther und als sein ästhetischer Antipode auch Beck-

---

71 Richard Wagner, Über Staat und Religion, in: GSD, Bd. 8, S. 14; die Erläuterungen des Begriffs Wahn beginnen auf S. 10 ff.
72 Richard Wagner, Deutsche Kunst und deutsche Politik, in:, GSD, Bd. 8, S. 110.

messer. Wagner hat dieses Schlußbild so entworfen, daß es als die Vision der Einlö-sung einer gesellschaftspolitischen Utopie verstanden werden kann. Es ist ein Bild, das in manchen Zügen an die Beschreibung der antiken Erfahrung einer kultisch-theatralischen Vermittlung von praktisch-politischen Problemen in der griechischen Polis erinnert, an die gesellschaftliche Rolle, die das Theater im politischen Leben der alten Griechen spielte. In dieser Erinnerung wird zugleich deutlich, was Wagner sich durch eine neue Bestimmung der Kunst für die Zukunft der deutschen Gesell-schaft erhoffte. Die Parallele ist augenfällig. In *Die Kunst und die Revolution* heißt es an der entsprechenden Stelle: »Dieses Volk (gemeint sind die Griechen, U.B.) ström-te von der Staatsversammlung, vom Gerichtsmarkte, vom Lande, von den Schiffen, aus dem Kriegslager, aus fernsten Gegenden, zusammen, ... um sich vor dem gewal-tigen Kunstwerke zu sammeln, sich selbst zu erfassen, seine eigene Tätigkeit zu begreifen, mit seinem Wesen, seiner Genossenschaft, seinem Gott in die innigste Einheit zu verschmelzen ...«[73].

Nun strömt das Volk von Nürnberg, aber Ziel und Zweck seines Zusammen-kommens auf die Festwiese – eines gleichsam extra muros in die Natur verlegten Amphitheaters, eines sich im Naturzustand befindenden Bayreuth – entspricht dem von Wagner am Beispiel der Griechen beschriebenen: das Volk will am Prozeß der Entstehung von Kunst aktiv teilnehmen, um in solcher Teilnahme »sich selbst zu erfassen«; und das heißt auch: selbst produktiv zu sein, die Regeln seines« Lebens interpretiert und ästhetisch erfüllt zu sehen. Was offensichtlich auch durch den An-schluß an die Tradition geschehen soll: denn die von allen gesungene Aufforderung »Wach' auf, es nahet gen den Tag«[74] ist der Text eines Reformationsliedes, den Wag-ner, gegen seine sonstige Gepflogenheit, unverändert vom historischen Hans Sachs übernommen hat und der auf ein Doppeltes verweist: zum einen, daß das Alte ins Neue mit hinübergenommen werden soll, ganz im Sinne von Meister Sachs: »Es klang so alt, und war doch so neu«[75]; zum anderen, daß dieses Neue jetzt erwartet wird als ein Akt der ästhetischen wie auch politisch-sozialen Befreiung aus all zu eng verstandenen Regeln, der Kunst wie des Lebens. So ist dieser Chor Huldigung für Sachs und seine Kunst- wie Lebensauffassung und zugleich auch Selbstappell, der der Bühne wie den Zuhörern gilt – Aufforderung an alle, sich einer Zukunft zu öffnen, in der die Erinnerung an die Ursprünge die Voraussetzung für gelingende Selbstbestimmung sein soll.

Was das versammelte Volk dann erlebt und woran es mitwirkt, entspricht genau diesen im Stück bis dahin aufgebauten Erwartungen – und stellt die Einlösung jener Forderungen dar, die Sachs zu Anfang hinsichtlich der Überprüfung der ›Regula-tur‹ erhoben hatte, die er aber da noch nicht durchsetzen konnte. In diesem Zusam-menhang gewinnt auch der Auftritt Beckmessers und dessen Figur eine scharfe Profilierung. Beckmesser erscheint auf der Festwiese nicht als Kritiker, der er sonst

---

73 Richard Wagner, Die Kunst und die Revolution, in GSD, Bd. 3, S. 11.
74 Dritter Aufzug, fünfte Szene.
75 Zweiter Aufzug, dritte Szene (›Fliedermonolog‹).

ist, sondern als ein Künstler, der den gesetzten Preis erwerben möchte. Aber anstelle eines eigenen Liedes trägt er eines vor, das von Walther stammt, der es in Sachsens Schusterstube erstmals geübt hatte, das von Sachs aufgeschrieben worden war und das Beckmesser in einem unbewachten Augenblick an sich gebracht hatte. Sachs schenkt ihm dieses Lied zwar später, nachdem er den weggesteckten Text wieder hervorgeholt und dem Schuster gezeigt hatte. Aber es bleibt ein fremdes Lied, dessen Form und Inhalt er offenbar nicht wirklich begreift, so daß sein Vortrag zur Groteske mißrät. Doch nicht die Unfähigkeit, das Lied richtig zu verstehen, nicht dieses Mißverständnis ist der eigentliche Grund seines Scheiterns, auch wenn das infolge des völlig verunglückten Vortrags auf der Bühne so erscheinen mag. Der eigentliche Grund liegt darin, daß Beckmesser Text und Melodie gestohlen hat. Kunst aber, die auf Raub basiert, kann nicht als eigene, das eigene Leben und die eigenen Lebenserfahrungen reflektierende begriffen werden, sie ist nicht authentisch. Was Beckmesser auf der Festwiese vorträgt, ist deshalb das Produkt einer Entfremdung, und es ist vielleicht auch kein Zufall, daß Wagner ausgerechnet eine amtliche Person, die als Stadtschreiber noch am ehesten Assoziationen an eine politische – und damit überholte – Ordnung evoziert, als Künstler scheitern läßt. Gestohlene Kunst – an dieser Tatsache, die den alles entscheidenden Mangel Beckmessers gegenüber Walther bezeichnet, ändern auch gutgemeinte Rettungsversuche nichts, die glauben machen wollen, aus der Perspektive der Kunsterfahrungen des 20. Jahrhunderts sei das, was Beckermesser vorträgt, »wortschöpferisch der Zeit voraus …, von einer Musik begleitet, die an Kühnheit Stolzings Preislied weit übersteigt«[76]. Eine solche Interpretation geht an Wagners Intention vollkommen vorbei, der in seinen ›Zürcher Kunstschriften‹ immer wieder nachdrücklich betont hat, daß Kunst, die nicht mehr aus dem Volk komme, nicht authentisch sondern nur ein Zerrbild wahrer künstlerischer Schöpfungen sein könne. So ist es denn auch nur konsequent, wenn Beckmesser, nachdem sein Betrug entdeckt worden ist, die Festwiese verläßt und sich unter das Volk verliert. Denn bei denen, die ihre Kunst nach selbstgesetzten Regeln produzieren, hat er nichts mehr verloren[77].

Dagegen wird das Volk bei Walthers Lied Beobachter und Teilnehmer einer aus unmittelbarer Empfindung resultierenden Kunstschöpfung, die sich einerseits den vorgegebenen meisterlichen Regeln einfügt, sich andererseits aber aufgrund ihrer eigenen Logik in einem selbstbestimmten Rahmen bewegt – ganz entsprechend der an Sachs gestellten Frage: »Wie fang' ich nach der Regel an?« und der von Sachs

---

76 Walter Jens, Ehrenrettung eines Kritikers: Sixtus Beckmesser, in: Attila Csampai/Dietmar Holland (Hg), Richard Wagner, Die Meistersinger, S. 253.

77 In vielen Inszenierungen der letzten Jahrzehnte ist zu sehen gewesen und auch heute noch immer zu sehen, daß Beckmesser am Ende des Stückes, zumeist noch vor dem Schlußmonolog von Sachs und häufig von diesem, wieder zurückgeführt wird, wieder aufgenommen wird unter die Meister. Das ist gewiß gut gemeint, ein versöhnlicher Ausklang, der aber der Absicht Wagners, der Werkidee wie seinem Kunstbegriff diametral widerspricht. Denn wer zur Schöpfung einer eigenen, aber mit dem Volk verbundenen Kunst nicht fähig ist, kann auch den Meistern nicht zugehören.

gegebenen Antwort: »Ihr stellt sie selbst und folgt ihr dann«[78]. Denn Walther trägt das Preislied nicht in jener ursprünglichen Fassung vor, die er erstmals Sachs vorgesungen hatte, sondern er variiert es, scheint es aus dem Augenblick heraus zu formen[79]. Sein Thema, die Versöhnung von Leben und Kunst, wird im Text selbst als ein Weg des allmählichen Findens dieser Versöhnung beschrieben, und die Musik geht diesen Weg der Suche und des Findens mit. Wie auch das Volk selbst diesen Weg begleitet, zunächst mit Erstaunen, aber dann mit wachsendem Einverständnis und zunehmendem Nachvollzug dessen, was Walther ihm vorsingt.

Wenn Wagner in seinem Konzept des Gesamtkunstwerks auf die Aufhebung zwischen produzierendem Künstler und konsumierendem Volk zielte, wenn er hoffte, es werde sich ein Zustand erreichen lassen, in dem die Zuhörer am Prozeß der Versinnlichung und Vergegenständlichung eines Kunstwerkes unmittelbar und aktiv teilhaben könnten, so wird diese Vision hier für die Dauer des Preisliedes theatralisiert. Das Volk versetzt sich selbst durch seine aktive Teilnahme an Walthers Vortrag in eben diesen Zustand:

> »So hold und traut, wie fern es schwebt;
> doch ist es grad', als ob man selber alles miterlebt!«

Auf die Bühne gebracht ist hier die so oft mißverstandene »Gefühlswerdung des Verstandes«[80], jene zentrale Vorstellung Wagners, wonach die Wirklichkeit des Lebens und der Kunst nur durch die synthetisierende Leistung des Gefühls wahrgenommen werden kann, eine Leistung, die allerdings die Tätigkeit des Verstandes selbst voraussetzt. Wagner hat immer wieder darauf hingewiesen, daß gerade das Kunstwerk, sofern es einen das Leben gestaltenden Anspruch erhebt, aus diesem Verweisungszusammenhang von Verstand und Gefühl lebt. Er hat betont, daß das Gefühlsverständnis eines Musikdramas der Einsicht in seine eigenen Voraussetzungen bedarf, um Rezeption überhaupt erst zu ermöglichen. Wenn das Volk also auf der Festwiese das Entstehen des Preisliedes miterlebt und nachvollzieht, so erschließt es sich damit implizit auch die ›Regeln‹ dieser Poesie und damit etwas, was durch die Tätigkeit des Verstandes bewirkt wird. Und erst im Nachvollzug dieser gleichsam in und aus der Situation entstehenden Regeln kann dieses Volk dann die Neuartigkeit der daraus erwachsenden Dichtung emotional auf sich wirken lassen und in ihr aufgehen, ohne sich darin zu verlieren. »Im Drama müssen wir Wissende werden durch das Gefühl. Der Verstand sagt uns: so ist es erst, wenn uns das Gefühl gesagt hat: so muß es sein«[81], beschreibt Wagner diesen Prozeß, und er meint damit keineswegs dumpfe Gefühligkeit, sondern ein aus dem intellektuellen Nachvollzug der ästheti-

---

78 Dritter Aufzug, zweite Szene.
79 Dazu Stefan Kunze, Der Kunstbegriff Richard Wagners. Voraussetzungen und Folgerungen, Regensburg 1983, S. 196.
80 Richard Wagner, Oper und Drama, in: GSD, Bd. 4, S. 78. Vgl. dazu ausführlicher Udo Bermbach, Der Wahn des Gesamtkunstwerks, S. 202 ff. (›Gefühl und Verstand‹).
81 Ebenda.

schen Erfahrung sich ergebendes Gefühl der Übereinstimmung von Kunst und Leben, von Natur und Gemeinschaft, von Individuum und Allgemeinheit – »Wahr-
traumdeuterei«[82], mit Sachs zu reden, Auslegung von »des Menschen wahrster Wahn«.
Es ist die Feier der Kunst als des höchsten und eigentlichen Zentrums allen
Lebens, die Vision einer um Kunst und Kunstproduktion zentrierten Lebensauffassung, die von Walther besungen, vom Volk aufgenommen und von den Meistern
geteilt wird, die alle auf der Festwiese vereint, die sich versammelt haben. »Parnaß
und Paradies«[83] haben sich gefunden und deshalb ist schließlich auch der Preis, den
Pogner ausgesetzt hat – Eva – kein Preis mehr. Wer Liebe, Leben und Kunst zusam-
menbringt, gewinnt deren Einheit auf eine natürliche, gleichsam zwanglose Weise:
Eva hat dies schon immer gewußt – und sich deshalb auch widerspruchslos als
›Preis‹ für den besten Sänger setzen lassen, und Walther hat es schon immer geahnt
– und sich deshalb auf das Wettsingen mit seinen ihm widerstrebenden Regeln
eingelassen; Sachs hat diesem Wissen und dieser Ahnung die Bahn gewiesen, das
Volk hat alles bekräftigt, den Preis zuerkannt, und die Meister haben schließlich alles
zustimmend nachvollzogen. Daß Walther am Ende noch einmal kurz aufbegehrt
und nach seinem Erfolg auf die Aufnahme in die Sänger-Zunft glaubt verzichten zu
können, gibt Sachs die Gelegenheit, in seinem großen Schlußmonolog noch die
Essenz der *Meistersinger* zusammenzufassen, die zugleich auch die Essenz von Wagners politisch-ästhetischem Denken ist: die Mahnung an alle, nicht zu übersehen,
daß die Kunst – und ihre immer weiter zu entwickelnden Regeln – das alles Entscheidende ist, daß sie gerade dort, wo Politik und Gesellschaft versagen, Bestand
haben muß und sich daraus ihr Anspruch herleitet, das Leben selbst zu gestalten.
Und diese Botschaft wird verstanden; denn »es ist das Volk, das sich selbst zujubelt in
seinem Helden. Der nun seinerseits die ihm angetane Ehre umleitet auf Meister
und Kunst ...«[84].

VIII

»So leitete mich bei meiner Ausführung und Aufführung der *Meistersinger*, welche
ich zuerst sogar in Nürnberg selbst zu veranstalten wünschte, die Meinung, mit
dieser Arbeit ein dem deutschen Publikum bisher nur stümperhaft noch vorgeführ-
tes Abbild seiner eigenen wahren Natur anzubieten, und ich gab mich der Hoffnung hin, dem Herzen des edleren und tüchtigeren deutschen Bürgertumes einen
ernstlich gemeinten Gegengruß abzugewinnen«, notierte Richard Wagner in sei-

82 Dritter Aufzug, zweite Szene.
83 Vgl. dazu Hans Mayer, Parnaß und Paradies. Gedanken zu den Meistersingern, in: Die Meistersin-
    ger und Richard Wagner. Die Rezeptionsgeschichte einer Oper von 1868 bis heute. Katalog zur
    Ausstellung des Germanischen Nationalmuseums, Nürnberg 1981, S. 53 ff.
84 Peter Wapnewski, Die Meistersinger von Nürnberg, in: Ulrich Müller/Peter Wapnewski (Hg), Ri-
    chard-Wagner-Handbuch, S. 325.

nem in den Bayreuther Blättern 1879 erschienenen Aufsatz *Wollen wir hoffen?*[85], derselben Schrift, in der er zugleich auch entschieden erklärte, er kehre »durch alle Umwege unentwegt, zu meinem vor dreißig Jahren von mir konzipierten Gedanken über jenes Verhältnis (der Kunst zum Leben, U.B.) zurück, indem ich offen bezeuge, daß an dem schroffsten Ausdruck derselben meine seitherige Lebenserfahrung nichts ändern konnte«[86].

Die hier noch einmal retrospektiv und nachhaltig bekräftigte Absicht, in den *Meistersingern* die Vision einer zukünftigen Gemeinschaft zu zeichnen, in der die Kunst nach dem Mißlingen aller sozialen und politischen, auch aller religiösen Anstrengungen den Modus der Vergemeinschaftung abgebe und die ›ästhetische Weltordnung‹ das Fundament eines zum wahren Leben zurückgekehrten ›deutschen Bürgertums‹ sein könne, muß in Erinnerung gerufen werden, wenn es um die Schlußverse des Stückes geht, die wie kaum ein anderer Dramentext Wagners zu Mißverständnissen Anlaß gegeben haben und in einem extrem nationalistischen Sinne ausgelegt worden sind – wider die Intention dieses Monologs, der, vor dem Hintergrund der ästhetischen Vorstellungen Wagners gelesen, der Kunst den Vorrang vor aller Politik, also auch vor aller politischen Vereinnahmung einräumt.

Für diese eindeutige Interpretation spricht, daß die Endverse

»Zerging' in Dunst
das Heil'ge Röm'sche Reich,
uns bliebe gleich
die heil'ge deutsche Kunst!«[87]

bereits im ersten Entwurf von 1845 notiert wurden, wenngleich in einer etwas anderen Form:»Zerging' das heil'ge römische Reich in Dunst/uns bliebe noch die heil'ge deutsche Kunst«[88]. Diese Verse blieben, weil in ihnen die Werkidee prägnant formuliert ist, durch alle Veränderungen hindurch bestehen – ein Beispiel für eine seit den Dresdner Tagen bis fast ins Kaiserreich durchgehaltene, beeindruckende Kontinuität des Wagnerschen Denkens. Noch der Entwurf des Monologs von 1862 liegt ganz auf dieser Linie und klingt mit einer versöhnenden Utopie aus:

»Was wollt ihr von den Meistern mehr?
Verliebt und Sanges voll wie Ihr
kommen nicht oft uns Junker hier
von ihren Burgen und Staufen
nach Nürnberg hergelaufen:
vor ihrer Lieb' und Fangbegier
das Volk oft mußten scharen wir;

85 Richard Wagner, Wollen wir hoffen? in: GSD, Bd. 10, S. 119 f.
86 Ebenda, S. 121.
87 Dritter Aufzug, fünfte Szene.
88 Vgl. Richard Wagner, Die Meistersinger, Erster Entwurf, in: DS, Bd. 4, S. 236.

und findet sich das Haufen,
gewöhnt sich's leicht ans Raufen:
Gewerke, Gilden und Zünfte
Hatten üble Zusammenkünfte
(wies sich's auf gewissen Gassen
noch neulich hat merken lassen!).
In der Meistersinger trauter Zunft
Kamen die Zünft' immer wieder zur Vernunft.
Dicht und fest
An ihr so leicht sich nicht rütteln läßt;
Aufgespart
Ist Euren Enkeln, was sie bewahrt.
Welkt manche Sitt' und mancher Brauch,
zerfällt Schutt, vergeht in Rauch, –
Laßt ab vom Kampf!
Nicht Donnerbüchs' noch Pulverdampf
macht wieder dicht, was nur noch Hauch!
Ehrt eure deutschen Meister ...«[89]

Wagner hat diesen Text auf nachhaltiges Drängen Cosimas und nach längerer Diskussion mit ihr[90] schließlich gestrichen und durch die dann vertonten Verse ersetzt:

»Habt ach! Uns dräuen üble Streich':
zerfällt erst deutsches Volk und Reich,
in falscher welscher Majestät
kein Fürst mehr bald sein Volk versteht,
und welschen Dunst mit welschem Tand
sie pflanzen uns in deutsches Land«[91].

Es mag sein, daß Cosima mit diesen neuen Schlußversen politisch andere Absichten als Wagner verbunden hat, daß sie ihnen einen gegen Frankreich gerichteten nationalistischen und politisch chauvinistischen Sinn unterschob. In diesem Sinne konnte dieser Schluß auch immer wieder auf ein Publikum wirken, das mit Wagners politisch-ästhetischem Programm nicht vertraut war. Dies um so mehr, als die 1867, also im Jahr der Beendigung der *Meistersinger*, publizierte Schrift *Deutsche Kunst und deutsche Politik*[92], ursprünglich eine Folge von Einzelessays in Fröbels ›Süddeutscher

89 Ebenda, S. 222 f.
90 Vgl. Richard Graf Du Mulin Eckart, Cosima Wagner. Ein Lebens- und Charakterbild, Bd. I, Berlin 1929, S. 333. Hier wird ein Brief von Cosima an Ludwig II. von Bayern zitiert, in dem Cosima berichtet, sie habe mit Wagner einen Tag lang über den Schluß der Meistersinger diskutiert und schließlich erreicht, daß er nachts zwischen 2 und 3 Uhr nach ihren Vorschlägen die endgültige Fassung geschrieben habe.
91 Dritter Aufzug, fünfte Szene.
92 Richard Wagner, Deutsche Kunst und deutsche Politik, in: GSD, Bd. 8, S. 30 ff.

Presse‹ und auf Befehl Ludwig II. vorzeitig eingestellt, wie ein Kommentar zu dem Werk verstanden werden konnte und dem oberflächlichen Leser als ein aggressiv politisches, anti-französisches Pamphlet erscheinen mochte – gewiß kein abwegiger Gedanke angesichts jener vielfältigen Spannungen, die in den Jahren unmittelbar vor dem Krieg gegen Frankreich von 1870/71 die deutschen Beziehungen zum französischen Nachbarn entscheidend bestimmten. Und doch ist diese politische Einschätzung falsch, denn Wagner ging es auch in dieser Schrift mit ihren anti-französischen Ausfällen primär um das »Problem des Verhältnisses der Kunst zur Politik im Allgemeinen, der deutschen Kunstbestrebungen zu dem Streben der Deutschen nach einer höheren politischen Bedeutung im Besonderen«[93]. In diesem Kontext allgemeiner Erörterungen empfand er die französische Zivilisation, die er als oberflächliche Unterhaltung und billige Zerstreuung charakterisierte, als moralischen Tiefstand und »Unterjochungsmittel« der deutschen Kultur, wesentlich importiert durch die deutschen Fürsten. »Hier stehen sie sich nackt gegenüber, dieser ›esprit allemand‹ und die französische Zivilisation: zwischen ihnen die deutschen Fürsten«[94], schreibt Wagner, und prophezeit letzteren ihren baldigen Untergang für den Fall, daß sie weiter in ihrer kulturellen Entfremdung zum Volk und ihrer Hinwendung zur französischen Zivilisation verharrten.

Jenseits solcher Vorwürfe, die in der damals aktuellen Situation politisch mißverstanden werden konnten, sind aber die zentralen Vorstellungen der frühen Revolutionsästhetik aus den Dresdner und Züricher Tagen auch in dieser Schrift überall präsent. Es geht um Kunst und Kultur, um die Wiederbelebung der nationalen Kulturtradition der früheren Jahrhunderte, auch um die Vorstellung, daß die »Grundzüge einer wahren deutschen Politik«[95] in der Förderung des deutschen Geistes liege, vor allem natürlich in der Förderung der deutschen Theater – was sicherlich Wagners eigene Vorstellungen von einem Theater meint, denn, wie es in *Was ist deutsch?* heißt: »Mit dem Verfalle der äußeren politischen Macht, ... worin wir gegenwärtig den Untergang der deutschen Herrlichkeit beklagen, beginnt dagegen erst die rechte Entwickelung des wahrhaften deutschen Wesens«[96]. Und es geht darum, einer aus dem Volk kommenden politischen Gestaltungskraft das Wort zu reden, begreiflich zu machen, daß in der Vielfalt des deutschen Vereinswesens »der eigentlich förderative Charakter der Deutschen sich nie vollständig verleugnet hat«[97].

So mißverständlich – und aus der Perspektive einer späteren Erfahrung nationalistisch vorurteilsbeladen – manche Formulierungen in diesem Essay auch sein mögen, gibt es insgesamt doch eine erstaunliche Kontinuität zu den politisch-ästhetischen Konzepten der späten vierziger und frühen fünfziger Jahre, und es ist diese Kontinuität, die sich auch in den *Meistersingern* und der Schlußansprache von Sachs wi-

93 Ebenda.
94 Ebenda, S. 35.
95 Ebenda, S. 49 f.
96 Richard Wagner, Was ist deutsch? (1878), in: GSD, Bd. 10, S. 39.
97 Ebenda, S. 50.

derspiegeln. Das hat freilich eine spätere Zeit nicht daran gehindert, sich der Oper in sinnverfälschender Weise zu politischen Zwecken zu bemächtigen und sie zu einer ›Nationaloper‹ zu machen[98]. Wagner hatte gewiß nicht die Absicht, eine Nationaloper im später repräsentativ mißbrauchten Sinne zu schreiben, sondern er wollte – um ihn selbst zu zitieren – »das Bild eines komischen Spieles, das in Wahrheit als beziehungsvolles Satyrspiel meinem ›Sängerkrieg auf der Wartburg‹ sich anschließen konnte« und ihm als eine Oper »leichteren Genre's ... den Zutritt zu den deutschen Theatern verschaffen und so für meine äußeren Verhältnisse einen Erfolg herbeiführen sollte«[99]

Diese Absicht mag ihm mißlungen sein. Nicht mißlungen ist ihm indessen der musiktheatralische Entwurf des utopischen Modells der Selbstregierung freier Bürger, der sich noch in den Schlußversen von Sachs widerspiegelt. Um diese Utopie war es Wagner ursprünglich einzig gegangen, als er das Konzept zu den *Meistersingern* entwarf, und er hat diese Utopie, unbeschadet aller Änderungen und Bearbeitungen des Textes substantiell nie widerrufen. Mit der Vision einer Selbstregierung freier Bürger wollte er eine Antwort auf das Versagen und damit das Ende aller Politik im *Ring* geben. Sie ist, mit all den ihr innewohnenden Ambivalenzen und Gefährdungen, sein Ausblick auf eine neue Welt. Sie bezeichnet seine Freiheitssehnsucht wie seine unbändige Suche nach Neuem, sie ist Ausdruck kraftvoller Kreativität – im Ästhetischen wie im Sozialen.

---

98 Eine genauere Darstellung der Rezeptionsgeschichte der Meistersinger fehlt bisher. Knappe Hinweise finden sich u. a. in: Die Meistersinger und Richard Wagner. Die Rezeptionsgeschichte einer Oper von 1868 bis heute, Germanisches Nationalmuseum, Nürnberg 1881; Michael Karbaum, Studien zur Geschichte der Bayreuther Festspiele 1876 – 1976, Regensburg 1976; Frederic Spotts, Bayreuth. Eine Geschichte der Wagner-Festspiele, München 1994; Harald Kisiedu, Zur politischen Rezeptionsgeschichte der Meistersinger von Nürnberg. Von der Uraufführung bis zum Nationalsozialismus, in: Matthias Viertel (Hg), Achtet mir die Meister nur! Die Meistersinger von Nürnberg im Brennpunkt, Evangelische Akademie Hofgeismar 1997, S. 89 ff.

99 Richard Wagner, Eine Mittheilung an meine Freunde, in: GSD, Bd. 4, S. 284.

Parsifal

Ästhetisierung der Revolution

I

Am 29. April 1879, mitten in der Arbeit am *Parsifal*, notierte Cosima in ihrem Tagebuch Wagners Hinweis: »Eigentlich hätte Siegfried Parsifal werden sollen und Wotan erlösen, auf seinen Streifzügen auf den leidenden Wotan (für Amfortas) treffen, aber es fehlte der Vorbote, und so mußte das wohl bleiben«[1]. Wagner, der hier selbst den *Ring* in einen unmittelbaren Zusammenhang mit dem *Parsifal* bringt, und zwar als notwendiges ›Vorläuferwerk‹, hat die innere Beziehung zwischen diesen beiden immer wieder betont. In Cosimas Tagebüchern finden sich zahlreiche Vergleiche zwischen einzelnen Figuren von *Ring* und *Parsifal*, überraschende Querverbindungen mit noch überraschenderen Begründungen. So heißt es einmal: »Wer ist Titurel? ... Wotan, ... in der Weltentsagenheit wird ihm die Erlösung zu Teil, ihm wird das höchste Gut anvertraut, und nun hütet er es kriegerisch göttlich. ... Titurel, der kleine Titus, Titus das Sinnbild für königliches Ansehen und Macht, Wotan der Gott-König«[2]. Und dann: »Richard findet Ähnlichkeit im Wesen Wotan's und Kundry's, beide sehnten sich nach Erlösung und bäumten sich gegen sie auf; Kundry in der Szene mit P., Wotan mit Siegfried«[3]. Alberich und Klingsor erscheinen Wagner verwandt, in Alberich repräsentiere sich »die Naivität der unchristlichen Welt, in Klingsor das Eigentümliche, welches das Christentum in die Welt gebracht«[4] habe. Über Parsifal bemerkt Wagner: »den konnten sie nicht fangen wie Siegfried, die Fliege war zu groß«[5]. Aber Wotan hat für Wagner auch manches mit Amfortas gemein, und die Liebe Brünnhildes zu Wotan ähnelt jener von Kundry zu Amfortas, die Rolle, die das Gold im *Ring* spielt, entspricht der Rolle des Grals im *Parsifal*. In den die Komposition des *Parsifal* begleitenden und kommentieren Bermerkungen Wagners, die Cosimas getreulich in ihre Tagebücher einträgt, finden sich eine Vielzahl von Hinweisen, in denen Wagner Parallelitäten, Ähnlichkeiten oder auch bloße Assoziationen zwischen *Ring* und *Parsifal* formuliert, in denen er – ohne das Trennende zu überdecken – die Figuren in ihren Charakteren wie Handlungen aufeinander bezieht. Genug Indizien für die These, *Parsifal* folge nicht nur zeitlich, sondern auch in einem programmatischen Sinne dem *Ring* nach.

Will man diese These erhärten und *Parsifal* mit dem *Ring* in einem mehr als nur zufälligen Analogien entsprechenden Sinne zusammenbringen, dann bedarf es si-

---

1 Cosima Wagner, TB, Bd. II, S. 339.
2 Ebenda, S. 47 f. (19. Februar 1878).
3 Ebenda, S. 108. (5. Juni 1878).
4 Ebenda, S. 52. (2. März 1878).
5 Ebenda, S. 68. (24. März 1878)

cherlich nicht nur des Hinweises auf Ähnlichkeiten zwischen den Figuren in beiden Musikdramen, sondern anderer, tiefer liegender Begründungen. Etwa des Nachweises, daß beide Werke ihrer Intention nach in einem inneren Zusammenhang stehen, daß sie inhaltlich aufeinander verweisen und sich so auch ergänzen. Eine solche Intertextualität herzustellen ist freilich nur dann möglich, wenn der Entstehungskontext und die mit ihm gegebenen politisch-gesellschaftstheoretischen Implikationen mitbedacht werden, wenn also auch der *Parsifal* auf die in den ›Zürcher Kunstschriften‹ und den ihnen vorausgehenden politischen Schriften Wagners zurückbezogen wird und aus dem Geist dieser Schriften heraus verstanden werden kann. Im folgenden soll diese Lesart des *Parsifal* vorgetragen werden, ungeachtet der Tatsache, daß sich auch dieses Werk, wie alle großen Kunstwerke, anders, ja völlig konträr interpretieren lassen[6].

II

»*Parsifal* ist ein Werk der Zusammenfassung, des sammelnden und verknüpfenden Rückgriffs«[7]. Es ist Wagners letztes Werk, sein im wörtlichen Sinne »Weltüberwindungswerk«[8] und zugleich – aus der Sicht des politisch-ästhetischen Programms der ›Zürcher Kunstschriften‹ – sein künstlerisches Testament. Die Begegnung Wagners mit dem Stoff geht zurück in jenes Pariser Elendsjahr 1842, als der Komponist erstmals durch die Lektüre des Buches von C. T. Lucas *Der Krieg auf der Wartburg*[9] auch mit der Grals-Thematik bekannt wurde. Und sie wird vertieft während jenes werkinnovativen Marienbader Kur-Aufenthaltes im Sommer 1845, da Wagner Wolfram von Eschenbachs *Parzival* und *Titurel* liest, Albrecht von Scharfenbergs *Der junge Titurel* sowie eine Reihe darauf bezogener literaturwissenschaftlicher Kommentare[10]. Doch dann tritt das unmittelbare Interesse an diesem Stoff angesichts der Arbeit an den anderen Dramen zunächst zurück, und erst im Zusammenhang mit der Komposition des *Tristan* kommt der *Parsifal* Wagner wieder in Erinnerung. In *Mein Leben* hat er später, wie so oft, eine Inspirationslegende erzählt, hat den Einfall für das Konzept zum *Parsifal* auf den 20. April 1857 datiert und mit dem kurz zuvor bewältigten Einzug in das von Otto Wesendonck zur Verfügung gestellte, noch feuchte und kalte ›Asyl‹ in Zusammenhang gebracht: »Nun brach auch schönes Frühlings-

---

6 Ein gegensätzliches Verständnis zu meiner im folgenden gegebenen Interpretation formuliert z. B. Dieter Borchmeyer, Erlösung und Apokatastasis: Parsifal und die Religion des späten Wagner, in: Richard Wagner, Frankfurt/M. 2002, S. 308 ff.
7 Carl Dahlhaus, Richard Wagners Musikdramen, Zürich/Schwäbisch Hall 1985, S. 143.
8 So der treffende Titel der Studie von Ulrike Kienzle, Das Weltüberwindungswerk. Wagners ›Parsifal‹, Laaber 1992.
9 Vgl. in diesem Buch das Kapitel über Tannhäuser, S. 91 ff.
10 Zusammenfassend Hans-Joachim Bauer, Richard Wagner, Stuttgart 1992, sowie für das folgende Peter Wapnewski, Das Bühnenweihfestspiel, in: Ulrich Müller/Petert Wapnewski (Hg), Richard-Wagner-Handbuch, Stuttgart 1986, S. 331 ff. Vgl. auch WWV 111, S. 535 ff.

wetter herein; am Karfreitag erwachte ich zum ersten Mal in diesem Hause bei vollem Sonnenschein: das Gärtchen war ergrünt, die Vögcl sangen, und endlich konnte ich mich auf die Zinne des Häuschens setzen, um der langersehnten verheißungsvollen Stille mich zu erfreuen. Hiervon erfüllt, sagte ich mir plötzlich, daß heute ja ›Karfreitag‹ sei, und entsann mich, wie bedeutungsvoll diese Mahnung mir schon einmal in Wolframs Parzival aufgefallen war. Seit jenem Aufenthalte in Marienbad, wo ich die *Meistersinger* und *Lohengrin* konzipierte, hatte ich mich nie wieder mit jenem Gedicht beschäftigt; jetzt trat sein idealer Gehalt in überwältigender Form an mich heran, und von dem Karfreitags-Gedanken aus konzipierte ich schnell ein ganzes Drama, welches ich, in drei Akte geteilt, sofort mit wenigen Zügen flüchtig skizzierte«[11].

Abgesehen davon, daß der hier erwähnte Prosaentwurf nicht (mehr) existiert – der erste erhaltene ist in der Zeit vom 27.–30. August 1865 entstanden[12] –, stimmt auch die Inspirationslegende nicht. Wagner selbst hat später erklärt, er habe »eigentlich alles an den Haaren herbeigezogen wie meine Liebschaften, denn es war kein Karfreitag, nichts, nur eine hübsche Stimmung in der Natur, von welcher ich mir sagte: So müßte es sein am Karfreitag«[13]. Aber wie immer die Stimmung gewesen sein mag, der Stoff selbst beschäftigte Wagner immer wieder, wird aber auch immer wieder beiseite gelegt, um im Zusammenhang mit anderen Arbeiten dann erneut aufzutauchen. So etwa, wenn der dritte Akt des *Tristan* komponiert wird und Wagner sich aus diesem Anlaß in einem langem Brief aus Venedig an Mathilde Wesendonck des *Parsifal* erinnert, sich eingehend mit den Fragen der Komprimierung und dramatischen Einrichtung der Vorlagen beschäftigt, um gleichzeitig zu beteuern, er werde dieses Werk nie schreiben[14]. So etwa, wenn Ludwig II. auf die Fertigstellung des *Parsifal* drängt und Wagner, der darauf antworten muß[15], vorschnell dessen Uraufführung für das Jahr 1872 in Aussicht stellt.

Doch erst im Januar 1877 begann er, sich auf dieses Projekt zu konzentrieren[16], schrieb einen zweiten Prosaentwurf[17] und beendete im April die Dichtung. Im September 1877 entstanden erste Orchesterskizzen und am 13. Januar 1882 war die Komposition abgeschlossen. Über Jahre hinweg nahm die Arbeit am *Parsifal* alle Kraft in Anspruch; Cosima notierte in ihren Tagebüchern die Mühen des Werdens, Wagners Schwierigkeiten, Hoffnungen und Abbruchgefühle, das Auf und Ab seiner

11 Richard Wagner, ML, S. 636.
12 Er ist abgedruckt in: DS, Bd. IV, S. 332ff.
13 Cosima Wagner, TB, Bd. II, S. 335 (22. April 1879).
14 Richard Wagner an Mathilde Wesendonk. Tagebuchblätter und Briefe 1853–1871, Einleitung von Wolfgang Golther, Berlin 1904, S.144 ff. (Brief vom 29./30. Mai 1859).
15 König Ludwig II. und Richard Wagner. Briefwechsel, hg. vom Wittelsbacher Ausgleichs-fonds und von Winifred Wagner, bearbeitet von Otto Strobel, Karlruhe 1936, Bd. I., S.165 (Briefe vom 26./29. August 1865 und Antwort des Königs vom 1. September 1865 sowie die folgenden Briefe).
16 Cosima Wagner, TB, Bd. I, S. 1027 (25. Januar 1877; Wagner sagt zu Cosima: »Ich beginne den Parzival und laß nicht eher von ihm ab, als er fertig ist.«).
17 Vgl. Anmerkung 12, hier S. 353 ff.

Stimmungen bis hin zur resignativen Verzweiflung – selten ist die Entstehung eines
großen Musikdramas über Jahre hinweg so eingehend dokumentiert worden wie
hier[18]. Zwischen all dem liegen Reisen nach Italien, liegt die ›Entdeckung‹ von
Klingsors Zaubergarten im Mai 1880 im Garten des halbverfallenen Palazzo Rufolo
in Ravello über dem Golf von Neapel und im August, auf der Reise zurück nach
Bayreuth, des Gralstempels im Dom von Siena.

Wie in anderen Dramen auch, ist Wagner bei der Einrichtung des Parzival-Stoffes
für seine Zwecke mit den Vorlagen frei verfahren[19]. Das muß im einzelnen hier nicht
berichtet werden, nur soviel: Wagner läßt die bei Wolfram von Eschenbach erzählte
Vorgeschichte weg, er konzentriert die Handlung auf zwei Orte: den Gralstempel
und seine Umgebung einerseits und Klingsors Reich andererseits. Er macht den
Speer und den Gral zu den beiden zentralen Symbolen. Der Speer, der einst Christus
die Seitenwunde schlug, hat nun auch die Wunde des Amfortas verursacht; die Schale
des Joseph von Arimathia, die einst das Blut Christi auffing, ist nun zum Gral geworden. Christliche und jüdisch-kabbalistische Überlieferungen gehen hier ineinander
über[20] und vermischen sich insgesamt mit literarischen und mythologischen Überlieferungen des Mittelalters. In diese hochkomplexe inhaltliche Neustrukturierung
unterschiedlicher Stofftraditionen erfindet Wagner dann noch die Figur der Kundry,
eine vielfach gebrochene Figur von eigenartigem Doppelcharakter, die einerseits als
Büßerin dem Gral dient und Linderung für Amfortas zu bringen sucht, die andererseits für Klingsor als Hure die Gralsritter anlocken, ins Verderben führen und so der
Gralsgemeinschaft Schaden zufügen soll, und die sich schließlich, im dritten Aufzug,
für Parsifal zu einer Art Maria Magdalena wandelt. Über die vielfältigen Verwei-
sungszusammenhänge der Handlung mit den Vorlagen wie über die historisch-reli-
giöse Aufladung der Symbole und Symbolik gewinnt der *Parsifal*, dessen Handlung
sich eigentlich eher schlicht ausnimmt, insgesamt aber eine solche Komplexität, daß
das Werk wohl zu recht als das am schwierigsten zu erschließende gelten kann.

Dies gilt nicht nur für den Text und seinen vielfach verrätselten symbolischen
Gehalt, sondern auch für die Musik. Der feindlichen Dualität zwischen dem Reich
des Grals und dem Reich Klingsors entspricht musikalisch die Dualität zwischen
Diatonik und Chromatik: »zwischen einer Chromatik, die sowohl den Trug der
Klingsorsphäre als auch die Schmerzensakzente des Amfortas ausdrückt, und einer
Diatonik, die von der naiven Simplizität des Parsifalmotivs bis zur Erhabenheit der
Gralsthemen reicht. Chromatik und Diatonik haben, als musikalisch-technische
Kategorien, zugleich expressiv-allegorische Bedeutung: Daß zwei Motive chroma-
tisch sind – ein scheinbar nichtssagendes, weil zu allgemeines Merkmal –, wird zum

18 Eine frühe Zusammenstellung von Äußerungen Wagners zum Parsifal liegt vor mit Edwin Lindner,
Richard Wagner über Parsifal. Aussprüche des Meisters über sein Werk, Leipzig 1913.
19 Dazu ausführlich Peter Wapnewski, Das Bühnenweihfestspiel, S. 334.
20 Vgl. dazu Wolf-Daniel Hartwich, Jüdische Theosophie in Richard Wagners Parsifal: Vom christlichen Antisemtismus zur ästhetischen Kabbala, in: Dieter Borchmeyer/Ami Maayani/Susanne Vill
(Hg), Richard Wagner und die Juden, Stuttgart/Weimar 2000, S. 103 ff.

Zeichen eines Zusammenhangs. Der Konnex zwischen Trug und Schmerz – zwischen Zaubergarten und Amfortas-Klage – ist ebenso unverkennbar, wie andererseits die Naivität des reinen Toren die erste Stufe eines Erkenntnisweges bezeichnet, an dessen Ende das Gralkönigtum steht«[21].

Kompositionstechnisch schließt der *Parsifal* an *Ring* und *Tristan* an, aber Wagner verfeinert seine Mittel aufs Äußerste: die Zahl der Leitmotive wird radikal reduziert, und zugleich enthält jedes Motiv schon die Bausteine für sich abspaltende neue Motive, die sich mit anderen verschmelzen und in symphonisch angelegten, großen musikalischen Perioden – die durch keine szenische Trennung innerhalb der Aufzüge unterbrochen werden – immer neu die »Kunst des Übergangs«[22] vorführen. Immer wieder werden die Grundlagen der Tonalität harmonisch bis an die Grenze ihrer Überschreitung verdeckt und dadurch auch in gewisser Weise transzendiert, werden in Dur geschriebene Themen durch Molleintrübungen scheinbar chromatisiert und so die musikalische Kontrastierung von diatonischen und chromatischen Welten unterlaufen, werden rhythmische Konventionen unerwartet infrage gestellt. Ausdrücklich für den verdeckten Orchestergraben in Bayreuth geschrieben, entfaltet Wagner auch seine Instrumentierungskunst zu einem neuen Höhepunkt: er bindet die einzelnen Instrumente des Orchesters so sehr in den gewünschten, permanent chargierenden Gesamtklang ein, daß sie für den Zuhörer ihre Individualität verlieren und im Ganzen gleichsam ›unhörbar‹ werden. *Parsifal* – das ist, alles in allem, musikalisch ein feinnerviges Geflecht von Themen und Themenabspaltungen, von Tonarten, Tonartenmodulationen und scheinbarer Tonartenauflösung, von höchst subtilen instrumentalen Verschmelzungsvorgängen, so daß die Musik, die stets auf Text und Handlung bezogen wird, das Bühnengeschehen einerseits interpretiert, aber zugleich auch eigenständig kommentiert und begleitet[23].

III

Nicht nur der Rückbezug der *Parsifal*-Handlung auf die revolutionären ›Zürcher Kunstschriften‹ aus den Jahren 1849/1851, sondern auch die in den Jahren der Arbeit am *Parsifal* bei Wagner vorherrschende Lebensstimmung wie die dieser Zeit geschriebenen Essays geben die Folie ab, auf die sich eine Interpretation dieses ›Bühnenweihfestspiels‹ berufen kann. Da ist zunächst die von Wagner immer wieder empfundene Last der Kompositionsarbeit am *Parsifal*, die sich gelegentlich zum »furchtbaren Lebensekel«[24] steigert und den Entschluß nahelegt, das Stück gänzlich aufzugeben.

---

21 Carl Dahlhaus, Richard Wagners Musikdramen, S. 150.
22 Richard Wagner an Mathilde Wesendonk, Tagebücher und Briefe 1853–1871, S. 189 (Brief vom 29. Oktober 1859).
23 Vgl. die prägnante Anlayse der Parsifal-Musik von Ulrich Schreiber, Die Kunst der Oper. Geschichte des Musiktheaters, Bd. II Das 19. Jahrhundert, Frankfurt/M. 1991, S. 547 ff.
24 Cosima Wagner, TB, Bd. II, S. 391 (1. August 1879).

Wagner verfällt während seiner Arbeit häufig in pessimistische Lebensstimmungen, die unterschiedliche Ursachen haben, nicht zuletzt aus Enttäuschungen resultieren, weil persönliche Erwartungen, die er hinsichtlich der Förderung seines eigenen Werkes durch das 1871 entstandene Deutsche Kaiserreich gehegt hatte, sich nicht erfüllten. In dem Maße, wie das neu geeinte Deutschland nach 1871 zunehmend in der Weltpolitik entscheidend mitzusprechen suchte, wandte Wagner sich von der konkreten Politik ab und setzte seine Hoffnung auf eine grundlegende gesellschaftliche Veränderung, verstärkt auf seine Kunst, ohne doch zu erleben, daß diese öffentlich so wirksam werden konnte, wie er das für notwendig hielt. In den Notizen der Tagebücher jener Jahre spiegeln sich Wagners Hoffnungen und Enttäuschungen, und seine Beurteilung der (deutschen) Politik ergibt ein beklemmendes Bild: »Er glaubt bei uns an einen vollständigen politischen Untergang und immer dringenderes Hervortreten der sozialen Frage, aufgehalten durch den Krieg«[25], hält Cosima fest, wie auch, daß das neue Deutsche Reich ihm aufs höchste mißfällt[26]. Diesem machtpolitisch auftrumpfenden Staat fühlt er sich nicht mehr zugehörig[27], das Preußen der Militärs ist ihm zuwider[28], Bismarck wie seine Politik lehnt er entschieden ab, weil dieser Kanzler seiner »Aufgabe nicht gewachsen wäre, welche ihm das Schicksal zugeführt hätte«[29] – was heißt, daß er der Förderung Wagners und seiner Werke nicht die von diesem erhoffte Aufmerksamkeit schenkt[30]. Er haßt das Militär, steht den politischen Parteien fremd, ja feindlich gegenüber, und als der Antrag auf Verbot der Vivisektion im Reichstag abgelehnt wird, will er sich in Amerika »naturalisieren«[31] lassen; wie ihn überhaupt der Gedanke einer Auswanderung nach Amerika über lange Zeit nachhaltig beherrscht. Sein Antisemitisimus, entschieden die Folge seiner Wahnvorstellung, die Juden würden ihn persönlich verfolgen und überall, wo immer sie könnten, die Aufführung seiner Werke boykottieren, verschärft sich und wird aggressiver, nimmt sich dann aber auch wieder resignativ zurück[32].

All diese Aussagen und Haltungen nehmen jene Absage an die praktische und tägliche Politik wieder auf, die das Motiv für den Entwurf der großen politisch-

---

25 Ebenda, S. 382 (15. Juni 1879).

26 Ebenda, S. 542 »Auf Deutschland gebe ich gar nichts mehr.« (10. Juni 1880).

27 Ebenda, S. 707 »Aus dem deutschen Reich bin ich geschieden, sehr gern will ich aus der Weltordnung scheiden.« (8. März 1881).

28 Ebenda, S. 800 »Der preußische Staat besteht aus Lüge« (29. September 1881).

29 Ebenda, S. 388 (29. Juli 1879).

30 Zum Verhältnis von Wagner und Bismarck vgl. Hannu Salmi, Die Herrlichkeit des deutschen Namens. Die schriftstellerische und politische Tätigkeit Richard Wagners als Gestalter nationaler Tätigkeit während der staatlichen Vereinigung Deutschlands, Turku 1993. Vgl. ebenso Dieter Borchmeyer, Wagner und Bismarck: eine epochale Unbeziehung, in: derselbe, Richard Wagner. Ahasvers Wandlungen, Frankfurt/M. 2002, S. 432 ff.

31 Cosima Wagner, TB, Bd. II, S. 529 (6. Mai 1880): »R. will aus dem Reich treten und sich in Amerika naturalisieren lassen.«

32 Ebenda, S. 349 »Er meint, sie beherrschten doch alles, und in seinem Betreff warteten sie nur seinen Tod ab, dann wüßten sie, sei alles zu Ende.« (15. Mai 1879). Zu den verschiedenen Ausprägungen von Wagners Antisemitismus vgl. Dieter David Scholz, Richard Wagners Antisemitismus. Jahrhundertgenie im Zwielicht – eine Korrektur, Berlin 2000.

ästhetischen Schriften der Jahre 1849/51 abgab, mit ihrem Konzept vom Gesamtkunstwerk. Und immer wieder brechen in diesen Äußerungen Wagners auch die
anti-institutionellen Vorbehalte gegenüber Staat und Kirche durch, die er seit seiner
frühen Beschäftigung mit anarchistischem und früh-sozialistischem Denken beibe-
halten und mehr oder weniger stark gepflegt hatte. Daß die katholische Kirche als
Institution noch existiert, empfindet er als einen »Skandal«[33], in der »Verweltlichung
der Kirche«[34], das heißt in der Institutionalisierung des religiösen Wahrheitsanspru-
ches, sieht er die eigentliche Ursache für den Verfall des christlichen Glaubens. Daß
die Religion im Laufe der Geschichte von den Herrschenden immer wieder zu
ihren Zwecken instrumentalisiert worden ist, daß sie ›Staatsreligion‹ wurde, hat –
wie er meint – deren Unglaubwürdigkeit beschleunigt: »verschiedene, politisch fest-
gesetzte und staatskontraktlich neben oder unter einander gestellte Bekenntnisse
derselben bekennen in Wahrheit nur, daß die Religion in ihrer Auflösung begriffen
ist«[35]. Wohingegen es für ihn feststeht, daß »nur eine allgemeine Religion in Wahrheit Religion ist«[36], also eine nicht in Konfessionen gespaltene und daher auf Kern-
wahrheiten reduzierte wie konzentrierte Religion, was dann heißt: »Die christliche
Religion gehört keinem nationalen Volksstamme eigens an: das christliche Dogma
wendet sich an die rein menschliche Natur«[37].

Ähnlich wie die kirchliche Organisation verfällt auch die staatliche einer radikalen Ablehnung. Für den späten Wagner ist der Staat nur noch eine »Mühle ..., durch
welche das Getreide der Menschheit, nachdem es auf der Kriegs-Tenne ausgedro-
schen, hindurchgemahlen werden müsse, um genießbar zu sein«[38]. Und kaum ge-
mäßigter sagt er zu Cosima: »Eigentlich ist ein jeder Staat ein Verband von Denun-
zianten, die Angst vor dem Denunziert werden bedingt allen Verkehr«[39]. Urteile in
solcher Tonlage und Schärfe finden sich viele, etwa jenes, wonach der Staat lediglich
eine Veranstaltung zur Sicherung des bürgerlichen Besitzes sei: »Und er kommt auf
den Besitz zu sprechen, den er als Grund-Übel von allem erkennt«[40], ein Grundübel
wie jenes andere, das Geld: »Mit Geld läßt sich nichts Gutes anfangen, man kann die
Menschen damit nicht verändern, vernichten muß man es«[41], und: »Nur das Geld
muß aufhören, es müssen für Geld gewisse Dinge nicht mehr zu haben sein, und
darauf ist, wie mir scheint, die sozialistische Ökonomie nicht genügend gerichtet«[42].
Die Sozialisten sind ihm nicht radikal genug, sie sind, infolge ihrer Mitarbeit in den
Parlamenten, zu reformistisch, zu wenig aufs Ganze gehend. Sie wollen, so glaubt

33 Ebenda, S. 224 (10. November 1878).
34 Richard Wagner, Religion und Kunst, in: GSD, Bd. 10, S. 222 f.
35 Richard Wagner, Was ist deutsch?, in: GSD, Bd. 10, S. 42.
36 Ebenda.
37 Ebenda, S. 40.
38 Richard Wagner, Religion und Kunst, in: GSD, Bd. 10, S. 251.
39 Cosima Wagner, TB, Bd. II, S. 705 (4. März 1881).
40 Ebenda, S. 1008 (28.September 1882).
41 Ebenda, S. 721 (4. April 1881).
42 Ebenda, S.607 (29. September 1880).

Wagner, sich »auch nur des Staates bemächtigen, um einen unmöglichen Zustand zu organisieren. ... Ich kenne keinen Staat« – so fügt er hinzu –, »ich kenne nur die Gesellschaft«[43].

In dieser politischen Verbitterung, in der Ablehnung des auf Macht und Interessen gegründeten Staates, in der Resignation über die Unmöglichkeit einer revolutionären Veränderung der gegebenen Zustände kommen bei Wagner die alten kritischen Vorbehalte wieder zum Vorschein, die anarchistisch inspirierten Vorstellungen aus den politisch aktiven Tagen, Spuren seiner damaligen Revolutionsbegeisterung, die sich auch jetzt noch bekennt, etwa im Gespräch mit einem Freund über die sozialistische Bewegung, von der Wagner im Bakunistischen Tonfall meint, »daß die Kraft dieser Bewegung nur in der Zerstörung liegen könne, alles Konstruktive sei immer kindisch, und man fände den Menschen wieder, wie er ist und von je gewesen ist«[44]. Zugleich hofft er gegen alle Enttäuschungen, daß diese sozialistische Bewegung sich ihrer eigentlichen revolutionären Bestimmung doch noch erinnern werde, denn er ist davon überzeugt, daß vom Arbeiter einst »die neue Religion ausgehen wird«[45].

Alles in allem: es sind die alten Muster der Staatsverdrossenheit, der Modernitäts- und Zivilisationskritik, die im Umfeld der Arbeit am *Parsifal* artikuliert werden. Wagner ist überzeugt vom völligen Versagen der kirchlich verfaßten Religionen und für ihn bleibt, wie in seinen Dresdner Zeiten, der Staat ein bloßer Unterdrückungsapparat, bleibt die Gesellschaft durch Geld und Besitz korrumpiert und summiert sich alles zu einer »barbarischen Civilisation«[46], deren historisch notwendiger Verfall für ihn außer Frage steht. Der Komponist des *Parsifal* steht mit solchen Überzeugungen dem Dresdner Kapellmeister nicht allzu fern – wer die Tagebücher liest, muß immer wieder überrascht feststellen, daß sich Kernspuren des Denkens über all die Jahre bis ins hohe Alter durchgehalten haben, die in den privaten Gesprächen noch stärker als in den veröffentlichten Schriften die Diskussionen dort charakterisieren, wo Wagner sie alleine bestimmen kann.

Man hat den in diesen Jahren wieder stark durchbrechenden Pessimismus Wagners in der Literatur ganz überwiegend auf die Schopenhauer-Rezeption zurückgeführt und Schopenhauers Philosophie auch für die *Parsifal*-Interpretation entschieden in Anspruch genommen. Das trifft in vielerlei Hinsicht durchaus zu und braucht, da es eingehend herausgearbeitet worden ist, hier nicht wiederholt zu werden[47]. Aber neben den Spuren der Philosophie Schopenhauers lassen sich in den Schriften Wagners und im *Parsifal* auch gegenläufige Aspekte beobachten. Denn da, wo für Wagner philosophisch die Verneinung des Willens und politisch-gesellschaft-

---

43 Ebenda, S. 132 (6. Juli 1878).
44 Ebenda, S. 181 (23. September 1878).
45 Ebenda, S. 372 (27. Juni 1879).
46 Richard Wagner, Wollen wir hoffen? (1879), in: GSD, Bd. 10, S. 123.
47 Vgl. die ganz aus dieser Perspektive geschriebene, sehr gründliche Interpretation von Ulrike Kienzle, Das Weltüberwindungswerk, bes. S. 24 ff.

lich überall Verfall und Dekadenz herrschen, wächst zugleich auch – die späten
›Regenerationsschriften‹ belegen es – die Hoffnung auf eine grundsätzliche Wende
zum Besseren. Die tiefe Überzeugung aller Krisentheoretiker, daß aus der Krise
selbst die Kraft zur Erneuerung kommen werde – im 19. Jahrhundert eine vornehmlich von der radikalen Linken gehegte Hoffnung, wonach die Krise des Kapitalismus zwangsläufig zum Sozialismus führen werde – teilte auch Wagner. »Die
Annahme einer Entartung des menschlichen Geschlechtes dürfte« – so schreibt er
1880 – »dennoch die einzige sein, welche uns einer begründeten Hoffnung zuführen könnte«[48]. Er rechtfertigt seine Annahme damit, daß die von ihm beschriebenen
gesellschaftlichen Entartungen seiner Zeit historisch bedingt sind, Konsequenzen
eines gleichsam geschichtlich falsch laufenden Entwicklungsprozesses, der in dem
Augenblick außer Kraft gesetzt werden kann, wenn die Menschheit ihrer ursprünglichen Herkunft und Bestimmung wieder inne werde. Also denkt er nach über die
Möglichkeiten einer Veränderung, und solches Nachdenken schlägt sich dann auch
im *Parsifal* nieder. Die »Ausmalung des uns vorschwebenden Phantasie-Bildes eines
Regenerations-Versuches des menschlichen Geschlechtes«[49] nennt er seine nun doch
wieder als ›politisch‹ zu bezeichnende Anstrengungen der letzten, im Umfeld der
Parsifal-Komposition entstandenen Schriften. Deren Programm der ›Regeneration‹
besteht hinsichtlich ihrer praktischen Verwirklichung aus sehr unterschiedlichen,
heute merkwürdig berührenden, um nicht zu sagen skurrilen Vorstellungen: Wagner
plädiert mit Nachdruck für einen Sozialismus, der »die Berechtigung dieser Gesellschaft sofort in Frage« stellt, und er will die sozialistische Bewegung mit der von
ihm in jenen Jahren vehement unterstützten Bewegung der »Vegetarianer, der Thier-
schützer und der Mäßigkeitspfleger«[50] verbinden. Mit diesen Stichworten sollen die
Umrisse einer Weltanschauung angedeutet werden, in der sich anarchistisch eingefärbte, radikale Staats- und Gesellschaftskritik mit den Idealen des Pazifismus und
einer asketischen Lebensführung zu dem verbinden, was Wagner gelegentlich als die
Ausbildung einer »wahrhaften Religion«, auch als den »Kern aller Religionen« bezeichnet – worunter er die »Einheit alles Lebenden«[51] versteht.

Diese hier nur andeutungsweise und umrißhaft skizzierte Weltauslegung des späten Wagner gibt den inhaltlich eher spärlichen Rahmen ab, in dem der *Parsifal* entsteht und durch die er auch in seinen Grundintentionen bestimmt wird: als eine ins
Positive gewendete Utopie, als eine ästhetische Sublimierung der von Wagner nach
wie vor gehegten Hoffnungen auf durchgreifende Gesellschaftsveränderungen. In
diesem Sinne nimmt der *Parsifal* den Schluß der *Götterdämmerung* noch einmal auf,
schließt an das dortige Untergangsdrama an, schreibt es in seinen Ausblicken allerdings neu, nicht mehr als den Untergang einer dekadenten, nur dem Kommerz und
seichten Vergnügungen zugewandten Gesellschaft, sondern als die Utopie einer alles

48 Richard Wagner, Religion und Kunst (1880), in: GSD, Bd. 10, S. 236.
49 Ebenda, S. 243.
50 Ebenda, S. 240.
51 Ebenda, S. 224.

Geld und Besitz, alle repressiven Institutionen hinter sich lassenden Gemeinschaft, die einzig durch Kunst, durch gemeinsame ästhetische Erfahrungen zusammengehalten wird. *Parsifal* – das ist der fünfte Teil des *Ring*, der abendfüllende und nun nicht mehr resignative Schluß der *Götterdämmerung*, deren Untergangsdramaturgie jetzt aufgehoben wird in der Hoffnung auf eine kunstreligiös erlöste Gemeinschaft, eine Hoffnung, die Schopenhauers Pessimismus durch ihre utopische Perspektive in sein Gegenteil verkehrt. Und dies hat der *Parsifal* mit den *Meistersingern* gemein: beide sind sie eine Antwort auf das Ende des *Ring*, auf Wagners These vom Versagen aller Politik und vom Ende einer Welt, die durch Macht und Machtmißbrauch, durch Herrschaft und Repression ruiniert worden ist. Während die *Meistersinger* aber ein aus ästhetischen Prinzipien entwickeltes, konkretes Modell demokratischer Selbstorganisation auf der Bühne entwerfen, läßt sich der *Parsifal* eher verstehen als die in Musik gesetzte Hoffnung auf Überwindung gegebener Verhältnisse durch Bewußtseinswandel. Im *Parsifal* zeichnet Wagner den Weg, den Denken und Erfahrung gehen müssen, um am Ende das Ziel einer ästhetisch angeleiteten Lebensführung vor sich zu sehen. Es ist der Aufschein einer Utopie, die selbst nur in ihren Prinzipien, nicht in konkreten Strukturen deutlich wird, ein Aufschein, den Wagner wohl mit Absicht im Ton visionärer Unbestimmtheit einzufangen versucht hat, als eine prospektive Stimmungsmalerei, in der die Ahnung des ›Anderen‹ als ›Erlösung‹ eingefangen ist. »Dieser Erlösung selbst glauben wir in der geweihten Stunde« – so heißt es an einer zentralen Stelle bei Wagner – »wann alle Erscheinungsformen der Welt uns wie im ahnungsvollen Traume zerfließen, vorempfindend theilhaftig zu werden: uns beängstigt dann nicht mehr die Vorstellung jenes gähnenden Abgrundes, der grausenhaft gestalteten Ungeheuer der Tiefe, aller der süchtigen Ausgeburten des sich selbst zerfleischenden Willens, wie sie uns der Tag! – ach! – die Geschichte der Menschheit vorführte: rein und friedenssüchtig ertönt uns dann nur die Klage der Natur, furchtlos, hoffnungsvoll, allbeschwichtigend, welterlösend. Die in der Klage geeinigte Seele der Menschheit, durch diese Klage sich ihres hohen Amtes der Erlösung der ganzen mitleidenden Natur bewußt werdend, entschwebte da dem Abgrunde der Erscheinungen, und, losgelöst von jener grauenhaften Ursächlichkeit alles Entstehens und Vergehens, fühlt sich der rastlose Wille in sich selbst gebunden, von sich selbst befreit«[52].

IV

1888 schreibt Nietzsche mit Bezug auf Wagners *Parsifal*: »Man erinnere sich, wie begeistert seinerzeit Wagner in den Fußstapfen des Philosophen Feuerbach gegangen ist. Feuerbachs Wort von der ›gesunden Sinnlichkeit‹ – das klang in den dreißiger Jahren Wagner gleich vielen Deutschen – sie nannten sich die ›Jungen Deut-

52 Richard Wagner, Religion und Kunst, in: GSD, Bd. 10, S. 249.

schen‹ – wie das Wort der Erlösung. Hat er schließlich darüber umgelernt? … Denn der Parsifal ist ein Werk der Tücke, der Rachsucht, der heimlichen Giftmischerei gegen die Voraussetzungen des Lebens, ein schlechtes Werk«[53]. Ein zutiefst katholisches Werk, wie Nietzsche meinte: »Denn was ihr hört, ist Rom – Roms Glaube ohne Worte«[54]. Für Nietzsche war der *Parsifal* ein konsequent »christliches Drama«[55] und Wagner, so Nietzsche, »ein morsch gewordener verzweifelter *décadent*«, der »plötzlich, hilflos und zerbrochen, vor dem christliche Kreuze niedersank«[56].

Nietzsche hat hier, wie so oft, die falschen Stichworte geliefert, und er hat damit entscheidend zu einem Mißverständnis beigetragen, an dem Wagner zwar nicht ganz unschuldig, an dem aber später vor allem die Bayreuther Epigonen zielstrebig weitergearbeitet haben[57]. Ein Mißverständnis, das auf den ersten Blick deshalb naheliegen mochte, weil sich im *Parsifal* die Elemente der christlichen Eucharistie, auch die der katholischen Liturgie im Ablauf des ›Bühnenweihfestspiels‹ scheinbar leicht erkennen und identifizieren lassen.

Doch dieser Schein trügt. Schon die Bezeichnung des *Parsifal* als ›Bühnenweihfestspiel‹ weist in eine andere Richtung. Zerlegt man diesen Begriff, der oft genug, nicht zuletzt durch Cosima, die Mitglieder des Bayreuther Kreises und die Bayreuther Tradition bis zum Neuanfang von 1951, fälschlicherweise als ein theatraler Komplementärbegriff zum christlichen Gottesdienst aufgefaßt worden ist, in seine einzelnen Wortbestandteile, so wird sehr schnell deutlich, worauf Wagner mit dieser Begriffsbildung abzielte: auf die eigene Festspielidee[58] mit dem ihr immanenten Telos einer gemeinschaftlichen Erfahrung ästhetischer ›Wahrheiten‹. So spielt der Begriff an auf die Bühne als dem herausgehobenen Ort eines von allen Alltäglichkeiten entlasteten Erlebnisses, das den Zuschauern und Zuhörern im Verlaufe des Festspiels die besondere Weihe eines gemeinsam gehörten und gesehenen Musikdramas vermitteln, seine ›Botschaft‹ im Akt der Aufführung ›versinnlichen‹ und ›vergegenwärtigen‹ sollte. Schon das Wort ›Bühnenweihfestspiel‹ deutet darauf hin, daß Wagner mit dieser ungewöhnlichen Bezeichnung seines Musikdramas sich eine Aufnahme des Werkes von höchster Intensität erhoffte, eine von allen Alltagserfahrungen abgelöste und ganz auf die ästhetische Wahrheit konzentrierte Aufnahme durch das Publikum, welche – um die so oft verwendete Formel zu zitieren – zur

---

53 Nietzsche contra Wagner, in: Friedrich Nietzsche, Werke, hg. von Karl Schlechta, München 1960, Bd. II, S. 1052 f.
54 Ebenda, S. 1051.
55 So dezidiert die Interpretation von Heinrich Reinhart, Parsifal. Studie zur Erfassung des Problemhorizontes von Richard Wagners letztem Drama, Straubing 1979. Als ein christliches Werk sieht es auch Dieter Borchmeyer, Richard Wagner, S. 308 ff.
56 Nietzsche contra Wagner, S. 1054.
57 Vgl. dazu Udo Bermbach, Liturgietransfer. Über einen Aspekt des Zusammenhangs von Richard Wagner mit dem Dritten Reich, in: Saul Friedländer/Jörn Rüsen (Hg), Richard Wagner im Dritten Reich, München 2000, S. 40 ff., bes. S. 43 ff.
58 Dazu eingehend Udo Bermbach, Der Wahn des Gesamtkunstwerks. Richard Wagners politisch-ästhetische Utopie, Frankfurt/M. 1994, bes. S. 225 ff (›Ästhetische Identität‹).

»Gefühlswerdung des Verstandes«[59] hinführen sollte, was allerdings nicht das bewußt-
lose Versinken in unkontrollierten Affekten und Emotionen meint, sondern einen
Prozeß, in dem sich rationale Welterkenntnis mit Gefühlen verbindet und steigert,
in dem Gefühle so auch als Korrektive bloßer Verstandestätigkeiten wirksam werden können. Man mag das als einen Prozeß der Sakralisierung von Kunst verstehen,
aber keinesfalls ist es Gottesdienst, und schon gar nicht das Stiften einer Religion.
So hat denn Wagner auch die rhetorische Frage: »Wollen Sie etwa eine Religion
stiften?« mit dem Hinweis beantwortet, daß er dies für völlig unmöglich halte. Wohl
aber sei er überzeugt davon, »daß wahre Kunst nur auf der Grundlage wahrer Sittlichkeit gedeihen« könne und deshalb habe er auch die wahre Kunst mit wahrer
Religion vollkommen in eins gesetzt[60].

    ›Wahre Religion‹ ist bei Wagner nun nicht identisch mit dem Christentum der
großen Konfessionen, wenngleich in ihr christliche Werte aufgehoben sind. In den
späten Schriften im Umfeld der *Parsifal*-Komposition hat Wagner sich eine eigene
Theologie zurechtgelegt, die »den Geist des Christentums ..., losgelöst von aller
Konfession«[61] mit Vorstellungsgehalten fernöstlicher Glaubensüberzeugungen verbindet, die Elemente des christlichen Ritus wie Taufe und Abendmahl bewahrt und
die Versöhnung von Natur und Mensch, das Ziel des Friedens, ins Zentrum seiner
Überzeugungen stellt. Das braucht hier im einzelnen nicht entfaltet zu werden[62],
hat aber Auswirkungen auf das Verständnis seiner Werke. Schon für *Lohengrin* galt:
»Auch *Lohengrin* ist kein eben nur der christlichen Anschauung entwachsenes, sondern ein uralt menschliches Gedicht«[63], und ähnlich hat sich Wagner auch zu *Tannhäuser* geäußert: »Wie albern müssen mir nun die in moderner Lüderlichkeit geistreich gewordenen Kritiker vorkommen, die meinem *Tannhäuser* eine spezifisch christliche, impotent verhimmelnde Tendenz andichten wollen!«[64]. Solche Einschränkungen hinsichtlich eines christlich zu lesenden Inhaltes gelten auch für *Parsifal*: »Ich
habe« – sagt Wagner zu Cosima – »an den Heiland dabei gar nicht gedacht«[65].

    Schon ein flüchtiger Blick auf den Gang der Handlung im *Parsifal* macht deut-
lich, daß die Aussage Wagners zutrifft: da gibt es Amfortas, verwundet vom Speer des
Longinus wie Christus, zugleich aber ein »pervertierter Christus«[66], weil er nur sich
selbst erlösen will und nicht die Menschheit; oberster Führer eines asketischen
Männerordens, der aufgrund seiner früheren sexuellen Verfehlungen dahinsiecht
und nicht sterben kann, weil er durch immer wieder erzwungene Enthüllung des
Grals stetig erneut ins Leben und Leiden zurückgestoßen wird; der diese Enthüllung nicht verhindern kann, weil sonst seine Ritter ihrerseits nicht überleben wür-

---

59 Richard Wagner, Oper und Drama, in: GSD, Bd. 4, S. 102.
60 Richard Wagner, Religion und Kunst, in: GSD, Bd. 10, S. 251.
61 Cosima Wagner, TB, Bd. II, S. 486 (30. Januar 1880).
62 Vgl. dazu Dieter Borchmeyer, Richard Wagner, S. 330 f.
63 Richard Wagner, Eine Mittheilung an meine Freunde, in: GSD, Bd. 3, S. 289.
64 Ebenda, S. 279.
65 Cosima Wagner, TB, Bd. II, S. 205 (20. Oktober 1878).
66 Peter Wapnewski, Der traurige Gott. Richard Wagner in seinen Helden, Berlin 2001, S. 266.

den. Und der, wie Christus, vom Vater ins Amt gesetzt, den väterlichen Auftrag, den Christus erfüllte, verweigerte, was den Tod des Vaters verursacht.

Als Gegenspieler zu Amfortas fungiert ein Zauberer, der sich selbst entmannt hat, um so durch Verzicht auf die Liebe die Aussicht auf Macht zu gewinnen – wie einstens Alberich. Dazu ein »desparates Doppelwesen aus Verderberin und büßender Magdalena mit kataleptischen Übergangszuständen zwischen den beiden Existenzformen« – so Thomas Mann über Kundry[67], und schließlich ein ›Erlöser‹, der seine Mission erst über den Umweg eines fast gelingenden Sündenfalls – den Kuß einer Sündigen, der ›weltsichtig‹ macht – begreift, in den Akt der Erlösung aber so einbezogen bleibt, daß er selbst der Erlösung bedarf – was wäre an alledem christlich?[68]

Auch wenn Spurenelemente christlichen Denkens und christlicher Überlieferung identifizierbar sind, so weiten sie sich doch nicht zu einem Musikdrama, das die christliche Lehre und ihr Kernstück, die Eucharistie, auf die Bühne bringt. Sie dienen vielmehr einem anderen Zweck, sie wollen das »Kunstwerk als kultische Veranstaltung«[69] auf der Bühne zur Darstellung bringen, sie wollen zu allererst die musikdramatische Sakralisierung der durch Kunst zu offenbarenden Wahrheit symbolisch erfassen. Im gemeinsam erlebten Musikdrama soll sich – so will es Wagner – die Wahrheit des Kunstwerks allen Beteiligten, auch den Zuhörern und Zuschauern, unmittelbar mitteilen, gleichsam als ein Akt kollektiver wie individueller Sinn- und Identitätsstiftung, in der sich die ästhetische Erfahrung als Modus gesamtgesellschaftlicher Integration »auf den Gewinn einer allgemeinen moralischen Übereinstimmung gründet, wie das wahrhaftige Christentum sie auszubilden und berufen dünken muß«[70].

Es ist kein Zufall, daß Wagner im Zusammenhang von Kunstanspruch, Moral und gesellschaftlicher Integration hier auf die Religion verweist. Denn wenn Kunst eine für die Sozialintegration der Gesellschaft bedeutsame Rolle übernehmen soll, wie sie in der Neuzeit überwiegend der Politik, gelegentlich auch der Ökonomie und neuerdings der Kommunikation zugeschrieben worden ist, dann muß sie – zumal bei einem Künstler wie Wagner, der durch Feuerbachs materialistischen Sensualismus entscheidend beeinflußt worden ist – durch gemeinsam geteilte moralische Imperative ausgezeichnet und zugleich sinnlich wahrnehmbar aus dem Alltag herausgehoben werden. Mit einer gewissen Notwendigkeit kommt deshalb an dieser Stelle die religiöse Komponente in Wagners Kunstbegriff, weil die Religion, vor allem die christliche Religion, eine doppelte Leistung für die Kunst zu erbringen vermag: sie verfügt zum einen über einen beträchtlichen Vorrat an liturgischen Symbolen und Ritualen, die dort, wo sie praktiziert werden, den Raum sakralisieren und

---

67 Thomas Mann, Leiden und Größe Richard Wagners, in: Gesammelte Werke, Frankfurt/M. 1974, Bd. IX, S. 404.

68 Eine genauere Begründung, weshalb der Parsifal kein christlich-liturgisches Stück ist, gibt Jochen Hörnisch, Erlösung dem Erlöser, in: Programmhefte der Bayreuther Festspiele, II/1985, S. 1 ff.

69 Stefan Kunze, Der Kunstbegriff Richard Wagners, Regensburg 1983, S. 209.

70 Richard Wagner, Heldenthum und Christenthum, in: GSD, Bd. 10, S. 284.

ihn gegenüber Alltagsräumen sichtbar und erfahrbar abgrenzen, überdies im Ablauf
der Liturgie eine Idee vergegenwärtigen, an die im alltäglichen Leben vielleicht
angeschlossen werden kann. Zum anderen ist speziell im Christentum der ›leidende
Heiland‹ eine Metapher für das Leid der Welt, das nur – wie Christus das vorgelebt
hat – durch Negieren der eigenen Befindlichkeiten überwunden werden kann. Es
sind diese beiden ›christlich-theologischen‹ Momente, die den Kunstbegriff Wagners am Ende inhaltlich wie formal bestimmen und vor allem für den *Parsifal* von
größter Bedeutung sind. Mit ihm transformiert Wagner seine bisherigen Kunst-
Mythen in eine im Mythos situierte Kunst-Religion, die mit ihren religiös besetz-
ten Symbolen den Ablauf des Musikdramas im Rahmen der Festspiele sakralisiert.

In *Religion und Kunst* von 1880, der letzten größeren programmatischen Schrift
und dem wohl wichtigsten Kommentar zum damals entstehenden *Parsifal*, hat Wagner das Verhältnis von Kunst und Religion prägnant charakterisiert. »Man könnte
sagen« – heißt es da gleich eingangs in einer oft zitierten Formel – »daß da, wo die
Religion künstlich wird, der Kunst es vorbehalten sei, den Kern der Religion zu
retten, indem sie die mythischen Symbole, welche die erstere im eigentlichen Sinne
als wahr geglaubt wissen will, ihrem sinnbildlichen Werte nach erfaßt, um durch
ideale Darstellung derselben die in ihnen verborgene tiefe Wahrheit erkennen zu
lassen«[71]. Das ist eine Schlüsselstelle für das Verhältnis von Religion und Kunst im
Parsifal. Was Wagner meint, ist klar: künstlich ist die Religion inzwischen deshalb
geworden, weil sie in Kirchen institutionalisiert und damit auch in eine unmittelbare Beziehung zur Politik getreten, die Kirche als Organisation gleichsam ein Teil des
Staates geworden ist. Nach Wagners Überzeugung haben sich deshalb Kirche und
Religion auseinanderentwickelt, denn beides – Organisation und Glaube – können
nicht zusammengehen. Schon 1864, in seiner Schrift *Über Staat und Religion*, hatte er
mit Nachdruck darauf verwiesen, daß die Sphäre von Politik, Staat und Gesellschaft
strikt von der Religion getrennt werden müsse, hatte dem Politischen und aller
konkreten Organisation die Religion als »im Wesen grundverschieden«[72] scharf entgegengesetzt und sie als den Bereich verstanden, der eine überschießende utopische
Hoffnung, eine die konkrete Gegenwart und Wirklichkeit transzendierende Qualität hat. »In der wahren Religion findet somit eine vollständige Umkehr aller der
Bestrebungen statt, welche den Staat gründen und organisieren«[73], denn die ›wahre
Religion‹ ist auf eine andere Welt gerichtet, »ihr innerster Kern ist die Verneinung
der Welt, d. h. Erkenntnis der Welt als eines nur auf einer Täuschung beruhenden,
flüchtigen und traumartigen Zustandes, sowie erstrebte Erlösung aus ihr, vorbereitet
durch Entsagung, erreicht durch den Glauben«[74].

Diese Vorstellung, wonach die ›wahre Religion‹ einen transzendenten Überschuß zur Wirklichkeit liefert, konvergiert mit der Idee des ›Kunstwerks der Zu-

71 Richard Wagner, Religion und Kunst, in: GSD, Bd. 10, S. 215.
72 Richard Wagner, Über Staat und Religion, in: GSD, Bd. 8, S. 19.
73 Ebenda, S. 20.
74 Ebenda.

kunft‹, die beide gleichermaßen auf etwas abzielen, was noch nicht existiert, was bei Wagner aber immer wieder als die »Einheit alles Lebenden«[75] oder auch als das »Rein-Menschliche« bezeichnet wird. Aber im Unterschied zu dem noch neuen, den Menschen noch nicht sehr vertrauten Typus des Wagnerschen Musikdramas stellt die Religion aufgrund ihrer langen Tradition einen reichen Vorrat von Symbolen zur Verfügung, und es ist diese Eigenschaft, die Wagner am Christentum fasziniert. Nicht so sehr die christlichen Glaubensinhalte als vielmehr der Vorrat theatraler Repräsentationsmöglichkeiten einer Idee, in diesem Falle der christlichen, veranlaßt ihn, im Christentum – wie er schreibt – »in diesem Sinne die einzige *ästhetische* Religion«[76] zu sehen. Es ist diese Eigenschaft der christlichen Religion, ihr Vorrat an liturgischen und rituellen Vermittlungsmöglichkeiten, die sie so überaus geeignet erscheinen läßt, auch den Wahrheitsanspruch der ›freien Erfindung‹ des Künstlers rezeptionsästhetisch zweifelsfrei deutlich werden zu lassen, und in dieser von Wagner immer wieder betonten Fähigkeit liegt der eigentliche Grund dafür, zur sakralen Überhöhung des ›Kunstwerks der Zukunft‹ auf christlich-religiöse Symbolbestände zurückzugreifen. Wenn Kunst das »Bildliche des Begriffs«[77] zu erfassen und zu vermitteln hat, um damit durch die ins Bild gesetzte ›Wahrheit‹ »über sich selbst hinaus zu einer Offenbarung«[78] menschlicher Grundbefindlichkeiten zu gelangen, dann ist der Rückgriff auf sakrale Traditionen im musikdramatischen Kunstwerk diesem Anspruch nur förderlich. Denn die christliche Liturgie ist allen potentiellen Bayreuth-Besuchern bekannt, ihre einzelnen Elemente müssen nicht erläutert werden, sondern sprechen in einem unmittelbaren Sinne zu ihren Adressaten. Hinzuzufügen ist, daß Wagner allerdings bei diesen Überlegungen vergaß, daß sein so begründetes Bestimmungsverhältnis von Kunst und Religion auch mißverstanden werden konnte, daß sich die Sakralisierung der Kunst als Transformation eines hypertrophen Kunstanspruchs in eine sakrale Religion verstehen ließ, wie dies dann im Umfeld von Bayreuth und durch Wagners Epigonen auch geschehen sollte.

Die ›Wahrheit einer ästhetischen Offenbarung‹ ist von Wagner inhaltlich nur umrißhaft und sehr offen festgelegt worden. Verbunden mit dieser Vorstellung ist, wie schon erwähnt, die Idee einer prinzipiell anders verfaßten Welt und damit die Idee einer neuen moralischen Qualität der Gesellschaft, wohl auch die Überzeugung, daß die radikale Änderung der gegebenen gesellschaftlichen Verhältnisse auch zu einem anderen Umgang der Menschen miteinander, zu qualitativ neuen Formen kommunikativen Austauschs führen werden. Solche Hoffnungen lassen sich auch gesellschaftstheoretisch wenden, lassen sich lesen und verstehen als Hoffnung auf die nunmehr über das Theater zu leistende Einlösung jener radikalen gesellschaftstheoretischen Postulate, die sich in den Revolutionsschriften der Dresdner und Züri-

---

75 Richard Wagner, Religion und Kunst, in: GSD, Bd. 10, S. 224.
76 Richard Wagner, Was nützt diese Erkenntnis?, in: GSD, Bd. 10, S. 258. Die Hervorhebung steht auch im Original, d. h. Wagner setzt darauf den Akzent!
77 Richard Wagner, Religion und Kunst, in: GSD, Bd. 10, S. 251.
78 Ebenda, S. 214.

cher Zeit finden. Hinzu tritt eine Mitleids-Ethik, die in jenen Schriften zwar auch
schon angelegt ist – im Postulat der Abschaffung allen ›Egoismus‹ –, die sich aber
nun auch aus anderen philosophischen (Schopenhauer) und theologischen (fern-
östliche Religionen) Quellen speist. ›Wahre Religion‹ ist, mit Bezug auf *Parsifal*, die
Metapher für eine durch und durch utopische Hoffnung, und dies heißt: für das
Ausmalen eines gesellschaftlichen Zustandes, in dem der Einzelne mit sich selbst
zufrieden sein wird, sich identisch weiß mit der Gemeinschaft insgesamt. Es ist die
Projektion einer neuen Wirklichkeit, die – Wagner kehrt hier zu einem alten marxi-
stisch-sozialistischen Gedanken zurück – durch die Verkehrung aller gegebenen Verhältnisse ins Gegenteil gewonnen werden soll, ohne daß diese neue Wirklichkeit
schon konkret modelliert werden könnte. »Stellen wir uns unter dem Göttlichen
unwillkürlich eine Sphäre der Unmöglichkeit des Leidens vor« – schreibt Wagner –,
»so beruht diese Vorstellung immer nur auf dem Wunsche einer Möglichkeit, für
welche wir in Wahrheit keinen positiven, sondern nur einen negativen Ausdruck
finden können«[79]. Die Negation der Gegenwart – so muß man Wagner verstehen –
ist konkret, die Zukunft ist durch diese Negation bestimmt, aber in ihrer konkreten
Gestaltung bleibt sie offen.

Wagner vermeidet in seinen Reflexionen über den Zusammenhang von Kunst
und Religion bewußt jede inhaltliche Präzisierung seiner Idee von der ›wahren
Religion‹, er umschreibt sie vielmehr mit allgemeinen Begriffen, die den möglichen zukünftigen Inhalt nur tendenziell angeben. Dahinter steht offenbar die Absicht eines quasi-religiösen Minimalprogramms, dessen ›Glaubensbestände‹ so weit
reduziert und vereinfacht sind, daß sie gleichsam von allen Zuhörern und Zuschauern akzeptiert werden können, weil diese über Tradition und Erziehung konsensfä-
hige, gesellschaftliche Wertorientierungen darstellen, die tief einsozialisiert sind. In
diesem Sinne geht Wagner im Grunde auf Kernbestände humaner Existenz zurück,
er nimmt den ›Geist des Christentums‹ als eine alle konfessionellen Einschränkungen durchbrechende Fundamentalethik und Christus selbst als eine personale Allegorie für ein Handeln, das alle gesetzten moralischen und gesellschaftlichen Restriktionen, die sich in Jahrhunderten angesammelt haben, durchbricht und im Mitleid mit Mensch und Kreatur kulminiert.

Die »Gestalt von Christus rein sich zu verklären, um ein Beispiel als äußeres
Band zu haben, dies sei die Aufgabe«[80], erklärt Wagner Cosima gegenüber, und in
seinen den *Parsifal* begleitenden Schriften schildert er diesen Christus immer wieder als einen Mitleidenden, als »Erlöser der Armen«[81], dessen eigenes Lebensopfer,
verstanden als Überwindung von Selbstbezüglichkeit und Egoismus, »den allgemein faßlichsten Kern des Christentums bilden sollte«[82]. Christus – das ist für Wagner einer, »der ganze Herz ist«[83], einer ohne jeden Anspruch auf gesellschaftliche

79 Richard Wagner, Religion und Kunst, in: GSD, Bd. 10, S. 244.
80 Cosima Wagner, TB, Bd. II, S. 475 (13. Januar 1880).
81 Richard Wagner, Religion und Kunst, in: GSD, Bd. 10, S. 232.
82 Ebenda, S. 230.
83 Cosima Wagner, TB, Bd. II, S. 526 (28. April 1889).

und staatliche Autorität, und gewiß auch deshalb grenzt er seine eigene Christus-Vorstellung sowohl vom institutionell verfaßten Christentum und dessen Autoritätsanspruch als auch von der jüdischen Religion und dem Judentum – das er im wesentlichen auf das Alte Testament gegründet sieht – scharf ab. Denn Christus ist ihm das personale Gegenprinzip zum dogmatisierten Glauben der bestehenden Konfessionen seiner Zeit, zu den etablierten Kirchen, aber auch zu den existierenden gesellschaftlich-politischen Institutionen[84]. Das ist eine ähnlich zurückgenommene Vorstellung von Christus wie die, die Wagner mit dem Christentum verbindet, das er reduziert auf die ›Einheit alles Lebenden‹ und das ›Rein-Menschliche‹, auf eine zukünftige ›Selbstbestimmung‹, die aus der Verneinung der Gegenwart, aus der Abschaffung aller Unterdrückung hervorgehen soll, ausschließlich ermöglicht »durch das dem Leid entkeimende Mitleiden«, »welches dann als die Aufhebung des Willens die Negation einer Negation ausdrückt, die wir nach den Regeln der Logik als Affirmation verstehen«[85]. Freilich: was da affirmiert wird, bleibt offen.

Um es zu wiederholen: was Wagner anstrebt, ist eine aus dem Christentum gewonnene Mitleids-Ethik, angereichert durch Kerngedanken aus Schopenhauers Philosophie und Elementen des indisch-brahmanischen Kultur- und Religionskreises. Es ist eine Ethik, die mit wenigen zentralen, interpretativ auffüllbaren Begriffen operiert, inhaltlich nicht präzise festgelegt, sondern wohl eher bewußt unklar gehalten, die auf Transzendenz verweist, ohne den Charakter einer Religion im Sinne eines durchformulierten Glaubenssystems anzunehmen. »Die Gottheit ist die Natur, der Wille, der Erlösung sucht und, mit Darwin zu reden, die Starken sich aussucht, um diese Erlösung zu vollbringen«[86] – so Wagner zu Cosima, als sie auf ihren eigenen Glauben zu sprechen kommt. Nichts ist hier im strikten Sinne christlich, sondern Wagner zeigt sich bestenfalls – und dies nicht nur hier – als ein Pantheist, kritisch gegenüber dem orthodoxen Christentum, von Feuerbach ein für allemal geprägt[87].

Wagners religiöse Minimalvorstellungen bedürfen nun, soweit sie in den *Parsifal* einfließen und Inhalt des Geschehens sind, einer wirksamen symbolischen Vermittlung, um als ethische Wegweiser dauerhaft verankert werden zu können. Also nutzt Wagner die Elemente und Symbole der christlichen Liturgie, um diesen Effekt zu erzielen, aber es wäre falsch zu glauben, daß er damit auch deren religiöse Inhalte mitübernimmt. Diese Symbole sind vielmehr ›mythische Symbole‹, die im Sinne der Mythentheorie Wagners[88] die ›ideale Darstellung‹ einer ›tiefen Wahrheit‹ sind, diese Wahrheit aber nicht unmittelbar benennen, sondern sie erst offenbaren lassen im ent-

---

84 Vgl. dazu Ulrike Kienzle, Das Weltüberwindungswerk, S. 57.
85 Richard Wagner, Religion und Kunst, in: GSD, Bd. 10, S. 245.
86 Cosima Wagner, TB, Bd. II, S. 39 f. (24. Januar 1878).
87 Dazu ausführlich die Interpretation von Ulrike Kienzle, Das Weltüberwindungswerk, S. 54 ff. Ebenso Martin Gregor-Dellin, Richard Wagner. Sein Leben. Sein Werk. Sein Jahrhundert, München/Zürich 1980, S. 743.
88 Vgl. Udo Bermbach, Der Wahn des Gesamtkunstwerks, S. 207 (›Mythos als Zivilreligion‹); derselbe, Politik und Anti-Politik im Kunst-Mythos, in: Udo Bermbach/Dieter Borchmeyer (Hg), Richard Wagner, Der Ring des Nibelungen. Ansichten des Mythos, S. 39 ff.

stehenden Kommunikationsprozeß zwischen Bühne und Zuschauerraum – ein Vorgang, der entscheidend geprägt wird durch die Rezeptions- und Interpretationsfähigkeiten des einzelnen Zuschauers und Zuhörers, durch seine Herkunft und Einstellungen, seine Vorlieben und Aversionen. Wagner wählt christliche Symbole, und er tut dies auch, weil ihnen eine auratische Kraft eignet, wodurch der *Parsifal* von vornherein aus dem gängigen Repertoire von Opern herausgehoben wird, ihm ein gleichsam liturgisch gesicherter Sonderplatz zukommt. Das sakralisiert das Kunstwerk, läßt das Sakrale im Kunstwerk aufgehen, die Religion wird – mit Hegel zu reden – in der Kunst aufgehoben. Das aber heißt: alle Symbolik des *Parsifal* ist nur aus dem Stück selbst heraus zu deuten, kann nur aus ihm heraus ihren Sinn empfangen, bleibt damit aber auch aus dieser Perspektive rückbeziehbar auf die soziale Realität. Auch der *Parsifal* ist kein absolutes Kunstwerk, er bleibt in seinem symbolischen Verweisungscharakter wie in seiner Rezeption auf den Kontext seiner Entstehung und Aufführung bezogen, auch wenn er den Anspruch utopischer Transzendenz mit sich führt.

V

Wagners schon zitierte Vorstellung, wonach die Voraussetzungen einer ›ästhetischen Weltordnung‹ in einer Gleichheit aller zu finden seien, die »sich auf den Gewinn einer allgemeinen moralischen Übereinstimmung gründet, wie das wahrhaftige Christentum sie auszubilden uns berufen dünken muß«[89], wird an anderer Stelle durch seine Überlegung ergänzt: »Nicht aber kann der höchsten Kunst die Kraft zu solcher Offenbarung erwachsen, wenn sie der Grundlage des religiösen Symbols einer vollkommensten sittlichen Weltordnung entbehrt«[90].

Was aber, so wäre zu fragen, sind denn die Inhalte jener ›vollkommensten sittlichen Weltordnung‹, die durch religiöse Symbole den Menschen, im Falle des *Parsifal* den Zuschauern und Zuhörern in Bayreuth, vermittelt werden sollen? Die Antwort liegt im Verweis auf das skizzierte religiöse Minimalprogramm, das keine im Sinne ausformulierter Glaubensdogmen festumrissenen moralischen Grundsätze kennt, sondern die offene, daher auch individuell auslegbare Idee einer Mitleids-Ethik, die ein synthetisches, also künstliches und künstlerisches Produkt Wagners ist.

Die Idee des Mitleidens als eines »ethischen Zentrums des *Parsifal*«[91] speist sich allerdings aus unterschiedlichen Quellen. Zum einen ist sie der Philosophie Schopenhauers verpflichtet, der glaubte, im Mitleid stelle sich die Verbundenheit des Ichs mit einer Welt voller Qualen her. Schopenhauer zufolge wird im Mitleid »die Schranke zwischen Ich und Nicht-Ich für den Augenblick aufgehoben«[92], wird das Leiden

89 Richard Wagner, Heldenthum und Chistenthum, in: GSD, Bd. 10, S. 284.
90 Richard Wagner, Was nützt diese Erkenntnis? in: GSD, Bd. 10, S. 262.
91 Dieter Borchmeyer, Richard Wagner, S. 582, Anm. 55.
92 Arthur Schopenhauer, Die beiden Grundprobleme der Ethik, in: Sämtliche Werke, hg. von Arthur Hübscher, Wiesbaden 1950, Bd. 4, S. 229.

des anderen als eigenes miterlebt, wird der eigene Wille für die Dauer der Teilnahme am Mitleid suspendiert. Man kann es so zusammenfassen: »Das Sein ist Leiden, weil es Wille ist; und für Augenblicke aus den Grenzen des Individuums, aus den Grenzen der egoistischen Selbstbehauptung meines Willens herausgerissen, werde ich frei für die Teilhabe am leidenden Sein. Dieses Einswerden vollzieht sich beim Mitleid nicht als kontemplative, universalistische Schau, sondern als Verwicklung in den konkreten einzelnen Fall. Das muß man erfahren haben, wenn daraus Handlung werden soll. Mitleid kann man nicht predigen. Man hat es oder hat es nicht. Es ist eine Art der Seinsverbundenheit, die höher ist denn alle Vernunft der Selbstbehauptung. Mitleid ist ein Geschehen in der Dimension des Willens. Wille, der an sich selbst leidet und beim Anblick der anderen Schmerzen für Augenblicke davon abläßt, sich selbst nur in seiner individuellen Abgegrenztheit zu wollen«[93]. Wagner rekuriert auf diese – hier nur sehr kurz angedeutete – Mitleids-Ethik Schopenhauers, er bedient sich aber auch aus den Vorstellungen zum Verhältnis von Mensch und Natur und Mensch und Tier des buddhistischen Religions- und Kulturkreises.

Schopenhauers Bestimmung des Mitleids läßt allerdings die Assoziation zu einem stärker sozial bestimmten Verständnis des Begriffs zu. Denn das Einswerden zweier Menschen im Leid des jeweils anderen entspricht der von Wagner bereits in den Dresdner Revolutionsschriften vertretenen Forderungen, den Egoismus als Prinzip moderner Gesellschaften dadurch zu überwinden, daß sich jeder Einzelne in die schwierige soziale Lage des anderen versetzt, mental wie emotional daran teilhat und entsprechende praktische Schlüsse zieht. Und es entspricht Wagners Vorstellung, in der Liebe zweier Menschen lasse sich deren jeweilige Individualität im anderen auflösen – wie es im zweiten Aufzug des *Tristan* komponiert ist. Angesichts dieser Positionen Wagners, die sich lange vor seiner Schopenhauer-Lektüre bereits ausgebildet hatte, ist es weder eine willkürliche noch eine von außen an den *Parsifal* herangetragene These zu behaupten, daß sich für die inhaltliche Bestimmung des Mitleids als der wohl wichtigsten ethischen Botschaft dieses Stückes Verbindungen zu den politisch revolutionären Hoffnungen der Dresdner und Züricher Zeit herstellen lassen.

Wagner selbst hat vielfach auf die soziale Dimension des Mitleidens hingewiesen, in seinen Schriften wie in Cosimas Tagebüchern. Am eindrucksvollsten vielleicht in jenem Brief an Mathilde Wesendonck, in dem er, aufgeschreckt durch den »gräßlichen Schrei« eines Huhns, dessen grausame Schlachtung er mitansehen mußte, den Bogen spannt vom Mitleid mit der gequälten Kreatur zum sozialen Elend seiner Zeit. »Es ist scheußlich« – schreibt er an Mathilde – »auf welchen bodenlosen Abgrund des grausamsten Elends unser, im ganzen genommen, doch immer genußsüchtiges Dasein sich stützt! Es ist dies meiner Anschauung von jeher so deutlich gewesen und ist ihr, bei zunehmender Sensibilität, immer gegenwärtiger ge-

---

93 Rüdiger Safranski, Schopenhauer und Die wilden Jahre der Philosophie, München/Wien 1987, S. 474 f.

worden, daß ich den gerechten Grund aller meiner Leiden eigentlich darin erkenne, daß ich Leben und Streben immer noch nicht mit Bestimmheit aufgeben kann.« Und wenig später heißt es: »So habe ich, ohne Neid zu empfinden, einen instinktiven Hass gegen Reiche empfunden: ... sie halten sich mit raffinierter Absicht vom Leibe, was ihrer möglichen Mitempfindung das Elend zeigen könnte, auf dem all ihr gewünschtes Behagen beruht, und dies Einzige trennt mich um eine ganze Welt von ihnen«[94].

Aus dieser hier von Wagner eröffneten Perspektive ist mitleiden zu können eine soziale Fähigkeit, und als solche steht sie im Zentrum des *Parsifal*, ist sie dessen zentrales, die Ereignisse strukturierendes Medium. In keinem anderen Werk Wagners wird diese Fähigkeit so nachhaltig thematisiert, wird aber auch deren inhaltliche Spannweite so eindrucksvoll theatralisiert: Mitleid mit dem gedanken- und sinnlos erlegten Schwan, der dem Gral »als gutes Zeichen« für die Erlösung Amfortas von seinem Leid erschien[95]; Mitleid mit Amfortas, dessen Wunde sich »nie schließen will«[96]; Mitleid mit den Gralsrittern, von denen; durch Klingsor »schon viele verdorben«[97] worden sind, deren Gemeinschaft also – nach dem Sündenfall von Amfortas – versehrt und gefährdet ist. Mitleid aber auch mit Kundry, der »Urteufelin« und »Gralsbotin«, die von Knappen »wie ein wildes Tier« behandelt und nur von Gurnemanz beschützt wird, weil sie die Leiden von Amfortas zu lindern sucht; Mitleid mit Amfortas, der nicht sterben kann, weil er immer wieder für die Ritter den lebenspendenden Gral öffnen muß. Und schließlich und hoch bedeutsam: Mitleid als Medium der Selbstaufklärung des nicht aufgeklärten Parsifal, an die ›Erlösung‹ gekoppelt ist: »Durch Mitleid wissend, der reine Tor«[98].

Daß solches Mitleid eine soziale Fähigkeit ist, ergibt sich aus einer ersten, sehr einfachen Überlegung: im Akt des Mitleidens stellt der Mitleidende selbst die eigenen Bedürfnisse und Wünsche zumindest vorübergehend beiseite, um sich ganz in die Person des Leidenden versetzen zu können, um dessen Ängste und Hoffnungen, Wünsche und Bedürfnisse, kurz: all seine Gefühle gleichsam als die eigenen nachvollziehen zu können. Mitleiden erfordert einen Rollentausch, einen simulierten Identitätswechsel, der es erlaubt, fremdes Leiden als eigenes nachempfinden zu können und eben dadurch ›wissend‹ zu werden. Die Wagnersche Formel im *Parsifal* »durch Mitleid wissend« meint exakt diesen Sachverhalt: daß wirkliches Wissen nichts bedeutet, wenn es nur äußerlich angelernt bleibt, sondern daß es um existentielle Erfahrungen geht, die sich dann einstellen, wenn die Fähigkeit geübt wird, sich in

94 Richard Wagner an Mathilde Wesendonk, Tagebuchblätter und Briefe 1853–1871, Berlin 1904, S. 50 (Brief vom 1. Oktober 1858).

95 Erster Aufzug (Erster Knappe): »Der König grüßte ihn als gutes Zeichen,/als überm See kreiste der Schwan: da flog ein Pfeil«.

96 Erster Aufzug (Gurnemanz): »Die Wunde ist's, die nie sich schließen will.«

97 Erster Aufzug (Gurnemanz): »Die Wüste schuf er sich zum Wonnegarten,/d'rin wachsen teuflisch holde Frauen;/dort will des Grales Ritter er erwarten/zu böser Lust und Höllengrauen:/wen er verlockt, hat er erworben;/schon viele hat er uns verdorben.«

98 Erster Aufzug (Gurnemanz).

die Lage des anderen hineinversetzen zu können – und dies läßt sich eben verstehen als ein zeitlich begrenzter sozialer Rollentausch. Der psychologische Mechanismus des Hineinversetzens in eine andere Person zum Zwecke des besseren Verständnisses ihrer Lage, dieser Rollentausch aber ist die grundlegende Kommunikationsfigur im *Parsifal*. Er ist zugleich auch die fundamentale Anforderung, die an die Fähigkeit des Protagonisten gestellt wird, dessen ihm zunächst völlig unbekannte Bestimmung eben darin besteht, durch das sich Hineinversetzen in Amfortas, in dessen Leiden und deren Folgen, die endlich erhoffte Erlösung zu bewirken.

In diesem Sinne läßt sich Mitleiden als ein sozial-psychologischer Mechanismus verstehen, der nicht nur gesellschaftsrelevant, sondern sogar gesellschaftskonstitutiv wirkt. Denn es ist ja die Aufgabe Parsifals, die dahinsiechende und sich eigentlich auflösende Gemeinschaft des Grals durch sein ›wissend Werden‹ erneut und in der Substanz anders zu begründen – zu ›erlösen‹. Ganz in diesem Sinne findet sich die Vorstellung vom Mitleiden als einem die Subjektivität des Einzelnen transzendierenden, auf Gesellschaftbegründung abzielenden Sozialisationsmechanismus, durch den so etwas wie Gesellschaft sich überhaupt erst herstellen läßt, in vielen Gesellschaftstheorien der Neuzeit. Das muß kurz erläutert werden.

Beispiel sollen hier zwei prominente Vertreter des politischen Denkens der schottischen Moralphilosophie des 18. Jahrhunderts sein, Adam Smith und David Hume, die beide mit ihren Theorien auch auf die Entwicklung des deutschen gesellschaftstheoretischen Denkens erheblichen Einfluß hatten, vor allem auf Kant. Beide haben in ihren Gesellschaftsentwürfen die Vorstellung eines intersubjektiven Mitleidens – der englische Ausdruck lautet: sympathy, was nicht mit ›Sympathie‹ übersetzt werden darf – zum Fokus ihrer gesellschaftstheoretischen Konzepte gemacht[99]. Trotz aller Differenzen zwischen den beiden Autoren stimmen sie doch in den Ausgangsannahmen überein. Für beide ist der Mensch ein durch Leidenschaften und Affekte (passions and affects) bestimmtes Wesen, das von widerstreitenden Gegensätzen beherrscht wird, von Stolz und Demut, von Furcht und Hoffnung, von Liebe und Haß, von Begehren und Abneigung, von Bewunderung oder Neid, von Lust und Unlust. Solche Emotionen, mühsam kontrolliert durch den Verstand, treten bei jedem Menschen unterschiedlich häufig auf; während der eine stärker von Liebe bestimmt wird, weniger von Haß, Furcht, Neid oder Abneigung, kennt ein anderer vor allem Gefühle von Stolz und Begehren. Aus dem bei allen Menschen vorhandenen ›Grundstock‹ an Emotionen ergibt sich insgesamt eine komplizierte und komplexe psychische Matrix, die durch die jeweils unterschiedlich kombinierten und unterschiedlich intensiven, wechselseitigen Verbindungen die ganz eigene subjektive Konfiguration eines Menschen ausmachen, seinen – wenn man so will – Charakter mit den daraus resultierenden Verhaltensweisen.

---

99 Vgl. dazu einführend David Hume, Politische und ökonomische Essays, hg. von Udo Bermbach, Hamburg 1988, Bd.I, S. X (mit entsprechenden, weiterführenden Literaturangaben); sowie Hans Medick, Naturzustand und Naturgeschichte der bürgerlichen Gesellschaft, Göttingen 1973, S. 211 ff., wo sich eine systematische Interpretation des sympathy-Begriffs findet.

Zwischenmenschliche Kommunikation und damit Gesellschaft wird nun erst dadurch möglich, daß ein Mensch sich aufgrund seiner eigenen emotionalen Verhaltensdispositionen in die eines anderen so hineinversetzen kann, daß er sie als seine ›passions‹ und ›affects‹ deshalb nachzuvollziehen vermag, weil er diese als seine eigenen erlebt. Was in diesem emotionalen Austausch zwischen Menschen tagtäglich geschieht, beschreiben die schottischen Autoren als einen gedanklich simulierten Rollentausch, der dadurch charakterisiert ist, daß derjenige, der sich in einen anderen hineinversetzt, nicht nur das äußerliche Verhalten dieses anderen kognitiv nachzuvollziehen versucht, sondern sich vielmehr in die von ihm beobachtete Situation hineinversetzt und zugleich auch die dieser Situation zugrundeliegenden Motive und Wertvorstellungen, die das Verhalten oder auch Handeln des anderen bestimmen, nachzuempfinden versucht. Für eine kurze, situativ bestimmte Zeit also schlüpft der Beobachter in die Person und Lage des Beobachteten, vollzieht er dessen Handeln und Verhalten gedanklich nach, um aus den so gewonnenen Erkenntnissen für sein eigenes Handeln und Verhalten – auch dem Beobachteten gegenüber – Schlüsse zu ziehen.

Es ist ein reflexiv gestufter Prozeß, der hier mit dem Begriff der ›sympathy‹ gefaßt wird, ein Vorgang intersubjektiver Kommunikation, auf dem dann jene hochdifferenzierten Beziehungsmuster aufbauen, die als ›Gesellschaft‹ bezeichnet werden. Ein Prozeß zudem, der zugleich auch Lern- und Bildungsprozeß ist, weil in ihm die interagierenden Subjekte – also diejenigen, die den mentalen Rollentausch jeweils wechselseitig vornehmen – lernen, Motive und Einstellungen des jeweils anderen zu verstehen, vielleicht deren Begründungen zu akzeptieren – und so dazu veranlaßt werden, das, was die andere Person individuell wie sozial charakterisiert, als deren eigene Qualität zu respektieren.

Auch wenn Wagner vermutlich diesen konstruktiven Knotenpunkt der schottischen Moralphilosophie und die daraus resultierenden gesellschaftstheoretischen Konzepte nicht gekannt hat – allenfalls indirekt insoweit, als diese Grundüberlegungen auch in den Schriften Kants auftauchen, auf den Wagner sich immer wieder bezogen hat –, so entspricht doch das Verhalten Parsifals recht genau den Forderungen der Mitleids-Ethik im *Parsifal* und zugleich den konzeptionellen Vorstellungen, die mit dem Begriff der ›sympathy‹ verbunden sind. Was Parsifal im Laufe des Dramas erlebt, läßt sich also auf dem Hintergrund jener Theorie des mentalen Rollentausches verstehen.

Zu Beginn ist Parsifal a-sozial im strikten Sinne des Wortes, einer, dem menschlicher Umgang und Gesellschaft unbekannt sind. Das wird daran deutlich, daß er bei seinem ersten Bühnenauftritt im ›heil'gen Walde‹ einen Schwan erlegt, ohne sich irgendeiner Schuld bewußt zu sein. Auch das Entsetzen von Gurnemanz und der Knappen über diese Tat vermag er nicht nachzuvollziehen. Auf die Frage von Gurnemanz: »Sag, Knab', erkennst du deine große Schuld?« reagiert er als ein Unwissender, der weder über seine vermeintliche Schuld noch über sich selbst und seine Herkunft Bescheid weiß – ein Dummer wie Siegfried, aber im Unterschied zu diesem zum Lernen bestimmt.

Diese Ausgangssituation ist von Wagner als eine radikale Tabula rasa entworfen worden: Parsifal ist ein Held, der keine eigene Identität kennt, der nicht weiß, woher er kommt, noch wer er ist. Von seiner Mutter »in Öden« zum »Toren« erzogen, modern gesprochen: zum A-Sozialen, ist ihm alle Gesellschaft fremd, menschlicher Umgang unbekannt. Seine einzige Tätigkeit besteht darin, gegen »Wild und große Männer«, gegen »Schächer und Riesen«[100] seinen Bogen zu spannen. Bei seinem ersten Auftreten ist dieser Parsifal ein zivilisationsferner Barbar, und es ist daher auch kaum erstaunlich, daß er nicht begreift, was er sieht, als Gurnemanz ihn zur Enthüllung des Grals mitnimmt. Wie sollte er, der sich nicht einmal in einfache Gefühle und Gedanken eines anderen Menschen versetzen kann, auch den komplizierten Vorgang ästhetischer Sakralisierung nachvollziehen können, dessen voraussetzungsvolle Symbolik das Resultat eines langen und komplexen Zivilisationsprozesses ist, dessen quasi-liturgisches Ritual tief in die menschliche Geschichte verwoben ist, dessen Inhalt durch Selbstreferentialität bestimmt wird. Verständnislos steht er vor dem, was sich vor seinen Augen vollzieht, sinnlos kommt ihm das Ritual vor, hilflos läßt er sich wegschicken – eben doch nur ein Tor, wie Gurnemanz enttäuscht und verächtlich zugleich bemerkt.

Und doch ist gerade diese naive Erfahrungslosigkeit und damit auch staunende Offenheit der Welt gegenüber die ideale Voraussetzung für einen kognitiven und sozialen Lernprozeß. Denn Parsifal ist – und dies ist die positive Kehrseite seiner anfänglichen Unbedarftheit – unverbildet und daher aufnahmefähig. In drei deutlich voneinander abgesetzten Entwicklungsstufen führt Wagner den nun einsetzenden Lernprozeß des Parsifal vor: der erste Schritt – und zugleich der Ausgangspunkt aller Entwicklung – ist festgehalten in jener am Ende des ersten Aufzugs sich ergebenden Situation der Grals-Enthüllung, deren Sinn Parsifal nicht versteht. Da er anschließend den Gralsbezirk verlassen muß, scheint dieses Erlebnis folgenlos zu bleiben. Der zweite Schritt der Entwicklung wird bestimmt durch das Treffen mit Kundry in Klingsors Zaubergarten. Von ihr, der Außenseiterin, der aus der Männerwelt des Grals ausgeschlossenen Frau, die gleichwohl von diesen Männern ausgebeutet und ausgenutzt wird, erfährt er erstmals etwas über sich selbst. Sie, die der Gemeinschaft des Grals nicht zugehören darf, ist gerade deswegen, als externe Beobachterin, die einzige, die Parsifal aufklären kann. Kundrys Erzählung von der frühen Kindheit, der Namensgebung und dem Tod der Mutter Herzeleide führt dann zu einer ersten emotionalen wie intellektuellen Reaktion bei Parsifal, zum ersten Begreifen von Unglück und Leid: »Die Mutter, die Mutter konnt' ich vergessen!/Ha! Was alles vergaß ich wohl noch?« Die dann folgende Einsicht: »Nur dumpfe Torheit lebt in mir!« ist allerdings ein Wendepunkt; denn sie stimmt in eben dem Augenblick nicht mehr, da sie ausgesprochen wird, weil das Bewußtsein eigener moralischer wie intellektueller Unzulänglichkeit, das mit dieser Einsicht formuliert wird, bereits einen darüber hinaus gehenden Maßstab, durch den die eigenen Defi-

---

100 Erster Aufzug, Szene nach der Unterhaltung des Gurnemanz mit den vier Knappen.

zite als solche begriffen werden können, logisch voraussetzt. Wer sich selbst als ›dumpf‹ bezeichnet, muß eine Vorstellung vom Gegenteil besitzen und hat deshalb den Zustand, den er für sich konstatiert, bereits überwunden. Also ist diese Bemerkung der Beginn des Lernens und zugleich ein bedeutsames Moment von Selbstreflexion, und spätestens hier hat Parsifal – mit Hilfe von Kundry – einen entscheidenden Lernschritt getan. Dessen Folgen zeigen sich kurz danach. Parsifals Reaktion auf der »Liebe ersten Kuß«[101], den Kundry ihm gibt, ist die sichtbare Bestätigung einer Selbstwahrnehmung und Selbstaufklärung, die dem Ereignis des Kusses selbst zeitlich und logisch vorausliegt. Weil Parsifal aber bereits vor diesem Kuß über sich selbst erste Einsichten erlangt hat, gibt er auf Kundrys Frage: »So war es mein Kuß, der welthellsichtig dich machte?« keine Antwort; denn er müßte sie eigentlich verneinen. Der Kuß hat ihm zwar schlagartig die Einsicht in das Leiden des Amfortas vermittelt, aber ›welthellsichtig‹ im Sinne einer ersten Selbstwahrnehmung war er schon zuvor in seiner Reaktion auf Kundrys Erzählung geworden.

Lernen heißt: Wahrnehmungen und Erlebnisse für sich selbst so zu verarbeiten, daß daraus Folgerungen gezogen werden können. Parsifals erstes Lernen wird dadurch deutlich, daß er sich plötzlich der Wunde des Amfortas erinnert, dessen Schmerzen jetzt nachempfinden kann, sich also in die Lage des Gepeinigten zu versetzen vermag. »Seine Haltung drückt eine furchtbare Veränderung aus« – heißt es in der zu dieser Szene gehörenden Regie-Anweisung – »er stemmt seine Hände gewaltsam gegen das Herz, wie um einen zerreißenden Schmerz zu bewältigen.« Erkenntnis des anderen wird zur Selbsterkenntnis, die fremden Leiden werden als eigene wahrgenommen und zur interagierenden Kommunikation, in der Parsifal sich erstmals sozial verhält, das heißt auf andere bezogen. Was sich hier im zweiten Aufzug des *Parsifal* abspielt, ist eine jener vielen Szenen im Werk Richard Wagners, in denen die »Gefühlswerdung des Verstandes« auf die Bühne gebracht wird, ein Augenblick schmerzhafter ›Vergegenwärtigung‹ und ›Versinnlichung‹ eines ansonsten nur schwer faßbaren Prozesses, das ›Bildliche eines Begriffs‹, wie Wagner dies als die Aufgabe der Kunst beschreibt.

Im Mitleiden werden hier Aufklärung und Selbstbewußtsein als ein individueller Bildungsprozeß vorgeführt, den zwar der Einzelne – hier Parsifal – für sich zu leisten hat, der aber zugleich, weil er doch der Hilfe der anderen bedarf, auch ein sozialer Prozeß ist. Das versteht Parsifal mehr und mehr, und deshalb auch kann ihm Klingsors Speer nichts mehr anhaben, bleibt er über ihm schweben, ohne ihn zu verletzen. Denn wer sich selbst aufgeklärt hat, wer dadurch auch weiß, was daraus für ihn im praktischen Handeln folgt, ist in seinem Selbstverständnis unverletzbar geworden. Und zugleich treibt die Erinnerung an das schon einmal Gesehene, an Amfortas und die Enthüllung des Grals, das nun im Nachhinein verstanden ist, Parsifal erneut zurück zur Gralsgemeinschaft. Daß er am Ende des Stückes als Ergebnis seiner Selbstreflexion den Grals-Rittern ihre ursprüngliche Kraft wiedergeben kann, daß er den

---

101 Zweiter Aufzug, Szene nach dem Verlassen der Blumenmädchen.

Gral enthüllt und Amfortas von seinen Leiden erlöst – dies alles bezeichnet dann die dritte Stufe seines Bildungsprozesses und zugleich dessen Abschluß.

VI

Im Unterschied zu Siegfried, der vor allem an sich selbst scheitert, weil er unfähig ist, seine Umwelt zu verstehen, unfähig also zu lernen, begreift Parsifal am Ende, was von ihm erwartet wird. Der durchlebte Bildungsprozeß hat den Helden vollständig verändert, Illustration jener Notiz von Wagner, in der er festhält: »Nicht das Licht, welches von außen die Welt beleuchtet, ist Gott, sondern das Licht, welches wir in unserem Innern auf sie werfen; d.i. *Erkenntnis durch Mitgefühl*«[102]. Der Parsifal, der den Gral enthüllt und die Nachfolge des Amfortas antritt, hat mit jenem, der anfangs, fast zufällig, auf seiner Jagd in den Gralsbezirk hineingeriet, allenfalls noch den Namen gemein. Ein radikaler Bewußtseinswandel liegt hinter ihm, hat aus einem ignoranten und passiven ›Toren‹ einen wissenden und klug handelnden Menschen gemacht, der die eigenen Möglichkeiten ebenso kennt wie seine Begrenztheiten. Wagner zeigt durch das Beispiel dieser Perönlichkeitsveränderung die Kraft einer revolutionären Bewußtseinswandlung, einer radikalen Einstellungs- und Verhaltens- änderung, bewirkt durch das intensive Einlassen auf die sozialen Bedingungen der eigenen Existenz. Wenn Siegfried, wie schon erwähnt, primär an sich selbst schei- tert, weil er immer der Typus des Individualanarchisten bleibt, wirkliche Bindungen nicht kennt, ein Egomane, der alles, Mensch wie Natur, den eigenen Bedürfnissen unterordnet und erst im Sterben – in seiner Erinnerung an Brünnhilde – dann die Kostbarkeit einer intensiven Bindung an einen anderen Menschen verspürt, so ist Parsifal in all diesen Punkten der genaue Gegenentwurf: das Narzistische, das aus sozialer Ignoranz erwächst, verliert er zunehmend mehr, der Erfolg kommt mit der Einsicht in die gestellte Aufgabe: Öffnung des Grals, Rettung der Ritter[103].

›Erlösung‹ nennt Wagner die ›rettende Tat‹, und diese Erlösung ist die Konse- quenz einer sich langsam vollziehenden Bewußtseinsrevolution. Nur die »im Mit- leiden bis zur vollen Brechung des Eigenwillens sich betätigende Liebe«[104] sei, wie Wagner meinte, zu Erlösung fähig, und mit dieser Formel: »volle Brechung des Eigenwillens«, die das Absehen von der eigenen Person und den Erwerb sozialer Kompetenzen beschreibt, das Überwinden jeglichen Egoismus, wird benannt, was sich im *Parsifal* vollzieht: die Revolution als innerer Bildungsprozeß, durch den Freiheit gewonnen werden kann[105].

---

102 Richard Wagner, Das Braune Buch. Tagebuchaufzeichnungen 1865 bis 1882, hg. von Joachim Bergfeld, Zürich 1975, S. 241.

103 Die Gegenthese formuliert Hans Mayer in Richard Wagner. Mitwelt und Nachwelt, Stuttgart/ Zürich 1978, S. 245, der – ohne Belege anzuführen – meint, Parsifal lerne wie Siegfried nichts.

104 Richard Wagner, Was nützt diese Erkenntnis?, in: GSD, Bd. 10, S. 260.

105 Dieter Borchmeyers These, die er auch schon für das Ende der Götterdämmerung vertritt: »Das Ende ist der Anfang, ›restitutio in integrum‹, Wiederherstellung aller Dinge und Neubeginn«,

Denn um nichts anderes handelt es sich im *Parsifal* als um die Ästhetisierung der Revolution und ihre Theatralisierung, freilich einer Revolution, die ihre Hoffnungen nicht mehr auf die gewaltsame Veränderung der überlieferten gesellschaftlichen und politischen Institutionen setzt, die nicht mehr darauf vertraut, durch das Zerschlagen der grundlegenden Institutionen der bürgerlichen Gesellschaft die Voraussetzungen für eine neue und bessere Gesellschaft schaffen zu können, sondern die ganz und gar auf Bewußtseinsveränderungen setzt, auf die Einsicht der Betroffenen, auf eine – wenn man so will – pädagogisierende Kunst. Das alte Programm Wagners, seine Überzeugung, daß das ›Kunstwerk der Zukunft‹ an die Stelle aller bisherigen Medien von Aufklärung treten muß, daß nur aus ihm die Kraft der Erneuerung und einer veränderten Moralität wie Sittlichkeit erwachsen kann – dieses Programm Wagners ist zugleich das Programm im *Parsifal*. Deshalb ist auch ›Erlösung‹, die durch die liturgischen Formen der Gralsenthüllung als Ziel eines religiösen Aktes erscheint, in Wirklichkeit alles andere als dies, sondern vielmehr in einem sehr konkreten Sinne bezogen auf die irdische Revitalisierung.

Das wird sehr schnell einsichtig, wenn man sich das Ritual und seine Inhalte genauer ansieht. Schon die Veränderung der Reihenfolge der christlichen Tugenden Glaube, Hoffnung und Liebe[106] in die Abfolge von Liebe, Glaube und Hoffnung zeigt Wagners Intentionen unzweifelhaft: die Liebe als eine zwischenmenschliche wie soziale Qualität steht über allen anderen, sie verweist das eigentlich ›religiöse‹ Moment, den Glauben, auf den zweiten Platz. Und noch deutlicher wird diese sehr konkrete Intention Wagners auf gesellschaftliche Veränderung durch Bewußtseinswandel in dem der christlichen Abendmahls-Liturgie nachempfundenen Ritual der Grals-Enthüllung. Hier wird nicht Wein in das Blut Christi und Brot in das Fleisch Christi verwandelt, wie dies in der eucharistischen Feier geschieht, sondern Blut wird zu Wein und der Leib wird zum Brot:

> »Blut und Leib der heil'gen Gabe/
> wandelt heut zu eurer Labe!/
> Sel'ger Tröstung Liebesgeist,/
> in den Wein, der nun euch floß',/
> in das Brot, das heut euch speist«[107].

Wagner selbst hat auf diese Verkehrung hingewiesen: »...daß das Blut zu Wein wird, dadurch also wir gestärkt der Erde uns zuwenden dürfen, während die Wandlung

---

meint, daß Wagner im Parsifal gleichsam eine Kreisbewegung vollzieht. Borchmeyer interpretiert das Ende des Stückes nicht »im Sinne linearen Fortschritts als Aufbruch in eine gänzlich neue Welt«, sondern als »zyklische, in sich zurückkehrende Handlungsbewegung«. Diese Deutung steht in direktem Gegensatz zu der hier vorgetragenen Interpretation. Sie läßt sich nur aus der Perspektive einer engen philologischen Auslegung formulieren, die alle auf der Hand liegenden Verweisungen und Zusammenhänge mit den gesellschaftstheoretischen und politischen Auffassungen Wagners ignoriert und den Parsifal nicht unter dem übergreifenden Verhältnis von Politik und Kunst zum Ring in Bezug setzt. Vgl. Dieter Borchmeyer, Richard Wagner, S. 308 ff.

106 1. Korinther, 13, 13.
107 Ende des ersten Aufzugs.

des Weines in Blut uns von der Erde abzieht«[108]. Eine Verkehrung, die zum einen
den zeremoniellen Kern des *Parsifal* in seiner von Wagner gewollten Intention eindeutig interpretiert, die zum andern damit aber auch die Religion auf die Erde
zurückholt – ganz Einlösung von Feuerbachs Philosophie noch beim späten Wagner.

Es geht also um die körperliche Stärkung der Grals-Ritter, nicht um Religion
oder religiöse Transzendenz, die selbst Parsifal gegenüber Kundry mit den Worten
abtut: »Auch dir bin ich zum Heil gesandt,/bleibst du dem Sehnen abgewandt«[109].
Es geht darum, mit dem Öffnen das Grals die Kräfte der ›Regeneration‹ freizuset-
zen, die Grals-Gemeinschaft zu erneuern. Und dies als ein stetiges, sich immer wie-
derholendes Ritual: »Zum letzten Liebesmahle/gerüstet Tag für Tag«[110]. Die Kraft
des Grals soll offenbar einen ständigen Strom der Regeneration und Erneuerung
freisetzen, und dies kann sich nur dann erfolgreich wiederholen, wenn die tägliche
Anstrengung, die damit verbunden ist, immer wieder bewältigt wird. Regeneration
gibt es offensichtlich nicht umsonst.

Diese Regeneration nun kommt – nimmt man Wagners Schriften sowohl aus den
Dresdner und Züricher Jahren wie im Umfeld der *Parsifal*-Komposition ernst – aus
der Kunst, genauer: aus seiner eigenen Kunst, seiner Gesamtkunst-Idee und sie mündet, wie schon mehrfach erwähnt, in der Vision einer »ästhetischen Weltordnung«[111],
von der Wagner am Ende seines Lebens träumt und in die er seine revolutionären
Hoffnungen der Dresdner und Züricher Jahre hineinrettet. Nur noch vom Kunstwerk und der von ihm ausgelösten moralischen Erschütterung erhofft er sich Aufklärung über den desaströsen Zustand der Gesellschaft seiner Zeit. Im *Parsifal* gibt er
deshalb auch am Beispiel von Klingsors Welt die Diagnose einer durch Sittenlosig-
keit verkommenen Welt, und dann – im dritten Aufzug – den Weg einer moralischen
Umkehr und Erneuerung, deren Inhalte allerdings weithin offen bleiben.

Denn beschrieben werden eher der Weg und das Ziel jener ›ästhetischen Weltordnung‹ als deren genauer Inhalt. Zwar glaubt Wagner, daß eine solche neue Ordnung sich »auf den Gewinn einer allgemeinen moralischen Übereinstimmung«[112]
gründen lassen müsse, die ihrerseits ihre Prinzipien in christlichen Werten finden
könne. Aber er vermeidet es, diese Prinzipien inhaltlich wirklich festzulegen. Entscheidend ist ihm das Erreichen ihrer allgemeinen Geltung, und dies hält er für eine
notwendige Voraussetzung, um die Änderung des Status quo zu ermöglichen. »Was
für größere intellektuelle Gleichheit der Menschen zu verhoffen ist, steht dahin. ...
Dagegen größere moralische Gleichheit ist zu erwarten, und – hierauf kommt es
an«[113]. Eine solche moralische Gleichheit aber, die durchaus auch zu einer sozialen

---

108 Cosima Wagner, TB, Bd. I, S. 1072 (26. September 1877).
109 Zweiter Aufzug.
110 Ende Erster Aufzug.
111 Richard Wagner, Heldenthum und Christenthum, in: GSD, Bd. 10, S. 284.
112 Ebenda.
113 Richard Wagner, Das Braune Buch, S. 239.

Gleichheit führen kann, ist an Bedingungen geknüpft. Glaubt man dem *Parsifal*, so sind es vornehmlich zwei: zum einen der innere Bildungsprozeß des Menschen, zum anderen die Kontrolle der Triebe, genauer: der Triebhaftigkeit in einem sehr weiten, umfassenden Sinne, die die ungesteuerte Emotionalität des Menschen ebenso meint wie seine kriminellen Energien.

In einer seiner scharfen, von ihm so geliebten dichtomischen Konfrontationen, der harten Entgegensetzung von Gralswelt und Klingsors Reich als dem Reich des Bösen, hat Wagner am Beispiel der durchaus unchristlichen Unterdrückung aller Sexualität[114] bei den Gralsrittern die fundamentale Einsicht und These von Freud vorweggenommen, daß alle Kulturleistungen nur durch Triebsublimierung und Triebverzicht zustande kommen. Was vielfach verkürzt und oft genug auf die Formel gebracht worden ist, im *Parsifal* sei alle Lust böse, alle Sinnlichkeit des Teufels, die Frau »ganz in der Rolle der alttestamentarischen Verführerin, selbst verführt vom Teufel und, ohne sich dessen recht bewußt zu sein, des Teufels Werkzeug«[115], das Werk insgesamt von peinlicher Frauen- und Sinnenfeindschaft beherrscht, von einer geradezu krankhaften Besessenheit nach sexueller Askese, damit zugleich auch definitive Abkehr von Feuerbach und Bruch mit den frühen Jahren – all das verkennt, daß die den Gralsrittern zugemutete Askese nur der illustrierende Ausdruck für eine sehr viel tiefer ansetzende und weitreichendere Zivilisationsthese ist, die in der Sublimierung von Trieben, in der Triebkontrolle und – in einem weiten Sinne – in daraus resultierenden Bildungsprozessen eine unverzichtbare Voraussetzung für Kultur schlechthin und für kulturelle Hochleistungen sieht[116].

Kunst aber, das war Wagners unerschütterliche Überzeugung, ist die höchste Leistung, die eine Gemeinschaft überhaupt hervorbringen kann. Da aber »wahre Kunst nur auf der Grundlage wahrer Sittlichkeit gedeihen kann« – und dann »mit wahrer Religion vollkommen Eines«[117] ist –, muß diese wahre Kunst der in der bisherigen Gesellschaft vorherrschenden Moral entgegengesetzt sein, muß sie das Gegenteil dessen beinhalten, was Politik und politisches Handeln bis dahin bewirkt haben. Anders formuliert: die Zukunft darf nicht als Fortsetzung der Gegenwart begriffen werden, sondern bestimmt sich durch deren Negation. Das gilt auch für den *Parsifal*, der ja die Botschaft von der offenbarenden Kraft einer neuen Kunst und der darauf gegründeten Moral verkünden will. Deshalb »verdankte ja auch der *Par-*

---

114 Vgl. dazu Hans Küng, ›Was kommt nach der Götterdämmerung? Über Untergang und Erlösung im Spätwerk Richard Wagners‹, in: Programmhefte der Bayreuther Festspiele I (Parsifal), 1989, S. 13 ff.

115 Egon Voss, Wagners Parsifal – das Spiel von der Macht der Schuldgefühle, in: Attila Csampai/ Dietmar Holland (Hg), Parsifal. Texte, Materialien, Kommentare, Reinbek bei Hamburg 1984, S. 11. Ähnlich im selben Band Dietmar Holland, Die paradoxe Welt des Parsifal, S. 19 ff. Ebenso Peter Wapnewski, Das Bühnenweihfestspiel, in: Ulrich Müller/Peter Wapnewski, Richard-Wagner-Handbuch, S. 339 ff. Weitere Beispiele ließen sich leicht anführen.

116 Vgl. dazu ›Über Psychoanalyse‹ (1910), in: Siegmund Freund, Gesammelte Werke, hg. von Marie Bonaparte, London 1943 ff, Bd. VIII, S. 58; ›Vorlesung zur Einführung in die Psychoanalyse‹ (1917), in: derselbe, Bd. XI, S. 16 ff; ›Das Unbehagen in der Kultur‹, in: derselbe, Bd. XIV, S. 454 ff. Siehe auch Paul Roazan, Politik und Gesellschaft bei Siegmund Freud, Frankfurt/M. 1971.

117 Richard Wagner, Religion und Kunst, in: GSD, Bd. 10, S. 251.

sifal selbst« – wie Wagner im Rückblick feststellte, – »nur der Flucht vor derselben (vor der Welt, U.B.) seine Entstehung und Ausbildung. Wer kann ein Leben lang mit offenen Sinnen und freiem Herzen in diese Welt des durch Lug, Trug und Heuchelei organisierten und legalisierten Mordes und Raubes blicken, ohne zu Zeiten mit schaudervollem Ekel sich von ihr abwenden zu müssen?«[118]

Für Wagner stand fest: erst wenn der die Gegenwart überwindende Bildungsprozeß erfolgreich verlaufen ist – wie bei Parsifal – , erst wenn Selbstdisziplin und Eigenkontrolle der gesellschaftlichen Degeneration entgegengesetzt werden können – wie bei den Gralsrittern, nachdem Parsifal den Gral geöffnet hat –, erst dann liegt die Zukunft offen. Erst dann wird es das ›Kunstwerk der Zukunft‹ geben, angesiedelt jenseits der konkreten gesellschaftlichen Wirklichkeit und zugleich deren Negation. Bis dahin aber kann der Gral, Symbol der reinen Kunst, so lange seine erlösende Kraft nicht entfalten, wie innerhalb der Gralsgemeinschaft noch zivilisatorischer Sündenfall vorkommt. Amfortas Wunde ist – aus dieser gesellschaftstheoretischen Perspektive gesehen – die Wunde einer verkommenen und zu Ende gehenden Zivilisation, deren Verfallsgeschichte nur dann zu einer positiven Wende geführt werden kann, wenn einer, der davon bisher unberührt geblieben ist, die Reinheit des Grals wieder herzustellen vermag. Die Formel ›durch Mitleid wissend‹ meint genau diese Fähigkeit, sich in die Entfremdungs- und Verfallsgeschichte einer Gesellschaft hineinzudenken, deren Erneuerung erst dann gelingen kann, wenn der Erneuerer selbst – also Parsifal – nicht zuvor diese Entfremdung und Dekadenz durchlebt hat. Daher auch die Prüfungen durch die Blumenmädchen, die Konfrontation mit Klingsor, die Versuchung durch Kundry – Tests, in denen und durch die sich die moralische Integrität der Person Parsifal erweisen soll.

Nur der Gral, die Kunst selbst, kann Leben spenden, aber erst dann, wenn zuvor durch schärfste Triebsublimierung, durch freiwillige Askese – und das heißt auch: durch Verzicht auf die Teilnahme an einer heruntergekommenen Welt und deren Werte, auf Verzicht von Herrschaft und Macht, auf Unterdrückung und Elend, auf Egoismus und Naturausbeutung, auf alle Strategien der Selbstexpropriation und alle Selbstzerstörung die Voraussetzungen für eine sittlich-moralische Erneuerung und Wende der Menschheit geschaffen worden sind. Das aber wäre – und dies ist die zentrale Botschaft des *Parsifal* – die erfolgreich vollzogene Revolution des Bewußtseins und der daraus resultierenden Verhaltensstandards, das wäre die erhoffte ›Erlösung‹.

---

118 Richard Wagner, Das Bühnenweihfestspiel in Bayreuth 1882, in: GSD, Bd. 10, S. 307.

VII

Wagners *Parsifal* – das sollte deutlich geworden sein – ist kein gesellschafts- und politikfernes Stück, kein Plädoyer für Weltabgeschiedenheit oder religiöse Ergriffenheitsgefühle. In diesem Stück steckt vielmehr ein unüberseh- und unüberhörbarer gesellschaftstheoretischer Anspruch, der die Veränderungs- und Revolutionsideen der ›Zürcher Kunstschriften‹ aufnimmt und weiterführt, sie allerdings von außen nach innen wendet, von der radikalen politischen Aktion in das persönliche Bildungserlebnis transformiert. ›Regeneration‹, der von Wagner selbst geprägte und häufig rassistisch gedeutete Begriff[119], läßt sich auch verstehen – wie es hier versucht worden ist – als begriffliche Chiffre für einen geforderten inneren Bildungsprozeß. Im *Parsifal*, der diesen Bildungsprozeß auf die Bühne stellt, geht es nicht mehr um den radikalen Wandel der gesellschaftlichen und politischen Institutionen, nicht mehr um den Nachweis, daß Politik die Welt ruiniert und deshalb am Ende ist – wie im *Ring* –, nicht mehr um die theatralische Vorführung eines anarchisch inspirierten, an ästhetischen Prinzipien orientierten Modells gesellschaftlicher Selbstbestimmung und Selbstregierung – wie in den *Meistersingern* –, sondern ausschließlich um die Veränderung des individuellen Bewußtseins, seiner handlungsbestimmenden Erweiterung und sozialen Einbindung und um die damit verbundene Herausbildung einer neuen moralischen Weltordnung, gegründet auf Werte wie die ›Einheit alles Lebenden‹, die Unversehrtheit der Natur, die Integrität des persönlichen Verhaltens. »*Parsifal* ist eine Dichtung des Friedens, des Friedens nicht nur des Menschen mit sich selbst, sondern des Menschen mit der Natur«[120], es ist ein Werk gegen die »Kriegszivilisation«[121], Absage an alle Gewalt, an Macht, Unterdrückung und Ausbeutung. »Erkennen wir, mit dem Erlöser im Herzen«, – schreibt Wagner – »daß nicht ihre Handlungen, sondern ihre Leiden die Menschen der Vergangenheit uns nahe bringen und unseres Gedenkens würdig machen, daß nur dem unterliegenden, nicht dem siegenden Helden, unsere Theilnahme zugehört«[122]. Und er meint, die Gewalt könne zwar zivilisieren, aber »die Kultur muß aus dem Boden des Friedens sprossen ... . Aus diesem Boden ... erwuchsen zu jeder Zeit auch einzig Kenntnisse, Wissenschaften und Künste«[123]. Wenn solche Bedingungen erfüllt sind, dann mag sich auch wieder – so muß man folgern – eine zwanglose Neugruppierung von gemeinschaftlichen Institutionen ergeben, wie sie Wagner einst in den »freien künstlerischen Genossenschaften«[124] vorgedacht hatte und wie sie in der Gralsge-

119 Vgl. für viele Hartmut Zelinsky, Verfall, Vernichtung, Weltentrückung. Richard Wagners antisemitische Werk-Idee als Kunstreligion und Zivilisationskritik und ihre Verbreitung bis 1933, in: Saul Friedländer/Jörn Rüsen (hg), Richard Wagner im Dritten Reich, München 2000 S. 309 ff. und die in den Anmerkungen genannten Schriften vom selben Verfasser.
120 Dieter Borchmeyer, Richard Wagner, S. 326.
121 Richard Wagner, Religion und Kunst, in: GSD, Bd. 10, S. 239.
122 Ebenda, S. 247.
123 Ebenda, S. 234.
124 Richard Wagner, Das Kunstwerk der Zukunft, in: GSD, Bd. 3, S. 161 ff.

meinschaft strukturell symbolisiert sind. Doch dies alles ist von Wagner nur intentional entworfen, nicht konkret festgelegt worden, läßt sich aber aus dem Subtext eindeutig herauslesen.

Denn wenn der Gral am Ende durch Parsifal enthüllt, der Schrein geöffnet ist, wird der umfassende Anspruch der Kunst zwar hörbar und sinnfällig, aber zugleich ist damit nur die Vorbedingung zur Verbesserung jener Zustände geschaffen, die bis dahin das Elend der Grals-Gesellschaft verursacht hatten. *Parsifal*, der Kunst-Mythos über die Kunst, markiert lediglich den Weg der Entwicklung hin zur Erlösung, und er verweist dabei auf die dafür notwendigen Mittel. Die konkrete Ausgestaltung dieser ins Auge gefaßten ›Erlösung‹ selbst bleibt der individuellen wie kollektiven Ausdeutung jener Minimal-Ethik »durch Mitleid wissend« überlassen, die Parsifals Weg wie einen Wegweiser begleitet hat. Nichts ist für die Zukunft festgelegt, alles ist offen.

»Parsifal ist meine letzte Karte«[125], hat Wagner zu Cosima bemerkt, und er hat damit zweifellos gemeint, daß nur dann, wenn die Kunst an die Stelle von Staat und Kirche, von bisher bestehenden gesellschaftlichen Institutionen tritt, noch Hoffnung auf Besserung besteht. Aber er hat es zugleich unterlassen, die Inhalte dieser Kunst, ihre Botschaft über die schon erwähnten allgemeinen Prinzipien hinaus detaillierter festzulegen. Diese Offenheit kommt unter anderem auch dadurch zum Ausdruck, daß das mythische Geschehen im *Parsifal* weder nach Ort noch Zeit festgelegt ist, daß vielmehr beides der rezeptiven Interpretation bedarf; auch so kann vielleicht die Formel von Gurnemanz: »Zum Raum wird hier die Zeit«[126] gelesen werden, als ein Hinweis auf die Nichtfestlegung beider Dimensionen und ihre gegenseitige Verschränkung. Und diese Offenheit kommt auch in der scheinbar so rätselhaften Formel des Werkes: »Erlösung dem Erlöser« zum Ausdruck. Auf dem Hintergrund der hier gegebenen Interpretation spricht sich in ihr zum einen der Anspruch auf die Universalisierung von Kunst aus, letzte und aufs Höchste gesteigerte Variante einer seit den Tagen von Dresden und Zürich theoretisch ausgearbeiteten Idee. Zum anderen läßt sich diese Formel aber auch als Verweis auf die Selbstreferentialität der Kunst und ihre daraus erwachsende Kraft verstehen: das aber meint, daß Kunst sich erst dann als die höchste moralische und sittliche Instanz begreifen darf, wenn sie sich aus allen entfremdeten und deformierten Zuständen der modernen Gesellschaft herausgelöst hat. Erst dann ist sie eigentlich frei, erst dann hat sie für sich selbst den Akt der ›Erlösung‹ vollzogen, und erst dann wird sie auch die Kraft zur Erlösung der Gesellschaft aus den Fesseln der Politik finden. Dazu aber muß sie sich der Notwendigkeit permanenter moralischer Erneuerung als ihrer eigentlichen Aufgabe für die Menschen bewußt werden. Erst wenn die Kunst – gleich einer Religion – sich wirklich ernsthaft auf diese ihre Bestimmung und Aufgabenstellung einläßt, erst dann kann sie zur Grundlage jener ›ästhetischen Ordnung‹ werden, auf die Wagner für die Zukunft der Menschheit setzt.

---

125 Cosima Wagner, TB, Bd. II, S. 718 (28. März 1881).
126 Erster Aufzug.

Wieviel Antisemitismus ist in Wagners Musikdramen?

Anmerkungen zu einer nicht abschließbaren Diskussion

I

Die politologische Deutung von Wagners Musikdramen, wie sie in den vorausgegangenen Essays versucht worden ist, hat am Ende immer wieder auf zentrale Antagonismen hingeführt, die den Tiefenschichten der Werke von Wagner eingeschrieben sind. Politik, Macht und Herrschaft haben sich als unvereinbar erwiesen mit der Liebe zwischen zwei Menschen, mit einem ›herrschaftsfreien‹ Umgang von Menschen untereinander und mit genossenschaftlichen Strukturen, in denen die freie Entfaltung des Einzelnen die Bedingung der freien Entfaltung aller ist. Politik, so hat Wagner immer wieder deutlich gemacht, ist sowohl in ihrer strategischen Perspektive der Machtgewinnung, Machterhaltung und Machtvermehrung als auch in den ihr eigenen Strukturen einer Hierarchisierung von Ordnungen, in denen Menschen leben und dann fremder Herrschaft unterworfen sind, der antagonistische, und das heißt hier: der unversöhnliche und unaufhebbare Gegensatz zu einem durch ästhetische Erfahrung, durch Kunst, Kunstproduktion wie Kunstrezeption geformten Leben, das im ›Rein-Menschlichen‹ aufgeht und die Ganzheit des Menschen mit der Natur und seiner sozialen Umwelt zum Ziel hat. Es läßt sich sagen, daß im *Rienzi, Holländer, Tannhäuser, Lohengrin*, selbst im *Tristan* und vor allem natürlich im *Ring* die Politik und ihre destruktiven Folgen in unterschiedlichen Aspekten theatralisiert werden, in den *Meistersingern* und im *Parsifal* dagegen die Utopie eines politikfernen oder sogar politikfreien individuellen wie gemeinschaftlichen Lebens zumindest in Umrissen angedeutet wird. In der Perspektive dieser beiden Werke, in denen sich die Hoffnung auf eine Überwindung der politisch-gesellschaftlichen Gegenwart ausdrückt und komponiert ist, gipfelte Wagners lebenslange Sehnsucht nach einer neuen und vermeintlich authentischen Gesellschaft, in der die Kunst auch die Regeln des sozialen Zusammenlebens vorgibt und so am Ende das Leben selbst ästhetisch werden läßt – Formulierung und Behauptung eines ›kulturalistischen Lebensparadigmas‹, das nach Wagners Vorstellungen die zukünftige gesellschaftliche Entwicklung herstellen und dominieren sollte.

Es kann kein Zweifel daran sein, daß Wagners Werke in ihrer fundamentalen Kritik an der modernen industriellen Welt und den Hinweisen auf die daraus entstandenen Folgen der Entfremdung in all ihren Facetten auf anthropologische Grundbefunde zielen. Sie wollen deutlich machen, wie sehr die Moderne die innere und äußere Unversehrtheit des Subjekts außer Kraft gesetzt hat und wie tief dessen Verletzungen reichen. Angesichts eines solchen Anspruchs stellt sich die Frage, ob Wagners Antisemitismus auch für das musikdramatische Werk und dessen Figuren von Relevanz ist

oder ob nicht vielmehr die in die Tiefenschichten des menschlichen Daseins reichen-
den Problemkonstellationen von allen antisemitischen Obsessionen des Komponisten
substantiell unberührt bleiben. Und es stellt sich die Frage, ob eine politologische
Lesart der Werke, wie sie hier versucht worden ist, nicht nahelegt, diesen Antisemitismus von Wagner als integralen Bestandteil der Werke in ihre Deutung einzubeziehen
oder ihn doch eher als ein die Tagespolitik berührendes, zeittypisches Phänomen zu
verstehen, das für das fundamentale Verständnis und Verhältnis von Politik, Macht und
Herrschaft wie für die Varianten der ästhetischen Liebes- und Erlösungsutopien der
Werke keine oder allenfalls nur eine zu vernachlässigende marginale Rolle spielt.

Es gibt auf diese »schwierigste aller Fragen«[1] keine einfache und vorschnelle
Antwort. Daß es »Spuren« von Wagners Antisemitismus in seinen Werken gibt, »und
zwar auf allen Ebenen: dem Text, den Regiebemerkungen Wagners und der Partitur«[2] – das eben ist die seit einigen Jahren zunehmend intensiver und auch heftiger
diskutierte These, die mit mehr oder weniger Radikalität und Unbedingtheit vertreten oder auch bestritten wird, gelegentlich emotional so aufgeladen, daß diese
Diskussion zu persönlichen Feindschaften führt. Es bedarf keiner besonders hoch
entwickelten und ausgeprägten prognostischen Fähigkeiten um vorherzusagen, daß
diese Diskussion wohl auf absehbare Zeit kein Ende finden wird, daß sie nicht
autoritativ abgeschlossen werden kann, auch wenn die zentralen Argumente mittlerweile hinreichend bekannt und ausgetauscht worden sind. Auch die folgenden
Überlegungen verstehen sich nicht als eine abschließende Stellungnahme zu dieser
Kontroverse, sondern versuchen, exemplarisch den gegenwärtigen Stand der Diskussion zu umreißen und eine knappe Antwort auf die oben gestellte Frage zu
geben, ob Wagners Antisemitismus das in seinen Werken thematisierte Grundver-
hältnis von Politik und Ästhetik substantiell berührt. Daß dies nur außerordentlich
verkürzt und zusammenfassend geschieht, dürfte jedem einleuchten, der die Diskussion kennt; eine eingehende Auseinandersetzung mit der dieser Diskussion zugrundeliegenden Literatur würde eine eigene monographische Darstellung erfor-
dern, die hier schon aus Umfangsgründen nicht geleistet werden kann. Beabsichtigt
ist lediglich, die Position des Verfassers in dieser Frage deutlich werden zu lassen.

II

Die Bedeutung des Wagnerschen Antisemitismus für das Verständnis seiner Werke
und deren Figuren hängt zunächst einmal davon ab, ob dieser Antisemitismus als ein
grundierendes und bestimmendes Element seiner gesamten ›Weltanschauung‹[3] ver-

---

1   Jens Malte Fischer, Richard Wagners ›Das Judentum in der Musik‹. Eine kritische Dokumentation
    als Beitrag zur Geschichte des Antisemitismus, Frankfurt/M. 2000, S. 14.
2   Ebenda, S. 15.
3   Der Begriff der ›Weltanschauung‹ ist vieldeutig und wird häufig sehr unbestimmt benutzt. Hier
    wird er verwandt im Sinne einer Synthese von Einzeleinsichten, Einzelerkenntnissen und Über-

standen werden muß, ob er einigermaßen ›systematisch‹ entwickelt ist oder ob er nur als ein zwar durchaus aggressives, mit Bezug auf die Musikdramen aber eher zu relativierendes Moment tagespolitischer und wechselhafter Orientierungen zu bewerten ist. Schon in dieser Grundeinschätzung gibt es in der gegenwärtigen Debatte weit auseinandergehende und unvereinbare Meinungen von allerdings sehr unterschiedlicher wissenschaftlicher Bonität. Während einerseits ein Autor wie Zelinsky[4] – und von ihm nicht allzu weit entfernt Rose[5] – davon ausgeht, Wagners weltanschauliche Intention sei »ein mit absolutem Macht- und Herrschaftsanspruch verbundener deutscher Erlösungskampf mit einer deutschen neuen Religion als vernichtungswilliger und –entschlossener Heilslehre, die sich gegen das Judentum richtet, das als unaufhebbare Gegenwelt zu Wagners Werk-Idee durch die Kampfschrift *Das Judenthum in der Musik* (1850) zementiert wird«[6] und daraus folgert, daß das musikdramatische Werk ganz im Banne dieser Idee und der Aufgabe ihrer Ausführung stehe, von Antisemitismus also durchdrungen sei, gibt es andererseits die Meinung etwa von Borchmeyer, Wagner habe seine antijüdische und antisemitische Einstellung, auch seine positive Haltung zu der sich nach 1880 im Deutschen Reich formierenden antisemitischen Bewegung »nur im Privatgespräch« geäußert und eine »offizielle Verteidigung ihrer Ziele konsequent vermieden«[7]. Woraus dann folgt, daß die musikdramatischen Werke von allen antisemitischen Untertönen frei sind, zumal es »in den zahllosen Kommentaren Wagners zu seinem Werk keine einzige Äußerung gibt, die Figuren oder Handlungselemente seiner Musikdramen in antisemitischem Sinne oder überhaupt als jüdisch«[8] interpretieren. Während die einen also den Antisemitismus von Wagner nicht nur zum integralen Bestand seiner Lebens- und Weltauffassung machen, sondern ihn sogar in deren Zentrum rücken und als ›Werkauftrag‹ für den Komponisten verstehen, votieren Autoren, die der entgegengesetzten Auffassung anhängen, für eine Relativierung des antijüdischen Affektes und eine ›Privatisierung‹ der antisemitischen Gesinnung Wagners, die zwar dessen Denken beherrscht, aber für sein Handeln nur geringe, für seine Werke überhaupt keine Relevanz besessen haben soll.

zeugungen aller Bereiche des Lebens, die zu einer Totalität der Welterklärung zusammengeschlossen werden. Vgl. dazu auch Karl Mannheim, Beiträge zur Theorie der Weltanschauungs-Interpretation, in: derselbe, Wissenssoziologie, Berlin/Neuwied 1964, S. 91 ff.

4   Hartmut Zelinsky, Richard Wagner – ein deutsches Thema. Eine Dokumentation zur Wirkungsgeschichte Richard Wagners 1867–1976, Frankfurt/M. 1976; Die ›feuerkur‹ des Richard Wagner oder die ›neue Religion‹ der ›Erlösung‹ durch ›Vernichtung‹, in: Heinz-Klaus Metzger/Rainer Riehn (Hg), Richard Wagner. Wie antisemitisch darf ein Künstler sein?, Musik-Konzepte 5, München 1978; Die deutsche Losung Siegfried oder die ›innere Notwendigkeit‹ des Juden-Fluches im Werk Richard Wagners, in: Udo Bermbach (Hg), In den Trümmern der eignen Welt. Richard Wagners Der Ring des Nibelungen, Berlin/Hamburg 1989, S. 201 ff

5   Paul Lawrence Rose, Wagner: Race and Revolution, London 1992, dtsch: Richard Wagner und der Antisemitismus, Zürich/München 1999.

6   Hartmut Zelinsky, Die deutsche Losung Siegfried, S. 203.

7   Dieter Borchmeyer, Wagner und der Antisemitismus, in: Ulrich Müller/Peter Wapnewski (Hg), Richard-Wagner-Handbuch, Stuttgart 1986, S. 138.

8   Ebenda, S. 159.

Solche Differenzen, die hier beispielhaft und pars pro toto die Spannweite eines bislang unversöhnlichen Diskurses andeuten sollen, beginnen bereits damit, daß zu Wagners antijüdischer und antisemitischer Haltung unterschiedliche Einschätzungen und Wertungen sowohl über den Zeitpunkt und Grund ihres Entstehens wie über deren Entwicklung bis zu seinem Lebensende bestehen. So versucht etwa Rose den Nachweis zu erbringen, daß das politische Denken von Wagner, vor allem seine Revolutionsbegeisterung von Anfang an antisemitisch konnotiert gewesen sei und er beruft sich dabei auf ein vermeintlich spezifisch deutsches Revolutionsverständnis, das – in Absetzung zu Frankreich, England oder auch Amerika – angeblich stets mit Haß auf Juden und deren Ausgrenzung verbunden gewesen sei. Von Fichtes *Reden an die deutsche Nation* (1807/08) über die Junghegelianer und die Vertreter des ›Jungen Deutschland‹ bis schließlich zu Wagner zieht er eine Linie des sich ständig verschärfenden und radikaler argumentierenden Antisemitismus, der nach seiner Auffassung mit der Vorstellung verbunden war, »daß Deutschland eine besondere Nation und mit einer Menschheitsmission beauftragt sei, die sie über die westromanischen Völker wie auch die östlichen Slawen stelle«[9]. Eine solche Position, die allerdings in ihrer historischen Undifferenziertheit und der interpretatorischen Unterkomplexität der behandelten Autoren nicht zu halten ist[10], läßt Wagners gesamtes politisches wie ästhetisches Denken in einem ›Vernichtungsantisemitismus‹ kulminieren und sieht ihn im Grunde als Vordenker und Vorläufer des Holocaust[11]. Das ist, man muß dies deutlich sagen, Ausdruck eines negativ-obsessiven Bezugs auf Wagner, der sich am Ende selbst ad absurdum führt. Ohne solche abwegigen Folgerungen zu ziehen und gegen die von Katz formulierte These, mit der 1850 pseudonym publizierten Schrift *Das Judenthum in der Musik* habe Wagner eine »Wende« in seinem Denken und Verhalten vollzogen[12], vertritt aber auch Fischer, freilich abwägend und historisch kenntnisreich, die Auffassung, »daß Wagners Antisemitismus weder um 1850 noch um oder kurz vor 1848 explodiert, sondern das Ergebnis eines langen Prozesses ist, der sich aus persönlichen Erlebnissen kleinerer und größerer Natur, aus Beeinflussung durch Lektüre und Gespräche, aus dem Rivalitätsgefühl gegenüber Meyerbeer und Mendelsohn und manchen anderen Faktoren zu einem antisemitischen Syndrom zusammensetzt«[13], das sich am Ende seines Lebens zu einem »eliminatorischen Antisemitismus«[14] verdichtete, also zur Vorstellung der

9   Paul Lawrence Rose, Richard Wagner und der Antisemitismus, S. 23.

10   Zur Unhaltbarkeit der historischen Argumentation von Rose vgl. z. B. die Besprechung von Stefan Breuer, Richard Wagners Antisemitismus. Eine Sammelbesprechung, in: Musik & Ästhetik, Heft 19/Juli 2001, S. 90 ff. Ebenso die Besprechung von Hans Rudolf Vaget, Wagner, Anti-Semitism and Mr. Rose: Merkwürd'ger Fall, in: The German Quaterly 66.2 (1993), S. 222 ff.; meine Besprechung: Im Anfang war die Tat, in: FAZ, 10. Januar 2000, Nr. 7, S. 47.

11   In diesem Sinne ›argumentiert‹ auch das in seinen Thesen und spekulativen Analogien historisch unhaltbare Buch von Joachim Köhler, Wagners Hitler. Der Prophet und sein Vollstrecker, München 1997.

12   Jacob Katz, Richard Wagner. Vorbote des Antisemitismus, Frankfurt/M. 1985, S. 80 ff., bes. S. 95.

13   Jens Malte Fischer, Richard Wagners ›Das Judentum in der Musik‹, S. 59.

14   Ebenda, S. 110.

radikalen Vertreibung der Juden aus Deutschland. Auch in dieser Sicht wird der Antisemitismus zu einem integralen Teil der Wagnerschen Weltanschauung mit Folgen für das praktisch-politische Handeln sowohl in publizistischer wie poetisch-kompositorischer Hinsicht.

Gegen solche Bewertungen sind immer wieder gewichtige Einwände vorgebracht worden, die hier aus Platzgründen nicht im Detail erörtert werden können. Nur ein Beispiel sei zitiert: so besteht ein gewichtiger Einwand im Hinweis darauf, daß Wagners antisemitische Haltungen und Urteile in zeitlicher Folge zwar eine gradlinige Entwicklung aufweisen, in der Sache selbst allerdings eher schwanken und sich häufig genug widersprechen. Zur Plausibilisierung und Stützung dieser These hat etwa Scholz fünf Entwicklungsstufen in Wagners Haltung zu den Juden zu unterscheiden gesucht: zum ersten Wagners Ablehnung der rechtlichen und politischen Gleichstellung der Juden, die er angesichts der erst 1871 erreichten Einheit Deutschlands – die sich sehr anders vollzog, als er sich wünschte, und zu einem anderen Reich führte, als er sich das zur Zeit des Vormärz und der Revolution von 1848/49 erhofft hatte[15] – als eine Gefährdung der noch schwachen und wenig ausgebildeten Identität der Deutschen ansah; sodann die Frage nach der zeitlichen Dimension der jüdischen Emanzipation, von der er glaubte, daß sie erst nach einer fundamentalen Veränderung der gesellschaftlichen wie politischen Strukturen des bürgerlich-kapitalistischen Staates begonnen werden könne, also nicht zu früh kommen dürfe; damit zusammenhängend ein weiteres antisemitisches Motiv Wagners, das sich aus seinem Anti-Kapitalismus und Anti-Modernismus speiste und das er weitgehend von französischen Frühsozialisten wie Proudhon und Fourier übernommen hatte, die beide die ›Geld-Juden‹ mit den ›Kapitalisten‹ in eins setzten; schließlich dann nach 1881 die Auseinandersetzung mit Gobineaus Rassentheorie, der er sich für eine kurze Zeit bedingt anschloß, die er aber sehr bald entschieden verwarf, weil sie seiner sehr eigenen Christus-Vorstellung, die mit einer universellen und christlich inspirierten Religion auch die Juden einschloß, widersprach[16]. So läßt sich am Ende aus den Tagebüchern, auf die sich diese Differenzierungen von Wagners Antisemitismus stützen, nach Scholz, »eine Tendenz zum Versöhnlichen«[17] herauslesen, ein »Erlösungsantisemitismus«[18], der aber die Juden weder vernichten noch austreiben möchte, sondern sie dazu bewegen will, aufzuhören, Jude zu sein – was immer das heißen mochte.

Eine die Judenphobie Wagners noch stärker relativierende, weil diese individualisierende Position mag man schließlich in dem Hinweis sehen, es handele sich bei

---

15 Dazu die Studie von Hannu Salmi, ›Die Herrlichkeit des deutschen Namens...‹. Die schriftstellerische und politische Tätigkeit Richard Wagners als Gestalter nationaler Identität während der staatlichen Vereinigung Deutschlands, Turku 1993.

16 Dieter David Scholz, Richard Wagners Antisemitismus. Jahrhundertgenie im Zwielicht – eine Korrektur, Berlin 2000, S. 72 ff.

17 Ebenda, S. 82.

18 Saul Friedländer, Das Dritte Reich und die Juden, Bd. I Die Jahre der Verfolgung 1933–1939, München 1998, S. 87 ff.

Wagners Judenhaß um die »neurotische Zwangsvorstellung einer ›Verfolgung‹ seiner Person und seines Werkes«[19], die in den erfolglosen und materiell erbärmlichen Pariser Jahren von 1839 bis 1842 bereits eingesetzt, sich mit seinem zunehmenden Erfolg als Komponist und den damit steigenden Schwierigkeiten auch zunehmend verstärkt habe und schließlich in der vermeintlichen Gewißheit Wagners endete, die Juden »beherrschten doch alles und in seinem Betreff warteten sie nur seinen Tod ab, dann wüßten sie, sei alles zuende«[20]. In der damit gegebenen Reduktion von Wagners Antisemitismus auf die Obsession eines privaten Verfolgungswahns formuliert sich der Antipol zu der von Zelinsky und Rose behaupteten ideologischen Leitfunktion des Antisemitismus in Wagners Leben und Werk.

Schon diese hier nur angedeutete Spannweite des Interpretationsspektrums, die sich nicht zuletzt aus den Widersprüchen und Ambivalenzen von Wagners Äußerungen ergibt, macht es einigermaßen schwer, eine zutreffende und zweifelsfreie Gewichtung des Antisemitismus für Wagners Denken und sein Handeln wie sein Werk zu geben. Daß dieser Antisemitismus fester Bestandteil seiner Weltsicht und Weltanschauung war, ist unbestreitbar, ebenso, daß er Wagners Urteile über aktuelle politische und kulturelle Entwicklungen beeinflußte, gelegentlich auch bestimmte. Doch schon die Frage, ob taktische und opportunistische Rücksichten entscheidend den Umgang von Wagner mit seinen jüdischen Freunden, Kollegen und Geschäftspartnern bestimmten, oder ob sich darin nicht eher ein je nach Situation bedingter, instrumenteller Gebrauch der antijüdischen Vorbehalte dokumentiert, ist nicht mit einer einfachen Überlegung zu beantworten. Bedenkt man etwa, daß die zentrale antisemitische Schrift Wagners *Das Judenthum in der Musik* (1850/1869) rund zwanzig Druckseiten umfaßt; daß in den übrigen ›Zürcher Kunstschriften‹ nur am Rande – und nur in *Oper und Drama* – antijüdische Formulierungen zu finden sind; daß erst in der späten Schrift über *Religion und Kunst* (1880) und in den sogenannten ›Regenerationsschriften‹ im Umfeld der Arbeiten am *Parsifal* die antisemitischen Affekte und Vorurteile wieder ungebrochen hervortreten, zugleich aber auch relativiert werden; daß in den von Cosima notierten ›Tagebüchern‹ auf rund 2000 Seiten alle die Juden betreffenden Äußerungen ungefähr 20 bis 30 Druckseiten ausmachen, was maximal 1,5% des Gesamtvolumens umfaßt[21], so stellt sich schon von diesen quantitativen Aspekten her – die einschlägigen Äußerungen in den Briefen sind hier nicht eingerechnet, lassen sich aber auch vernachlässigen – die Frage, ob der Antisemitismus für Wagners gesamtes politisches wie ästhetisches Denken wirklich von entscheidender konstitutiver Bedeutung war. Zumal für einen Essayisten und Komponisten, dessen eigene künstlerische Anstrengungen sich intensiv und mit beachtlichen Kenntnissen auf die ganze Fülle des politischen, religiösen und ästhetischen Denkens der Antike bezogen, der sich die europäische Theater-, Opern-

19 Dieter Borchmeyer, Wagner und der Antisemitismus, S. 156. Diese Erklärung wird allerdings von vielen Autoren vorgebracht, häufig in Ergänzung anderer Erklärungsmotive.
20 Cosima Wagner, TB, Bd. II, S. 349 (15. Mai 1879).
21 Dieter David Scholz, Richard Wagners Antisemitismus, S. 60 f.

und Literaturentwicklung von Spanien, Italien über Frankreich und England bis hin zur eigenen deutschen Tradition angeeignet hatte und sich über die Jahre mit einer sich industrialisierenden Moderne und den sich hieraus ergebenden politischen, gesellschaftlichen, wirtschaftlichen und vor allem kulturellen Problemen eindringlich beschäftigte. Das alles kann als Ausweis einer großen Belesenheit gelten, eines breit gestreuten Interesses und bis in die letzten Lebenstage hinein auch als Ausdruck eines Bemühens um Einsicht in die bewegenden Kräfte der Geschichte und Gegenwart, von denen der Antisemitismus sicherlich nur einen Teilaspekt darstellte.

Gleichwohl bleibt es zweifellos richtig, den Antisemitismus als eine durchgehende Konstante in Wagners Weltbild zu sehen. Doch mit einer solchen Feststellung ist noch nichts darüber gesagt, welche Rolle diese Konstante für die künstlerische Produktion spielt und wie sehr sie das politisch-ästhetische Denken beeinflußt hat. Dies läßt sich erst beantworten, wenn das Verhältnis der drei großen ›Zürcher Kunstschriften‹ zu dem während derselben Zeit geschriebenen und publizierten Pamphlet *Das Judenthum in der Musik* genauer bestimmt wird.

Vergleicht man die umfänglichen Schriften *Die Kunst und die Revolution* (1849), *Das Kunstwerk der Zukunft* (1849) und *Oper und Drama* (1850/51) mit dem nur wenige Seiten umfassenden *Judenthum in der Musik* (1850), so scheint diese letztere Schrift zunächst in keinem engeren systematischen Zusammenhang mit dem weitausholenden, konzeptionell durchgearbeiteten Entwurf eines nachrevolutionären ›Gesamtkunstwerks‹ zu stehen[22], in dem im Musikdrama die Einzelkünste verschmelzen, in dessen Aufführung die Einheit von Bühne und Publikum als Festspiel sich herstellen soll[23]. Während in den drei ›Zürcher Kunstschriften‹ – wie im ersten Kapitel dieses Buches dargelegt – der Versuch eines historisch fundierten und systematisch entfalteten Konzepts einer zukünftigen Ästhetik vorgetragen wird, in der es aus der kritischen Analyse von Geschichte und Gegenwart zu einer prinzipiell neuen Bestimmung des zukünftigen Verhältnisses von Natur, Mensch, Gesellschaft und Kunst kommen soll, scheint die Schrift über das *Judenthum in der Musik* ohne thematische Verbindung zu diesem Vorhaben. Denn Wagners Vision einer »ästhetischen Weltordnung«[24], die dem Konzept des Gesamtkunstwerks als Telos innewohnt, kommt gänzlich ohne allen Antisemitismus aus, und dies nicht zuletzt deshalb, weil Wagner zu jener Zeit und durchaus in Übereinstimmung mit einer Vielzahl radikaler Gesinnungsgenossen – wie etwa Bruno Bauer und Karl Marx – der Meinung war, die sogenannte ›Judenfrage‹ sei im Kern eine Frage der bürgerlich-kapitalistischen Gesellschaft, die sich nach deren radikaler Revolutionierung von selbst erledigen werde. Und doch gibt es eine Verbindung, die in zwei Themenkonvergenzen dieser Schriften besteht: zum einen darin, daß Wagners Sprachtheorie, die in den ›Zürcher Kunstschriften‹ das Fundament sei-

---

22 Vgl. zum folgenden ausführlicher Udo Bermbach, Das ästhetische Motiv in Wagners Antisemitismus, in: Dieter Borchmeyer/Ami Maayani/Susanne Vill (Hg), Richard Wagner und die Juden, Stuttgart/Weimar 2000, S. 55 ff.

23 Udo Bermbach, Der Wahn des Gesamtkunstwerks, S. 270. (›Ästhetische Identität‹).

24 Richard Wagner, Heldenthum und Christenthum, in: GSD, Bd. 10, S. 284.

ner Ästhetik abgibt, auch im *Judenthum in der Musik* von zentraler Bedeutung ist; zum anderen in der Revolutionsperspektive, die in allen Schriften dieselbe ist.

Zunächst zur Sprachtheorie, die hier freilich nicht ausführlich dargestellt werden kann[25]. Zu erinnern ist daran, daß Wagner aus seiner Kritik der zeitgenössischen italienischen wie französischen Oper die Idee des Musikdramas entwickelt, die später in das umfassende Konzept des Gesamtkunstwerks einmündet. Grundlage seiner Vorstellung vom Musikdrama, dem Kunstwerk der Zukunft, ist eine eigene Sprachtheorie, die so angelegt ist, daß Wagner glaubt, einen doppelten Nachweis führen zu können: zu belegen, daß in der Sprache die Elemente der Musik bereits in nuce enthalten sind und zugleich zu behaupten, daß Sprache und Volk in einem engen Zusammenhang stehen, der hinsichtlich der Bestimmung des Volkes zugleich identitätsstiftend wirkt.

Aus der ersten Annahme ergibt sich eine, wie Wagner es formuliert, »architektonische Ordnung«[26] des Verhältnisses von Sprache und Musik. Dabei wird unterschieden zwischen einer historisch vernutzten Sprache, die nur noch als Instrument einer am Profit orientierten Gesellschaft fungiert, und einer sich auf ihre lyrischen Elemente wieder zurückbesinnenden Sprache, die zum Ausgangspunkt einer neuen Kunstkonzeption werden kann. Wagner sucht nun nach einer durch den modernen Zivilisationsprozeß unbeschädigten Schicht sprachlichen Ausdrucks, nach unverbrauchten ›Urwurzeln‹ der Sprache, aus denen sich eine authentische, nichtentfremdete Semantik wiedergewinnen lassen könnte. Er meint, solche ›Urwurzeln‹ im Volk finden zu können, wo sie sich zwar verdeckt, aber substantiell unversehrt erhalten haben. »Das Volk bewahrt aber« – so schreibt er in *Oper und Drama* – »unter der frostigen Schneedecke seiner Civilisation, in der Unwillkür seines natürlichen Sprachausdruckes die Wurzeln, durch die es selbst mit dem Boden der Natur zusammenhängt«[27].

Weil eine solche Einheit von Volk, Natur und Sprache zumindest virtuell noch immer besteht, können ›Urelemente‹ der Sprache, Vokale und Konsonanten, ein dichtes Beziehungssystem entstehen lassen, in dem das Wort-Ton-Verhältnis bereits enthalten ist. Jeder Vokal ist ein »verdichteter Ton«[28], Vokale selbst sind untereinander verwandt, weisen über sich hinaus, drängen mit den Konsonanten zusammen auf größere Zusammenhänge. In solchem Drang wird deutlich, daß schon der kleinsten Einheit der Sprache, ihrer konstruktiven Urzelle, der Doppelcharakter von Wort und Ton eignet. Schon die sprachliche Urzelle ist immer Tonsprache, aus deren »Fügung und Zusammenstellung das ganze sinnliche Gebäude unserer unendlich verzweigten Wortsprache errichtet ist«[29]. In einem strukturierenden Sprechen, wie es wahre Dichtung charakterisiert, sind Sprache und Musik immer schon verbun-

25   Dazu Udo Bermbach, Der Wahn des Gesamtkunstwerks, S. 193 ff. (›Das Konzept des Musikdramas‹).
26   Richard Wagner, Oper und Drama, in: GSD, Bd. 4, S. 93 (Anmerkung).
27   Ebenda, S. 128.
28   Ebenda, S. 137.
29   Ebenda, S. 93.

den, aus Vokal- und Konsonantenfolge, aus Rhythmus und Akzent ergibt sich gleichsam zwanglos eine quasi-musikalische Binnenstruktur, Verse treten zu größeren Perioden zusammen, sie treiben die »Versmelodie«[30] aus sich heraus, die der Dichter und Komponist dann aufzunehmen hat.

Wagners konstruktivistischer Zugriff auf die Sprache beruht auf dem Prinzip eines »unermeßlichen Ausdehnungs- und Verbindungsvermögens«[31], modern gesprochen: auf der Ausdifferenzierung, Vernetzung und variierenden Kombination sprachlicher Elementarteile. Dieses Prinzip bestimmt sowohl die Konzeption des Musikdramas als auch die des Gesamtkunstwerks, denn beides sind Synthetisierungsleistungen, die sich auf Konstruktionselemente beziehen, die sich ihrerseits wieder auf Sprache zurückführen lassen. Die Expressivität, die dem »sinnlichen Gehalt unserer Sprachwurzeln«[32] von Anfang an eignet, drängt zur Musik, zur gestischen Ausgestaltung, also zur Darstellung, zum Tanz, letztlich dann auch zum Bühnenbild. Mit dieser ›Theorie‹ bürdet Wagner der Sprache alles auf, denn sie ist der Ausgangspunkt und das Fundament seiner theatralen Ästhetik, die »unerläßliche Grundlage eines vollendeten künstlerischen Ausdruckes«[33].

Entscheidend ist nun, daß nach Wagners Überzeugung die Sprache nur dort die von ihr eingeforderte Leistung erbringen kann, wo sie noch Ausdruck eines ungebrochenen und unentfremdeten Gefühlslebens des Volkes ist, wo die moderne Zivilisation mit ihren Rationalisierungen der Lebenswelt[34] noch nicht gegriffen hat. Was Volk aber heißt, bleibt bei Wagner in einem strengen definitorischen Sinne eher vieldeutig[35]. Volk ist zunächst einmal die Bezeichnung für das Authentische, das durch die Zivilisation noch Unbeschädigte, ist der Name für eine verloren gegangene und doch zugleich noch immer virtuell vorhandene ›Einheit des Lebens‹. Wagner schließt hier an romantische Vorstellungen an, aber er erweitert sie zugleich durch eine soziale Komponente. Denn Volk ist ihm auch ein »sozial-politisches Ideal« im »Sinne der unvergleichlichen Produktivität der vorgeschichtlichen Urgemeinschaftlichkeit«, das er sich »als allgemeinschaftliches Wesen der Zukunft wiederhergestellt«[36] denkt. Dieses Volk, zusammengebunden durch eine gemeinsame Tradition, durch gewachsene Normen und von allen geteilte Lebenswelten, verstanden auch als eine »Notgemeinschaft« all derjenigen, »welche Not empfinden, und ihre eigene Not als die gemeinsame Not erkennen oder sie in ihr inbegriffen fühlen«[37], eine Pluralität von Einzelnen, die sich über Sprache immer wieder ihrer

---

30 Ebenda, S. 190 f.
31 Ebenda, S. 149.
32 Ebenda, S. 127.
33 Ebenda, S. 210.
34 Zu diesem Begriff vgl. Richard Grathoff, Milieu und Lebenswelt, Frankfurt/M. 1989 sowie Jürgen Habermas, Theorie des kommunikativen Handelns, Frankfurt/M. 1981, Bd. 2, S. 171 ff.
35 Zum Volksbegriff vgl. Udo Bermbach, Der Wahn des Gesamtkunstwerks, S. 245 ff. (›Ästhetische Identität‹).
36 Richard Wagner, Einleitung zum dritten und vierten Band der GSD, Bd. 3, S. 5.
37 Richard Wagner, Flüchtige Aufzeichnungen einzelner Gedanken, in: DS, Bd. V, S. 247.

Gemeinsamkeit versichern und sie erleben, ist für Wagner der Ort aller politisch-ästhetischen Kreativität, ist die »bedingende Kraft für das Kunstwerk«[38]. In emphatischer Überzeichnung stilisiert Wagner das Volk zum ›Gesamtdichter‹ der kommenden postrevolutionären Kunst, weil es mit der »Notwendigkeit elementaren Waltens den Zusammenhang zerreisen wird, der einzig die Bedingung der Herrschaft der Unnatur ausmacht«[39], anders formuliert: weil es die bestehenden Verhältnisse und die mit ihnen gesetzten Entfremdungen revolutionär verändern und damit die Voraussetzungen für eine neue Kunst schaffen wird.

Wagners kulturalistisch dominierter Volksbegriff ist allerdings nicht homogen etwa im Sinne völkischer Auffassungen, sondern impliziert ein internes Spannungsverhältnis von Individuum und Gemeinschaft, das aber durch die gemeinsame Sprache gleichsam immer wieder konsensuell entschärft wird. Sprache ist für Wagner das entscheidende Kreativitätspotential eines Volkes, sie ist aber zugleich auch immer das Medium eines auf Gemeinschaft hin angelegten Konsenses. In ihr und durch sie gewinnt ein Volk seine Selbstvergewisserung, auch seine übersprachliche Identität, denn alle Kommunikation läuft über Sprache, ist durch sie vermittelt. Politiktheoretisch gesehen impliziert dies einen radikal-demokratischen Gedanken, weil im Akt des Sprechens nur das Argument gilt und jeder Einzelne daher dem anderen als ein sprachlich Gleicher oder doch Gleichgestellter gegenübertritt. Die Emphase, mit der Wagner Sprache und Volk zusammendenkt, um daraus sowohl das Kunstwerk der Zukunft wie auch die gesellschaftlich-genossenschaftliche Selbstorganisation des Volkes der Zukunft hervorgehen zu lassen, macht deutlich, daß dieser Zusammenhang für ihn ein zentrales Theorem war, die konstitutive Voraussetzung für die Überwindung des politischen wie ästhetischen Status quo.

So paradox es klingen mag: die sprachtheoretische Grundlegung eines demokratisch intendierten Volksbegriffs liefert aber zugleich ein entscheidendes Motiv für Wagners antijüdische und antisemitische Einstellung. Denn nicht in der Religion, deren Wahrheitsanspruch schon durch das Christentum desavouiert ist, auch nicht in der Politik, deren praktischer Ruin ihm offensichtlich war, sind die Juden ihm Feinde, sondern primär in Bezug auf die Sprache. Wagner wendet seine Sprachtheorie, die er in *Oper und Drama* erst noch formulieren wird, in ihren Kerngehalten bereits im *Judenthum in der Musik* an. Aus deren Prämissen und Implikationen leitet er den Status der Juden ab, obgleich er sehr genau sieht, daß dieser entscheidend durch politisch-gesellschaftliche Gründe bestimmt wird, die er aber nicht diskutieren will. Weil Juden – so seine Ausgangsthese – kein Volk wie andere Völker sind, weil ihnen eine eigene Sprache fehlt, überdies ein eigenes Territorium und folglich auch ein eigener Staat, bleiben sie zwangsläufig Außenseiter und Fremde. Ausgeschlossen aus der historischen Sprachentwicklung der Nation, in der sie leben, sprechen sie deren Sprache nur als »Ausländer«[40]. Sie haben deshalb auch keinen Anteil

---

38 Richard Wagner, Das Kunstwerk der Zukunft, in: GSD, Bd. 3, S. 47.
39 Ebenda, S. 53 f.
40 Richard Wagner, Das Judenthum in der Musik, in: GSD, Bd. 5, S. 70.

an der historischen Entwicklung der Sprache, in der sich zugleich die »geschichtliche Gemeinsamkeit« eines Volkes ausdrückt, sie können folglich deren Wesen – jene oben skizzierten elementaren Konstruktionselemente – nicht wirklich verstehen.

Die naturgemäß jeder empirischen Überprüfung widersprechende Behauptung, Juden sprächen die Sprache einer Nation immer als eine fremde, hat in Bezug auf das politisch-ästhetische Denken Wagners in dieser Zeit eine doppelte Implikation: sie liegt zum einen gleichsam parallel zu der Aussage in *Oper und Drama*, daß auch in der modernen Sprache der bestehenden Gesellschaft nicht gedichtet werden könne, weil diese Sprache der Moderne eine vernutzte, funktional ausgerichtete, sich bloß an den Verstand und nicht an das Gefühl richtende Sprache sei[41]. In dieser Hinsicht sind Juden und Nichtjuden, sofern sie sich der Sprache bloß funktional bedienen und damit dem allgemeinen Zivilisationstrend und schlechten Kunstgeschmack folgen, gleichgestellt. Doch bezüglich der Regenerationsfähigkeit der Sprache und damit der Möglichkeit, das Kunstwerk der Zukunft zu schaffen, gibt es eine fundamentale Differenz zwischen beiden Gruppen. Juden können nach Wagner, weil sie eben nicht zum Volk gehören, zu den Sprachwurzeln des Volkes nicht zurück, können also auch, sofern sie Juden bleiben, am Entwurf einer zukünftigen Kunst, die nach Wagners Vorstellung alle Politik ersetzen soll, nicht wirklich teilhaben. Alle Reformen, die von Juden bezüglich ihres eigenen Status unternommen werden, sind »fruchtloses Bemühen von Oben herab, welches nach Unten nie in dem Grade Wurzeln fassen kann, daß dem gebildeten Juden, der eben für seinen Kunstbedarf die eigentliche Quelle des Lebens im Volke aufsucht, der Spiegel seiner intelligenten Bemühungen als diese Quelle entgegenspringen könnte«[42].

Um diese Auffassung zu begründen, formuliert Wagner zwei Argumente. Zum ersten behauptet er, daß es auch den größten Genies unmöglich sei, in einer fremden Sprache zu dichten, eine Behauptung, die ein zirkuläres Argument impliziert. Denn wenn Dichter nur sein kann, wer sich der Sprache eines Volkes bedient, dann kann einer, der einem Volk nicht angehört, auch kein Dichter dieses Volkes sein. Hinzu kommt, daß Dichtung nach Wagner in Gefühlsgemeinsamkeiten gründet, aus denen auch Sprache ihre konstitutiven Elemente gewinnt. Wer also aus der Gefühlsgemeinschaft ausgeschlossen ist, etwa durch Geburt, kann folglich auch nicht originär dichten, sondern allenfalls formale Sprachbeherrschung erlernen – das eine folgt aus dem anderen und beides wird einfach als Faktum gesetzt, ist empirisch jedoch nicht zu belegen. Doch Wagner verschärft die darin implizierte Ausschlußthese noch zusätzlich. So wie er die deutsche Sprache gleichsam analytisch dekonstruiert, um sie anschließend rekonstruktiv als Grundlage für sein Konzept des Musikdramas und des Gesamtkunstwerks herrichten zu können, so zerfällt er auch die vermeintliche ›Sprechweise‹ von Juden. Nicht um deren Sprache geht es ihm, denn diese haben die Juden notgedrungen mit der Sprache des Volkes, in dem sie leben,

---

41 Richard Wagner, Oper und Drama, in GSD, Bd. 4, S. 98 ff.
42 Ebenda, S. 77.

gemein – das Hebräische ist ihm eine tote Sprache[43] – , sondern eben um die ›Sprech-weise‹, den expressiven Ausdruck, den Menschen entwickeln, wenn sie eine fremde Sprache lernen. Und dies ist für Wagner entscheidend. Eine Ebenenverschiebung findet hier statt, von der Sprache auf die ›Sprechweise‹, die nicht bedeutungslos ist, weil eben die Sprechweise, wo sie denn korrekt erfolgt, nach Wagners poetologi-scher Theorie jenes strukturierende Sprechen zur Folge hat, aus dem sich, wie er unterstellt, das Wort-Ton-Verhältnis zwanglos ergibt. Stimmt die Sprechweise nicht, kann die Sprache nicht leisten, was Wagner ihr zuschreibt. Und nach Wagners Mei-nung stimmt die jüdische Sprechweise der deutschen Sprache nicht. Das hier for-mulierte Charakteristikum: »ein zischender, schriller, summsender und murksender Lautausdruck«[44] bezieht sich auf jene Vokale, die Wagner in seiner Poetologie zum Ausgangspunkt seiner Sprachtheorie macht. Werden diese Vokale falsch gesprochen, dann ergibt sich keine Verbindung von Wort und Ton, kein strukturiertes Sprechen, aus dem jene »Versmelodie« generiert, die dann über die verschiedenen Zwischen-stufen des »Ausdehnungs- und Verbindungsvermögens« notwendig zur neuen Form des Musikdramas führt. Folglich bricht die gesamte sprachtheoretische Grundle-gung der musikdramatischen Ästhetik zusammen – Sprache erscheint dann nur noch als ein entstellter, entfremdeter Akt einer nicht gelingenden Kommunikation. Auch das zweite Charakteristikum: die »uneigentümliche Verwendung und willkürliche Verdrehung der Worte und der Phrasenkonstruktionen«[45] dient demselben Zweck. Wagner will den Nachweis führen, daß der Sprachgebrauch der Juden das sprachli-che Fundament und damit die Voraussetzungen der Rekonstruktion für eine neue Dichtung vollständig zerstört, so daß auch von diesem Gesichtspunkt her die daran anschließenden kreativen Leistungen nicht mehr erbracht werden können. Aus bei-den Gesichtspunkten folgert er dann, daß sich Gesang als die »in höchster Leiden-schaft erregte Rede«[46] daraus nicht ergeben kann. Das bestimmt schließlich auch die Einordnung von Juden als »Unglückliche, Heimatlose«[47] – für Wagner stehen Juden schon der gegebenen »europäischen Zivilisation und Kunst« fremd gegenüber, und erst recht bleiben sie in der Sprache Fremde und Ausgeschlossene auch in Hinsicht auf die gesellschaftliche und politische Leistung des ›Kunstwerks der Zukunft‹.

Daß dies alles empirisch unhaltbar ist, braucht wohl nicht eigens betont zu wer-den. Aber darum geht es hier auch nicht. Es geht vielmehr darum zu zeigen, daß Wagner seine fundamentalen sprachtheoretischen Annahmen, die er nach der Veröf-fentlichung des *Judenthums in der Musik* erst später in *Oper und Drama* als Grundlage einer umfassenden ästhetischen Konzeption des Gesamtkunstwerks endgültig for-muliert hat, bereits hier zum Maßstab seiner Kritik macht und daß es ihm zu aller-erst um den – wie er selbst formuliert – »ästhetischen Charakter dieser Ergebnisse«[48]

---

43 Ebenda, S. 71.
44 Ebenda.
45 Ebenda.
46 Ebenda, S. 72.
47 Ebenda, S. 71. Hier auch das folgende Zitat.
48 Ebenda, S. 70.

geht. Um es noch einmal zu wiederholen: das ästhetische Motiv von Wagners anti-jüdischer Haltung ergibt sich aus folgenden Argumentationsschritten: Die Kunst der Gegenwart, die Wagner radikal ablehnt, ist verbunden mit einer Sprache, die rein funktional eingesetzt wird. Die Kunst der Zukunft, die des Musikdramas und des Gesamtkunstwerks, muß sich auf eine Sprache gründen, die erst noch wieder-zubeleben, modern gesprochen: zu rekonstruieren ist. Diese Sprache, die dann die Sprache der neuen Dichtung sein wird, findet sich in ihren Urelementen noch beim Volk aufbewahrt, und hier muß die Rekonstruktion ansetzen. Das Volk wird in diesem Kontext durchaus mit sozialen und politischen Konnotationen versehen, was Volk heißt, resultiert auch aus dem radikal-demokratischen Verständnis des deut-schen Vormärz. Indem das Volk sich erneuert, sich auf seine kulturellen Traditionen besinnt, aktiviert es die verschütteten Sprachtraditionen und schafft damit die Vor-aussetzung für eine erneuerte Kunst. An diesem Prozeß können Juden deshalb nicht teilhaben, weil sie nicht zum Volk gehören, damit von der sprachlichen Erneuerung ausgeschlossen sind und folglich auch für die Kunst der Zukunft als Produzenten ausfallen. So weit die Thesen Wagners[49].

Nun ist unschwer zu erkennen, daß diese auf Sprache und Sprachverwendung zielende Argumentation auch gesellschaftstheoretische und politische Implikationen hat, was angesichts der Tatsache, daß Wagners gesamte Ästhetik eine politisch aufge-ladene und von seinen gesellschaftstheoretischen wie politischen Vorstellungen nicht zu trennende Ästhetik ist, nicht weiter zu verwundern braucht. Schon dem Begriff der Sprache wohnt bei Wagner eine soziale Komponente insofern inne, als sie sich in ihrer unterschiedlichen Qualität – ›ursprünglich‹ versus ›zivilisatorisch vernutzt‹ – auf einen je damit korrespondierenden Zustand des Volkes bzw. der Gesellschaft be-zieht. Und erst recht ist der Volksbegriff auch sozial bestimmt. Aus beidem resultiert die negative Haltung zu den Juden. Doch diese negative Position ist damit nicht definitiv und für alle Zeiten festgelegt. Sie wird am Ende der Schrift über *Das Juden-thum in der Musik* in die Thematik der Revolution der bürgerlichen Gesellschaft einbezogen und dadurch auch in ihren Konsequenzen neu und völlig anders be-stimmt.

Die politische Perspektive, die Wagner im Schlußabsatz seines Pamphlets eröff-

---

49 Man muß freilich in diesem Zusammenhang darauf hinweisen, daß die Thematisierung des Zusam-menhangs von Sprache und Juden nicht erst durch Wagner geschah. So hat etwa der französische Frühsozialist Pierre-Joseph Proudhon, durch den Wagner in seinem politischen Denken nachhaltig beeinflußt worden war, aus der These, »das Hebräische besitze keine abstrakten Wörter und sei daher unfähig, metaphysische Ideen auszudrücken«, weitreichende Konsequenzen in Bezug auf die jüdische Religion gezogen und die vermeintliche Unfähigkeit zur Politik und Staatenbildung und den Hang zum Materialismus daraus gefolgert. Vgl. dazu die in der Diskussion leider viel zu wenig beachtete, aber grundlegend wichtige Arbeit von Edmund Silberner, Sozialisten zur Judenfrage. Ein Beitrag zur Geschichte des Sozialismus von Anfang des 19. Jahrhunderts bis 1914, Berlin 1962, S. 60. Vgl. auch das erste Kapitel in Thomas Haury, Antisemitismus von links. Kommunistische Ideologie, Nationalismus und Antizionismus in der früheren DDR, Hamburg 2002, S. 25 ff. Der Begriff des ›Antisemitismus von links‹ findet sich erstmals in meinem Beitrag: Das ästhetische Mo-tiv in Wagners Antisemitismus, S. 71, Anm. 61.

net, ist die einer vollständigen Revolutionierung der bestehenden bürgerlichen Gesellschaft, ein Prozeß, an dem auch die Juden aufgefordert sind, teilzunehmen. Das ergibt sich aus einer genauen Lektüre der letzten Sätze. Da ist nämlich mit Verweis auf Börne, den Wagner als das positive Beispiel eines Juden anführt, der »suchend unter uns«[50], d. h. unter die Nichtjuden – vermutlich: die Deutschen – getreten sei, die Rede davon, daß dieser seine »Erlösung« nicht habe finden können, weil solche Erlösung »nur *mit auch unserer Erlösung zu wahrhaften Menschen*«[51] zu finden sei. Wenn Logik noch etwas gilt, dann heißt das, daß Wagner glaubte, auch die Nichtjuden seiner Zeit, die Deutschen also, bedürften der Erlösung, wobei sich dann allerdings die Frage stellt, was denn ›Erlösung‹ heißt und wovon denn Juden und Nichtjuden gleichermaßen erlöst werden müssen?

Die Antwort auf diese Frage findet sich in Wagners Konzept einer politisch-ästhetischen Revolution, wie es in den ›Zürcher Kunstschriften‹ und im ersten Kapitel dieses Buches umrißhaft verdeutlicht worden ist. Die dort formulierte Vision einer postrevolutionären Gesellschaft, in der die Politik überflüssig geworden ist, wird auch in den Schlußsätzen des *Judenthums in der Musik* direkt beschworen. Wagner fordert hier die Juden seiner Zeit auf, am Werk der revolutionären Umgestaltung der Gesellschaft teilzunehmen und damit ihre bisherige gesellschaftliche Sonderstellung aufzugeben. »Gemeinschaftlich mit uns Mensch werden, heißt für den Juden aber zu allererst so viel als: aufhören, Jude zu sein«[52]. Aber dieses »aufhören, Jude zu sein«, ist nur der erste Schritt. Denn die Forderung, ›Mensch‹ zu werden, impliziert sehr viel mehr, heißt für Wagner – das läßt sich in den ›Zürcher Kunstschriften‹ an vielen Stellen nachlesen – , die modernen Formen der Selbstentfremdung aufzuheben und zur ursprünglichen Einheit von Natur und Leben zurückzukehren, heißt zu verstehen, daß jedes Mitglied der Gattung auf die »freie Selbstbestimmung des Individuums«[53] hin angelegt ist. Das alles kann sich aber erst – wie Wagner fest glaubt – in einer neuen, nachbürgerlichen und nachkapitalistischen Gesellschaft erfüllen. Wobei die Aufgabe, eine solche Gesellschaft herbeizuführen, für Wagner offensichtlich eine ungeheuer anstrengende und langwierige ist. Denn darauf bezieht sich seine Aussage, das Beispiel von Börne lehre, daß diese Aufgabe – er spricht von »Erlösung« – »nicht in Behagen und gleichgültig kalter Bequemlichkeit erreicht werden kann, sondern daß sie, wie uns, Schweiß, Not, Ängste und Fülle des Leidens und Schmerzes kostet«. Wenn Wagner dann fortfährt mit der Aufforderung: »Nehmt rückhaltlos an diesem selbstvernichtenden, blutigen Erlösungswerke teil, dann sind wir einig und ununterschieden«[54], dann ist dies ganz eindeutig und unmißverständlich die Aufforderung an Nichtjuden

---

50 Alle folgenden Zitate ebenda, S. 85.
51 Im Original ist diese Passage gesperrt, also herausgehoben gedruckt!
52 Richard Wagner, Das Judenthum in der Musik, S. 85.
53 Richard Wagner, Oper und Drama, S. 66.
54 In der Wiederveröffentlichung von 1869 lautet die Formulierung: »Nehmt rücksichtslos an diesem, durch Selbstvernichtung wiedergebährenden Erlösungswerke teil, dann sind wir einig und ununterschieden.« Vgl. dazu Udo Bermbach, Das ästhetische Motiv in Wagners Antisemitismus, S. 74.

wie Juden gleichermaßen, diese neue Gesellschaft zu schaffen, gemeinsam durch »Selbst-vernichtung«, d. h. durch radikale Abschaffung des politischen, gesellschaftlichen und ökonomischen Status quo in eine neue soziale Ordnung und Beziehung zu treten, in der beide, Nichtjuden wie Juden, »einig und ununterschieden« sind. In eben diesem Sinne ist auch die im letzten Satz formulierte »Erlösung Ahasvers« zu verstehen: der »Untergang« ist in Wagners Sicht die Aufhebung der gesellschaftlichen Sonderexis-tenz der Juden durch Revolutionierung der Gesellschaft insgesamt. ›Erlösung‹ meint zu dieser Zeit ohne allen Zweifel die politisch-gesellschaftliche Revolution mit ent-sprechenden ästhetischen Folgen, der Begriff enthält noch nicht jene ins subjektive der individuellen Weltauffassung gewendeten Konnotationen eines mentalen Bewußt-seinswandels, wie er sich dann im *Parsifal* feststellen läßt.

Dieser Schlußabsatz der Schrift ist in der Literatur wohl am stärksten umstritten und am häufigsten mißverstanden worden[55], doch im Kontext der ›Zürcher Kunst-schriften‹ und des politik- und gesellschaftstheoretischen Verständnisses Wagners in jenen Jahren ist sein Sinn völlig klar. Juden und Deutsche sollen, so stellt es sich Wagner vor, gemeinsam die revolutionäre Umgestaltung der Gesellschaft betreiben, was dann auch heißt, daß sie beide anschließend als Gleichberechtigte in der postre-volutionären Gesellschaft leben werden. Diese Vorstellung Wagners liegt im wesent-lichen auf der Linie der zeitgenössischen Diskussion[56], fügt sich ein in Lösungsvor-schläge zur ›Judenfrage‹, wie sie auch von anderen, der demokratischen Linken zu-zurechnenden Autoren, gemacht worden sind. Doch die soziale und politische Re-volution ist für Wagner nur die Vorbedingung für die Lösung der großen Fragen der Menschheit, auf die er ja mit seiner Kunst reagieren will. Das Konzept des ›Gesamt-kunstwerks‹ greift weit darüber hinaus. Daß hieran, nachdem die Revolution ge-meinsam erfolgreich vollbracht worden ist, auch die Juden beteiligt sein können, muß folglich dann außer Frage stehen. Das aber heißt auch, daß der Antisemitismus von Wagner für das Konzept des ›Kunstwerks der Zukunft‹ keine strukturelle und damit auch keine substantielle Bedeutung haben kann, daß er die ästhetische Zu-kunftsvision in ihrer formalen wie inhaltlichen Qualität nicht bestimmt, sondern daß dieses Konzept des ›Gesamtkunstwerks‹ die Politik übergreift und in seinen fundamentalen Aspekten vom Antisemitismus als einem Teil der aktuellen Politik unbeeinflußt bleibt.

Für die Juden bedeutet Wagners Position nicht, worauf hier ausdrücklich hinge-wiesen werden soll, daß sie ihre spezifische Identität zugunsten universalistischer Werte aufgeben sollen, wie es der politische Liberalismus im Gefolge der Aufklä-

---

55 So versteht ihn Jacob Katz, Richard Wagner, Vorbote des Antisemitismus, S. 76, im Sinne christlicher Erlösungsvorstellungen und ähnlich auch Jens Malte Fischer, Das Judentum in der Musik, S. 84 ff. Hartmut Zelinsky, Richard Wagner – ein deutsches Thema, S. 20 deutet den Schluß im Sinne eines ›Vernichtungsantisemitismus‹ und auch Paul Lawrence Rose, Richard Wagner und der Antisemitis-mus, S. 135 ff. suggeriert eine metaphorische Bedeutung, die über die angebliche Unmöglichkeit der Juden, sich von ihrem »Judensein« zu befreien, bereits auf ihre physische Vernichtung hinweist. All diese Deutungen gehen an Wagners Intention vorbei.

56 Vgl. dazu Udo Bermbach, Das ästhetische Motiv in Wagners Antisemitismus, S. 69 ff.

rung formuliert hatte; auch nicht die Forderung nach einer Assimilation an eine
von christlichen Werten geprägte Gesellschaft, wie sie von vielen Konservativen im
19. Jahrhundert erhoben wurde; und schließlich nicht die Forderung nach einer
jüdischen Identifikation mit der politisch verstandenen deutschen Nation, wie sie
innerhalb des national-konservativen Lagers verlangt wurde. Wagner formuliert vielmehr eine revolutionäre Perspektive, gewonnen aus radikal-demokratischen und
frühsozialistisch-anarchistischen Überzeugungen, die ein Stück weit auf der Linie
von Marx liegt, diese dann aber doch durch die von Wagner formulierte Ästhetik
und die mit ihr verbundenen ungewöhnlichen Begründungsargumentationen noch
zu überbieten sucht[57].

III

Wenn Wagners Antisemitismus das ästhetische Konzept des ›Gesamtkunstwerks‹, wie
es in den ›Zürcher Kunstschriften‹ entwickelt worden ist, in seinen Grundstruktu-
ren und Grundabsichten nicht berührt und insoweit auch für die den Musikdramen
zugrundeliegende ›Weltanschauung‹ und die darauf gestützte Interpretation keine
wirklich eingreifende Rolle gespielt hat, so ist damit allerdings die immer wieder
gestellte Frage noch nicht beantwortet, inwiefern einzelne Figuren in den Musikdramen antisemitische Züge trügen. Spätestens seit Adornos folgenreichem Verdikt:
»Der Gold raffende, unsichtbar-anonyme, ausbeutende Alberich, der achselzucken-
de, geschwätzige, von Selbstlob und Tücke überfließende Mime, der impotente intellektuelle Kritiker Hanslick-Beckmesser, all die Zurückgewiesenen in Wagners
Werk sind Judenkarikaturen«[58], ist die Debatte um die antisemitische Einfärbung
einzelner Figuren nicht mehr verstummt. Im Gegenteil hat sie während der vergangenen Jahre, gleichsam parallel zur Intensivierung der Aufarbeitung und Diskussion
des Holocaust, ebenfalls an Intensität und emotionaler Heftigkeit zugenommen.
Für diese Debatte gilt allerdings auch, was schon für die über den Wagnerschen
Antisemitismus generell gesagt worden ist: sie wird, soweit sich das voraussehen läßt,
in absehbarer Zeit nicht zu Ende geführt werden. Man muß bezüglich Wagners
Antisemitismus nicht ganz so pessimistisch urteilen wie Scholz, der meint, es könne
»von einem sukzessiven, kontinuierlichen Erkenntniszuwachs, von einer fortschreitenden Klärung anstehender Probleme durchaus nicht die Rede sein, von einem
Konsens ganz zu schweigen«[59], um andererseits doch zu sehen, daß – trotz durchaus
beobachtbarer methodischer und analytischer Verfeinerung in manchen neu erschie-

---

57 Zu den unterschiedlichen ›Integrationsanforderungen‹ an die Juden durch die verschiedenen poli-
    tischen Strömungen und Parteien vgl. Jacob Katz, Vom Vorurteil bis zur Vernichtung, S. 146 ff sowie
    Saul Friedländer, Das Dritte Reich und die Juden, S. 96.
58 Theodor W. Adorno, Versuch über Wagner, in: Gesammelte Schriften, Bd. 13, Die musikalischen
    Monographien, S. 21.
59 Dieter David Scholz, Richard Wagners Antisemitismus, S. 28.

nenen Arbeiten – am Ende doch immer wieder alte Urteile und Vorurteile beschworen und bekräftigt werden.

Vergegenwärtigt man sich die Fülle der einschlägigen Veröffentlichungen, so lassen sich vereinfacht, aber im wesentlichen wohl zutreffend, drei deutlich voneinander abgrenzbare Positionen ausmachen: zum einen wird von jenen Autoren, die dem Antisemitismus Wagners ohnehin eine werkbestimmende Bedeutung zumessen, naturgemäß die These vertreten, auch in den Musikdramen seien viele Figuren entweder als ›Judenkarikaturen‹ gezeichnet oder aber so angelegt, daß sie als Anspielung auf Eigenschaften und Verhaltensweisen verstanden werden mußten, die schon zur Zeit Wagners und darüber hinaus bis weit in die Mitte des zwanzigsten Jahrhunderts, vielleicht sogar bis in die Gegenwart, als typisch jüdisch empfunden wurden. Zum anderen gibt es eine dazu in diametralem Widerspruch stehende These, die ihre feste Überzeugung, die Figuren in Wagners Musikdramen seien von solchen Anspielungen frei, seien weder Juden noch ›Judenkarikaturen‹, darauf stützt, daß von Wagner keine einzige Äußerung bekannt ist, die eine solche Verbindung von Werk und Antisemitismus erlauben würde. Und schließlich läßt sich eine dritte Position ausmachen, die aus einer ikonographischen und rezeptionsästhetischen Perspektive argumentiert und meint, viele Figuren seien von Wagner so gestaltet, daß sie in ihrem Aussehen oder Auftreten, in der Art des Sprechens und Singens, gängigen antisemitischen Klischees entsprächen und deshalb von Teilen des Publikums schon zu Wagners Zeiten wie auch später entsprechend verstanden worden seien. Die erste und diese dritte Position sind gelegentlich nicht scharf voneinander gesondert, sondern gehen ineinander über. Im folgenden sollen weder die ganze Breite dieser Debatte noch die Fülle aller Argumente, die jeweils vorgetragen werden, referiert werden, sondern statt dessen an zwei immer wieder diskutierten Beispielen aus dem *Ring* und den *Meistersingern* einige zentrale Argumente dieser Debatte vorgestellt und geprüft werden.

Zunächst zum *Ring*. Für die neuere Diskussion hat Adorno mit seiner schon zitierten These, Alberich und Mime seien ›Judenkarikaturen‹, das entscheidende Stichwort geliefert, und er hat seine Behauptung mit dem seither geradezu als ›klassisch‹ geltenden Hinweis zu belegen versucht, Wagners Beschreibung der jüdischen Sprache im *Judenthum in der Musik* lasse keinen Zweifel daran, »aus welchen Quellen die Unwesen Mime und Alberich geschöpft sind«[60]. Beleg ist ihm dafür die einschlägige Stelle bei Wagner: »Als durchaus fremdartig und unangenehm fällt unserem Ohre zunächst ein zischender, schrillender, summsender und murksender Lautausdruck der jüdischen Sprechweise auf: eine unserer nationalen Sprache gänzlich uneigenthümliche Verwendung und willkürliche Verdrehung der Worte und der Phrasenkonstruktionen giebt diesem Lautausdrucke vollends den Charakter eines unerträglich verwirrten Geplappers, bei dessen Anhörung unsere Aufmerksamkeit unwillkürlich mehr bei diesem widerlichen *Wie*, als bei dem darin enthaltenen *Was*

---

60 Theodor W. Adorno, Versuch über Wagner, S. 22.

der jüdischen Rede verweilt«[61]. Auf welche Auftritte von Alberich und Mime sich diese Wagnersche ›Charakterisierung‹ jüdischen Sprechens genau beziehen soll, bleibt bei Adorno und manchem, der ihm in seiner Interpretationsintention folgt, allerdings offen. Man kann indessen vermuten, daß vor allem zwei Szenen im *Siegfried* gemeint sind: zum einen der Streit zwischen Alberich und Mime vor Neidhöhle um den Besitz des Hortes, zum anderen der Versuch Mimes, seine Tötungsabsicht gegenüber Siegfried zu verheimlichen, nachdem dieser Fafner erschlagen hat[62]. Diese Vermutung liegt deshalb nahe, weil einerseits der Dialog zwischen Alberich und Mime in einer hohen Stimmlage und in einem gleichsam keifenden, atemlosen Sprechgesang geführt wird – Wagner hatte zuvor schon Mimes Erzählung »Als zullendes Kind/zog ich dich auf« mit der Anweisung versehen, diese mit »kläglich kreischender Stimme« zu singen – , in einem ›Dialog‹, in dem die beiden Protagonisten sich gegenseitig zu übertönen und das Wort abzuschneiden suchen – was dem von Wagner formulierten ›zischenden, schrillen, summsenden und murksenden Lautausdruck‹ entsprechen würde; und weil andererseits der Versuch sprachlicher Täuschung, den Mime gegenüber Siegfried unternimmt und den dieser sofort durchschaut, als Umsetzung von Wagners Verdikt einer ›willkürlichen Verdrehung der Worte‹ verstanden werden kann.

Nun läßt sich allerdings gegen einen solchen Gegenseitigkeitsbezug von Sprechen/Singen zweier Dramenfiguren zu dem zitierten Text aus dem *Judenthum in der Musik* einwenden, dies könne schon deshalb kein stringender Beweis für die Behauptung sein, Alberich und Mime seien tatsächlich jüdische Charaktere, weil es sich hier nur um eine lockere, assoziative Verknüpfung von Ähnlichkeiten handelt, die überzeugen mögen oder auch nicht. Um eine lockere, assoziative Verknüpfung deshalb, weil mit ihr – und darin besteht unter anderem das zentrale Problem eines solchen Beweises – sehr unterschiedliche Textsorten in einen strikten kausalen Bezug zueinander gesetzt werden: im Falle des *Siegfried* handelt es sich um ein Musikdrama, dessen Figuren und Handlung eigenen dramatischen und ästhetischen Regeln folgen, im Falle des *Judenthums in der Musik* um ein politisches Pamphlet, das seinerseits eine eigene literarische Gattung mit spezifischen Gestaltungsprinzipien darstellt. Auch wenn man einräumt, daß es möglich ist, diese beiden so unterschiedlichen Textsorten aufeinander zu beziehen, dann kann das aber doch bestenfalls nur unter dem Gesichtspunkt der Plausibilität geschehen, nicht im Sinne eines definitiven und unwiderlegbaren Beweises, der alle Zweifel an der behaupteten These zerstreut. Hinzu kommt, daß alle die Eigenschaften, die Wagner in seinem Pamphlet als vermeintlich typisch jüdisch beschreibt, im Sinne generalisierter Zuschreibungen gemeint sind und keinesfalls von ihm auf eine seiner Dramenfiguren, auch nicht auf Alberich oder Mime, ausdrücklich und namentlich bezogen werden.

Gleichwohl ist diese ›Plausibilitätsvermutung‹ eines Zusammenhangs von Figuren und politischem Pamphlet für eine Reihe von Interpreten überzeugend genug

---

61 Richard Wagner, Das Judenthum in der Musik, in: GSD, Bd. 5, S. 71.
62 Siegfried, Zweiter Aufzug, zweite Szene (Mime – Alberich); Zweiter Aufzug, dritte Szene. (Mime – Siegfried).

gewesen, um der These zu folgen, Wagner habe auf Alberich wie Mime – gelegentlich werden auch noch Loge, Hunding und Hagen dazu gezählt – seine antisemitischen Vorurteile und Haßtiraden projiziert[63]. Wie Adorno haben auch die seiner Auffassung nachfolgenden Autoren immer wieder Sätze aus Wagners theoretischen Schriften zitiert, um den antijüdischen und antisemitischen Charakter seiner Figuren – vom Holländer als dem Ahasver des Meeres bis zu Klingsor – zu belegen. Alberich und Mime erschienen gelegentlich als ›Börsenjuden‹ und ›Ghettojuden‹ – in Anlehnung an Wagners Satz, »der verhängnisvolle Ring des Nibelungen, als Börsen-Portefeuille, dürfte das schauerliche Bild des gespenstigen Weltbeherrschers zur Vollendung bringen«[64]. Und im Laufe der Zeit ist das Argumentationsarsenal natürlich noch erweitert und verfeinert worden. So hat Weiner die jüdische Konnotation der Figuren damit zu begründen versucht, daß er gängige »antisemitische Stereotypen aus Wagners Zeiten«[65], welche die ›Andersartigkeit‹ der Juden vermeintlich begründeten, an körperlichen Merkmalen wie Stimme, Geruch, Haarwuchs, Gang, Gestik, Sexualität und Physiognomie festzumachen sucht und auf Wagners personae dramatis umstandslos bezieht, diese als jüdische Personifikationen solcher von Nichtjuden angeblich abweichenden Eigenschaften interpretiert. Ganz abgesehen davon, daß schon Adorno mit der psychoanalytischen Unterstellung, in der »Figurine Mimes« sei Wagner, »dem Bild des Zwergen knapp entronnen«[66] und mit Erschrecken seiner selbst innegeworden und habe so seine Unsicherheit darüber, ob er vielleicht jüdischer Abstammung sei, verdrängen wollen, diesem ganzen Komplex noch eine biographische Dimension verlieh, die sich auch in manchen neueren Wagner-Biographien weitervererbt hat.

Gegen all diese Argumente ist immer wieder darauf hingewiesen worden, daß sich weder im Text der Tetralogie noch in Wagners Schriften, auch nicht in Cosimas Tagebucheintragungen Hinweise dafür finden, wonach eine konkrete Gestalt des *Ring* antisemitisch gemeint sei – und dies gilt gleichermaßen auch für die anderen Werke[67]. Eine strikt philologische Beweisführung, die zunächst den Beweis von

---

63 So etwa Robert Gutmann, Richard Wagner. Der Mensch, sein Werk, seine Zeit, München 1970; Barry Millington, Wagner, London 1986; derselbe (Hg), Das Wagner-Kompendium. Sein Leben – seine Musik, München 1996; Paul Lawrence Rose, Richard Wagner und der Antisemitismus; Marc A. Weiner, Antisemitische Fantasien. Die Musikdramen Richard Wagners, Berlin 2000; Gerhard Scheit, Wagners ›Judenkarikaturen‹ – oder: Wie entsorgt man die Enttäuschung über eine gescheiterte Revolution? in: Hanns-Werner Heister (Hg), Musik/Revolution. Festschrift für Georg Knepler zum 90. Geburtstag, Bd. 2, Hamburg 1997, S. 133 ff; Hartmut Zelinsky, Anm. 4 sowie: Verfall, Vernichtung, Weltentrückung. Richard Wagners antisemitische Werk-Idee als Kunstreligion und Zivilisationskritik und ihre Verbreitung bis 1933, in: Saul Friedländer/Jörn Rüsen (Hg), Richard Wagner im Dritten Reich, S. 309 ff.
64 Richard Wagner, Erkenne Dich selbst, in: GSD, Bd. 10, S. 268.
65 Marc A. Weiner, Antisemitische Fantasien, S. 30.
66 Theodor W. Adorno, Versuch über Wagner, S. 23. Vgl. auch Peter Gay, Wagner aus psychoanalytischer Sicht, in: Dieter Borchmeyer/Ami Maayani/Susanne Vill (Hg), Richard Wagner und die Juden, S. 252 f.
67 Am entschiedensten und wiederholt hat Dieter Borchmeyer diese These vertreten. Vgl. derselbe,

explizit antisemitischen Stellen in den Dramentexten zu erbringen hätte und dann die kausal darauf verweisenden und damit verbundenen Belege aus Wagners Schriften und Äußerungen beibringen müßte, ist denn auch nicht geführt worden – wohl, weil sie nicht geführt werden kann. Soweit Figuren als ›Judenkarikaturen‹ interpretiert worden sind, handelt es sich, wie schon betont, um assoziative Zuschreibungen, die vom einen Text auf den anderen vorgenommen werden, oder auch – und dies ist eine weitere Variante – um die Beschreibung der einen Figur durch eine andere, wie dort, wo Siegfried seine Freude bekundet, daß Mime nicht sein Vater ist; denn er müßte sonst

> »Mime gleichen?
> Gerade so garstig,
> griesig und grau,
> klein und krumm,
> höckrig und hinkend,
> mit hängenden Ohren,
> triefigen Augen – «.

Wenn solche ›Figurenrede‹ als Beweis für den antisemitischen Charakter Mimes gewertet wird, dann wird damit die allgemeine Attribuierung der Juden, wie sie im *Judenthum in der Musik* vorkommt und gängigen Stereotypen entspricht, als eine Zuschreibung zur betreffenden Dramenfigur betrachtet, obgleich dies nach den geltenden Regeln der Literaturinterpretation unstatthaft ist, weil die Ansichten von Personen eines Bühnenstücks nicht mit den Ansichten ihres Schöpfers identisch gesetzt werden können[68]. Wie methodisch fahrlässig häufig argumentiert wird, soll noch ein weiteres Beispiel zeigen. Wenn etwa Rose meint, Alberich verkörpere »alle jüdischen Merkmale, die Wagner in seinen Aufsätzen beschreibt«[69], unter anderem auch deshalb, weil er »von Macht- und Geldgier«[70] getrieben sei, so ist dies schlicht falsch: Alberich giert nicht, wie man weiß, nach Geld, sondern nach Gold, weil er, nachdem ihm die Lust durch die Rheintöchter versagt worden ist, »der Welt Erbe«, also Macht, gewinnen will – eine Absicht, die er im übrigen mit Wotan, Mime und Hagen teilt. Gold steht im *Ring* für Macht, von Geld ist dort nirgends die Rede.

In der Stoßrichtung gleich, in der Sache anders argumentiert Scheit, wenn er meint, die Handlung des *Ring* lasse »eine Art strukturellen Antisemitismus erkennen: die Nähe zum Gold ist darin ausschlaggebend für die Rollen und Funktionen von Alberich, Mime und Hagen«[71]. Scheit zufolge können erst Ring und Tarnhelm, »Derivate des Goldes«, die durch Arbeit zustande gekommen sind, dem Nibelungen

---

Wagner und der Antisemitismus, S. 159; derselbe, Richard Wagner, S. 262; vgl. auch Dieter David Scholz, Richard Wagners Antisemitismus, S. 92 ff.

68   Gerhard Scheit, Wagners ›Judenkarikaturen‹, S. 146.
69   Paul Lawrence Rose, Richard Wagner und der Antisemitismus, S. 113.
70   Ebenda.
71   Gerhard Scheit, Wagners ›Judenkarikaturen‹, S. 149 ff.

zu einer Macht verhelfen, die Herrschaft selbst verändert: sie wird undurchschaubar, unsichtbar, ist nicht mehr von Natur aus vorhanden (wie bei Wotan), muß mit List und Tücke errungen werden. Daraus folgt: »Wagner hat Ring und Tarnhelm gebraucht, um den Tauschwert in Szene zu setzen, jenen aus dem Tausch resultierenden Fetisch, der jede Gestalt – jeden Gebrauchswert – anzunehmen vermag, und mit dem in der Hand der einzelne an ganz neuen Formen von Herrschaft und Ausbeutung partizipieren kann«[72] – was wohl heißen soll, daß Wagner mit der Figur Alberichs demonstrieren will, wie durch Unterdrückung und Ausbeutung Arbeit erzwungen wird und aus dem Rohstoff und Tauschwert Gold die instrumentell einsetzbaren ›Waren‹ und Gebrauchswerte Ring und Tarnhelm werden. Wenn diese – etwas verquälte, marxistisch inspirierte – Analyse stimmt, dann bleibt allerdings unklar, weshalb der Nibelung Alberich, der seine eigenen Nibelungen unterdrückt – wohl in Analogie zur damaligen Arbeiterschaft[73] – eine ›Judenkarikatur‹ sein soll? Seit wann, so wäre zu fragen, gehört es zum antisemitischen Stereotypen-Reservoir, daß ein jüdischer Kapitalist im 19. Jahrhundert eine – zu der Zeit nirgendwo existierende – jüdische Arbeiterschaft knechtet und ausbeutet? Die These wäre allenfalls dann plausibel, wenn Alberich wie Mime nicht selbst Nibelungen wären, sondern als Juden nichtjüdische Arbeiter ausbeuten und unterdrücken würden.

Gegen solche verstiegenen Konstruktionen und Interpretationen sei an den einfachen Sachverhalt erinnert, daß in Märchen und Sagen Zwerge zumeist klein und häßlich, mißgestaltet und nicht immer gutmütig sind. Das hat, zumeist schon aus chronologischen Gründen, mit Antisemitismus nichts zu tun. Im altnordischen Mythen- und Sagenmaterial, das Wagner für die Konzeption seines *Ring* heranzog, sind Zwerge »fast immer missgestaltig, dickköpfig, alt, graubärtig, höckrig, von bleicher Gesichtsfarbe, zuweilen enten- oder geissfüssig, unscheinbar gekleidet. ... Sie sind geschickt, klug und listig. Sie machen sich mit einer Kapuze unsichtbar, ... wohnen in hohlen Bergen«[74] und häufen große Schätze an, die sie zu Geschmeiden aller Art verarbeiten. Wagner hat, als er an den Entwurf seines *Ring* ging, für Alberich wie Mime in seinen Quellen eine Fülle von Anregungen gefunden, die er teilweise bis in Einzelheiten hinein übernahm. Daß solche Übernahmen bei jenen Autoren, die den Figuren-Antisemitismus unbedingt belegen wollen, einfach ignoriert werden, soll auch hier ein Beispiel belegen. In der *Prosa-Edda* findet sich eine

---

72 Ebenda, S. 151.
73 Scheit verweist auf einen Brief Wagners an Ernst Benedikt Kietz vom 30. Dezember 1851, in dem er den »blutigsten Haß« auf die Zivilisation beschwört und dann schreibt: »Daß ich je etwas auf die Arbeiter als Arbeiter gab, muß ich jetzt empfindlich büßen; mit ihrem Arbeitergeschrei sind sie die elendsten Sklaven, die jeder in die Tasche stecken kann, der ihnen heute recht viel ›Arbeit‹ verspricht. Werner Otto (Hg), Richard Wagner. Briefe 1830–1883, Berlin-Ost 1986, S. 110.
74 Wolfgang Golther, Handbuch der germanischen Mythologie, Leipzig 1895, S. 135 f. sowie Jacob Grimm, Deutsche Mythologie, Nachdruck der 4. Auflage von 1875/78, Graz 1968, Bd. I, Cap. XVII ›Wichte und Elben‹, S. 363 ff. Vgl. auch Stefan Bodo Würffel, Alberich und Mime. Zwerge, Gecken, Außenseiter, in: Udo Bermbach (Hg), ›Alles ist nach seiner Art‹. Figuren in Richard Wagners Der Ring des Nibelungen, Stuttgart/Weimar 2001, S. 121 ff.

Beschreibung von Zwergen aus der Sicht der Götter; es heißt da: »Danach nahmen die Götter ihre Sitze ein, ordneten ihre Gerichte und erinnerten sich, auf welche Weise die Zwerge im Staub und tiefer in der Erde lebendig geworden waren *wie Maden im Fleisch*. Die Zwerge hatten sich zuerst gebildet und Leben gewonnen *im Fleisch des Ymir* und waren dazumal *wirklich Maden…*«[75]. Wagner hat diese Metapher der ›Maden im Fleisch‹ in seinem ersten Vorentwurf zum *Ring*, in der 1848 geschriebenen Schrift *Der Nibelungen-Mythos. Als Entwurf zu einem Drama* in folgender Zeile aufgenommen und zugleich abgewandelt: »Sie heißen Nibelungen, in unsteter, rastloser Regsamkeit durchwühlen sie (gleich *Würmern im toten Körper*) die Eingeweide der Erde«[76]. Es ist also völlig unzweifelhaft, woher Wagners Wurm-Metapher stammt; um so mehr ist es philologisch inkorrekt und sachlich abwegig zu behaupten, das »Wurm-Motiv« beziehe sich bei Wagner »auf das Judentum«[77], denn für eine solche Behauptung gibt es keinen triftigen schriftlichen Beleg, sie bleibt spekulativ.

Danuser hat gegen solche Deutungen darauf hingewiesen, daß Wagner in Alberich und Mime das »Eigennützig-Böse auf einer niedrigen Intelligenzstufe«[78] verkörpern wollte. Wenn »Wagner als Antisemit die Juden in Wort und Schrift negativ bewertete«, so dürfe daraus nicht geschlossen werden, »negativ gezeichnete Charaktere in seinen Werken wie Mime seien notwendig als Judenkarikaturen aufzufassen«[79]. Denn ein solcher Schluß bedeute, daß allgemeine negative Charakterzeichnungen stets als spezifisch jüdisch-negativ interpretiert würden, ein methodisch unzulässiger Schritt vom Allgemeinen aufs Partikuläre. Nach Danuser verhält sich die Sache gerade umgekehrt: »Die negative Charakterzeichnung, werkspezifisch konkret, gehorcht einer allgemeinen Reaktionsform, nicht den partikularen Ausgrenzungsmechanismen des Wagnerschen Antisemitismus«[80].

Ob solche Argumente, obwohl schlüssig, am Ende überzeugen, darf bezweifelt werden. Denn die These, wonach Wagners Werk voll mit Judenkarikaturen sei, wird immer wieder durch die alten und bekannten Beispiele neu belebt. Sie funktionieren stets nach demselben Muster: dem der assoziativen Zuschreibung, die den konkreten Textnachweis umgeht und überdies oft genug behauptet, dem antisemitischen Cha-

---

75 Felix Niedner (Hg), Die jüngere Edda mit dem sogenannten ersten grammatischen Traktat, übertragen von Gustav Neckel und Felix Niedner, Jena 1929, S. 61. Die Kursivierung von mir.

76 Richard Wagner, Der Nibelungen-Mythus. Als Entwurf zu einem Drama, in: GSB, Bd. VI, S. 139. Die Kursivierung von mir.

77 Hartmut Zelinsky, Die deutsche Losung Siegfried, S. 206.

78 Hermann Danuser, Universalität oder Partikularität, in: Dieter Borchmeyer/Ami Maayani/Susanne Vill (Hg), Richard Wagner und die Juden, S. 86.

79 Ebenda, S. 89.

80 Ebenda, S. 93. Dieter Borchmeyer, Richard Wagner, S. 274, hat zur Bekräftigung dieser These auf eine Tagebuchnotiz hingewiesen, in der es mit Bezug auf die Bayreuther Blätter und an Wolzogen adressiert heißt: »R. sagt ihm, daß wir in unseren Blättern keine Spezialität wie die der Vegetarier vertreten können, sondern nur immer das Ideal festhalten und zeigen und die da draußen die Spezialitäten verfechten (sollten); so könnten wir auch an der Juden-Agitation keinen Anteil nehmen.« Cosima Wagner, TB II, S. 700 (24. Februar 1881).

rakter der Figuren entspreche auch eine antisemitisch komponierte Musik. So etwa – um auch dafür ein besonders krasses Beispiel zu geben – wiederum Rose, der meint: »Die Verspottung Alberichs durch die Rheintöchter ist eine geschickte melodische Verspottung des Judentums, verbirgt sich darin doch eine Parodie auf die Melodik von Meyerbeers Grand opéra«[81]. Eine solche Behauptung hätte man gerne durch eine Analyse der Musik belegt, doch die fehlt. Wohl aus gutem Grund, denn es ist nicht zu sehen, worin denn das ›Jüdische‹ des Rheintöchter-Gesangs bestehen sollte, der sich in seinem musikalischen Charakter nicht vom Gesang der Nornen – um ein zweites ›Kollektiv‹ im *Ring* zu nennen – unterscheidet und »im betörenden Terzett, das alle Wollust der Gesangskunst offenbart«[82] seinen melodischen Höhepunkt findet.

Schließlich sei im Kontext der hier so genannten ›philologischen Kritik‹ am Antisemitismus-Vorwurf noch ein letzter Hinweis erlaubt. Wie schon erläutert, hat Wagner die Juden durch seine Sprachtheorie, in der Sprache und Volk zusammengedacht werden, aus dem Volk ausgeschlossen. Wiederum hat Danuser darauf aufmerksam gemacht, daß eine solche Exklusion im Werk selbst dann hätte leicht realisiert werden können, wenn Wagner den vermeintlichen ›Judenkarikaturen‹ die Alliteration, also den Stabreim, verweigert und sie damit durch eine ›eigene‹ Sprache aus dem »kommunikatorischen Kosmos seiner Kunstwelt«[83] ausgegrenzt hätte. Denn nach der in *Oper und Drama* formulierten Poetologie Wagners, die – wie oben gezeigt – auch schon für das *Judenthum in der Musik* gilt, ist der Stabreim auf das engste mit der Volksdichtung verbunden, ist er die Grundlage eines neuen, sich gegen die Tradition der italienischen wie französischen Oper absetzenden deutschen Musikdramas, die Keimzelle einer Musik, die – so Wagners These – aus dem Volk kommt. Doch eine sprachliche Exklusion ›jüdischer Charaktere‹ findet nicht statt, was alle Interpreten übersehen, die eine Verbindung zwischen dem Sprechgesang Alberichs und Mimes mit den Ausführungen zur jüdischen Sprechweise im *Judenthum in der Musik* herstellen. »Mit seinen exuberanten Stabreimen befindet sich Mime aber inmitten des musikalischen Dramas, dessen Poetik alle Bühnenfiguren im *Ring* durch die Alliterationsdichtung – nach der Theorie von *Oper und Drama* im ›Reinmenschlichen‹ also – zusammenbindet«[84].

Wagners eigene Auffassung der ›rassistischen‹ Einordnung von Alberich und Mime belegt eine Tagebuchnotiz von Cosima: »In der Frühe heute gingen wir die Gestalten des R. des Nibelungen durch vom Gesichtspunkt der Racen aus, die Götter, die weiß, die Zwerge, die Gelben (Mongolen), die Schwarzen die Äthiopier; Loge der métis«[85]. Diese Dreiteilung bzw. Vierteilung der Rassen – sie erinnert an Gobineaus

81 Paul Lawrence Rose, Richard Wagner und der Antisemitismus, S. 113.
82 Hermann Danuser, Massen ohne Macht. Zu den ›Kollektiven‹ im Ring, in: Udo Bermbach (Hg), ›Alles ist nach seiner Art‹. Figuren in Richard Wagners Der Ring des Nibelungen, S. 225 ff, hier bes. S. 232 ff; das Zitat auf S. 235.
83 Hermann Danuser, Universalität oder Partikularität, S. 89.
84 Ebenda.
85 Cosima Wagner, TB, Bd. II, S. 1051. Am 3. Mai 1881 heißt es in den Tagebüchern: »Erster Akt Siegfried, Mime »ein Jüdchen« sagt R., aber vortrefflich, Vogl gleichfalls sehr gut, deutlich und

Schema[86] – ist eine nachträgliche Zuschreibung, von der sich im ursprünglichen Konzept zum _Ring_ nichts findet. Aber selbst hier werden die Juden nicht gesondert erwähnt. Statt dessen werden die Nibelungen, und also auch Alberich und Mime, mit der gelben Rasse, mit den Mongolen, gleichgesetzt, und dieser Vergleich läßt sowohl an die im 19. Jahrhundert retrospektiv beschworenen ›Hunneneinfälle‹ als einer »mythischen Aggressionsgefahr«[87] aus dem Osten denken wie prospektiv an die später von Wilhelm II. beschworene ›gelbe Gefahr‹, die zu Beginn des 20. Jahrhunderts mit der Niederschlagung des sogenannten ›Boxeraufstandes‹ durch ein deutsches Expeditionskorps bekämpft wurde. Hätte Wagner Alberich und Mime als jüdische Charaktere gesehen, so hätte er dies im privaten Kreis, noch dazu im hohen Alter und nachdem er als Künstler alles erreicht hatte, sein Werk also nicht mehr gefährden konnte, zumindest Cosima gegenüber wohl offen ausgesprochen. Doch eine solche Aussage sucht man vergeblich. Statt dessen findet sich folgende Notiz, die abschließend zu diesem Themenkomplex zitiert sei: »Vergleich zwischen Alberich und Klingsor; R. erzählt mir, daß er einst völlig Sympathie mit Alberich gehabt, der die Sehnsucht des Häßlichen nach dem Schönen repräsentiere. In Alberich die Naivität der unchristlichen Welt, in Klingsor das Eigentümliche, welches das Christentum in die Welt gebracht«[88].

Mindestens ebenso intensiv wie über die Frage des antisemitischen Charakters von Alberich und Mime ist über den von Beckmesser in den _Meistersingern_ gestritten worden. Wiederum ist für all jene Autoren, die Wagners Werk antisemitisch durchseucht sehen, unzweifelhaft klar, daß auch die Gestalt Beckmessers Züge eines jüdischen Charakters trägt. Auch hier hat Adorno ein entscheidendes Stichwort geliefert; er sah in Walthers Versuch eines Meisterlieds, das dieser am Ende des ersten Aufzugs singt, eine gegen Beckmesser gerichtete antijüdische Variante des Grimm'schen Märchens vom ›Juden im Dorn‹[89], eines Märchens, in dem ein Knecht einem kleinen Männchen begegnet, diesem aus Mitleid drei Heller schenkt, wofür der ihm drei Wünsche gewährt. Der Knecht wünscht sich ein Vogelrohr, mit dem er alles trifft; eine Geige, die jedermann tanzen läßt und die Erfüllung jeder Bitte, die er einem anderen gegenüber ausspricht. Alle drei Wünsche werden erfüllt. Als der Knecht später einem Juden begegnet, der dem Gesang eines Vogels lauscht und den Vogel gerne besäße, schießt der Knecht den Vogel vom Zweig. Der Vogel fällt tot in eine Hecke, woraufhin der Jude in diese hineinkriecht, um ihn zu holen. In diesem Augenblick beginnt der Knecht die Geige zu streichen, was den Juden zwingt zu

bestimmt«. Das ist allerdings nicht, wie Saul Friedländer, Das Dritte Reich und die Juden, München 1998, S. 103, meint doch ein Beleg für die antisemitische Konnotation des Mime, sondern es bezieht sich auf Proben zum Ring des Nibelungen, in denen Julius Liebchen den Mime sang.
86 Joseph Arthur Graf Gobineau, Essai sur l'inégalité des races humaines, Paris 1853/55, deutsch: Versuch über die Ungleichheit der Menschenracen, hg. von Ludwig Schemann, 4 Bde, Stuttgart 1897/1901. Wagner lernte Gobineau erst 1881, zwei Jahre vor seinem Tod, kennen.
87 Hermann Danuser, Universalität oder Partikularität, S. 92.
88 Cosima Wagner, TB, Bd. II, S. 52 (2. März 1878).
89 Theodor W. Adorno, Versuch über Wagner, S. 20.

tanzen. Erst als er dem Knecht seinen Geldbeutel überläßt, hört dieser mit dem Geigen auf. Später geht der Jude zum Richter, beschwert sich über den Knecht und dieser wird wegen Straßenraubs zum Galgen verurteilt. Als er aufgehängt werden soll, bittet der Knecht um eine letzte Gnade: er will noch einmal geigen. Das wird gewährt, das Geigen beginnt und alle, die anwesend sind, müssen tanzen. Der unter den Zuschauern anwesende Jude ist durch diesen zweiten Tanz so erschöpft, daß er bekennt, den Geldbeutel, den er dem Knecht geschenkt hatte, selbst gestohlen zu haben. Daraufhin wird er an Stelle des Knechtes erhängt.

Wie Adorno hat auch Millington[90] vor allem mit dem Hinweis auf dieses Märchen und unter zusätzlichem Bezug auf die schon oben zitierten einschlägigen Stellen im *Judenthum in der Musik* die These für »unanfechtbar« erklärt, Beckmesser sei eine »Parodie« des mauschelnden Juden. Millington sieht »die Parallelen zu ›Der Jude im Dorn‹, die archetypische und antisemitische Volkserzählung der Gebrüder Grimm«, als offensichtlich an. Er faßt sein Argument folgendermaßen zusammen: »Gegen Ende des ersten Aufzugs, als man Beckmessers kratzendes Schreiben mit der Kreide aus seinem Kasten hört, das Walthers Preislied unterbricht, singt Walther verärgert vom neidischen Winter, der sich in einer Dornenhecke versteckt. Wagner beschreibt den Winter sogar als ›Grimm-bewehrt‹, ein kompliziertes Wortspiel, das sowohl mit ›mit Grimm bewehrt‹ als auch (durch die Brüder Grimm) ›Grimm bewährt‹ bedeutet; ... Beckmesser wird somit unmißverständlich mit dem griesgrämigen Juden in der Geschichte gleichgesetzt; außerdem kehrt Walther zu seiner Idee der Dornenhecke zurück, nachdem Beckmesser seine Tafel mit Kreidestrichen vollgeschrieben hat. Im Grimm'schen Märchen stürzt ein Vogel in einen Dornenbusch; in Walthers Lied steigt er auf, als Bild der Freiheit. Es gibt auch eine Parallele in der Inszenierung. Der Knecht im Märchen steht auf den Stufen des Galgens und blickt auf den Richter, den Juden und die Zuschauer hinab, die wild tanzen, während er auf seiner Fiedel spielt. Walther, der auf den Singstuhl gestiegen ist, blickt auf den Aufruhr unter den Meistern hinab, als er sein Lied singt«[91]. Soweit die Argumentation, die Millington für seine These vorträgt.

Dagegen hat nun Borchmeyer ausführlich und mit detaillierten Überlegungen eine Reihe von philologischen Einwänden vorgetragen[92]. Das beginnt mit dem Vorbehalt, Wagner habe dieses Märchen der Gebrüder Grimm vermutlich nicht gekannt, weil es zu seiner Zeit relativ unbekannt und nur in wenigen Auswahlausgaben vertreten gewesen sei − eine Feststellung, die allerdings nicht unbestreitbar ist[93]. Daß die behaupteten Parallelen zwischen Meisterlied und Märchen nicht zu-

---

90 Barry Millington, Nuremberg Trial: Is there Anti-semitism in Die Meisteringer?, in: Cambridge Opera Journal III, 1991, S. 247 ff; ebenso derselbe (Hg), Das Wagner-Kompendium. Richard Wagner − sein Leben, seine Musik, München 1996, S. 330; hier auch das Zitat.
91 Ebenda, S. 330.
92 Dieter Borchmeyer, Richard Wagner, S. 265. Die Argumente Borchmeyers werden im folgenden nur kursorisch und nicht vollständig zusammengefaßt.
93 Das Märchen findet sich in der ersten Auflage der Kinder- und Hausmärchen von 1815, Bd. 2, Nr. 24, ebenso in der zweiten Auflage von 1819 und wird dann in der dritten Auflage von 1837 durch

treffen können, weil die Motive »nur Gegensätze zwischen beiden Texten (offenbaren), die in keinem Moment des jeweiligen Geschehens inhaltlich oder gehaltlich konvergieren«[94], ist ein weiterer zentraler Einwand. Zwar beziehe sich Walther anfangs, so Borchmeyer, mit der Dornenhecke allegorisch auf das Gemerk von Beckmesser, mit dem »dürren Laub« auf dessen lebensfremden Pedantismus und den Versuch, seinem »frohen Singen« zu schaden, doch dann folge eine Ausweitung der Bilder: »Beckmesser, nun im Bild der Eule vorgestellt, erregt das Gezänk der Meister, die mit einem Heer krächzender Nachtvögel verglichen werden, die aus der Dornenhecke als der Allegorie unerschöpflich-unlebendiger Kunstübung ihren Mißgesang ertönen lassen«[95]. Gegen diese Vögel steigt »mit goldnem Flügelpaar ein Vogel wunderbar« in die Luft, Symbol der wahren, spontanen und freiheitsverbürgenden Kunst. Ein genauer Vergleich von Märchen und Preislied ergebe folglich eine Differenz in den einzelnen Handlungsteilen wie einen je unterschiedlichen Bedeutungszusammenhang, so daß eine solche Parallelisierung als »philologisch kaum zulässig« gelten und eine antisemitische Konnotation von Beckmesser an dieser Stelle nicht bewiesen werden könne.

Ebenso intensiv hat Vaget sich mit dem Stellenwert dieses Märchens für die *Meistersinger* auseinandergesetzt[96]. Er hat zunächst auf zwei Momente hingewiesen, die im Märchen eine wichtige Rolle spielen: »die Musik als Medium der Judenfeindschaft«[97] sowie das antisemitische Klischee der Habgier. Vor allem die Rolle der Musik als ein »unfehlbares Mittel der Ausgrenzung des Juden aus der anständigen Gesellschaft«[98] stehe im Zentrum des Märchens, denn der Jude erscheine als Musikfeind, er fürchte sich vor der Fiedel, nicht ohne Grund, weil diese eingesetzt wird, um ihn zu quälen und ihn später, auf dem Richtplatz, zum Geständnis zu zwingen. Vaget schließt deshalb nicht aus, daß dieser musikalische Aspekt des Märchens Wagner interessiert haben könnte, zumal er, im Unterschied zu Borchmeyer, von einer weiten Verbreitung des Märchens wie von dessen unbezweifelbarer antisemitischen Intention ausgeht. Und er meint, daß dieses Musik-Motiv des Märchens belege, was die neuere Forschung zunehmend vertrete: daß die Grimm'schen Märchensammlungen einem pädagogischen Ziel verpflichtet waren, »eine im ältesten ›Volksgeist‹ gründende, deutsche Kultur (zu) erwecken und aufbauen zu helfen«[99], worin sie

---

Wilhelm Grimm stark bearbeitet und antisemitisch zugespitzt. Daß Wagner dieses Märchen kannte, ist zwar nicht belegt, aber angesichts der Tatsache, daß er in den dreißiger Jahren Märchen, Sagen, Mythen und Volksliteratur intensiv zu lesen begann, auch nicht auszuschließen, sogar eher anzunehmen. Zu dem Märchen vgl. auch ausführlich Leander Petzold, Der ewige Verlierer. Das Bild des Juden in der deutschen Volksliteratur, in: Heinrich Pleticha (Hg), Das Bild des Juden in der Volks- und Jugendliteratur vom 18. Jahrhundert bis 1945, Würzburg 1985, S. 29 f.

94 Dieter Borchmeyer, Richard Wagner, S. 269.
95 Ebenda, S. 268.
96 Hans Rudolf Vaget, Der Jude im Dorn oder: Wie antisemitisch sind Die Meistersinger von Nürnberg?, in: Deutsche Vierteljahrsschrift für Literaturwissenschaft und Geistesgeschichte, 1995, S. 271 ff.
97 Ebenda, S. 278.
98 Ebenda, S. 279 f.
99 Ebenda, S. 284.

sich mit Wagners ästhetischem Reformprogramm berühren. In einem genauen Vergleich der Motive von Walthers Lied mit den Märchenmotiven ergibt sich für Vaget die Gewißheit, daß Wagner hier auf das Märchen anspielt[100]. So wird Beckmesser – ohne daß die Bühnenhandlung der *Meistersinger* dies explizit macht – indirekt zu einem Juden im Dorn, der den Gesang des Vogels, hier: Walthers, nicht ertragen kann.»Wagners Text aktiviert also nicht die bekannte, von Adorno gemeinte Märchensituation: der tanzende Jude in der Dornenhecke; vielmehr bezieht sich die Anspielung auf die weniger bekannte, aber der Argumentation in *Das Judenthum in der Musik* näher stehende Situation des neben dem Dornbusch stehenden, musikfeindlichen Juden, der die natürliche Schönheit des Vogelgesangs nicht ertragen kann«[101]. Von dieser Anspielung auf das Märchen abgesehen, gibt es für Vaget keine Belege für die These, Beckmesser sei eine jüdische Figur. Doch lasse die Assoziation – so Vaget – von Text und Märchen ein intertextuelles Spiel zwischen Wagner und seinem Publikum zu, sofern dieses den Hinweis auf das Märchen versteht. Die Existenz »dieses einen potentiell antisemitischen Elements im Text der *Meistersinger*«[102] versteht Vaget allerdings lediglich als eine »Rezeptionsvorgabe«[103], die das Publikum annehmen kann oder auch nicht, die aber keineswegs ein das ganze Werk durchdringender und die Figur des Beckmesser bestimmender Subtext ist.

Mit diesen Überlegungen ist allerdings noch nicht ein anderes, immer wieder vorgebrachtes Argument widerlegt, wonach Beckmessers Werbe-Ständchen auf der Festspielwiese mit seiner Unsinnspoesie eben jene ›jüdische Sprechweise‹ reflektiert, von der Wagner im *Judenthum in der Musik* redet. Die Einwände von Borchmeyer als des engagiertesten Gegners dieser These sind folgende: Beckmesser müßte, wenn er eine ›Judenkarikatur‹ wäre, im ganzen Stück in Wort- und Syntaxverdrehungen sprechen; doch dies tut er gerade nicht, sondern er spricht wie alle anderen Meister auch. Als Stadtschreiber bekleidet er zudem ein hohes städtischer Amt, was für einen Juden im mittelalterlichen Nürnberg historisch unmöglich gewesen wäre, als Merker ist er überdies von den Meistern für eine wichtige Aufgabe gewählt worden. Er ist unter den Meistern der ›Doktrinär‹, der darauf zu achten hat, daß die Tradition des Meistergesangs, daß alles »was deutsch und ächt« ist – wie Sachs am Ende singt – strikt bewahrt wird gegenüber »wälschem Dunst mit wälschem Tand« – eine Aufgabe, die sich mit der von Wagner beschriebenen Stellung der Juden in der deutschen Kultur nicht vereinbaren läßt. Beckmesser ist ein Gelehrter, kein Handwerker, wie die übrigen, aber doch kein Außenseiter, sondern der alle Kunst und Kunstproduktion kontrollierende Kopf. Dies alles spricht – so Borchmeyer – gegen die These, Wagner habe in ihm einen jüdischen Charakter porträtieren wollen.

---

100 Vaget stimmt Millington in dessen Annahme zu, daß ›grimmbewehrt‹ eine Anspielung auf das Märchen ist, meint aber, dieser schieße mit dem Wortspiel ›Grimm-bewährt‹ über das Ziel hinaus. Ebenda, S. 293, Anm. 79.
101 Ebenda, S. 295.
102 Ebenda, S. 297.
103 Ebenda, S. 298.

Nun haben Millington und andere Autoren gemeint, Beckmessers Werbelied sei dem jüdischen Kantonalgesang nachempfunden und deshalb »antisemitisch konno-tierte Musik«[104]. Abgesehen davon, daß es unklar ist, ob Wagner je in einer Synagoge war und dort den Gesang eines jüdischen Kantors gehört hat – es gibt dafür keinen Hinweis und keinen Beleg –, ist auch diese Vermutung aus musikalischen Gründen nicht überzeugend, denn nirgends in den *Meistersingern* wird suggeriert, »daß Beck-messers Mühe mit dem Einklang von sprachlichem und musikalischem Akzent als Zeichen eines ›artfremden‹ Makels aufzufassen sei«[105]. Danuser hat überdies darauf hingewiesen, daß »der Referenzpunkt für die Beckmessersche Unkunst ... die ne-gierte musikalische Poesie, in Wagners Verständnis eine von der dichterisch-musika-lischen Inspirationsquelle losgelöste ›absolute‹ Musik«[106] sei. Beckmessers zunächst nur von der Laute mit simplen, aber syntaktisch zusammenhanglosen Akkorden begleitetes, dann vom Orchester gestütztes Lied mit seinen text-unsinnigen Kolora-turen sei »eine stümperhaft-isolierte Vokalmelodie von unvokalem Duktus, kurzat-mig, mechanisch zusammengesetzt aus Elementen, die alle auf einer Fermate zu baldigem Stillstand kommen«[107], sie habe keine Ähnlichkeit mit dem jüdischen Sa-kralgesang. Vielmehr werde hier geraubte Kunst vorgeführt, in deren falscher Text-betonung, in deren Widersinn von Text und Musik und in deren Koloraturen Wag-ner die »Gleichgültigkeit gegen sinngerechte Deklamation in der herkömmlichen Oper«[108] treffen und bloßstellen wollte.

Die Idee, Beckmesser als eine Judenkarikatur zu verstehen, ist wohl nicht zuletzt auch deshalb entstanden, weil Wagner in seinem Prosaentwurf zu den *Meistersingern* von 1861 den Merker ›Veit Hanslich‹ nennt, was als leicht zu dechiffrierender Name für seinen Hauptkritiker Eduard Hanslick verstanden wurde, den Wagner offenbar für einen Juden hielt. Doch läßt sich gegen diesen Verdacht zweierlei vorbringen: zum einen stand die Figur des Merkers in ihren Grundzügen bereits im Marienba-der Entwurf von 1845 fest, wenngleich noch ohne Namen; zum anderen ersetzte Wagner Veit Hanslich durch Sixtus Beckmesser, nachdem er sich 1862, nach der Lesung seines Textes in Wien, mit Hanslick überworfen hatte[109]. Hanslick selbst hat zu dieser vermeintlichen Identifikation bemerkt: »Die Wagnerianer haben mir den Beinamen ›Beckmesser‹ aufgebracht und damit bewiesen, daß sie ihren Meister und ihre verständlichste Figur nicht verstehen. Der Stadtschreiber Beckmesser in den *Meistersingern* ist der Typus eines an lauter Kleinlichkeiten und Nebensachen hän-genden Pedanten, ein Philister ohne Schönheitssinn und geistigen Horizont, ein

104 Barry Millington, Nuremberg-Trial: Is there Anti-semitism in ›Die Meistersinger von Nürnberg‹, S. 251 ff.
105 Hans Rudolf Vaget, Der Jude im Dorn, S. 290.
106 Hermann Danuser, Universalität oder Partikularität?, S. 94.
107 Ebenda, S. 97.
108 Egon Voss, Die Meistersinger von Nürnberg als Oper des deutschen Bürgertums, in: derselbe, Wagner und kein Ende, Betrachtungen und Studien, Zürich/Mainz 1996, S. 138.
109 Dieter David Scholz, Richard Wagners Antisemitismus, S. 96; Dieter Borchmeyer, Richard Wag-ner, S. 270 f.

bornierter Silbenstecher, der jede falsche Betonung, jede von der ›Regel‹ abwei-
chende Note als ein Verbrechen an der Kunst ankreidet und mit der Addition dieser
einzelnen Fehler den Sänger vernichtet zu haben glaubte«[110]. Zu dieser Sicht der
Figur stimmt, daß Wagner in der *Mittheilung an meine Freunde* 1851 von »drolligem,
tabulatur-poetischen Pedantismus« schreibt, dem er »in der Figur des ›Merkers‹ einen ganz persönlichen Ausdruck gab«[111], eine Charakterisierung, die eine spätere
private Äußerung noch einmal bestätigt: »In dieser Form, mit einem Volksdichter
wie Hans Sachs, einem enthusiastischen Jüngling, der, ohne Meister zu sein, doch
dichterisch empfindet, mit der ehrwürdigen Pedanterei, dacht ich mir den Deutschen in seinem wahren Wesen, in seinem besten Licht«[112]. Soll heißen, daß die
Deutschen neben ihrer Begabung zur Kunst auch einen pedantischen Charakter
haben, der in der Figur des Beckmesser satirisch karikiert wird, was ihnen beides,
wie die Fortsetzung der Notiz festhält, einen Mangel an Eleganz verursacht.

Das Stichwort von der Pedanterie nimmt auch Borchmeyer als zentrale Inter-
pretationsvokabel auf und meint, Beckmesser lasse sich, in Erinnerung an Wagners
ursprünglichen Vorsatz, mit den *Meistersingern* eine Komödie schreiben zu wollen,
aus der europäischen Tradition der Komödie verstehen, als Figur des alternden Lieb-
habers, der in komische Situationen gerät und dem es bei seiner Werbung um die
geliebte Frau die Sprache verschlägt, der zu stottern beginnt und in seiner verwir-
renden Erregung Unsinn redet. In Anknüpfung an Nürnberger Fastnachtsspiele
lasse sich so auch die Prügelszene verstehen, als eine Rauferei, die zum festen Bestandteil solcher Bräuche gehörte, wie sie auch die spanischen Mantel- und Degen-
Komödien kennen, auf die Wagners Handlungsmotive zurückwiesen[113]. Also sei die
Rolle Beckermessers ganz aus dem dramatischen Ablauf des Stückes heraus zu erklären und bedürfe deshalb auch keiner Zusatzannahmen.

Folgt man der Forderung, es sei »grundsätzlich an dem Primat der textimmanen-
ten Beweisführung festzuhalten«[114], so zeigen die hier exemplarisch ausgewählten
beiden Beispiele – Alberich/Mime und Beckmesser –, daß die philologische Kritik
weithin überzeugend den Vorwurf widerlegen kann, Wagners Figuren seien in einem direkten und gewollten Sinne ›Judenkarikaturen‹. Und sie kann zusätzlich darauf verweisen, daß Wagner selbst in keiner seiner bekannten und überlieferten Äußerungen eine seiner Dramenfiguren als ›Judenkarikaturen‹ bezeichnet hat. Dieser
Befund gilt erstaunlicherweise für nahezu alle Interpretationen auch anderer Werke
Wagners, die in den ansonsten durch und durch antisemitisch gestimmten *Bayreuther Blättern* publiziert wurden – sieht man von einigen wenigen Ausnahmen ab[115].

110　Eduard Hanslick, Aus meinem Leben, mit einem Nachwort hg. von Peter Wapnewski, Kassel/
　　　Basel 1987, S. 357.
111　Richard Wagner, Eine Mittheilung an meine Freunde, in: GSD, Bd. 4, S. 284 f.
112　Cosima Wagner, TB, Bd. I, S. 654 f. (16. März 1873).
113　Dieter Borchmeyer, Richard Wagner, S. 258.
114　Hans Rudolf Vaget, Der Jude im Dorn, S. 291.
115　Vgl. dazu Udo Bermbach, ›Des Sehens selige Lust‹. Einige Stationen der Ring-Deutungen seit
　　　1876, in: derselbe (Hg), ›Alles ist nach seiner Art‹, S. 1 ff, bes. S. 9 f.

Doch ist von Autoren, für die sich Wagners Antisemitismus in seinem Werk reflektiert, ein weiteres Argumente vorgebracht worden, das von der Feststellung, es gebe im Werk keine ›Judenkarikaturen‹, nicht unbedingt widerlegt wird. Es ist die These, daß Wagner es nicht nötig gehabt habe, seine Figuren direkt als Juden auf die Bühne zu stellen, weil es ausreichte, sie durch die Zuschreibungen jüdischer Eigenarten im Subtext kulturell so zu codieren, daß das Publikum wie die Interpreten ihre eigenen antisemitischen Vorurteile in den Akteuren verlebendigt und widergespiegelt sahen und sie folglich auch als Judenkarikaturen empfinden konnten. So meint selbst Rose, der Verfechter der extremen und unhaltbaren These, wonach Wagners Werke hauptsächlich als Transportmedien des Antisemitismus gedient hätten, mit Bezug auf den *Ring*, Wagner habe »keine seiner Figuren als explizit jüdisch ausgewiesen«[116] und räumt ein, daß es in den Opern keine Juden gibt – eine Feststellung, die er in der konkreten Analyse der Figuren allerdings sogleich wieder vergißt. Er begründet seine Auffassung mit der Überlegung, es habe zur Strategie des Künstlers und Rassisten Wagner gehört, »die Opern als traumhafte Erfahrungen für sein Publikum zu konzipieren«[117], um diesem so die auf einer unterschwelligen Ebene eingeschriebenen antijüdischen Vorurteile um so besser suggerieren zu können. Ähnlich meint auch Fischer, die jüdischen Eigenschaften vieler Wagner-Figuren seien den damaligen Zuhörern völlig klar gewesen, ohne daß Wagner den Antisemitismus zur zentralen Werkidee hätte machen müssen, was er schon deshalb vermieden habe, weil dann der Erfolg seiner Musikdramen »auf einen kleinen Sektiererkreis« eingeschränkt worden wäre[118]. Diese Überlegungen finden sich in der Wagner-Literatur immer wieder in der einen oder anderen Variante.

Am ausführlichsten hat bisher Weiner den Versuch unternommen zu zeigen, daß Wagners Dramentexte und seine Musik »ein ganzes Spektrum körperlicher Ikonographien evozieren, welche zu Wagners Zeit mit Juden und anderen Gruppen verbunden waren, die als anders- und fremdartig galten«[119]. Weiner geht davon aus, daß »Werke nicht nur bedeuten, was sie offen zum Ausdruck bringen, sondern auch das, was sie für zeitgenössisches Publikum implizieren« und daß sie deshalb in ein »kulturell schlüssiges Assoziationsspektrum, einen sogenannten ›Erwartungshorizont‹« eingeordnet werden müßten, um in ihren Inhalten vollständig erschlossen werden zu können[120]. Mit Hilfe eines solchen weit gespannten Interpretationsrahmens will er dann zeigen, daß Teile des Publikums – nicht notwendigerweise alle – die Charakterisierungen mancher Personen, auch die von Alberich /Mime und Beckmesser, als jüdisch empfanden, weil deren Personenzeichnung in ihrer Stereotypisierung

---

116   Paul Lawrence Rose, Richard Wagner und der Antisemitismus, S. 111 f.
117   Ebenda, S. 112.
118   Jens Malte Fischer, Richard Wagners ›Das Judentum in der Musik‹, S. 15 f; derselbe, Wagner-Interpretation im Dritten Reich. Musik und Szene zwischen Politisierung und Kunstanspruch, in: Saul Friedländer/Jörn Rüsen (Hg), Richard Wagner im Dritten Reich, S. 148.
119   Marc A. Weiner, Antisemitische Fantasien, S. 47.
120   Ebenda, S. 42 f.

bestehende gesellschaftliche Vorurteile bedienten. Bei seiner Untersuchung geht es Weiner, wie er betont, nicht um ein positivistisches Beweisverfahren, also weder um eine immanent-philologische Textanalyse noch um den Nachweis, daß die bei Wagner nach seiner Meinung vorhandenen antisemitischen Stereotypen als solche vom zeitgenössischen Publikum insgesamt wahrgenommen worden sind. Sondern er zielt darauf ab, die Konvergenz zwischen personaler Bühnenzeichnung und bestehenden Vorurteilsstrukturen, anders formuliert: die Identifizierung antisemitischer Stereotypen in Wagners Figuren bei einer Vielzahl der Rezipienten als möglich, ja als wahrscheinlich zu plausibilisieren. Das sucht er an fünf ikonographischen Merkmalen nachzuweisen: zunächst am ›Auge‹ als jenem »Organ, das sicherstellt, daß die für Ähnlichkeit oder Andersartigkeit stehenden Körpermerkmale garantiert erkannt wurden«, das also auch jenen »Ort des Körpers« bezeichnet, »an dem Wagners ästhetische und gesellschaftliche Anliegen ineinander übergehen«[121]. Sodann wendet er sich den ›Stimmen‹ zu, aus denen sich seiner Meinung nach die »nationale und rassische Identität« heraushören läßt, weil bei Wagner – so Weiner – »die Stimme des Nichtdeutschen – im metaphorischen wie auch im physiologischen Sinne – *höher* als die des Deutschen«[122] liegt. Das dritte Merkmal sind ›Gerüche‹, die angeblich in nahezu allen Wagnerschen Werken »als bedeutsamer körperlicher Subtext«[123] fungieren, häufig im Sinne einer erotischen Verführung, die aber auch, wenn sie angenehm und betörend sind, den Deutschen zugeschrieben werden – wie etwa der Flieder dem Hans Sachs –, wenn sie unangenehm sind jenen Figuren, mit denen antisemitische Assoziationen verbunden werden. Als viertes Merkmal nennt er ›Füße‹, denn der Fuß des Tänzers ist ein »körperliches Zeichen für die Einheit des Gesamtkunstwerks«, eine »Metapher für die Ursprünge der Kunst in einem natürlichen Prozeß, der im Körper derer gründet, die ihn erleben und ausleben«[124]. Folglich wird der »gesunde Fuß«[125] zum Zeichen für die Deutschen, während die jüdisch konnotierten Figuren – wie Alberich/Mime und Beckmesser, dieser erst nach der Prügelei – lahmen und hinken, was zugleich an den Teufel erinnert, der die Eigenschaften des verkrüppelten Fusses und des (Schwefel-)Gestanks mit den Juden mindestens seit dem Mittelalter teilt[126]. Letztes ikonographisches Merkmal in diesem Katalog sind dann Zeichen der Degeneration in verschiedenen Körperbildern, etwa dem störrisch, kalten und stockenden Blut Hagens, seinem erschöpften, fahlen und bleichen Aussehen, den von »Habgier und aggressiver Sexualität getriebenen Wesen«[127] Alberich, Beckmesser und Klingsor.

---

121 Ebenda, S. 61.
122 Ebenda, S. 135.
123 Ebenda, S. 233.
124 Ebenda, S. 301.
125 Ebenda, S. 341.
126 Ebenda, S. 309 ff.
127 Ebenda, S. 364. Auf die im einzelnen von Weiner gezogenen Konsequenzen aus seiner Analyse, auf seine Thesen, Urteile und Wertungen kann hier aus Platzgründen nicht eingegangen werden, denn das wäre eine eigene Abhandlung.

Weiner beruft sich in seiner Argumentation darauf, daß den Juden seit dem Mittelalter in Europa bestimmte negative Eigenschaften zugeschrieben wurden, die hier im Subtext der Wagnerschen Musikdramen auftauchen und die Figuren als jüdisch gezeichnet ausweisen. Dieser generelle Rekurs auf tief eingeprägte antijüdische und antisemitische Vorurteile sowohl im allgemeinen Bewußtsein der Bevölkerung wie auch in Literatur und Kunst hat einen hohen Grad von Plausibilität. Denn in der Tat zeigt ein Blick in die einschlägige Literatur, daß nicht nur bestimmte Taten, Verhaltensweisen und Charaktereigenschaften den Juden seit dem Mittelalter zugeschrieben wurden, wie die Ermordung Christi, Ritualmorde an christlichen Kindern, das Schachern und der Geldwucher, das Brunnenvergiften, der Verrat an der Gesellschaft, die sexuelle Verführung von Nichtjuden und anderes mehr[128], sondern daß auch, und spätestens im 19. Jahrhundert in ganz Europa verbreitet, bestimmte körperliche Merkmale als typisch jüdisch verstanden wurden. »Ein deutscher Jude in der Literatur des 19. Jahrhunderts ist meist häßlich, kleinwüchsig, oft bucklig, fast immer plattfüßig« – heißt es in einer literaturwissenschaftlichen Untersuchung, und: »er verfügt über rote oder schwarze Locken und auf jeden Fall über ein Paar stechende dunkle Augen sowie eine gebogene, fleischige Nase. Charakterlich zeichnet er sich durch Raffgier und Egozentrik aus, sein Auftreten wird als laut, nervös, meist auch verschlagen dargestellt. Zudem scheint er unsauber und anzüglich. Beruflich geht die jüdische Figur dem Geschäft des Geld- oder Warenhandels nach, auch beim Spekulieren mit Immobilien fühlt er sich wohl«[129]. Sowohl in Karikaturen[130] wie in der bildenden Kunst[131], im Theater[132] wie in der Literatur[133] finden sich diese Stereotypen, sie wurden sowohl in der Volks- und Jugendliteratur[134] wie in den humoristischen ›Fliegenden Blättern‹ (seit 1850) mit ihren rund achtzigtausend Exemplaren[135], in der mit über dreihunderttausend Exemplaren meist-

128 Vgl. dazu u. a. Stefan Rohrbacher/Michael Schmidt, Judenbilder. Kulturgeschichte antijüdischer Mythen und antisemitischer Vorurteile, Reinbek bei Hamburg 1991; Julius H. Schoeps/Joachim Schlör (Hg), Bilder der Judenfeindschaft. Antisemitismus, Vorurteile und Mythen, München 1995.
129 Martin Gubser, Literarischer Antisemitismus. Untersuchungen zu Gustav Freytag und anderen bürgerlichen Schriftstellern des 19. Jahrhunderts, Göttingen 1998, S. 102. Zur ›jüdischen Nase‹ vgl. auch Rainer Erb, Die Wahrnehmung der Physiognomie der Juden: Die Nase, in: Heinrich Pleticha (Hg), Das Bild des Juden in der Volks- und Jugendliteratur vom 18. Jahrhundert bis 1945, Würzburg 1985, S. 107 ff.
130 Eduard Fuchs, Die Juden in der Karikatur. Ein Beitrag zur Sittengeschichte, München 1921.
131 Heinz Schreckenberg, Die Juden in der Kunst Europas: ein historischer Bildatlas, Göttingen/ Freiburg 1996.
132 z. B. Horst Denkler, ›Lauter Juden‹. Zum Rollenspektrum der Juden-Figuren im populären Bühnendrama der Metternichschen Restaurationsepoche (1815-1848) in: Hans Otto Horch/Horst Denkler (Hg), Conditio Judaico. Judentum, Antisemitismus und deutschsprachige Literatur vom 18. Jahrhundert bis zum Ersten Weltkrieg, Tübingen 1988, S. 149 ff.
133 Dazu weiterführend Martin Gubser, Literarischer Antisemitismus.
134 Leander Petzold, Der ewige Verlierer. Das Bild des Juden in der deutschen Volksliteratur, sowie: Theodor Brüggemann, Das Bild des Juden in der Kinder- und Jugendliteratur, beide in: Heinrich Pleticha (Hg), Das Bild des Juden in der Volks- und Jugendliteratur vom 18. Jahrhundert bis 1945.
135 Julius H. Schoeps/Joachim Schlör (Hg), Bilder der Judenfeindschaft, S. 48.

gelesenen Wochenschrift ›Die Gartenlaube‹ (spätestens seit der Fortsetzungsserie über den ›Börsen- und Gründungsschwindel in Berlin‹ 1874/75) und später im ›Simplicissimus‹ (seit 1896)[136] weit verbreitet. Die Macht dieser Bilder[137] verdichtete sich über die Jahrzehnte innerhalb des deutschen Kollektivbewußtseins zu einem eigenen »kulturellen Code«[138], dessen Elemente sowohl in der politisch-gesellschaftlichen wie ästhetischen Wahrnehmung jederzeit aktiviert werden konnten und zur Identifizierung des ›Jüdischen‹ dienten. Eine inzwischen kaum mehr überschaubare Literatur hat dieses Syndrom einer ›Weltanschauung‹, in der sich Antisemitismus, Antimodernismus, Sehnsucht nach völkischer Gemeinschaft, Harmonie und Gerechtigkeit, aber auch übersteigerter Nationalismus und Bellizismus in der zweiten Hälfte des 19. Jahrhunderts miteinander verbanden[139], hinreichend untersucht und in seinen vielen Facetten dargestellt, und es darf deshalb auch als gesichert angenommen werden, daß dessen Amalgamierung in einer eigenen »deutschen Ideologie«[140] eine Orientierung für die Einordnung politischer, gesellschaftlicher wie ästhetischer Beobachtungen und Erfahrungen von großen Teilen des gebildeten Bürgertums abgab.

Wenn Weiner sich also in seinem Versuch, den antisemitischen Charakter einzelner Figuren von Wagners Musikdramen nachzuweisen, auf dieses historisch in Deutschland – wie auch in anderen europäischen Ländern – allgemein verbreitete kulturalistische Muster bezieht, wird man ihm in diesem Punkte zunächst einmal folgen können. Doch ein solcher Bezug – und dies muß mit Nachdruck betont werden – kann nur als eine »Rezeptionsvorgabe«[141] verstanden werden, als ein Angebot, das von den Zuschauern entweder genutzt oder auch verworfen werden konnte. Figuren, die mit Eigenschaften ausgestattet waren, die auch den Juden zugeschrieben wurden, ermöglichten so eine antijüdische bzw. antisemitische Rezeption, erforderten sie aber nicht zwingend. Das ergibt sich aus der simplen Tatsache, daß alle Dramenfiguren Wagners höchst komplexe Charaktere sind, daß sie zum einen definiert werden durch ihre Herkunft aus den von Wagner herangezogenen Quellen – die ja nicht antijüdisch, schon gar nicht antisemitisch sind –, zum anderen durch ihre Rolle und Funktion innerhalb des dramatischen Geschehens, und auch dies hat mit Antisemitismus zunächst nichts zu tun. Gleichwohl können Figu-

---

136 Nachum T. Gidal, Die Juden in Deutschland von der Römerzeit bis zur Weimarer Republik, Köln 1997, S. 254 ff.

137 Vgl. Jüdisches Museum der Stadt Wien (Hg), Die Macht der Bilder. Antisemitische Vorurteile und Mythen, Wien 1995.

138 Dazu ausführlich Shulamit Volkov, Antisemitismus als kultureller Code, München 2000.

139 Ebenda, S. 19 f. Vgl. dazu auch ausführlicher Uwe Puschner/Walter Schmitz/Justus H. Ulbricht (Hg), Handbuch zur ›Völkischen Bewegung‹ 1971–1918, München et.al. 1996; Stefan Breuer, Ordnungen der Ungleichheit – die deutsche Rechte im Widerstreit ihrer Ideen 1871 – 1945, Darmstadt 2001; Uwe Puschner, Die völkische Bewegung im wilhelminischen Kaiserreich. Sprache, Rasse, Religion, Darmstadt 2001.

140 Shulamit Volkov, Antisemitismus als kultureller Code, S. 20.

141 Hans Rudolf Vaget, Der Jude im Dorn, S. 298.

ren, Figurenkonstellationen und die Aufführung eines Werkes in einer bestimmten, etwa antisemitisch gestimmten Konstellation dazu führen, daß sich durch das Bühnenerlebnis – und gegen die Intentionen Wagners wie die des Werkes selbst – auch antisemitische Motive in den Werken wie den Figuren identifizieren lassen. Eine solche Erfahrung von Zuschauern geht sogar mit Wagners eigener Auffassung konform; denn was anders sollte jener eingangs zitierte Satz, wonach das »absolute Kunstwerk ... ein vollständiges Unding, ein Schattenbild ästhetischer Gedankenphantasien«[142] ist, denn meinen, wenn nicht auch neben dem Zusammenhang von Werk und Werkintention den von Werk und Werkrezeption. Insoweit hat Weiner in seiner Arbeit auf einen wichtigen Aspekt hingewiesen[143].

Das aber heißt nun nicht, daß Werk, Werkintention und Werkrezeption als eine Einheit verstanden werden dürften. Im Gegenteil: Werk und Werkintention sind scharf von der Rezeption zu trennen, auch wenn andererseits beides wiederum dadurch miteinander verbunden ist, daß die Rezeption einen Interpretationsanschluß im Werk selbst finden muß, um nicht völlig beliebig zu sein. Wie dies gemeint ist, soll an einem bereits zitierten Beispiel noch einmal konkret verdeutlicht werden: Wenn Zwerge im allgemeinen klein und häßlich sind, höckrig und humpelnd, wenn sie listig, verschlagen und raffgierig sind, dann entsprechen sie in dieser Beschreibung einem in Märchen und Sagen üblichen Bild, das keineswegs antijüdisch oder antisemitisch gemeint oder zu verstehen ist. Zugleich aber sind solche Körperzeichen und Charaktereigenschaften in der deutschen wie europäischen Geschichte der Neuzeit auch antijüdische und antisemitische Stereotypen. Deshalb kann ein antisemitisch eingestellter Zuschauer auf Zwerge seine eigenen Vorurteile projizieren, auch wenn der Autor eines Stückes, in dem Zwerge vorkommen, selbst keinerlei antisemitische Absicht mit seinen Figuren verbunden hat. Doch allein die physiologischen Merkmale der Zwerge erlauben es, unter entsprechenden gesellschaftlichen Bedingungen diese als antisemitische Codierung innerhalb eines kulturellen Subtextes zu verstehen und die Figur selbst dann als ›Judenkarikatur‹ aufzufassen. Eine solche Rezeption und Interpretation wird ausschließlich dadurch möglich, daß die als antisemitisch verstandenen ikonographischen Merkmale als einzig entscheidend aus der Aspektenvielfalt des Gesamtbildes einer Bühnenfigur isoliert und dann als personen- und handlungsbestimmend interpretiert werden. Damit

---

142 Richard Wagner, Eine Mittheilung an meine Freunde, in: GSD, Bd. 4, S. 234.

143 Das heißt freilich nicht, daß die von Weiner im einzelnen gezogenen Schlüsse richtig sind und überzeugen. Eine genauere und kritische Beschäftigung, die hier nicht Thema ist, könnte eine Reihe völlig überzogener und abwegiger Thesen und Behauptungen entdecken, die durch eine allzu monomanische Konzentration auf den Antisemitismus zustande kommen. Obwohl Weiner mehrfach versichert, daß ihm die Mehrdeutigkeit der Wagnerschen Figuren bewußt sei, entdeckt er am Ende immer wieder nur ihren antijüdischen und antisemitischen Grundcharakter, der auch alles andere, Handlung wie Musik gleichermaßen, bestimmt. Die Abqualifizierung der theoretischen Schriften Wagners wie auch seiner Musik als ›rassistisch‹ ist in ihrer Pauschalisierung unhaltbar. Vgl. dazu kritisch auch Stefan Breuer, Richard Wagners Antisemitismus. Eine Sammelbesprechung, in: Musik und Ästhetik, Heft 19/Juli 2001, S. 88 ff.

treten zwangsläufig andere, möglicherweise sehr viel bedeutsamere Eigenschaften der Figur wie der Handlung weit in den Hintergrund oder werden erst überhaupt nicht wahrgenommen. Es handelt sich also in der hier beschriebenen Rezeption um die Herauslösung einer Figur aus ihrem ursprünglichen Entstehungskontext, um die Verengung und selektive Wahrnehmung des rezipierenden Blicks auf eine isolierte Partikularität, die ihrerseits mit den Vorurteilsstrukturen des Rezipienten übereinstimmt und deshalb scheinbar zwangsläufig zu einer neuen, vom Autor nicht intendierten und dem Werk nicht gedeckten Auslegung führt – ein insgesamt zirkulärer Prozeß.

Diese präformierte und selektive Rezeption im antisemitischen Sinne hat es schon zu Wagners Lebzeiten gegeben. So notierte Cosima am 4. Juli 1869, vielleicht nicht zufällig einige Monate nach der erneuten Publikation von Wagners *Judenthum in der Musik*[144]: »Von Mannheim erzählt Richter, daß die Juden bei der 4ten Vorstellung die Msinger ausgepfiffen hätten, bei der 5ten aber hätte sich das Publikum nicht überrumpeln lassen und habe den lebhaftesten freundlichsten Anteil genommen; wie ein paar Leute Israels zu zischen begonnen, sei ein Dr. Werther aufgestanden, habe ›hepp hepp‹ gerufen, wobei die Zischer hinausgingen«[145]. Und ein Jahr später findet sich in den Tagebüchern eine weitere, ähnliche Notiz: »In der Musikalischen Zeitung ist ein Bericht über die Aufführung der Msinger in Wien. Unter anderem hatten die J. (die Juden, U.B.) dort verbreitet, das Lied von Beckmesser sei ein altes jüdisches Lied, welches R. habe persiflieren wollen. Hierauf Zischen im 2ten Akt und die Rufe, wir wollen es nicht weiter hören, jedoch vollständiger Sieg der Deutschen«[146]. Daß solche Proteste offenbar gelegentlich vorkamen, weil jüdische Zuhörer antisemitische Konnotationen der Figuren oder der Musik wahrnahmen, belegt auch ein Bericht Gustav Mahlers über eine Aufführung der *Meistersinger* vom 27. November 1899 an der Wiener Hofoper[147], und in dieselbe Richtung deutet Mahlers Verärgerung nach einem Dirigat des *Siegfried* über musikalische Schlampereien des Tenors Spielmann, der den Mime singt und von dem er sagt: »Das Ärgste an ihm ist das Mauscheln. Obwohl ich überzeugt bin, daß diese Gestalt die leibhaftige, von Wagner gewollte Persiflage eines Juden ist (in allen Zügen, mit denen er sie ausstattete: der kleinlichen Gescheitheit, Habsucht und dem ganzen musikalischen wie textlich vortrefflichen Jargon), so darf das doch hier um Gottes willen nicht

144 Jens Malte Fischer, Richard Wagners ›Das Judentum in der Musik‹, S. 102.

145 Cosima Wagner, TB I, S. 122 (4. Juli 1869); die berichteten ›hepp hepp‹-Rufe beziehen sich auf die progromartigen ›Hep-Hep‹-Krawalle, die am 2. August 1819 in Würzburg gegen die jüdische Bevölkerung ausbrachen, sich rasch auch auf andere deutsche Städte ausweiteten, bis nach Dänemark Auswirkungen hatten und etwa zwei Monate andauerten. Vgl. Jacob Katz, Vom Vorurteil bis zur Vernichtung, S. 100 ff. und ebenso Michael Brenner/Stefi Jersch-Wenzel/Michael A. Meyer, Deutsch-jüdische Geschichte in der Neuzeit, Bd. II Emanzipation und Akkulturation 1780–1871, München 1996, S. 43 ff.

146 Ebenda, S. 208 (14. März 1870).

147 Herbert Killian, Gustav Mahler in den Erinnerungen der Nathalie Bauer-Lechner, Hamburg 1984, S. 145.

übertrieben und so dick aufgetragen werden. ... Ich weiß nur *einen* Mime ... und der
bin *ich*! Da solltet ihr staunen, was alles in der Rolle liegt und wie ich es zutage
fördern wollte!«[148]. Ohne die Notizen von Cosima hier genauer zu kommentieren,
bleibt doch anzumerken, daß Wagner einerseits keine die Einschätzung Beckmessers als eine ›Judenkarikatur‹ bestätigende Bemerkung macht, aber auch nicht widerspricht. Mit Bezug auf den Wiener Vorfall äußert er lediglich, nun sei es so weit,
daß keiner der »Herren Kulturhistoriker« bemerke, daß »die Juden im kaiserlichen
Theater zu sagen wagen: das wollen wir nicht hören« – eine, gemessen an seinem
Judenhaß, eher beiläufige und wenig aggressive Bemerkung. Was Mahlers Äußerung betrifft, so beansprucht Mahler nicht, die vorherrschende Auffassung über den
Rollencharakter Mimes wiederzugeben, sondern spricht ausdrücklich von seiner
eigenen, individuellen Meinung.

IV

Am Beispiel Mimes hat Danuser darauf verwiesen, daß für Wagners Umgang mit
Sprache eine gewisse Ambiguität charakteristisch sei, die im Umkreis der neutralen
Bedeutungsschicht eines Wortes auch eine auf ›Jüdisches‹ bezogene Schicht mit-
schwingen lasse[149]. Es sind eben diese semantischen Ambivalenzen, die der Diskussion um die Frage, wieviel Antisemitismus in Wagners Werke steckt, immer wieder
neuen Auftrieb verleihen. Für die gegenwärtige Debatte läßt sich als ein vorläufiges
Ergebnis festhalten, daß jede Vermutung, sowohl die theoretische Konzeption des
›Gesamtkunstwerks‹ als auch die konkreten Werke seien antisemitisch konnotiert,
bisher jedenfalls nicht überzeugend belegt werden kann. Der Schluß des Pamphlets
Das Judenthum in der Musik nimmt die historische Ausgrenzung der Juden für eine
nachrevolutionäre Zeit zurück, unter der Bedingung, daß die Juden selbst an dieser
erst noch zu leistenden Revolution teilnehmen, und damit bleibt das auf die Zukunft gerichtete ästhetische Konzept Wagners in seinen strukturellen wie inhaltlichen Vorstellungen vom Antisemitismus substantiell unberührt.

Ähnlich steht es mit der Behauptung, das Werk selbst und einige seiner Figuren
müßten als antisemitisch belastet verstanden werden. Die darüber geführte Diskussion hat bisher keinen Beleg dafür erbracht, daß Wagner in seinen Selbstzeugnissen
eine seiner Bühnenfiguren als Repräsentanten eines Juden verstanden wissen wollte, ebenso wenig wie eine genauere Analyse der Dramenstruktur und der Musik
einen solchen Verdacht bestätigt.

Anders sieht es mit der aus der Rezeptionsperspektive formulierten These aus,
Wagners Figuren seien mit Eigenschaften ausgestattet, die es erlaubten, in einem
antisemitisch gestimmten gesellschaftlichen Umfeld antijüdische Vorurteile an einzelnen ikonographischen Merkmalen dieser Figuren festzumachen und so die Figu-

---

148 Ebenda, S. 122.
149 Hermann Danuser, Universalität oder Partikularität?, S. 87, Anm. 20.

ren als Projektionsflächen des Antisemitismus zu verstehen. Eine solche These, die den Kontext von Aufführungen und den Subtext der Werke in Bezug auf prävalierende Vorurteilsstrukturen als Ausgangspunkt ihrer Behauptung nimmt, kann eine gewisse Plausibilität für sich beanspruchen. Aber auch nur Plausibilität, keine Gewißheit, denn empirische Belege dafür, daß solche subtextuellen Zuschreibungen im 19. Jahrhundert und danach stets oder auch nur mehrheitlich antisemitisch eingefärbt gewesen sind, lassen sich aus methodischen Gründen dafür nicht beibringen. Schon deshalb muß auf der Trennung zwischen Werk, Werkintention und Werkrezeption bestanden werden – was, wie die bisherige Debatte zeigt, keine leichte Aufgabe ist.

Abkürzungsverzeichnis

GSD	Richard Wagner, Gesammelte Schriften und Dichtungen, 10 Bände und 2 Ergänzungsbände, Leipzig o. J. (1907 ff.).
GSB	Richard Wagners gesammelte Schriften und Briefe, hg. von Julius Kapp, 16 Bde., Leipzig 1914.
DS	Richard Wagner, Dichtungen und Schriften. Jubiläumsausgabe in zehn Bänden, hg. von Dieter Borchmeyer, Frankfurt/M. 1983.
RWGA	Richard Wagner, Sämtliche Werke, hg. im Auftrag der Gesellschaft zur Förderung der Richard-Wagner-Gesamtausgabe in Verbindung mit der Bayrischen Akademie der Schönen Künste München, Editionsleitung Egon Voss, Mainz 1973 ff.
SB	Richard Wagner, Sämtliche Briefe, unterschiedliche Herausgeber, bisher 13 Bde., Leipzig 1976 ff.
ML	Richard Wagner, Mein Leben. Erste authentische Veröffentlichung, hg. von Martin Gregor-Dellin, München 1963.
TB	Cosima Wagner, Die Tagebücher, ediert und kommentiert von Martin Gregor-Dellin und Dietrich Mack, hg. von der Stadt Bayreuth, Bd. I 1869–1877; Bd. II 1878–1883, München/Zürich 1976.
WWV	Wagner Werk-Verzeichnis. Verzeichnis der musikalischen Werke Richard Wagners und ihrer Quellen. Erarbeitet im Rahmen der Richard-Wagner-Gesamtausgabe, hg. von John Deathridge/Martin Geck/Egon Voss, Mainz et al. 1986.

Literaturverzeichnis

Primärliteratur

Wagner, Richard, Gesammelte Schriften und Dichtungen, 10. Bde., Leipzig 1907.

Wagner, Richard, Gesammelte Schriften und Dichtungen, Bde. 11 und 12, hg. von Richard Sternfeld, Leipzig o. J.

Wagner, Richard, Gesammelte Schriften und Briefe, hg. von Julius Kapp, 14. Bde., Leipzig 1914.

Wagner, Richard, Dichtungen und Schriften. Jubiläumsausgabe in zehn Bänden, hg. von Dieter Borchmeyer, Frankfurt/M. 1983.

Wagner, Richard, Schriften eines revolutionären Genies, ausgewählt und kommentiert von Egon Voss, München 1976.

Wagner, Richard, Mein Leben. Erste authentische Veröffentlichung, hg. von Martin Gregor-Dellin, München 1963.

Wagner, Richard, Das Braune Buch. Tagebuchaufzeichnungen 1865 bis 1882, hg. von Joachim Bergfeld, Zürich/Freiburg 1975.

Wagner, Richard, Die Hohe Braut, in: Wagner. Zeitschrift der englischen Wagner Society, Vol. 10, Nr. 2, London 1989.

Wagner, Richard, Die Feen, hg. von Michael von Soden und Andreas Loesch, Frankfurt/M. 1983.

Wagner, Richard, Leubald, aus der Handschrift übertragen von Isolde Vetter und Egon Voss, in: Programmhefte der Bayreuther Festspiele VII/1988.

Wagner, Richard, Oper und Drama, hg. und kommentiert von Klaus Kropfinger, Stuttgart 1984.

Wagner, Richard, Sämtliche Brief, hg. im Auftrag des Richard-Wagner-Familienarchivs Bayreuth von Gertrud Strobel und Werner Wolf, Bde. 1–3; hg. im Auftrage der Richard-Wagner-Stiftung Bayreuth von Gertrud Strobel und Werner Wolf Bde. 4/5; hg. von Hans-Joachim Bauer und Johannes Forner; Bde. 6–8; hg. von Klaus Burmeister und Johannes Forner Bd.9; hg. von Andreas Mielke Bd. 10; hg. von Martin Dürr Bd. 11/12; hg. von Andreas Stielke, Bd. 14.

Wagner, Richard, Briefe, ausgewählt und kommentiert von Hanjo Kesting, München/Zürich 1983.

Wagner, Richard, Briefe 1830–1883, hg. von Werner Otto, Berlin-Ost 1986.

Wagner, Richard, an Mathilde Wesendonk. Tagebuchblätter und Briefe 1853–1871, Einleitung von Wolfgang Golther, Berlin 1904.

Wagner, Richard, Briefe. Die Sammlung Burell, hg. und kommentiert von John N. Burk, Frankfurt/M. 1953.

König Ludwig II. und Richard Wagner, Briefwechsel, hg. vom Wittelsbacher Ausgleichs-Fond und Winifred Wagner, bearbeitet von Otto Strobel, Bde. 1–5, Karlsruhe 1936.

Wagner, Cosima, Die Tagebücher, ediert und kommentiert von Martin Gregor-Dellin und Dietrich Mack, Bd. I 1869–1877; Bd. II 1878–1883, München/Zürich 1977.

Sekundärliteratur

Adorno, Theodor W., Versuch über Wagner, in: Gesammelte Schriften, Bd. 13. Die musikalischen Biographien, Frankfurt/M. 1971.

Arendt, Hannah, Vita activa oder vom tätigen Leben, München 1966.

Barck, Karlheinz/Martin Fontius/Dieter Schlenstedt/Burkhart Steinwachs/Friedrich Wolfzettel (Hg), Ästhetische Grundbegriffe. Historisches Wörterbuch in sieben Bänden, Stuttgart/Weimar 2000 ff.

Bauer, Hans-Joachim, Richard Wagner, Stuttgart 1992.

Bauer, Hans-Joachim, Richard-Wagner-Lexikon, Bergisch-Gladbach 1988.

Bauer, Oswald Georg, ›Wie friedsam treuer Sitten, getrost in Tat und Werk‹. Marginalien zum Nürnberg-Bild Richard Wagners, in: Programmhefte der Bayreuther Festspiele II/1981.

Bekker, Paul, Richard Wagner. Sein Leben im Werk, Stuttgart 1924.

Berger, Peter L./Thomas Luckmann, Die gesellschaftliche Konstruktion der Wirklichkeit: eine Theorie der Wissenssoziologie, Frankfurt/M. 1996.

Bermbach, Udo (Hg), Theorie und Praxis der direkten Demokratie. Texte und Materialien zur Räte-Diskussion, Opladen 1973.

Bermbach, Udo (Hg), In den Trümmern der eignen Welt. Richard Wagners ›Der Ring des Nibelungen‹, Berlin/Hamburg 1989.

Bermbach, Udo, Der Wahn des Gesamtkunstwerks. Richard Wagners politisch-ästhetische Utopie, Frankfurt/M. 1994.

Bermbach, Udo, Wo Macht ganz auf Verbrechen ruht. Politik und Gesellschaft in der Oper, Hamburg 1997.

Bermbach, Udo (Hg), ›Alles ist nach seiner Art‹. Figuren in Richard Wagners ›Der Ring des Nibelungen‹, Stuttgart/Weimar 2001.

Bermbach, Udo/Dieter Borchmeyer (Hg), Richard Wagner. Der Ring des Nibelungen. Ansichten des Mythos, Stuttgart/Weimar 1995.

Bermbach, Udo/Ulrich Müller/Matthias Th. Vogt (Hg), Individuum versus Institution. Zur Urfassung (1845) von Richard Wagners Tannhäuser, Leipzig 1996.

Bermbach, Udo/Hermann Schreiber (Hg), Götterdämmerng. Der neue Bayreuther Ring, Berlin 2000.

Bernstorff, Wilhelm (Hg), Wörterbuch der Soziologie, Stuttgart 1969.

Bischof, Norbert, Das Rätsel Ödipus. Die biologischen Wurzeln des Urkonflikts von Individualität und Autonomie, München 1985.

Blumenberg, Hans, Arbeit am Mythos, Frankfurt/M. 1979.

Borchmeyer, Dieter, Das Theater Richard Wagners, Stuttgart 1982.

Borchmeyer, Dieter, Die Götter tanzen Cancan. Richard Wagners Liebesrevolten, Heidelberg 1992.

Borchmeyer, Dieter, Richard Wagner. Ahasvers Wandlungen, Frankfurt/M. 2002.

Borchmeyer, Dieter, Siegfried – der Held als Opfer, in: Udo Bermbach (Hg), ›Alles ist nach seiner Art‹. Figuren in Richard Wagners ›Der Ring des Nibelungen‹, Stuttgart/Weimar 2001.

Borchmeyer, Dieter (Hg), Die Wege des Mythos in der Moderne. Richard Wagners Der Ring des Nibelungen, München 1987.

Borchmeyer, Dieter/Ami Maayani/Susanne Vill (Hg), Richard Wagner und die Juden, Stuttgart/Weimar 2000.

Borris, Sabine/Christiane Krautscheid (Hg), O, sink hernieder, Nacht der Liebe. Tristan und Isolde – der Mythos von Liebe und Tod, Berlin 1998.

Breig, Werner, Zur musikalischen Struktur von Wagners Ring des Nibelungen, in: Udo Bermbach (Hg), In den Trümmern der eignen Welt, Berlin/Hamburg 1989.

Breig, Werner/Hartmut Fladt (Hg), Dokumente zur Entstehungsgeschichte des Bühnenfestspiels Der Ring des Nibelungen, RWGA, Bd. 29/I, Mainz 1976.

Breig, Werner, Wagners kompositorisches Werk, in: Ulrich Müller/Peter Wapnewski (Hg), Richard-Wagner-Handbuch, Stuttgart 1986.

Breuer, Stefan, Moderner Fundamentalismus, Berlin/Wien 2002.

Breuer, Stefan, Ordnungen der Ungleichheit – die deutsche Rechte im Widerstreit ihrer Ideen 1871–1945, Darmstadt 2001.

Breuer, Stefan, Richard Wagners Antisemitismus. Eine Sammelbesprechung, in: Musik & Ästhetik, Heft 19/Juli 2000.

Brunner, Horst, Hans Sachs und Nürnbergs Meistersinger, in: Hans Sachs und die Meistersinger in ihrer Zeit. Germanisches Nationalmuseum Nürnberg, Ausstellungskatalog Bayreuth 26. Juli bis 30. August 1981, Nürnberg 1981.

Brunner, Otto/Werner Conze/Reinhart Koselleck (Hg), Geschichtliche Grundbegriffe. Historisches Lexikon zur politisch-sozialen Sprache in Deutschland, 8 Bde., Stuttgart 1972 ff.

Burdach, Konrad, Rienzo und die geistige Wandlung seiner Zeit, Berlin 1928.

Burghold, Julius (Hg), Wagner. Der Ring des Nibelungen, Mainz/München 1994.

Calvez, Jean-Ives, Karl Marx. Darstellung und Kritik seines Denkens, Freiburg/Olten 1964.

Chamberlain, Houston Stewart, Richard Wagner, München 1896.

Cord, William O., The Teutonic Mythology of Richard Wagner's The Ring of the Nibelung, 4 Bde., Lewistone/Queenstone 1989 ff.

Corse, Sandra, Wagner and the New Consciousness. Language and Love in the Ring, London/Toronto 1990.

Csampai, Attila/Dietmar Holland (Hg), Richard Wagner. Der fliegende Holländer. Texte, Materialien, Kommentare, Reinbek bei Hamburg 1982.

Csampai, Attila/Dietmar Holland (Hg), Richard Wagner. Tristan und Isolde. Texte, Materialien, Kommentare, Reinbek bei Hamburg 1983.

Csampai, Attila/Dietmar Holland (Hg), Richard Wagner. Parsifal. Texte, Materialien, Kommentare, Reinbek bei Hamburg 1984.

Csampai, Attila/Dietmar Holland (Hg), Richard Wagner. Tannhäuser. Texte, Materialien, Kommentare, Reinbek bei Hamburg 1986.

Csampai, Attila/Dietmar Holland (Hg), Richard Wagner. Lohengrin. Texte, Materialien, Kommentare, Reinbek bei Hamburg 1989.

Dahlhaus, Carl, Richard Wagners Musikdramen, Zürich/Schwäbisch Hall 1985.

Dahlhaus, Carl, Über den Schluß der Götterdämmerung, in: derselbe (Hg), Richard Wagner. Werk und Wirkung, Regensburg 1971.

Dahlhaus, Carl/Sieghart Döhring (Hg), Pipers Enzyklopädie des Musiktheaters, 7 Bde., München/Zürich 1986 ff.

Dahlmann, Friedrich Christoph, Die Politik auf den Grund und das Maß der gegebenen Zustände zurückgeführt, Berlin 1924.

Danuser, Hermann, Massen ohne Macht – zu den ›Kollektiven‹ im Ring, in: Udo Bermbach (Hg), ›Alles ist nach seiner Art‹. Figuren in Richard Wagners ›Der Ring des Nibelungen‹, Stuttgart/Weimar 2001.

Danuser, Hermann/Herfried Münkler(Hg), Deutsche Meister – böse Geister? Nationale Selbstfindung in der Musik, Schliengen 2001

Danuser, Hermann/Herfried Münkler (Hg), Zukunftsbilder. Richard Wagners Revolution und ihre Folgen in Kunst und Politik, Schliengen 2002.

Deathridge, John, Wagner's Rienzi. A reappraisel based on a study of the sketches and drafts, Oxford 1977.

Deathridge, John/Martin Geck/Egon Voss, Wagner Werk-Verzeichnis, Mainz/London/New York/Tokyo 1986

Denkler, Horst, ›Lauter Juden‹. Zum Rollenspektrum der Juden-Figuren im populären Bühnendrama der Metternichschen Restaurationsepoche (1815–1848), in: Otto Horch/Horst Denkler (Hg), Conditio Jadaico. Judentum, Antisemitismus und deutschsprachige Literatur vom 18. Jahrhundert bis zum Ersten Weltkrieg, Tübingen 1988.

Deutsch, Karl. W., The Nerves of Government, New York 1966.

Döhring, Sieghart/Sabine Henze-Döhring, Oper und Musikdrama im 19. Jahrhundert. Handbuch der musikalischen Gattungen, hg. von Siegfried Mauser, Bd. 13, Laaber 1997.

Döhring, Sieghart, Gunther und Gutrune, in: Udo Bermbach (Hg), ›Alles ist nach seiner Art‹. Figuren in Richard Wagners ›Der Ring des Nibelungen‹, Stuttgart/Weimar 2001.

Donington, Robert, Richard Wagners Ring des Nibelungen und seine Symbole, Stuttgart 1976.

Dorschel, Andreas, Die Idee der ›Einswerdung‹ in Wagners Tristan, in: Heinz-Klaus Metzger/Rainer Riehn (Hg), Richard Wagner, Tristan und Isolde. Musik-Konzepte 57/58, München 1987.

Eckart, Richard Graf Du Mulin, Cosima Wagner. Ein Lebens- und Charakterbild, 2 Bde., Berlin 1929.

Eliade, Mircea, Mythos und Wirklichkeit, Frankfurt/M. 1988.

Emig, Christine, Arbeit am Inzest. Richard Wagner und Thomas Mann, Frankfurt/M. 1998.

Engels, Friedrich, Cola di Rienzi. Ein unbekannter Dramenentwurf. Friedrich-Engels-Haus Wuppertal und Karl-Marx-Haus Trier (Hg), bearbeitet und eingeleitet von Michael Knieriem, Wuppertal 1974.

Ermann, Michael, Psychotherapeutische und psychosomatische Medizin, Stuttgart/Berlin/München 1955.

Fetscher, Iring (Hg), Grundbegriffe des Marxismus. Eine lexikalische Einführung, Hamburg 1976.

Fetscher, Iring, Rousseaus politische Philosophie. Zur Geschichte des demokratischen Freiheitsbegriffs, Frankfurt/M. 1978.

Fetscher, Iring/Herfried Münkler (Hg), Pipers Handbuch der politischen Ideen, 5 Bde., München/Zürich 1988 ff.

Feuerbach, Ludwig, Das Wesen des Christentums, in: Gesammelte Werke Bd. 5, hg. von Werner Schuffenhauer, Berlin-Ost 1974.

Feuerbach, Ludwig, Grundsätze der Philosophie der Zukunft, in: Gesammelte Werke Bd. 9, hg. von Werner Schuffenhauer, Berlin-Ost 1970.

Fischer, Jens Malte, Das Judentum in der Musik. Eine kritische Dokumentation als Beitrag zur Geschichte des Antisemitismus, Frankfurt/M. 2000.

Frank, Manfred, Die unendliche Fahrt. Die Geschichte des Fliegenden Holländers und verwandter Motive, Leipzig 1995.

Freud, Siegmund, Gesammelte Werke, hg. von Marie Bonaparte, London 1943 ff.

Friedländer, Saul, Das Dritte Reich und die Juden, Bd. 1 Die Jahre der Verfolgung 1933–1939, München 1998.

Friedländer, Saul/Jörn Rüsen (Hg), Richard Wagner und das Dritte Reich, München 2000.

Friedrich, Sven, ›Mit diesem Werke schrieb ich mir mein Todesurteil‹. Tannhäuser und die Grand Opéra, in: Irene Erfen (Hg), Wartburg-Jahrbuch, Sonderband 1997, Regensburg 1999.

Friedrich, Sven, Loge – der progressive Konservative, in: Udo Bermbach (Hg), ›Alles ist nach seiner Art‹. Figuren in Richard Wagners ›Der Ring des Nibelungen‹, Stuttgart/Weimar 2001.

Fuchs, Eduard, Die Juden in der Karikatur. Ein Beitrag zur Sittengeschichte, München 1921.

Geck, Martin, Wagner – vom Ring her gesehen, in: derselbe, Von Beethoven bis Mahler. Die Musik des deutschen Idealismus, Stuttgart/Weimar 1993.

Gehlen, Arnold, Urmensch und Spätkultur. Philosophische Ergebnisse und Aussagen, Bonn 1956.

Germanisches Nationalmuseum Nürnberg, Die Meistersinger und Richard Wagner. Die Rezeptionsgeschichte einer Oper von 1868 bis heute. Katalog zur Ausstellung, Nürnberg 1981.

Gerndt, Helge, Fliegender Holländer und Klabautermann, Göttingen 1971.

Gidal, Nachum T., Die Juden in Deutschland von der Römerzeit bis zur Weimarer Republik, Köln 1997.

Gierke, Otto von, Das deutsche Genossenschaftsrecht, 4 Bde., Berlin 1868 ff.

Göhler, Gerhard, Grundfragen der Theorie politischer Institutionen, Opladen 1987.

Golther, Wolfgang, Handbuch der germanischen Mythologie, Leipzig 1895.

Golther, Wolfgang, Zur deutschen Sage und Dichtung. Gesammelte Aufsätze, Leipzig 1911.

Gooch, Georg P., Geschichte und Geschichtsschreiber im 19. Jahrhundert, Frankfurt/M. 1964.

Gottschalch, Wilfried/Friedrich Karrenberg/Franz Josef Stegmann (Hg), Geschichte der sozialen Ideen in Deutschland, München/Wien 1969.

Gough, J. W., The Social Contract. A Critical Study of its Development, Oxford 1936.

Graevenitz, Gerhard von, Mythos. Zur Geschichte einer Denkgewohnheit, Stuttgart 1987.

Grathoff, Richard, Milieu und Lebenswelt, Frankfurt/M. 1989.

Gregor-Dellin, Martin, Richard Wagner. Die Revolution als Oper, München 1973.

Gregor-Dellin, Martin, Richard Wagner. Sein Leben. Sein Werk. Sein Jahrhundert, München/Zürich 1980.

Gregor-Dellin, Martin, Wagner-Chronik, München 1983.

Gregor-Dellin, Martin/Michael von Soden, Richard Wagner. Leben, Werk, Wirkung, Düsseldorf 1983.

Grimm, Jacob, Deutsche Mythologie. Nachdruck der 4. Auflage von 1875/78, Graz 1968.

Gubser, Martin, Literarischer Antisemitismus. Untersuchungen zu Gustav Freytag und anderen bürgerlichen Schriftstellern des 19. Jahrhunderts, Göttingen 1998.

Gutmann, Robert, Richard Wagner. Der Mensch, sein Werk, seine Zeit, München 1970.

Habermas, Jürgen, Theorie des kommunikativen Handelns, 2 Bde., Frankfurt/M. 1981.

Hanslick, Eduard, Aus meinem Leben, hg. von Peter Wapnewski, Kassel/Basel 1987.

Hartwich, Wolf-Daniel, Jüdische Theosophie in Richard Wagners Parsifal: Vom christlichen Antisemitismus zur ästhetischen Kabbala, in: Dieter Borchmeyer/Ami Maayani/Susanne Vill (Hg), Richard Wagner und die Juden, Stuttgart/Weimar 2000.

Haury, Thomas, Antisemitismus von links. Kommunistische Ideologie, Nationalismus und Antizionismus in der früheren DDR, Hamburg 2002.

Hegel, Georg F. W., Grundlinien der Philosophie des Rechts, hg. von Johannes Hoffmeister, Hamburg 1955.

Heimann, Eduard, Wirtschaftssystem und Gesellschaftssystem, Tübingen 1954.

Heine, Heinrich, Memoiren des Herrn von Schnabelewopski, in: Ernst Elster (Hg), Heines Werke, Bd. IV, Leipzig o. J.

Heldt, Brigitte, Tristan und Isolde. Das Werk und seine Inszenierungen, Laaber 1993.

Heldt, Gerhard (Hg), Richard Wagner: Mittler zwischen Zeiten, Anif/Salzburg 1990.

Hirschmann, Gerhard, Aus sieben Jahrhunderten Nürnberger Stadtgeschichte, hg. von Kuno Ulshöfer, Nürnberger Forschungen Bd. 25, Nürnberg 1988.

Hobbes, Thomas, Leviathan oder Stoff, Form und Gewalt eines bürgerlichen und kirchlichen Staates, hg. und eingeleitet von Iring Fetscher, Neuwied/Berlin 1966.

Horkheimer, Max, Materialismus und Moral, in: derselbe, Gesammelte Schriften, hg. von Alfred Schmidt, Bd. 3, Frankfurt/M. 1988.

Hörnisch, Jochen, Erlösung dem Erlöser, in: Programmhefte der Bayreuther Festspiele II/ 1985.

Hübner, Kurt, Die Wahrheit des Mythos, München 1985.

Hume, David, Politische und ökonomische Essays, hg. von Udo Bermbach, Bd. 1, Hamburg 1988.

Ingenschay-Goch, Dagmar, Richard Wagners neu erfundener Mythos. Zur Rezeption und Reproduktion des germanischen Mythos in seinen Operntexten, Bonn 1982.

Israel, Joachim, Der Begriff der Entfremdung. Makrosoziologische Untersuchungen von Marx bis zur Soziologie der Gegenwart, Reinbek bei Hamburg, 1972.

Jens, Walter, Ehrenrettung eines Kritikers: Sixtus Beckmesser, in: Attila Csampai/Dietmar Holland (Hg), Richard Wagner. Die Meistersinger von Nürnberg. Texte, Materialien, Kommentare, Reinbek bei Hamburg 1987.

Johnson, Otto W., Der deutsche Nationalmythos. Ursprung eines politischen Programms, Stuttgart 1990.

Jüdisches Museum der Stadt Wien (Hg), Die Macht der Bilder. Antisemitische Vorurteile und Mythen, Wien 1995.

Kaiser, Joachim, Leben mit Wagner, München 1990.

Kant, Immanuel, Kritik der reinen Vernunft, in: Werke, hg. von Wilhelm Weischedel, Bd. V, Darmstadt 1957.

Kant, Immanuel, Die Metaphysik der Sitten, in: Werke, Bd. IV, hg. von Wilhelm Weischedel, Darmstadt 1963.

Karbaum, Michael, Studien zur Geschichte der Bayreuther Festspiele 1876–1976, Regensburg 1976.

Katz, Jacob, Richard Wagner. Vorbote des Antisemitismus, Frankfurt/M. 1985.

Katz, Jacob, Vom Vorurteil bis zur Vernichtung. Der Antisemitismus 1700–1933, München 1989.

Kayser, Wolfgang, Das sprachliche Kunstwerk. Eine Einführung in die Literaturwissenschaft, Bern/München 1948.

Kersting, Wolfgang, Die politische Philosophie des Gesellschaftsvertrags, Darmstadt 1994.

Kersting, Wolfgang, Jean-Jacques Rousseaus ›Gesellschaftsvertrag‹, Darmstadt 2002.

Kienzle, Ulrike, Das Weltüberwindungswerk. Wagners ›Parsifal‹. Laaber 1992.

Kienzle, Ulrike, Brünnhilde – das Wotanskind, in: Udo Bermbach (Hg), ›Alles ist nach seiner Art‹. Figuren in Richard Wagners ›Der Ring des Nibelungen‹, Stuttgart/Weimar 2001.

Killian, Herbert, Gustav Mahler in den Erinnerungen der Nathalie Bauer-Lechner, Hamburg 1984.

Kirchmeyer, Helmut, Das zeitgenössische Wagner-Bild, Bd. I, Wagner in Dresden, Regensburg 1972.

Kirchmeyer, Helmut (Hg), Situationsgeschichte der Musikkritik und des musikalischen Pressewesens in Deutschland. Das zeitgenössische Wagnerbild, Dokumente 1851–1852, Bd. IV, Regensburg 1985.

Klein, Jörg, Inzest: Kulturelles Verbot und natürliche Scheu, Opladen 1991.

Klein, Richard (Hg), Narben des Gesamtkunstwerks. Wagners Ring des Nibelungen, Stuttgart 2001.

Kleinmann, Bernd, Das ästhetische Weltverhältnis. Eine Untersuchung zu den grundlegenden Dimensionen des Ästhetischen, München 2002.

Köhler, Joachim, Wagners Hitler. Der Prophet und sein Vollstrecker, München 1997.

Köpnick, Lutz, Nothungs Modernität. Wagners ›Ring‹ und die Macht der Poesie, München 1994.

Koopmann, Helmut, Das Junge Deutschland. Analyse seines Selbstverständnisses, Stuttgart 1970.

Köster, Udo, Zeitbewußtsein und Geschichtsphilosophie in der Entwicklung vom Jungen Deutschland zur Hegelschen Linken, Frankfurt/M. 1972.

Kramm, Lothar, Elemente deutschen Politikverständnisses bei Richard Wagner, in: Zeitschrift für Politik, München, Nr. 2/1988.

Küng, Hans, Was kommt nach der Götterdämmerung? Über Untergang und Erlösung im Spätwerk Richard Wagners, in: Programmhefte der Bayreuther Festspiele I/1989.

Kunze, Stefan, Der Kunstbegriff Richard Wagners. Voraussetzungen und Folgerungen, Regensburg 1983.

Kusch, Eugen, Nürnberg. Lebensbild einer Stadt, Nürnberg 1966.

Laroche, Bernd, Der Fliegende Holländer. Wirkung und Wandlung eines Motivs, Frankfurt/M. 1993.

Lessnoff, Michael, Social Contract, London 1986.

Locke, John, Zwei Abhandlungen über die Regierung, hg. von Walter Euchner, Frankfurt/M. 1967.

Lorenz, Alfred, Der musikalische Aufbau von Richard Wagners ›Die Meistersinger von Nürnberg‹, Tutzing 1966.

Lorenz, Alfred, Der musikalische Aufbau von Richard Wagners ›Der Ring des Nibelungen‹, Tutzing 1966.

Lorenz, Alfred, Der musikalische Aufbau von Richard Wagners ›Parsifal‹, Tutzing 1966.

Lorenz, Alfred, Der musikalische Aufbau von Richard Wagners ›Tristan und Isolde‹, Tutzing 1966.

Lukács, Georg, Geschichte und Klassenbewußtsein, Werke Bd. 2, Neuwied/Berlin 1968.

Mack, Dietrich (Hg), Theaterarbeit an Wagners Ring, München/Zürich 1978.

Magee, Elizabeth, Richard Wagner and the Nibelungs, Oxford 1990.

Magee, Bryan, Wagner and Philosophy, London 2000.

Mann, Thomas, Leiden und Größe Richard Wagners, in. Gesammelte Werke, Bd. IX, Frankfurt/M. 1974.

Mannheim, Karl, Wissenssoziologie, Berlin/Neuwied 1964.

Marsilius von Padua, Der Verteidiger des Friedens (Defensor pacis), aufgrund der Übersetzung von Walter Kunzmann bearbeitet und eingeleitet von Horst Kusch, 2 Bde., Berlin-Ost 1958.

Marx, Karl, Kritik des Hegelschen Staatsrechts/Zur Judenfrage, in: Marx-Engels-Werke, Bd. I, Berlin-Ost 1956.

Marx, Karl, Philosophisch-ökonomische Manuskripte aus dem Jahr 1844, in: Marx-Engels-Werke, Ergänzungsband I, Berlin-Ost 1986.

Maszaros, J., Marx Theory of alienation, London/New York 1971.

Matt, Peter von, Liebesverrat. Die Treulosen in der Literatur, München 1989.

Mayer, Hans, Anmerkungen zu Wagner, Frankfurt/M. 1966.

Mayer, Hans, Richard Wagner, Frankfurt/M. 1998.

Mayer, Hans, Richard Wagner. Mitwelt und Nachwelt, Stuttgart/Zürich 1978.

Medick, Hans, Naturzustand und Naturgeschichte der bürgerlichen Gesellschaft, Göttingen 1973.

Mertens, Volker, Richard Wagner und das Mittelalter, in: Ulrich Müller/Peter Wapnewski (Hg), Richard-Wagner-Handbuch, Stuttgart 1986.

Merton, Robert K., Auf den Schultern von Riesen. Ein Leitfaden durch das Labyrinth der Gelehrsamkeit, Frankfurt/M. 1980.

Messelken, Karlheinz, Inzesttabu und Heiratschancen. Ein Versuch über archaische Institutionenbildung, Stuttgart 1974.

Metzger, Heinz-Klaus/Rainer Riehn (Hg), Richard Wagner. Wie antisemitisch darf ein Künstler sein? Musik-Konzepte 5, München 1978.

Millington, Barry (Hg), Das Wagner-Kompendium, München 1996.

Millington, Barry, Nuremberg Trial: is there Anti-semitism in Die Meistersinger? in: Cambridge Opera Journal III, 1991.

Millington, Barry, Wagner, London 1986.

Mitteis, Heinrich, Der Staat des hohen Mittelalters, Weimar 1962.

Müller, Ulrich/Oswald Panagl (Hg), Ring und Gral. Texte, Kommentare und Interpretationen zu Richard Wagners Der Ring des Nibelungen, Tristan und Isolde, Die Meistersinger von Nürnberg und Parsifal, Würzburg 2002.

Müller, Ulrich/Peter Wapnewski (Hg), Richard-Wagner-Handbuch, Stuttgart 1986.

Müller, Ursula und Ulrich (Hg), Richard Wagner und sein Mittelalter, Anif/Salzburg 1989.

Münkler, Herfried, Hunding und Hagen, in: Udo Bermbach (Hg), ›Alles ist nach seiner Art‹. Figuren in Richard Wagners ›Der Ring des Nibelungen‹, Stuttgart/Weimar 2001.

Münkler, Herfried, Macht durch Verträge. Wotans Scheitern in Wagners Ring, in: Michael Th. Greven/Herfried Münkler/Rainer Schmalz-Bruns (Hg), Bürgersinn und Kritik. Festschrift für Udo Bermbach zum 60. Geburtstag, Baden-Baden 1998.

Münkler, Herfried, Odysseus und Kassandra. Politik im Mythos, Frankfurt/M. 1990.

Nida-Rümelin, Julian/Monika Betzler (Hg), Ästhetik und Kunstphilosophie. Von der Antike bis zur Gegenwart in Einzeldarstellungen, Stuttgart 1998.

Niedner, Felix(Hg), Die jüngere Edda mit dem sogenannten ersten grammatischen Traktat, übertragen von Gustav Neckel und Felix Niedner, Jena 1929.

Nietzsche, Friedrich, Der Fall Wagner, in: Werke, Bd. II, hg. von Karl Schlechta, München 1960.

Nietzsche, Friedrich, Nachgelassene Fragmente 1887–1889, in: Giorgio Colli/Mazzino Montinari (Hg), Friedrich Nietzsche, Sämtliche Werke. Kritische Studienausgabe, Bd. 13, München/Berlin/New York 1980.

Nipperdey, Thomas, Deutsche Geschichte 1800 bis 1866. Bürgerwelt und starker Staat, München 1983.

Oberkogler, Richard, Vom Ring zum Gral. Wiedergewinnung seines Werkes aus Musik und Mythos, Stuttgart 1978.

Ott, Jürgen (Hg), Lehrbuch der Psychotherapie, Lübeck/Stuttgart/Jena 1997.

Pleticha, Heinrich (Hg), Das Bild des Juden in der Volks- und Jugendliteratur vom 18. Jahrhundert bis 1945, Würzburg 1985.

Pochat, Götz, Geschichte der Ästhetik und Kunsttheorie. Von der Antike bis zum 19. Jahrhundert, Köln 1986.

Popitz, Hans, Der entfremdete Mensch. Zeitkritik und Geschichtsphilosophie des jungen Marx, Basel 1953.

Puschner, Uwe, Die völkische Bewegung im wilhelminischen Kaiserreich. Sprache, Rasse, Religion, Darmstadt 2001.

Puschner, Uwe/Walter Schmitz/Justus H. Ulbricht (Hg), Handbuch zur ›Völkischen Bewegung‹ 1871–1981, München 1996.

Raddatz, Fritz J., Marxismus und Literatur. Eine Dokumentation in drei Bänden, Reinbek bei Hamburg 1969.

Reinhard, Heinrich, Parsifal. Studie zur Erfassung des Problemhorizontes von Richard Wagners letztem Drama, Straubing 1979.

Reinhardt, Hartmut, Richard Wagner und Schopenhauer, in: Ulrich Müller/Peter Wapnewski (Hg), Richard-Wagner-Handbuch, Stuttgart 1986.

Ritter, Joachim (Hg), Historisches Wörterbuch der Philosophie, 12 Bde., Basel/Darmstadt 1971 ff.

Roazan, Paul, Gesellschaft und Politik bei Siegmund Freud, Frankfurt/M. 1971.

Rohrbacher, Stefan/Michael Schmidt (Hg), Judenbilder. Kulturgeschichte antijüdischer Mythen und antisemitischer Vorurteile, Reinbek bei Hamburg 1991.

Rose, Paul Lawrence, Richard Wagner und der Antisemitismus, Zürich/München 1999.

Rousseau, Jean-Jacques, Schriften zur Kulturkritik, hg. von Kurt Weigand, Hamburg 1971.

Rousseau, Jean-Jacques, Vom Gesellschaftsvertrag oder Grundsätze des Staatsrechts, hg. von Hans Brockhard, Stuttgart 1977.

Rüland, Dorothea, Künstler und Gesellschaft. Die Libretti und Schriften des jungen Wagner aus germanistischer Sicht, Frankfurt/M. 1989.

Saage, Richard, Vertragsdenken als frühbürgerliche Gesellschaftstheorie, in: derselbe, Vertragsdenken und Utopie. Studien zur politischen Theorie und zur Sozialpilosophie der frühen Neuzeit, Frankfurt/M. 1989.

Safranski, Rüdiger, Schopenhauer und die wilden Jahre der Philosophie, München/Wien 1987.

Salmi, Hannu, ›Die Herrlichkeit des deutschen Namens …‹. Die schriftstellerische und politische Tätigkeit Richard Wagners als Gestalter nationaler Identität während der staatlichen Vereinigung Deutschlands, Turku 1993.

Schad, Martha, ›Meine erste und einzige Liebe‹. Richard Wagner und Mathilde Wesendonck, München 2002.

Scheible, Hartmut, Wahrheit und Subjekt. Ästhetik im bürgerlichen Zeitalter, Reinbek bei Hamburg 1988.

Scheit, Gerhard, Wagners ›Judenkarikaturen‹ – oder: Wie entsorgt man die Enttäuschung über eine gescheiterte Revolution? in: Hanns-Werner Heister (Hg), Musik/Revolution. Festschrift für Georg Knepler zum 90. Geburtstag, Bd. 2, Hamburg 1997.

Schickling, Dieter, Abschied von Walhall. Richard Wagners erotische Gesellschaft, Stuttgart 1983.

Schläder, Jürgen, Siegmund und Sieglinde – die Läuterung aus schwerer Sünde, in: Udo Bermbach (Hg), ›Alles ist nach seiner Art‹. Figuren in Richard Wagners ›Der Ring des Nibelungen‹, Stuttgart/Weimar 2001.

Schläder, Jürgen, Vom Gefühlsrausch zur intellektuellen Revolution. Zur Strategie des Liebesduetts in Wagners Tristan, in: Hanspeter Krellmann/Jürgen Schläder (Hg), ›Die Wirklichkeit erfinden ist besser‹. Opern des 19. Jahrhunderts von Beethoven bis Verdi, Stuttgart/Weimar 2002.

Schmalz-Bruns, Rainer, Reflexive Demokratie. Die demokratische Transformation moderner Politik, Baden-Baden 1995.

Schmitt, Carl, Der Begriff des Politischen. Text von 1932 mit einem Vorwort und drei Corollarien, Berlin 1963.

Schoeps, Julius H./Joachim Schlör (Hg), Bilder der Judenfeindschaft. Antisemitismus, Vorurteile und Mythen, München 1995.

Scholz, Dieter David, Richard Wagners Antisemitismus. Jahrhundertgenie im Zwielicht – eine Korrektur, Berlin 2000.

Schopenhauer, Arthur, Grundprobleme der Ethik (über das Fundament der Moral), in: Sämtliche Werke, Bd. 4, hg. von Arthur Hübscher, Wiesbaden 1950.

Schreckenberger, Heinz, Die Juden in der Kunst Europas: ein historischer Bildatlas, Göttingen/Freiburg 1996.

Schreiber, Ulrich, Die Kunst der Oper. Geschichte des Musiktheaters, Bd. II, Frankfurt/M. 1991.

Schrey, Hans H. (Hg), Entfremdung, Darmstadt 1975.

Shaw, Georg Bernard, Ein Wagner-Brevier. Kommentar zum Ring, Berlin 1908/Frankfurt/M. 1973.

Silberner, Edmund, Sozialisten zur Judenfrage. Ein Beitrag zur Geschichte des Sozialismus von Anfang des 19. Jahrhunderts bis 1914, Berlin 1962.

Soden, Michael (Hg), Richard Wagner. Die Meistersinger von Nürnberg, Frankfurt/M. 1983.

Spotts, Frederic, Bayreuth. Eine Geschichte der Wagner-Festspiele, München 1994.

Stirner, Max, Der Einzige und sein Eigentum und andere Schriften, hg. von H.G. Helms, München 1968.

Strobel, Otto, Richard Wagner. Skizzen und Entwürfe zur Ring-Dichtung, München 1930.

Strohm, Reinhard (Hg), Dokumente und Texte zu Rienzi, RWGA Bd. 23, Mainz 1976.

Többen, Heinrich, Über den Inzest, Leipzig/Wien 1925.

Tönnies, Ferdinand, Gemeinschaft und Gesellschaft. Grundbegriffe der reinen Soziologie, Berlin 1887.

Vaget, Hans Rudolf, Anti-Semitism and Mr. Rose: merkwürd'ger Fall, in: The German Quaterly, 1993.

Vaget, Hans Rudolf, Der Jude im Dorn oder: Wie antisemitisch sind Die Meistersinger von Nürnberg, in: Deutsche Vierteljahresschrift für Literaturwissenschaft und Geistesgeschichte, 1995.

Vaget, Hans Rudolf, Wehvolles Erbe. Zur ›Metapolitik‹ der Meistersinger von Nürnberg, in: Musik & Ästhetik, Heft 22, Stuttgart 2002.

Vill, Susanne (Hg), ›Das Weib der Zukunft‹. Frauengestalten und Frauenstimmen bei Richard Wagner, Stuttgart/Weimar 2000.

Voigt, Alfred (Hg), Der Herrschaftsvertrag, Neuwied 1965.

Volkov, Shulamit, Antisemitismus als kultureller Code, München 2000.

Voss, Egon, Wagner und kein Ende, Zürich/Mainz 1996.

Wackenroder, Wilhelm Heinrich, Werke und Briefe. Gesamtausgabe in einem Band, Heidelberg 1967.

Wapnewski, Peter, Weißt du wie das wird ...? Richard Wagner. Der Ring des Nibelungen. Erzählt, erläutert und kommentiert, München 1995.

Wapnewski, Peter, Der traurige Gott. Richard Wagner in seinen Helden, Berlin 2001.

Wapnewski, Peter, Tristan der Held Richard Wagners, Berlin 2001.

Weber, Max, Wirtschaft und Gesellschaft. Fünfte, revidierte Auflage, besorgt von Johannes Winkelmann, Tübingen 1985.

Weiner, Marc A., Antisemitische Fantasien. Die Musikdramen Richard Wagners, Berlin 2000.

Westernhagen, Curt von, Richard Wagners Dresdner Bibliothek 1842–1849, Wiesbaden 1966.

Westernhagen, Curt von, Die Entstehung des Ring, Zürich/Freiburg 1973.

Westernhagen, Curt von, Wagner, Zürich 1979.

White, David A., The Turning Wheel. A Study of Contracts and Oaths in Wagner's Ring, London/Toronto 1988.

Wilberg, Petra-Hildegard, Richard Wagners mythische Welt. Versuche wider den Historismus, Freiburg/Br. 1996.

Wolzogen, Hans von, Thematischer Leitfaden durch die Musik zu Richard Wagners Festspiel Der Ring des Nibelungen, Leipzig 1876.

Würffel, Stefan Bodo, Französische Revolution im Spiegel der Oper, in: Udo Bermbach/ Wulf Konold (Hg), Der schöne Abglanz. Stationen der Operngeschichte, Berlin/Hamburg 1992.

Würffel, Stefan Bodo, Alberich und Mime – Zwerge, Gecken, Außenseiter, in: Udo Bermbach (Hg), ›Alles ist nach seiner Art‹. Figuren in Richard Wagners ›Der Ring des Nibelungen‹, Stuttgart/Weimar 2001.

Zegowitz, Bernd, Richard Wagners unvertonte Opern, Frankfurt/M. 2000.

Zelinsky, Hartmut, Richard Wagner – ein deutsches Thema. Eine Dokumentation zur Wirkungsgeschichte Wagners 1876–1976, Frankfurt/M. 1976.

Zelinsky, Hartmut, Sieg oder Untergang. Kaiser Wilhelm II., die Werk-Idee Richard Wagners und der ›Weltkampf‹, München 1990.

Zelinsky, Hartmut, Verfall, Vernichtung, Weltentrückung. Richard Wagners antisemitische Werk-Idee als Kunstreligion und Zivilisationskritik und ihre Verbreitung bis 1933, in: Saul Friedländer/Jörn Rüsen (Hg), Richard Wagner im Dritten Reich, München 2000.

Zuber, Barbara, Fricka. Eine Frau des 19. Jahrhunderts, in: Udo Bermbach (Hg), ›Alles ist nach seiner Art‹. Figuren in Richard Wagners ›Der Ring des Nibelungen‹ Stuttgart/ Weimar 2001.

Zurmühl, Sabine, Leuchtende Liebe – lachender Tod. Zum Töchter-Mythos Brünnhile, München 1984